La dama de blanco

Wilkie Collins

La dama de blanco

EDICIONES OBELISCO

Si este libro le ha interesado y desea que le mantengamos informado
de nuestras publicaciones, escríbanos indicándonos qué temas son de su interés
(Astrología, Autoayuda, Ciencias Ocultas, Artes Marciales, Naturismo,
Espiritualidad, Tradición…) y gustosamente le complaceremos.

Puede consultar nuestro catálogo en www.edicionesobelisco.com

Colección Narrativa
LA DAMA DE BLANCO
Wilkie Collins

1.ª edición: mayo de 2026

Título original: *The Woman in White*

Traducción: *Juli Peradejordi*
Corrección: *M.ª Jesús Rodríguez*
Diseño de cubierta: *Jessica Calderas*

© 2026, Ediciones Obelisco, S. L.
(Reservados los derechos para la presente edición)

Edita: Ediciones Obelisco, S. L.
Collita, 23-25. Pol. Ind. Molí de la Bastida
08191 Rubí - Barcelona - España
Tel. 93 309 85 253
E-mail: info@edicionesobelisco.com

ISBN: 978-84-1172-367-1
DL B 20831-2025

Impreso por CPI Black Print - Barcelona

Printed in Spain

PRIMERA ÉPOCA

LA HISTORIA COMENZADA
POR WALTER HARTRIGHT
(de Clement's Inn, profesor de dibujo)

I

Ésta es la historia de lo que puede soportar la paciencia de una mujer, y de lo que puede lograr la determinación de un hombre.

Si se pudiera confiar en que el engranaje de la ley llega al fondo de cada caso sospechoso y lleva a cabo cada investigación con una ayuda moderada –y únicamente moderada– del lubricante llamado «aceite de oro», entonces los hechos que llenan estas páginas podrían haber reclamado su lugar ante la atención pública en un Tribunal de Justicia.

Pero la ley sigue siendo aún, en ciertos casos inevitables, la sirvienta previamente comprometida del dinero que todo lo compra; y la historia queda así para ser contada, por primera vez, en este lugar. Así como podría haberla escuchado un juez, así la escuchará ahora el lector. Ningún hecho importante, desde el inicio hasta el final de esta revelación, será relatado basándose en rumores. Cuando el autor de estas líneas introductorias (que lleva por nombre Walter Hartright) esté más estrechamente vinculado que otros a los acontecimientos que se narran, los describirá en primera persona. Cuando su experiencia no baste, se retirará del papel de narrador, y su tarea será continuada, desde el punto en que la haya dejado, por otras personas que puedan hablar de los hechos en cuestión con la misma claridad y certeza con la que él lo hizo antes.

Así, la historia que aquí se presenta será contada por más de una pluma, del mismo modo en que la narración de un delito ante los tribunales se construye con el testimonio de más de un testigo: con el mismo propósito, en ambos casos, de presentar la verdad siempre de la forma más directa y comprensible, siguiendo el curso completo de una serie de acontecimientos contados por quienes estuvieron más estrechamente implicados en ellos, etapa por etapa, relatando su experiencia palabra por palabra.

Que hable en primer lugar Walter Hartright, profesor de dibujo, de veintiocho años.

II

Era el último día de julio. El largo y caluroso verano llegaba a su fin, y nosotros, los cansados peregrinos del pavimento londinense, empezábamos a pensar en las sombras de las nubes sobre los campos de trigo y en las brisas otoñales junto al mar.

Por mi parte, aquel verano moribundo me había dejado sin salud, sin ánimos y, si he de ser sincero, también sin dinero. Durante el último año no había manejado mis recursos profesionales con el mismo cuidado de siempre, y ahora mis excesos me obligaban a pasar el otoño de forma económica entre la cabaña de mi madre en Hampstead y mis habitaciones en la ciudad.

Recuerdo que aquella tarde era tranquila y nublada; el aire de Londres estaba más pesado que nunca; el zumbido distante del tráfico callejero apenas se percibía; el pequeño pulso de vida dentro de mí y el gran corazón de la ciudad a mi alrededor parecían latir al unísono, cada vez más débilmente, con el sol que descendía en el horizonte. Me sacudí de encima el letargo del libro sobre el que soñaba más que leía, y salí de mis habitaciones para respirar el aire fresco de los suburbios. Era una de las dos tardes semanales que acostumbraba a pasar con mi madre y mi hermana. Así que tomé el camino hacia el norte, rumbo a Hampstead.

Los acontecimientos que estoy por relatar me obligan a mencionar aquí que, en la época a la que me refiero, mi padre había muerto hacía ya varios años, y que mi hermana Sarah y yo éramos los únicos sobrevivientes de una familia de cinco hijos. Mi padre había sido profesor de dibujo antes que yo. Su dedicación lo convirtió en un profesional muy exitoso, y su afectuosa preocupación por el futuro de quienes dependían de él lo llevó, desde el momento de su matrimonio, a destinar una parte considerable de sus ingresos a un seguro de vida, mucho mayor de lo que la mayoría de los hombres considera necesario. Gracias a su admirable prudencia y sacrificio, mi madre y mi hermana quedaron, tras su muerte, tan protegidas e independientes del mundo como lo habían estado durante su vida. Yo heredé su clientela y tenía razones de sobra para sentirme agradecido por las perspectivas que se abrían ante mí al comenzar mi carrera.

La penumbra seguía temblando en las cimas del brezal, y la vista de Londres bajo mis pies se había hundido en una fosa negra bajo la sombra de la noche nublada cuando me detuve ante la verja de la casa de mi madre. Apenas había tocado el timbre, la puerta se abrió con violencia; mi querido amigo italiano, el profesor Pesca, apareció en lugar del sirviente y salió disparado con entusiasmo a recibirme, lanzando un chillón intento extranjero de vítores ingleses.

Por derecho propio –y debo decir que también por el mío– el profesor merece el honor de una presentación formal. El azar ha querido que él sea el punto de partida de esta extraña historia familiar que las siguientes páginas se proponen relatar.

Había conocido a mi amigo italiano en algunas casas de renombre donde él enseñaba su idioma y yo enseñaba dibujo. Todo lo que entonces sabía sobre su vida era que había ocupado un cargo en la Universidad de Padua, que había salido de Italia por motivos políticos (cuyos detalles se negaba sistemáticamente a revelar), y que llevaba ya muchos años establecido con respeto en Londres como profesor de lenguas.

Sin llegar a ser un enano –pues sus proporciones eran perfectamente armoniosas de pies a cabeza–, Pesca era, creo yo, el ser humano más pequeño que he visto fuera de una barraca de feria. Llamativo en cualquier lugar por su apariencia, destacaba aún más entre el común de los mortales por la inofensiva excentricidad de su carácter. La idea rectora de su vida parecía ser demostrar su gratitud hacia el país que le había dado refugio y sustento, esforzándose al máximo por convertirse en un inglés. No satisfecho con rendir homenaje al pueblo británico llevando siempre paraguas, polainas y un sombrero blanco, el profesor aspiraba también a adoptar nuestras costumbres y entretenimientos nacionales. Al observar que como nación nos caracterizamos por el gusto por los ejercicios atléticos, el buen hombre, con la inocencia de su corazón, se entregó en cuerpo y alma a todos los deportes y pasatiempos ingleses cada vez que tuvo ocasión de participar, convencido de que podía adoptar nuestras aficiones del campo con la misma facilidad con la que había adoptado nuestras polainas y nuestro sombrero blanco.

Lo vi arriesgar sus extremidades en una cacería de zorros y en un partido de críquet; y poco después lo vi arriesgar su vida con igual temeridad en el mar, en Brighton.

Habíamos coincidido allí por casualidad y nos estábamos bañando juntos. Si se hubiese tratado de una actividad propia de mi país, por supuesto, habría vigilado a Pesca con más atención; pero, como los extranjeros suelen nadar tan bien como los ingleses, nunca se me ocurrió que nadar pudiera ser sólo otro ejercicio viril que el profesor creyera poder aprender de forma espontánea. Poco después de que ambos nos alejamos de la orilla, me detuve al notar que mi amigo no me alcanzaba, y me volví para buscarlo. Para mi espanto, no vi nada entre la playa y yo salvo dos pequeños brazos blancos que luchaban por un instante sobre la superficie del agua, y luego desaparecieron. Me lancé a bucear y lo encontré al fondo, en una hondonada de guijarros, enrollado tranquilamente, y más pequeño de lo que jamás lo había visto. Pasaron unos minutos hasta que lo saqué a flote, pero el aire fresco lo reanimó, y logró subir los escalones de la caseta con mi ayuda. Con la recuperación parcial de sus fuerzas, regresó también su extraña ilusión sobre la natación. Tan pronto como sus dientes castañeteantes le permitieron hablar, esbozó una sonrisa y murmuró que debía de haber sido un calambre.

Cuando terminó de reponerse y se reunió conmigo en la playa, su ardiente temperamento del sur rompió toda la contención inglesa en un instante. Me colmó de las expresiones más desbordadas de afecto –exclamó con pasión, a su manera exageradamente italiana, que desde entonces ponía su vida a mi entera disposición– y declaró que no descansaría hasta encontrar la ocasión de demostrar su gratitud con un servicio que yo recordara toda la vida.

Hice cuanto pude para detener aquel torrente de lágrimas y declaraciones tratando toda la aventura como un buen motivo para una broma; y creí haber logrado al fin disminuir su desmedido sentimiento de deuda hacia mí. Poco imaginaba entonces –ni siquiera cuando terminaron nuestras agradables vacaciones– que la ocasión de ayudarme que él tanto anhelaba estaba a punto de presentarse, que él la aprovecharía al instante y que, al hacerlo, iba a cambiar por completo el rumbo de mi existencia, al punto de que ni yo mismo me reconocería.

Y, sin embargo, así fue. Si no hubiera buceado en busca del profesor Pesca cuando yacía en el fondo marino sobre su lecho de guijarros, probablemente nunca habría tenido relación alguna con la historia que estas páginas van a contar. Tal vez nunca habría oído siquiera el nombre de la mujer que habita todos mis pensamientos, que ha acaparado toda mi energía, y que se ha convertido en la única fuerza que ahora da propósito a mi vida.

III

El rostro y el comportamiento de Pesca, aquella noche en que nos encontramos frente a la verja de la casa de mi madre, eran más que suficientes para hacerme ver que algo extraordinario había ocurrido.

Sin embargo, resultaba completamente inútil pedirle una explicación inmediata. Sólo podía suponer, mientras me arrastraba hacia dentro agarrándome con ambas manos, que (conociendo mis costumbres) había venido a la casa para asegurarse de encontrarme esa noche, y que traía noticias de lo más agradables.

Ambos irrumpimos en el salón de forma tan abrupta como poco elegante. Mi madre estaba sentada junto a la ventana abierta, riendo y abanicándose. Pesca era uno de sus favoritos, y sus mayores excentricidades siempre le resultaban perdonables. ¡Pobre alma querida! Desde el primer momento en que descubrió que el pequeño profesor sentía un profundo y agradecido afecto por su hijo, le abrió el corazón sin reservas y aceptó todas sus desconcertantes peculiaridades extranjeras sin intentar comprender ni una sola.

Mi hermana Sarah, a pesar de su juventud, era curiosamente menos flexible. Reconocía plenamente las excelentes cualidades del corazón de Pesca, pero no podía aceptarlo incondicionalmente, como lo hacía mi madre, por consideración a mí. Su noción insular del decoro se rebelaba constantemente contra el desprecio innato del profesor por las apariencias, y no ocultaba su asombro ante la familiaridad de nuestra madre con aquel excéntrico forastero. He observado, no sólo en el caso de mi hermana, sino también en otros, que los de nuestra generación somos mucho menos entusiastas e impulsivos que algunos de nuestros mayores. Veo a menudo a personas mayores enrojecer de emoción ante la expectativa de un placer que a sus nietos apenas les provoca un pestañeo. ¿Somos, me pregunto, tan auténticos ahora como lo eran ellos en su juventud? ¿Ha avanzado demasiado deprisa la educación moderna? ¿Estamos, quizás, un pelín demasiado bien educados?

Sin atreverme a responder esas preguntas, puedo al menos afirmar que nunca vi a mi madre y a mi hermana juntas en presencia de Pesca sin notar que la primera parecía la más joven de las dos. En esta ocasión, por ejemplo, mientras la anciana reía de buena gana por la forma en que habíamos irrumpido en el salón, Sarah recogía, contrariada, los pedazos de una taza que el profesor había tirado al avanzar con torpeza hacia la puerta.

—No sé qué habría pasado, Walter —dijo mi madre— si hubieras tardado un poco más. Pesca estaba medio loco de impaciencia, y yo medio loca de curiosidad. El profesor trae unas noticias estupendas en las que, dice, estás involucrado, y ha sido cruelmente inflexible en no darnos ni la menor pista hasta que aparecieras.

—Qué lástima… la taza era parte del juego —murmuró Sarah, abatida sobre los restos de porcelana.

Mientras se decían estas palabras, Pesca, feliz y afanosamente inconsciente del daño irreparable que había causado a la vajilla, arrastraba un gran sillón hacia el otro extremo de la sala, para tenernos a los tres frente a él, como si fuera un orador frente a su público. Giró la silla para que nos diera la espalda, se arrodilló sobre el asiento y, con fervor, se dirigió a su pequeña congregación improvisada.

—Ahora, mis buenos queridos —comenzó Pesca (que siempre decía «buenos queridos» cuando quería decir «queridos amigos»)—, escuchad. Ha llegado el momento… anuncio mi buena noticia… hablo, por fin.

—¡Muy bien, muy bien! —dijo mi madre, siguiéndole la corriente.

—Lo próximo que romperá, mamá —susurró Sarah— será el respaldo del sillón.

—Vuelvo a mi vida pasada y me dirijo al más noble de los seres creados —continuó Pesca, apostrofándome con vehemencia desde lo alto del respaldo—. Quien me encontró muerto en el fondo del mar (¡por culpa del calambre!) y me sacó a la superficie. ¿Y qué dije yo cuando volví a la vida y a mi ropa?

—Mucho más de lo necesario —respondí con toda la frialdad que pude, porque cualquier atisbo de estímulo sobre ese tema desataba invariablemente un torrente de lágrimas en el profesor.

—Dije —persistió Pesca— que mi vida pertenecía a mi querido amigo Walter por el resto de mis días, y así es. Dije que no volvería a ser feliz hasta encontrar la ocasión de hacerle un gran Algo a Walter, y no he estado contento conmigo mismo hasta este día bendito. ¡Ahora! —gritó el pequeño entusiasta a pleno pulmón—, la felicidad me brota por todos los poros, como sudor. Porque, en mi fe, en mi alma y en mi honor, el Algo está hecho al fin, ¡y lo único que queda por decir es… *todoestábiensíseñor!*

Conviene explicar aquí que Pesca se enorgullecía de ser un inglés perfecto también en su forma de hablar, además de en su ropa, modales y pasatiempos. Habiendo recogido algunas de nuestras expresiones coloquiales más comunes, las esparcía en su conversación al azar, combinándolas a su manera, encantado por su sonido y sin mayor noción de su sentido, fusionándolas como si fueran una sola palabra interminable.

—Entre las casas elegantes de Londres donde enseño el idioma de mi tierra —dijo el profesor, lanzándose por fin a su esperada explicación sin más preámbulos—, hay una, muy elegante, en el gran sitio llamado Portland. ¿Sabéis dónde queda? ¿Sí, sí? Por supuesto que sí. La casa elegante, mis buenos queridos, alberga una familia elegante. Una mamá, rubia y rolliza; tres señoritas jóvenes, rubias y rollizas; dos jovencitos, rubios y rollizos; y un papá, el más rubio y rollizo de todos, que es un poderoso comerciante, hasta el cuello en oro... un hombre muy distinguido en su tiempo, pero como ahora está calvo y con dos papadas, pues ya no tanto. ¡Ahora escuchen! Yo enseño el sublime Dante a las señoritas, y ¡ah, alma mía, bendita alma mía!, no hay lenguaje humano que pueda describir cuánto las desconcierta el sublime Dante. No importa, todo a su tiempo... y cuantas más clases, mejor para mí. ¡Ahora imaginad! Estoy enseñando a las señoritas hoy, como siempre. Estamos los cuatro metidos en el Infierno de Dante. En el Séptimo Círculo —pero eso da igual: todos los círculos les resultan iguales a las tres rubias y rollizas—. Estamos en el Séptimo Círculo, repito, y mis alumnas están atascadas; y yo, para sacarlas de ahí, recito, explico y me enciendo con entusiasmo inútil, cuando... ¡un chirrido de botas en el pasillo! Y entra el papá dorado, el poderoso comerciante con la calva y las dos papadas... ¡Ah, mis buenos queridos, ahora sí que estoy cerca del asunto! ¿Habéis tenido paciencia hasta ahora? ¿O han dicho para sí: «¡Caray-quécaray! ¡Pesca está larguísimo esta noche!»?

Declaramos que estábamos profundamente interesados. El profesor continuó:

—En su mano, el Papá Dorado traía una carta; y, tras disculparse por interrumpirnos en nuestra Región Infernal con asuntos mortales y domésticos, se dirige a las tres señoritas y comienza, como vosotros los ingleses comenzáis todo en este bendito mundo, con una gran O. «Oh, queridas mías —dice el poderoso comerciante—, tengo aquí una carta de mi amigo el señor...» (el nombre se me ha escapado de la cabeza, pero no importa; ya volveremos a eso; sí, sí, *todoestábiensíseñor*). Entonces el Papá dice: «Tengo una carta de mi amigo, el señor Tal, y quiere que le recomiende un profesor de dibujo para ir a su casa en el campo». *¡Alma-mía-ben-dita-alma-mía!* Cuando escuché al Papá Dorado decir esas palabras, si hubiera sido lo bastante alto como para alcanzarlo, habría echado mis brazos al cuello y lo habría estrechado contra mi pecho en un largo y agradecido abrazo. Como no lo era, sólo pude saltar sobre mi silla. Sentía que estaba sentado sobre espinas y que mi alma ardía por hablar, ¡pero me contuve y dejé que el Papá siguiera! «¿Quizá conocéis –dice este buen señor del dinero, girando la carta entre sus dedos dorados– a algún profesor de dibujo que yo pueda recomendar?». Las tres señoritas se miran entre ellas y entonces dicen (con la imprescindible gran O para empezar): «Oh, no, papá! Pero aquí está el señor Pesca...». ¡Al oír mi nombre no pude contenerme más! Vuestro pensamiento, mis buenos queridos, me subió a la cabeza como la sangre. Salté de mi silla como si un clavo hubiera brotado del suelo a través del asiento, me dirigí al poderoso comerciante y le dije (frase inglesa): «Señor, ¡tengo al hombre! ¡El primer y más grande profesor de dibujo del mundo! ¡Recomiéndelo por correo esta noche y mándelo con todo y equipaje (frase inglesa otra vez, ¡ja!) en el tren de mañana!». «Alto, alto –dice el Papá–, ¿es extranjero o inglés?». «Inglés hasta el tuétano», respondo. «¿Respetable?», dice el Papá. «¡Señor!» –le digo (porque esa última pregunta me ofende, y ya he terminado de ser familiar con él)–, ¡Señor! ¡El fuego inmortal del genio arde en el pecho de este inglés, y lo que es más, su padre también lo tenía!». «No importa –dice el bárbaro dorado de Papá–, no nos importa su genio, señor Pesca.

No queremos genio en este país, a menos que venga acompañado de respetabilidad –y entonces estamos encantados de tenerlo, muy encantados, en efecto–. ¿Su amigo puede presentar referencias? ¿Cartas que hablen de su carácter?». Agito la mano con desdén: «¿Cartas? –digo–. *Alma-mía-bendita-alma-mía*, ¡por supuesto! ¡Volúmenes de cartas y carpetas de referencias, si quiere!». «Una o dos bastarán –dice este hombre de dinero y flema–. Que me las envíe, junto con su nombre y dirección. Y... alto, alto, señor Pesca. Antes de que vaya con su amigo, será mejor que tome una nota». «¿Billete de banco?» –digo, indignado–. No hay billete de banco, por favor, hasta que mi valiente inglés lo haya ganado primero». «¿Billete de banco?» –dice el Papá, sorprendido–. ¿Quién ha hablado de dinero? Me refiero a una nota con las condiciones, un memorándum de lo que se espera que haga. Continúe con su clase, señor Pesca, y yo le daré el extracto necesario de la carta de mi amigo».

El profesor siguió explicando:

—El hombre de negocios se sienta entonces con su pluma, su tinta y su papel; y yo vuelvo una vez más al Infierno de Dante, con mis tres señoritas detrás. En diez minutos, la nota está escrita y las botas del Papá crujen mientras se alejan por el pasillo. Desde ese momento, ¡por mi fe, mi alma y mi honor, no supe nada más! El pensamiento glorioso de que por fin había atrapado la oportunidad de servir a mi amigo más querido me subió a la cabeza y me embriagó.

Cómo saqué a mis alumnas y a mí mismo del Infierno, cómo hice mis otros encargos después, cómo se deslizó mi pequeña cena por mi garganta… no lo sé, tanto como lo sabe un hombre en la luna. ¡Basta para mí con que aquí estoy, con la nota del poderoso comerciante en la mano, tan vivo como siempre, tan ardiente como el fuego, y tan feliz como un rey! ¡Ja, ja, ja, *todo-todo-todoestábiensíseñor*!

Aquí, el profesor agitó con entusiasmo el memorándum sobre su cabeza y concluyó su extensa y locuaz narración con su aguda parodia italiana de un vítores inglés.

Mi madre se levantó en cuanto terminó, con las mejillas sonrojadas y los ojos brillantes. Tomó al pequeño hombre de ambas manos con calidez.

—Querido y buen Pesca –dijo–, jamás dudé del verdadero afecto que sientes por Walter, ¡pero ahora estoy más convencida que nunca!

—Estoy segura de que estamos muy agradecidos al profesor Pesca, por consideración a Walter –añadió Sarah.

Se incorporó levemente, como con la intención de acercarse al sillón, pero al ver que Pesca besaba con entusiasmo las manos de mi madre, se puso seria y volvió a sentarse. «Si ese hombre tan familiar trata así a mi madre, ¿cómo me tratará a mí?». Los rostros a veces dicen la verdad; y no cabía duda de que ése era el pensamiento en la mente de Sarah cuando volvió a su sitio.

Aunque yo mismo agradecía sinceramente la buena intención de Pesca, mi ánimo no se elevó tanto como habría debido con la perspectiva del nuevo empleo que ahora se me ofrecía. Cuando el profesor terminó con las manos de mi madre y, tras agradecerle calurosamente su intervención en mi favor, le pedí que me permitiera ver la nota de condiciones que su respetable patrón había redactado para mí.

Pesca me entregó el papel con un gesto triunfal.

—¡Lee! –dijo con tono majestuoso–. Te aseguro, amigo mío, que la escritura del Papá Dorado habla por sí sola como una trompeta.

La nota de condiciones era clara, directa y completa. Me informaba de lo siguiente:

Primero, que Frederick Fairlie, caballero, de Limmeridge House, en Cumberland, deseaba contratar a un profesor de dibujo verdaderamente competente por un período fijo de cuatro meses.

Segundo, que los deberes que debía desempeñar el profesor eran de doble naturaleza. Debía encargarse de la instrucción de dos jóvenes en el arte de la pintura con acuarela y, en su tiempo libre, dedicarse a reparar y montar una valiosa colección de dibujos que había sido descuidada por completo.

Tercero, que los términos ofrecidos al candidato que aceptara y cumpliera con estos deberes eran de cuatro guineas semanales; que debía residir en Limmeridge House; y que se le trataría allí como a un caballero.

Cuarto y último, que nadie debía pensar en solicitar el puesto si no podía presentar referencias intachables sobre su carácter y habilidades. Las referencias debían enviarse al amigo de Mr. Fairlie en Londres, quien estaba autorizado para cerrar todos los arreglos necesarios.

Estas instrucciones iban seguidas del nombre y dirección del empleador de Pesca en Portland Place –y allí terminaba la nota o memorándum.

La perspectiva que ofrecía esta propuesta de empleo era, sin duda, muy atractiva. El trabajo prometía ser fácil y agradable; se me ofrecía en una época del año (el otoño) en que tenía menos compromisos; y las condiciones, según mi experiencia profesional, eran sorprendentemente generosas. Lo sabía. Sabía que debía considerarme afortunado si lograba conseguir ese puesto. Y, sin embargo, en cuanto terminé de leer el memorándum, sentí dentro de mí una inexplicable resistencia a mover un solo dedo al respecto. Nunca, en toda mi experiencia previa, había sentido una discrepancia tan dolorosa y extraña entre el deber y la inclinación como la que sentía ahora.

—¡Oh, Walter, tu padre jamás tuvo una oportunidad como ésta! —dijo mi madre, tras leer la nota de condiciones y devolvérmela.

—¡Y con personas tan distinguidas! —añadió Sarah, enderezándose en la silla—. ¡Y además en condiciones de total igualdad!

—Sí, sí; en todos los sentidos, las condiciones son bastante tentadoras —respondí con impaciencia—. Pero antes de enviar mis referencias, me gustaría pensarlo un poco…

—¿Pensarlo? —exclamó mi madre—. Walter, ¿qué te pasa?

—¿Pensarlo? —repitió mi hermana—. ¡Qué cosa más extraña de decir, dadas las circunstancias!

—¿Pensarlo? —se sumó el profesor—. ¿Qué hay que pensar? ¡Respóndeme! ¿No te has estado quejando de tu salud? ¿No llevas semanas suspirando por ese soplo de aire campestre que tanto mencionas? Pues ahí tienes, en tu mano, un papel que te ofrece bocanadas constantes de brisa rural durante cuatro meses. ¿No es así? ¡Ja! Y además, necesitas dinero. Bueno, ¿cuatro guineas doradas por semana te parecen poca cosa? *¡Alma-mía-bendita-alma-mía!*, ¡dámelas a mí, y te aseguro que mis botas crujirán como las del Papá Dorado, por la riqueza abrumadora que camina dentro de ellas! ¡Cuatro guineas a la semana, y además la encantadora compañía de dos señoritas! ¡Y más aún: tu cama, tu desayuno, tu cena, tus desbordantes tés y almuerzos ingleses, tus pintas de cerveza espumosa, todo gratis! ¡Walter, mi querido amigo! *¡Caray-qué-*

caray!, ¡por primera vez en mi vida, no tengo ojos suficientes en la cabeza para mirarte y entenderte!

Ni el asombro evidente de mi madre ni la fervorosa enumeración de ventajas por parte de Pesca lograron sacudir mi irracional resistencia a ir a Limmeridge House. Después de exponer todas las pequeñas objeciones que se me ocurrieron contra la idea de ir a Cumberland –y de oírlas refutadas una a una hasta dejarme sin argumentos–, intenté presentar una última traba preguntando qué sería de mis alumnos en Londres mientras enseñaba dibujo a las jóvenes del señor Fairlie. La respuesta era evidente: la mayoría estaría de viaje por sus vacaciones de otoño, y los pocos que quedaran en casa podrían ser confiados a uno de mis colegas, cuyos alumnos yo mismo había cubierto en circunstancias similares. Mi hermana me recordó que dicho colega se había ofrecido expresamente para ayudarme en caso de que yo deseara salir de la ciudad esa temporada; mi madre me rogó con seriedad que no permitiera que un simple capricho se interpusiera entre mis intereses y mi salud; y Pesca, conmovido, me suplicó que no lo hiriera rechazando la primera oportunidad que había tenido de demostrar su gratitud hacia quien le había salvado la vida.

La sinceridad y el afecto que inspiraban aquellas súplicas habrían conmovido a cualquier hombre con una pizca de sensibilidad. Aunque no pude dominar mi inexplicable obstinación, sí tuve la virtud suficiente como para avergonzarme sinceramente de ella y poner fin a la discusión con un gesto conciliador, accediendo a hacer lo que se esperaba de mí.

El resto de la velada transcurrió alegremente, entre bromas sobre mi futura vida con las dos jóvenes en Cumberland. Pesca, estimulado por nuestro grog nacional –que parecía subírsele a la cabeza con una rapidez milagrosa apenas cinco minutos después de haberlo bebido–, reclamó su título de inglés completo pronunciando, en rápida sucesión, una serie de brindis: por la salud de mi madre, de mi hermana, la mía propia y la del señor Fairlie y sus hijas, agradeciendo conmovidamente él mismo, al instante, por todos los presentes.

—Un secreto, Walter –me dijo luego al oído, mientras caminábamos juntos de regreso–. Estoy embriagado por el recuerdo de mi propia elocuencia. Mi alma estalla de ambición. Algún día entraré en su noble Parlamento. ¡Es el sueño de toda mi vida convertirme en el Honorable Pesca, M.P.!

A la mañana siguiente envié mis credenciales al empleador del profesor en Portland Place. Pasaron tres días y, con secreta satisfacción, llegué a la conclusión de que mis papeles no habían sido considerados suficientemente claros. Sin embargo, al cuarto día llegó una respuesta. Anunciaba que el señor Fairlie aceptaba mis servicios y me pedía que partiera hacia Cumberland de inmediato. Todas las instrucciones necesarias para el viaje estaban añadidas en un posdata clara y minuciosa.

Preparé mis cosas –a regañadientes– para marcharme de Londres a primera hora del día siguiente. Por la tarde, Pesca se pasó por mi casa, de camino a una cena, para despedirse.

—Secaré mis lágrimas en tu ausencia –dijo alegremente– con este pensamiento glorioso: ha sido mi mano afortunada la que ha dado el primer empujón a su porvenir en el mundo. ¡Mira, amigo mío! Cuando tu sol brille en Cumberland (proverbio inglés), haz tu heno en nombre del cielo. ¡Cásate con una de las dos señoritas, conviértete en el Honorable Hartright, M.P., y cuando estés en la cima de la escalera, recuerda que ha sido Pesca, allá abajo, quien lo ha hecho todo!

Intenté reírme con mi pequeño amigo de su broma de despedida, pero no logré levantar el ánimo. Algo en su tono ligero me chirrió por dentro, casi dolorosamente.

Cuando se fue, sólo me quedaba caminar hasta la casa de Hampstead y despedirme de mi madre y de Sarah.

IV

El calor había sido insoportable durante todo el día, y ahora la noche era densa y bochornosa. Mi madre y mi hermana habían repetido tantas veces sus últimas palabras, y me habían rogado que

esperara cinco minutos más tantas veces, que ya era casi medianoche cuando el criado cerró con llave la verja del jardín tras de mí.
Caminé unos pasos por el camino más corto de regreso a Londres,
y luego me detuve, dudando.

La luna estaba llena y amplia en un cielo azul oscuro sin estrellas, y el terreno accidentado del brezal parecía, a la luz misteriosa,
tan salvaje como si estuviera a cientos de kilómetros de la gran
ciudad que se extendía bajo él. La idea de descender antes de lo
necesario al calor y la penumbra de Londres me repelía. La perspectiva de meterme en mis habitaciones sin aire y la perspectiva de
una lenta asfixia me parecían, en mi estado actual de inquietud
física y mental, una y la misma cosa. Decidí pasear de regreso por
el aire más puro, tomando el camino más largo posible; seguir los
senderos blancos y sinuosos a través del solitario brezal; y entrar en
Londres por su suburbio más abierto, tomando la carretera de Finchley, para volver con la fresca de la nueva mañana por el lado
oeste de Regent's Park.

Fui bajando lentamente por el brezal, disfrutando de la divina
quietud del lugar y admirando la suave alternancia de luces y sombras que se deslizaban por el terreno quebrado a mi alrededor.
Mientras avanzaba por esta primera y más hermosa parte de mi
paseo nocturno, mi mente permanecía pasivamente abierta a las
impresiones del paisaje, y pensaba muy poco en cualquier otra
cosa –de hecho, en lo que respecta a mis sensaciones, apenas puedo decir que pensara en absoluto.

Pero cuando dejé atrás el brezal y tomé un camino secundario,
donde había menos que ver, las ideas naturalmente generadas por
el cambio inminente en mis costumbres y tareas comenzaron a
ocupar más y más mi atención. Para cuando llegué al final del camino, estaba completamente absorto en mis fantasías sobre Limmeridge House, el señor Fairlie y las dos damas a quienes pronto
iba a enseñar acuarela.

Había llegado a ese punto específico del trayecto donde se cru-
zan cuatro caminos: el camino de Hampstead, por el que había
vuelto; el de Finchley; el de West End; y el de regreso a Londres.
Había girado instintivamente hacia este último y caminaba por la

solitaria carretera principal –recordando vagamente, lo admito, cómo serían las jóvenes de Cumberland– cuando, de pronto, cada gota de sangre en mi cuerpo se detuvo en seco al sentir una mano que se posaba suavemente sobre mi hombro, desde atrás.

Me giré de inmediato, apretando con fuerza el mango de mi bastón.

Allí, en mitad de la amplia y brillante carretera –allí, como si acabara de surgir de la tierra o de caer del cielo– estaba la figura de una Mujer solitaria, vestida de blanco de pies a cabeza, con el rostro inclinado en una grave expresión de pregunta hacia mí, y su mano señalando la nube oscura sobre Londres, justo en la dirección que yo miraba.

Estaba demasiado sorprendido por la repentina aparición de esta figura en plena noche y en un lugar tan solitario, como para preguntarle qué quería. Fue ella quien habló primero.

—¿Es ése el camino a Londres? –preguntó.

La miré con atención al oír esa extraña pregunta. Eran casi la una de la madrugada. A la luz de la luna apenas podía distinguir con claridad un rostro juvenil sin color, delgado y anguloso en mejillas y mentón; ojos grandes, graves y atentos, con un aire melancólico; labios nerviosos e inseguros; y cabello claro, de un tono rubio amarillento pálido. No había nada salvaje ni indecoroso en su comportamiento: era tranquilo y contenido, ligeramente triste y con un matiz de desconfianza; no era exactamente el porte de una dama, pero tampoco el de una mujer de la clase más baja. Su voz –lo poco que había oído de ella– tenía un tono curiosamente monótono y mecánico, y su forma de hablar era extraordinariamente rápida. Llevaba un pequeño bolso en la mano, y su vestido –sombrero, chal y falda, todo blanco– no parecía estar hecho de materiales finos o costosos. Su figura era esbelta y un poco más alta que el promedio; su andar y sus gestos estaban libres de toda exageración.

Eso era todo lo que podía observar de ella en la penumbra y bajo las circunstancias desconcertantes de nuestro encuentro. Qué clase de mujer era, y cómo había llegado a estar sola en la carretera a esa hora, me era completamente imposible adivinar. Lo único que sabía con certeza era que ningún hombre, por grosero que fuera, podría haber malinterpretado sus intenciones al dirigirse a mí, ni siquiera en ese lugar solitario y a una hora tan dudosa.

—¿Me ha oído? –repitió, con la misma voz rápida y tranquila, sin rastro de irritación ni impaciencia–. Le he preguntado si ése es el camino a Londres.

—Sí –respondí–, ése es el camino: lleva a St. John's Wood y a Regent's Park. Le ruego me disculpe por no contestar antes. Su aparición repentina en la carretera me ha sobresaltado; y aún ahora no acabo de comprender cómo es posible.

—¿Cree usted que he hecho algo malo? No he hecho nada malo. He tenido un accidente… y me resulta muy desgraciado estar aquí sola a estas horas. ¿Por qué iba a pensar usted que he hecho algo malo?

Hablaba con una intensidad y agitación innecesarias, y retrocedió varios pasos. Hice lo posible por tranquilizarla.

—No crea que tengo la menor sospecha hacia usted –le dije–, ni deseo alguno que no sea ayudarla en lo que me sea posible. Es tan sólo me ha sorprendido verla aparecer en la carretera, porque un instante antes me ha parecido que no había nadie.

Ella se volvió y señaló hacia un punto en el cruce de caminos entre Londres y Hampstead, donde había una abertura en el seto.

—Lo oí venir –dijo– y me escondí allí para ver qué clase de hombre era, antes de arriesgarme a hablar. Dudé y tuve miedo hasta que usted pasó; y entonces me vi obligada a seguirle y tocarle.

¿Seguirme y tocarme? ¿Por qué no llamarme? Extraño, por decirlo de alguna manera.

—¿Puedo confiar en usted? –preguntó–. ¿No piensa mal de mí por haber tenido un accidente?

Se interrumpió, confundida, cambió el bolso de mano y suspiró amargamente.

Su soledad y desamparo me conmovieron. El impulso natural de asistirla y de evitarle más sufrimiento superó el juicio, la prudencia y la cautela que quizá habría aplicado un hombre más viejo, más sabio y frío ante aquella extraña situación.

—Puede confiar en mí para cualquier propósito inocente –le dije–. Si le resulta molesto explicarme su situación, no vuelva a hablar del tema. No tengo derecho a pedirle explicaciones. Sólo dígame en qué puedo ayudarla, y lo haré si está en mis manos.

—Es usted muy amable, y estoy muy, muy agradecida de haberlo encontrado.

La primera nota de verdadera ternura femenina que oí en su voz tembló en esas palabras; pero no había lágrimas en sus grandes ojos graves, que seguían fijos en los míos.

—Sólo he estado una vez en Londres antes –continuó, cada vez más deprisa–, y no conozco nada de ese lado, allá. ¿Puedo conseguir un coche o un carruaje? ¿Es demasiado tarde? No lo sé. Si pudiera usted mostrarme dónde conseguir uno –y si me promete no interferir conmigo y dejarme marchar cuando y como yo quiera– tengo un amigo en Londres que se alegrará de recibirme. No necesito nada más. ¿Lo promete?

Ella miró con ansiedad a ambos lados del camino; volvió a cambiar el bolso de mano; repitió las palabras: «¿Lo promete?» y me miró fijamente, con una mezcla de súplica, miedo y confusión que me resultaba incómoda.

¿Qué podía hacer? Frente a mí tenía a una desconocida completamente indefensa y a mi merced... y esa desconocida era una mujer desamparada. No había casas cerca, no pasaba nadie a quien pudiera consultar, y no existía ningún derecho terrenal que me otorgara autoridad sobre ella, aunque hubiera sabido cómo ejercerla. Trazo estas líneas con desconfianza en mí mismo, con las sombras de los acontecimientos posteriores oscureciendo el papel sobre el que escribo... y aun así digo: ¿qué podía hacer?

Lo que hice fue intentar ganar tiempo haciéndole preguntas.

—¿Está segura de que su amigo en Londres la recibirá a una hora tan avanzada como ésta? –pregunté.

—Completamente segura. Sólo dígame que me dejará marcharme cuando y como yo quiera... sólo dígame que no se interpondrá. ¿Lo promete?

Al repetir por tercera vez esas palabras, se acercó a mí y apoyó la mano, con una repentina suavidad sigilosa, sobre mi pecho: una mano delgada, una mano fría (cuando la aparté con la mía), incluso en esa noche bochornosa. Recuerden que era joven; recuerden que la mano que me tocó era de mujer.

—¿Lo promete?

—Sí.

Una sola palabra. La pequeña palabra familiar que está en boca de todos, a todas horas del día. ¡Ay de mí! Y aún tiemblo al escribirla.

Pusimos rumbo hacia Londres, y caminamos juntos en la primera hora tranquila del nuevo día: yo y esa mujer, cuyo nombre, carácter, historia, propósitos en la vida, y cuya mera presencia a mi lado en ese instante eran para mí misterios insondables. Era como un sueño. ¿Era yo Walter Hartright? ¿Era ésa la carretera habitual, sin sobresaltos, donde la gente paseaba los domingos? ¿Había dejado de verdad, poco más de una hora antes, la atmósfera tranquila, decente y convencional de la casa de mi madre? Estaba demasiado desconcertado –y también demasiado consciente de una vaga sensación de autorreproche– como para hablar con mi extraña acompañante durante varios minutos. Fue su voz, una vez más, la que rompió el silencio entre nosotros.

—Quiero preguntarle algo –dijo de pronto–. ¿Conoce a mucha gente en Londres?

—Sí, a mucha.

—¿A muchos hombres con títulos o rango? –Había un tono de sospecha inconfundible en aquella extraña pregunta. Dudé en contestar.

—A algunos –respondí tras un momento de silencio.

—¿A muchos…? –se detuvo por completo y me miró con intensidad–. ¿A muchos con el título de baronet?

Demasiado sorprendido para responder, fui yo quien la interrogó entonces.

—¿Por qué me lo pregunta?

—Porque espero, por mi propio bien, que haya un baronet que usted no conozca.

—¿Me dirá su nombre?

—No puedo… no me atrevo… me olvido de mí misma cuando lo menciono. –Habló con fuerza, casi con furia, levantando el puño al aire y agitándolo con pasión; luego, de repente, volvió a controlarse y añadió en un susurro–: Dígame a cuáles conoce usted.

No podía negarme a complacerla en algo tan sencillo, así que mencioné tres nombres. Dos eran padres de familia cuyas hijas yo instruía; el otro, un soltero que en una ocasión me había llevado en su yate para que le hiciera unos bocetos.

—¡Ah! No lo conoce –dijo, suspirando aliviada–. ¿Es usted un hombre con rango o título?

—Muy lejos de eso. Sólo soy un profesor de dibujo.

Mientras pronunciaba estas palabras –quizá con un leve amargor–, ella tomó mi brazo con la brusquedad que caracterizaba todos sus movimientos.

—No tiene rango ni título –repitió para sí–. Gracias a Dios. Puedo confiar en él.

Hasta ese momento, había conseguido dominar mi curiosidad por consideración hacia ella; pero ahora ya no pude contenerla.

—¿Acaso tiene usted razones serias para quejarse de algún hombre con título? –pregunté–. ¿El baronet cuyo nombre no quiere revelarme le ha hecho algún daño grave? ¿Es él la causa de que se encuentre aquí a una hora tan extraña?

—No me lo pregunte. No me obligue a hablar de eso –respondió–. No estoy en condiciones. Me han tratado con crueldad, me han hecho mucho daño. Me hará un gran favor si camina deprisa y no me habla. Necesito serenarme, si es que puedo.

Avanzamos a paso rápido, y durante al menos media hora no cruzamos palabra. Como tenía prohibido hacerle preguntas, me limité de vez en cuando a mirarla de reojo. Su expresión era siempre la misma: los labios firmemente cerrados, el ceño fruncido, los ojos fijos al frente, atentos y ausentes al mismo tiempo. Llegamos a las primeras casas, ya muy cerca del nuevo colegio wesleyano, cuando su rostro por fin se relajó y volvió a hablar.

—¿Vive usted en Londres? –dijo.

—Sí –respondí. Y en ese momento me vino a la mente que tal vez pensaba pedirme ayuda o consejo, y que debía ahorrarle una posible decepción advirtiéndole de mi inminente partida. Así que añadí–: Pero mañana estaré fuera de Londres por un tiempo. Me marcho al campo.

—¿A dónde? ¿Al norte o al sur?

—Al norte, a Cumberland.

—¿Cumberland? –repitió el nombre con ternura–. ¡Ah! Ojalá pudiera ir también. En Cumberland fui feliz una vez.

Intenté de nuevo levantar el velo que me separaba de ella.

—Quizás nació allí –dije–, en la hermosa región de los lagos.

—No –respondió–. Nací en Hampshire; pero fui a la escuela por un breve tiempo en Cumberland. ¿Lagos? No recuerdo ninguno. Lo que quisiera volver a ver es el pueblo de Limmeridge y la casa de Limmeridge.

Ahora fue mi turno de detenerme en seco. En el estado de agitación en que me encontraba, aquella referencia casual al lugar de residencia del señor Fairlie, salida de los labios de mi extraña acompañante, me dejó atónito.

—¿Ha oído a alguien llamándonos? –preguntó de inmediato, mirando la carretera de un lado a otro con expresión asustada.

—¡No, no! –respondí–. Sólo me llamó la atención el nombre de Limmeridge House. Lo oí mencionar hace unos días por gente de Cumberland.

—¡Ah! No era mi gente. La señora Fairlie ha muerto; su esposo también; y su hijita quizá ya se ha casado y se ha ido. No puedo decir quién vive ahora en Limmeridge. Si queda alguien de ese apellido, sólo sé que los quiero por el cariño que le tenía a la señora Fairlie.

Parecía a punto de decir algo más, pero en ese momento llegamos a la altura de la garita de peaje, en lo alto de Avenue Road. Su mano se aferró a mi brazo y miró con ansiedad hacia la barrera que teníamos delante.

—¿Está mirando el cobrador? –preguntó.

No, no estaba mirando; no había nadie cerca cuando pasamos por la puerta. La visión de las farolas y las casas pareció alterarla y volverla impaciente.

—Esto es Londres –dijo–. ¿Ve algún coche que pueda tomar? Estoy cansada y asustada. Quiero encerrarme y que me lleven lejos.

Le expliqué que tendríamos que caminar un poco más para llegar a una parada de coches, salvo que tuviéramos la suerte de cruzarnos con un vehículo libre; e intenté retomar el tema de Cumberland. Fue inútil. Esa idea de encerrarse y ser conducida lejos se había apoderado por completo de su mente. No podía pensar ni hablar de otra cosa. Apenas habíamos avanzado un tercio de la Avenue Road cuando vi un coche de alquiler detenerse frente a una casa, al otro lado de la calle. Un caballero bajó y entró por la puerta del jardín. Llamé al cochero justo cuando subía al pescante. Al cruzar la calle, la impaciencia de mi acompañante se intensificó tanto que casi me obligó a correr.

—Es tan tarde –dijo–. Tengo prisa sólo porque es muy tarde.

—No puedo llevarlo, señor, si no va hacia Tottenham Court Road –me dijo con cortesía el cochero, cuando abrí la puerta del coche–. El caballo está agotado y no puedo llegar más lejos que al establo.

—Sí, sí, me sirve. Voy en esa dirección, voy hacia allí –dijo ella, con ansiosa vehemencia, y me empujó suavemente para entrar al coche.

Antes de dejarla subir, me había asegurado de que el cochero estaba tan sobrio como era educado. Ahora, una vez dentro, le supliqué que me permitiera verla llegar sana y salva a su destino.

—No, no, no –respondió con firmeza–. Estoy completamente a salvo y muy feliz ahora. Si usted es un caballero, recuerde su promesa. Deje que él conduzca hasta que yo le diga que se detenga. Gracias… ¡oh, gracias, muchas gracias!

Mi mano estaba aún en la portezuela del coche. Ella la tomó entre las suyas, la besó y la apartó. El coche partió al mismo instante. Di un paso hacia la calle, con una vaga idea de detenerlo otra vez, sin saber bien por qué, dudé por miedo a asustarla o molestarla, y finalmente grité… pero no con la fuerza suficiente como para llamar la atención del cochero. El sonido de las ruedas se fue desvaneciendo… el coche se perdió entre las sombras negras del camino… la mujer vestida de blanco había desaparecido.

Había pasado más de un cuarto de hora. Seguía en el mismo lado del camino, caminando algunos pasos sin rumbo, deteniéndome de nuevo, abstraído. Por momentos dudaba de la realidad de lo que me había ocurrido; por otros, me sentía perplejo y turbado por una vaga sensación de haber hecho algo mal, aunque sin poder precisar cómo habría podido actuar correctamente. Apenas sabía hacia dónde iba ni qué pensaba hacer; sólo era consciente del torbellino de pensamientos que me invadía, cuando algo me devolvió bruscamente a la realidad –me despertó, podría decirse–: el sonido de unas ruedas que se acercaban a toda velocidad por detrás de mí.

Estaba en el lado oscuro del camino, bajo la sombra espesa de unos árboles de jardín, cuando me detuve a mirar. Al otro lado, más iluminado, un poco más abajo, un agente de policía paseaba en dirección a Regent's Park.

El vehículo pasó junto a mí –una calesa descubierta, conducida por dos hombres.

—¡Detente! –gritó uno–. Ahí hay un agente. Vamos a preguntarle.

El caballo se detuvo al instante, unos metros más adelante, justo más allá del lugar oscuro donde yo me hallaba.

—¡Agente! –llamó el primero–. ¿Ha visto pasar a una mujer por aquí?

—¿Qué clase de mujer, señor?

—Una mujer con un vestido color lavanda…

—No, no –interrumpió el segundo hombre–. La ropa que le dimos fue encontrada en su cama. Tuvo que haberse ido con la ropa con la que llegó. De blanco, agente. Una mujer vestida de blanco.

—No la he visto, señor.

—Si usted o alguno de los suyos se topa con esa mujer, deténganla y llévenla, bajo buena custodia, a esta dirección. Pagaré todos los gastos y una recompensa generosa además.

El agente miró la tarjeta que le entregaron.

—¿Por qué debemos detenerla, señor? ¿Qué ha hecho?

—¿Hecho? Se ha escapado de mi manicomio. No lo olvide: una mujer vestida de blanco. Siga.

V

—Se ha escapado de mi manicomio…

No puedo decir sinceramente que la terrible conclusión que esas palabras sugerían me haya golpeado como una revelación súbita. Algunas de las preguntas que la mujer vestida de blanco me hizo después de mi poco meditada promesa de dejarla actuar libremente, ya me habían llevado a pensar que era una persona inestable o que algún reciente espanto había trastornado su equilibrio. Pero la idea de una locura absoluta –la clase de locura que todos asociamos con la palabra *manicomio*–, puedo declararlo con honestidad, jamás se me había ocurrido en relación con ella. En sus palabras y en su comportamiento no vi nada que, en aquel momento, lo justificara; y aun ahora, a la luz de lo que esos hombres dijeron al policía, seguía sin verlo.

¿Qué había hecho? ¿Ayudado a escapar a la víctima de la más horrible de las prisiones injustas? ¿O había soltado en el vasto mundo de Londres a una criatura desdichada, cuyas acciones era mi deber –y el deber de todo hombre– vigilar con compasión? Sentí una náusea moral cuando esa pregunta se formuló en mi mente… y cuando, con dolorosa lucidez, me di cuenta de que llegaba demasiado tarde.

En el estado de agitación en que me encontraba, era inútil pensar en dormir al regresar finalmente a mis habitaciones en Clement's Inn. En pocas horas debía partir hacia Cumberland. Me senté e intenté dibujar, luego leer…, pero la mujer de blanco se interponía entre mi lápiz y yo, entre mi libro y mis pensamientos. ¿Había sufrido algún daño esa criatura desamparada? Ésa fue mi primera preocupación, aunque egoístamente intenté apartarla. Otras preguntas vinieron después, menos dolorosas: ¿Dónde se había detenido el coche? ¿Dónde estaría ahora? ¿Había sido ya localizada y capturada por los hombres de la calesa? ¿O aún conservaba el control sobre sus actos? ¿Y acaso, sin saberlo, los dos avanzábamos por caminos separados hacia un mismo punto en el futuro, donde habríamos de encontrarnos de nuevo?

Fue un alivio cuando llegó la hora de cerrar la puerta con llave, de despedirme de mis ocupaciones, alumnos y amigos londinenses, y de ponerme en marcha hacia nuevos intereses y una nueva vida. Incluso el bullicio y la confusión en la estación, tan molestos y agotadores en otras ocasiones, me despertaron el ánimo y me hicieron bien.

Mis instrucciones de viaje me indicaban que debía ir a Carlisle y, desde allí, tomar un ramal ferroviario que conducía hacia la costa. Como primera contrariedad, la locomotora se averió entre Lancaster y Carlisle. El retraso provocado por el accidente me hizo perder el tren del ramal con el que debía continuar inmediatamente. Tuve que esperar varias horas; y cuando, por fin, un tren más tardío me dejó en la estación más próxima a Limmeridge House, ya pasaban de las diez de la noche y la oscuridad era tan densa que apenas podía ver el camino hasta el cochecito de caballos que el señor Fairlie había dispuesto para recogerme.

El cochero estaba evidentemente molesto por mi retraso. Se encontraba en ese estado de malhumor respetuoso tan peculiar de los criados ingleses. Emprendimos el camino en silencio, avanzando lentamente en la oscuridad. Las carreteras estaban en mal estado y la negrura de la noche hacía aún más difícil avanzar con rapidez. Según mi reloj, pasó casi una hora y media desde que dejamos la estación hasta que oí, a lo lejos, el sonido del mar y el crujido de las ruedas sobre una entrada de grava lisa. Habíamos pasado una verja antes de tomar ese camino, y otra más antes de detenernos ante la casa. Me recibió un sirviente solemne, sin librea, me informó de que la familia ya se había retirado y me condujo a un gran salón alto donde me aguardaba la cena, servida de manera desolada en uno de los extremos de una larga y solitaria mesa de caoba.

Estaba demasiado cansado y desanimado para comer o beber mucho, sobre todo con aquel sirviente tan ceremonioso atendiéndome como si se tratara de una pequeña cena de compromiso en lugar de un huésped solitario. En un cuarto de hora estaba listo para subir a mi habitación. El criado me llevó a una estancia agradablemente amueblada, dijo: «El desayuno es a las nueve, señor», echó un vistazo para comprobar que todo estuviera en orden, y se retiró sin hacer el menor ruido.

«¿Qué veré esta noche en mis sueños? –me pregunté mientras apagaba la vela–. ¿A la mujer vestida de blanco? ¿O a los desconocidos habitantes de esta mansión de Cumberland?». Era una sensación extraña dormir en esa casa como si fuera un amigo de la familia... y no conocer a ninguno de sus miembros, ni siquiera de vista.

VI

Cuando me levanté a la mañana siguiente y corrí la cortina, el mar se abrió ante mí, alegre, bajo la intensa luz solar de agosto, y la costa distante de Escocia perfilaba el horizonte con una línea de azul que se fundía lentamente.

Aquel panorama fue tal sorpresa, y supuso un cambio tan radical tras mi fatigosa experiencia londinense entre ladrillos y cemento, que sentí como si me sumergiera en una vida nueva, con pensamientos completamente distintos, en cuanto lo contemplé. Una vaga sensación de haber perdido de pronto la conexión con el pasado –sin ganar, a cambio, mayor claridad sobre el presente o el futuro– se apoderó de mi mente. Los acontecimientos de sólo unos días atrás se difuminaban en mi memoria como si hubieran ocurrido hacía meses. El anuncio extravagante de Pesca sobre cómo había conseguido para mí aquel empleo; la velada de despedida con mi madre y mi hermana; incluso mi misteriosa aventura al regresar de Hampstead..., todo me parecía pertenecer a una época anterior de mi vida. Aunque la mujer vestida de blanco seguía presente en mi pensamiento, su imagen ya parecía apagada y lejana.

Un poco antes de las nueve bajé a la planta baja. El mismo criado solemne de la noche anterior me encontró deambulando por los pasillos y, compasivamente, me indicó el camino al comedor.

Mi primera mirada al entrar me mostró una mesa de desayuno bien dispuesta, en medio de una estancia larga, con muchas venta-

34

nas. Miré desde la mesa hacia la más lejana, y vi a una dama de espaldas, contemplando el exterior. En cuanto la vi, me llamó la atención la rara belleza de su figura y la gracia natural de su postura. Era alta, pero no en exceso; de cuerpo armónico y desarrollado, sin llegar a ser gruesa; su cabeza descansaba sobre los hombros con una firmeza flexible y elegante; su cintura —perfecta a los ojos de un hombre— estaba donde debía estar, llenaba con naturalidad su contorno, y no parecía deformada por corsés. No había oído mi entrada, y me permití el pequeño lujo de admirarla unos instantes antes de mover una de las sillas cercanas, para llamar su atención sin incomodarla. Se volvió de inmediato. La facilidad elegante con la que se desplazó desde el fondo de la sala me agitó con expectación por ver su rostro. Dejó la ventana —y pensé: «La dama es morena». Dio unos pasos— y me dije: «La dama es joven». Se acercó más y entonces, con una sorpresa difícil de describir, me dije: «¡La dama es fea!».

Nunca había sido tan rotundamente desmentido el viejo axioma convencional de que «la Naturaleza no se equivoca». Jamás una figura tan prometedora había sido tan desconcertantemente desmentida por el rostro y la cabeza que la coronaban. Su cutis era casi oscuro, y la sombra sobre el labio superior rozaba el bigote. Tenía la boca y la mandíbula grandes, firmes, casi masculinas; ojos marrones, prominentes, penetrantes y decididos; y un cabello negro como el carbón, espeso, que le crecía inusualmente bajo en la frente. Su expresión —viva, franca, inteligente— parecía, mientras permanecía en silencio, completamente desprovista de esos atractivos femeninos de dulzura y flexibilidad, sin los cuales la belleza de la mujer más perfecta está incompleta. Ver ese rostro sobre unos hombros que harían soñar a cualquier escultor, dejarse seducir por la modestia encantadora con que sus miembros se movían, y luego sentirse casi repelido por la apariencia masculina de sus facciones era como experimentar esa incomodidad onírica que todos conocemos: cuando en sueños reconocemos, sin poder conciliar, las contradicciones de lo que estamos viendo.

—¿El señor Hartright? —dijo la dama interrogativamente. Su rostro moreno se iluminó con una sonrisa que suavizó al instante sus rasgos y les devolvió algo de feminidad–. Ayer por la noche perdimos la esperanza de verle y nos acostamos como de costumbre. Le pido disculpas por esta aparente falta de cortesía… y permítame presentarme como una de sus alumnas. ¿Nos damos la mano? Supongo que más tarde o más temprano tendremos que hacerlo… ¿por qué no ahora?

Estas palabras tan peculiares fueron pronunciadas con voz clara, alegre y agradable. La mano que me ofreció –algo grande, pero de forma bellísima– me fue dada con la naturalidad confiada de una mujer bien educada. Nos sentamos juntos a la mesa como si lleváramos años conociéndonos y hubiéramos acordado encontrarnos en Limmeridge para recordar viejos tiempos.

—Espero que haya venido aquí con buen humor y decidido a sacar el mejor provecho de su situación –continuó la dama–. Esta mañana tendrá que conformarse con desayunar sólo en mi compañía. Mi hermana está en su habitación, aquejada de esa dolencia típicamente femenina: un leve dolor de cabeza; y su antigua institutriz, la señora Vesey, la atiende piadosamente con tazas de té. Mi tío, el señor Fairlie, jamás se une a nosotros en las comidas: es un inválido y vive recluido en sus habitaciones. En la casa no queda nadie más que yo. Dos jóvenes estuvieron alojadas aquí, pero se marcharon ayer, desesperadas; y no me extraña. Durante toda su estancia –por culpa de la condición del señor Fairlie– no había en la casa ni un solo ser masculino con el que coquetear, bailar o charlar trivialmente; así que nos pasamos el tiempo discutiendo, sobre todo a la hora de la cena. ¿Cómo espera usted que cuatro mujeres cenen juntas todos los días sin pelear? Somos tan tontas que no sabemos entretenernos entre nosotras en la mesa. Verá que no tengo una opinión muy elevada de mi sexo, señor Hartright –¿tomará té o café?–. Ninguna mujer piensa realmente bien de las mujeres, aunque pocas lo confiesen con la franqueza con que lo hago yo. ¡Dios mío, parece usted desconcertado! ¿Por qué? ¿Se pregunta qué va a desayunar? ¿O le sorprende mi manera de hablar? En el primer caso, le aconsejo, como amiga, que no toque ese jamón frío que tiene al lado, y que espere a que traigan la tortilla. En el segundo, le serviré una taza de té para calmarle… y haré todo lo que pueda (que no es mucho, tratándose de una mujer) para mantener la boca cerrada.

Ella me pasó la taza de té riendo alegremente. Su charla ligera y su trato vivaz y familiar con un completo desconocido venían acompañados de una naturalidad sin afectación y una seguridad innata en sí misma y en su posición, que le habrían ganado el respeto del hombre más atrevido. Aunque resultaba imposible comportarse con formalidad o reserva en su compañía, era aún más imposible tomarse la menor libertad con ella, incluso en pensamiento. Lo sentí instintivamente, incluso mientras me dejaba contagiar por su brillante buen humor y hacía lo posible por responderle con la misma franqueza y vivacidad.

—Sí, sí –dijo, cuando le propuse la única explicación que se me ocurrió para justificar mi expresión de desconcierto–. Lo entiendo. Como usted es un completo extraño en esta casa, le confunden mis referencias tan familiares a los respetables habitantes. Es natural: debí pensarlo antes. En cualquier caso, puedo aclararlo ahora. Supongamos que empiezo por mí misma, así salimos rápido de esa parte del asunto. Me llamo Marian Halcombe, y soy tan inexacta como lo son las mujeres por lo general, al llamar «tío» al señor Fairlie y «hermana» a la señorita Fairlie. Mi madre se casó dos veces: la primera con el señor Halcombe, mi padre; la segunda con el señor Fairlie, el padre de mi hermanastra. Salvo que ambas somos huérfanas, no tenemos absolutamente nada en común. Mi padre era pobre, y el de la señorita Fairlie, rico. Yo no tengo nada; ella tiene una fortuna. Yo soy morena y fea; ella es rubia y bonita. Todos opinan que soy rara y de carácter difícil (con toda la razón), y todos piensan que ella es encantadora y dulce (con mayor razón aún). En resumen, ella es un ángel, y yo soy… Pruebe un poco de esa mermelada, señor Hartright, y termine la frase usted mismo, en nombre de la decencia femenina.

¿Qué puedo decirle del señor Fairlie? Le aseguro que apenas lo sé. Seguro que lo llamará después del desayuno, y podrá estudiarlo usted mismo. Mientras tanto, le diré, primero, que es el hermano menor del difunto señor Fairlie; segundo, que es soltero; y tercero, que es el tutor de la señorita Fairlie. Yo no puedo vivir sin ella, y ella no puede vivir sin mí; por eso estoy aquí, en Limmeridge House. Nos tenemos un aprecio sincero, mi hermana y yo; lo que, admito, resulta completamente incomprensible dadas las circunstancias, y coincido con usted si piensa lo mismo…, pero así es. Usted tendrá que agradarnos a ambas, señor Hartright, o no agradarnos a ninguna. Y, más difícil aún, tendrá que depender exclusivamente de nuestra compañía. La señora Vesey es una excelente persona, poseedora de todas las virtudes cardinales, pero cuenta tanto como un florero. Y el señor Fairlie está demasiado delicado como para ser compañía de nadie. No sé qué tiene, los médicos tampoco lo saben, y él mismo no tiene idea de qué le pasa. Todos decimos que es «de los nervios», pero ninguno sabe qué quiere decir eso realmente. En cualquier caso, le aconsejo que le siga la corriente cuando lo vea hoy. Admire su colección de monedas, grabados y acuarelas, y se ganará su corazón. Le doy mi palabra: si se conforma con una vida tranquila en el campo, no veo por qué no podría llevarse bien aquí. Desde el desayuno hasta el almuerzo, los dibujos del señor Fairlie lo tendrán ocupado. Después del almuerzo, la señorita Fairlie y yo tomamos nuestros cuadernos y salimos a desfigurar la naturaleza bajo su dirección. Dibujar es su capricho favorito, no el mío. Las mujeres no saben dibujar: su mente es demasiado dispersa y sus ojos demasiado distraídos. No importa: a mi hermana le gusta, así que malgasto pintura y estropeo papel por ella con tanta calma como cualquier mujer inglesa. En cuanto a las noches, creo que podremos ayudarle a pasarlas bien. La señorita Fairlie toca el piano de maravilla. Por mi parte, no distingo una nota de otra; pero puedo igualarle en ajedrez, *backgammon*, *écarté* e, incluso (con las inevitables desventajas femeninas), en billar también. ¿Qué le parece el programa? ¿Cree que podrá adaptarse a esta vida tranquila y regular? ¿O piensa inquietarse en secreto, sediento de cambio y aventura en la monótona atmósfera de Limmeridge House?

Había hablado todo ese tiempo en tono de burla elegante, sin más interrupción de mi parte que las respuestas de cortesía que exigía la conversación. Sin embargo, la última expresión que usó —más bien una sola palabra: «aventura»— pronunciada con tanta ligereza, me trajo de inmediato a la memoria mi encuentro con la mujer vestida de blanco, y me impulsó a descubrir la relación que, según sus propias palabras, aquella desconocida había tenido con la señora Fairlie, antigua dueña de Limmeridge House.

—Aunque fuera el hombre más inquieto del mundo –dije–, no correría el riesgo de ansiar aventuras por algún tiempo. La noche antes de llegar a esta casa viví una, y le aseguro, señorita Halcombe, que el asombro y la impresión que me causó bastarán para toda mi estancia en Cumberland, si no más.

—¿De verdad, señor Hartright? ¿Puedo oírla?

—Tiene todo el derecho a hacerlo. La persona principal en esa aventura era completamente desconocida para mí, y quizá también lo sea para usted; pero, desde luego, mencionó el nombre de la difunta señora Fairlie con la más sincera gratitud y estima.

—¿Mencionó el nombre de mi madre? Me interesa enormemente. Le ruego que continúe.

De inmediato relaté las circunstancias bajo las cuales había conocido a la mujer vestida de blanco, exactamente como ocurrieron, y repetí palabra por palabra lo que había dicho acerca de la señora Fairlie y de Limmeridge House.

Los ojos vivos y resueltos de la señorita Halcombe se clavaron en los míos desde el principio del relato hasta el final. Su rostro mostraba un interés intenso y asombro, pero nada más. Evidentemente, estaba tan lejos de conocer alguna pista sobre el misterio como yo mismo.

—¿Está usted completamente seguro de esas palabras en referencia a mi madre? –preguntó.

—Completamente seguro –respondí. Fuera quien fuese, esa mujer había estado alguna vez en la escuela del pueblo de Limmeridge, recibió una amabilidad especial por parte de la señora Fairlie y, en recuerdo agradecido de esa amabilidad, siente un afecto sincero por todos los miembros supervivientes de la familia. Sabía que tanto la señora Fairlie como su esposo habían fallecido, y habló de la señorita Fairlie como si se hubieran conocido en la infancia.

—¿Dijo usted que negó pertenecer a este lugar?

—Sí, me dijo que venía de Hampshire.

—¿Y no logró averiguar su nombre?

—En absoluto.

—Muy extraño. Creo que actuó usted con pleno fundamento, señor Hartright, al concederle la libertad a esa pobre criatura, pues no parece haber hecho nada en su presencia que demostrase no merecerla. Pero me hubiera gustado que se mostrara un poco más firme para descubrir su nombre. Debemos realmente aclarar este misterio de alguna manera. Es mejor que no se lo mencione todavía ni a mi tío ni a mi hermana. Estoy segura de que ambos son tan ignorantes como yo sobre quién es esa mujer y cuál ha sido su relación pasada con nosotros. Pero también son, en formas muy distintas, bastante nerviosos y sensibles; y usted no haría sino inquietar a uno y alarmar al otro inútilmente. En cuanto a mí, estoy ardiendo de curiosidad, y consagro desde ahora todas mis energías al esclarecimiento de este asunto. Cuando mi madre vino aquí, después de su segundo matrimonio, sin duda fundó la escuela del pueblo tal como existe hoy. Pero los antiguos maestros han muerto o se han marchado, y no podemos esperar ninguna luz de ese lado. La única alternativa que se me ocurre…

En ese momento fuimos interrumpidos por la entrada de un sirviente con un mensaje del señor Fairlie, quien manifestaba su deseo de verme tan pronto como terminara el desayuno.

—Espere en el vestíbulo —dijo la señorita Halcombe, contestando ella misma por mí con su habitual rapidez—. El señor Hartright saldrá enseguida. Iba a decirle —continuó, dirigiéndose de nuevo a mí— que mi hermana y yo conservamos una amplia colección de cartas de mi madre dirigidas a mi padre y al suyo. A falta de otro medio para obtener información, pasaré la mañana revisando la correspondencia de mi madre con el señor Fairlie. Él adoraba Londres y solía ausentarse constantemente de su residencia en el campo, y mi madre le escribía para contarle cómo iban las cosas en Limmeridge. Sus cartas están llenas de referencias a la escuela, a la que dedicaba especial interés, y creo muy probable que para cuando nos volvamos a ver, yo haya descubierto algo. El almuerzo es a las dos, señor Hartright. Tendré el placer de presentarle a mi hermana entonces, y dedicaremos la tarde a recorrer los alrededores y mostrarle nuestros paisajes favoritos. Hasta las dos, pues. Adiós.

Se despidió con esa gracia vivaz, esa refinada familiaridad que caracterizaban todo lo que hacía y decía, y salió por una puerta al fondo de la sala. Tan pronto como desapareció, me dirigí al vestíbulo siguiendo al criado para presentarme por primera vez ante el señor Fairlie.

· VII

Mi guía me condujo escaleras arriba por un pasillo que nos llevó de nuevo junto a la habitación donde había dormido la noche anterior; y abriendo la puerta contigua, me invitó a entrar.

—Mi señor me ha encargado mostrarle su salón privado, señor –dijo–, y preguntarle si le complace la situación y la luz.

Habría tenido que ser muy difícil de contentar para no quedar satisfecho con la estancia y todo cuanto contenía. El ventanal miraba al mismo paisaje encantador que me había maravillado esa mañana desde el dormitorio. Los muebles eran el colmo del lujo y la belleza; la mesa central resplandecía con libros elegantemente encuadernados, útiles de escritura refinados y hermosas flores; otra mesa junto al ventanal estaba cubierta con todo lo necesario para montar acuarelas y tenía un pequeño caballete que podía plegarse o desplegarse a voluntad; las paredes estaban forradas de *chintz* de vivos colores, y el suelo, cubierto con un estera de la India en tonos maíz y rojo. Era el salón más bonito y lujoso que había visto nunca, y lo admiré con entusiasmo sincero.

El solemne criado, por su parte, estaba demasiado bien entrenado como para mostrar la menor satisfacción. Se limitó a inclinarse con gélida deferencia cuando agoté mis expresiones de admiración y, en silencio, me abrió de nuevo la puerta para salir al pasillo.

Doblamos una esquina, atravesamos un segundo pasillo largo, subimos un corto tramo de escaleras, cruzamos un pequeño vestíbulo circular en la planta alta y nos detuvimos frente a una puerta forrada con fieltro oscuro. El criado la abrió, avanzó unos pasos hasta una segunda puerta, la abrió también y dejó al descubierto dos cortinas de seda color verde mar colgando ante nosotros. Levantó una de ellas sin hacer ruido, murmuró suavemente «el señor Hartright», y me dejó allí.

Me encontré en una habitación grande y alta, con un magnífico techo tallado y una alfombra tan gruesa y suave que parecía de terciopelo bajo los pies. Un lado de la sala estaba ocupado por una librería larga, de rara madera incrustada que me era desconocida. No tenía más de metro ochenta de alto, y su parte superior estaba decorada con estatuillas de mármol colocadas a intervalos regulares. En el lado opuesto había dos gabinetes antiguos; entre ellos, y sobre ellos, colgaba un cuadro de la Virgen con el Niño, protegido por un cristal y con el nombre de Rafael en una placa dorada en el marco. A derecha e izquierda, según entraba, había chifonieres y mesitas de *buhl* y *marqueterie*, repletos de figuras de porcelana de Dresde, jarrones raros, adornos de marfil, juguetes y curiosidades que brillaban por todas partes con oro, plata y piedras preciosas. Al fondo de la sala, frente a mí, las ventanas estaban ocultas por grandes estores del mismo verde mar pálido de las cortinas de la entrada. La luz que se filtraba así era deliciosamente suave, misteriosa y tenue; caía por igual sobre todos los objetos de la sala; acentuaba el profundo silencio y el aire de aislamiento absoluto que se respiraba, y envolvía con un halo apropiado de reposo la figura solitaria del dueño de la casa, recostado lánguidamente en una gran butaca, con un atril sujeto a uno de sus brazos y una mesita al otro lado.

Si se puede aceptar la apariencia de un hombre fuera del tocador, y pasada la cuarentena, como guía segura de su edad –lo cual es muy dudoso–, habría estimado la edad del señor Fairlie entre cincuenta y sesenta años. Su rostro afeitado era delgado, consumido y transparentemente pálido, pero sin arrugas; su nariz era aguileña; sus ojos, de un gris azulado opaco, grandes, saltones y enrojecidos en los bordes; su cabello, escaso, de aspecto suave y de ese tono rubio arenoso que es el último en volverse canoso. Vestía levita oscura de tejido más liviano que el paño, y chaleco y pantalones de un blanco inmaculado. Sus pies, extraordinariamente pequeños, calzaban medias de seda color crema y zapatillas femeninas de cuero bronceado. Dos anillos adornaban sus manos blancas y delicadas, cuyo valor incluso mi inexperta mirada reconoció como extraordinario. En conjunto, tenía un aspecto frágil, lánguidamente quejumbroso, exageradamente refinado –algo singular y desagradablemente delicado en un hombre–, y que, al mismo tiempo, resultaría completamente fuera de lugar si se trasladara a una mujer. La impresión favorable que me había dejado la señorita Halcombe me predisponía a sentir simpatía por todos en la casa; pero mis simpatías se cerraron con firmeza al primer vistazo del señor Fairlie.

Al acercarme, descubrí que no estaba tan desocupado como había supuesto al principio. Sobre una gran mesa redonda, rodeado de otros objetos raros y hermosos, había un gabinete en miniatura de ébano y plata, que contenía monedas de todas las formas y tamaños, dispuestas en pequeños cajones forrados de terciopelo púrpura oscuro. Uno de esos cajones descansaba sobre la mesita adosada a su sillón, y junto a él había unos diminutos pinceles de joyero, una muñequilla de gamuza y un frasquito con un líquido, todos dispuestos para limpiar cualquier impureza accidental que pudiera hallarse en las monedas. Sus dedos frágiles y pálidos jugueteaban distraídamente con lo que, a mis ojos inexpertos, parecía una sucia medalla de peltre, con los bordes desgastados. Me detuve a una distancia respetuosa e hice una leve reverencia.

—Qué placer tenerlo en Limmeridge, señor Hartright –dijo con una voz quejumbrosa y áspera, una mezcla poco agradable de tono agudo y pronunciación lánguida y somnolienta–. Por favor, siéntese. Y no se moleste en mover la silla. En el deplorable estado de mis nervios, cualquier movimiento me resulta exquisitamente doloroso. ¿Ha visto ya su estudio? ¿Le parece adecuado?

—Acabo de venir de verlo, señor Fairlie, y le aseguro…

Me interrumpió en mitad de la frase, cerrando los ojos y levantando una de sus manos blancas en un gesto suplicante. Me detuve, perplejo, y su voz croante me ofreció esta explicación:

—Le ruego que me excuse. ¿Podría hablar en un tono más bajo? En el lamentable estado de mis nervios, cualquier sonido fuerte me resulta un suplicio indescriptible. ¿Perdonará usted a un inválido? Sólo digo lo que mi salud me obliga a decir a todo el mundo. Bien. ¿Y realmente le gusta la habitación?

—No podría desear nada más bonito ni más cómodo —respondí, bajando la voz, y empezando a comprender que la afectada delicadeza de Fairlie y su supuesta fragilidad nerviosa eran, en esencia, lo mismo.

—Me alegra tanto. Su posición aquí, señor Hartright, será debidamente reconocida. En esta casa no existe esa horrenda barbarie inglesa que se muestra ante la posición social de un artista. He pasado buena parte de mi vida en el extranjero, y en ese sentido he dejado atrás por completo mi piel insular. Ojalá pudiera decir lo mismo de la nobleza —palabra detestable, pero supongo que tengo que usarla—, de la nobleza de la región. Son unos perfectos godos en lo que al arte se refiere, señor Hartright. Personas que, le aseguro, se habrían quedado boquiabiertas si hubiesen visto al emperador Carlos V recoger el pincel de Tiziano por él. ¿Le importaría devolver esta bandeja de monedas al gabinete y pasarme la siguiente? En el triste estado de mis nervios, cualquier esfuerzo me resulta inenarrablemente desagradable. Sí. Gracias.

Como comentario práctico a la liberal teoría social que acababa de ilustrarme, la frescura de su petición me hizo cierta gracia. Guardé un cajón y le pasé el otro con toda cortesía. Inmediatamente empezó a juguetear con las nuevas monedas y los pinceles, mirándolos con desgano y admirándolos mientras me hablaba.

—Mil gracias y mil disculpas. ¿Le gustan las monedas? ¿Sí? Me alegra tanto que tengamos otro gusto en común, además del arte. Ahora, sobre los arreglos económicos entre nosotros… dígame, ¿le parecen satisfactorios?

—Más que satisfactorios, señor Fairlie.

—Me alegra enormemente. ¿Y qué sigue? Ah, ya recuerdo. Sí. En relación con la compensación que tiene usted la bondad de aceptar por brindarme el beneficio de sus conocimientos artísticos, mi administrador lo visitará al final de la primera semana para conocer sus preferencias. ¿Y qué más…? Curioso, ¿no? Tenía tantas cosas que decir y parece que las he olvidado por completo. ¿Le importaría tocar el timbre? En esa esquina. Sí. Gracias.

Toqué el timbre, y apareció en silencio un nuevo sirviente: un extranjero, con una sonrisa fija y el cabello perfectamente peinado, un ayuda de cámara en todo el sentido de la palabra.

—Louis –dijo el señor Fairlie, espolvoreando soñadoramente las yemas de los dedos con uno de los diminutos pinceles–, esta mañana hice algunas anotaciones en mis *tablettes*. Encuentra mis *tablettes*. Mil perdones, señor Hartright, temo estar aburriéndolo.

Antes de que pudiera contestar, volvió a cerrar los ojos con fatiga. Y como, sin duda, me estaba aburriendo, guardé silencio y me quedé mirando la Madonna con el Niño de Rafael. Mientras tanto, el ayuda de cámara salió de la sala y regresó poco después con un pequeño cuaderno de marfil. El señor Fairlie, tras dejar escapar un leve suspiro de alivio, dejó caer el cuaderno abierto con una mano, y con la otra alzó el diminuto pincel como señal para que el criado aguardara nuevas instrucciones.

—¡Sí, exactamente así! –dijo el señor Fairlie, consultando sus *tablettes*–. Louis, baja esa carpeta.

Señaló, mientras hablaba, varias carpetas colocadas cerca de la ventana, sobre unos atriles de caoba.

—No, no la de lomo verde; esa contiene mis grabados de Rembrandt, señor Hartright. ¿Le gustan los grabados? ¿Sí? Qué alegría que compartamos otro gusto, además del arte. La carpeta de lomo rojo, Louis. ¡No la dejes caer! No tiene idea de las torturas que sufriría, señor Hartright, si Louis dejara caer esa carpeta. ¿Está bien colocada en la silla? ¿Usted cree que está segura, señor Hartright? ¿Sí? ¡Qué alivio! ¿Le importaría echarles un vistazo a los dibujos, si de verdad está seguro de que están a salvo? Louis, retírate. Qué imbécil eres. ¿No me ves sosteniendo las *tablettes*? ¿Crees que quiero seguir sosteniéndolas? ¿Entonces por qué no me las quitas sin que tenga que decírtelo? Mil disculpas, señor Hartright; los sirvientes son unos perfectos idiotas, ¿verdad? Dígame, ¿qué opina de los dibujos? Provienen de una subasta y están en un estado lamentable. Me pareció percibir en ellos el hedor de los dedos de marchantes y corredores. ¿Cree que puede hacerse cargo de ellos?

Aunque mis nervios no eran lo bastante delicados como para detectar el supuesto olor a dedos plebeyos que había ofendido al señor Fairlie, sí tenía el gusto lo bastante educado como para reconocer el valor de los dibujos al hojearlos. Eran, en su mayoría, excelentes muestras del arte inglés en acuarela, y merecían haber recibido un trato mucho mejor del que parecían haber tenido.

—Los dibujos —respondí— necesitan ser tensados y montados con cuidado y, en mi opinión, valen sobradamente…

—Perdone que lo interrumpa —intervino el señor Fairlie—. ¿Le importaría que cerrara los ojos mientras me habla? Incluso esta luz me resulta insoportable para ellos. ¿Sí?

—Estaba a punto de decir que los dibujos valen sobradamente todo el tiempo y el esfuerzo…

El señor Fairlie abrió repentinamente los ojos y los giró, con una expresión de alarmada impotencia, hacia la ventana.

—Le ruego que me excuse, señor Hartright —dijo con voz temblorosa—, pero ¿no oigo acaso a unos niños horrendos en el jardín… en mi jardín privado… allá abajo?

—No sabría decirle, señor Fairlie. Yo no he oído nada.

—Hágame un favor —usted ha sido tan amable con mis pobres nervios—, hágame el favor de levantar una esquina de la cortina. ¡Pero no deje que me entre el sol, señor Hartright! ¿Ya la levantó? ¿Sí? Entonces, ¿sería tan amable de mirar al jardín y asegurarse bien?

Accedí a esta nueva petición. El jardín estaba completamente cercado por muros. No se veía a ningún ser humano, ni grande ni pequeño, en ningún rincón de aquella sagrada reclusión. Informé al señor Fairlie de tan tranquilizadora constatación.

—Mil gracias. Habrá sido una fantasía mía. En esta casa no hay niños —gracias al cielo—, pero los sirvientes (personas nacidas sin nervios) alientan a los niños del pueblo. ¡Qué mocosos! ¡Ay, qué mocosos! ¿Puedo confesarle algo, señor Hartright? Me urge una reforma en la construcción de los niños. La única idea de la Naturaleza parece ser convertirlos en máquinas de producir ruido sin cesar. ¿No le parece infinitamente preferible la concepción de nuestro encantador Raffaello?

Señaló el cuadro de la Madonna, cuya parte superior representaba a los querubines convencionales del arte italiano, cómodamente instalados sobre globos de nubes color beige, con el mentón apoyado en las manos.

—¡Una familia ejemplar! –dijo el señor Fairlie, lanzando una mirada lasciva a los querubines–. Esos rostros redondos tan agradables, esas alitas suaves… y nada más. Sin piernitas sucias que corran de un lado a otro, ni pulmoncitos ruidosos que griten. ¡Qué superioridad, incomparable, respecto a la versión actual! Voy a cerrar los ojos otra vez, si me lo permite. ¿Y usted de verdad puede encargarse de los dibujos? Qué alegría. ¿Hay algo más que resolver? Si lo hay, temo haberlo olvidado. ¿Llamamos otra vez a Louis?

Estando yo, a esas alturas, tan deseoso como el propio señor Fairlie de concluir la entrevista, intenté ahorrarle la necesidad de llamar al criado proponiendo por mi cuenta el único punto que aún quedaba por tratar.

—El único asunto pendiente, señor Fairlie, se refiere, creo, a las clases de dibujo que debo impartir a las dos señoritas.

—Ah, cierto –dijo el señor Fairlie–. Ojalá me sintiera con fuerzas para ocuparme de ese aspecto del acuerdo, pero no las tengo. Las damas que se beneficiarán de sus amables servicios, señor Hartright, deben arreglárselas solas: decidir, organizar, etcétera. A mi sobrina le encanta el noble arte que usted practica. Sabe lo justo como para ser consciente de sus propias y tristes carencias. Le ruego que sea paciente con ella. Sí. ¿Hay algo más? No. Ya nos entendemos perfectamente, ¿verdad? No tengo derecho a retenerlo más tiempo, ¿cierto? Qué agradable haberlo dejado todo resuelto. Qué alivio haber hecho los negocios. ¿Le importaría tocar el timbre para que Louis lleve la carpeta a su habitación?

—Puedo llevarla yo mismo, señor Fairlie, si me lo permite.

—¿De veras? ¿Es usted tan fuerte? ¡Qué maravilla ser tan fuerte! ¿Está seguro de que no la va a dejar caer? Qué gusto tenerlo en Limmeridge, señor Hartright. Soy tan enfermizo que apenas me atrevo a esperar que podré disfrutar de su compañía. ¿Podría hacerme el gran favor de tener mucho cuidado de no dar portazos, ni dejar caer la carpeta? Gracias. Con cuidado también con las cortinas, por favor, el más leve ruido de ellas me atraviesa como un cuchillo. Sí. ¡Buenos días!

Cuando las cortinas verde mar cerraron a mis espaldas, y las dos puertas tapizadas quedaron cerradas tras de mí, me detuve un instante en el pequeño vestíbulo circular y respiré profundamente, con un placer casi voluptuoso. Era como salir a la superficie tras haber buceado demasiado tiempo. Volvía a estar, por fin, fuera del cuarto del señor Fairlie.

Tan pronto como me encontré cómodamente instalado por la mañana en mi bonito y pequeño estudio, tomé una firme resolución: no volvería a poner un pie en los aposentos del dueño de la casa, salvo en el caso, muy improbable, de que tuviera a bien honrarme con una invitación expresa para visitarlo de nuevo. Una vez resuelto este satisfactorio plan de conducta respecto al señor Fairlie, pronto recuperé el buen humor que la altiva familiaridad y la impertinente cortesía de mi empleador me habían hecho perder momentáneamente.

Las horas restantes de la mañana transcurrieron con agrado, mientras examinaba los dibujos, los organizaba en series, recortaba sus bordes deshilachados y llevaba a cabo otras tareas necesarias de preparación en vista del trabajo de montaje. Tal vez debería haber avanzado más, pero a medida que se acercaba la hora del almuerzo, me sentía cada vez más inquieto y distraído, incapaz de concentrarme siquiera en ese trabajo mecánico y sencillo.

A las dos en punto bajé de nuevo al comedor, algo intranquilo. Mi reaparición en aquella parte de la casa venía cargada de cierta expectativa. Estaba a punto de conocer a la señorita Fairlie y, si la búsqueda de la señorita Halcombe entre las cartas de su madre había dado el resultado esperado, había llegado el momento de esclarecer el misterio de la mujer vestida de blanco.

VIII

Al entrar en la sala, encontré a la señorita Halcombe y a una dama de edad avanzada sentadas a la mesa del almuerzo.

La dama mayor, cuando me fue presentada, resultó ser la antigua institutriz de la señorita Fairlie, la señora Vesey, descrita brevemente por mi vivaz compañera de desayuno como poseedora de «todas las virtudes cardinales y absolutamente irrelevante». Poco puedo hacer salvo dar mi modesto testimonio sobre la veracidad de aquella caracterización. La señora Vesey era la personificación misma de la compostura humana y la amabilidad femenina. Un plácido goce de una existencia igualmente plácida brillaba en las sonrisas somnolientas de su rostro redondo y sereno. Algunos atraviesan la vida a toda prisa, otros la recorren con paso lento. La señora Vesey se *sentaba* a lo largo de la vida. Sentada en la casa, desde temprano hasta tarde; sentada en el jardín; sentada en asientos inesperados junto a las ventanas del pasillo; sentada (sobre un taburete de campaña) cuando sus amistades intentaban sacarla a pasear; sentada antes de mirar algo, antes de hablar de algo, antes de responder sí o no a cualquier pregunta trivial, siempre con la misma sonrisa apacible en los labios, la misma inclinación de cabeza, vacía y atenta, las mismas manos entrelazadas en una posición confortable bajo cualquier circunstancia doméstica imaginable. Una señora mayor dócil, amable, inofensiva hasta lo indescriptible, que jamás daba la impresión de haber estado realmente viva desde la hora misma de su nacimiento. La Naturaleza tiene tanto que hacer en este mundo, y se dedica a producir tal cantidad de seres simultáneamente, que es natural suponer que a veces se sienta confundida y no sepa distinguir entre los distintos procesos que tiene entre manos. Partiendo de esa premisa, siempre me ha parecido que la Naturaleza estaba concentrada en hacer repollos cuando nació la señora Vesey, y que la pobre dama sufrió las consecuencias de una distracción vegetal por parte de la Madre de todos nosotros.

—Y bien, señora Vesey –dijo la señorita Halcombe, más aguda, más viva y resuelta que nunca, resaltando aún más por contraste con la pasividad de la dama sentada a su lado–, ¿qué desea usted? ¿Una chuleta?

La señora Vesey cruzó sus regordetas manos sobre el borde de la mesa, sonrió plácidamente y dijo:

—Sí, querida.

—¿Qué hay frente al señor Hartright? ¿Pollo hervido, verdad? Tenía entendido que prefería el pollo hervido a la chuleta, señora Vesey.

La señora Vesey retiró sus manitas del borde de la mesa y las cruzó en su regazo; asintió con aire pensativo al pollo hervido y dijo:

—Sí, querida.

—Bueno, pero ¿cuál quiere hoy? ¿Le sirve el señor Hartright un poco de pollo o le sirvo yo una chuleta?

La señora Vesey puso de nuevo una de sus manos rollizas sobre el borde de la mesa; vaciló somnolienta y dijo:

—Lo que tú quieras, querida.

—¡Por el amor de Dios! Es una cuestión de gusto, señora mía, no mía. ¿Qué le parece si prueba un poco de ambos? Y empieza por el pollo, porque el señor Hartright parece consumido por el deseo de servirle.

La señora Vesey colocó la otra manita regordeta sobre el borde de la mesa; se iluminó débilmente por un instante, se apagó al siguiente, inclinó obedientemente la cabeza y dijo:

—Si usted quiere, señor.

Una dama realmente dócil, amable, inofensiva hasta el extremo… Pero basta, por ahora, de la señora Vesey.

Durante todo ese tiempo no hubo señal alguna de la señorita Fairlie. Terminamos el almuerzo, y ella seguía sin aparecer. La señorita Halcombe, cuyos ojos no dejaban escapar nada, advirtió las miradas que lanzaba de vez en cuando hacia la puerta.

—Le entiendo, señor Hartright –dijo–; se está preguntando qué ha sido de su otra alumna. Bajó hace un rato y ya se le ha pasado el dolor de cabeza, pero aún no ha recuperado el apetito como para acompañarnos a almorzar. Si se pone usted bajo mi protección, creo que puedo encontrarla en algún rincón del jardín.

Tomó un parasol que descansaba sobre una silla cercana y me condujo hacia el exterior por una gran ventana al fondo de la sala, que daba directamente al césped. Casi no hace falta decir que dejamos a la señora Vesey aún sentada a la mesa, con sus regordetas manos cruzadas sobre el borde, aparentemente instalada allí para el resto de la tarde.

Mientras cruzábamos el césped, la señorita Halcombe me miró con intención y negó con la cabeza.

—Esa misteriosa aventura suya –dijo– sigue envuelta en su apropiada oscuridad de medianoche. He pasado toda la mañana revisando las cartas de mi madre, y todavía no he descubierto nada. Sin embargo, no se desanime, señor Hartright. Esto es una cuestión de curiosidad, y tiene a una mujer de su lado. En esas condiciones, el éxito es seguro, tarde o temprano. Aún me quedan tres paquetes de cartas, y puede contar con que dedicaré toda la noche a revisarlos.

Así pues, una de las expectativas que me había formado esa mañana aún no se cumplía. Me pregunté entonces si mi presentación a la señorita Fairlie estaría a la altura de las esperanzas que venía alimentando desde la hora del desayuno.

—¿Y cómo le fue con el señor Fairlie? –preguntó la señorita Halcombe, mientras salíamos del césped y nos internábamos por un sendero entre arbustos–. ¿Estaba especialmente nervioso esta mañana? No se moleste en pensar su respuesta, señor Hartright. El simple hecho de que necesite pensarlo me basta. Veo en su rostro que *sí* estaba especialmente nervioso, y como soy demasiado amable para ponerlo a usted en el mismo estado, no le pregunto más.

Giramos por un camino serpenteante mientras hablaba, y nos acercamos a un bonito cenador de madera, construido al estilo de un pequeño chalé suizo. La única habitación del cenador, al subir los escalones de la entrada, estaba ocupada por una joven. Estaba de pie junto a una mesa rústica, mirando con aire distraído el paisaje de colinas y páramos que se abría entre los árboles, y hojeaba sin prestar atención un pequeño cuaderno de bocetos que tenía a su lado. Ésa era la señorita Fairlie.

¿Cómo describirla? ¿Cómo separarla de mis propias sensaciones, de todo lo que sucedió después? ¿Cómo verla de nuevo tal como era cuando la contemplé por primera vez, como debe verla ahora quien se acerca a ella por medio de estas páginas?

La acuarela que hice de Laura Fairlie, más adelante, representándola en ese mismo lugar y actitud en que la vi por primera vez, reposa sobre mi escritorio mientras escribo. La contemplo, y desde el fondo verde parduzco del cenador emerge, con suave claridad, una figura joven y esbelta, vestida con un sencillo traje de muselina, de amplio estampado a rayas alternadas en azul claro y blanco. Un chal del mismo tejido se ajusta con ligereza a sus hombros, y un pequeño sombrero de paja natural, adornado con discreción con una cinta que hace juego con el vestido, cubre su cabeza y proyecta una sombra perlada sobre la parte superior de su rostro. Su cabello, de un castaño tan pálido y tenue –no del todo rubio, y sin embargo casi tan claro; no del todo dorado, pero con un brillo casi comparable–, se funde en ciertos puntos con la sombra del sombrero. Está partido con sencillez en el centro y peinado hacia atrás, dejando al descubierto las orejas, mientras forma una leve ondulación natural al cruzar la frente. Las cejas son algo más oscuras que el cabello, y los ojos tienen ese azul turquesa suave y diáfano, tan celebrado por los poetas y tan raramente visto en la vida real. Ojos hermosos por su color, por su forma –grandes, tiernos, sosegadamente pensativos–, pero sobre todo por la absoluta transparencia de su mirada, en cuya profundidad brilla una luz que parece venir de un mundo más puro y mejor. Ese encanto, expresado con tanta dulzura y nitidez, envuelve todo su rostro y transforma sus pequeños defectos humanos de tal forma que resulta difícil evaluar los méritos y fallos del resto de sus facciones. Cuesta notar que la parte inferior del rostro se afina en exceso hacia la barbilla, rompiendo la proporción con la parte superior; que la nariz, al evitar la curva aguileña –siempre dura y cruel en una mujer, por más perfecta que sea en teoría–, ha caído un poco en el extremo opuesto, y no alcanza la rectitud ideal; o que los dulces y sensibles labios, al sonreír, se contraen levemente, elevándose en una comisura hacia la mejilla. Quizá sería posible observar estos detalles en otro rostro, pero en el suyo no resulta fácil insistir en ellos, tan sutilmente están integrados en todo lo que hay de único y característico en su expresión, tan profundamente depende ésta del impulso vital que nace de sus ojos.

¿Refleja mi pobre retrato estas cosas? ¿Mi paciente y cariñoso trabajo de días largos y felices? ¡Ay! Qué pocas aparecen en ese dibujo mecánico y tenue, y cuántas residen en la mirada con la que lo contemplo. Una joven delicada, de vestido claro, hojeando un cuaderno de bocetos y alzando la vista con una mirada cándida e inocente: eso es todo lo que el retrato puede decir, y tal vez todo lo que pueden expresar la pluma o el pensamiento. La mujer que da por primera vez vida, luz y forma a nuestras vagas concepciones de belleza llena un vacío en nuestra alma que hasta entonces desconocíamos. En esos momentos se despiertan simpatías tan profundas que están más allá de las palabras, casi incluso del pensamiento, y que se vinculan a encantos que los sentidos no perciben y que el lenguaje no alcanza a expresar. El misterio que subyace a la belleza de la mujer sólo se eleva por encima de toda expresión cuando halla parentesco con el misterio más profundo de nuestra propia alma. Sólo entonces trasciende el limitado ámbito que alcanzan la pluma y el pincel en este mundo.

Piénsela como pensó en aquella primera mujer que aceleró su pulso como ninguna otra antes. Deje que sus amables y sinceros ojos azules se encuentren con los suyos, como se encontraron con los míos, con esa mirada única que ambos recordamos tan bien. Deje que su voz le hable con la música que más amó, armoniosa para su oído como lo fue para el mío. Deje que su andar, al moverse en estas páginas, le recuerde a aquella otra pisada cuyo leve sonido hizo latir su corazón al compás. Acójala como la criatura de su propia imaginación, y se le revelará con más nitidez aún como la mujer viva que habita la mía.

Entre las muchas sensaciones que me invadieron al verla por primera vez –sensaciones conocidas por todos, que surgen en la mayoría de los corazones, mueren en tantos y renacen en unos pocos–, hubo una que me turbó y desconcertó: una sensación extraña, fuera de lugar en presencia de la señorita Fairlie.

Mezclado con la impresión vívida que me causaban la gracia de su rostro, su dulzura, su manera encantadora y natural, se insinuaba otro sentimiento que, de forma vaga, me sugería la idea de que algo faltaba. A veces me parecía que ese algo faltaba en ella; otras, que faltaba en mí, impidiéndome comprenderla como debía. Y siempre esa sensación se hacía más fuerte, de forma paradójica, cuando ella me miraba; es decir, cuando más plenamente sentía el encanto de su rostro y, al mismo tiempo, más me turbaba esa idea de una carencia inexplicable. Algo faltaba, algo faltaba..., pero ¿dónde estaba?, ¿qué era? No podía decirlo.

El efecto de ese curioso capricho de la fantasía (así lo consideré entonces) no fue precisamente de los que ayudan a sentirse cómodo durante un primer encuentro con la señorita Fairlie. Las pocas palabras amables de bienvenida que pronunció apenas me encontraron lo bastante sereno como para agradecerlas con las fórmulas habituales de cortesía. Al notar mi vacilación –y sin duda atribuyéndola, con razón, a una momentánea timidez por mi parte–, la señorita Halcombe se hizo fácilmente con las riendas de la conversación, como era habitual en ella.

—Mire, señor Hartright –dijo, señalando el cuaderno de bocetos sobre la mesa y la pequeña mano delicada que seguía jugando con él–. ¿No cree usted que, al fin, hemos encontrado a su alumna ideal? Apenas se entera de que usted está en la casa, se apodera de su invaluable cuaderno de dibujo, mira a la naturaleza universal de frente... ¡y arde en deseos de empezar!

La señorita Fairlie se rio con una espontaneidad encantadora, que iluminó su bello rostro con la misma alegría que la luz del sol que nos rodeaba.

—No debo atribuirme méritos donde no los hay –dijo, con sus claros ojos azules, llenos de sinceridad, alternando la mirada entre la señorita Halcombe y yo–. Por mucho que me guste dibujar, soy tan consciente de mi ignorancia que me siento más temerosa que ansiosa por comenzar. Ahora que sé que usted está aquí, señor Hartright, me descubro hojeando mis dibujos como solía repasar mis lecciones cuando era niña, temiendo que no estuviera a la altura de ser escuchada.

Hizo esa confesión de forma encantadora y sencilla, y con una sinceridad casi infantil retiró el cuaderno hacia su lado de la mesa. La señorita Halcombe deshizo de inmediato aquel pequeño nudo de vergüenza, con su manera franca y resuelta.

—Sean buenos, malos o regulares —dijo—, los bocetos de la alumna deben pasar por el fuego del juicio del maestro. No hay escapatoria. ¿Qué te parece si los llevamos con nosotras en el coche, Laura, y dejamos que el señor Hartright los vea por primera vez entre sacudidas y sobresaltos? Si conseguimos confundirlo durante todo el trayecto entre la naturaleza tal como es —cuando levanta la vista— y la naturaleza tal como no es —cuando la baja hacia nuestros dibujos—, acabará refugiándose en la desesperada cortesía de halagarnos, y saldremos ilesas, con todas nuestras plumas de vanidad intactas.

—Espero que el señor Hartright no me halague a mí —dijo la señorita Fairlie mientras salíamos del cenador.

—¿Puedo preguntar por qué lo dice? —pregunté.

—Porque le creería —respondió con sencillez.

Con esas pocas palabras me entregó, sin saberlo, la clave de todo su carácter: esa confianza generosa en los demás que, en su naturaleza, nacía de forma inocente del sentimiento profundo de su propia verdad. Sólo lo intuí entonces. Ahora lo sé por experiencia.

Sólo nos detuvimos para despertar a la buena señora Vesey, que seguía sentada en el mismo sitio en el que la habíamos dejado después del almuerzo, antes de subir al coche abierto para el paseo prometido. La anciana y la señorita Halcombe se acomodaron en el asiento trasero; la señorita Fairlie y yo nos sentamos al frente, con el cuaderno abierto entre ambos, finalmente expuesto a mis ojos profesionales. Toda crítica seria de los dibujos, incluso si yo hubiera querido hacerla, resultó imposible ante la resuelta determinación de la señorita Halcombe de no ver en las bellas artes, tal como las practicaban ella, su hermana y las damas en general, más que su lado ridículo. Recuerdo con mayor claridad la conversación que los bocetos que hojeé casi sin mirar. Especialmente vívidas conservo las palabras en las que intervino la señorita Fairlie, como si las hubiera oído hace apenas unas horas.

¡Sí! Admito que, desde aquel primer día, el hechizo de su presencia me hizo olvidar mi propia situación. La más insignificante de sus preguntas sobre cómo usar el lápiz o mezclar colores; la más leve variación en la expresión de sus encantadores ojos, que me miraban con un deseo tan genuino de aprender cuanto yo pudiera enseñarle y de descubrir todo lo que yo pudiera mostrarle, atraía más mi atención que cualquier paisaje grandioso o juego de luces y sombras deslizándose por los páramos ondulantes o la playa interminable. ¿No es extraño, en cualquier momento y ante cualquier interés humano, lo poco que logra afectarnos el mundo natural en el que vivimos? Sólo buscamos en la Naturaleza consuelo o simpatía a través de los libros. La admiración por esas bellezas del mundo inanimado, que la poesía moderna celebra con tanta elocuencia, no es, ni siquiera en los mejores de nosotros, un instinto original. Ningún niño la posee. Ninguna persona sin formación la posee.

Aquellos cuya vida se desarrolla en medio de los cambios constantes del mar y la tierra suelen ser quienes menos sensibilidad tienen hacia cualquier aspecto de la Naturaleza que no esté vinculado al interés humano de su oficio. Nuestra capacidad de apreciar la belleza de la tierra que habitamos es, en verdad, una de esas habilidades civilizadas que aprendemos como quien aprende un arte; y aun así, rara vez la ejercitamos salvo cuando la mente está ociosa y sin ocupaciones. ¿Cuánto han influido las atracciones de la Naturaleza en las emociones verdaderamente intensas, placenteras o dolorosas, que hemos experimentado nosotros o nuestros allegados? ¿Qué lugar ocupan en esas mil pequeñas historias personales que nos contamos unos a otros cada día? Todo lo que nuestra mente puede abarcar, todo lo que nuestro corazón puede aprender, puede lograrse con igual certeza, provecho y satisfacción, ya sea ante el panorama más pobre o el más espléndido que ofrezca la tierra. Sin duda hay una razón para esta falta de sintonía innata entre la criatura y la creación, una razón que tal vez resida en los destinos tan distintos del ser humano y del mundo material que lo rodea. El paisaje de montaña más majestuoso está destinado a desaparecer. El sentimiento humano más humilde que brota de un corazón puro está destinado a ser eterno.

Habíamos estado fuera casi tres horas cuando el carruaje volvió a cruzar las verjas de Limmeridge House.

Durante el regreso, dejé que las damas decidieran por sí mismas cuál sería el primer punto de vista que dibujarían bajo mi instrucción, en la tarde del día siguiente. Cuando se retiraron a vestirse para la cena, y volví a encontrarme solo en mi pequeño salón, me invadió de pronto un ánimo sombrío. Me sentía incómodo y descontento conmigo mismo, sin saber exactamente por qué. Quizás, por primera vez, me daba cuenta de que había disfrutado demasiado del paseo como invitado y demasiado poco como maestro de dibujo. Quizás me seguía rondando esa extraña impresión de que algo faltaba —ya fuera en la señorita Fairlie o en mí mismo—, la misma que me había inquietado al conocerla. Sea como fuere, sentí un alivio en el ánimo cuando llegó la hora de la cena, me sacó de mi soledad y me devolvió a la compañía de las damas de la casa.

Me sorprendió, al entrar en el salón, el curioso contraste —más de textura que de color— entre los vestidos que llevaban las damas. Mientras que la señora Vesey y la señorita Halcombe iban elegantemente vestidas (cada una según lo que mejor convenía a su edad), la primera de gris plateado y la segunda con un delicado tono amarillo primaveral, que armonizaba a la perfección con su tez morena y su cabello negro, la señorita Fairlie vestía de forma sencilla y casi modesta, con un vestido de muselina blanca. Estaba impecablemente limpio y perfectamente llevado, pero era el tipo de prenda que podría haber llevado la esposa o la hija de un hombre pobre, y le daba, al menos en apariencia, un aire menos acomodado que el de su propia institutriz. Más adelante, cuando llegué a conocer mejor el carácter de la señorita Fairlie, descubrí que ese contraste, desfavorable en lo superficial, nacía de su delicadeza natural y de su aversión instintiva a cualquier forma de ostentación personal relacionada con su fortuna. Ni la señora Vesey ni la señorita Halcombe lograban convencerla de que dejara de ceder el privilegio del atuendo a las dos damas pobres, y permitiera que, al menos una vez, se inclinara del lado de la única dama rica.

Al terminar la cena, regresamos juntos al salón. Aunque el señor Fairlie —emulando la magnífica condescendencia del monarca que recogió el pincel de Tiziano— había ordenado a su mayordomo que me consultara sobre el vino que prefería tomar tras la comida, fui lo bastante sensato como para resistirme a la tentación de quedarme solo, en imponente soledad, entre botellas a mi gusto. Pedí, en cambio, permiso a las damas para acompañarlas sistemáticamente al salón después de cenar, como se acostumbra en países más civilizados.

El salón, al que ahora nos retiramos para pasar el resto de la velada, se encontraba en la planta baja, y tenía la misma forma y tamaño que el comedor. Unas grandes puertas acristaladas, al fondo, daban a una terraza adornada a lo largo de todo su tramo con profusión de flores. La tenue luz del crepúsculo ya comenzaba a fundir hojas y pétalos con sus tonos apagados cuando entramos, y el dulce perfume vespertino de las flores nos recibió con su fragante bienvenida a través de las puertas abiertas. La buena señora Vesey (siempre la primera en sentarse) tomó posesión de un sillón en un rincón y se sumió, como de costumbre, en un plácido sueño. A mi pedido, la señorita Fairlie se sentó al piano. Al seguirla, vi cómo la señorita Halcombe se retiraba a un rincón junto a una de las ventanas laterales, para continuar, a la luz del último resplandor del día, su búsqueda entre las cartas de su madre.

¡Qué vívida se me presenta aquella escena doméstica y apacible mientras escribo! Desde donde estaba sentado podía ver la figura esbelta de la señorita Halcombe, medio iluminada y sumida en sombras, inclinada con atención sobre los papeles en su regazo. Más cerca, el perfil delicado de la pianista se recortaba con nitidez sobre el fondo cada vez más oscuro de la pared interior. Afuera, en la terraza, las flores, hierbas largas y enredaderas se mecían con tal suavidad en la brisa que ni su susurro nos alcanzaba. El cielo estaba despejado, y el misterio naciente de la luz de la luna comenzaba ya a vibrar en el horizonte del este. La sensación de paz y aislamiento apaciguaba todo pensamiento y emoción en un éxtasis casi irreal, y esa calma perfumada, que se profundizaba a medida que la luz disminuía, parecía envolvernos con una influencia aún más suave cuando, desde el piano, comenzó a flotar la ternura celestial de la música de Mozart. Fue una velada de sonidos y visiones imposibles de olvidar.

Permanecimos todos en silencio, cada uno en el lugar elegido: la señora Vesey seguía durmiendo, la señorita Fairlie seguía tocando, la señorita Halcombe seguía leyendo, hasta que la luz se extinguió. Para entonces, la luna ya se había desplazado hasta la terraza, y sus rayos suaves y misteriosos se deslizaban oblicuamente por el extremo del salón. El cambio de la penumbra al claroscuro lunar era tan hermoso, que cuando el criado trajo las lámparas, las rechazamos por común acuerdo, y dejamos la sala a oscuras, iluminada sólo por el leve resplandor de los dos candelabros del piano.

Durante media hora más, la música continuó. Después, la belleza del paisaje iluminado por la luna atrajo a la señorita Fairlie hacia la terraza, y yo la seguí. Cuando se encendieron las velas del piano, la señorita Halcombe había cambiado de lugar para poder seguir leyendo con su ayuda. La dejamos en un sillón bajo, junto al instrumento, tan absorta en la lectura que no pareció notar nuestro movimiento.

Estuvimos fuera en la terraza, frente a las puertas acristaladas, no más de cinco minutos, creo. Y la señorita Fairlie, siguiendo mi consejo, estaba anudándose el pañuelo blanco sobre la cabeza como precaución contra el aire fresco de la noche, cuando oí la voz de la señorita Halcombe —baja, ansiosa, distinta de su tono animado habitual— pronunciar mi nombre.

—Señor Hartright —dijo—, ¿podría venir un momento? Quiero hablar con usted.

Volví a entrar de inmediato. El piano estaba colocado más o menos a la mitad de la pared interior. En el lado opuesto a la terraza, la señorita Halcombe estaba sentada con las cartas esparcidas sobre el regazo, y una de ellas en la mano, que sostenía cerca del candelabro. En el lado más próximo a la terraza había un pequeño diván, en el que tomé asiento. Desde allí no estaba lejos de las puertas de cristal, y podía ver claramente a la señorita Fairlie mientras caminaba de un extremo al otro de la terraza, pasando frente a la abertura, bañada por completo en la radiante luz de la luna.

—Quiero que escuche mientras leo los últimos pasajes de esta carta —dijo la señorita Halcombe—. Dígame si cree que arrojan alguna luz sobre su extraña aventura en el camino a Londres. La carta está dirigida por mi madre a su segundo esposo, el señor Fairlie, y está fechada entre once y doce años atrás. En aquella época, el señor y la señora Fairlie, y mi media hermana Laura, llevaban años viviendo en esta casa; y yo me encontraba lejos de ellos, completando mi educación en un internado en París.

Hablaba con seriedad, y, según me pareció, también con cierta inquietud. En el momento en que alzó la carta hacia la vela para empezar a leerla, la señorita Fairlie pasó frente a nosotros por la terraza, miró brevemente hacia dentro y, al vernos ocupados, continuó su paseo lentamente.

La señorita Halcombe comenzó a leer así:

—«Estarás cansado, querido Philip, de oírme hablar sin cesar de mis escuelas y mis alumnas. Échale la culpa, por favor, a la monótona vida en Limmeridge, y no a mí. Además, esta vez tengo algo realmente interesante que contarte sobre una nueva alumna.

»Ya conoces a la vieja señora Kempe, la de la tienda del pueblo. Pues bien, después de años de achaques, el médico al fin la ha desahuciado, y se está muriendo lentamente, día tras día. Su única pariente viva, una hermana, llegó la semana pasada para cuidarla. Esta hermana viene desde Hampshire. Se llama señora Catherick. Hace cuatro días, la señora Catherick vino a verme y trajo con ella a su única hija, una dulce niñita de un año más que nuestra querida Laura…».

Al llegar a esta última frase, la señorita Fairlie volvió a pasar por la terraza. Canturreaba suavemente una de las melodías que había tocado más temprano. La señorita Halcombe esperó hasta que desapareció de nuestra vista y luego continuó la lectura:

—«La señora Catherick es una mujer decente, educada y respetable; de mediana edad y con los restos de una belleza que nunca fue más que moderada. Sin embargo, hay algo en su modo de ser y en su aspecto que no alcanzo a descifrar. Es reservada hasta el extremo del secreto, y tiene en la cara una expresión –no sé cómo describirla– que me sugiere que guarda alguna preocupación en su interior. Es, en conjunto, lo que llamarías un enigma andante. Sin embargo, su propósito en Limmeridge House era sencillo. Al dejar Hampshire para cuidar a su hermana, la señora Kempe, no tuvo más remedio que traer consigo a su hija, pues no tenía con quién dejarla. La señora Kempe podría morir en una semana o prolongarse durante meses; y el objeto de la señora Catherick era pedirme que su hija, Anne, pudiera asistir a mi escuela, con la condición de ser retirada de ella en cuanto su madre tuviera que marcharse tras la muerte de su hermana. Acepté de inmediato, y cuando Laura y yo salimos a pasear, llevamos a la niña (que tiene justo once años) al colegio ese mismo día».

Una vez más, la figura de la señorita Fairlie, luminosa y delicada en su vestido de muselina blanca, el rostro enmarcado por los pliegues del pañuelo que había atado bajo la barbilla, pasó frente a nosotros bajo la luz de la luna. Una vez más, la señorita Halcombe esperó a que se alejara y prosiguió:

—«Le he tomado un cariño instantáneo, Philip, a esta nueva alumna, y por una razón que me reservo para el final, con la intención de sorprenderte. Como su madre me dijo tan poco de la niña como de sí misma, me tocó descubrir (lo hice el primer día de clases) que la pobre criatura no tiene el desarrollo intelectual que corresponde a su edad. Al ver esto, la llevé al día siguiente a casa y arreglé en privado que el doctor viniera a observarla y a conversar con ella, para darme su opinión. Él cree que acabará superándolo. Pero dice que su educación escolar debe ser muy cuidada, porque su lentitud inusual para captar ideas implica una tenacidad inusual para retenerlas, una vez adquiridas. Ahora, cariño, no vayas a pensar con ligereza que me estoy encariñando con una idiota. Esta pobre Anne Catherick es una niña dulce, afectuosa, agradecida, y dice cosas muy curiosas y preciosas (como verás por un ejemplo) de forma súbita, como sorprendida y algo asustada. Aunque va vestida con esmero, su ropa muestra una penosa falta de gusto en colores y estampados. Así que ayer decidí que algunos de los viejos vestidos y sombreros blancos de nuestra querida Laura fueran adaptados para Anne, explicándole que las niñas de su complexión lucen más limpias y bonitas de blanco que con cualquier otra cosa. Ella dudó un instante, se mostró confundida, luego se sonrojó y pareció entender. De pronto, me tomó la mano con fuerza, la besó, Philip, y dijo (¡oh, con qué seriedad!): "Siempre vestiré de blanco mientras viva. Así la recordaré a usted, señora, y pensaré que aún le agrado, cuando me haya ido y no la vea más". Ésta es sólo una muestra de las cosas raras que dice con tanta dulzura. ¡Pobrecita! Le mandaremos hacer un buen número de vestidos blancos, con profundos pliegues para dejarlos salir a medida que crezca…».

La señorita Halcombe se detuvo y me miró desde el otro lado del piano.

—¿La mujer abandonada que encontró en el camino parecía joven? –me preguntó–. ¿Lo bastante joven como para tener veintidós o veintitrés años?

—Sí, señorita Halcombe, tan joven como eso.

—¿Y vestía de forma extraña, completamente de blanco?

—De blanco de pies a cabeza.

Mientras pronunciaba la respuesta, la señorita Fairlie volvió a aparecer en la terraza por tercera vez. En lugar de continuar su paseo, se detuvo de espaldas a nosotros y, apoyada en la balaustrada, se quedó mirando hacia el jardín. Mis ojos se fijaron en el resplandor blanco de su vestido y su pañuelo bajo la luz de la luna, y una sensación sin nombre –una especie de estremecimiento que aceleró mi pulso y agitó mi pecho– comenzó a apoderarse de mí.

—¿De blanco? –repitió la señorita Halcombe–. Las frases más importantes de la carta, señor Hartright, están al final, y se las leeré de inmediato. Pero no puedo evitar detenerme un momento en la coincidencia entre el vestido blanco de la mujer que encontró y aquellos vestidos blancos que provocaron aquella respuesta tan extraña en la pequeña alumna de mi madre. El doctor pudo haberse equivocado al diagnosticar el retraso de la niña y predecir que lo superaría. Quizás nunca lo superó, y esa vieja fantasía agradecida de vestir de blanco, que fue un sentimiento profundo en la niña, puede seguir siéndolo en la mujer.

Respondí con unas palabras –no sé ni qué dije. Toda mi atención estaba concentrada en el resplandor blanco del vestido de muselina de la señorita Fairlie.

—Escuche las últimas frases de la carta –dijo la señorita Halcombe–. Creo que le sorprenderán.

Mientras alzaba la carta a la luz de la vela, la señorita Fairlie se apartó de la balaustrada, miró indecisa de un lado a otro de la terraza, dio un paso hacia las puertas de vidrio, y luego se detuvo, de cara a nosotros.

Mientras tanto, la señorita Halcombe me leyó las frases finales:

—«Y ahora, querido mío, ya que estoy por acabar el papel, te diré la verdadera razón, la sorprendente razón, de mi cariño por la pequeña Anne Catherick. Querido Philip, aunque no es ni la mitad de bonita, es, sin embargo, por uno de esos extraordinarios caprichos de semejanza accidental que a veces se ven, la viva imagen, en su cabello, su cutis, el color de sus ojos y la forma de su rostro…».

Me puse de pie de un salto sobre el diván antes de que la señorita Halcombe pudiera pronunciar las siguientes palabras. Un estremecimiento, igual al que sentí cuando aquella mano se posó sobre mi hombro en la carretera solitaria, me recorrió de nuevo.

Allí estaba la señorita Fairlie, una figura blanca, sola en la luz de la luna; en su postura, en la inclinación de su cabeza, en su cutis, en la forma de su rostro: ¡la viva imagen, desde esa distancia y bajo esas circunstancias, de la mujer de blanco! La duda que me había inquietado durante horas y horas se transformó en certeza al instante. Aquello que «faltaba» era el reconocimiento, por mi parte, de la inquietante semejanza entre la fugitiva del manicomio y mi alumna en Limmeridge House.

—¡Lo ve! –exclamó la señorita Halcombe. Soltó la carta inútil y sus ojos centellearon al encontrarse con los míos. ¡Lo ve ahora, como lo vio mi madre hace once años!

—Lo veo… y más a mi pesar de lo que podría expresar. Asociar a esa mujer desgraciada, perdida y sin amparo, incluso sólo por una semejanza accidental, con la señorita Fairlie… es como proyectar una sombra sobre el futuro de esa criatura que ahora nos mira. Quiero librarme de esta impresión cuanto antes. Haga que entre, por favor, sáquela de esa luz lúgubre de la luna… ¡hágala entrar!

—Señor Hartright, me sorprende usted. Sean como sean las mujeres, creí que los hombres del siglo XIX estaban por encima de las supersticiones.

—Por favor, llámela…

—¡Silencio, silencio! Ella viene por su cuenta. No diga nada en su presencia. Que este descubrimiento sobre la semejanza quede entre nosotros dos. Entra, Laura, entra y despierta a la señora Vesey con el piano. El señor Hartright suplica un poco más de música, y esta vez quiere la más alegre y animada que tengas.

IX

Así terminó mi primer y decisivo día en Limmeridge House.

La señorita Halcombe y yo guardamos nuestro secreto. Tras el descubrimiento de la semejanza, no pareció destinado a surgir ningún dato nuevo que arrojara luz sobre el misterio de la mujer de blanco. En la primera ocasión propicia, la señorita Halcombe llevó hábilmente a su hermanastra a hablar de su madre, de tiempos pasados y de Anne Catherick. Pero los recuerdos de la señorita Fairlie sobre aquella alumna eran vagos y generales. Recordaba la supuesta semejanza entre ella y la favorita de su madre como algo que se comentaba en aquella época, pero no mencionó los vestidos blancos ni la extraña manera en que la niña había expresado su gratitud. Recordaba que Anne había permanecido en Limmeridge sólo unos meses y que luego había regresado con su madre a Hampshire; pero no sabía si madre e hija volvieron alguna vez ni si se supo algo más de ellas. Ninguna de las cartas restantes de la señora Fairlie que la señorita Halcombe revisó ayudó a despejar las incertidumbres que aún nos confundían.

Habíamos identificado a la desdichada mujer que yo había encontrado de noche con Anne Catherick; habíamos logrado al menos vincular el probable estado mental de la pobre criatura con su costumbre de vestir de blanco, y con la permanencia, en su edad adulta, de aquella gratitud infantil hacia la señora Fairlie. Y ahí, según sabíamos entonces, terminaban nuestros descubrimientos.

Pasaron los días, pasaron las semanas, y el rastro del dorado otoño fue trazando su camino brillante a través del verde verano de los árboles. Tiempo pacífico, raudo, feliz… ¡mi historia pasa ahora por ti tan velozmente como tú pasaste por mí! De todos los tesoros de alegría que vertiste generosamente en mi corazón, ¿cuánto me queda con propósito y valor suficientes como para dejarlo escrito en esta página? Sólo lo más triste que un hombre puede confesar: la confesión de su propia necedad.

Ese secreto debería revelarse sin dificultad, pues ya se me ha escapado indirectamente. Las pobres palabras que no han logrado describir a la señorita Fairlie han conseguido traicionar las emociones que despertó en mí. Así nos pasa a todos: nuestras palabras son gigantes cuando nos hieren, y enanos cuando intentan servirnos.

La amaba.

¡Ah! Cuán bien conozco toda la tristeza y toda la ironía que encierran esas dos palabras. Puedo suspirar con la mujer más compasiva que las lea y me tenga lástima. Puedo reírme de ellas con la amargura del hombre más duro que las desprecie. La amaba. Piensen de mí lo que quieran, lo confieso con la misma resolución inquebrantable: es la verdad.

¿No había alguna excusa para mí? Sin duda alguna había motivos atenuantes en las circunstancias bajo las cuales pasé mi período de empleo en Limmeridge House.

Mis horas de la mañana transcurrían con calma, en la quietud y el aislamiento de mi propia habitación. Tenía justo el trabajo suficiente (montar los dibujos de mi empleador) para mantener mis manos y ojos agradablemente ocupados, mientras mi mente quedaba libre para disfrutar del peligroso lujo de sus pensamientos desbocados. Una soledad peligrosa, por durar lo bastante como para debilitarme, pero no lo suficiente para fortalecerme. Una soledad peligrosa, porque venía seguida de tardes y noches pasadas, día tras día y semana tras semana, a solas con dos mujeres: una poseedora de toda la gracia, el ingenio y la distinción; la otra, de toda la belleza, dulzura y sinceridad capaces de purificar y rendir el corazón de un hombre.

No pasaba un día, en esa peligrosa intimidad de maestro y alumna, sin que mi mano no estuviera junto a la de la señorita Fairlie; sin que mi mejilla, inclinada sobre su cuaderno de dibujo, no rozara casi la suya. Cuanto más atentamente seguía ella el movimiento de mi pincel, más cerca respiraba yo el perfume de su cabello, la fragancia tibia de su aliento. Era parte de mi oficio vivir bajo la luz de sus ojos: unas veces inclinado sobre ella, tan cerca de su pecho que temblaba ante la posibilidad de tocarlo; otras, sintiéndola inclinarse sobre mí, tan cerca para ver lo que hacía, que su voz bajaba al hablarme y sus cintas me rozaban la cara al viento antes de que pudiera apartarlas.

Las veladas que seguían a nuestras excursiones de dibujo no hacían más que variar, no frenar, esas inocentes, inevitables familiaridades. Mi natural afición a la música, que ella interpretaba con tan tierno sentimiento y tan delicado gusto femenino, y su alegría al devolverme, mediante su arte, el placer que yo le ofrecía con el mío, sólo tejían un nuevo lazo que nos unía aún más. Los accidentes de la conversación; los hábitos sencillos que regulaban hasta algo tan trivial como la disposición de los asientos en la mesa; las burlas constantes de la señorita Halcombe, siempre dirigidas contra mi excesivo celo como maestro y siempre divertidas por su entusiasmo como alumna; las muestras inocuas de aprobación somnolienta de la señora Vesey, que nos veía como dos jóvenes modelos que jamás la perturbaban…

Cada uno de estos detalles, y muchos más, nos rodeaban del mismo aire doméstico y nos conducían, sin que nos diéramos cuenta, al mismo final sin esperanza.

Debería haber recordado mi posición y haberme puesto en guardia. Lo hice, pero demasiado tarde. Toda la prudencia, toda la experiencia que me habían servido con otras mujeres y protegido contra otras tentaciones, me fallaron con ella. Hacía años que mi profesión me colocaba en estrecho contacto con chicas jóvenes de todas las edades y bellezas. Había aceptado esa condición como parte de mi oficio; me había entrenado para dejar todos los sentimientos propios de mi edad en el recibidor del empleador, como dejaba allí mi paraguas antes de subir las escaleras. Había aprendido hacía tiempo a comprender, con calma y como algo natural, que mi posición social se consideraba garantía suficiente de que ninguna de mis alumnas sentiría hacia mí más que el interés más trivial, y que se me admitía entre mujeres bellas y encantadoras del mismo modo que se admite entre ellas a un animal doméstico inofensivo.

Esa experiencia protectora la había adquirido pronto, y me había guiado con firmeza y rectitud por mi estrecho sendero, sin permitirme desviarme ni a derecha ni a izquierda. Y sin embargo, ahora estaba separado de ese talismán fiel. Sí, mi arduamente conquistado autocontrol se había perdido por completo, como si nunca lo hubiera poseído; perdido, como se pierde cada día para otros hombres en otras situaciones críticas donde hay mujeres de por medio.

Ahora sé que debería haberme interrogado desde el principio. Debería haberme preguntado por qué cualquier habitación de la casa era mejor que mi hogar cuando ella entraba, y tan estéril como un desierto cuando se iba; por qué siempre notaba y recordaba los pequeños cambios en su atuendo que jamás había advertido en ninguna otra mujer; por qué la veía, la oía y la tocaba (cuando nos dábamos la mano por la mañana y por la noche) como jamás había visto, oído ni tocado a nadie. Debería haber mirado dentro de mi corazón, haber descubierto ese nuevo brote que crecía allí y haberlo arrancado cuando aún era joven.

¿Por qué ese trabajo más simple, más fácil, de cultivo interior, fue siempre demasiado para mí? La explicación ya ha sido escrita con las dos palabras que bastaron –y bastan– para mi confesión: la amaba.

Los días pasaban, las semanas pasaban; se acercaba ya el tercer mes de mi estancia en Cumberland. La deliciosa monotonía de aquella vida en calma me envolvía como un río tranquilo envuelve a un nadador que se deja llevar por la corriente. Todo recuerdo del pasado, todo pensamiento del futuro, toda conciencia de lo falso y desesperado de mi situación se adormecía dentro de mí, acallado por el canto de sirena que mi propio corazón me cantaba. Con los ojos cerrados a toda señal, con los oídos sordos a toda advertencia, me dejaba llevar cada vez más cerca de los escollos fatales.

La advertencia que por fin me despertó, y me sacudió hacia una repentina conciencia de mi debilidad, fue la más sencilla, la más verdadera, la más amable de todas: vino, en silencio, de ella.

Nos habíamos despedido una noche como de costumbre. No había pronunciado palabra que me delatara, ni entonces ni nunca, que pudiera revelarle la verdad. Pero cuando nos encontramos de nuevo por la mañana, había cambiado; un cambio que me lo dijo todo.

Entonces me estremecí –y aún me estremezco– ante la idea de invadir el santuario más íntimo de su alma, y exponerlo a otros como he hecho con el mío. Baste con decir que el momento en que ella descubrió mi secreto fue, estoy convencido, el mismo momento en que descubrió el suyo. Fue también el momento en que cambió conmigo, en el breve intervalo de una noche. Su naturaleza, demasiado veraz para engañar a otros, era también demasiado noble para engañarse a sí misma. Cuando la duda que yo había adormecido posó su peso sobre su corazón, su rostro lo dijo todo en su lenguaje franco y sencillo: lo siento por él… lo siento por mí misma.

Decía esto, y más aún, que entonces no supe interpretar. Comprendía demasiado bien el cambio en su comportamiento: una mayor amabilidad, una disposición más rápida a anticiparse a mis deseos en presencia de otros…, pero también, en la intimidad, una contención triste, una ansiedad nerviosa por entregarse al primer quehacer que tuviera a mano cuando nos quedábamos solos. Entendía por qué aquellos labios dulces y sensibles apenas sonreían ya, y por qué sus ojos claros me miraban a veces con la compasión de un ángel, y otras con la perplejidad inocente de una niña. Pero el cambio iba más allá. Había frialdad en su mano, una inmovilidad antinatural en su rostro, una muda expresión de temor constante y de un íntimo reproche en todos sus movimientos. Las emociones que podía vincular a ella, o a mí mismo, aquellas sensaciones que ambos experimentábamos sin admitirlas, no eran las únicas. Había elementos en ese cambio que seguían acercándonos en secreto… y otros que, en silencio también, empezaban a separarnos.

En mi duda y desconcierto, en la vaga sospecha de algo oculto que se me dejaba descubrir por mi cuenta, busqué claridad en la expresión y en la actitud de la señorita Halcombe. Viviendo como vivíamos, en tan íntima cercanía, ningún cambio importante en uno podía dejar de reflejarse en los otros. El cambio en la señorita Fairlie se reflejaba en su hermanastra. Aunque no salió de los labios de la señorita Halcombe una sola palabra que insinuara un cambio en sus sentimientos hacia mí, sus ojos penetrantes habían adoptado un nuevo hábito: no dejaban de observarme. A veces la mirada era de enojo contenido; otras, de temor reprimido; otras veces, no era ni una cosa ni la otra –nada que pudiera comprender–. Pasó una semana sin que ninguno de los tres saliera de ese estado de tensión oculta. Mi situación, agravada por la conciencia de mi propia debilidad y por el remordimiento –demasiado tardío– de haberme olvidado de mí mismo, se volvía insoportable. Sentía que debía librarme de esa opresión, de una vez y para siempre, pero cómo actuar de la mejor manera, qué decir primero, no podía saberlo.

Fue la señorita Halcombe quien me rescató de esa impotencia y humillación. Sus labios me dijeron la amarga, necesaria y completamente inesperada verdad; su generosa bondad me sostuvo ante el golpe de escucharla; su sentido común y su valor supieron dar el justo sentido a un hecho que amenazaba con traer lo peor, tanto para mí como para los demás, en Limmeridge House.

X

Era jueves, casi al final de mi tercer mes en Cumberland.

Por la mañana, al bajar al comedor a la hora habitual, noté que la señorita Halcombe, por primera vez desde que la conocía, no ocupaba su sitio de costumbre en la mesa.

La señorita Fairlie estaba en el jardín. Me saludó con una inclinación, pero no entró. No había salido ni de sus labios ni de los míos palabra alguna que pudiera perturbar a ninguno de los dos... y sin embargo, una misma incomodidad tácita nos hacía evitar estar a solas. Ella esperaba en el césped, y yo en el comedor, hasta que llegaran la señora Vesey o la señorita Halcombe. ¡Qué diferente habría sido dos semanas antes! ¡Con qué prontitud habría salido yo a su encuentro, y con qué naturalidad habríamos retomado nuestra charla habitual!

A los pocos minutos entró la señorita Halcombe. Tenía el gesto ausente, y se disculpó por la tardanza con cierto aire distraído.

—Me he demorado —dijo— por una conversación con el señor Fairlie sobre un asunto doméstico que quería tratar conmigo.

La señorita Fairlie entró desde el jardín y nos saludamos como de costumbre. Su mano estaba más fría que nunca. No me miró, y su rostro estaba muy pálido. Incluso la señora Vesey lo notó cuando llegó poco después.

—Debe de ser por el cambio de viento —dijo la anciana—. El invierno se acerca… ay, querida mía, el invierno llega ya…

En su corazón y en el mío… ya había llegado.

Nuestra comida matutina —antes llena de charla animada y planes para el día— transcurrió breve y silenciosa. La señorita Fairlie parecía sentir la opresión de las largas pausas, y miraba a su hermana, casi suplicante, para que hablara. La señorita Halcombe, tras vacilar un par de veces en un gesto poco característico en ella, habló por fin.

—He visto a tu tío esta mañana, Laura —dijo—. Cree que la habitación púrpura es la que debe prepararse, y confirma lo que te dije: el día es lunes, no martes.

Mientras pronunciaba estas palabras, la señorita Fairlie bajó la mirada hacia la mesa. Sus dedos jugueteaban nerviosamente con las migas sobre el mantel. La palidez de sus mejillas se extendió hasta los labios, y éstos temblaban visiblemente. No fui el único en notarlo. La señorita Halcombe lo vio también, y se levantó de inmediato, marcando el momento de dejar la mesa.

La señora Vesey y la señorita Fairlie salieron juntas del comedor. Los ojos azules, tristes y bondadosos, me miraron por un instante con la melancolía profética de una despedida cercana y definitiva. Sentí, como un eco en mi pecho, el mismo dolor —el que anunciaba que pronto la perdería, y que por esa pérdida la amaría aún más.

Me volví hacia el jardín cuando la puerta se cerró tras ella. La señorita Halcombe estaba de pie junto a la gran puerta-ventana que daba al césped, con el sombrero en una mano y el chal sobre el brazo, observándome con atención.

—¿Tiene un momento –preguntó– antes de empezar tu trabajo?

—Por supuesto, señorita Halcombe. Siempre tengo tiempo para usted.

—Quiero decirle algo en privado, señor Hartright. Tome su sombrero y salgamos al jardín. A esta hora no suele haber nadie.

Al salir al césped, uno de los jardineros jóvenes –un muchacho– pasó junto a nosotros camino de la casa, con una carta en la mano. La señorita Halcombe lo detuvo.

—¿Esa carta es para mí? –preguntó.

—No, señorita; es pa la señorita Fairlie –respondió el muchacho, tendiéndole el sobre.

La señorita Halcombe la cogió y miró la dirección.

—Una letra extraña –murmuró–. ¿Quién será el corresponsal de Laura? ¿Dónde la has conseguido? –añadió, dirigiéndose al jardinero.

—Pues verá, señorita… me la dio una mujer.

—¿Qué mujer?

—Una mujer bastante entrada en años.

—Ah, una anciana. ¿Alguien que conozcas?

—No sabría decir…, diría que era una desconocida para mí.

—¿Y hacia dónde se fue?

—Por ese portón –dijo el joven jardinero, girando lentamente hacia el sur y abarcando con un gesto grandilocuente toda esa parte de Inglaterra.

—Qué curioso –comentó miss Halcombe–. Supongo que será una carta pidiendo limosna. Toma –añadió, devolviendo la carta al muchacho–, llévala a la casa y entrégasela a uno de los sirvientes. Y ahora, señor Hartright, si no tiene inconveniente, vamos por este camino.

Me condujo a través del césped, por el mismo sendero que habíamos recorrido el día después de mi llegada a Limmeridge.

Se detuvo en el pequeño cenador donde Laura Fairlie y yo nos habíamos visto por primera vez, y rompió el silencio que había mantenido durante todo el trayecto.

—Lo que tengo que decirle, puedo decirlo aquí.

Con esas palabras, entró en el cenador, se sentó en una de las sillas junto a la mesa redonda, y me indicó que tomara asiento frente a ella. Ya sospechaba lo que se avecinaba desde que me habló en el comedor; ahora lo sabía con certeza.

—Señor Hartright –dijo–, voy a comenzar con una confesión franca. Voy a decirle –sin vueltas retóricas, que detesto, ni cumplidos, que desprecio profundamente– que, a lo largo de su estancia con nosotras, he llegado a tenerle una sincera y fuerte estima. Desde el principio me sentí inclinada a confiar en usted, cuando me relató su conducta hacia esa mujer desgraciada que encontró en circunstancias tan extraordinarias. Puede que no actuara con toda la prudencia, pero demostró un control, una delicadeza y una compasión dignas de un auténtico caballero. Eso me hizo esperar cosas buenas de usted, y no me ha defraudado.

Hizo una pausa, pero levantó la mano, indicando que no quería respuesta antes de continuar. Cuando entré en el cenador, la mujer vestida de blanco no estaba en mi pensamiento. Pero ahora, por las propias palabras de miss Halcombe, el recuerdo de aquel encuentro volvió a mí, y no sin consecuencias.

—Como amiga suya –prosiguió–, voy a hablarle con franqueza, con palabras directas y sin rodeos: he descubierto su secreto, sin ayuda ni sugerencia de nadie. Señor Hartright, se ha permitido, imprudentemente, encariñarse –y me temo que profundamente– con mi hermana Laura. No lo obligo a confesarlo con palabras, porque veo y sé que es usted demasiado honesto para negarlo. Ni siquiera lo culpo. Lo compadezco por haber abierto su corazón a un afecto sin esperanza. No ha intentado ninguna ventaja indebida. No ha hablado en secreto con mi hermana. Es culpable de debilidad y de negligencia respecto a su propio bien, pero de nada más. Si hubiera actuado, aunque fuera una sola vez, con menos delicadeza y modestia, le habría pedido que abandonara la casa sin previo aviso y sin consultar a nadie. Tal como están las cosas, culpo a las circunstancias: su edad y su posición. No lo culpo a usted. Deme la mano. Le he causado dolor. Estoy a punto de causarle más. Pero no hay otra salida. Deme la mano, primero, como amiga: Marian Halcombe.

La bondad repentina, la simpatía valiente, franca y elevada que me ofrecía desde un plano de igual a igual, apelando con tan generosa y abrupta sinceridad a mi honor y mi valor, me desarmó al instante. Intenté mirarla mientras me estrechaba la mano, pero tenía la vista nublada. Intenté darle las gracias, pero mi voz me falló.

—Escúcheme –dijo, evitando con consideración toda alusión a mi falta de control–. Escúcheme y terminemos con esto cuanto antes. Es un gran alivio para mí no verme obligada, en lo que tengo que decirle ahora, a tocar el tema –tan duro y cruel, en mi opinión– de las desigualdades sociales. Las circunstancias que lo afectarán profundamente me evitan tener que mencionar asuntos de clase y posición que resultarían humillantes para un hombre que ha convivido con nosotras en tan buena armonía. Debe dejar Limmeridge House, señor Hartright, antes de que se cause un daño mayor. Es mi deber decirle esto; y lo sería igualmente si usted fuese el heredero de la más antigua y rica familia de Inglaterra. Debe marcharse, no porque sea usted profesor de dibujo…

Se detuvo un instante, me miró de frente y, extendiendo la mano sobre la mesa, me tomó firmemente del brazo.

—No porque sea usted profesor de dibujo –repitió–, sino porque Laura Fairlie está comprometida.

Esa última palabra fue como una bala directa al corazón. Mi brazo perdió toda sensibilidad al contacto de su mano. No me moví ni hablé. La brisa otoñal que arrastraba las hojas secas a nuestros pies me pareció, de pronto, tan fría como si aquellas hojas fueran mis propias esperanzas, muertas también, barridas por el viento. ¿Esperanzas? Comprometida o no, ella estaba igualmente fuera de mi alcance. ¿Otros hombres lo habrían recordado en mi lugar? No, si la hubiesen amado como yo.

Pasado el primer golpe, sólo quedó el dolor sordo, inmóvil. Sentí de nuevo la mano de miss Halcombe, apretando con más fuerza mi brazo. Alcé la cabeza y la miré. Sus grandes ojos negros estaban fijos en mí, atentos al cambio de color que sentía en mi rostro y que ella veía claramente.

—¡Destrúyalo! –dijo–. Aquí, donde la vio por primera vez, ¡destrúyalo! ¡No se acobarde como una mujer! ¡Arránquelo, píselo como un hombre!

La vehemencia contenida con que habló, la fuerza de voluntad que concentraba en la mirada y en la presión de su mano, me devolvieron el equilibrio. Permanecimos en silencio durante un minuto. Al final, su generosa fe en mi hombría había sido justificada: había recuperado el dominio de mí mismo... al menos en apariencia.

—¿Ha vuelto en sí? –preguntó.

—Soy lo bastante dueño de mí mismo, señorita Halcombe, como para pedirle perdón a usted y a ella. Lo bastante para dejarme guiar por su consejo, y para demostrarle mi gratitud de ese modo, si no puedo hacerlo de otro.

—Ya la ha demostrado –respondió ella– con esas palabras. Señor Hartright, ya no hay nada que ocultar entre nosotros. No puedo fingir ignorar lo que mi hermana me ha revelado sin querer. Debe marcharse por ella, tanto como por usted. Su presencia aquí, esa cercanía inevitable que ha sido inofensiva, Dios lo sabe, en todos los demás sentidos, la ha desestabilizado y la ha hecho desdichada. Yo, que la amo más que a mi propia vida, yo, que he llegado a creer en su alma pura, noble e inocente como creo en mi religión, conozco demasiado bien la miseria secreta del remordimiento que ha estado sufriendo desde que, pese a sí misma, la sombra de un sentimiento desleal a su compromiso matrimonial se insinuó en su corazón. No diré –porque sería inútil intentarlo ahora– que ese compromiso haya sido alguna vez un vínculo fuerte para sus afectos. Es un compromiso de honor, no de amor; su padre lo aprobó en su lecho de muerte, hace dos años; ella misma no lo recibió con entusiasmo ni con rechazo: simplemente aceptó. Hasta su llegada, estaba en la situación de tantas otras mujeres que se casan sin gran atracción ni aversión, y que aprenden a amar (cuando no aprenden a odiar) después del matrimonio, y no antes. Espero con más fervor del que puedo expresar –y usted debería tener el valor de sacrificarse para esperar lo mismo– que los nuevos pensamientos y sentimientos que han turbado su anterior calma y conformidad no hayan echado raíces tan profundas que no puedan arrancarse. Su ausencia (si no confiara en su honor, en su coraje y en su sentido común, no le confiaría esto como lo hago ahora) nos ayudará; y el tiempo, también. Es un alivio saber que mi primera confianza en usted no ha sido del todo en vano. Es un consuelo saber que no será menos honesto, menos digno, menos respetuoso con la alumna cuya situación ha olvidado momentáneamente, que con la desconocida y marginada cuya súplica no desoyó.

¡Otra vez la alusión a la mujer vestida de blanco! ¿Era imposible hablar de Laura Fairlie y de mí sin que surgiera entre nosotros el recuerdo de Anne Catherick, como una fatalidad imposible de evitar?

—Dígame cómo debo excusarme ante el señor Fairlie por romper mi compromiso –dije–. Dígame cuándo debo marcharme, una vez aceptada la excusa. Le prometo obedecerla sin reservas.

—El tiempo es crucial en todos los sentidos –respondió ella–. Esta mañana me oyó mencionar el lunes próximo y la necesidad de preparar la habitación púrpura. El visitante que esperamos el lunes…

No pude esperar a que terminara la frase. Sabiendo lo que ahora sabía, el recuerdo del rostro y el comportamiento de Laura en el desayuno me decía que el visitante esperado en Limmeridge House era su futuro esposo. Intenté resistirlo, pero algo más fuerte que mi voluntad me impulsó a interrumpirla.

—Déjeme marcharme hoy mismo –dije, con amargura–. Cuanto antes, mejor.

—No, hoy no –respondió–. La única razón que podrá dar al señor Fairlie para irse antes del final de su compromiso será que una necesidad imprevista lo obliga a pedir permiso para regresar de inmediato a Londres. Debe esperar hasta mañana para decírselo, en el momento en que llegue el correo, para que pueda asociar su partida repentina con la llegada de una carta. Es miserable y repugnante tener que recurrir al engaño, por inocente que sea, pero conozco al señor Fairlie, y si sospecha que lo están tomando a la ligera, se negará a liberarlo. Hable con él el viernes por la mañana;

después, por su propio interés profesional, dedique el resto del día a dejar su trabajo lo más ordenado posible, y márchese el sábado. Será tiempo suficiente para usted… y para todos nosotros.

Antes de que pudiera asegurarle que cumpliría estrictamente sus instrucciones, unos pasos que se acercaban por la arboleda nos sobresaltaron. ¡Alguien venía desde la casa en nuestra busca! Sentí que me subía el color al rostro, y luego lo perdí de inmediato. ¿Sería miss Fairlie quien se aproximaba, en ese momento, en esas circunstancias?

Fue un alivio –tan triste, tan irremediablemente cambiado estaba ya mi vínculo con ella– fue realmente un alivio que la persona que apareció en la entrada del cenador fuera simplemente la doncella de miss Fairlie.

—¿Podría hablar con usted un momento, señorita? –preguntó la joven, algo nerviosa e intranquila.

Miss Halcombe bajó los escalones hacia la arboleda y se alejó unos pasos con la muchacha.

Me quedé solo, y mi mente regresó, con una angustia que no sabría describir, al pensamiento de mi inminente retorno a la soledad desesperada de mi hogar en Londres. Pensé en mi buena madre, en mi hermana, que tan inocentemente se habían alegrado por mis perspectivas en Cumberland… Pensamientos cuya ausencia prolongada en mi corazón ahora se me revelaba como una vergüenza y una culpa. ¿Qué sentirían ellas al verme regresar, con mi compromiso roto y la confesión de mi desgracia? Ellas, que se habían despedido de mí con tanta esperanza aquella última noche en la casa de Hampstead…

¡Anne Catherick, otra vez! Incluso el recuerdo de esa noche de despedida no podía volver a mí sin entrelazarse con aquel otro, el del paseo bajo la luna camino a Londres. ¿Qué significaba todo eso? ¿Estaba destinado a encontrarme con aquella mujer una vez más? Era posible, al menos. ¿Sabía ella que yo vivía en Londres? Sí; se lo había dicho, quizá antes o después de aquella extraña pregunta, cuando me interrogó con desconfianza sobre si conocía a muchos baronets. ¿Antes o después…? No estaba lo bastante sereno para recordarlo.

Pasaron unos minutos antes de que miss Halcombe despidiera a la doncella y regresara. También ella parecía ahora alterada e intranquila.

—Ya está todo decidido, señor Hartright —dijo—. Nos hemos comprendido como deben hacerlo los amigos, y podemos volver a la casa. Para serle sincera, estoy preocupada por Laura. Ha mandado a buscarme con urgencia, y la doncella dice que está muy agitada por una carta que ha recibido esta mañana; sin duda, la misma carta que envié a la casa antes de venir aquí.

Retrocedimos apresuradamente juntos por el sendero del bosque. Aunque la señorita Halcombe había dicho todo lo que creía necesario de su parte, yo no había terminado de decir lo que deseaba por la mía. Desde el momento en que descubrí que el visitante esperado en Limmeridge era el futuro esposo de miss Fairlie, sentí una amarga curiosidad, una quemante y envidiosa ansiedad por saber quién era. Puede que no se presentara fácilmente otra oportunidad para hacer la pregunta, así que me arriesgué a plantearla mientras volvíamos a la casa.

—Ahora que ha tenido la amabilidad de decirme que nos hemos comprendido, señorita Halcombe —dije—, ahora que tiene usted la certeza de mi gratitud por su tolerancia y de mi obediencia a sus deseos, ¿me atrevo a preguntarle quién...? —vacilé: había conseguido obligarme a pensar en él, pero me resultaba aún más duro hablar de él como el prometido de ella— ¿quién es el caballero comprometido con miss Fairlie?

Su mente estaba claramente ocupada con el mensaje recibido de su hermana. Respondió de forma apresurada y ausente:

—Un caballero con una gran propiedad en Hampshire.

¡Hampshire! El lugar de nacimiento de Anne Catherick. Una vez más, y otra vez más, la mujer vestida de blanco. Había una fatalidad en todo ello.

—¿Y su nombre? —pregunté, con la mayor calma e indiferencia que me fue posible fingir.

—Sir Percival Glyde.

¡Sir...! Sir Percival. La pregunta de Anne Catherick —esa pregunta tan sospechosa sobre si conocía a hombres con el título de baronet– no había salido de mi mente desde que miss Halcombe volvió conmigo al cenador, y ahora se reafirmaba con su respuesta. Me detuve en seco y la miré.

—Sir Percival Glyde –repitió, creyendo que no había oído bien su primera respuesta.

—¿Caballero o baronet? –pregunté, con una agitación que ya no pude ocultar.

Ella se detuvo un momento, y luego respondió con cierta frialdad:

—Baronet, por supuesto.

XI

No volvimos a decir una palabra durante el camino de regreso a la casa. Miss Halcombe se dirigió de inmediato a la habitación de su hermana, y yo me retiré al estudio para ordenar todos los dibujos del señor Fairlie que aún no había montado ni restaurado, antes de dejarlos en manos de otra persona. Los pensamientos que hasta entonces había logrado reprimir –pensamientos que hacían mi situación aún más difícil de soportar–afloraron con fuerza ahora que estaba solo.

Estaba comprometida, y su futuro esposo era sir Percival Glyde. Un hombre con el título de baronet y propietario de tierras en Hampshire.

Había cientos de baronets en Inglaterra, y docenas de terratenientes en Hampshire. Ateniéndome a las reglas habituales de la evidencia, no tenía la menor razón para vincular a sir Percival Glyde con aquellas palabras tan sospechosas que me dijo la mujer vestida de blanco. Y, sin embargo, lo vinculaba. ¿Era porque ahora lo asociaba con miss Fairlie, y miss Fairlie estaba, a su vez, asociada con Anne Catherick desde aquella noche en que descubrí la inquietante semejanza entre ambas? ¿O los sucesos de la mañana me habían alterado tanto que ahora era presa de cualquier ilusión sugerida por coincidencias y casualidades triviales? Imposible saberlo. Sólo podía sentir que lo ocurrido entre miss Halcombe y yo, en el camino desde el cenador, me había afectado profundamente. Tenía una intensa premonición de un peligro aún oculto para todos nosotros, acechando en la oscuridad del futuro. La duda de si no estaría ya encadenado a una serie de acontecimientos que ni siquiera mi próxima marcha de Cumberland podría romper, la duda de si alguno de nosotros veía realmente el final como será el final, se cernía cada vez más sombría sobre mi mente. Por agudo que fuera, el dolor por el miserable fin de mi breve y presuntuoso amor parecía ahora embotado y entumecido por una sensación aún más fuerte: la de algo que se avecinaba en la sombra, una amenaza invisible que el tiempo mantenía suspendida sobre nuestras cabezas.

Llevaba poco más de media hora trabajando con los dibujos, cuando alguien llamó a la puerta. Al contestar, para mi sorpresa, fue la señorita Halcombe quien entró.

Su actitud era de enojo y agitación. Tomó una silla antes de que pudiera ofrecerle una, y se sentó muy cerca de mí.

—Señor Hartright –dijo–, esperaba que todos los temas dolorosos de conversación estuvieran agotados entre nosotros, al menos por hoy. Pero no ha sido así. Alguien está actuando a escondidas, con vileza, para asustar a mi hermana respecto a su próximo matrimonio. ¿La vio usted cuando envié al jardinero a la casa con una carta dirigida, con una letra desconocida, a miss Fairlie?

—Sí, por supuesto.

—Era una carta anónima. Un intento vil de manchar la reputación de sir Percival Glyde ante mi hermana. La ha alterado y alarmado tanto que me ha costado un gran esfuerzo calmarla lo suficiente como para poder dejar su habitación y venir aquí. Sé que éste es un asunto de familia sobre el que no debería consultarlo, y en el que usted no tendría por qué tener interés alguno…

—Le ruego que me disculpe, señorita Halcombe. Tengo el más profundo interés en todo lo que afecte a la felicidad de miss Fairlie o a la suya.

—Me alegra oírlo. Es usted la única persona dentro o fuera de esta casa que puede aconsejarme. El señor Fairlie, en su estado de salud y con su horror hacia cualquier dificultad o misterio, no es una opción. El reverendo es un buen hombre, pero débil, y no sabe nada fuera de sus deberes rutinarios; y nuestros vecinos son de ese tipo de relaciones cómodas y apacibles a quienes no se puede molestar en tiempos de angustia o peligro. Lo que quiero saber es esto: ¿debo tomar de inmediato las medidas que estén en mi mano para descubrir al autor de la carta? ¿O debo esperar y consultar mañana al abogado del señor Fairlie? Puede ser una cuestión muy importante de ganar o perder un día. Dígame qué piensa, señor Hartright. Si la necesidad no me hubiese obligado ya a confiar en usted en circunstancias delicadas, quizá ni siquiera mi situación actual me excusaría. Pero, dadas las circunstancias, no creo equivocarme, después de todo lo que ha pasado entre nosotros, al olvidar que usted es un amigo de apenas tres meses.

Me entregó la carta. Comenzaba abruptamente, sin fórmula de saludo alguna, y decía lo siguiente:

¿Cree usted en los sueños? Espero, por su bien, que sí. Lea lo que dicen las Escrituras sobre los sueños y su cumplimiento (Génesis 40:8, 41:25; Daniel 4:18-25) y acepte la advertencia que le envío antes de que sea demasiado tarde. Anoche soñé con usted, señorita Fairlie. Soñé que estaba de pie dentro del espacio del altar en una iglesia; yo a un lado de la mesa del altar, y el clérigo, con su sobrepelliz y su libro de oraciones, al otro.

Al cabo de un rato, vi venir por la nave central a un hombre y a una mujer que se dirigían al altar para casarse. Usted era la mujer. Se veía tan hermosa e inocente con su vestido de seda blanco y su largo velo de encaje, que mi corazón se conmovió por usted, y se me llenaron los ojos de lágrimas.

Eran lágrimas de compasión, joven dama, lágrimas que el cielo bendice, y que en lugar de caer como las lágrimas comunes que todos derramamos, se transformaron en dos rayos de luz que se inclinaron más y más hacia el pecho del hombre que estaba a su lado. Los dos rayos se arquearon como dos arcoíris entre él y yo. Miré a lo largo de ellos y vi hasta lo más profundo de su corazón.

El exterior del hombre con quien usted se iba a casar era bien agradable a la vista. No era ni alto ni bajo —algo por debajo de la estatura media—. Un hombre ágil, animado, de espíritu impetuoso, de unos cuarenta y cinco años, a juzgar por su aspecto. Su rostro era pálido, tenía la frente calva, pero el resto del cabello oscuro. Afeitado en el mentón, pero con una barba castaña espesa en las mejillas y el labio superior. Sus ojos también eran castaños y muy vivos; la nariz, recta, hermosa y delicada como podría ser la de una mujer. Las manos, igual. De vez en cuando lo atormentaba una tos seca y áspera, y cuando alzaba la mano derecha —blanca como el papel— para cubrirse la boca, dejaba ver una cicatriz roja de una vieja herida en el dorso. ¿Soñé con el hombre correcto? Usted lo sabe mejor que nadie, señorita Fairlie, y puede decir si me engañé o no. Lea ahora lo que vi más allá del exterior —le ruego que lea, y que lo tome en serio.

Miré a lo largo de los dos rayos de luz, y vi hasta lo más hondo de su alma. Era negra como la noche, y en ella estaban escritas, en letras rojas llameantes —la caligrafía del ángel caído— las siguientes palabras: «Sin piedad y sin remordimiento. Ha sembrado sufrimiento en el camino de otros, y vivirá para sembrar sufrimiento en el camino de la mujer que está a su lado». Leí aquello, y los rayos de luz se desviaron sobre su hombro; y allí, detrás de él, estaba un demonio riéndose. Y los rayos se desplazaron una vez más y señalaron sobre su hombro; y allí, detrás de usted, estaba un ángel llorando. Y por tercera vez los rayos cambiaron de dirección, y se dirigieron directamente entre usted y ese hombre. Se ensancharon y ensancharon, separándolos, apartándolos uno del otro. Y el clérigo buscó las palabras del rito matrimonial en vano: habían desaparecido del libro, y él cerró sus páginas y lo apartó con desesperación. Y desperté con los ojos llenos de lágrimas y el corazón agitado –porque creo en los sueños.

Crea usted también, señorita Fairlie –se lo ruego, por su bien, crea como yo–. José y Daniel, y otros en las Escrituras, creían en los sueños. Indague en la vida pasada de ese hombre con la cicatriz en la mano, antes de pronunciar las palabras que la convertirán en su esposa desdichada. No le hago esta advertencia por mí, sino por usted. Tengo un interés en su bienestar que durará mientras tenga aliento. La hija de su madre ocupa un lugar muy tierno en mi corazón –porque su madre fue mi primera, mi mejor y mi única amiga.

Ahí terminaba la extraordinaria carta, sin firma de ningún tipo.

La letra no ofrecía ninguna pista. Estaba escrita sobre líneas marcadas, con esa caligrafía apretada y formal que se llama técnicamente «letra menuda». Era débil y temblorosa, y estaba salpicada de borrones, pero por lo demás no tenía nada que la distinguiera.

—No es una carta de una persona analfabeta –dijo miss Halcombe–, y sin embargo es claramente demasiado incoherente para haber sido escrita por alguien educado en las clases altas. La mención al vestido de novia y al velo, y otras pequeñas expresiones, hacen pensar que fue escrita por una mujer. ¿Qué piensa usted, señor Hartright?

—También me lo parece. Creo que no sólo es una carta escrita por una mujer, sino por una mujer cuya mente debe de estar…

—¿Desequilibrada? –sugirió miss Halcombe–. A mí también me dio esa impresión.

No respondí. Mientras hablaba, mis ojos se habían posado en la última frase de la carta: «La hija de su madre ocupa un lugar muy tierno en mi corazón –porque su madre fue mi primera, mi mejor y mi única amiga–». Esas palabras, unidas a la duda que acababa de expresar sobre la cordura de la autora, me sugirieron una idea que literalmente temí expresar en voz alta, o incluso alimentar en silencio. Comencé a preguntarme si mis propios sentidos no estaban en peligro de perder el equilibrio. Parecía una especie de obsesión volver siempre, una y otra vez, a la misma fuente oculta y a la misma influencia siniestra, cada vez que algo extraño ocurría o algo inesperado se decía. Esta vez resolví, en defensa de mi propia cordura, no llegar a ninguna conclusión que los hechos no justificaran de forma clara, y volver decididamente la espalda a todo lo que se presentara como conjetura.

—Si tenemos alguna posibilidad de averiguar quién escribió esto –dije, devolviendo la carta a miss Halcombe–, no hay daño en aprovecharla en cuanto se presente. Creo que deberíamos volver a hablar con el jardinero sobre la mujer mayor que le entregó la carta, y continuar nuestras averiguaciones en el pueblo. Pero, antes, permítame hacerle una pregunta. Usted mencionó hace un momento la posibilidad de consultar con el abogado del señor Fairlie mañana. ¿No sería posible comunicarse con él antes? ¿Por qué no hoy mismo?

—Sólo puedo explicárselo –respondió miss Halcombe– entrando en ciertos detalles sobre el compromiso matrimonial de mi hermana que esta mañana no consideré necesario ni conveniente mencionarle. Uno de los propósitos de la visita de sir Percival Glyde el lunes es fijar la fecha de la boda, que hasta ahora ha quedado completamente indeterminada. Él desea con insistencia que se celebre antes de fin de año.

—¿Sabe la señorita Fairlie de ese deseo? –pregunté con ansiedad.

—No tiene la menor sospecha, y después de lo ocurrido, no asumiré la responsabilidad de hacérselo saber. Sir Percival sólo ha compartido su intención con el señor Fairlie, quien me ha dicho personalmente que está dispuesto y deseoso, como tutor de Laura, de favorecerla. Ha escrito a Londres al abogado de la familia, el señor Gilmore. Pero el señor Gilmore está en Glasgow por negocios y ha respondido que se detendrá en Limmeridge House de regreso a la ciudad. Llegará mañana y se quedará unos días con nosotros, para darle tiempo a sir Percival de defender su causa. Si tiene éxito, el señor Gilmore volverá entonces a Londres, llevando consigo las instrucciones para el contrato matrimonial de mi hermana. Ahora comprenderá por qué he dicho que conviene esperar hasta mañana para consultar con un abogado. El señor Gilmore es el viejo y fiel amigo de dos generaciones de los Fairlie, y podemos confiar en él como en nadie más.

El contrato matrimonial. Tan sólo oír esas palabras me hirió con una desesperación celosa que envenenó mis mejores instintos. Empecé a pensar –me cuesta admitirlo, pero no debo ocultar nada en esta historia terrible que me he comprometido a contar– empecé a pensar, con un ansia mezquina y vengativa, en las vagas acusaciones contra sir Percival Glyde contenidas en la carta anónima. ¿Y si esas acusaciones delirantes se apoyaban en algo real? ¿Y si pudieran probarse antes de que se pronunciaran las palabras fatales del consentimiento y se redactara el contrato? Desde entonces he querido creer que ese sentimiento nacía y moría en la pura devoción por el bienestar de la señorita Fairlie, pero nunca he logrado engañarme a mí mismo, y menos aún pretender engañar a otros. Ese sentimiento era odio, odio ciego, rencoroso, desesperado, contra el hombre que iba a casarse con ella.

—Si queremos descubrir algo –dije, bajo el impulso de esta nueva influencia que me dominaba–, no deberíamos perder ni un minuto más sin actuar. Vuelvo a sugerir que interroguemos al jardinero otra vez y que, de inmediato, investiguemos en el pueblo.

—Creo que puedo ayudarle en ambos casos –dijo miss Halcombe, levantándose–. Vamos, señor Hartright, ahora mismo. Hagamos todo lo que podamos juntos.

Ya tenía la mano en el picaporte para abrirle la puerta, pero me detuve, de pronto, para hacerle una pregunta importante antes de salir.

—Uno de los párrafos de la carta anónima contiene algunas descripciones físicas muy detalladas. No se menciona el nombre de sir Percival Glyde, lo sé… pero ¿esa descripción se le parece?

—Con exactitud. Incluso al afirmar que tiene cuarenta y cinco años…

Cuarenta y cinco… y ella no había cumplido aún los veintiuno. Hombres de su edad se casaban todos los días con mujeres como ella, y la experiencia mostraba que esos matrimonios solían ser los más felices. Lo sabía. Y sin embargo, hasta el simple dato de su edad, al contrastarlo con la de ella, no hacía sino agudizar mi odio ciego y mi desconfianza.

—Con exactitud –prosiguió miss Halcombe–, incluso menciona la cicatriz en su mano derecha, que proviene de una herida que sufrió hace años mientras viajaba por Italia. No cabe duda de que quien escribió esa carta conocía bien cada detalle de su aspecto.

—También se menciona una tos que lo aqueja, si no recuerdo mal.

—Sí, y correctamente. Él no le da importancia, aunque a veces preocupa a quienes lo rodean.

—¿Nunca se ha oído un solo rumor contra su carácter?

—¡Señor Hartright! Espero que no sea tan injusto como para dejarse influir por esa carta infame.

Sentí que se me encendía el rostro, porque sabía que, efectivamente, me había dejado influir.

—Espero que no –respondí, confuso–. Tal vez no tenía derecho a hacer la pregunta.

—No me molesta que lo haya hecho –dijo ella–, porque me permite hacer justicia a la reputación de sir Percival. Ni un solo rumor, señor Hartright, ha llegado jamás a mí ni a mi familia sobre su conducta. Ha ganado con éxito dos elecciones parlamentarias muy disputadas y ha salido ileso de ambas. Un hombre que logra eso, en Inglaterra, es un hombre cuyo carácter está probado.

Abrí la puerta en silencio y la seguí. No me había convencido. Si el ángel que todo lo anota hubiese bajado del cielo para confirmarlo, y hubiese abierto su libro ante mis ojos, tampoco me habría convencido.

Encontramos al jardinero trabajando, como de costumbre. Ninguna cantidad de preguntas logró arrancarle una sola respuesta útil. La mujer que le entregó la carta era mayor, no dijo ni una palabra y se marchó apresuradamente hacia el sur. Eso era todo lo que sabía.

El pueblo quedaba al sur de la casa. Así que hacia el pueblo nos dirigimos.

XII

Nuestras pesquisas en Limmeridge fueron llevadas a cabo con paciencia, en todas direcciones y entre todo tipo de personas. Pero no obtuvimos ningún resultado. Tres vecinos del pueblo afirmaron con seguridad haber visto a la mujer, pero como no fueron capaces de describirla ni de ponerse de acuerdo sobre la dirección en la que se dirigía cuando la vieron por última vez, estas tres prometedoras excepciones al habitual desconocimiento general no nos proporcionaron más ayuda que sus inútiles y desatentos vecinos.

El curso de nuestras investigaciones infructuosas nos llevó, con el tiempo, hasta el extremo del pueblo donde se encontraban las escuelas fundadas por la señora Fairlie. Al pasar junto al edificio destinado a los niños, sugerí la conveniencia de hacer una última pregunta al maestro, que, por su cargo, podíamos suponer como el hombre más inteligente del lugar.

—Me temo que el maestro estaría ocupado con sus alumnos –dijo miss Halcombe– justo en el momento en que la mujer atravesó el pueblo y regresó. De todos modos, no perdemos nada por intentarlo.

Entramos en el recinto del patio de recreo y caminamos junto a la ventana del aula para llegar hasta la puerta, situada en la parte trasera del edificio. Me detuve un momento en la ventana y miré hacia adentro.

El maestro estaba sentado en su alto pupitre, dándonos la espalda, aparentemente arengando a los alumnos, que se hallaban todos reunidos frente a él, con una excepción. La excepción era un robusto niño de cabello blanco, apartado de los demás, subido en un taburete en un rincón: un pequeño Robinson Crusoe abandonado en su propia isla desierta de castigo penal y solitario.

La puerta, al llegar, estaba entreabierta, y la voz del maestro nos llegó con claridad, mientras nos deteníamos un momento bajo el pórtico.

—Ahora, muchachos –decía la voz–, presten atención a lo que les digo. Si vuelvo a oír una sola palabra sobre fantasmas en esta escuela, les irá muy mal a todos. No existen los fantasmas, y por tanto, cualquier niño que crea en ellos, cree en lo que no puede ser. Y un alumno de la Escuela de Limmeridge que cree en lo que no puede ser se opone a la razón y a la disciplina, y debe ser castigado en consecuencia. Todos ven a Jacob Postlethwaite ahí de pie en su taburete, castigado. Ha sido sancionado no por decir que vio un fantasma anoche, sino por ser demasiado insolente y obstinado para escuchar la razón, y por insistir en que lo vio después de que yo le dijera que eso no es posible. Si no hay otro remedio, pienso azotarle el fantasma a Jacob Postlethwaite, y si la cosa se extiende entre los demás, pienso ir aún más lejos y azotar el fantasma de toda la escuela.

—Parece que hemos elegido un momento poco oportuno para nuestra visita –dijo Miss Halcombe, empujando la puerta al final del discurso del maestro y entrando primero.

Nuestra aparición provocó una gran impresión entre los niños. Parecían creer que habíamos llegado precisamente para presenciar el castigo de Jacob Postlethwaite.

—Váyanse todos a casa a almorzar –dijo el maestro–, menos Jacob. Jacob se queda donde está, y que sea el fantasma quien le traiga el almuerzo, si le place.

El valor de Jacob lo abandonó al ver que se esfumaban tanto sus compañeros como su almuerzo. Sacó las manos de los bolsillos, miró fijamente sus nudillos, los alzó con mucha parsimonia hasta los ojos, y una vez allí, comenzó a frotárselos en círculos, acompañando la acción con breves espasmos de resoplidos, que se sucedían con regularidad: los cañonazos nasales del sufrimiento infantil.

—Venimos a hacerle una pregunta, señor Dempster –dijo miss Halcombe, dirigiéndose al maestro–; y no esperábamos encontrarlo ocupado en exorcizar un fantasma. ¿Qué significa todo esto? ¿Qué ha ocurrido exactamente?

—Ese niño travieso ha estado asustando a toda la escuela, señorita Halcombe, diciendo que vio un fantasma anoche –respondió el maestro–. Y todavía persiste en su absurda historia, pese a todo lo que le he dicho.

—Muy extraordinario –comentó miss Halcombe–. No habría creído que alguno de los niños tuviera imaginación suficiente para ver un fantasma. Sin duda, esto añade una nueva carga a la dura tarea de formar la mente juvenil en Limmeridge. Le deseo lo mejor, señor Dempster. Entretanto, permítame explicarle por qué estoy aquí y lo que deseo.

Entonces le planteó al maestro la misma pregunta que ya habíamos hecho a casi todos los demás del pueblo. Fue respondida con la misma desalentadora negativa. El señor Dempster no había visto a la desconocida que buscábamos.

—Será mejor que volvamos a la casa, señor Hartright —dijo miss Halcombe—. La información que buscamos no se encuentra, eso está claro.

Ya se había despedido del maestro y estaba a punto de abandonar el aula, cuando la triste figura de Jacob Postlethwaite, olisqueando penosamente en su taburete de penitencia, llamó su atención al pasar, y la hizo detenerse con buen humor para dirigirle una palabra al pequeño prisionero antes de abrir la puerta.

—Niño tonto —le dijo—, ¿por qué no le pides perdón al señor Dempster y dejas de hablar del fantasma?

—¡Eh! ¡Pero es que vi al espectro! —insistió Jacob Postlethwaite, con los ojos abiertos de terror y rompiendo en llanto.

—¡Paparruchas! No viste nada de eso. ¿Un fantasma? ¡Qué fantasma…!

—Le ruego me disculpe, señorita Halcombe —interrumpió el maestro, algo incómodo—, pero creo que sería mejor no seguir interrogando al niño. La obstinación con la que sostiene su historia es increíble, y podría llevarlo a decir cosas que, sin saberlo…

—¿Que, sin saberlo, qué? —inquirió ella con brusquedad.

—Que, sin saberlo, puedan herir sus sentimientos —dijo el señor Dempster, visiblemente incómodo.

—¡Por Dios, señor Dempster, me halaga demasiado si cree que mis sentimientos son tan débiles como para escandalizarme por culpa de un pilluelo como éste!

Se volvió con aire de sarcástica determinación hacia el pequeño Jacob y comenzó a interrogarlo directamente:

—Vamos, quiero saberlo todo. Chico travieso, ¿cuándo viste al fantasma?

—Ayer al anochecer –respondió Jacob.

—¿Ah, sí? ¿Lo viste ayer, al caer la tarde? ¿Y cómo era?

—Toito de blanco, como debe ser un espectro –contestó el vidente, con una seguridad impropia de su edad.

—¿Y dónde estaba?

—Allá, en el cementerio… donde debe estar un espectro.

—Como debe ser… donde debe estar… ¡Vaya, pequeño tonto! Hablas como si las costumbres y modales de los fantasmas te fueran familiares desde la cuna. Desde luego, te sabes bien tu historia. Supongo que lo siguiente será que me digas de quién era el fantasma.

—¡Eh, pues claro que sí! –replicó Jacob, asintiendo con sombría satisfacción.

El señor Dempster había intentado intervenir varias veces durante el interrogatorio de la señorita Halcombe, y ahora lo hizo con firmeza suficiente para hacerse oír.

—Perdone, señorita Halcombe –dijo–, si me atrevo a decirle que lo único que consigue es alentar al niño con esas preguntas.

—Le haré sólo una más, señor Dempster, y me daré por satisfecha. –Y volviéndose hacia el muchacho, continuó–. Bien, ¿y de quién era el fantasma?

—Del espectro de la señora Fairlie –susurró Jacob.

El efecto que aquella extraordinaria respuesta produjo en miss Halcombe justificó plenamente la preocupación que el maestro había manifestado por evitar que la escuchara. Su rostro se tiñó de rojo por la indignación, se volvió de golpe hacia el pequeño Jacob, provocándole otro estallido de llanto, abrió los labios para reprenderlo… pero se contuvo, y se dirigió al maestro en lugar de al niño.

—No tiene sentido –dijo– responsabilizar a un niño tan pequeño por lo que dice. No me cabe duda de que alguien le ha metido esa idea en la cabeza. Si hay en este pueblo personas que han olvidado el respeto y la gratitud que todo habitante le debe a la memoria de mi madre, las encontraré. Y si tengo alguna influencia con el señor Fairlie, le aseguro que no saldrán impunes.

—Espero –de hecho, estoy seguro, señorita Halcombe– de que está usted equivocada –dijo el maestro–. Todo esto empieza y acaba en la testarudez y necedad del niño. Ayer por la tarde, al pasar junto al cementerio, creyó ver –o realmente vio– una figura vestida de blanco. Y esa figura, real o imaginaria, se hallaba junto a la cruz de mármol que todos en Limmeridge saben que marca la tumba de la señora Fairlie. ¿No son esas dos circunstancias suficientes para que el propio niño, por asociación, se convenciera de lo que ha dicho?

Aunque miss Halcombe no pareció del todo convencida, era evidente que consideraba el razonamiento del maestro demasiado sensato como para discutirlo abiertamente. Se limitó a agradecerle su atención y le prometió volver a hablar con él cuando aclarara sus dudas. Dicho esto, hizo una reverencia y salió del aula, guiándome fuera con ella.

Durante toda aquella escena, tan extraña, me había mantenido en silencio, escuchando atentamente y sacando mis propias conclusiones. Tan pronto como volvimos a estar solos, miss Halcombe me preguntó si había formado alguna opinión al respecto.

—Una opinión muy firme –respondí–. Creo que la historia del niño tiene algún fundamento real. Confieso que tengo interés en ver el monumento sobre la tumba de la señora Fairlie y examinar el terreno alrededor.

—Lo verá.

Hizo una pausa tras esta respuesta y reflexionó mientras caminábamos.

—Lo que ha sucedido en la escuela –prosiguió– me ha distraído por completo del asunto de la carta. Me siento un poco desconcertada al intentar volver a él. ¿Debemos renunciar a toda otra investigación y esperar a poner el asunto en manos del señor Gilmore mañana?

—De ningún modo, señorita Halcombe. Lo ocurrido en la escuela me anima, en realidad, a continuar con la investigación.

—¿Y por qué le anima?

—Porque refuerza una sospecha que sentí cuando usted me dio la carta para leer –respondí.

—¿Y supongo que tenía sus motivos, señor Hartright, para ocultarme esa sospecha hasta este momento?

—Tenía miedo de alimentarla en mí mismo. Me parecía totalmente absurda… Desconfiaba de ella, como si fuera el producto de alguna perversidad de mi imaginación. Pero ya no puedo seguir ignorándola. No sólo las respuestas del niño a sus preguntas, sino incluso una expresión casual que se le escapó al maestro al explicar su historia, me han obligado a reconsiderarla. Tal vez los hechos terminen por demostrar que no es más que un delirio, señorita Halcombe; pero ahora mismo estoy convencido de que el supuesto fantasma del cementerio y el autor de la carta anónima son la misma persona.

Ella se detuvo, palideció y me miró con ansiedad al rostro.

—¿Qué persona?

—El maestro lo dijo sin darse cuenta. Cuando mencionó a la figura que el niño vio en el cementerio, la llamó «una mujer vestida de blanco».

—¿No se estará refiriendo a Anne Catherick?

—Sí. A Anne Catherick.

Me tomó del brazo y se apoyó fuertemente en él.

—No sé por qué –dijo en voz baja–, pero hay algo en esa sospecha suya que me inquieta profundamente. Siento que… –Se interrumpió, intentando restarle importancia con una sonrisa forzada–. Señor Hartright –continuó–, le mostraré la tumba y luego volveré de inmediato a la casa. No conviene dejar a Laura sola demasiado tiempo. Será mejor que regrese para estar con ella.

Estábamos ya cerca del cementerio. La iglesia, un edificio gris y sombrío, se encontraba en una pequeña hondonada, protegida así de los vientos fríos que soplaban desde los páramos. El camposanto se extendía desde un lateral del templo, trepando ligeramente por la ladera de la colina. Lo rodeaba un muro bajo y tosco de piedra, y estaba abierto al cielo, salvo en un extremo donde un arroyo descendía entre piedras y unos cuantos árboles achaparrados proyectaban sus estrechas sombras sobre la escasa hierba. Justo más allá del arroyo y de los árboles, no lejos de uno de los tres portillos de piedra que daban acceso al lugar, se alzaba la cruz de mármol blanco que distinguía la tumba de la señora Fairlie de los modestos monumentos que la rodeaban.

—No necesito acompañarle más allá –dijo la señorita Halcombe, señalando la sepultura–. Avíseme si encuentra algo que confirme la idea que acaba de compartir conmigo. Nos veremos luego en la casa.

Se marchó. Yo descendí directamente al cementerio y crucé el portillo que conducía a la tumba.

La hierba era demasiado corta y el suelo demasiado duro como para mostrar huellas. Decepcionado, dirigí entonces mi atención a la cruz y al bloque cuadrado de mármol bajo ella, donde estaba grabada la inscripción.

La blancura natural del mármol estaba ligeramente empañada por manchas de la intemperie, y algo más de la mitad del bloque inferior, en la cara con la inscripción, presentaba el mismo desgaste. Pero la otra mitad atrajo de inmediato mi atención por su sorprendente limpieza. Me acerqué y vi que había sido limpiada recientemente, de arriba abajo. La línea divisoria entre la parte limpia y la que no lo estaba se apreciaba claramente allí donde la inscripción dejaba un espacio liso: una línea nítida, sin duda provocada de forma artificial. ¿Quién había comenzado a limpiar el mármol? ¿Y por qué había dejado la tarea inconclusa?

Miré a mi alrededor, preguntándome cómo resolver aquel enigma. Desde donde me encontraba no se divisaba ninguna vivienda: el cementerio pertenecía por entero a los muertos. Di la vuelta a la iglesia hasta llegar a su parte trasera, crucé el muro por otro de los portillos de piedra, y me encontré al inicio de un sendero que descendía hacia una antigua cantera de piedra abandonada. Contra uno de sus costados se alzaba una pequeña casa de dos estancias, y frente a la puerta una anciana estaba lavando ropa.

Me acerqué y entablé conversación con ella sobre la iglesia y el cementerio. Fue muy locuaz, y casi de inmediato me reveló que su marido ejercía como sacristán y sepulturero. Le dije algunas palabras en alabanza al monumento de la señora Fairlie. La anciana negó con la cabeza y me dijo que no lo había visto en su mejor momento. Su esposo era quien debía encargarse del mantenimiento, pero llevaba meses tan enfermo y débil que apenas podía arrastrarse hasta la iglesia los domingos para cumplir con su deber, y en consecuencia, el monumento había sido descuidado. Ahora empezaba a mejorar un poco y esperaba, en una semana o diez días, estar lo bastante fuerte como para limpiarlo.

Esta información –extraída de una larga respuesta en el más cerrado dialecto de Cumberland– me reveló todo lo que necesitaba saber. Le di a la anciana unas monedas y regresé sin demora a Limmeridge House.

La limpieza parcial del monumento había sido evidentemente obra de manos ajenas. Al conectar ese hecho con la sospecha que había surgido en mí al oír la historia del supuesto fantasma, ya no necesitaba más motivos para confirmar mi decisión de vigilar la tumba de la señora Fairlie en secreto esa misma tarde. Volvería allí al anochecer y esperaría en sus cercanías hasta que cayera la noche. El trabajo había quedado sin terminar, y la persona que lo empezó podía regresar para concluirlo.

Al volver a la casa, informé a la señorita Halcombe de mi plan. Se mostró sorprendida y algo inquieta al oírlo, pero no expresó objeciones. Sólo dijo:

—Espero que todo termine bien.

Cuando ya se retiraba, la detuve para preguntarle, con toda la calma posible, cómo se encontraba la señorita Fairlie. Me respondió que estaba de mejor ánimo, y que esperaba convencerla de salir a dar un paseo mientras durara el sol de la tarde.

Regresé a mi habitación para continuar ordenando los dibujos. Era necesario hacerlo, y doblemente necesario mantener mi mente ocupada en algo que me distrajera de mí mismo y del futuro desesperanzador que tenía por delante. De vez en cuando interrumpía la tarea para asomarme por la ventana y observar el cielo mientras el sol se acercaba poco a poco al horizonte. En una de esas ocasiones vi una figura en el amplio sendero de grava bajo mi ventana. Era la señorita Fairlie.

No la había visto desde la mañana, y apenas habíamos cruzado palabra entonces. Sólo me quedaba un día más en Limmeridge, y después de ese día tal vez no volvería a verla jamás. Ese pensamiento bastó para retenerme en la ventana. Tuve al menos la delicadeza de correr un poco la cortina para que no pudiera verme si alzaba la vista, pero no tuve fuerzas para resistir la tentación de seguirla con los ojos mientras caminaba, aunque fuera desde lejos.

Llevaba puesta una capa marrón, y debajo, un vestido sencillo de seda negra. En la cabeza llevaba el mismo sombrero de paja que usaba el día en que nos conocimos, pero esta vez con un velo que ocultaba su rostro. A su lado trotaba un pequeño galgo italiano, su inseparable compañero de paseos, vestido con una prenda de paño escarlata para proteger su piel delicada del aire frío. Ella no parecía prestar atención al perro. Caminaba recta, con la cabeza levemente inclinada y los brazos cruzados bajo la capa. Las hojas muertas que por la mañana el viento había arrastrado ante mí cuando supe de su compromiso volaban ahora frente a ella, se elevaban y caían a sus pies mientras avanzaba bajo la pálida luz del sol poniente. El galgo temblaba, estremecido, y se apretaba contra su vestido en busca de atención y consuelo. Pero ella no le hacía caso. Siguió caminando, cada vez más lejos de mí, con las hojas muertas revoloteando a su alrededor, hasta que mis ojos, doloridos, ya no pudieron seguirla, y me quedé de nuevo a solas con mi corazón pesado.

Una hora más tarde había terminado mi trabajo, y el atardecer estaba cerca. Tomé mi sombrero y mi abrigo en el vestíbulo, y salí de la casa sin encontrarme con nadie.

Las nubes se agitaban salvajes en el cielo occidental, y el viento soplaba frío desde el mar. Aunque la costa quedaba lejos, el rumor del oleaje atravesaba los páramos y llegaba lúgubre a mis oídos cuando entré en el cementerio. No se veía un alma. El lugar parecía más desolado que nunca mientras elegía mi escondite y me apostaba allí a esperar, con los ojos fijos en la cruz blanca que se alzaba sobre la tumba de la señora Fairlie.

XIII

La situación expuesta del cementerio me obligó a actuar con precaución al elegir el lugar que ocuparía.

La entrada principal de la iglesia daba al lado del camposanto, y la puerta estaba protegida por un pórtico con muros a ambos lados. Tras vacilar un momento –pues me repugnaba ocultarme, por muy necesario que fuera para mi propósito–, decidí meterme en el pórtico. Había una pequeña ventana enrejada en cada una de sus paredes laterales. Desde una de ellas podía ver la tumba de la señora Fairlie; la otra daba hacia la cantera de piedra donde estaba la casa del sacristán. Frente a mí, en línea con la entrada del pórtico, se extendía una franja pelada del cementerio, seguida por un bajo muro de piedra y una ladera solitaria de colina parda, sobre la que navegaban pesadas nubes rojizas arrastradas por el viento firme. No se veía ni se oía a ser vivo alguno: ningún pájaro pasaba, ningún perro ladraba desde la casa del sacristán. En los intervalos entre los golpes sordos del oleaje, sólo se oía el crujir monótono de los árboles enanos junto a la tumba y el débil murmullo del arroyo sobre su lecho pedregoso. Una escena y una hora desoladoras. El ánimo se me hundía a medida que contaba los minutos de mi solitaria vigilancia, oculto en el pórtico de la iglesia.

Aún no había oscurecido del todo: el resplandor del sol poniente seguía en el cielo, y no llevaba ni media hora de espera cuando oí pasos y una voz. Los pasos venían del otro lado de la iglesia, y la voz era de mujer.

—No te apenes, querida, por la carta –decía–. Se la di al muchacho sin problema, y él la tomó sin decir palabra. Él siguió su camino y yo el mío, y no me siguió un alma después, eso te lo aseguro.

Aquellas palabras dispararon mi atención a tal punto que se volvió casi insoportable. Hubo un momento de silencio, pero los pasos seguían acercándose. Enseguida, dos figuras femeninas pasaron ante mi campo de visión desde la ventana del pórtico. Caminaban directamente hacia la tumba, así que me daban la espalda.

Una de las mujeres llevaba sombrero y chal. La otra vestía una larga capa de viaje azul oscuro, con la capucha puesta. Asomaban unos centímetros de su vestido bajo la capa. El corazón me latía con fuerza al ver el color del vestido: blanco.

Cuando habían avanzado hasta la mitad del camino entre la iglesia y la tumba, se detuvieron, y la mujer de la capa volvió la cabeza hacia su compañera. Pero su rostro de perfil –que un sombrero me habría permitido ver– quedaba oculto por el borde abultado de la capucha.

—Acuérdate de mantenerte abrigada con esa capa –dijo la misma voz que ya había escuchado, la de la mujer del chal–. La señora Todd tenía razón al decir que ayer llamabas demasiado la atención vestida toda de blanco. Voy a dar una vuelta mientras estás aquí; los cementerios no son lo mío, aunque lo sean para ti. Termina lo que tengas que hacer antes de que vuelva, y asegúrate de que estemos en casa antes de que anochezca.

Con esas palabras, la mujer se volvió sobre sus pasos y, al caminar de regreso, avanzó hacia mí. Era el rostro de una mujer mayor, curtido, tostado por el sol y saludable, sin nada en su expresión que inspirase desconfianza o sospecha. Al llegar cerca de la iglesia se detuvo para ajustarse el chal.

—Siempre rara –murmuró para sí–. Siempre rara con sus manías y sus maneras, desde que tengo memoria. Inofensiva, eso sí… inofensiva como una niña pequeña, pobrecilla.

Suspiró, miró nerviosamente alrededor del cementerio, negó con la cabeza, como si el panorama desolador no le resultara nada agradable, y desapareció por la esquina de la iglesia.

Dudé un instante sobre si debía seguirla y hablarle o no. La intensa ansiedad por encontrarme cara a cara con su compañera me ayudó a decidir en contra. Podía asegurarme de ver a la mujer del chal si me quedaba cerca del cementerio hasta que regresara, aunque dudaba mucho que pudiera darme la información que buscaba. La persona que había entregado la carta era secundaria. La que la había escrito era el verdadero centro de interés, y la verdadera fuente de respuestas, y ahora sentía con certeza que esa persona estaba allí, delante de mí, en el cementerio.

Mientras estas ideas pasaban por mi mente, vi que la mujer de la capa se acercaba a la tumba y se detenía a mirarla durante un momento. Luego miró a su alrededor, sacó un pañuelo blanco de lino de debajo de la capa y se dirigió hacia el arroyo. El pequeño curso de agua entraba en el cementerio por una diminuta arcada en el muro y salía por una similar tras recorrer unos pocos metros serpenteantes. Mojó el pañuelo en el agua y regresó a la tumba. La vi besar la cruz blanca, luego arrodillarse ante la inscripción y comenzar a limpiarla con el paño húmedo.

Pensé de qué modo podría acercarme con la menor posibilidad de asustarla. Decidí saltar el muro que tenía delante, bordearlo por fuera y volver a entrar al cementerio por el acceso más próximo a la tumba, de modo que pudiera verme llegar. Estaba tan absorta en su tarea que no me oyó hasta que pisé el último peldaño del paso de piedra. Entonces alzó la vista, se incorporó con un leve grito y se quedó frente a mí, muda y paralizada por el terror.

—No se asuste –dije–. ¿De verdad no me recuerda?

Me detuve mientras hablaba, avancé unos pasos lentamente, luego volví a detenerme, y así me acerqué poco a poco hasta estar justo ante ella. Si me hubiera quedado alguna duda, se habría disipado en ese mismo instante. Allí estaba, hablando por sí sola con su expresión espantada: era el mismo rostro que había mirado el mío en el camino aquella noche, el rostro que ahora me enfrentaba sobre la tumba de la señora Fairlie.

—¿Me recuerda? –repetí–. Nos encontramos muy tarde, y la ayudé a encontrar el camino hacia Londres. ¿No se acuerda?

Sus rasgos se suavizaron y soltó un profundo suspiro de alivio. Vi cómo el reconocimiento despertaba lentamente bajo la rigidez casi mortal que el miedo había dejado en su rostro.

—No intente hablar todavía –continué–. Tómese su tiempo para recuperarse, para estar segura de que soy un amigo.

—Es usted muy bueno conmigo –murmuró–. Tan bueno ahora como lo fue entonces.

Se detuvo, y yo también guardé silencio. No era sólo por ella que concedía ese momento de pausa. También lo necesitaba yo. Allí estábamos, bajo la luz desvaída del crepúsculo, ella y yo, cara a cara una vez más, con una tumba entre nosotros, rodeados por los muertos y encerrados por las colinas solitarias. El momento, el lugar, las circunstancias bajo las que nos encontrábamos, la posibilidad de que todo el futuro de Laura Fairlie pendiera de las próximas palabras que cruzáramos…, todo amenazaba con quebrar la estabilidad y el control que eran indispensables si quería avanzar un paso más en lo que me proponía. Al sentir esto, me esforcé al máximo por recuperar todos mis recursos. Traté de sacar el mejor provecho de esos breves segundos de reflexión.

—¿Se siente mejor ahora? –dije cuando creí que era tiempo de hablar otra vez–. ¿Puede hablarme sin miedo, sin olvidar que soy su amigo?

—¿Cómo ha llegado hasta aquí? –preguntó ella, sin hacer caso a lo que le acababa de decir.

—¿No recuerda que, la última vez que nos vimos, le dije que iba a ir a Cumberland? He estado en Cumberland desde entonces. Me he hospedado todo este tiempo en Limmeridge House.

—¿En Limmeridge House? –repitió, y su rostro pálido se iluminó mientras fijaba en mí los ojos errantes con un súbito interés–. ¡Ah, qué feliz debe de haber sido usted! –dijo con entusiasmo, sin el menor rastro de la desconfianza que antes la dominaba.

Aproveché la nueva confianza que mostraba hacia mí para observarla con una atención y una curiosidad que antes me había contenido de demostrar, por precaución. La miré, con la imagen vívida de aquel otro rostro hermoso que, a la luz de la luna en la terraza, me la había recordado de manera tan inquietante. Antes había visto el parecido de Anne Catherick con miss Fairlie. Ahora veía el de miss Fairlie con Anne Catherick; lo veía con más claridad, precisamente porque los puntos de diferencia se mostraban tan evidentes como los de similitud. En el contorno general del rostro y la proporción de los rasgos, en el color del cabello y en la leve inseguridad nerviosa de los labios, en la estatura y en la forma de llevar el cuerpo y la cabeza, el parecido era más impactante que nunca. Pero ahí terminaba. Las diferencias en los detalles eran notables. La delicadeza del cutis de miss Fairlie, la transparencia de sus ojos, la pureza tersa de su piel, el suave rubor de sus labios: todo eso faltaba en el rostro fatigado y ajado que tenía frente a mí. Y aunque me avergonzaba pensarlo, mientras la observaba no podía apartar de mi mente la idea de que sólo haría falta una desgracia, en el futuro, para que ese parecido incompleto se volviera total. Si alguna vez la pena y el sufrimiento dejaban su marca profanadora en el rostro joven y bello de Laura Fairlie, entonces –y sólo entonces–

Anne Catherick y ella serían hermanas gemelas del azar, reflejos vivientes la una de la otra.

Me estremecí ante la idea. Había algo horrible en esa desconfianza ciega e irracional hacia el futuro que parecía implicar el mero hecho de que ese pensamiento hubiera cruzado por mi mente. Fue casi un alivio sentir que una mano se posaba furtivamente sobre mi hombro: la mano de Anne Catherick. El contacto fue tan sigiloso y repentino como aquel otro que, la noche en que nos conocimos, me había dejado paralizado de pies a cabeza.

—Me está mirando –dijo ella, con su peculiar modo entrecortado y apresurado de hablar–, y está pensando en algo. ¿Qué es?

—Nada extraordinario –respondí–. Sólo me preguntaba cómo ha llegado hasta aquí.

—He venido con una amiga que es muy buena conmigo. Sólo llevo aquí dos días.

—¿Y encontró este lugar ayer?

—¿Cómo lo sabe?

—Sólo lo adiviné.

Se apartó de mí y volvió a arrodillarse ante la inscripción.

—¿A dónde más iba a ir, si no? –dijo–. La amiga que fue mejor que una madre para mí es la única amiga a la que puedo visitar en Limmeridge. Oh, ¡cómo me duele el corazón al ver una mancha en su tumba! Debería estar blanca como la nieve, por ella. Ayer no me pude resistir a empezar a limpiarla, y hoy no podía evitar volver para seguir. ¿Hay algo malo en eso? Espero que no. Nada puede estar mal si lo hago por la señora Fairlie, ¿verdad?

El viejo y agradecido recuerdo de la bondad de su benefactora era, sin duda, la idea dominante en la mente de esa pobre criatura –una mente estrecha, que claramente no se había abierto a ninguna impresión duradera desde aquellos primeros y más felices días–. Comprendí que mi mejor oportunidad para ganar su confianza era animarla a continuar con esa tarea sencilla que la había traído al cementerio. Le dije que podía seguir, y lo hizo al instante, tocando el mármol duro con una ternura como si se tratara de un ser vivo, murmurando para sí las palabras de la inscripción, una y otra vez, como si los días perdidos de su juventud hubieran vuelto y estuviera otra vez aprendiendo la lección a los pies de la señora Fairlie.

—¿Le sorprendería mucho –dije, preparando con cautela el terreno para las preguntas que vendrían– si le dijera que me alegra verla aquí tanto como me sorprende? Me quedé muy preocupado por usted después de que se bajara del coche aquella noche.

Me miró de inmediato, con rapidez y sospecha.

—¿Preocupado? –repitió–. ¿Por qué?

—Sucedió algo extraño después de que nos separamos. Dos hombres me alcanzaron en un carruaje. No me vieron, porque estaba oculto, pero se detuvieron cerca y hablaron con un agente de policía al otro lado de la calle.

Interrumpió su tarea en seco. La mano con la que sostenía el paño húmedo cayó a su costado. Con la otra mano se aferró a la cruz de mármol que coronaba la tumba. Su rostro se volvió lentamente hacia mí, con la misma expresión de pánico absoluto que ya conocía. Seguí hablando: ya era demasiado tarde para detenerme.

—Los dos hombres hablaron con el agente –dije– y le preguntaron si la había visto. Él dijo que no. Entonces, uno de los hombres volvió a hablar y dijo que usted se había escapado de su manicomio.

Ella se incorporó como si mis palabras hubieran puesto a sus perseguidores de nuevo sobre su rastro.

—¡Espere! ¡Déjeme terminar! –grité–. Espere, y sabrá cómo la ayudé. Una sola palabra mía habría bastado para decirles por dónde se había ido… y no la dije. Les oculté la verdad. Ayudé a su huida. La hice segura, la aseguré. Piense, intente recordar. Intente comprender lo que le estoy diciendo.

Mi tono pareció influirle más que mis palabras. Hizo un esfuerzo por asimilar la nueva idea. Sus manos pasaban el paño húmedo de una a otra, exactamente igual que habían hecho con su pequeño bolso de viaje la noche en que la vi por primera vez. Lentamente, el propósito de mis palabras pareció abrirse paso entre la confusión y agitación de su mente. Poco a poco sus rasgos se relajaron, y sus ojos me miraron con una expresión que ganaba curiosidad a medida que perdía miedo.

—¿Usted no cree que yo debería volver al manicomio, verdad? —preguntó.

—Por supuesto que no. Me alegra que haya escapado. Me alegra haber podido ayudarla.

—Sí, sí, me ayudó, en verdad me ayudó... en lo más difícil —continuó, un poco ausente—. Escapar fue fácil, si no, no lo habría logrado. Nunca sospecharon de mí como de las otras. Yo era tan callada, tan obediente, y me asustaba con facilidad. Lo difícil fue llegar a Londres, y ahí usted me ayudó. ¿Le di las gracias entonces? Se las doy ahora, de corazón.

—¿Estaba lejos el manicomio de donde nos encontramos? Vamos, demuéstreme que confía en mí, y dígame dónde estaba.

Me dijo el lugar —un manicomio privado, como indicaba su ubicación, no muy lejos de donde la vi aquella noche—, y luego, con visible ansiedad ante el posible uso que yo hiciera de su respuesta, repitió su pregunta anterior:

—¿Usted no cree que me deban llevar de vuelta, verdad?

—Una vez más: me alegra que haya escapado. Me alegra que le haya ido bien después de dejarme —contesté—. Entonces dijo que tenía una amiga en Londres a quien acudir. ¿La encontró?

—Sí. Era muy tarde, pero había una chica cosiendo en la casa, y me ayudó a despertar a la señora Clements. La señora Clements es mi amiga. Una buena mujer, amable, pero no como la señora Fairlie. Ah, no... nadie es como la señora Fairlie.

—¿Es la señora Clements su amiga desde hace mucho? ¿La conoce desde hace años?

—Sí, fue vecina nuestra hace tiempo, en casa, en Hampshire. Me tenía cariño y cuidó de mí cuando era pequeña. Hace años, cuando se fue de allí, escribió en mi libro de oraciones la dirección de Londres a la que iba, y me dijo: «Si alguna vez tienes problemas, Anne, ven a verme. No tengo marido que me lo impida, ni hijos de los que ocuparme, y cuidaré de ti». ¿No eran palabras muy amables? Supongo que las recuerdo porque fueron muy amables. Es de lo poco que recuerdo... muy poco, muy poco.

—¿No tenía padre o madre que cuidaran de usted?

—¿Padre?… Nunca lo vi… Nunca oí a mi madre hablar de él. ¿Padre? Ay, querido, estará muerto, supongo.

—¿Y su madre?

—No me llevo bien con ella. Somos un problema y un miedo la una para la otra.

«Un problema y un miedo la una para la otra». Esas palabras despertaron por primera vez en mí la sospecha de que su madre podría haber sido quien la puso bajo custodia.

—No me pregunte por mi madre –continuó–. Prefiero hablar de la señora Clements. La señora Clements es como usted; no cree que deba volver al manicomio, y se alegra tanto como usted de que escapara. Lloró por mi desgracia y dijo que debía guardarse en secreto ante todos.

Su «desgracia». ¿En qué sentido usaba esa palabra? ¿Podía explicar con ella su motivo para escribir la carta anónima? ¿Era acaso ese motivo el habitual y vulgar: la venganza de una mujer deshonrada que se interpone en la boda del hombre que la ha arruinado? Decidí aclarar esa duda antes de que siguiera la conversación.

—¿Qué desgracia?

—La desgracia de haber estado encerrada –respondió, con aire de sorpresa ante la pregunta–. ¿Qué otra desgracia podría ser?

Decidí insistir, con la mayor delicadeza y tacto. Era de vital importancia estar absolutamente seguro de cada paso que avanzara en esta investigación.

—Hay otra clase de desgracia –dije–, que puede caer sobre una mujer y causarle tristeza y vergüenza para toda la vida.

—¿Cuál es? –preguntó con viveza.

—La desgracia de creer, con inocencia, en su propia virtud y en la fidelidad y el honor del hombre a quien ama –respondí.

Me miró con la desconcertada inocencia de una niña. Ni el más leve rubor, ni el más mínimo asomo de vergüenza o turbación apareció en su rostro, un rostro que revelaba con absoluta claridad cualquier otra emoción. Ninguna palabra dicha podría haberme asegurado tanto como aquella mirada y aquel gesto que la motivación que yo había supuesto para la carta era, sencillamente, la equivocada. Esa duda, al menos, quedó despejada. Pero la desaparición de esa posibilidad abría una nueva incertidumbre: la carta, como sabía por testimonio firme, apuntaba a sir Percival Glyde, aunque no lo nombraba. Debía de haber algún fuerte motivo, nacido de un sentimiento profundo de agravio, que la llevó a denunciarlo en esos términos tan severos, y ese motivo, claramente, no era la pérdida de su inocencia. Cualquiera que fuera el daño que él le había causado, no era de esa naturaleza. ¿De qué naturaleza, entonces?

—No le entiendo —dijo, tras haber hecho un esfuerzo evidente por comprender mis palabras, sin éxito.

—No importa —respondí—. Sigamos con lo que hablábamos. Dígame cuánto tiempo estuvo con la señora Clements en Londres, y cómo llegó aquí.

—¿Cuánto tiempo? —repitió—. Estuve con la señora Clements hasta que vinimos juntas aquí, hace dos días.

—¿Vive entonces en el pueblo? —pregunté—. Es extraño que no haya oído hablar de usted, aunque sólo lleva dos días.

—No, no en el pueblo. A tres millas de aquí, en una granja. ¿Conoce la granja? Se llama Todd's Corner.

Recordaba el lugar perfectamente —habíamos pasado por allí muchas veces en nuestros paseos—. Era una de las granjas más antiguas de la zona, situada en un rincón apartado y resguardado, en la confluencia de dos colinas.

—Son parientes de la señora Clements los de Todd's Corner —prosiguió—, y muchas veces la invitaron a visitarlos. Ella dijo que iría, y que me llevaría con ella, por la tranquilidad y el aire puro. Fue muy amable, ¿verdad? Yo habría ido a cualquier parte por estar tranquila, a salvo y lejos de todo. Pero cuando supe que Todd's Corner estaba cerca de Limmeridge…, ¡oh! me puse tan contenta que habría caminado descalza hasta llegar, sólo por ver de nuevo las escuelas, el pueblo y la casa de Limmeridge. Son gente muy buena en Todd's Corner. Espero poder quedarme allí mucho tiempo. Sólo hay una cosa que no me gusta de ellos, ni de la señora Clements…

—¿Qué es?

—Se burlan de mí por vestir toda de blanco –dijo–; dicen que llama demasiado la atención. ¿Qué sabrán ellos? La señora Fairlie lo sabía mejor. ¡Ella nunca me habría hecho llevar esta fea capa azul! Ah, le gustaba el blanco en vida, y aquí hay piedra blanca sobre su tumba… y yo la estoy blanqueando más por ella. Ella solía vestir de blanco, y siempre vestía de blanco a su hijita. ¿Está bien la señorita Fairlie? ¿Es feliz? ¿Sigue vistiendo de blanco, como cuando era niña?

Su voz se apagó al hacer las preguntas sobre la señorita Fairlie, y fue girando la cabeza cada vez más, como para alejarse de mí. Creí notar, en ese cambio de actitud, una inquietud que delataba la conciencia del riesgo que había corrido al enviar la carta anónima, y decidí responderle de tal modo que la sorprendiera y la hiciera admitirlo.

—La señorita Fairlie no estaba muy bien ni muy feliz esta mañana –dije.

Murmuró unas palabras, pero lo hizo tan confusamente y en un tono tan bajo que no pude entenderlas.

—¿Me preguntabas por qué no estaba bien ni feliz esta mañana la señorita Fairlie? –continué.

—No –dijo con rapidez y ansiedad–. Oh, no, yo no pregunté eso.

—Se lo diré aunque no lo haya preguntado –proseguí–. La señorita Fairlie ha recibido su carta.

Llevaba un rato ya arrodillada, limpiando cuidadosamente las manchas dejadas por la intemperie sobre la inscripción, mientras hablábamos. La primera frase que pronuncié la hizo detenerse y girar lentamente hacia mí, sin levantarse. La segunda la petrificó. El paño que sostenía se le cayó de las manos; los labios se le entreabrieron; y todo el poco color natural que tenía en el rostro desapareció al instante.

—¿Cómo lo sabe? –dijo débilmente–. ¿Quién se la mostró?

La sangre le volvió al rostro de golpe, abrumadora, junto con la comprensión repentina de que sus propias palabras la habían traicionado. Se golpeó las manos con desesperación.

—¡Yo no la escribí! –jadeó, aterrada–. ¡No sé nada de eso!

—Sí —dije—, usted la escribió, y sabe de qué se trata. Estuvo mal enviar esa carta. Estuvo mal asustar a la señorita Fairlie. Si tenía algo importante que decirle, algo que ella necesitaba saber, debería haber ido usted a Limmeridge House y hablar con ella cara a cara.

Se encogió sobre la lápida, escondiendo el rostro contra ella, sin decir nada.

—La señorita Fairlie será tan buena y amable con usted como lo fue su madre, si sus intenciones son buenas —proseguí—. Ella guardará su secreto, no dejará que le hagan daño. ¿La verá mañana en la granja? ¿La encontrará en el jardín de Limmeridge House?

—¡Oh, si pudiera morir y estar oculta y en paz con usted! —murmuraron sus labios contra la lápida, con una ternura desesperada dirigida a los restos bajo la piedra—. Usted sabe cuánto quiero a su hija por usted. ¡Oh, señora Fairlie, señora Fairlie! Dígame cómo salvarla. Sea otra vez mi madre, mi querida madre, y dígame qué debo hacer.

Escuché sus labios besar la piedra. Vi cómo golpeaba la losa con las manos, en un arrebato de emoción. El sonido y la escena me conmovieron profundamente. Me incliné y tomé sus manos con suavidad, intentando calmarla.

Fue inútil. Retiró las manos bruscamente y no levantó el rostro de la piedra. Viendo la necesidad urgente de tranquilizarla a toda costa, apelé a la única preocupación que parecía tener en relación conmigo: convencerme de que estaba en pleno dominio de sus actos.

—Vamos, vamos —le dije suavemente—. Intente calmarse o me hará cambiar de opinión sobre usted. No quiero pensar que la persona que le encerró en el manicomio quizá tenía alguna excusa…

Las siguientes palabras murieron en mis labios.

Apenas hice esa alusión a la persona que la había recluido, ella se irguió de rodillas. Un cambio extraordinario y sobrecogedor se apoderó de su rostro. Aquella expresión de sensibilidad nerviosa, de fragilidad y confusión que habitualmente la caracterizaba, se transformó de pronto en un gesto de odio y miedo maníaco que imprimió a sus rasgos una intensidad brutal. Sus ojos se agrandaron bajo la luz tenue del atardecer, como los de un animal salvaje. Cogió el paño que tenía al lado como si fuera algo vivo que pudiera estrangular, y lo apretó con tanta fuerza entre las manos que las gotas de agua que aún quedaban en él cayeron sobre la piedra.

—Hable de otra cosa –dijo entre dientes, en un susurro–. Si sigues por ahí, perderé la cabeza.

Todos los pensamientos tiernos que la llenaban apenas un minuto antes parecían haberse desvanecido por completo. Era evidente que la impresión dejada por la bondad de la señora Fairlie no era, como yo creía, la única huella profunda en su memoria. Junto al recuerdo agradecido de sus días en Limmeridge vivía el recuerdo vengativo del daño sufrido al ser recluida. ¿Quién había cometido ese daño? ¿Podía haber sido, realmente… su madre?

Me costó mucho renunciar a llevar la investigación hasta ese último punto, pero me obligué a abandonar toda intención de continuar. Viéndola como la veía ahora, habría sido cruel pensar en otra cosa que no fuera la necesidad –y la humanidad– de devolverle la calma.

—No hablaré de nada que le angustie –dije en tono conciliador.

—Quiere algo –respondió bruscamente, con desconfianza–. No me mire así. Hábleme, dígame qué es lo que quiere.

—Sólo quiero que se tranquilice, y que, cuando esté más serena, piense en lo que le he dicho.

—¿Dicho…? –repitió. Se quedó pensativa, retorciendo el paño entre las manos y murmurando para sí–. ¿Qué fue lo que dijo? –Se volvió hacia mí y sacudió la cabeza con impaciencia–. ¿Por qué no me ayuda? –preguntó con repentina irritación.

—Sí, sí –respondí–, le ayudaré, y enseguida lo recordará. Sólo le pido que vea mañana a la señorita Fairlie y le diga la verdad sobre la carta.

—Ah… la señorita Fairlie… Fairlie… Fairlie…

La simple mención de ese nombre tan querido pareció tranquilizarla. Su rostro se suavizó y recobró su expresión habitual.

—No tienes por qué temerle a la señorita Fairlie –continué–, ni tampoco por las consecuencias de la carta. Ella ya sabe tanto al respecto, que no le costará contarle todo. Apenas queda nada por ocultar. Usted no menciona nombres en la carta, pero la señorita Fairlie sabe que hablaba de sir Percival Glyde...

Apenas pronuncié ese nombre, se puso en pie de un salto y un grito escapó de su garganta, tan agudo y penetrante que resonó por todo el cementerio e hizo que el corazón me diera un vuelco. El rostro, que apenas un instante antes había recuperado su dulzura, volvió a ensombrecerse con una expresión de odio y terror multiplicada por tres. El grito al oír el nombre, la mirada de pánico y aversión que le siguió, lo decían todo. Ya no cabía la menor duda: su madre era inocente de haberla encerrado en el manicomio. Quien la había encerrado era un hombre, y ese hombre era sir Percival Glyde.

El grito no sólo lo escuché yo. A un lado oí abrirse la puerta de la casa del sepulturero; al otro, la voz de su acompañante, la mujer del chal, aquella a quien había mencionado como la señora Clements.

—¡Ya voy! ¡Ya voy! –gritó la voz desde detrás del grupo de árboles bajos.

Un momento después, la señora Clements apareció corriendo.

—¿Quién es usted? –me espetó al poner el pie en la escalera de madera–. ¿Cómo se atreve a asustar así a una pobre mujer indefensa?

Ya estaba junto a Anne Catherick, rodeándola con un brazo, antes de que pudiera responder.

—¿Qué te ha hecho, querida? –le preguntó–. ¿Qué te ha hecho este hombre?

—Nada –respondió la pobre mujer–. Nada. Sólo estoy asustada.

La señora Clements se volvió hacia mí con una indignación valiente que me hizo sentir respeto por ella.

—Me daría mucha vergüenza merecer esa mirada –dije–. Pero no la merezco. Por desgracia la he sobresaltado sin quererlo. No es la primera vez que me ve. Pregúntele usted misma, y le dirá que soy incapaz de hacerle daño a ella o a cualquier otra mujer.

Hablé claramente, para que Anne Catherick pudiera oírme y comprenderme, y vi que las palabras y su sentido habían llegado hasta ella.

—Sí, sí –dijo. Fue buena conmigo una vez… me ayudó…

El resto lo susurró al oído de su amiga.

—Qué raro –comentó la señora Clements, con una expresión de perplejidad–. Pero cambia todo, desde luego. Siento haberle hablado tan bruscamente, señor; pero debe reconocer que, para una desconocida, la situación era sospechosa. Es más culpa mía que suya por haberle seguido el juego a sus caprichos y dejarla sola en un lugar como éste. Vamos, querida, vamos a casa.

Me pareció que la buena mujer se sentía algo incómoda ante la idea del camino de vuelta, y me ofrecí a acompañarlas hasta que estuvieran a la vista de su casa. La señora Clements me lo agradeció cortésmente, pero declinó. Dijo que en cuanto llegaran al páramo seguramente se cruzarían con alguno de los jornaleros de la granja.

—Perdóneme, si puede –dije, cuando Anne Catherick tomó del brazo a su amiga para marcharse.

Aunque no había tenido intención alguna de asustarla ni alterarla, me sentí profundamente conmovido al ver aquel rostro pálido, pobre y aterrorizado.

—Lo intentaré –respondió ella. Pero sabe demasiado… Me temo que ahora siempre me va a asustar.

La señora Clements me dirigió una mirada y negó con la cabeza, compasiva.

—Buenas noches, señor –dijo–. Sé que no ha sido su intención, pero ojalá me hubiera asustado a mí, y no a ella.

Se alejaron unos pasos. Creí que se marchaban definitivamente, pero Anne se detuvo de pronto y se separó de su compañera.

—Espere un momento –dijo–. Debo despedirme.

Volvió a la tumba, apoyó ambas manos con ternura sobre la cruz de mármol y la besó.

—Ahora estoy mejor –suspiró, mirándome con serenidad–. Le perdono.

Se reunió de nuevo con su amiga y abandonaron el cementerio. Las vi detenerse junto a la iglesia y hablar con la mujer del sepulturero, que había salido de la casa y nos observaba desde lejos. Luego reanudaron la marcha por el sendero que conducía al páramo. Seguí con la mirada a Anne Catherick hasta que su figura se perdió en el crepúsculo, con la misma inquietud y tristeza con la que uno mira por última vez, en este mundo cansado, a la mujer vestida de blanco.

XIV

Media hora más tarde ya estaba de vuelta en la casa, contándole a miss Halcombe todo lo sucedido.

Me escuchó de principio a fin con una atención firme y callada, prueba inequívoca –en una mujer de su carácter y temple– de la profunda impresión que le causó mi relato.

—Tengo un mal presentimiento –fue todo lo que dijo al terminar–. Un muy triste presentimiento sobre el futuro.

—Quizá el futuro dependa –sugerí– del uso que hagamos del presente. No sería improbable que Anne Catherick se mostrara más dispuesta y sincera con una mujer que con un hombre. Si la señorita Fairlie…

—Ni pensarlo por un instante –interrumpió miss Halcombe con firmeza.

—Entonces permítame proponerle –proseguí– que usted misma vea a Anne Catherick y trate de ganarse su confianza. Por mi parte, me repugna la idea de volver a asustar a esa pobre criatura como ya lo he hecho, por desgracia. ¿Ve algún inconveniente en acompañarme mañana a la granja?

—Ninguno en absoluto. Iré donde sea y haré lo que sea por el bien de Laura. ¿Cómo se llama el lugar?

—Debe conocerlo bien. Se llama Todd's Corner.

—Claro. Todd's Corner es una de las granjas del señor Fairlie. Nuestra lechera aquí es la segunda hija del granjero. Va y viene constantemente entre esta casa y la granja de su padre, y tal vez haya oído o visto algo que nos sea útil. ¿Quiere que averigüe si está abajo ahora mismo?

Llamó a un sirviente y le envió con el recado. Regresó al poco y anunció que la muchacha estaba en la granja. No había estado allí en los últimos tres días, y la ama de llaves le había dado permiso para volver esa noche unas horas.

—Puedo hablar con ella mañana –dijo miss Halcombe una vez que el criado se hubo retirado–. Mientras tanto, quiero entender bien cuál es el propósito de mi entrevista con Anne Catherick. ¿No tiene usted la menor duda de que quien la encerró en el manicomio fue sir Percival Glyde?

—Ninguna sombra de duda. El único misterio que queda es el de su *motivo*. Dada la enorme diferencia entre sus posiciones sociales, lo que descarta incluso la posibilidad remota de algún vínculo entre ellos, es de vital importancia –incluso si admitimos que ella realmente requería estar bajo custodia– saber por qué *él* asumió la grave responsabilidad de encerrarla…

—¿En un manicomio privado, según dijo?

—Sí, uno privado, donde tuvo que pagarse una suma que ninguna persona pobre habría podido costear para mantenerla como paciente.

—Ya veo dónde está la duda, señor Hartright, y le prometo que la aclararemos, tanto si Anne Catherick nos ayuda mañana como si no. Sir Percival Glyde no permanecerá mucho en esta casa sin rendir cuentas al señor Gilmore… y a mí. El futuro de mi hermana es mi mayor preocupación en esta vida, y tengo suficiente influencia sobre ella como para tener también algo de poder en lo que respecta a su matrimonio.

Nos despedimos por la noche.

A la mañana siguiente, después del desayuno, surgió un contratiempo –que los acontecimientos de la víspera me habían hecho olvidar– y nos impidió ir directamente a la granja. Ése era mi último día en Limmeridge House, y debía, tan pronto como llegara el correo, seguir el consejo de miss Halcombe y pedir permiso al señor Fairlie para acortar mi contrato un mes, invocando una necesidad imprevista de regresar a Londres.

Por suerte para la credibilidad de esa excusa, al menos en apariencia, el correo trajo esa misma mañana dos cartas de amigos de Londres. Me las llevé de inmediato a mi habitación y mandé un mensaje al señor Fairlie solicitando saber cuándo podía verle por un asunto de negocios.

Esperé la respuesta sin la menor ansiedad por cómo me recibiría. Con o sin su consentimiento, debía marcharme. La conciencia de haber dado ya el primer paso en ese triste camino que habría de separar mi vida de la de la señorita Fairlie parecía haber adormecido mi sensibilidad hacia todo lo que me concernía. Ya no me importaba el orgullo susceptible del pobre ni mis pequeñas vanidades de artista. Ninguna insolencia del señor Fairlie –si se dignaba ser insolente– podía herirme ahora.

El sirviente regresó con un mensaje que no me cogió por sorpresa. El señor Fairlie lamentaba que el estado de su salud, precisamente esa mañana, le impidiera albergar la esperanza de tener el placer de recibirme. Me rogaba, por tanto, que aceptara sus disculpas y le comunicara lo que tuviera que decirle por escrito. Mensajes similares me habían sido transmitidos en distintas ocasiones durante mis tres meses de residencia en la casa. En todo ese tiempo, el señor Fairlie se había declarado encantado de «tenerme», pero jamás se había sentido lo suficientemente bien como para verme una segunda vez. El sirviente llevaba cada nuevo lote de dibujos que montaba y restauraba de vuelta a su amo con mis «respetos» y regresaba con sus «cordiales cumplidos», sus «más sinceros agradecimientos» y sus «profundos lamentos» de que su estado de salud le obligase a seguir siendo un prisionero solitario en su habitación. No podría haberse ideado un arreglo más satisfactorio para ambas partes. Resultaría difícil decir cuál de los dos, dadas las circunstancias, sentía mayor gratitud por la complacencia de los nervios del señor Fairlie.

Me senté de inmediato a redactar la carta, expresándome en ella con toda la cortesía, claridad y brevedad posibles. El señor Fairlie no se apresuró a responder. Pasó casi una hora antes de que pusieran su contestación en mis manos. Estaba escrita con una regularidad y una pulcritud impecables, con tinta de color violeta, en un papel tan suave como el marfil y casi tan grueso como una cartulina, y se dirigía a mí en estos términos:

El señor Fairlie presenta sus respetos al señor Hartright. El señor Fairlie se encuentra más sorprendido y decepcionado de lo que puede expresar (en su actual estado de salud) por la solicitud del señor Hartright. El señor Fairlie no es un hombre de negocios, pero ha consultado a su administrador, que sí lo es, y éste ha confirmado la opinión del señor Fairlie de que la petición del señor Hartright de romper su compromiso no puede justificarse por ninguna necesidad salvo, tal vez, un caso de vida o muerte. Si el sentimiento profundamente apreciativo hacia el Arte y sus cultivadores −sentimiento que constituye el consuelo y la felicidad de la existencia doliente del señor Fairlie− pudiera ser sacudido con facilidad, la actual conducta del señor Hartright lo habría hecho tambalear. No ha sido así… salvo en lo que respecta al señor Hartright mismo.

Habiendo expuesto su parecer −en la medida en que su agudo padecimiento nervioso se lo permite−, el señor Fairlie no tiene más que añadir salvo la expresión de su decisión en relación con la irregularísima solicitud que se le ha hecho. Siendo el reposo absoluto del cuerpo y del espíritu de importancia capital en su caso, el señor Fairlie no permitirá que el señor Hartright altere dicho reposo permaneciendo en la casa bajo circunstancias tan irritantes para ambas partes. Por tanto, el señor Fairlie renuncia a su derecho de denegar la solicitud, únicamente en aras de preservar su propia tranquilidad, e informa al señor Hartright de que puede marcharse.

Doblé la carta y la guardé con mis demás papeles. Hubo un tiempo en que la habría considerado un insulto; ahora la aceptaba como una liberación por escrito de mi compromiso. Se había ido de mi mente, casi se había borrado de mi memoria, cuando bajé al comedor y le informé a miss Halcombe que estaba listo para acompañarla a la granja.

—¿Le ha dado el señor Fairlie una respuesta satisfactoria? —me preguntó mientras salíamos de la casa.

—Me ha concedido permiso para irme, señorita Halcombe.

Me miró rápidamente y entonces, por primera vez desde que la conocía, tomó mi brazo por su propia iniciativa. Ninguna palabra habría expresado con tanta delicadeza que comprendía bajo qué términos se me había concedido ese permiso, y que me ofrecía su simpatía no como superior, sino como amiga. No me había herido la carta insolente del hombre, pero me conmovió profundamente la bondad reparadora de la mujer.

En nuestro camino a la granja acordamos que la señorita Halcombe entraría sola en la casa y que yo esperaría fuera, a cierta distancia. Optamos por este procedimiento temiendo que mi presencia, tras lo ocurrido la víspera en el cementerio, pudiera reavivar el temor nervioso de Anne Catherick y hacer que desconfiara aún más de los acercamientos de una dama que le era desconocida. Miss Halcombe me dejó con la intención de hablar primero con la esposa del granjero (cuya buena disposición para ayudarle era de su pleno conocimiento), mientras yo aguardaba cerca de la casa.

Esperaba que me dejaran solo por un buen rato. Sin embargo, para mi sorpresa, no habían pasado más de cinco minutos cuando miss Halcombe regresó.

—¿Anne Catherick se ha negado a verla? —pregunté, asombrado.

—Anne Catherick se ha ido —respondió miss Halcombe.

—¿Se ha ido?

—Se ha marchado con la señora Clements. Ambas abandonaron la granja a las ocho de esta mañana.

No pude decir nada. Sólo sentí que nuestra última oportunidad de descubrir la verdad se había ido con ellas.

—Todo lo que sabe la señora Todd sobre sus huéspedes, lo sé yo —continuó la señorita Halcombe—, y eso me deja, igual que a ella, completamente a oscuras. Las dos regresaron sanas y salvas anoche, después de dejarle, y pasaron la primera parte de la velada con la familia Todd, como de costumbre. Sin embargo, justo antes de la cena, Anne Catherick las sobresaltó a todas al sufrir un desmayo repentino. Había tenido un episodio similar, aunque menos alarmante, el mismo día que llegó a la granja; y la señora Todd lo había relacionado, en esa ocasión, con algo que estaba leyendo en nuestro periódico local, que estaba sobre la mesa y que había tomado sólo unos minutos antes.

—¿Sabe la señora Todd qué pasaje concreto del periódico le afectó de esa manera? –pregunté.

—No –respondió la señorita Halcombe–. Ella lo revisó, y no vio nada que pudiera alterar a nadie. Sin embargo, le pedí permiso para mirarlo yo misma, y en la primera página que abrí descubrí que el editor, en su escaso repertorio de noticias, había echado mano de los asuntos de nuestra familia y había publicado el compromiso matrimonial de mi hermana, entre otros anuncios tomados de los periódicos de Londres, en la sección de Matrimonios en la Alta Sociedad. Inmediatamente concluí que ése era el párrafo que había afectado tan profundamente a Anne Catherick, y también pensé que allí estaba el origen de la carta que envió a nuestra casa al día siguiente.

—No puede haber duda en ninguno de los dos casos. Pero, ¿qué supo acerca de su segundo desmayo, el de anoche?

—Nada. La causa sigue siendo un completo misterio. No había ningún desconocido en la habitación. La única visita era nuestra lechera, que, como le dije, es una de las hijas del señor Todd, y la conversación no pasaba del cotilleo habitual sobre asuntos locales. De repente la oyeron gritar y la vieron ponerse pálida como la muerte, sin razón aparente alguna. La señora Todd y la señora Clements la llevaron arriba, y esta última se quedó con ella. Las oyeron hablar hasta bien pasada la hora habitual de acostarse, y esta mañana temprano la señora Clements tomó aparte a la señora Todd y la dejó estupefacta al anunciarle que debían marcharse. La única explicación que logró sacarle fue que había ocurrido algo, que no era culpa de nadie en la granja, pero que era lo bastante grave como para hacer que Anne Catherick decidiera abandonar Limmeridge de inmediato. Fue completamente inútil insistirle a la señora Clements para que se explicara mejor. Sólo sacudía la cabeza y decía que, por el bien de Anne, rogaba que nadie les hiciera preguntas. Lo único que repetía, visiblemente alterada, era que Anne debía irse, que ella debía acompañarla y que el lugar al que se dirigían debía mantenerse en secreto para todos. Me ahorro el relato de las protestas y negativas hospitalarias de la señora Todd. Todo terminó con ella llevándolas en carruaje a la estación más cercana, hace ya más de tres horas. En el camino intentó que le dijeran algo más, pero fue en vano; y las dejó frente a la estación tan dolida y ofendida por la brusquedad con que se habían marchado, y por su desconfianza hacia ella, que se alejó enfadada sin siquiera detenerse a decirles adiós. Eso es exactamente lo que ha ocurrido. Examine su memoria, señor Hartright, y dígame si hubo algo en el cementerio anoche que pueda explicar esta extraordinaria partida de las dos mujeres esta mañana.

—Me gustaría, antes que nada, señorita Halcombe, poder explicar el cambio repentino en Anne Catherick que alarmó a todos en la granja, varias horas después de que ella y yo nos separamos, y cuando había pasado tiempo suficiente como para calmar cualquier agitación que yo, por desgracia, pudiera haberle causado. ¿Preguntó usted con detalle sobre los temas de conversación en la habitación cuando ella se desmayó?

—Sí. Pero los asuntos domésticos de la señora Todd parecen haberle dividido la atención aquella noche con la conversación en la sala de la granja. Sólo pudo decirme que fue «simplemente las noticias», lo que supongo significa que todos hablaban, como de costumbre, unos de otros.

—Puede que la memoria de la lechera sea mejor que la de su madre –dije–. Tal vez convenga que hable con la chica, señorita Halcombe, en cuanto regresemos.

Mi sugerencia se puso en práctica en cuanto volvimos a la casa. La señorita Halcombe me condujo a las dependencias del servicio, y encontramos a la muchacha en la lechería, con las mangas arremangadas hasta los hombros, limpiando un gran recipiente de leche y cantando alegremente mientras trabajaba.

—He traído a este caballero a ver tu lechería, Hannah –dijo la señorita Halcombe–. Es uno de los atractivos de la casa, y siempre te deja bien parada.

La chica se sonrojó, hizo una reverencia y dijo tímidamente que esperaba siempre hacer lo posible por mantener todo ordenado y limpio.

—Venimos de la casa de tu padre –continuó la señorita Halcombe–. Me dicen que estuviste allí anoche y que encontraste visitas en la casa.

—Sí, señorita.

—Me han contado que una de ellas se desmayó y se sintió mal. Supongo que no se dijo ni se hizo nada que pudiera asustarla. ¿No estaban hablando de algo muy terrible, verdad?

—¡Oh, no, señorita! –dijo la muchacha riendo–. Sólo hablábamos de las noticias.

—Tus hermanas te contaron las noticias de Todd's Corner, ¿verdad?

—Sí, señorita.

—¿Y tú les contaste las noticias de Limmeridge House?

—Sí, señorita. Y estoy segura de que no se dijo nada que pudiera asustar a la pobre, porque yo estaba hablando cuando le dio el desmayo. Me impresionó mucho, señorita, verla así, ya que a mí nunca me ha pasado algo semejante.

Antes de que se le pudiera hacer otra pregunta, la llamaron para recibir una cesta de huevos en la puerta de la lechería. Mientras se alejaba, le susurré a la señorita Halcombe:

—Pregúntele si anoche mencionó que se esperaban visitas en Limmeridge House.

La señorita Halcombe me indicó con una mirada que había entendido y formuló la pregunta en cuanto la lechera volvió.

—Oh, sí, señorita, lo mencioné –dijo la chica sencillamente–. Las visitas que venían y el accidente de la vaca atigrada eran todas las noticias que tenía para llevar a la granja.

—¿Mencionaste nombres? ¿Les dijiste que se esperaba a sir Percival Glyde el lunes?

—Sí, señorita. Les dije que venía sir Percival Glyde. Espero que no haya hecho mal en decirlo. Espero no haber obrado incorrectamente.

—Oh, no, no hay problema. Vamos, señor Hartright, Hannah empezará a pensar que estorbamos si seguimos interrumpiéndola en su trabajo.

Nos detuvimos y nos miramos apenas quedamos solos.

—¿Le queda alguna duda ahora, señorita Halcombe?

—Sir Percival Glyde deberá disiparla, señor Hartright, o Laura Fairlie nunca será su esposa.

XV

Mientras rodeábamos la casa hacia el frente, un coche de alquiler proveniente del ferrocarril se aproximó por el camino. La señorita Halcombe esperó en los escalones de la entrada hasta que el coche se detuvo, y luego avanzó para estrechar la mano de un caballero mayor, que bajó con agilidad en cuanto le abrieron la portezuela. El señor Gilmore había llegado.

Lo observé, cuando nos presentaron, con un interés y una curiosidad que apenas pude disimular. Este anciano iba a quedarse en Limmeridge House después de mi partida; iba a escuchar la explicación de sir Percival Glyde, y a ofrecer a la señorita Halcombe la ayuda de su experiencia para formar su juicio; iba a quedarse hasta que se resolviera la cuestión del matrimonio, y su mano, si ésta se decidía afirmativamente, sería la que redactaría el contrato que uniría irrevocablemente a la señorita Fairlie con su compromiso. Incluso entonces, cuando sabía poco comparado con lo que sé ahora, observé al abogado de la familia con un interés que jamás había sentido antes por ningún hombre que me fuera completamente desconocido.

En su aspecto exterior, el señor Gilmore era lo opuesto a la imagen convencional de un viejo abogado. Su tez era sonrosada, llevaba el cabello blanco un poco largo y cuidadosamente peinado, su chaqueta, chaleco y pantalones negros le quedaban perfectamente, su corbata blanca estaba anudada con esmero y sus guantes de cabritilla color lavanda podrían haber adornado las manos de un clérigo elegante, sin temor ni reproche. Sus modales estaban marcados por la gracia formal y el refinamiento de la antigua escuela de cortesía, avivados por la agudeza y prontitud de un hombre cuyo oficio lo obliga a mantener siempre sus facultades en buen estado. Una constitución optimista y buenas perspectivas iniciales, una larga carrera posterior de prosperidad digna y cómoda, una vejez alegre, diligente y ampliamente respetada: tales fueron las impresiones generales que saqué de mi primer encuentro con el señor Gilmore, y es justo añadir que lo que supe más tarde y con mayor experiencia no hizo sino confirmarlas.

Dejé al caballero y a la señorita Halcombe para que entraran juntos en la casa y hablaran de asuntos familiares sin la incomodidad de un extraño presente. Cruzaron el vestíbulo rumbo al salón, y yo bajé de nuevo los escalones para pasear solo por el jardín.

Mis horas en Limmeridge House estaban contadas; mi partida, a la mañana siguiente, estaba irrevocablemente decidida; mi participación en la investigación que la carta anónima había hecho necesaria había llegado a su fin. No podía causar daño a nadie más que a mí mismo si, durante el breve tiempo que me quedaba, liberaba mi corazón del frío y cruel dominio al que la necesidad me había obligado a someterlo, y me despedía de los escenarios vinculados con el breve sueño de mi dicha y de mi amor.

Instintivamente me dirigí al sendero bajo la ventana de mi estudio, donde la había visto la noche anterior con su perro, y seguí el camino que sus pies queridos habían recorrido tantas veces, hasta llegar al portillo que daba a su jardín de rosas. Ahora, el invierno lo cubría con su desnudez desoladora. Las flores que ella me había enseñado a distinguir por su nombre, las flores que yo le había enseñado a pintar, habían desaparecido, y los pequeños senderos blancos entre los parterres estaban ya húmedos y cubiertos de verdín. Continué hacia la avenida de árboles, donde habíamos respirado juntos el cálido perfume de las tardes de agosto, donde habíamos admirado juntos las incontables combinaciones de sombra y luz que moteaban el suelo a nuestros pies. Las hojas caían a mi alrededor desde las ramas que crujían, y la podredumbre del ambiente me calaba hasta los huesos. Un poco más allá, salí de los terrenos de la finca y seguí el sendero que subía suavemente hacia las colinas más cercanas. El viejo tronco derribado junto al camino, en el que habíamos descansado sentados, estaba empapado por la lluvia, y el ramillete de helechos y hierbas que yo había dibujado para ella, junto al muro de piedra rugosa que teníamos frente a nosotros, se había convertido en un charco estancado en torno a una isla de hierbajos deshilachados. Alcancé la cima de la colina y contemplé el paisaje que tantas veces habíamos admirado en tiempos más felices. Estaba frío y desolado: ya no era el paisaje que recordaba. La luz de su presencia estaba lejos de mí; el encanto de su voz ya no murmuraba en mi oído. Desde el lugar donde ahora contemplaba el valle, ella me había hablado de su padre, su único progenitor aún con vida; me había contado cuánto se querían y cuánto lo echaba aún de menos cuando entraba en ciertas habitaciones de la casa, o cuando retomaba actividades y pasatiempos que había compartido con él. ¿Era ésa la vista que había contemplado entonces, mientras escuchaba esas palabras, la misma que veía ahora, solo, en lo alto de la colina? Me di la vuelta y la dejé atrás; volví por el páramo, rodeando las dunas, hasta la playa. Allí estaba la espuma blanca del oleaje, el esplendor multiforme de las olas saltando…, pero ¿dónde estaba el lugar donde ella había dibujado figuras en la arena con su sombrilla? ¿Dónde el sitio donde nos habíamos sentado juntos, mientras ella me hablaba de mí mismo y de mi hogar, donde me hacía esas preguntas tan observadoras –tan propias de una mujer– sobre mi madre y mi hermana, y se preguntaba con inocente curiosidad si alguna vez dejaría yo mi solitaria buhardilla para tener esposa y casa propias? El viento y las olas habían borrado hacía tiempo los rastros que ella había dejado en aquellas marcas sobre la arena. Contemplé la amplia monotonía del paisaje costero, y el lugar donde habíamos pasado aquellas horas soleadas me resultaba tan perdido como si jamás lo hubiera conocido, tan ajeno como si ya estuviera yo en tierras extranjeras.

El silencio vacío de la playa me caló el alma. Regresé a la casa y al jardín, donde aún quedaban huellas de ella por todas partes.

En el paseo de la terraza oeste me crucé con el señor Gilmore. Evidentemente me buscaba, pues aceleró el paso en cuanto nos vimos. El estado de mi ánimo no me predisponía para la compañía de un extraño; pero el encuentro era inevitable, y me resigné a afrontarlo lo mejor posible.

—Es usted justamente la persona a la que quería ver –dijo el anciano–. Tenía que decirle un par de cosas, estimado señor, y si no tiene inconveniente, aprovecharé la ocasión. Hablando claro: la señorita Halcombe y yo hemos estado conversando sobre asuntos de familia –los asuntos que explican mi presencia aquí–, y en el curso de esa conversación, como era de esperar, me habló de ese desagradable asunto relacionado con la carta anónima y del papel que usted ha desempeñado en la situación hasta ahora, papel que ha sido muy adecuado y meritorio. Comprendo perfectamente que eso le otorga cierto interés en saber que la continuación de la investigación estará en buenas manos. Mi estimado señor, puede usted quedarse tranquilo en ese sentido: quedará en mis manos.

—Usted, señor Gilmore, está mucho mejor preparado que yo, en todos los sentidos, para aconsejar y actuar en este asunto. ¿Es una indiscreción de mi parte preguntarle si ya ha decidido el curso de acción?

—En la medida de lo posible, señor Hartright, lo he decidido. Tengo intención de enviar una copia de la carta, acompañada de una exposición de las circunstancias, al abogado de sir Percival Glyde en Londres, a quien conozco. La carta original me la quedaré, para mostrársela a sir Percival en cuanto llegue. Para el seguimiento de las dos mujeres ya he tomado medidas, enviando a uno de los criados del señor Fairlie –persona de confianza– a la estación para hacer averiguaciones. El hombre tiene dinero y las instrucciones necesarias, y seguirá a las mujeres si encuentra alguna pista. No se puede hacer más hasta que sir Percival llegue el lunes. No tengo la menor duda de que ofrecerá, sin reparos, todas las explicaciones que se pueden esperar de un caballero y un hombre honorable. Sir Percival goza de gran prestigio, señor, una posición distinguida, una reputación intachable. Estoy totalmente tranquilo respecto a los resultados –totalmente tranquilo, se lo aseguro con alegría–.

Este tipo de cosas me ha pasado muchas veces. Cartas anónimas… mujeres desgraciadas… el triste estado de la sociedad. No niego que este caso tiene ciertas complicaciones particulares, pero el caso en sí, por desgracia, es común… común.

—Mucho me temo, señor Gilmore, que tengo la desgracia de discrepar con usted sobre cómo veo este caso.

—Exactamente, mi estimado señor, exactamente. Yo soy un hombre mayor y tengo una visión práctica. Usted es joven y tiene una visión romántica. No discutamos sobre nuestras perspectivas. Vivo profesionalmente en una atmósfera de disputas, señor Hartright, y estoy más que contento de escapar de ella, como lo estoy haciendo aquí. Esperaremos a los acontecimientos, sí, sí, sí… esperaremos a los acontecimientos. Un lugar encantador, éste. ¿Buena caza? Probablemente no; creo que en las tierras del señor Fairlie no hay zonas protegidas. Aun así, encantador lugar, y gente encantadora. Me han dicho que usted dibuja y pinta, señor Hartright. Una habilidad envidiable. ¿En qué estilo?

Pasamos a una conversación general, o mejor dicho, el señor Gilmore hablaba y yo escuchaba. Mi atención estaba muy lejos de él y de los temas sobre los que hablaba con tanta soltura. El paseo solitario de las dos últimas horas había surtido efecto en mí: había sembrado en mi mente la idea de adelantar mi partida de Limmeridge House. ¿Por qué prolongar la dura prueba de la despedida ni un minuto más de lo necesario? ¿Qué otro servicio se requería de mí? No tenía sentido seguir en Cumberland; no había ninguna limitación de tiempo en el permiso de salida que me había dado mi empleador. ¿Por qué no terminar con todo en ese mismo momento?

Decidí hacerlo. Aún quedaban unas cuantas horas de luz, y no había ninguna razón por la cual no pudiera iniciar mi regreso a Londres esa misma tarde. Con la primera excusa cortés que se me ocurrió, me despedí del señor Gilmore y regresé de inmediato a la casa.

En el camino hacia mi habitación me crucé con la señorita Halcombe en las escaleras. Por la prisa en mis movimientos y el cambio en mi expresión, comprendió que tenía un nuevo propósito en mente, y me preguntó qué había ocurrido.

Le conté las razones que me llevaban a pensar en adelantar mi salida, tal como las he contado aquí.

—No, no –dijo con seriedad y amabilidad–. Váyase como un amigo. Comparta el pan con nosotros una vez más. Quédese y cene, ayúdenos a pasar esta última velada con usted lo más felizmente posible, como si fuera una de aquellas primeras noches. Es una invitación mía... de la señora Vesey...

Vaciló un momento, y luego añadió:

—De Laura también.

Prometí quedarme. Dios sabe que no quería dejar siquiera la sombra de una tristeza en ninguno de ellos.

Mi propia habitación era el mejor lugar para mí hasta que sonara la campana de la cena. Esperé allí hasta que llegó la hora de bajar.

No había hablado con la señorita Fairlie –ni siquiera la había visto– en todo el día. El primer encuentro con ella, al entrar en el salón, fue una dura prueba para su autocontrol y para el mío. Ella también había hecho todo lo posible para que nuestra última velada evocara aquel tiempo dorado ya ido –el tiempo que jamás volvería–. Se había puesto el vestido que yo solía admirar más que cualquier otro que poseyera: un vestido de seda azul oscuro, adornado con un encaje antiguo, bonito y peculiar. Se adelantó a recibirme con su habitual soltura, me dio la mano con la franca e inocente cordialidad de días más felices. Pero los dedos fríos que temblaban alrededor de los míos, las mejillas pálidas con un punto rojo encendido en el centro, la sonrisa tenue que luchaba por mantenerse en sus labios y se desvanecía mientras la observaba..., todo me mostró el sacrificio que le suponía mantener aquella serenidad exterior. No podía acercarla más a mi corazón, o la habría amado en ese momento como nunca la había amado.

El señor Gilmore fue de gran ayuda. Estaba de excelente humor y llevó la conversación con entusiasmo constante. La señorita Halcombe le siguió con decisión, y yo hice todo lo posible por seguir su ejemplo. Los dulces ojos azules, cuyos más mínimos cambios de expresión había aprendido a interpretar, me miraron con súplica cuando nos sentamos a la mesa. Ayude a mi hermana –parecía decir su rostro preocupado–, ayúdela a ella, y me ayudará a mí.

Pasamos la cena, al menos en apariencia, con suficiente armonía. Cuando las damas se levantaron de la mesa y el señor Gilmore y yo nos quedamos solos en el comedor, surgió un nuevo interés que ocupó nuestra atención y me dio la oportunidad de calmarme con unos minutos de necesario y bienvenido silencio. El criado que había sido enviado a seguir el rastro de Anne Catherick y la señora Clements regresó con su informe, y fue conducido inmediatamente al comedor.

—Bien –dijo el señor Gilmore–, ¿qué ha averiguado?

—He averiguado, señor –respondió el hombre–, que ambas mujeres compraron billetes en nuestra estación con destino a Carlisle.

—¿Y fue usted a Carlisle en cuanto supo eso?

—Así es, señor, pero lamento decir que no pude encontrar más rastro de ellas.

—¿Preguntó en el ferrocarril?

—Sí, señor.

—¿Y en las distintas fondas?

—También, señor.

—¿Y dejó usted la declaración que le redacté en la comisaría?

—Sí, señor.

—Bien, amigo mío, usted ha hecho todo lo que ha podido, y yo he hecho todo lo que he podido, y el asunto deberá quedar así hasta nuevo aviso. Hemos jugado nuestras mejores cartas, señor Hartright –continuó el anciano una vez que el criado se hubo retirado–. Por el momento, al menos, las mujeres nos han ganado la partida, y nuestro único recurso ahora es esperar a que sir Percival Glyde llegue el próximo lunes. ¿No quiere servirse otra copa? Una buena botella de oporto, esta: vino sólido, robusto, añejo. Aunque tengo mejores en mi propia bodega.

Regresamos al salón: la habitación donde habían transcurrido las veladas más felices de mi vida, y que, después de aquella última noche, no volvería a ver. Su aspecto había cambiado desde que los días se acortaron y el clima se volvió frío. Las puertas de vidrio que daban a la terraza estaban cerradas y cubiertas con gruesas cortinas. En lugar de la penumbra suave del crepúsculo, en la que solíamos sentarnos, ahora me deslumbraba el resplandor brillante de las lámparas. Todo había cambiado: dentro y fuera, todo era distinto.

La señorita Halcombe y el señor Gilmore se sentaron juntos a la mesa de juego; la señora Vesey ocupó su sillón habitual. Ellos disponían libremente de su velada, y esa libertad hacía que yo sintiera con más fuerza la restricción sobre la mía. Vi a la señorita Fairlie demorándose junto al atril. Hubo un tiempo en que yo habría podido reunirme con ella allí. Esperé, indeciso; no sabía adónde ir ni qué hacer. Ella me lanzó una rápida mirada, tomó de repente una partitura del atril y se acercó a mí por voluntad propia.

—¿Le toco alguna de esas pequeñas melodías de Mozart que tanto le gustaban? –preguntó, abriendo la partitura con nerviosismo y bajando la vista mientras hablaba.

Antes de que pudiera darle las gracias, se apresuró hacia el piano. La silla cercana, que yo solía ocupar siempre, estaba vacía. Tocó unos cuantos acordes, luego me lanzó una mirada de reojo, y volvió a fijarse en la música.

—¿No quiere ocupar su sitio de siempre? –dijo de pronto, en voz muy baja.

—Puedo ocuparlo esta última noche –respondí.

No dijo nada. Mantuvo la vista fija en la partitura, música que conocía de memoria, que había tocado una y otra vez en el pasado sin necesidad de partitura. Sólo supe que me había oído, que era consciente de mi cercanía, al ver cómo el punto rojo de su mejilla, la más cercana a mí, se desvanecía, y su rostro se volvía completamente pálido.

—Lamento mucho que se vaya –dijo, con la voz casi convertida en un susurro, los ojos cada vez más fijos en la música, los dedos corriendo sobre las teclas con una energía febril que jamás le había visto antes.

—Recordaré esas amables palabras, señorita Fairlie, mucho tiempo después de que mañana haya pasado.

La palidez se intensificó en su rostro y lo volvió aún más hacia otro lado.

—No hable de mañana –dijo–. Dejemos que la música nos hable de esta noche, en un lenguaje más feliz que el nuestro.

Sus labios temblaron; un leve suspiro se le escapó, que trató en vano de reprimir. Sus dedos vacilaron en el piano, tocó una nota equivocada, se confundió al intentar corregirla y dejó caer las manos, furiosa, sobre el regazo. La señorita Halcombe y el señor Gilmore levantaron la vista del tablero de cartas, sorprendidos. Incluso la señora Vesey, que dormitaba en su silla, despertó ante el repentino silencio y preguntó qué había ocurrido.

—¿Juega usted al *whist*, señor Hartright? –preguntó la señorita Halcombe, dirigiendo una mirada significativa al lugar que yo ocupaba.

—Sabía lo que quería decir. Sabía que tenía razón, y me levanté de inmediato para ir a la mesa de juego. Al dejar el piano, la señorita Fairlie pasó una página de la partitura y volvió a tocar con mano más firme.

—Lo tocaré –dijo, marcando las notas casi con pasión–. Lo tocaré en esta última noche.

—Vamos, señora Vesey –dijo la señorita Halcombe–, el señor Gilmore y yo estamos cansados del *écarté*. Venga y sea la compañera del señor Hartright en el *whist*.

El viejo abogado sonrió con sarcasmo. Había sido la mano ganadora y acababa de levantar un rey. Claramente atribuía el brusco cambio en la mesa a la incapacidad femenina para aceptar la derrota.

El resto de la velada transcurrió sin una palabra ni una mirada de ella. Permaneció en su sitio junto al piano, y yo en el mío en la mesa de juego. Tocó sin interrupción, como si la música fuera su único refugio frente a sí misma. A veces sus dedos acariciaban las teclas con una ternura que moría, suave y melancólica, hermosamente dolorosa de escuchar; otras veces vacilaban, o corrían sobre el instrumento de forma mecánica, como si aquello le pesara. Pero, variara o titubeara la expresión que daba a la música, su decisión de tocar no se quebró en ningún momento. Sólo se levantó del piano cuando todos nos levantamos para despedirnos.

La señora Vesey, que estaba más cerca de la puerta, fue la primera en darme la mano.

—No volveré a verlo, señor Hartright —dijo la anciana—. Siento de veras que se vaya. Ha sido muy amable y atento, y una mujer vieja como yo aprecia esas cosas. Le deseo felicidad, señor… y un afectuoso adiós.

El señor Gilmore fue el siguiente.

—Espero que tengamos otra oportunidad en el futuro para conocernos mejor, señor Hartright. ¿Está usted completamente seguro de que ese pequeño asunto queda a buen resguardo en mis manos? Sí, sí, por supuesto. ¡Válgame Dios, qué frío hace! No quiero entretenerlo más en la puerta. Bon voyage, mi estimado señor, *bon voyage*, como dicen los franceses.

La señorita Halcombe vino después.

—Mañana a las siete y media —dijo. Luego, en un susurro—: He visto y oído más de lo que usted imagina. Su conducta esta noche me ha hecho su amiga para toda la vida.

La señorita Fairlie fue la última. No me atreví a mirarla cuando le tomé la mano, ni cuando pensé en la mañana siguiente.

—Tendré que irme muy temprano —dije—. Habré partido, señorita Fairlie, antes de que usted…

—No, no —interrumpió con apremio—, no antes de que yo haya salido de mi cuarto. Estaré abajo para el desayuno con Marian. No soy tan ingrata, no he olvidado estos tres últimos meses…

La voz le falló, su mano se cerró con suavidad alrededor de la mía… y de pronto la soltó. Antes de que pudiera decir «Buenas noches», ya se había ido.

El final vino a mi encuentro con rapidez —vino, como vino la luz de la última mañana en Limmeridge House: de forma inevitable.

Apenas eran las siete y media cuando bajé, pero ambas me esperaban ya en la mesa del desayuno. En el aire frío, en la luz apagada, en el silencio sombrío de la casa, nos sentamos los tres, y tratamos de comer, tratamos de conversar. El esfuerzo por guardar las apariencias era inútil, insostenible, y me levanté para ponerle fin.

Al extender la mano, y al tomarla la señorita Halcombe, que estaba más cerca, la señorita Fairlie se volvió bruscamente y salió de la habitación apresuradamente.

—Mejor así –dijo la señorita Halcombe cuando la puerta se cerró–, mejor así, para ella y para usted.

Esperé un momento antes de poder hablar. Era duro perderla sin una palabra, sin una mirada de despedida. Me controlé. Intenté decir adiós a la señorita Halcombe en términos apropiados, pero todas las frases de despedida que habría querido decir se redujeron a una sola.

—¿He merecido que me escriba alguna vez?

—Ha merecido usted con creces todo lo que yo pueda hacer por usted mientras vivamos. Sea cual sea el desenlace, lo sabrá.

—Y si alguna vez puedo ser de ayuda otra vez, en el futuro, mucho después de que se olvide mi atrevimiento y mi locura…

No pude decir más. La voz se me quebró, y los ojos se me humedecieron pese a todo.

Ella me tomó ambas manos, las apretó con el firme y decidido apretón de un hombre. Sus ojos oscuros brillaban, su rostro cobrizo se tiñó de un rojo intenso, y la fuerza y energía de su rostro se encendieron con la luz pura de su generosidad y su compasión.

—Confiaré en usted. Si llega el momento, confiaré en usted como amigo mío y de ella, como mi hermano y el de ella.

Se detuvo, me acercó hacia ella –aquella criatura valerosa y noble–, me tocó la frente, como una hermana, con sus labios, y me llamó por mi nombre de pila.

—¡Dios lo bendiga, Walter! –dijo–. Quédese aquí solo y cálmese. Será mejor que no me quede, por el bien de ambos. Será mejor que lo vea partir desde el balcón de arriba.

Salió de la habitación. Me volví hacia la ventana, frente a la cual sólo se extendía el solitario paisaje otoñal. Me volví para dominarme, antes de salir yo también y dejarla para siempre.

Pasó un minuto –no pudo haber sido más– cuando oí la puerta abrirse de nuevo con suavidad, y el rumor de un vestido femenino avanzando por la alfombra se acercó a mí. El corazón me golpeaba con fuerza cuando me giré. La señorita Fairlie venía hacia mí desde el extremo opuesto de la habitación.

Se detuvo y vaciló cuando nuestras miradas se cruzaron y vio que estábamos solos. Luego, con ese valor que las mujeres suelen perder ante lo insignificante, pero rara vez ante lo esencial, se acercó más, extrañamente pálida y serena, llevando una mano a lo largo de la mesa mientras caminaba, y sosteniendo con la otra, oculta entre los pliegues del vestido, algo junto a su costado.

—Sólo fui al salón –dijo– para buscar esto. Puede recordarle su visita aquí y a los amigos que deja atrás. Me dijo que había mejorado mucho cuando lo hice, y pensé que tal vez le gustaría…

Volvió la cabeza y me ofreció un pequeño dibujo, hecho íntegramente por ella, del cenador donde nos habíamos conocido. El papel temblaba en su mano al ofrecérmelo, y temblaba en la mía al recibirlo.

No me atreví a decir lo que sentía; sólo respondí:

—Nunca me separaré de él. Toda mi vida será el tesoro que más valore. Estoy muy agradecido por ello…, muy agradecido a usted por no dejarme ir sin despedirse.

—¡Oh! –dijo con inocencia–. ¿Cómo iba a dejarlo ir, después de tantos días felices juntos?

—Esos días quizás no vuelvan nunca, señorita Fairlie. Mi camino y el suyo están muy alejados. Pero si alguna vez llega un momento en que la entrega de todo mi corazón, alma y fuerza puede darle un instante de felicidad o ahorrarle uno de pena, ¿intentará recordar al humilde maestro de dibujo que le enseñó? La señorita Halcombe me ha prometido confiar en mí…, ¿me lo promete usted también?

La tristeza de la despedida brilló en sus amables ojos azules, empañados por las lágrimas que comenzaban a brotar.

—Lo prometo –dijo con voz entrecortada–. ¡Oh, no me mire así! Lo prometo con todo mi corazón.

Me atreví a acercarme un poco más y le tendí la mano.

—Tiene muchos amigos que la quieren, señorita Fairlie. Su porvenir feliz es la esperanza querida de muchas personas. ¿Puedo decir, al despedirme, que también es la mía?

Las lágrimas corrían ya por sus mejillas. Apoyó una mano temblorosa en la mesa para sostenerse, mientras me daba la otra. La tomé entre las mías y la retuve con fuerza. Incliné la cabeza sobre ella, mis lágrimas cayeron sobre su piel, mis labios la tocaron –no por amor, ¡oh, no por amor!, en ese último momento, sino en la agonía y el abandono desesperado.

—Por el amor de Dios… váyase –dijo débilmente.

La confesión de su corazón brotó en esas palabras suplicantes. No tenía derecho a oírlas, ni a responder. Eran las palabras que me expulsaban, en nombre de su sagrada debilidad, de aquella estancia. Todo había terminado. Solté su mano, no dije más. Las lágrimas, cegándome, me impidieron verla, y me las enjugué con violencia para contemplarla por última vez. Una sola mirada mientras se dejaba caer en una silla, mientras sus brazos caían sobre la mesa, mientras su hermosa cabeza reposaba, rendida, sobre ellos. Una última mirada, y la puerta se cerró detrás de ella. El gran abismo de la separación se había abierto entre nosotros. La imagen de Laura Fairlie era ya un recuerdo del pasado.

Fin del relato de Walter Hartright

LA HISTORIA CONTINUADA
POR VINCENT GILMORE
(de Chancery Lane, abogado)

I

Escribo estas líneas a petición de mi amigo, el señor Walter Hartright. Tienen por objeto relatar ciertos acontecimientos que afectaron gravemente los intereses de la señorita Fairlie y que ocurrieron después de la partida del señor Hartright de Limmeridge House.

No es necesario que diga si mi opinión aprueba o no la revelación de la extraordinaria historia familiar de la cual mi relato constituye una parte esencial. El señor Hartright ha asumido esa responsabilidad, y los hechos que se relatarán a continuación demostrarán que se ha ganado con creces el derecho de hacerlo, si decide ejercerlo. El método que ha elegido para presentar esta historia de la forma más vívida y veraz posible requiere que sea contada, en cada etapa, por las personas que estuvieron directamente implicadas en los acontecimientos al momento de suceder. Mi aparición aquí, como narrador, es una consecuencia necesaria de este planteamiento. Estuve presente durante la estancia de sir Percival Glyde en Cumberland y participé personalmente en uno de los resultados importantes de su breve residencia bajo el techo del señor Fairlie. Por lo tanto, me corresponde añadir estos nuevos eslabones a la cadena de sucesos y retomarla en el punto donde, por ahora, el señor Hartright la ha dejado.

Llegué a Limmeridge House el viernes dos de noviembre.

Mi propósito era permanecer en casa del señor Fairlie hasta la llegada de sir Percival Glyde. Si ese encuentro conducía a fijar una fecha para la unión de sir Percival con la señorita Fairlie, debía llevar conmigo a Londres las instrucciones necesarias y ocuparme de redactar el contrato matrimonial de la señorita.

El viernes no tuve el honor de mantener una entrevista con el señor Fairlie. Llevaba años considerándose –o creyéndose– un inválido, y no se sentía bien para recibirme. La señorita Halcombe fue el primer miembro de la familia que vi. Me recibió en la puerta y me presentó al señor Hartright, que llevaba ya un tiempo alojado en Limmeridge.

No vi a la señorita Fairlie hasta más tarde ese mismo día, a la hora de la cena. No se la veía bien, y me apenó advertirlo. Es una joven dulce y encantadora, tan amable y atenta con todos a su alrededor como lo fue su excelente madre, aunque –hablando en términos de apariencia– se parece a su padre. La señora Fairlie tenía ojos y cabello oscuros, y su hija mayor, la señorita Halcombe, me recuerda mucho a ella. La señorita Fairlie tocó para nosotros por la noche, aunque no tan bien como de costumbre, me pareció. Jugamos una partida de *whist*, aunque apenas mereció ese nombre: fue una profanación de ese noble juego. El señor Hartright me había causado una impresión favorable desde nuestra primera presentación, pero pronto descubrí que no estaba libre de los defectos sociales propios de su edad. Hay tres cosas que los jóvenes de hoy en día no saben hacer: no saben quedarse sentados disfrutando del vino, no saben jugar al *whist* y no saben hacer un cumplido a una dama. El señor Hartright no fue una excepción. Por lo demás, incluso en esos primeros días y a pesar de la corta relación, me pareció un joven modesto y caballeroso.

Así transcurrió el viernes. No diré nada aquí sobre los asuntos más serios que ocuparon mi atención ese día –la carta anónima dirigida a la señorita Fairlie, las medidas que consideré apropiadas una vez se me comunicó el asunto, y la convicción que tenía de que sir Percival Glyde proporcionaría sin dificultad todas las explicaciones necesarias–, ya que, según entiendo, todo ello ha sido descrito con suficiente detalle en el relato anterior.

El sábado, el señor Hartright ya se había marchado antes de que yo bajara a desayunar. La señorita Fairlie permaneció todo el día en su habitación, y la señorita Halcombe me pareció decaída. La casa ya no era lo que había sido en tiempos del señor y la señora Philip Fairlie. Di un paseo por la mañana, visitando algunos de los lugares que había visto por primera vez más de treinta años atrás, cuando vine a Limmeridge por asuntos de la familia. Tampoco ellos eran lo que fueron.

A las dos en punto el señor Fairlie mandó decir que se sentía lo bastante bien como para recibirme. Él, al menos, no había cambiado desde que lo conocí. Su conversación fue la de siempre: sobre sí mismo y sus dolencias, sus monedas extraordinarias y sus inigualables aguafuertes de Rembrandt. En cuanto intenté abordar el motivo de mi visita, cerró los ojos y dijo que lo «alteraba». Persistí en alterarlo, volviendo una y otra vez al asunto. Lo único que pude sacar en claro fue que consideraba el matrimonio de su sobrina como algo ya decidido, que su padre lo había aprobado, que él mismo lo aprobaba, que era un enlace deseable, y que se alegraría mucho cuando todo el «jaleo» terminara. En cuanto a los arreglos legales, si yo consultaba con su sobrina, y luego me sumergía cuanto quisiera en mi conocimiento de los asuntos familiares, preparaba todo, y limitaba su papel de tutor a decir « Sí» en el momento oportuno… entonces, por supuesto, estaría encantado de satisfacerme a mí y a todos los demás. Mientras tanto –concluyó– ahí estaba él, un pobre enfermo, confinado a su habitación. ¿Acaso me parecía que quería que lo fastidiaran? No. Entonces, ¿por qué fastidiarlo?

Tal vez me habría sorprendido esa ausencia total de autoridad de parte del señor Fairlie, en su papel de tutor, si no supiera que era un hombre soltero y que su único derecho sobre la propiedad de Limmeridge era de usufructo vitalicio. Con eso en mente, no me sorprendió ni me decepcionó el resultado de la entrevista. El señor Fairlie no hizo más que confirmar mis expectativas. Y ahí quedó todo.

El domingo fue un día gris, tanto fuera como dentro de la casa. Recibí una carta del abogado de sir Percival Glyde, confirmando la recepción de mi copia de la carta anónima y la declaración adjunta. La señorita Fairlie se unió a nosotros por la tarde, pálida, apagada, completamente distinta a sí misma. Hablé algo con ella y me atreví a hacer una alusión delicada a sir Percival. Me escuchó sin decir nada. Hablaba sin problema de cualquier otro tema, pero éste lo dejó caer de inmediato. Empecé a preguntarme si no estaría arrepintiéndose de su compromiso… como tantas jóvenes, cuando ya es demasiado tarde para arrepentirse.

El lunes llegó sir Percival Glyde.

Me pareció un hombre sumamente agradable, tanto en modales como en apariencia. Era algo mayor de lo que esperaba: tenía la frente calva y el rostro algo marcado y fatigado, pero sus movimientos eran ágiles y su ánimo jovial, como los de un joven. Su encuentro con la señorita Halcombe fue entrañablemente cordial y natural, y su recepción hacia mí, al presentárnoslo, fue tan sencilla y amable que nos entendimos enseguida, como viejos conocidos. La señorita Fairlie no estaba con nosotros cuando él llegó, pero entró en la sala unos diez minutos después. Sir Percival se levantó y le dirigió sus cumplidos con perfecta cortesía. Su preocupación al ver el cambio desfavorable en la joven se expresó con una mezcla de ternura y respeto, con un tono, una voz y unos modales que hablaban tanto de su buena educación como de su buen juicio. Me sorprendió, sin embargo, que la señorita Fairlie permaneciera incómoda en su presencia y que aprovechara la primera ocasión para salir de la sala. Sir Percival no dio muestras de notar la frialdad de su recepción ni su retirada repentina. No le dirigió atenciones indebidas mientras estuvo presente, ni incomodó a la señorita Halcombe con referencia alguna a su salida cuando ya se había ido. Su tacto y buen gusto no fallaron nunca, en esta ni en ninguna otra ocasión, durante mi estancia en Limmeridge House.

Tan pronto como la señorita Fairlie dejó la sala, nos ahorró toda incomodidad al mencionar por iniciativa propia la carta anónima. Había hecho una parada en Londres, de camino desde Hampshire, para ver a su abogado, leer los documentos que yo le había remitido, y continuar luego su viaje a Cumberland, ansioso por tranquilizarnos con la explicación más rápida y completa que sus palabras pudieran ofrecer. Al oír esto, le ofrecí la carta original, que había conservado para que la examinara. Me dio las gracias y rehusó verla, diciendo que ya había leído la copia y que prefería dejar el original en nuestras manos.

La declaración en sí, que expuso de inmediato, fue tan sencilla y satisfactoria como yo había anticipado desde un principio.

Nos informó que, años atrás, la señora Catherick le había prestado valiosos servicios tanto a su familia como a él mismo. Había sido doblemente desafortunada: por haber contraído matrimonio con un hombre que luego la abandonó y por tener una hija única cuyas facultades mentales estaban alteradas desde una edad muy temprana. Aunque el matrimonio de la señora Catherick la llevó a vivir en una zona de Hampshire muy alejada de las propiedades de sir Percival, él había procurado no perderla de vista. Su aprecio por esa mujer, en reconocimiento a sus servicios pasados, se había reforzado aún más por la admiración que le inspiraban la paciencia y el valor con que ella soportaba sus desgracias.

Con el tiempo, los síntomas del trastorno mental de su desafortunada hija se agravaron hasta un punto tal que se hizo necesario internarla bajo cuidado médico. La señora Catherick comprendía esa necesidad, pero sentía el prejuicio, común entre personas de su respetable condición social, contra el ingreso de su hija como indigente en un asilo público. Sir Percival respetó ese prejuicio –como respetaba la independencia honesta de espíritu en cualquier clase social– y decidió demostrar su gratitud hacia la fidelidad de la señora Catherick sufragando él mismo los gastos del internamiento de su hija en un asilo privado de confianza.

Por desgracia, la joven descubrió el papel que las circunstancias habían llevado a sir Percival a desempeñar en su internamiento, y desarrolló un profundo odio y desconfianza hacia él. A esa animosidad –que ya había manifestado de varias formas durante su estancia en el asilo– debía atribuirse, claramente, la carta anónima que escribió tras escapar. Si la señorita Halcombe o yo no considerábamos que el contenido de la carta confirmaba esta interpretación, o si deseábamos más información sobre el asilo (del cual proporcionó dirección, y los nombres y direcciones de los dos médicos que firmaron el ingreso), estaba dispuesto a responder cualquier pregunta y aclarar toda posible duda. Ya había cumplido con su deber hacia la joven, instruyendo a su abogado para que no escatimara medios en encontrarla y devolverla al cuidado médico. Y ahora sólo deseaba cumplir también su deber con la señorita Fairlie y su familia, con la misma franqueza y rectitud.

Fui el primero en responder. Mi papel era claro. La gran virtud del Derecho reside en que permite cuestionar cualquier declaración humana, en cualquier forma y bajo cualquier circunstancia. Si hubiese tenido que construir un caso contra sir Percival Glyde, basándome únicamente en su propia explicación, habría podido hacerlo sin ninguna dificultad. Pero mi función no era esa. Mi labor era puramente judicial: debía sopesar la explicación que acabábamos de oír, valorar debidamente la elevada reputación del caballero que la ofrecía, y decidir honestamente si las probabilidades, incluso según lo dicho por sir Percival, estaban a su favor o en su contra.

Mi convicción personal era que estaban claramente a su favor, y en consecuencia declaré que, para mí, su explicación era indiscutiblemente satisfactoria.

La señorita Halcombe, después de mirarme con atención, expresó unas pocas palabras en el mismo sentido, aunque con cierta vacilación en su tono que, a mi juicio, no estaba justificada por las circunstancias. No puedo decir con certeza si sir Percival notó esta vacilación o no. En mi opinión, sí lo hizo, ya que reanudó el tema de forma deliberada, cuando bien podría haberlo dado por zanjado.

—Si mi simple exposición de hechos se hubiera dirigido únicamente al señor Gilmore –dijo–, consideraría innecesario seguir hablando de este asunto tan doloroso. Tengo derecho a esperar que el señor Gilmore, como caballero, me crea en mi palabra, y cuando eso ocurre, la discusión entre nosotros queda cerrada. Pero mi situación con una dama no es la misma. Le debo a usted –algo que no concedería a ningún hombre– una prueba de la veracidad de lo que afirmo. Usted no puede pedirme esa prueba, señorita Halcombe, y por eso es mi deber con usted, y aún más con la señorita Fairlie, ofrecérsela. ¿Me permite que le pida que escriba de inme-

diato a la madre de esta desdichada mujer –a la señora Catherick–
y le solicite que confirme mi versión?

Vi que la señorita Halcombe se sonrojaba y mostraba cierta
incomodidad. La sugerencia de sir Percival, por más cortésmente
que estuviera formulada, apuntaba –como me apuntaba a mí– a la
ligera vacilación que su conducta había dejado traslucir instantes
antes.

—Espero, sir Percival, que no me considere tan injusta como
para suponer que desconfío de usted –dijo con prontitud.

—En absoluto, señorita Halcombe. Le propongo esto únicamente como muestra de deferencia hacia usted. ¿Me disculpa si
insisto un poco más?

Mientras hablaba se dirigió al escritorio, arrastró una silla y
abrió la carpeta de papel.

—Le ruego que escriba esa nota, como un favor hacia mí. No
le tomará más de unos minutos. Sólo tiene que hacerle dos preguntas a la señora Catherick. Primera: si su hija fue internada en el
asilo con su conocimiento y aprobación. Segunda: si mi participación en el asunto fue tal que merezca, de su parte, una expresión
de agradecimiento hacia mí. La mente del señor Gilmore ya está
tranquila sobre este desagradable tema, y la suya también. Por favor, tranquilice la mía escribiendo esa nota.

—Me obliga usted a acceder, sir Percival, cuando preferiría negarme.

Con esas palabras, la señorita Halcombe se levantó y fue al escritorio. Sir Percival le dio las gracias, le ofreció una pluma y luego
se apartó hacia la chimenea. El pequeño galgo italiano de la señorita Fairlie yacía sobre la alfombra. Él le extendió la mano con
buen humor y lo llamó:

—Vamos, Nina –dijo–, ¿nos acordamos el uno del otro, verdad?

El animalito, cobarde y malhumorado como suelen ser los perros mimados, lo miró con recelo, se apartó de su mano, gimió, se
estremeció y se escondió bajo un sofá. Resultaba poco probable
que un detalle tan trivial como la reacción de un perro lo afectara,
pero, aun así, observé que se alejó repentinamente hacia la venta-

na. Quizás tiene un temperamento irritable. Si es así, lo comprendo. El mío también lo es, a veces.

La señorita Halcombe no tardó en redactar la carta. Cuando la terminó, se levantó del escritorio y entregó la hoja abierta a sir Percival. Él hizo una leve reverencia, la tomó sin mirar su contenido, la dobló de inmediato, la selló, escribió la dirección y se la devolvió en silencio. Jamás vi un gesto hecho con más gracia y decoro en mi vida.

—¿Insiste en que envíe esta carta, sir Percival? –preguntó la señorita Halcombe.

—Le ruego que la envíe –respondió él–. Y ahora que está escrita y sellada, permítame hacerle una o dos últimas preguntas sobre la desdichada mujer a quien se refiere. He leído la comunicación que el señor Gilmore tuvo la amabilidad de dirigir a mi abogado, describiendo las circunstancias en que se identificó a la autora de la carta anónima. Pero hay ciertos puntos que no se mencionan allí. ¿Vio Anne Catherick a la señorita Fairlie?

—Por supuesto que no –respondió la señorita Halcombe.

—¿La vio a usted?

—No.

—Entonces no vio a nadie de la casa, salvo a cierto señor Hartright, que se cruzó con ella por casualidad en el cementerio de aquí.

—A nadie más.

—Tengo entendido que el señor Hartright trabajaba en Limmeridge como maestro de dibujo. ¿Es miembro de alguna sociedad de acuarelistas?

—Creo que sí –respondió la señorita Halcombe.

Él hizo una breve pausa, como si reflexionara sobre esa última respuesta, y luego añadió:

—¿Llegaron a averiguar dónde vivía Anne Catherick mientras estuvo en esta zona?

—Sí. En una granja del páramo llamada Todd's Corner.

—Tenemos todos el deber de encontrar a esa pobre criatura –continuó sir Percival–. Puede que dijera algo en Todd's Corner que nos ayude a localizarla. Iré allí a hacer averiguaciones, por si acaso. Mientras tanto, y ya que no me atrevo a tratar este penoso asunto con la señorita Fairlie, ¿puedo pedirle, señorita Halcombe, que tenga la amabilidad de explicárselo usted misma, cuando reciba respuesta a esa carta?

La señorita Halcombe prometió cumplir con su petición. Él le agradeció, asintió con cortesía y nos dejó para instalarse en su habitación. Al abrir la puerta, el irascible galgo italiano de la señorita Fairlie asomó el hocico desde debajo del sofá, ladró y le gruñó.

—Un buen trabajo esta mañana, señorita Halcombe –dije en cuanto nos quedamos solos–. Un día difícil que termina antes de lo esperado.

—Sí –respondió ella–. Sin duda. Me alegra que su mente esté tranquila.

—¿Mi mente? Seguramente, con esa carta en la mano, la suya también debe estarlo.

—Oh, sí… ¿cómo no habría de estarlo? Sé que el asunto no puede ser otro –añadió, más para sí que para mí–. Pero casi desearía que Walter Hartright se hubiera quedado lo suficiente para estar presente durante la explicación, y para oír cuando me pidieron que escribiera esta carta.

Me sorprendieron un poco –quizá también me molestaron ligeramente– esas últimas palabras.

—Es cierto que los hechos vincularon de forma notable al señor Hartright con el asunto de la carta –dije–, y reconozco que su conducta, dadas las circunstancias, fue delicada y discreta. Pero no comprendo qué influencia útil podría haber tenido su presencia respecto al efecto de la declaración de sir Percival en usted o en mí.

—Era solo una idea –dijo ella, distraída–. No hay por qué discutirlo, señor Gilmore. Su experiencia debe ser, y es, la mejor guía que puedo desear.

No me gustó del todo que me echara encima, de manera tan marcada, toda la responsabilidad. Si lo hubiera hecho el señor Fairlie, no me habría sorprendido. Pero la decidida y lúcida señorita Halcombe era la última persona en el mundo de quien hubiera esperado que rehusara expresar una opinión propia.

—Si aún tiene dudas –le dije–, ¿por qué no me las expone ahora mismo? Dígamelo francamente: ¿tiene algún motivo para desconfiar de sir Percival Glyde?

—Ninguno en absoluto.

—¿Le parece improbable o contradictoria su explicación?

—¿Cómo podría decirlo, después de la prueba que me ha ofrecido? ¿Puede haber testimonio más sólido a su favor, señor Gilmore, que el de la madre de esa mujer?

—Ninguno mejor. Si la respuesta a su carta resulta satisfactoria, no veo qué más podría esperarse de parte de sir Percival.

—Entonces enviaremos la carta –dijo, levantándose para salir del cuarto–, y dejaremos el tema hasta que llegue la respuesta. No dé importancia a mi vacilación. No tengo mejor razón para ella que el haber estado demasiado preocupada por Laura últimamente… y la preocupación, señor Gilmore, desestabiliza hasta al más firme.

Se marchó bruscamente, con la voz –por lo general firme– temblorosa al pronunciar esas últimas palabras. Una naturaleza sensible, vehemente, apasionada… una mujer entre diez mil, en estos tiempos superficiales y triviales. La conocía desde sus primeros años; la había visto superar más de una crisis familiar difícil mientras crecía, y mi larga experiencia me hacía atribuirle a su vacilación, en estas circunstancias, una importancia que no habría concedido en el caso de otra mujer. No podía ver ningún motivo de inquietud ni duda, pero ella logró, aun así, dejarme un poco intranquilo y un poco inseguro. En mi juventud me habría alterado por lo absurdo de mi propio estado de ánimo. En mi madurez, lo supe sobrellevar con filosofía y salí a caminar para despejarme.

II

Nos reunimos nuevamente a la hora de la cena.

Sir Percival se mostró con un ánimo tan bullicioso y exaltado que apenas lo reconocí como el mismo hombre cuya discreción, refinamiento y buen juicio me habían impresionado tanto en nuestra entrevista de aquella mañana. El único vestigio de su anterior compostura reaparecía, de tanto en tanto, en su actitud hacia la señorita Fairlie. Una mirada o una palabra de ella bastaban para interrumpir su risa más sonora, frenar su charla más animada y volverlo completamente atento a ella, ignorando por completo al resto de los presentes. Aunque nunca intentó atraerla abiertamente a la conversación, no dejaba pasar la más mínima oportunidad que ella le diera de intervenir por accidente, y de decirle, bajo esas circunstancias favorables, palabras que un hombre con menos tacto y delicadeza habría soltado de forma directa en cuanto le vinieran a la mente. Para mi sorpresa, la señorita Fairlie parecía advertir su atención sin dejarse conmover por ella. Se mostraba algo turbada, en ocasiones, cuando él la miraba o le dirigía la palabra; pero nunca respondía con calidez. Rango, fortuna, buenos modales, atractivo físico, el respeto de un caballero y la devoción de un pretendiente eran ofrecidos humildemente a sus pies, y, según las apariencias, en vano.

Al día siguiente, martes, sir Percival fue por la mañana (acompañado por un criado como guía) a Todd's Corner. Sus averiguaciones, según supe más tarde, no dieron ningún resultado. A su regreso tuvo una entrevista con el señor Fairlie, y por la tarde salió a cabalgar con la señorita Halcombe. Nada más digno de mención ocurrió. La velada transcurrió como de costumbre. No hubo cambios en sir Percival, ni tampoco en la señorita Fairlie.

El correo del miércoles trajo consigo un acontecimiento: la respuesta de la señora Catherick. Tomé una copia del documento, que aún conservo, y que transcribo aquí:

SEÑORA: Acuso recibo de su carta, en la que me pregunta si mi hija Anne fue puesta bajo supervisión médica con mi conocimiento y aprobación, y si la intervención del señor sir Percival Glyde en el asunto fue tal como para merecer mi gratitud hacia dicho caballero. Sírvase aceptar mi respuesta afirmativa a ambas preguntas, y créame su atenta servidora,

JANE ANNE CATHERICK.

Breve, cortante y directa; una carta más propia de un trámite comercial que de una mujer, pero en el fondo una confirmación tan clara como cabía desear de la versión de sir Percival Glyde. Ésta era mi opinión, y –con ciertas reservas menores– también la de la señorita Halcombe. Sir Percival, cuando se le mostró la carta, no pareció afectado por el tono seco y conciso. Nos dijo que la señora Catherick era una mujer de pocas palabras, clara, directa, carente de imaginación, que escribía como hablaba: brevemente y con sencillez.

La siguiente tarea, ahora que se había recibido la respuesta, era comunicar a la señorita Fairlie la explicación de sir Percival. La señorita Halcombe se había encargado de ello y había salido para hablar con su hermana, cuando de pronto regresó y se sentó junto al sillón en el que yo leía el periódico. Sir Percival había salido minutos antes a ver los establos, y no quedábamos en la sala más que nosotros dos.

—Supongo que, en verdad, hemos hecho todo lo posible –dijo, dándole vueltas a la carta de la señora Catherick entre las manos.

—Si somos amigos de sir Percival, que lo conocemos y confiamos en él, hemos hecho todo, y más que todo, lo necesario –respondí, algo molesto por este regreso a la vacilación–. Pero si somos enemigos que lo sospechan…

—Esa alternativa ni siquiera debe considerarse –interrumpió ella–. Somos amigos de sir Percival, y si la generosidad y la moderación aumentan el aprecio, deberíamos ser también admiradores de sir Percival. Sabe usted que ayer habló con el señor Fairlie, y que luego salió conmigo.

—Sí. Los vi cabalgar juntos.

—Empezamos el paseo hablando de Anne Catherick, y de la forma tan extraña en que el señor Hartright se encontró con ella. Pero dejamos pronto ese tema, y sir Percival habló después, en los términos más desinteresados, sobre su compromiso con Laura. Dijo que había notado que ella estaba desanimada, y que, si no se le decía lo contrario, prefería atribuir a eso el cambio en su actitud hacia él durante esta visita.

Pero si había alguna razón más seria, rogaba que no se impusiera ninguna presión sobre los sentimientos de ella, ni por parte del señor Fairlie ni por la mía. Todo lo que pedía, en ese caso, era que ella recordara, por última vez, en qué circunstancias se había realizado el compromiso entre ellos, y cuál había sido su conducta desde el inicio del noviazgo hasta el momento presente. Si, después de reflexionar seriamente sobre esos dos aspectos, ella deseaba sinceramente que él renunciara al honor de ser su esposo —y si se lo decía con claridad, de viva voz—, él se sacrificaría dejándola completamente libre para romper el compromiso.

—Ningún hombre podría haber dicho más que eso, señorita Halcombe. Y según mi experiencia, pocos en su posición habrían dicho siquiera tanto.

Ella guardó silencio tras mis palabras y me miró con una expresión singular de desconcierto y angustia.

—No acuso a nadie, ni sospecho de nada —dijo de pronto, con brusquedad—. Pero no puedo, y no voy a asumir la responsabilidad de convencer a Laura para que contraiga este matrimonio.

—Ése es precisamente el curso que el propio sir Percival Glyde le ha pedido que adopte —repliqué, sorprendido—. Le ha rogado que no fuerce su voluntad.

—Y me obliga indirectamente a forzarla si le transmito su mensaje.

—¿Cómo puede ser eso?

—Consulte su conocimiento de Laura, señor Gilmore. Si le digo que reflexione sobre las circunstancias de su compromiso, estoy apelando de inmediato a dos de los sentimientos más fuertes de su carácter: su amor por la memoria de su padre y su inquebrantable respeto por la verdad. Sabe usted que jamás ha roto una promesa en su vida; sabe que aceptó este compromiso al inicio de la enfermedad fatal de su padre, y que él, en su lecho de muerte, hablaba con ilusión y alegría del matrimonio de su hija con sir Percival Glyde.

Confieso que esta perspectiva me impresionó un poco.

—¿No querrá usted dar a entender que, cuando sir Percival habló con usted ayer, calculaba deliberadamente un resultado como el que acaba de mencionar?

Su rostro franco y valiente respondió por ella antes que sus palabras.

—¿Cree que permanecería un solo instante en compañía de un hombre a quien sospechara de una bajeza semejante? –preguntó, con indignación.

Me alegró ver esa indignación brotar de ella con tanta fuerza. En mi profesión se ve mucha malicia y muy poca indignación honesta.

—En ese caso –dije–, discúlpeme si le digo, en lenguaje legal, que está usted saliéndose del expediente. Sean cuales sean las consecuencias, sir Percival tiene derecho a esperar que su hermana considere detenidamente su compromiso desde todos los puntos de vista razonables antes de reclamar su anulación. Si esa desafortunada carta ha hecho que ella se forme una mala opinión de él, vaya ahora mismo y dígale que él ha aclarado su conducta ante sus ojos y los míos. ¿Qué objeción puede presentar después de eso? ¿Qué excusa podría tener para cambiar de parecer respecto a un hombre a quien prácticamente aceptó como esposo hace más de dos años?

—A los ojos de la ley y de la razón, señor Gilmore, ninguna, lo admito. Si ella aún vacila, y yo también, atribuya usted esa conducta, si quiere, a un mero capricho, y habremos de soportar el juicio de los demás lo mejor que podamos.

Dicho esto, se levantó de pronto y me dejó solo. Cuando una mujer sensata, ante una cuestión seria, responde con evasivas o ligerezas, es señal segura –en el noventa y nueve por ciento de los casos– de que guarda algo en secreto. Volví a mi periódico, con la firme sospecha de que la señorita Halcombe y la señorita Fairlie compartían un secreto que ocultaban tanto a sir Percival como a mí. Y me parecía injusto para ambos, especialmente para él.

Mis dudas –o, más exactamente, mis convicciones– se vieron confirmadas por la actitud y las palabras de la señorita Halcombe cuando la vi de nuevo más tarde ese mismo día. Fue sospechosamente breve y reservada al comunicarme el resultado de su conversación con su hermana. Según dijo, la señorita Fairlie había escuchado en silencio la explicación de la carta, presentada bajo la luz adecuada; pero cuando la señorita Halcombe mencionó que el propósito de la visita de sir Percival era fijar la fecha del matrimonio, Laura puso fin a toda discusión suplicando más tiempo. Si sir Percival accedía a no presionarla por el momento, se comprometía a darle una respuesta definitiva antes de fin de año. Lo pidió con tanta ansiedad y agitación que su hermana prometió usar su influencia, si era necesario, para obtener ese plazo, y ahí –a instancias de Laura– terminó toda conversación sobre el tema.

Ese arreglo, aunque conveniente para la joven, resultaba algo incómodo para mí. Esa misma mañana había recibido una carta de mi socio, que me obligaba a regresar a Londres al día siguiente en el tren de la tarde. Era muy probable que no volviera a tener otra ocasión de presentarme en Limmeridge durante lo que quedaba del año. En ese caso, si la señorita Fairlie finalmente decidía mantener su compromiso, mi necesaria entrevista con ella antes de redactar el contrato matrimonial sería casi imposible, y nos veríamos forzados a tratar por escrito cuestiones que, por decoro y prudencia, siempre deberían discutirse en persona. No mencioné esta dificultad hasta que se consultó a sir Percival sobre el aplazamiento solicitado. Fue demasiado caballero como para oponerse: accedió de inmediato. Informado de ello, le dije a la señorita Halcombe que necesitaba, sin falta, hablar con su hermana antes de dejar Limmeridge, y se dispuso que viera a la señorita Fairlie en su sala privada la mañana siguiente. No bajó a cenar, ni se unió a nosotros por la noche. Se alegó indisposición, y me pareció –con razón– que sir Percival se sintió un tanto molesto al enterarse.

A la mañana siguiente, tan pronto como terminó el desayuno, subí al salón de la señorita Fairlie. La pobre muchacha estaba tan pálida y triste, y se acercó a saludarme con tanta dulzura y naturalidad, que la intención de reprenderla por su indecisión –que me había ido formando durante toda la subida– se esfumó de inmediato. La llevé de nuevo a la silla de la que se había levantado y me senté frente a ella. Su malhumorado galgo miniatura estaba en la

144

habitación, y me preparé para recibir un saludo a base de ladridos y mordiscos. Pero, curiosamente, el caprichoso animal contradijo todas mis expectativas: saltó sobre mi regazo y me hurgó la mano con el hocico en cuanto me senté.

—Solías sentarte a menudo en mis rodillas cuando eras niña, querida —dije—, y ahora tu perrito parece empeñado en ocupar tu trono vacante. ¿Ese dibujo tan bonito lo has hecho tú?

Señalé un pequeño álbum que había sobre la mesa, a su lado, y que evidentemente había estado hojeando antes de que yo entrara. La página abierta mostraba un paisaje en acuarela, pequeño y cuidadosamente montado. Ese dibujo fue lo que me llevó a hacer la pregunta —una pregunta sin importancia, lo admito—, pero ¿cómo empezar a hablar de asuntos serios en cuanto abría la boca?

—No —respondió, apartando la mirada del dibujo, algo turbada—, no lo he hecho yo.

Sus dedos, lo recordaba bien de cuando era niña, tenían la costumbre nerviosa de juguetear con cualquier objeto que tuviera a mano mientras alguien le hablaba. En esta ocasión, fueron a dar con el álbum y se entretuvieron distraídamente en el borde del paisaje en acuarela. La expresión de melancolía en su rostro se acentuó. No miraba el dibujo ni me miraba a mí. Sus ojos recorrían la habitación con inquietud, de un objeto a otro, delatando con claridad que sospechaba cuál era el motivo de mi visita. Al darme cuenta, creí conveniente ir al grano sin más dilación.

—Uno de los motivos, querida, por los que he venido es para despedirme —comencé—. Hoy mismo debo regresar a Londres y, antes de marcharme, quiero hablar contigo de tus asuntos personales.

—Siento mucho que te vayas, Gilmore —dijo, mirándome con afecto—. Tenerte aquí ha sido como volver a aquellos tiempos felices.

—Espero poder regresar y revivir una vez más esos recuerdos agradables —proseguí—, pero como el futuro es incierto, debo aprovechar la ocasión ahora que la tengo y hablar contigo. Soy tu viejo abogado y también tu viejo amigo, y creo que puedo recordarte —sin que te ofendas— la posibilidad de que llegues a casarte con sir Percival Glyde.

Apartó la mano del álbum de golpe, como si de pronto se hubiera calentado y la hubiese quemado. Entrelazó los dedos con nerviosismo sobre el regazo, volvió a bajar la mirada al suelo y su rostro adoptó una expresión de incomodidad que, por un momento, rozó la del dolor.

—¿Es absolutamente necesario hablar de mi compromiso matrimonial? –preguntó en voz baja.

—Es necesario mencionarlo –respondí–, pero no detenernos en ello. Digamos simplemente que podrías casarte... o que podrías no hacerlo. En el primer caso, debo estar preparado con antelación para redactar tu contrato matrimonial, y no debería hacerlo sin, por una cuestión de cortesía, consultarte primero. Ésta podría ser mi única oportunidad para saber cuáles son tus deseos. Supongamos, entonces, el caso de que te cases, y permíteme explicarte, en pocas palabras, cuál es tu situación actual y cómo podrías modificarla, si así lo quisieras, en el futuro.

Le expliqué cuál era el propósito de un contrato matrimonial y después le detallé con precisión sus perspectivas: primero, las que tendría al alcanzar la mayoría de edad; luego, las que surgirían al fallecer su tío. Le marqué claramente la diferencia entre los bienes en los que tenía un usufructo vitalicio y los que quedarían bajo su control absoluto. Me escuchó con atención, sin perder la expresión tensa del rostro, y con las manos aún fuertemente enlazadas en el regazo.

—Y ahora –dije para concluir–, dime si se te ocurre alguna condición que, en el caso que hemos supuesto, quisieras que estableciera en tu favor... siempre, por supuesto, con el visto bueno de su tutor, ya que aún no has alcanzado la mayoría de edad.

Se removió incómoda en la silla y de pronto me miró con una intensidad que me sorprendió.

—Si eso ocurre –empezó con voz apagada–, si yo...

—Si te casas –dije, ayudándola a expresarlo.

—¡No dejes que me separen de Marian! –exclamó con un arranque repentino de emoción–. Oh, Gilmore, por favor, ¡haz que quede por escrito que Marian vivirá conmigo!

En otras circunstancias, tal vez me habría divertido esa interpretación tan típicamente femenina de mi pregunta y de toda la explicación previa. Pero su expresión y el tono en que lo dijo no dejaban espacio para la ligereza: me inquietaron. Sus palabras, aunque escasas, delataban un apego desesperado al pasado que presagiaba mal para el porvenir.

—Que Marian Halcombe viva contigo puede resolverse fácilmente con un acuerdo privado –le dije–. Creo que no has comprendido del todo mi pregunta. Me refería a tus bienes, a la disposición de tu dinero. Supongamos que hicieras testamento al alcanzar la mayoría de edad, ¿a quién querrías dejarle tu herencia?

—Marian ha sido para mí madre y hermana a la vez –dijo la buena y cariñosa muchacha, con sus bonitos ojos azules brillando mientras hablaba–. ¿Puedo dejárselo a Marian?

—Por supuesto, querida –respondí–. Pero ten en cuenta que se trata de una suma muy importante. ¿Querrías que todo fuera para la señorita Halcombe?

Vaciló; el color le subió y le bajó del rostro, y su mano volvió a posarse, casi sin darse cuenta, sobre el pequeño álbum.

—No todo –dijo–. Hay alguien más además de Marian…

Se interrumpió. El rubor se intensificó, y los dedos de la mano que descansaba en el álbum comenzaron a tamborilear suavemente sobre el borde del dibujo, como si su memoria los hubiese puesto en marcha al recordar una melodía querida.

—¿Te refieres a otro miembro de la familia, además de la señorita Halcombe? –sugerí, al ver que no encontraba cómo continuar.

El rubor se extendió por su frente y su cuello, y los dedos, de pronto, se cerraron con fuerza alrededor del borde del libro.

—Hay alguien más –dijo, sin hacer caso a mis palabras, aunque evidentemente las había oído–. Hay alguien más que tal vez quisiera tener un pequeño recuerdo, si… si pudiera dejárselo. No haría daño a nadie si yo muriera antes…

Se detuvo de nuevo. El color que había invadido su rostro desapareció de golpe. La mano que sujetaba el álbum lo soltó temblorosamente y apartó el libro. Me miró un instante y luego volvió el rostro hacia el respaldo de la silla. Al cambiar de posición, se le cayó el pañuelo al suelo y se cubrió la cara con las manos.

¡Qué tristeza! Recordarla como yo la recordaba –la niña más alegre y vivaz que jamás hubiera llenado un día entero de risas– y verla ahora, en pleno florecer de su edad y de su belleza, tan quebrada, tan vencida...

La congoja que me produjo me hizo olvidar los años transcurridos y los cambios que éstos habían traído en nuestra relación. Acerqué mi silla a la suya, recogí el pañuelo del suelo y le aparté suavemente las manos del rostro.

—No llores, cariño –dije, y le sequé las lágrimas que se acumulaban en sus ojos con mi propio pañuelo, como si aún fuera la pequeña Laura Fairlie de hacía ya diez largos años.

Fue la mejor forma que encontré para tranquilizarla. Apoyó la cabeza en mi hombro y esbozó una débil sonrisa entre las lágrimas.

—Siento mucho haberme dejado llevar –dijo con naturalidad–. No me encuentro bien... Me he sentido muy débil y nerviosa últimamente, y a menudo lloro sin motivo cuando estoy sola. Ya me siento mejor... Puedo responderte como debo, Gilmore, de verdad que puedo.

—No, no, querida mía –respondí–, consideraremos este asunto zanjado por el momento. Has dicho lo suficiente para que yo pueda ocuparme de tus intereses de la mejor manera posible, y ya concretaremos los detalles en otro momento. Dejemos ahora los negocios y hablemos de otra cosa.

La conduje de inmediato a otros temas de conversación. En diez minutos su ánimo había mejorado, y me levanté para despedirme.

—Vuelve a visitarme –dijo con insistencia–. Intentaré estar a la altura del afecto que me tienes y de tu preocupación por mí, si tan sólo vuelves.

Seguía aferrándose al pasado... a ese pasado que yo representaba para ella, de un modo, como Marian lo representaba de otro. Me dolía verla mirar hacia atrás, justo al comenzar su camino, del mismo modo que yo lo hacía al terminar el mío.

—Si vuelvo, espero encontrarte mejor –le dije–. Mejor y más feliz. ¡Dios te bendiga, querida!

Ella no respondió con palabras. Sólo alzó la mejilla para que la besara. Hasta los abogados tienen corazón, y el mío dolía un poco al despedirme de ella.

Toda la conversación entre nosotros no había durado más de media hora. En ese tiempo, ella no había pronunciado ni una palabra que explicara, en mi presencia, el misterio de su evidente angustia y consternación ante la idea del matrimonio. Y, sin embargo, había logrado ganarse mi simpatía y mi apoyo en el asunto, sin que yo pudiera entender cómo ni por qué. Entré en la habitación convencido de que sir Percival Glyde tenía buenos motivos para quejarse del trato que recibía por parte de ella; salí con la secreta esperanza de que Laura acabara por tomarle la palabra y pedir su liberación. Un hombre de mi edad y experiencia no debería haberse dejado llevar por una vacilación tan poco razonable. No tengo excusas. Sólo puedo decir la verdad: así fue.

La hora de mi partida se acercaba. Mandé un recado a Mr. Fairlie para decirle que estaba dispuesto a pasar a despedirme si le parecía bien, pero que debía disculparme por ir con cierta prisa. Me devolvió un mensaje escrito a lápiz en un trozo de papel: «Con todo mi cariño y mis mejores deseos, querido Gilmore. Cualquier tipo de prisa me resulta inefablemente nociva. Cuídese mucho. Adiós».

Poco antes de marcharme vi a la señorita Halcombe a solas por un momento.

—¿Le ha dicho todo lo que quería a Laura? –preguntó.

—Sí –respondí–. Está muy débil y nerviosa… Me alegra saber que le tiene a su lado para cuidarla.

Los ojos penetrantes de miss Halcombe estudiaron mi rostro con atención.

—Está cambiando de opinión respecto a Laura –dijo–. Está más dispuesto a disculparla que ayer.

Ningún hombre sensato se enfrenta a un duelo verbal con una mujer sin estar preparado. Me limité a decir:

—Avíseme de lo que ocurra. No haré nada hasta tener noticias tuyas.

Seguía mirándome con fijeza.

—Ojalá todo hubiera terminado ya, y bien –dijo–. Y usted piensa lo mismo.

Con esas palabras se despidió.

Sir Percival insistió, con la mayor cortesía, en acompañarme hasta la puerta del carruaje.

—Si alguna vez pasa por mi zona –me dijo–, no olvide que tengo verdadero interés en cultivar nuestra relación. El viejo amigo fiel y leal de esta familia será siempre un visitante bienvenido en cualquiera de mis casas.

Un hombre realmente irresistible: cortés, atento, encantadoramente exento de orgullo… un caballero en toda la extensión de la palabra. Mientras me alejaba camino de la estación, sentía que haría cualquier cosa por promover los intereses de sir Percival Glyde… cualquier cosa, salvo redactar el contrato matrimonial de su esposa.

III

Pasó una semana tras mi regreso a Londres sin que recibiera noticia alguna de la señorita Halcombe.

El octavo día apareció, entre otras cartas sobre mi escritorio, una escrita con su letra.

Anunciaba que sir Percival Glyde había sido definitivamente aceptado y que el matrimonio tendría lugar, tal como él deseaba desde el principio, antes de terminar el año. Con toda probabilidad, la ceremonia se celebraría en la segunda quincena de diciembre. El vigésimo primer cumpleaños de la señorita Fairlie era a finales de marzo; de modo que, con esta decisión, se convertiría en esposa de sir Percival unos tres meses antes de alcanzar la mayoría de edad.

No debí sorprenderme. No debí sentir tristeza. Pero lo cierto es que ambas cosas me ocurrieron. A la decepción se unió una leve irritación por la brevedad de la carta de miss Halcombe, y eso contribuyó también a turbar mi serenidad durante el resto del día. En seis líneas me comunicaba el compromiso; en tres más, me informaba de que sir Percival había salido de Cumberland rumbo a su casa en Hampshire; y en dos frases finales, me decía, primero, que Laura necesitaba urgentemente un cambio y compañía alegre; y segundo, que había decidido poner ese cambio en práctica de inmediato, marchándose con su hermana a visitar a unos viejos amigos en Yorkshire.

Ahí terminaba la carta. Ni una palabra que explicara qué circunstancias habían llevado a la señorita Fairlie a aceptar a sir Percival Glyde en el brevísimo plazo de una semana desde la última vez que la vi.

Más adelante se me explicó con todo detalle la causa de esa repentina decisión. No me corresponde a mí relatarla basándome en lo que oí decir. Los hechos ocurrieron dentro del ámbito de la experiencia personal de miss Halcombe, y cuando su relato continúe el mío, los describirá con toda precisión, tal como sucedieron.

Mientras tanto, mi deber –antes de dejar la pluma y retirarme de la historia– consiste en relatar el único hecho restante relacionado con el matrimonio de miss Fairlie en el que estuve involucrado: la redacción del contrato.

Es imposible referirse con claridad a ese documento sin entrar antes en ciertos detalles sobre la situación económica de la novia. Intentaré explicarlo de forma breve y clara, sin tecnicismos ni oscuridades profesionales. El asunto es de suma importancia. Prevengo a quien lea estas líneas de que la herencia de miss Fairlie constituye una parte muy seria de su historia, y que la experiencia del señor Gilmore, en este punto, deberá ser también la suya, si desea comprender bien los relatos que están por venir.

Las expectativas de miss Fairlie eran de dos tipos: una posible herencia de bienes raíces (terrenos) al fallecer su tío, y una herencia absoluta de bienes muebles (dinero) al alcanzar la mayoría de edad.

Empecemos por los terrenos.

En la época del abuelo paterno de miss Fairlie (a quien llamaremos Mr. Fairlie el viejo), la sucesión vinculada a la finca de Limmeridge se establecía de la siguiente manera...

El señor Fairlie, el viejo, murió dejando tres hijos: Philip, Frederick y Arthur. Como hijo mayor, Philip heredó la finca; si él moría sin dejar un hijo varón, la propiedad pasaba al segundo hermano, Frederick; y si Frederick también moría sin dejar descendencia masculina, entonces la herencia recaía en el tercer hermano, Arthur.

Así fue como sucedieron las cosas: Philip Fairlie murió dejando como única heredera a su hija Laura (la Laura de esta historia), y la finca pasó, por derecho legal, al segundo hermano, Frederick, un hombre soltero. El tercer hermano, Arthur, había muerto muchos años antes del fallecimiento de Philip, dejando un hijo y una hija. El hijo murió ahogado en Oxford a los dieciocho años. Su muerte convirtió a Laura, hija de Philip Fairlie, en heredera presunta de la finca, con todas las probabilidades de heredarla a la muerte de su tío Frederick, siempre que éste no tuviese hijos varones.

Salvo que el señor Frederick Fairlie se casara y tuviera un heredero —dos de las últimas cosas que era probable que hiciera en el mundo—, su sobrina Laura heredaría la finca tras su fallecimiento, aunque sólo tendría un usufructo vitalicio sobre ella. Si moría soltera o sin hijos, la finca pasaría a su prima Magdalen, hija de Arthur Fairlie. Si se casaba con un contrato matrimonial adecuado —es decir, con el contrato que yo me proponía redactar—, la renta de la finca (unos tres mil libras anuales) quedaría bajo su control durante su vida. Si fallecía antes que su marido, éste esperaría, naturalmente, seguir disfrutando de esa renta durante el resto de su vida. Si tenía un hijo, éste heredaría la finca, excluyendo así a su prima Magdalen. Así pues, las perspectivas de sir Percival al casarse con la señorita Fairlie —en lo referente a la propiedad inmueble de su esposa— le ofrecían dos ventajas evidentes tras la muerte del señor Frederick Fairlie: en primer lugar, el uso de una renta de tres mil libras anuales (por permiso de su esposa mientras viviera y por derecho propio si la sobrevivía); en segundo lugar, la herencia de Limmeridge para su hijo, si lo tenía.

Esto en cuanto a los bienes raíces y a la distribución de sus rentas con motivo del matrimonio de la señorita Fairlie. Hasta aquí, no parecía que pudiera surgir ningún desacuerdo entre el abogado de sir Percival y yo respecto al contrato de la novia.

Pasemos ahora a los bienes muebles, o dicho de otro modo, al dinero que la señorita Fairlie heredaría al cumplir los veintiún años.

Esta parte de la herencia constituía, por sí sola, una pequeña fortuna muy respetable. Derivaba del testamento de su padre y ascendía a la suma de veinte mil libras. Además de esto, tenía un usufructo vitalicio sobre otras diez mil libras más, suma que pasaría, a su muerte, a su tía Eleanor, única hermana de su padre. Para entender con claridad los asuntos familiares, conviene detenerse un momento a explicar por qué dicha tía había tenido que esperar para recibir su legado hasta el fallecimiento de su sobrina.

Philip Fairlie había mantenido muy buenas relaciones con su hermana Eleanor mientras esta permaneció soltera. Pero cuando, ya entrada en años, contrajo matrimonio con un caballero italiano de nombre Fosco –o más bien con un noble italiano, pues ostentaba el título de conde–, Mr. Fairlie desaprobó con tal firmeza esa unión que dejó de tener relación alguna con ella, llegando incluso a eliminar su nombre del testamento. El resto de la familia consideró esa muestra de resentimiento excesiva y algo irracional. El conde Fosco, aunque no era rico, tampoco era un aventurero sin recursos. Tenía una renta modesta pero suficiente, llevaba años viviendo en Inglaterra y gozaba de una posición social excelente. Nada de esto, sin embargo, logró suavizar la opinión de Mr. Fairlie. En muchos aspectos era un inglés de la vieja escuela, y detestaba a los extranjeros por el simple hecho de serlo. Lo máximo que pudo conseguirse de él –gracias sobre todo a la intercesión de la señorita Fairlie– fue que volviera a incluir a su hermana en el testamento, pero condicionó la entrega del legado: cedió la renta del dinero a su hija durante su vida, y dispuso que el capital, si la tía moría antes que ella, pasara a su sobrina Magdalen. Teniendo en cuenta la edad de ambas mujeres, la posibilidad de que la tía recibiera las diez mil libras se volvía muy dudosa. Madame Fosco, naturalmente, consideró injusto el trato recibido por parte de su hermano y reaccionó negándose a ver a su sobrina y rehusando creer que ésta hubiera intercedido en su favor.

Tal es la historia de las diez mil libras. También en este punto era improbable que surgiera conflicto con el abogado de sir Percival: la renta quedaba bajo el control de la esposa, y el capital pasaría, al fallecer ésta, a su tía o a su prima.

Con todas las explicaciones previas ya aclaradas, llego por fin al verdadero nudo del asunto: las veinte mil libras.

Esta suma pasaría a ser enteramente propiedad de la señorita Fairlie al cumplir los veintiún años, y su destino futuro dependía, en primera instancia, de las condiciones que lograra incluir en su contrato matrimonial. El resto de las cláusulas del documento eran de carácter formal y no necesitan citarse aquí. Pero la cláusula relativa al dinero es demasiado importante como para omitirla. Bastan unas pocas líneas para resumirla.

Mi estipulación respecto a las veinte mil libras fue sencilla: el total debía establecerse de modo que la renta correspondiera a la señora durante su vida; después pasaría a sir Percival durante la suya, y finalmente, el capital quedaría para los hijos del matrimonio. En caso de no haber descendencia, el capital se distribuiría según las disposiciones que la señora dejara por escrito en su testamento —para lo cual se le reservaba expresamente el derecho de otorgarlo—. El efecto de estas condiciones puede resumirse así: si lady Glyde moría sin dejar hijos, su hermanastra, la señorita Halcombe, y cualquier otro familiar o amigo que ella quisiera beneficiar, heredarían, al morir su esposo, la parte del dinero que ella hubiese dispuesto para cada uno. Si, en cambio, fallecía dejando hijos, los derechos de éstos prevalecerían naturalmente sobre cualquier otro.

Ésa fue la cláusula, y no creo que nadie que la lea pueda negar que repartía la justicia de manera equitativa entre todas las partes.

Veamos ahora cómo fueron recibidas mis propuestas por parte del futuro marido.

Cuando llegó la carta de la señorita Halcombe, yo me encontraba más ocupado de lo habitual. Aun así, me las arreglé para hacer tiempo para redactar el contrato. Lo tuve listo y enviado para su aprobación al abogado de sir Percival en menos de una semana desde que miss Halcombe me informó del compromiso.

Dos días después, el documento me fue devuelto con anotaciones y observaciones del abogado del baronet. Sus objeciones, en general, eran triviales y puramente técnicas… hasta que llegamos a la cláusula relativa a las veinte mil libras. Esa sección estaba subrayada con líneas dobles en tinta roja y acompañada de esta nota:

«Inaceptable. El capital debe pasar a sir Percival Glyde en caso de que sobreviva a lady Glyde y no haya descendencia».

Es decir, ni un penique de las veinte mil libras debía ir a parar a la señorita Halcombe ni a ningún otro pariente o amigo de lady Glyde. Si ella no tenía hijos, toda la suma pasaría directamente a manos de su marido.

Mi respuesta a esa audaz propuesta fue tan breve como tajante: «Mi querido señor: Acerca del contrato de la señorita Fairlie. Mantengo la cláusula objetada exactamente tal y como está. Atentamente». La réplica no tardó ni un cuarto de hora: «Mi querido señor: Acerca del contrato de la señorita Fairlie. Mantengo la tinta roja objetada exactamente tal y como está. Atentamente».

Usando la repugnante jerga de nuestros tiempos, estábamos en un «punto muerto», y no quedaba más remedio que recurrir a nuestros respectivos clientes.

Dado que la señorita Fairlie aún no había cumplido los veintiún años, su tutor legal era el señor Frederick Fairlie. Le escribí ese mismo día y le expuse la situación con toda claridad, no sólo presentando todos los argumentos posibles para convencerlo de mantener la cláusula tal como la había redactado, sino también dejando bien al descubierto el motivo puramente mercenario que se escondía tras la objeción del abogado de sir Percival. El conocimiento que había adquirido necesariamente sobre los asuntos de sir Percival al revisar las disposiciones del contrato propuesto por su abogado me había dejado claro que las deudas sobre su propiedad eran enormes y que su renta, aunque en teoría elevada, era en la práctica poco menos que inexistente para alguien de su posición. La falta de liquidez era, en suma, una necesidad vital en la existencia de sir Percival, y la nota de su abogado no era otra cosa que una expresión franca y egoísta de esa necesidad.

La respuesta de Mr. Fairlie llegó por correo de vuelta y resultó dispersa e irrelevante hasta lo irritante. Traducida a un inglés llano, venía a decir más o menos lo siguiente: «¿No sería el querido Gilmore tan amable de no molestar a su amigo y cliente con una trivialidad como una contingencia remota? ¿Era probable que una joven de veintiún años muriera antes que un hombre de cuarenta y cinco, y además sin tener hijos? Por otro lado, en un mundo tan miserable como éste, ¿acaso se podía sobrevalorar la importancia de la paz y la tranquilidad? Si esas dos bendiciones celestiales se ofrecían a cambio de una nimiedad terrenal como una posible herencia de veinte mil libras, ¿no era un trato razonable? Seguramente sí. ¿Entonces por qué no aceptarlo?».

Tiré la carta al suelo con disgusto. Justo al hacerlo, alguien llamó a la puerta: el señor Merriman, abogado de sir Percival, fue anunciado y entró.

Hay muchas clases de profesionales astutos en este mundo, pero creo que los más difíciles de tratar son los que te superan con una amabilidad imperturbable. Un hombre regordete, bien alimentado, sonriente y afable es, de todos los participantes en una negociación, el más desesperante. Mr. Merriman pertenecía a esa categoría.

—¿Cómo está el buen señor Gilmore? —comenzó, radiante de simpatía—. Me alegra verlo con tan buen aspecto. Pasaba por aquí y pensé en entrar, por si tenía algo que comentarme. ¡Vamos, tratemos de resolver esta pequeña diferencia de palabra, si es posible! ¿Ha tenido ya respuesta de su cliente?

—Sí. ¿Y usted de la suya?

—¡Ay, buen señor mío! Ojalá la hubiera tenido de algún provecho… Ojalá, de veras, pudiera quitarme de encima esta responsabilidad. Pero él es terco —o más bien diría, firme— y no quiere hacerse cargo. «Merriman, dejo los detalles en tus manos. Haz lo que consideres mejor para mis intereses y considérame apartado del asunto hasta que todo esté resuelto». Ésas fueron las palabras de sir Percival hace dos semanas, y no logro que me diga otra cosa.

No soy un hombre duro, señor Gilmore, usted lo sabe. Personal y en privado, le aseguro que me gustaría borrar ahora mismo esa nota mía. Pero si sir Percival no quiere implicarse, si me deja a mí toda la gestión de sus intereses, ¿qué otra cosa puedo hacer sino defenderlos? Tengo las manos atadas, ¿no lo ve, querido señor? Las manos atadas.

—¿Sigue defendiendo su nota sobre la cláusula, entonces, al pie de la letra? –pregunté.

—Sí, ¡el diablo me lleve! No tengo otra alternativa.

Fue hasta la chimenea, se calentó las manos y empezó a tararear el final de una melodía con voz de bajo y tono festivo.

—¿Y qué dice su parte? –prosiguió–. Vamos, dígamelo... ¿Qué dice su parte?

Me dio vergüenza contestar. Intenté ganar tiempo... peor aún, mis reflejos de abogado me traicionaron, y traté de negociar.

—Veinte mil libras es una suma considerable para que la familia de la joven la ceda en apenas dos días –dije.

—Muy cierto –respondió Mr. Merriman, mirando pensativo sus botas–. Muy bien planteado, señor, muy bien.

—Tal vez un compromiso que reconociera los intereses de la familia de la señorita, así como los del marido, no habría asustado tanto a mi cliente –continué–. Vamos, vamos, esta contingencia se reduce al final a una cuestión de negociación. ¿Cuál es la mínima cantidad que aceptaría?

—Lo mínimo que aceptaremos –dijo el señor Merriman– son diecinueve mil novecientas noventa y nueve libras, diecinueve chelines y once peniques y tres cuartos. ¡Ja, ja, ja! Perdóneme, señor Gilmore. Necesitaba hacer mi pequeña broma.

—Muy pequeña –repuse–. La broma vale lo que ese último cuarto de penique por el que fue hecha.

El señor Merriman estaba encantado. Rio tanto con mi respuesta que la habitación entera pareció resonar con su carcajada. Yo no tenía ni la mitad de su buen humor; volví al asunto serio y di por concluida la entrevista.

—Hoy es viernes –dije–. Denos de plazo hasta el próximo martes para dar una respuesta definitiva.

—Por supuesto –respondió Merriman–. O más tiempo, si lo desea, querido señor. Se puso el sombrero para marcharse, pero antes de salir me dirigió otra pregunta:

—Por cierto –dijo–, ¿sus clientes en Cumberland han tenido más noticias de la mujer que escribió la carta anónima?

—Ninguna más –respondí–. ¿Ustedes han encontrado alguna pista?

—Todavía no –dijo mi colega–. Pero no desesperamos. Sir Percival sospecha que alguien la tiene escondida y estamos vigilando a ese alguien.

—¿Se refiere a la anciana que la acompañaba en Cumberland? –pregunté.

—Se trata de otra persona, señor –respondió Merriman–. Todavía no hemos dado con la anciana. Nuestro «alguien» es un hombre. Lo tenemos controlado aquí en Londres, y sospechamos con bastante fundamento que pudo haberla ayudado a escapar del manicomio. Sir Percival quiso interrogarlo de inmediato, pero yo dije: «No. Si lo interrogamos se pondrá en guardia. Vigilemos y esperemos». Veremos qué ocurre. Es una mujer peligrosa, señor Gilmore; nadie sabe qué puede hacer a continuación. Le deseo un buen día, señor. Espero con gusto tener noticias suyas el próximo martes.

Sonrió con su amabilidad habitual y salió.

Durante la última parte de la conversación con mi colega, mi mente había estado bastante ausente. La cuestión del contrato me preocupaba tanto que apenas podía prestar atención a nada más. En cuanto me vi solo, comencé a pensar cuál debía ser mi siguiente paso.

En el caso de cualquier otro cliente, habría cumplido sus instrucciones, por muy poco agradables que me resultaran, y habría cedido de inmediato en lo relativo a las veinte mil libras. Pero no podía actuar con esa frialdad profesional tratándose de la señorita Fairlie. Sentía por ella un afecto sincero y una verdadera admiración; recordaba con gratitud que su padre había sido el más generoso patrón y amigo que nunca tuve, y al redactar el contrato sentía por ella lo que podría haber sentido por una hija propia, de no haber sido yo un viejo soltero. Estaba decidido a no escatimar ningún sacrificio personal en su beneficio, y donde se trataba de sus intereses, no iba a actuar con indiferencia.

Escribir una segunda vez a Mr. Fairlie ni se me pasó por la cabeza. Sólo le daría una nueva oportunidad para escurrirse. Verlo en persona y razonar directamente con él tal vez tuviera más efecto. El día siguiente era sábado. Decidí entonces comprar un billete de ida y vuelta y hacer el viaje hasta Cumberland, a ver si lograba persuadirlo de adoptar una postura justa, independiente y honorable. Era, sin duda, una esperanza muy débil, pero una vez intentado, mi conciencia se quedaría tranquila. Habría hecho todo lo que podía hacer un hombre en mi posición por servir los intereses de la única hija de mi viejo amigo.

El sábado amaneció con un tiempo espléndido: sol radiante y viento del oeste. Como últimamente volvía a sentirme algo congestionado y con aquella presión en la cabeza contra la que mi médico me había advertido tan seriamente hacía más de dos años, resolví aprovechar la ocasión para hacer algo de ejercicio extra. Mandé el equipaje por delante y fui caminando hasta la estación de Euston Square.

Al salir a Holborn, un caballero que pasaba apresuradamente se detuvo y me habló. Era el señor Walter Hartright.

Si él no me hubiera saludado primero, habría pasado de largo sin reconocerlo. Estaba tan cambiado que apenas lo reconocí. Tenía el rostro pálido y demacrado, sus gestos eran apresurados e inseguros, y su vestimenta –que yo recordaba como cuidada y pulcra cuando lo vi en Limmeridge– estaba ahora tan descuidada que me habría avergonzado ver así a uno de mis propios empleados.

—¿Hace mucho que ha vuelto de Cumberland? –me preguntó–. He tenido noticias recientes de la señorita Halcombe. Sé que la explicación de sir Percival Glyde ha sido considerada satisfactoria. ¿Se celebrará pronto el matrimonio? ¿Lo sabe usted, señor Gilmore?

Hablaba tan deprisa, amontonaba sus preguntas de un modo tan extraño y confuso, que apenas podía seguirle el hilo. Por muy estrecha que hubiera sido su relación con la familia de Limmeridge, no veía razón alguna por la que debiera esperar información sobre sus asuntos privados. Resolví, pues, apartarlo con la mayor delicadeza posible del tema del matrimonio de la señorita Fairlie.

—El tiempo lo dirá, señor Hartright —respondí—. El tiempo lo dirá. Me atrevería a decir que, si estamos atentos a los anuncios en los periódicos, no nos equivocaremos. Perdóneme que lo mencione, pero me apena verlo con tan mal aspecto comparado con la última vez que nos vimos.

Una contracción nerviosa le crispó los labios y los ojos, y me hizo sentir cierto remordimiento por haberle contestado con tanta reserva.

—No tenía derecho a preguntar por su matrimonio —dijo con amargura—. Tendré que esperar a verlo en los periódicos, como todo el mundo. Sí —continuó antes de que pudiera disculparme—, no me he encontrado bien últimamente. Me marcho a otro país, a buscar un cambio de ambiente y de ocupación. La señorita Halcombe ha tenido la amabilidad de ayudarme con sus contactos, y mis credenciales han sido bien recibidas. Es un destino lejano, pero me da igual a dónde vaya, qué clima haya o cuánto tiempo esté fuera.

Mientras decía esto, miraba a su alrededor, entre la multitud que pasaba a ambos lados, con una expresión recelosa, como si sospechara que alguien pudiera estar vigilándonos.

—Le deseo que le vaya bien y que regrese sano y salvo —dije, y añadí, sin querer mantenerlo del todo al margen del asunto Fairlie—: Hoy viajo a Limmeridge por cuestiones de trabajo. La señorita Halcombe y la señorita Fairlie están fuera en este momento, de visita con unos amigos en Yorkshire.

Sus ojos brillaron y pareció a punto de decir algo, pero otra vez esa sacudida nerviosa cruzó su rostro. Me apretó la mano con fuerza y desapareció entre la multitud sin decir una sola palabra más. Aunque apenas era un conocido para mí, me quedé un momento mirándolo marchar, con una vaga sensación de pesar. Había acumulado en mi profesión la suficiente experiencia con jóvenes como para reconocer los signos exteriores de quienes comienzan a desviarse del buen camino, y mientras retomaba mi marcha hacia la estación, lamento decir que sentía más de una duda respecto al futuro del señor Hartright.

IV

Salí en uno de los primeros trenes y llegué a Limmeridge a tiempo para la cena. La casa resultaba opresivamente vacía y apagada. Esperaba que la buena señora Vesey me hiciera compañía en ausencia de las jóvenes, pero estaba recluida en su habitación por un resfriado. Los criados, al verme llegar, se mostraron tan sorprendidos que se agitaban nerviosos e hicieron toda clase de torpes errores. Incluso el mayordomo –lo bastante viejo para saber comportarse mejor– me sirvió una botella de oporto completamente helada. El parte sobre la salud del señor Fairlie era el de siempre, y cuando mandé anunciar mi llegada, me respondieron que estaría encantado de verme al día siguiente, pero que la repentina noticia de mi presencia lo había dejado postrado con palpitaciones durante el resto de la velada. El viento aulló lúgubremente toda la noche, y se oían crujidos y quejidos por toda la casa, como si ésta se quejara de su propia soledad. Dormí fatal, y me levanté al día siguiente de muy mal humor, para desayunar en solitario.

A las diez en punto me condujeron a los aposentos del señor Fairlie. Estaba en su habitación de siempre, en su sillón habitual y en su irritante estado habitual, tanto mental como físico. Al entrar, su ayuda de cámara estaba delante de él, sosteniendo para su inspección un pesado volumen de aguafuertes, tan largo y ancho como la mesa de mi despacho. El desdichado extranjero sonreía con una expresión servil y extenuada, mientras su amo hojeaba tranquilamente las láminas y revelaba sus escondidos detalles con ayuda de una lupa.

—Mi mejor y más querido de los viejos amigos –dijo Mr. Fairlie, recostándose con desgana antes de siquiera mirarme–, ¿está del todo bien? Qué amable de su parte venir a verme en mi soledad. ¡Querido Gilmore!

Esperaba que al verme, el ayuda de cámara fuera despedido. Pero no ocurrió nada por el estilo. Allí seguía, temblando bajo el peso del libro, y allí estaba Mr. Fairlie, girando la lupa entre sus dedos blancos con una calma exasperante.

—He venido a tratar un asunto de gran importancia –dije–, y le ruego que me excuse si le sugiero que sería mejor que estuviéramos a solas.

El pobre ayuda de cámara me miró con una gratitud silenciosa. Mr. Fairlie repitió débilmente mis últimas palabras –«mejor que estuviéramos a solas»– con una expresión de perplejidad casi teatral.

No estaba yo para juegos, y decidí hacerme entender.

—Hágame el favor de dar permiso a ese hombre para que se retire –dije, señalando al criado.

Mr. Fairlie arqueó las cejas y frunció los labios con una sorpresa sarcástica.

—¿*Hombre?* –repitió Mr. Fairlie–. Querido y provocador viejo Gilmore, ¿qué puede querer decir llamándolo *hombre*? No tiene nada de eso. Podría haber sido un hombre hace media hora, antes de que necesitara mis aguafuertes, y tal vez lo vuelva a ser dentro de media hora, cuando ya no los necesite. Por ahora, simplemente es un soporte para portafolios. ¿Por qué le molesta, Gilmore, un soporte para portafolios?

—Me molesta. Por tercera vez, señor Fairlie, le ruego que estemos a solas.

Mi tono y mi actitud no le dejaron alternativa. Miró al criado y, con fastidio, señaló una silla a su lado.

—Deja los aguafuertes y vete –dijo–. No me pongas nervioso perdiéndome la página. ¿La has perdido o no? ¿Estás seguro de que no? ¿Y has dejado mi campanilla bien a mano? ¿Sí? ¿Entonces por qué demonios no te vas?

El criado salió. Mr. Fairlie se giró en el sillón, pulió la lupa con su delicado pañuelo de batista y se permitió una ojeada lateral al volumen de aguafuertes abierto. No era fácil mantener la calma en esas circunstancias, pero lo hice.

—He venido aquí con gran incomodidad personal –dije– para servir los intereses de su sobrina y de su familia, y creo que eso me da, aunque sea mínimamente, derecho a que me preste atención.

—¡No me grite! –exclamó Mr. Fairlie, dejándose caer en el sillón con gesto impotente y cerrando los ojos–. Por favor, no me grite. No tengo fuerzas para soportarlo.

Estaba decidido a no dejarme provocar, por el bien de Laura Fairlie.

—Mi propósito –continué– es rogarle que reconsidere su carta y que no me obligue a renunciar a los justos derechos de su sobrina y de todos los que la rodean. Permítame exponerle el caso una vez más, y por última vez.

Mr. Fairlie negó con la cabeza y suspiró con una expresión lastimera.

—Esto es cruel por su parte, Gilmore... muy cruel –dijo–. Pero no importa, continúe.

Le expuse todos los puntos con cuidado, presentando el asunto desde todos los ángulos posibles. Permaneció recostado en su sillón, con los ojos cerrados, durante toda mi exposición. Cuando terminé, los abrió con pereza, tomó su frasquito de sales de la mesa y aspiró con aire de suave deleite.

—¡Buen Gilmore! –dijo entre inhalaciones–. ¡Qué amable es usted! ¡Cómo reconcilia a uno con la naturaleza humana!

—Respóndame con claridad a una pregunta clara, señor Fairlie. Le repito: sir Percival Glyde no tiene derecho alguno a esperar más que la renta del dinero. El capital, si su sobrina no tiene hijos, debe quedar bajo su control y volver a su familia. Si usted se mantiene firme, sir Percival tendrá que ceder. Tendrá que ceder, se lo aseguro, o quedará expuesto a la vergonzosa acusación de querer casarse con la señorita Fairlie únicamente por interés.

Mr. Fairlie agitó el frasco de sales hacia mí con gesto juguetón.

—Querido viejo Gilmore, ¡cómo detesta la nobleza y los títulos, ¿verdad?! ¡Cómo detesta a Glyde sólo porque es baronet! ¡Qué radical es usted, Dios mío, qué radical!

¡Un radical! Podía soportar muchas provocaciones, pero, después de haber sostenido toda mi vida los principios más sólidos del

conservadurismo, *no podía* soportar que me llamaran radical. Me hervía la sangre. Me puse de pie de golpe, sin palabras, lleno de indignación.

—¡No haga temblar la habitación! –gritó Mr. Fairlie–. ¡Por lo que más quiera, no haga temblar la habitación! Queridísimo de todos los posibles Gilmores, no era mi intención ofender. Mis ideas son tan sumamente liberales que creo que yo mismo soy un radical. Sí. ¡Somos un par de radicales! Por favor, no se enfade. No tengo fuerzas para discutir. ¿Por qué no dejamos el tema? Sí. Venga a ver estos dulces aguafuertes. Déjeme enseñarle a apreciar la sublime nacarada de estas líneas. Ande, sea un buen hombre, Gilmore.

Mientras divagaba de ese modo, yo, por suerte para mi propio respeto, iba recuperando la compostura. Cuando volví a hablar, ya estaba lo bastante sereno como para tratar su impertinencia con el desprecio silencioso que merecía.

—Está usted completamente equivocado, señor –dije–, si supone que hablo movido por algún prejuicio contra sir Percival Glyde. Puedo lamentar que se haya entregado de forma tan absoluta a la voluntad de su abogado, hasta el punto de hacer imposible cualquier apelación personal, pero no estoy predispuesto contra él. Lo que he dicho se aplicaría igualmente a cualquier otro hombre en su misma situación, sea cual sea su posición social. El principio que defiendo es un principio reconocido. Si acudiera usted al pueblo más cercano y preguntara al primer abogado respetable que encontrase, le diría, como extraño, lo mismo que yo le digo como amigo. Le informaría de que es contraria a toda norma legal ceder por completo el dinero de la dama al hombre con quien se casa. Se negaría, por una cuestión básica de cautela profesional, a concederle al esposo, en ninguna circunstancia, un interés económico sobre veinte mil libras ligadas a la muerte de su esposa.

—¿De veras lo haría, Gilmore? –dijo Mr. Fairlie–. Si alguien me dijera algo tan horrendo, le aseguro que haría sonar la campanilla para que Louis lo echara inmediatamente de la casa.

—No conseguirá irritarme, señor Fairlie –respondí–. Ni por el bien de su sobrina ni por el de su difunto hermano lo permitiré.

Toda la responsabilidad de este arreglo vergonzoso deberá recaer sobre sus hombros antes de que abandone esta sala.

—¡No lo haga! –suplicó Mr. Fairlie–. ¡Por favor, no lo haga! Piense en lo precioso que es su tiempo, Gilmore, y no lo desperdicie. Discutiría con usted si pudiera, pero no puedo; no tengo fuerzas para ello. Usted quiere alterarse, alterarme a mí, alterar a Glyde y alterar a Laura. Y, ¡ay de mí!, todo por algo que es, con seguridad, lo último que va a suceder. No, querido amigo… en aras de la paz y el sosiego, no.

—Entonces entiendo que mantiene lo expresado en su carta.

—Sí, por favor. Me alegra tanto que por fin nos entendamos. Siéntese de nuevo, ¿quiere?

Fui directamente a la puerta, y Mr. Fairlie hizo sonar resignadamente su campanilla. Antes de salir, me giré y le hablé por última vez.

—Pase lo que pase en el futuro, señor –dije–, recuerde que he cumplido con el deber elemental de advertirle. Como fiel amigo y servidor de su familia, le digo al despedirme que jamás permitiría que una hija mía se casara con ningún hombre bajo un contrato como el que usted me obliga a firmar para Laura Fairlie.

La puerta se abrió a mi espalda, y el criado apareció en el umbral.

—Louis –dijo Mr. Fairlie–, acompaña al señor Gilmore a la salida, y luego vuelve para sostenerme los aguafuertes otra vez. Asegúrate de que le den un buen almuerzo abajo. Vamos, Gilmore, haga que mis inútiles sirvientes le den un buen almuerzo.

Estaba demasiado disgustado para responder. Me volví sobre los talones y lo dejé sin decir una palabra. Había un tren de regreso a Londres a las dos de la tarde, y en él volví.

El martes envié el contrato modificado, que en la práctica desheredaba a las personas que la propia señorita Fairlie me había dicho con sus labios que deseaba favorecer. No tenía elección. Otro abogado habría redactado el documento si yo me hubiese negado.

Mi tarea ha terminado. Mi intervención personal en la historia de esta familia no va más allá del punto al que acabo de llegar. Otras plumas que no son la mía relatarán los extraños acontecimientos que están por seguir. Serio y apesadumbrado, cierro esta breve crónica. Serio y apesadumbrado, repito aquí las palabras con las que me despedí en Limmeridge House: «Jamás permitiría que una hija mía se casara con ningún hombre bajo un contrato como el que me vi obligado a redactar para Laura Fairlie».

Fin del relato del señor Gilmore

LA HISTORIA CONTINUADA
POR MARIAN HALCOMBE
(Extractos de su diario)

LIMMERIDGE HOUSE

8 de noviembre[1]

Esta mañana nos ha dejado el señor Gilmore.

Su encuentro con Laura evidentemente lo entristeció y sorprendió más de lo que quería admitir. Por su expresión y su actitud al despedirse, temí que Laura pudiera haberle revelado, sin querer, el verdadero motivo de su tristeza y la causa de mi ansiedad. Esa duda me atormentó tanto después de su partida que rechacé salir a cabalgar con sir Percival y subí en su lugar a la habitación de Laura.

Desde que descubrí la profundidad del apego infeliz de Laura, me siento peligrosamente insegura de mí misma en este asunto tan delicado y lamentable. Debería haber comprendido que la delicadeza, la contención y el sentido del honor que tanto me atrajeron del pobre Hartright –y que me hicieron admirarlo y respetarlo sinceramente– eran justamente las cualidades que más irresistiblemente apelarían a la sensibilidad natural y la generosidad innata de Laura. Y sin embargo, hasta que ella me abrió su corazón por vo-

---

1. Los pasajes omitidos, aquí y en otras partes, del diario de miss Halcombe, son sólo aquellos que no hacen referencia a miss Fairlie ni a ninguna de las personas con las que se la relaciona en estas páginas.

luntad propia, no tuve la menor sospecha de que ese sentimiento se hubiera arraigado con tanta fuerza. Antes pensaba que el tiempo y los cuidados podrían borrarlo. Ahora temo que permanecerá con ella y la marcará para siempre.

El haber cometido semejante error de juicio me hace dudar de todo lo demás. Dudo de sir Percival, incluso ante las pruebas más evidentes. Dudo, incluso, al hablar con Laura. Esta misma mañana, con la mano en el pomo de su puerta, vacilé sin saber si debía hacerle las preguntas que me había propuesto... o no.

Cuando entré en su habitación, la encontré caminando de un lado a otro con gran impaciencia. Estaba sonrojada y agitada, y se acercó de inmediato a hablarme antes de que pudiera decir una sola palabra.

—Te estaba esperando –dijo–. Ven, siéntate conmigo en el sofá. ¡Marian! No puedo soportarlo más. Debo ponerle fin, y lo haré.

Había demasiado color en sus mejillas, demasiada energía en su modo de hablar, demasiada firmeza en su voz. En una de sus manos tenía el pequeño libro con los dibujos de Hartright, ese libro fatal con el que seguirá soñando en soledad cada vez que se quede sola. Lo primero que hice fue quitárselo con suavidad y decisión, y colocarlo fuera de su vista, sobre una mesita lateral.

—Dime con calma, cariño, qué es lo que deseas hacer –le dije–. ¿Te ha aconsejado algo el señor Gilmore?

Negó con la cabeza.

—No, no respecto a lo que estoy pensando ahora. Fue muy bueno y amable conmigo, Marian, y me da vergüenza decir que lo hice sufrir con mi llanto. Estoy miserablemente indefensa... no consigo controlarme. Por mi bien y por el de todos nosotros, tengo que reunir el valor suficiente para terminar con esto.

—¿Quieres decir que vas a tener el valor de pedir que te liberen del compromiso? –pregunté.

—No –dijo simplemente–. Valor, querida, para decir la verdad.

Me rodeó el cuello con los brazos y apoyó la cabeza en mi pecho. En la pared opuesta colgaba el retrato en miniatura de su padre. Me incliné sobre ella y vi que lo estaba mirando mientras descansaba sobre mí.

—No puedo pedir que me liberen del compromiso –continuó–. Como sea que acabe, acabará siendo desgraciado para mí. Todo lo que puedo hacer, Marian, es no añadir a esa desgracia el recuerdo de haber roto mi promesa y olvidado las últimas palabras de mi padre.

—¿Y qué es lo que propones, entonces? –pregunté.

—Decírselo todo con mis propios labios a sir Percival Glyde –respondió–, y dejar que me libere, si quiere, no porque yo se lo pida, sino porque sabe toda la verdad.

—¿Qué quieres decir con «toda la verdad», Laura? Sir Percival ya sabrá bastante (él mismo me lo ha dicho) si sabe que el compromiso va contra tus deseos.

—¿Puedo decirle eso, si el compromiso fue hecho por mi padre, con mi consentimiento? Yo habría cumplido con mi promesa, no feliz, me temo, pero sí resignada... –se interrumpió, volvió su rostro hacia mí y apoyó su mejilla contra la mía–. Habría seguido adelante, Marian, si no hubiese crecido en mi corazón otro amor, un amor que no existía cuando acepté ser la esposa de sir Percival.

—¡Laura! ¿No te rebajarás confesándole eso?

—Me rebajaría, en efecto, si lograra que me liberara ocultándole lo que tiene derecho a saber.

—¡No tiene ni la sombra de ese derecho!

—No, Marian, estás equivocada. No debo engañar a nadie... y menos aún al hombre al que me entregó mi padre, y al que yo misma me entregué.

Me besó con dulzura.

—Querida –dijo en voz baja–, me quieres demasiado y estás demasiado orgullosa de mí. Olvidas, en mi caso, lo que recordarías en el tuyo. Es mejor que sir Percival dude de mis motivos y juzgue mal mi conducta, si quiere, a que yo empiece por serle infiel en pensamiento, y luego sea lo bastante ruin como para protegerme escondiendo esa falsedad.

Me separé de ella con asombro. Por primera vez en nuestras vidas habíamos cambiado de papel: la decisión estaba de su lado, la vacilación del mío. Miré su rostro pálido, sereno, resignado. Vi el corazón puro e inocente en sus ojos amorosos, y todas las objeciones mundanas y mezquinas que estaban a punto de salir de mis labios se deshicieron por sí solas en su futilidad. Bajé la cabeza en silencio. En su lugar, el orgullo pequeño y despreciable que vuelve a tantas mujeres falsas habría sido también el mío, y me habría vuelto falsa a mí.

—No te enfades conmigo, Marian –dijo, malinterpretando mi silencio.

Mi única respuesta fue abrazarla otra vez. Tenía miedo de romper a llorar si hablaba. Mis lágrimas no fluyen con facilidad; cuando vienen, lo hacen como las de los hombres, con sollozos que me desgarran y que asustan a todos a mi alrededor.

—He pensado en esto, querida, durante muchos días –prosiguió, enredando mi cabello entre sus dedos con ese gesto infantil e inquieto que la pobre señora Vesey sigue intentando corregirle en vano–. Lo he meditado muy seriamente, y puedo confiar en mi valor cuando mi conciencia me dice que tengo razón. Déjame hablar con él mañana, delante de ti, Marian. No diré nada indebido, nada de lo que tú o yo debamos avergonzarnos de oír… pero, oh, cuánto me aliviará el corazón poner fin a esta miserable ocultación. Sólo necesito saber y sentir que no tengo nada que ocultar por mi parte; y entonces, cuando él haya escuchado lo que tengo que decir, que actúe como quiera.

Suspiró y volvió a recostar la cabeza en su antigua posición, en mi pecho. Tristes presentimientos sobre cómo acabaría todo pesaban sobre mi ánimo, pero, aun dudando de mí misma, le prometí que haría lo que ella deseaba. Me lo agradeció, y poco a poco pasamos a hablar de otras cosas.

En la cena volvió a unirse a nosotros, y estuvo más natural y tranquila con sir Percival que en cualquier otro momento hasta entonces. Por la noche fue al piano, y eligió música nueva, de esa clase artificiosa, sin melodía y de pura destreza. Las dulces y antiguas melodías de Mozart, que tanto le gustaban al pobre Hartright, no las ha vuelto a tocar desde que él se fue. El libro ya no está en el atril. Ella misma lo retiró, para que nadie lo encontrara ni le pidiera que lo tocara.

No tuve oportunidad de saber si el propósito que Laura había expresado por la mañana había cambiado o no, hasta que se despidió de sir Percival por la noche… y entonces fueron sus propias palabras las que me confirmaron que seguía firme. Dijo, muy tranquilamente, que deseaba hablar con él después del desayuno, y que la encontraría en su sala, conmigo. Él palideció al oírla, y noté que su mano temblaba ligeramente cuando me tocó a mí saludarle. El acontecimiento de la mañana siguiente decidiría el curso de su vida, y él, evidentemente, lo sabía.

Entré como siempre en su habitación, por la puerta que comunicaba nuestras alcobas, para desearle las buenas noches antes de que se durmiera. Al inclinarme para besarla, vi el pequeño cuaderno con los dibujos de Hartright medio escondido bajo su almohada, justo en el lugar donde solía guardar sus juguetes favoritos cuando era niña. No tuve corazón para decirle nada, pero señalé el libro y negué con la cabeza. Ella levantó ambas manos hasta mis mejillas, y acercó mi rostro al suyo hasta que nuestras bocas se encontraron.

—Déjalo ahí esta noche –susurró–; mañana puede ser cruel… y tal vez me obligue a despedirme de él para siempre.

9 de noviembre

El primer acontecimiento de la mañana no fue de los que animan el espíritu: recibí una carta del pobre Walter Hartright. Es su respuesta a la mía, donde le explicaba cómo sir Percival había despejado las sospechas suscitadas por la carta de Anne Catherick. Escribe con brevedad y amargura sobre las explicaciones de sir Percival, limitándose a decir que no tiene derecho a opinar sobre la conducta de personas que están por encima de su posición. Eso ya es triste, pero sus referencias a sí mismo me apenan aún más. Dice que cada día le cuesta más retomar sus antiguos hábitos y ocupaciones, y me ruega encarecidamente que, si tengo alguna influencia, la emplee para conseguirle un trabajo que lo aleje de Inglaterra y lo lleve a nuevos lugares y entre nuevas personas.

Estoy más que dispuesta a ayudarle, sobre todo por un pasaje al final de la carta que me ha alarmado. Tras mencionar que no ha vuelto a ver ni a saber nada de Anne Catherick, interrumpe de pronto el tema y sugiere, de la manera más abrupta y enigmática, que desde su regreso a Londres ha sido seguido y vigilado constantemente por hombres desconocidos. Reconoce que no puede probar esa sospecha identificando a ninguna persona concreta, pero afirma que la idea no le abandona ni de día ni de noche. Esto me ha asustado, porque parece indicar que la idea fija que tiene sobre Laura empieza a trastornarle el juicio. Escribiré inmediatamente a algunos de los antiguos amigos influyentes de mi madre en Londres y presentaré sus méritos con urgencia. Un cambio de entorno y de ocupación podría ser, en este momento de su vida, su verdadera salvación.

Para mi gran alivio, sir Percival envió una nota excusándose de no unirse a nosotros en el desayuno. Había tomado una taza de café temprano en su cuarto y aún seguía allí, escribiendo cartas. A las once, si esa hora nos venía bien, tendría el honor de presentarse ante la señorita Fairlie y la señorita Halcombe.

Observé atentamente el rostro de Laura mientras le daban el recado. La encontré sorprendentemente serena y compuesta al entrar en su habitación por la mañana, y así permaneció durante todo el desayuno. Incluso cuando estuvimos sentadas juntas en el sofá de su sala, esperando a sir Percival, conservó el dominio de sí misma.

—No tengas miedo por mí, Marian —fue todo lo que dijo—. Puedo perder la compostura con un viejo amigo como el señor Gilmore, o con una hermana querida como tú…, pero no la perderé con sir Percival Glyde.

La miré y la escuché con asombro silencioso. Durante todos los años de nuestra estrecha intimidad, esa fuerza pasiva de su carácter me había pasado desapercibida… oculta incluso para ella misma, hasta que el amor la despertó y el sufrimiento la hizo salir.

172

Cuando el reloj sobre la repisa marcó las once, sir Percival llamó a la puerta y entró. Había ansiedad contenida y agitación en cada línea de su rostro. La tos seca y cortante que lo aqueja con frecuencia parecía más persistente que nunca. Se sentó frente a nosotras, en la mesa, y Laura permaneció a mi lado. Los observé atentamente a los dos: él era el más pálido.

Pronunció unas palabras sin importancia, visiblemente esforzándose por mantener su habitual aire de cortesía. Pero no logró dominar la voz, y la inquietud en sus ojos no podía disimularse. Debió de notarlo él mismo, porque interrumpió una frase a la mitad y renunció incluso a seguir fingiendo calma.

Hubo un instante de silencio absoluto antes de que Laura hablara.

—Deseo hablar con usted, sir Percival –dijo–, sobre un asunto muy importante para ambos. Mi hermana está aquí porque su presencia me ayuda y me da confianza. No me ha sugerido una sola palabra de lo que voy a decir; hablo desde mis propios pensamientos, no desde los suyos. Estoy segura de que sabrá comprender eso antes de que continúe.

Sir Percival asintió con la cabeza. Hasta ese momento, ella había hablado con perfecta tranquilidad exterior y con total corrección. Se miraron el uno al otro. Al menos en apariencia, estaban decididos a hablarse con franqueza.

—He sabido por Marian –continuó– que basta con que yo pida que me libere del compromiso para obtener esa libertad por su parte. Fue un gesto generoso y considerado enviar un mensaje así. Es justo decir que le estoy agradecida por la oferta, y espero que sea justo también decir que la rechazo.

Eu rostro de sir Percival se relajó un poco. Pero yo vi cómo uno de sus pies golpeaba suavemente, sin cesar, la alfombra bajo la mesa… y comprendí que por dentro seguía tan tenso como al principio.

—No he olvidado –prosiguió ella– que usted pidió permiso a mi padre antes de hacerme su propuesta de matrimonio. Tal vez usted tampoco haya olvidado lo que yo le dije al aceptar el compromiso. Me atreví a decirle que fueron principalmente la influencia y el consejo de mi padre los que me decidieron a darle mi palabra. Me dejé guiar por él porque siempre fue el más sincero de los consejeros y el más tierno de los protectores y amigos. Ahora lo he perdido; sólo me queda su memoria, pero mi fe en ese querido amigo muerto no se ha quebrado nunca. Creo, ahora mismo, con la misma certeza de entonces, que él sabía lo que era mejor para mí, y que sus esperanzas y deseos deberían seguir siendo también los míos.

Por primera vez le tembló la voz. Sus dedos inquietos buscaron los míos sobre su regazo y me apretaron la mano con fuerza. Hubo otro breve silencio, y entonces sir Percival habló:

—¿Puedo preguntar —dijo— si alguna vez he demostrado no ser digno de la confianza que hasta ahora ha sido el mayor honor y la mayor felicidad de mi vida?

—No he hallado nada en su conducta que deba reprochar —respondió ella—. Siempre me ha tratado con la misma delicadeza y paciencia.

»Ha merecido mi confianza, y, lo que en mi opinión es aún más importante, ha merecido la de mi padre, de la cual nació la mía. No me ha dado ningún motivo —ni siquiera si lo hubiera buscado— para pedirle que me libere de mi compromiso. Todo lo que he dicho hasta ahora ha sido con el deseo de reconocer mi plena obligación con usted. El respeto por esa obligación, el respeto por la memoria de mi padre y el respeto por mi propia palabra me impiden ser yo quien dé el ejemplo de retirarse de la posición en la que nos encontramos. La ruptura de nuestro compromiso debe ser completamente su deseo y su decisión, sir Percival, no la mía.

El golpeteo inquieto de su pie cesó de repente, y se inclinó hacia delante con ansia sobre la mesa.

—¿Mi decisión? –dijo–. ¿Qué razón puede haber por mi parte para retirarme?

Oí cómo se le aceleraba la respiración; sentí su mano volverse fría. A pesar de lo que me había dicho cuando estábamos solas, empecé a temer por ella. Me equivoqué.

—Una razón muy difícil de contarle –respondió Laura–. Hay un cambio en mí, sir Percival, un cambio lo bastante serio como para justificarme, ante ti misma y ante usted, si decide romper nuestro compromiso.

El rostro de sir Percival palideció tanto que incluso los labios perdieron el color. Alzó el brazo que tenía sobre la mesa, se giró ligeramente en su asiento y apoyó la cabeza en la mano, de modo que sólo veíamos su perfil.

—¿Qué cambio? –preguntó.

El tono con que formuló la pregunta me molestó: había algo dolorosamente reprimido en él.

Ella suspiró con fuerza, y se inclinó un poco hacia mí, de modo que su hombro descansó sobre el mío. La sentí temblar, y traté de ahorrarle el esfuerzo de hablar, pero me detuvo con una presión en la mano, y se dirigió de nuevo a sir Percival, esta vez sin mirarlo.

—He oído –dijo– y lo creo, que el más profundo y verdadero de los afectos es el que una mujer debe sentir por su esposo. Cuando comenzó nuestro compromiso, ese afecto era mío para darlo, si podía, y suyo para ganarlo, si podías ¿Me perdonará y me ahorrará el dolor, sir Percival, si reconozco que ya no es así?

Unas pocas lágrimas se acumularon en sus ojos y descendieron lentamente por sus mejillas mientras hacía una pausa, esperando su respuesta. Él no dijo una sola palabra. Desde que ella empezó a hablar, había movido la mano sobre la que apoyaba la cabeza de modo que ésta quedaba oculta. No se movió ni un músculo de su cuerpo. Los dedos que le sujetaban la frente se hundían en su cabello. Podrían haber expresado ira reprimida o pena oculta –era difícil decirlo–, no temblaban, no revelaban nada. Nada, absolutamente nada, revelaba el secreto de sus pensamientos en ese momento, el momento decisivo de su vida y de la de ella.

Yo estaba decidida a forzarlo a pronunciarse, por el bien de Laura.

—¡Sir Percival! –intervine con firmeza–. ¿No tiene nada que decir cuando mi hermana ha dicho tanto? Más de lo que, en mi opinión –añadí, dejándome llevar por mi mal carácter–, cualquier hombre en su situación tiene derecho a oír de una mujer.

Esa frase imprudente le ofreció una salida, y la aprovechó de inmediato.

—Le ruego me disculpe, señorita Halcombe –dijo, aún con la mano cubriéndose el rostro–, si le recuerdo que no he reclamado semejante derecho.

Las pocas palabras claras que podrían haberlo hecho volver al asunto que eludía estaban a punto de salir de mis labios, cuando Laura me contuvo hablando de nuevo.

—Espero no haber hecho esta dolorosa confesión en vano –continuó–. Espero que haya bastado para asegurarme toda su confianza en lo que aún tengo que decir.

—Puede estar segura de ello.

Respondió con calidez, dejando caer la mano sobre la mesa mientras hablaba y volviéndose hacia nosotras otra vez. Cualquier cambio que hubiese sufrido en el rostro había desaparecido. Su expresión era de ansiosa expectativa: no mostraba otra cosa más que el deseo intenso de oír lo siguiente.

—Quiero que comprenda que no he hablado por ningún motivo egoísta –dijo ella–. Si me deja, sir Percival, después de lo que acaba de oír, no será para que yo me case con otro hombre, sino simplemente para permitirme permanecer soltera el resto de mi vida. Mi falta hacia usted ha existido únicamente en mis pensamientos. Nunca irá más allá. No ha habido una sola palabra...

Se detuvo, dudando de qué expresión usar, con una momentánea confusión que era muy triste, muy dolorosa de ver.

—No ha habido –prosiguió con paciencia y decisión– una sola palabra entre mí y la persona a la que me refiero por primera y última vez en su presencia sobre mis sentimientos hacia él, ni sobre los suyos hacia mí. Nunca podrá haberla. Ni él ni yo es probable que volvamos a encontrarnos en este mundo. Le ruego encarecidamente que me ahorre decir más, y que me crea, por mi palabra, lo que acabo de decirle. Es la verdad, sir Percival, la verdad que creo que mi prometido tiene derecho a oír, aunque me cueste un sacrificio personal. Confío en su generosidad para que me perdone, y en su honor para que guarde mi secreto.

—Ambas cosas me son sagradas —dijo y ambas lo seguirán siendo.

Después de responder así, hizo una pausa y la miró, como si esperara oír algo más.

—He dicho todo lo que deseaba decir —añadió con calma—. He dicho más que suficiente para justificarle si desea romper nuestro compromiso.

—Ha dicho más que suficiente —respondió él— para convertir en el objetivo más querido de mi vida el mantener ese compromiso.

Dicho esto, se levantó de la silla y dio unos pasos hacia donde ella estaba sentada.

Ella se sobresaltó visiblemente, y un leve grito de sorpresa se le escapó. Cada palabra que había pronunciado había traicionado, sin saberlo, su pureza y su sinceridad ante un hombre que comprendía a fondo el valor inestimable de una mujer pura y sincera. Su propia conducta noble había sido, desde el principio, el enemigo oculto de todas las esperanzas que en ella había depositado. Yo temía esto desde el comienzo. Lo habría evitado, si me hubiera dejado la más mínima oportunidad de hacerlo. Incluso ahora, cuando el daño ya estaba hecho, esperaba y observaba por si sir Percival decía algo que me diera ocasión de ponerlo en evidencia.

—Ha dejado en mis manos, señorita Fairlie, la decisión de renunciar a usted —prosiguió él—. No soy tan cruel como para renunciar a una mujer que acaba de demostrar ser la más noble de su sexo.

Habló con tal calidez y sentimiento, con tan apasionado entusiasmo, y sin embargo con tanta delicadeza, que ella alzó la cabeza, se sonrojó levemente, y lo miró con repentina vivacidad y firmeza.

—¡No! —dijo con firmeza—. La más desdichada de su sexo, si ha de entregarse en matrimonio sin poder entregar su amor.

—¿No podría llegar a entregarlo en el futuro —preguntó él— si el único objetivo de su marido fuera merecerlo?

—¡Nunca! —respondió ella—. Si aún insiste en mantener nuestro compromiso, podré ser su esposa fiel y verdadera, sir Percival... pero su esposa amante, si conozco bien mi corazón, ¡nunca!

Estaba tan irresistiblemente hermosa al decir esas valientes palabras que ningún hombre vivo podría haber endurecido su corazón contra ella. Me esforcé en sentir que sir Percival tenía la culpa, y en decírmelo, pero mi condición de mujer me llevaba a compadecerlo a pesar de mí misma.

—Acepto agradecido su lealtad y su sinceridad –dijo él–. Lo menos que me ofrece vale más para mí que lo máximo que pudiera esperar de cualquier otra mujer del mundo.

Su mano izquierda seguía estrechando la mía, pero la derecha colgaba inerte a su costado. Él la alzó con suavidad hasta sus labios –más la rozó que la besó–, se inclinó ante mí, y luego, con total delicadeza y discreción, salió en silencio de la habitación.

Ella no se movió ni dijo una palabra cuando él se fue. Permaneció sentada a mi lado, fría e inmóvil, con la mirada fija en el suelo. Vi que era inútil hablar, y simplemente la rodeé con el brazo y la abracé en silencio. Permanecimos así durante lo que pareció un tiempo largo y penoso; tanto, que acabé sintiéndome inquieta y le hablé suavemente, con la esperanza de provocarle alguna reacción.

El sonido de mi voz pareció devolverle la conciencia. De pronto se apartó de mí y se levantó.

—Debo resignarme, Marian, lo mejor que pueda –dijo–. Mi nueva vida tiene deberes duros, y uno de ellos empieza hoy.

Mientras hablaba se acercó a una mesita junto a la ventana, donde estaban sus materiales de dibujo. Los reunió con cuidado y los guardó en un cajón del secreter. Cerró el cajón con llave y me la entregó.

—Debo desprenderme de todo lo que me lo recuerde –dijo–. Guarda la llave donde quieras: nunca más volveré a necesitarla.

Antes de que pudiera decir una palabra, se había vuelto hacia la biblioteca y había tomado el álbum con los dibujos de Walter Hartright. Vaciló un instante, sosteniéndolo con ternura entre las manos; luego lo alzó hasta sus labios y lo besó.

—¡Oh, Laura! ¡Laura! –dije, sin enfado ni reproche, con sólo tristeza en la voz y en el corazón.

—Es la última vez, Marian —suplicó—. Le estoy diciendo adiós para siempre.

Puso el libro sobre la mesa y se quitó el peine que sujetaba su cabello. Cayó, con su belleza incomparable, sobre su espalda y hombros, rodeándola por debajo de la cintura. Separó un mechón largo y delgado del resto, lo cortó, y lo sujetó con cuidado, en forma de círculo, en la primera página en blanco del álbum. En cuanto lo fijó, cerró el volumen apresuradamente y me lo puso en las manos.

—Tú le escribes y él te escribe —dijo—. Mientras viva, si pregunta por mí, dile siempre que estoy bien y nunca le digas que soy desgraciada. No lo aflijas, Marian, por mí, no lo aflijas. Si yo muero primero, prométeme que le darás este librito de sus dibujos, con mi cabello dentro. No habrá mal alguno, cuando ya no esté, en decirle que fui yo misma quien lo puso ahí. Y dile… oh, Marian, dile por mí entonces lo que yo nunca podré decirle: ¡dile que lo amé!

Me rodeó el cuello con los brazos y me susurró esas últimas palabras al oído con un gozo apasionado que casi me rompió el corazón al oírlas. Toda la larga represión que se había impuesto cedió en ese primer y último estallido de ternura. Se apartó de mí con vehemencia histérica y se arrojó sobre el sofá en una crisis de sollozos y lágrimas que la sacudían por completo.

Intenté en vano calmarla y razonar con ella. Estaba más allá de toda calma y de toda razón. Fue el triste y súbito final, para nosotras dos, de ese día memorable. Cuando el ataque se agotó, estaba demasiado exhausta para hablar. Durmió hacia la tarde, y yo escondí el libro de dibujos para que no lo viera al despertar. Mi rostro estaba sereno, fuera como fuera mi corazón, cuando volvió a abrir los ojos y me miró. No volvimos a hablar sobre la dolorosa entrevista de la mañana. No se mencionó el nombre de sir Percival. Walter Hartright no volvió a ser aludido por ninguna de las dos durante el resto del día.

Al ver que esta mañana estaba serena y parecía ella misma, volví al penoso asunto de ayer, con el único fin de suplicarle que me dejara hablar con sir Percival y con el señor Fairlie más clara y enérgicamente de lo que ella podía hacerlo por sí sola, sobre ese lamentable matrimonio. Ella me interrumpió con suavidad pero con firmeza en medio de mis ruegos.

—Ayer dejé que se decidiera –dijo–, y ayer se decidió. Es demasiado tarde para echarse atrás.

Sir Percival me habló esta tarde sobre lo ocurrido en la habitación de Laura. Me aseguró que la confianza sin precedentes que ella había depositado en él había despertado en su ánimo una convicción profunda de su inocencia e integridad, de modo que estaba libre de haber sentido ni un solo momento de celoso recelo, ni cuando estaba en su presencia ni después de haberse retirado. Por mucho que lamentara el afecto que había impedido los progresos que, de otro modo, podría haber hecho en la estima y afecto de ella, creía que tal afecto había permanecido sin confesarse en el pasado y que seguiría así, en cualquier circunstancia futura. Ésta era su convicción absoluta; y la prueba más fuerte que podía ofrecer de ello era la seguridad que ahora me daba de que no sentía la menor curiosidad por saber si ese afecto era reciente o no, ni quién había sido su objeto. Su confianza implícita en la señorita Fairlie le bastaba con lo que ella había considerado adecuado decirle, y era absolutamente inocente de todo deseo de saber más.

Esperó tras pronunciar esas palabras y me miró. Yo era tan consciente de mi prejuicio contra él –tan consciente de la sospecha de que quizás estuviera especulando con la posibilidad de que yo respondiera impulsivamente justo a las preguntas que acababa de declarar resuelto a no hacer que evité toda referencia a esa parte del asunto, con una especie de confusión que sentí como propia. Pero estaba decidida a no perder ni la más mínima oportunidad de interceder por la causa de Laura, y le dije con franqueza que lamentaba que su generosidad no lo hubiese llevado un paso más allá, y no le hubiese inducido a renunciar por completo al compromiso.

También en esto me desarmó, al no intentar justificarse. Se limitó a rogarme que recordara la diferencia entre permitir que la señorita Fairlie lo rechazara, lo cual era un acto de sumisión únicamente, y forzarse él mismo a renunciar a la señorita Fairlie, lo cual equivalía, en otras palabras, a convertirse en el suicida de sus propias esperanzas. La conducta de ella, el día anterior, había fortalecido de tal modo el amor inmutable y la admiración de dos largos años, que todo esfuerzo activo por luchar contra esos sentimientos, por su parte, le era desde entonces completamente imposible. Yo debía considerarlo débil, egoísta, insensible hacia la misma mujer a la que adoraba, y él debía aceptar mi opinión con la mayor resignación posible; pero al mismo tiempo me planteaba si su futuro, como mujer soltera y consumida por un afecto mal dirigido que nunca podría reconocer, podía considerarse más prometedor que su futuro como esposa de un hombre que adoraba hasta el mismo suelo que ella pisaba. En el último caso había alguna esperanza con el tiempo, por escasa que fuera; en el primero, según confesión de ella misma, no había ninguna esperanza en absoluto.

Le respondí, más porque mi lengua es la de una mujer y debía responder, que porque tuviera algo convincente que decir. Era demasiado evidente que la conducta adoptada por Laura el día anterior le había ofrecido a él una ventaja, si quería aprovecharla –y que la había aprovechado–. Lo sentí entonces y lo siento igual de fuerte ahora, mientras escribo estas líneas en mi propia habitación. La única esperanza que queda es que sus motivos provengan realmente, como él afirma, de la fuerza irresistible de su apego a Laura.

Antes de cerrar mi diario esta noche debo anotar que hoy he escrito, en interés del pobre Hartright, a dos viejos amigos de mi madre en Londres –ambos hombres de influencia y posición–. Si pueden hacer algo por él, estoy segura de que lo harán. Excepto por Laura, nunca me he sentido más preocupada por nadie que por Walter. Todo lo que ha ocurrido desde que nos dejó no ha hecho más que aumentar mi profundo afecto y simpatía hacia él. Espero estar haciendo lo correcto al intentar ayudarlo a encontrar trabajo en el extranjero –espero con toda el alma que todo termine bien.

Sir Percival tuvo una entrevista con el señor Fairlie, y fui llamada para unirme a ellos.

Encontré al señor Fairlie visiblemente aliviado ante la perspectiva de que por fin se resolviera la «molestia familiar» (así llamaba él al matrimonio de su sobrina). Hasta ahí, no sentí que fuera necesario decirle nada sobre mi propia opinión, pero cuando continuó, con su manera exasperantemente lánguida, sugiriendo que lo mejor sería fijar ya la fecha del matrimonio, conforme a los deseos de sir Percival, tuve el placer de alterarle los nervios con la protesta más enérgica que pude articular contra apresurar la decisión de Laura. Sir Percival me aseguró de inmediato que comprendía perfectamente mis objeciones y me rogó que creyera que esa propuesta no se había hecho por ninguna interferencia de su parte. El señor Fairlie se recostó en su silla, cerró los ojos, dijo que ambos hacíamos honor a la naturaleza humana, y luego repitió su sugerencia con la misma tranquilidad que si ni sir Percival ni yo hubiéramos dicho palabra en contra. Terminé por negarme rotundamente a mencionar el tema a Laura, a menos que ella lo hiciera por su cuenta. Abandoné la habitación en cuanto hice esa declaración. Sir Percival parecía seriamente turbado y apenado; el señor Fairlie estiró sus perezosas piernas sobre el escabel de terciopelo y dijo: «¡Querida Marian! ¡Cómo envidio tu robusto sistema nervioso! ¡No des portazos!».

Al ir a la habitación de Laura descubrí que había preguntado por mí y que la señora Vesey le había dicho que estaba con el señor Fairlie. Me preguntó enseguida para qué me habían llamado y le conté todo lo sucedido, sin ocultar la contrariedad y molestia que realmente sentía. Su respuesta me sorprendió y me apenó indescriptiblemente –era lo último que habría esperado de ella.

—Mi tío tiene razón –dijo–. He causado ya suficientes problemas y preocupaciones, a ti y a todos. No quiero causar más, Marian –que sir Percival decida.

Le rebatí con vehemencia, pero nada de lo que dije logró conmoverla.

—Estoy comprometida –respondió–. He roto con mi vida anterior. El día fatídico llegará igual, aunque lo retrase. No, Marian. Una vez más, mi tío tiene razón. Ya he causado suficiente inquietud y no quiero causar más.

Solía ser toda docilidad, pero ahora se mostraba inflexiblemente pasiva en su resignación casi podría decir, en su desesperanza–. Por mucho que la quisiera, me habría dolido menos verla agitada violentamente; era tan aterradoramente ajeno a su carácter natural verla tan fría e insensible como la veía ahora.

12 de noviembre

Sir Percival me hizo algunas preguntas durante el desayuno sobre Laura que me dejaron sin opción: tuve que decirle lo que ella había dicho.

Mientras hablábamos, ella misma bajó a unirse a nosotros. Estaba igual de antinaturalmente serena en presencia de sir Percival que lo había estado conmigo. Cuando terminó el desayuno, él tuvo oportunidad de hablarle brevemente, en un rincón junto a una de las ventanas. No estuvieron juntos más de dos o tres minutos, y al separarse, ella abandonó la estancia con la señora Vesey, mientras sir Percival se me acercaba. Me dijo que le había rogado a Laura que mantuviera su privilegio de fijar la fecha del matrimonio según su propio deseo. Ella, en respuesta, simplemente le había dado las gracias y le había pedido que comunicara sus deseos a la señorita Halcombe.

No tengo paciencia para escribir más. En este asunto, como en todos los demás, sir Percival ha conseguido su propósito con el mayor mérito posible, por más que yo diga o haga. Sus deseos son ahora los mismos, por supuesto, que lo fueron desde el principio; y Laura, tras haberse resignado al único sacrificio inevitable del matrimonio, permanece tan fríamente resignada y desprovista de esperanza como siempre. Al desprenderse de los pequeños objetos y ocupaciones que le recordaban a Hartright, parece haberse desprendido también de toda su ternura y toda su sensibilidad. Son apenas las tres de la tarde mientras escribo estas líneas, y sir Percival ya nos ha dejado, en el feliz apremio de un prometido, para preparar la llegada de la novia a su casa de Hampshire. A menos que ocurra algo extraordinario que lo impida, se casarán exactamente en el momento en que él deseaba casarse: antes de que termine el año. ¡Me arden los dedos al escribirlo!

13 de noviembre

Noche sin dormir, preocupada por Laura. Hacia la mañana tomé la decisión de intentar lo que un cambio de escenario pudiera hacer para sacudirla. Seguramente no podrá mantenerse en este letargo de insensibilidad si la alejo de Limmeridge y la rodeo de los rostros amables de viejos amigos. Tras pensarlo un poco, decidí escribir a los Arnold, en Yorkshire. Son personas sencillas, de buen corazón y hospitalarias, y ella los conoce desde la infancia. Cuando metí la carta en el buzón, le conté lo que había hecho. Me habría aliviado que mostrara algo de ánimo para resistirse y oponerse. Pero no, sólo dijo: «Iré donde tú quieras, Marian. Supongo que tienes razón… supongo que el cambio me hará bien».

14 de noviembre

Escribí al señor Gilmore para informarle de que, en efecto, había una posibilidad real de que se celebrase ese miserable matrimonio, y también le mencioné mi idea de probar lo que el cambio de lugar pudiera hacerle bien a Laura. No tuve fuerzas para entrar en detalles. Ya habrá tiempo para eso cuando nos acerquemos al final del año.

15 de noviembre

Tres cartas para mí. La primera, de los Arnold, llena de entusiasmo ante la idea de vernos a Laura y a mí. La segunda, de uno de los

184

caballeros a los que escribí en nombre de Walter Hartright, informándome de que ha tenido la suerte de encontrar una oportunidad para cumplir con mi solicitud. La tercera, del propio Walter, agradeciéndome, el pobre, con las palabras más cálidas, por haberle dado la ocasión de marcharse de su hogar, su país y sus amigos. Al parecer, está a punto de zarpar una expedición privada para realizar excavaciones en las ciudades en ruinas de Centroamérica. El dibujante que había sido designado para acompañarla perdió el ánimo y se retiró en el último momento, y Walter ocupará su lugar. Será contratado por seis meses fijos, desde el momento del desembarco en Honduras, y por un año más si las excavaciones tienen éxito y los fondos alcanzan. Su carta termina con la promesa de enviarme una línea de despedida cuando estén todos a bordo del barco y el piloto los haya dejado. Sólo me queda esperar y rezar con todo mi corazón para que tanto él como yo estemos actuando lo mejor posible. Me parece un paso tan serio que con sólo contemplarlo me siento sobrecogida. Y sin embargo, dada su situación infeliz, ¿cómo esperar o desear que se quede en casa?

16 de noviembre

El carruaje está en la puerta. Laura y yo partimos hoy rumbo a casa de los Arnold.

POLESDEAN LODGE, YORKSHIRE

23 de noviembre

Una semana en estos nuevos escenarios y entre estas personas tan amables le ha hecho algo de bien, aunque no tanto como yo esperaba. He decidido prolongar nuestra estancia al menos una semana más. Es inútil volver a Limmeridge hasta que no haya una necesidad absoluta de hacerlo.

24 de noviembre

Noticias tristes en el correo de esta mañana. La expedición a Centroamérica zarpó el día veintiuno. Nos hemos separado de un verdadero hombre, hemos perdido a un amigo fiel. Walter Hartright ha salido de Inglaterra.

25 de noviembre

Noticias tristes ayer, noticias ominosas hoy. Sir Percival Glyde ha escrito al señor Fairlie, y el señor Fairlie nos ha escrito a Laura y a mí para llamarnos de inmediato a Limmeridge.

¿Qué puede significar esto? ¿Se ha fijado la fecha del matrimonio en nuestra ausencia?

II

LIMMERIDGE HOUSE

27 de noviembre

Mis presentimientos se han cumplido. El matrimonio se ha fijado para el veintidós de diciembre.

El día después de nuestra partida hacia Polesdean Lodge, sir Percival escribió, al parecer, al señor Fairlie para decirle que las reparaciones necesarias y las modificaciones en su casa de Hampshire ocuparían mucho más tiempo del que había previsto originalmente. Los presupuestos debían presentarse lo antes posible, y facilitaría mucho los arreglos con los obreros si podía saber con exactitud en qué fecha se celebraría la ceremonia de bodas. Así podría calcular todos sus tiempos, además de escribir las disculpas necesarias a los amigos que había invitado a visitarlo ese invierno y que, por supuesto, no podrían ser recibidos con la casa en obras.

A esa carta, el señor Fairlie respondió pidiéndole a sir Percival que él mismo propusiera un día para el matrimonio, sujeto a la aprobación de la señorita Fairlie, que su tutor se comprometía gustoso a obtener. Sir Percival respondió por el siguiente correo, y propuso (¿según sus deseos desde el principio?) la última parte de diciembre —quizás el veintidós, o el veinticuatro, o cualquier otro día que la dama y su tutor prefirieran—. Como la dama no estaba presente para hablar por sí misma, el tutor decidió, en su ausencia, por la fecha más temprana propuesta —el veintidós de diciembre —y escribió para hacernos volver a Limmeridge en consecuencia.

Después de explicarme estos detalles en una entrevista privada ayer, el señor Fairlie me sugirió, con su tono más encantador, que yo iniciara hoy las gestiones necesarias. Viendo que la resistencia era inútil si no obtenía antes la autorización de Laura, acepté hablar con ella, pero declaré al mismo tiempo que bajo ningún concepto intentaría obtener su consentimiento a los deseos de sir Percival. El señor Fairlie me felicitó por mi «excelente conciencia», del mismo modo en que me habría elogiado, si hubiésemos estado paseando, por mi «excelente complexión», y pareció perfectamente satisfecho, al menos por haber desplazado una vez más una responsabilidad familiar de sus propios hombros a los míos.

Esta mañana hablé con Laura como había prometido. La compostura —podría decir incluso la insensibilidad— que ha mantenido de forma tan extraña y resuelta desde que sir Percival nos dejó, no resistió el golpe de la noticia que tenía que darle. Palideció y tembló violentamente.

—¡No tan pronto! –suplicó–. ¡Oh, Marian, no tan pronto!

La menor insinuación que podía darme fue suficiente. Me levanté para salir de la habitación y pelear su batalla con el señor Fairlie de inmediato.

Justo cuando mi mano estaba en la puerta, ella me sujetó con fuerza del vestido y me detuvo.

—Déjame ir –dije–. Mi lengua arde por decirle a tu tío que ni él ni sir Percival se saldrán con la suya.

Suspiró amargamente, y aún me sujetaba el vestido.

—¡No! –dijo débilmente–. ¡Demasiado tarde, Marian, demasiado tarde!

—Ni un minuto demasiado tarde –repuse–. La cuestión del tiempo es nuestra cuestión, y confía en mí, Laura, para aprovecharla como sólo una mujer puede hacerlo.

Le solté la mano mientras hablaba, pero al mismo tiempo me rodeó con ambos brazos por la cintura y me retuvo más eficazmente que antes.

—Sólo nos traerá más problemas y más confusión –dijo–. Enfrentará a tu tío contigo y traerá de nuevo a sir Percival con nuevos motivos de queja...

—¡Mucho mejor! –grité, con furia–. ¿A quién le importan sus motivos de queja? ¿Vas a romperte el corazón para tranquilizar su conciencia? Ningún hombre bajo el cielo merece estos sacrificios de parte de nosotras. ¡Los hombres! Son los enemigos de nuestra inocencia y de nuestra paz: nos arrancan del amor de nuestros padres y de la amistad de nuestras hermanas, nos toman cuerpo y alma para sí, y atan nuestras vidas indefensas a las suyas como se encadena un perro a su caseta. ¿Y qué nos dan a cambio, incluso los mejores? ¡Déjame ir, Laura, enloquezco cuando pienso en ello!

Las lágrimas –lágrimas miserables, débiles, de mujer, de rabia y frustración– me brotaron de los ojos. Ella sonrió tristemente y puso su pañuelo sobre mi rostro para ocultar mi debilidad: esa debilidad, entre todas, que ella sabía que yo más despreciaba.

—¡Oh, Marian! –dijo–. ¡Tú llorando! Piensa lo que me dirías si estuviéramos cambiadas, si esas lágrimas fueran mías. Todo tu amor, todo tu valor y tu entrega no cambiarán lo que debe ocurrir, tarde o temprano. Deja que mi tío se salga con la suya. No más problemas ni angustias que cualquier sacrificio mío pueda evitar. Prométeme que vivirás conmigo, Marian, cuando me case... y no digas más.

Pero sí dije más. Contuve las lágrimas despreciables que no me aliviaban a mí y que sólo la angustiaban a ella, y razoné y supliqué lo mejor que pude. Todo en vano. Me hizo repetir dos veces la promesa de vivir con ella cuando se casara, y luego, de pronto, me hizo una pregunta que desvió mi tristeza y mi compasión por ella hacia otra dirección.

—Cuando estábamos en Polesdean –dijo–, recibiste una carta, Marian…

Su tono cambiado, la manera brusca en que apartó la mirada de mí y escondió su rostro en mi hombro, la vacilación que la hizo guardar silencio antes de terminar la pregunta, todo me dijo, demasiado claramente, hacia quién iba dirigida aquella pregunta apenas formulada.

—Pensé, Laura, que tú y yo nunca volveríamos a hablar de él –dije suavemente.

—¿Recibiste una carta de él? –insistió.

—Sí –respondí–, si es que necesitas saberlo.

—¿Piensas escribirle de nuevo?

Vacilé. Me daba miedo contarle que había salido de Inglaterra, y menos aún la manera en que mis gestiones para ayudarlo en sus nuevos planes lo habían relacionado con mi intervención. ¿Qué podía responder? Él se había ido donde no llegarían cartas en meses, quizás años.

—Supón que sí –dije al fin–. ¿Qué pasaría entonces, Laura?

Su mejilla ardía contra mi cuello, y sus brazos temblaban y me apretaban más.

—No le digas nada sobre el veintidós –susurró–. Prométemelo, Marian… prométeme que no mencionarás ni mi nombre en tu próxima carta.

Hice la promesa. No hay palabras para expresar cuán dolorosamente la hice. Inmediatamente me soltó la cintura, caminó hacia la ventana y se quedó de espaldas, mirando hacia fuera. Luego, al cabo de un momento, volvió a hablar, sin girarse, sin permitirme ver lo más mínimo de su rostro.

—¿Vas a ir a la habitación de mi tío? —preguntó—. Dile que acepto cualquier disposición que él considere conveniente. No te preocupes por dejarme, Marian. Estaré mejor sola un rato.

Salí. Si en ese momento, apenas entrar al pasillo, hubiera podido transportar al señor Fairlie y a sir Percival Glyde hasta los confines del mundo con sólo alzar un dedo, ese dedo habría subido sin la menor vacilación. Por una vez, mi mal carácter me sirvió de aliado. Me habría derrumbado en un violento llanto si mis lágrimas no se hubieran evaporado en el fuego de mi cólera. Así fue como irrumpí en la habitación del señor Fairlie, le espeté con la voz más áspera que pude: «Laura acepta el veintidós», y salí de nuevo sin esperar una palabra de respuesta. Di un portazo al salir, y espero haberle destrozado el sistema nervioso por el resto del día.

28 de noviembre

Esta mañana volví a leer la carta de despedida del pobre Hartright, con una duda que me rondaba desde ayer: ¿actúo con sensatez ocultándole a Laura su partida?

Al pensarlo con calma, sigo creyendo que sí. Las alusiones que hace en su carta a los preparativos de la expedición a Centroamérica muestran claramente que sus organizadores saben que es peligrosa.

Si saberlo me inquieta a mí, ¿qué le haría a ELLA? Ya es bastante doloroso sentir que su marcha nos ha privado del único amigo cuya lealtad podíamos invocar en una hora de necesidad, si alguna vez esa hora llega y nos encuentra indefensas. Pero es aún peor saber que ha partido para enfrentar un clima hostil, un país salvaje y una población inestable. ¿No sería cruel sinceridad contarle esto a Laura sin una necesidad apremiante?

Casi me pregunto si no debería ir más lejos y quemar la carta, para evitar que caiga algún día en manos indebidas. No sólo habla de Laura en términos que deberían permanecer para siempre entre él y yo, sino que reitera su sospecha —tan obstinada, tan inexplicable, tan inquietante— de que ha estado siendo vigilado desde que salió de Limmeridge. Asegura que vio los rostros de los dos extraños que lo seguían por las calles de Londres entre la multitud que acudió a despedir la expedición en Liverpool, y afirma positivamente que oyó pronunciar el nombre de Anne Catherick justo cuando subía al bote.

Sus palabras son: «Estos hechos tienen un significado, estos hechos deben conducir a un desenlace. El misterio de Anne Catherick NO está resuelto todavía. Puede que nunca vuelva a cruzarse en mi camino, pero si alguna vez se cruza en el suyo, señorita Halcombe, haga mejor uso de la oportunidad que yo hice. Hablo por fuerte convicción –le ruego que recuerde lo que digo»–. Éstas son sus propias palabras. No hay riesgo de que las olvide –mi memoria es demasiado fiel a las palabras de Hartright que se refieren a Anne Catherick–. Pero sí hay riesgo en conservar la carta. El más mínimo accidente podría dejarla a merced de extraños. Podría enfermar, podría morir. Mejor quemarla de una vez, y tener una ansiedad menos.

Ya está quemada. Las cenizas de su carta de despedida –la última que quizá me escriba jamás– quedan en unos cuantos fragmentos negros sobre la chimenea. ¿Es éste el triste final de toda aquella triste historia? ¡Oh, no puede ser el final– seguro que no es ya el final!

29 de noviembre

Han comenzado los preparativos para la boda. La modista ha venido a recibir instrucciones. Laura está completamente impasible, absolutamente indiferente ante el asunto en el que más íntimamente se juega el interés personal de una mujer. Lo ha dejado todo en manos de la modista y de mí. Si el pobre Hartright hubiera sido el baronet, el esposo elegido por su padre, ¡qué distinta habría sido su actitud! ¡Qué exigente y cambiante habría sido, y qué difícil le habría resultado incluso a la mejor de las modistas complacerla!

Recibimos noticias de sir Percival todos los días. La última es que las reformas en su casa llevarán entre cuatro y seis meses antes de estar debidamente concluidas. Si pintores, empapeladores y tapiceros pudieran fabricar felicidad del mismo modo que fabrican esplendor, me interesarían sus progresos en el futuro hogar de Laura. Tal como está, la única parte de la última carta de sir Percival que no me deja tan indiferente como todas las demás, es la que se refiere al viaje de bodas. Propone, dado que Laura es delicada y el invierno promete ser particularmente riguroso, llevarla a Roma y permanecer en Italia hasta comienzos del próximo verano. Si no se aprueba este plan, está igualmente dispuesto, aunque no tenga casa propia en Londres, a pasar la temporada en la capital, alquilando la vivienda amueblada más adecuada que se pueda encontrar para tal fin.

Dejando completamente de lado mis sentimientos personales (como es mi deber hacer, y como he hecho), no me cabe duda de que lo más sensato es aceptar la primera de las propuestas. En cualquiera de los dos casos, la separación entre Laura y yo es inevitable. Será más larga si viajan al extranjero que si permanecen en Londres, pero a esta desventaja hay que contraponer el beneficio que significará para Laura pasar el invierno en un clima benigno y, más aún, la inmensa ayuda que representará para levantarle el ánimo y reconciliarla con su nueva vida el mero asombro y la emoción de viajar por primera vez en su vida al país más fascinante del mundo. No es una persona que encuentre consuelo en las banalidades y fiestas de sociedad de Londres. Sólo harían que el peso de este lamentable matrimonio cayera más fuerte sobre ella. Me aterra el comienzo de su nueva vida más de lo que puedo expresar, pero veo alguna esperanza si viaja, ninguna si se queda.

Es extraño releer esta última entrada de mi diario y ver que hablo del matrimonio y de la separación de Laura como si se tratara de algo ya resuelto. Parece tan frío y sin corazón mirar el futuro de esta manera tan cruelmente serena. Pero ¿qué otra forma es posible, ahora que la fecha está tan próxima? ¡Antes de que termine otro mes, será SU Laura en lugar de la mía! ¡Su Laura! Apenas puedo concebir el significado de esas dos palabras —mi mente se siente casi embotada y aturdida por ellas— como si escribir sobre su boda fuera lo mismo que escribir sobre su muerte.

1 de diciembre

Un día triste, tristísimo, un día que no tengo fuerzas para describir en detalle. Después de haberlo evitado débilmente anoche, me vi obligada esta mañana a hablarle de la propuesta de sir Percival respecto al viaje de bodas.

Convencida de que yo estaría con ella donde fuera, la pobre niña —porque aún es una niña en muchos aspectos— se sintió casi feliz ante la perspectiva de ver las maravillas de Florencia, Roma y Nápoles. Me destrozó el corazón romper su ilusión y ponerla cara a cara con la dura realidad. Tuve que decirle que ningún hombre tolera a un rival —ni siquiera si es una mujer— en el afecto de su esposa, cuando acaba de casarse, por muy distinto que sea el caso más adelante. Tuve que advertirle que la posibilidad de vivir con ella bajo su mismo techo dependía por completo de no despertar los celos y la desconfianza de sir Percival, interponiéndome entre ellos desde el principio como la confidente elegida de su esposa. Gota a gota, vertí la amarga y profanadora sabiduría del mundo en aquel corazón puro y aquella mente inocente, mientras todo sentimiento más alto y noble dentro de mí se rebelaba contra esa miserable tarea. Ya ha pasado. Ha aprendido su lección dura, inevitable. Se fueron las simples ilusiones de su juventud, y mi mano se las arrancó. Mejor que haya sido la mía que la suya —ése es mi único consuelo— mejor la mía que la suya.

Así que se acepta la primera propuesta. Irán a Italia, y yo deberé gestionar, con permiso de sir Percival, el encontrarme con ellos y quedarme con ellos cuando regresen a Inglaterra. En otras palabras, tendré que pedir un favor personal, por primera vez en mi vida, y pedírselo al hombre del que menos deseo depender en ningún sentido. ¡En fin! Creo que podría hacer incluso más por el bien de Laura.

Releyendo lo escrito, veo que siempre me refiero a sir Percival en términos poco favorables. Dadas las circunstancias, debo y voy a extirpar ese prejuicio. No sé cómo se instaló en mi mente. Ciertamente no existía en el pasado.

¿Ha sido la reticencia de Laura a casarse con él lo que me ha predispuesto en su contra? ¿Me han contagiado los comprensibles prejuicios de Hartright sin que me diera cuenta? ¿Sigue aquella carta de Anne Catherick dejando en mí una desconfianza latente, a pesar de la explicación de sir Percival y de la prueba en mi poder que la respalda? No puedo explicar mi estado de ánimo; lo único que tengo claro es que es mi deber –doblemente mi deber ahora– no perjudicar a sir Percival con una desconfianza injusta. Si se ha convertido en costumbre para mí hablar siempre mal de él, debo y voy a romper con esa costumbre indigna, aunque el esfuerzo me obligue a cerrar estas páginas hasta después de la boda. Estoy sinceramente disgustada conmigo misma. No escribiré más hoy.

Ha pasado una quincena entera sin que abriera estas páginas. He estado bastante alejada del diario como para regresar a él con una mente más sana y mejor, espero, en lo que respecta a sir Percival.

No hay mucho que contar de las últimas dos semanas. Los vestidos están casi terminados, y los nuevos baúles de viaje han llegado de Londres. La pobre Laura casi no se separa de mí en todo el día, y anoche, cuando ninguna de las dos podía dormir, vino a meterse en mi cama para hablar conmigo allí. «Te perderé tan pronto, Marian –me dijo–, que debo aprovecharte todo lo que pueda mientras te tenga».

Se casarán en la iglesia de Limmeridge y, gracias al cielo, no se invitará a ninguno de los vecinos a la ceremonia. El único visitante será nuestro viejo amigo el señor Arnold, que vendrá desde Polesdean para entregarla en el altar, ya que su tío está demasiado delicado para aventurarse fuera en este tiempo tan inclemente. Si no me hubiera propuesto, desde hoy, no ver más que el lado positivo de nuestro porvenir, la triste ausencia de un pariente varón de Laura en el momento más importante de su vida me llenaría de pesadumbre y desconfianza por el futuro. Pero he terminado con la tristeza y la desconfianza —quiero decir, he terminado de escribir sobre ellas en este diario.

Sir Percival llegará mañana. Ofreció, por si queríamos tratarlo con rígida etiqueta, escribir al párroco para pedirle hospedaje en la rectoría durante su breve estancia en Limmeridge antes de la boda. En estas circunstancias, ni el señor Fairlie ni yo creímos necesario preocuparnos por esas minucias de etiqueta. En nuestra tierra agreste de páramos, y en esta casa tan solitaria, bien podemos reclamar estar fuera del alcance de las trivialidades sociales que atenazan a otros. Le escribí a sir Percival para agradecerle su cortesía y rogarle que ocupara sus antiguas habitaciones, como de costumbre, en Limmeridge House.

17 de diciembre

Ha llegado hoy, y me ha parecido que venía un poco desmejorado y ansioso, aunque hablaba y reía como un hombre en el mejor de los ánimos. Trajo unos regalos realmente hermosos, joyas que Laura recibió con su mejor compostura y, al menos en apariencia, con absoluta serenidad. La única señal que he podido notar del esfuerzo que debe costarle mantener las apariencias en este momento tan difícil es una repentina aversión para quedarse sola. En lugar de retirarse a su habitación como solía, parece temer estar allí. Cuando subí esta tarde después del almuerzo para ponerme el sombrero e ir a caminar, se ofreció espontáneamente a acompañarme, y de nuevo, antes de la cena, abrió la puerta entre nuestras habitaciones para que pudiéramos hablar mientras nos vestíamos. «Haz que esté siempre ocupada –me dijo–, siempre con alguien. No me dejes pensar, Marian, no me dejes pensar».

Este triste cambio en ella no hace más que aumentar la atracción que ejerce sobre sir Percival. Él lo interpreta, lo veo claramente, a su favor. Hay un rubor febril en sus mejillas, un brillo febril en sus ojos, que él toma como señales del regreso de su belleza y de la recuperación de su ánimo. Hoy, durante la cena, habló con una alegría y una despreocupación tan forzadas, tan escandalosamente fuera de su carácter, que sentí deseos de hacerla callar y llevarla lejos. El deleite y la sorpresa de sir Percival parecían no tener límites. La ansiedad que noté en su rostro al llegar desapareció por completo, y hasta a mis ojos se veía diez años más joven de lo que en realidad es.

No cabe duda –aunque una extraña obstinación me impide verlo yo misma–, no cabe duda de que el futuro esposo de Laura es un hombre muy apuesto. Tener rasgos regulares ya es una ventaja, y él los tiene. Los ojos castaños brillantes, tanto en un hombre como en una mujer, son un gran atractivo, y él los tiene. Incluso la calvicie, cuando es sólo en la frente (como en su caso), puede resultar favorecedora, pues realza la cabeza y añade expresión de inteligencia al rostro. Gracia y soltura en los movimientos, energía incansable en el trato, facilidad conversacional viva y adaptable: todas éstas son cualidades innegables, y él las posee. Seguramente el señor Gilmore, ignorante como era del secreto de Laura, no tenía culpa al sorprenderse de que ella lamentara su compromiso. Cualquiera en su lugar habría compartido la opinión de nuestro buen y viejo amigo. Si ahora mismo me pidieran que dijera con claridad qué defectos le encuentro a sir Percival, sólo podría señalar dos: su constante inquietud y excitabilidad –que quizá se deban, sin más, a una energía de carácter poco común– y su forma brusca, cortante y malhumorada de hablarle al servicio, lo cual puede no ser más que una mala costumbre, después de todo. No, no puedo negarlo, y no lo negaré: sir Percival es un hombre muy apuesto y agradable. ¡Ya está! Lo he escrito al fin, y me alegra haberlo hecho.

Hoy me sentía fatigada y desanimada, así que dejé a Laura con la señora Vesey y salí sola a una de mis marchas enérgicas del mediodía, que he abandonado demasiado últimamente. Tomé el camino seco y ventilado sobre el páramo que lleva a Todd's Corner. Después de estar fuera media hora, me sorprendió muchísimo ver a sir Percival acercándose desde la dirección de la granja. Venía andando con paso rápido, balanceando su bastón, la cabeza erguida como de costumbre, y la chaqueta de caza abierta, ondeando con el viento. Al encontrarnos no esperó a que le preguntara nada: me explicó enseguida que había ido a la granja a preguntar si el señor o la señora Todd habían tenido noticias, desde su última visita a Limmeridge, de Anne Catherick.

—Por supuesto, no habrán oído nada –le dije.

—Nada en absoluto –respondió–. Empiezo a temer seriamente que la hayamos perdido. ¿Sabe usted acaso –añadió, mirándome muy atentamente– si el artista, el señor Hartright, está en condiciones de darnos alguna información adicional?

—No ha tenido noticias de ella ni la ha vuelto a ver desde que salió de Cumberland –respondí.

—Muy triste –dijo sir Percival, con el tono de quien se siente decepcionado y, sin embargo, con una expresión que, curiosamente, parecía también la de un hombre aliviado–. Es imposible saber qué desgracias pueden haberle ocurrido a esa desdichada. Estoy inefablemente disgustado por el fracaso de todos mis esfuerzos para devolverla al amparo y la protección que tanto necesita.

Esta vez sí parecía realmente molesto. Le dije algunas palabras de simpatía, y luego hablamos de otros temas mientras volvíamos a casa. ¿No será que este encuentro casual en el páramo ha revelado otro rasgo favorable de su carácter? ¿No fue singularmente considerado y desinteresado pensar en Anne Catherick en vísperas de su boda, y recorrer todo ese camino hasta Todd's Corner para hacer averiguaciones sobre ella, cuando podría haber pasado el tiempo mucho más agradablemente en compañía de Laura? Teniendo en cuenta que sólo pudo haber actuado por pura caridad, su conducta, dadas las circunstancias, muestra una notable bondad de corazón y merece un elogio extraordinario. ¡Pues bien! Le doy un elogio extraordinario, y se acabó.

19 de diciembre

Más hallazgos en la inagotable mina de virtudes de sir Percival.

Hoy saqué a relucir el tema de mi futura estancia en casa de su esposa cuando regresen a Inglaterra. Apenas había insinuado algo al respecto cuando él me tomó la mano con entusiasmo y me dijo que le había hecho la misma propuesta que él, por su parte, había deseado hacerme con mayor empeño. Yo era la compañera que más sinceramente deseaba asegurar para su esposa, y me rogó que creyera que le había hecho un favor duradero al proponer vivir con Laura después del matrimonio, exactamente como había vivido con ella antes.

Cuando le agradecí, en nombre de ambas, su amabilidad y consideración, pasamos al tema del viaje de bodas y comenzamos a hablar de la sociedad inglesa en Roma con la que Laura se relacionaría. Mencionó varios amigos que esperaba encontrar en el extranjero este invierno. Todos eran ingleses, que yo recuerde, salvo uno. La excepción era el conde Fosco.

La mención del conde, y el saber que él y su esposa probablemente se encontrarán con los recién casados en el continente, pone por primera vez el matrimonio de Laura bajo una luz realmente favorable. Puede ser el medio para curar una enemistad familiar. Hasta ahora, madame Fosco ha elegido olvidar sus obligaciones como tía de Laura por puro despecho contra el difunto señor Fairlie, por su actitud en el asunto de la herencia. Ahora, sin embargo, no podrá seguir actuando así. Sir Percival y el conde Fosco son viejos y estrechos amigos, y sus esposas no tendrán más remedio que tratarse con cortesía. Madame Fosco, en sus días de soltera, era una de las mujeres más impertinentes que jamás haya conocido: caprichosa, exigente y vanidosa hasta un grado absurdo. Si su marido ha logrado hacerla entrar en razón, se ha ganado el agradecimiento de todos los miembros de la familia, y puede empezar por ganarse el mío.

20 de diciembre

Detesto a sir Percival. Niego rotundamente que sea apuesto. Lo considero eminentemente malhumorado y desagradable, y completamente falto de bondad y sensibilidad. Anoche llegaron las tarjetas de visita para los recién casados. Laura abrió el paquete y vio por primera vez su futuro nombre impreso. Sir Percival miró por encima de su hombro con familiaridad la nueva tarjeta que ya había transformado a miss Fairlie en lady Glyde, sonrió con la más odiosa autocomplacencia y le susurró algo al oído. No sé qué fue —Laura se ha negado a decírmelo—, pero vi cómo su rostro se tornaba tan pálido como la muerte, que pensé que iba a desmayarse. Él no notó el cambio, o fingió no notarlo: parecía brutalmente inconsciente de haberle dicho algo doloroso. Todos mis antiguos sentimientos de hostilidad hacia él revivieron al instante, y las horas transcurridas desde entonces no han hecho nada por disiparlos. Estoy más irrazonable e injusta que nunca. En dos palabras —¡y qué rápido las escribe mi pluma!— en dos palabras: lo detesto.

21 de diciembre

¿Me habrán afectado por fin las ansiedades de estos días tan angustiosos? He estado escribiendo, durante los últimos días, en un tono de ligereza que, ¡Dios lo sabe!, está muy lejos de lo que siento, y que me ha escandalizado al releer las entradas de mi diario.

Quizá haya contagiado un poco la excitación febril que ha invadido el ánimo de Laura en esta última semana. Si es así, el acceso ya ha pasado y me ha dejado en un estado de ánimo muy extraño. Una idea persistente me ronda desde anoche: que algo ocurrirá todavía para impedir el matrimonio. ¿Qué ha producido esta idea tan singular? ¿Es el resultado indirecto de mis temores por el porvenir de Laura? ¿O me la ha sugerido, sin que yo lo advierta, la creciente inquietud e irritabilidad que ciertamente he observado en el comportamiento de sir Percival, a medida que se acerca el día de la boda? Imposible decirlo. Sólo sé que tengo esa idea –¿la idea más disparatada que jamás se le haya ocurrido a una mujer en estas circunstancias?–, pero, por más que lo intento, no logro rastrear su origen.

Este último día ha sido todo confusión y desdicha. ¿Cómo escribir sobre él? Y sin embargo, debo hacerlo. Cualquier cosa es mejor que seguir rumiando pensamientos lúgubres.

La buena señora Vesey, a quien hemos tenido últimamente demasiado olvidada, sin quererlo nos dio esta mañana un comienzo muy triste. Llevaba meses, en secreto, tejiendo un cálido chal de Shetland para su querida pupila –una labor sorprendente y hermosa, realizada por una mujer de su edad y hábitos–. Ofreció el regalo esta mañana, y la pobre Laura, de corazón tan cálido, se deshizo en lágrimas cuando la vieja amiga y guardiana de su niñez huérfana le colocó con orgullo el chal sobre los hombros. Apenas tuve tiempo de calmarlas a ambas, o de secarme mis propias lágrimas, cuando me mandaron llamar para escuchar al señor Fairlie explayarse sobre los arreglos destinados a conservar su tranquilidad el día de la boda.

La «querida Laura» debía recibir su presente –un anillo barato con un mechón del pelo de su afectuoso tío en lugar de una piedra preciosa, y con una inscripción francesa sin alma, sobre sentimientos afines y amistad eterna–; «la querida Laura» debía recibir este tierno tributo de mis manos, con la debida anticipación, para poder recuperarse de la emoción antes de aparecer en presencia del señor Fairlie. «La querida Laura» debía hacerle una breve visita esa noche, y debía tener la amabilidad de no montar una escena. «La querida Laura» debía hacerle otra visita breve la mañana siguiente, ya vestida de novia, y debía, una vez más, tener la bondad de no montar una escena. «La querida Laura» debía pasar a despedirse una tercera vez antes de marcharse, pero sin desgarrar sus sentimientos diciendo *cuándo* se iba ni, por caridad, *llorar* –«¡por piedad, Marian, en nombre de todo lo que es afectuoso, hogareño, delicioso y encantadoramente sereno, sin lágrimas!».

Estaba tan exasperada por tanta mezquindad egoísta en un momento como éste, que sin duda le habría soltado al señor Fairlie algunas de las verdades más duras y rudas que ha oído en su vida, si la llegada del señor Arnold desde Polesdean no me hubiese llamado a otras obligaciones abajo.

El resto del día es indescriptible. Creo que nadie en la casa sabe realmente cómo transcurrió. La confusión de pequeños sucesos, todos amontonados unos sobre otros, nos tenía a todos desconcertados. Había vestidos enviados desde Londres que habíamos olvidado, baúles por empacar, desempacar y volver a empacar, regalos que llegaban de amigos lejanos y cercanos, distinguidos y humildes. Todos estábamos innecesariamente agitados, todos nerviosamente expectantes por el día siguiente. Sir Percival, en particular, no podía quedarse cinco minutos en el mismo lugar. Esa tos seca y corta que tiene lo molestaba más que nunca. Estuvo entrando y saliendo todo el día, y de repente se volvió tan curioso que hasta interrogaba a los desconocidos que venían con encargos menores a la casa.

A todo esto se sumaba el pensamiento perpetuo en la mente de Laura y en la mía: que al día siguiente nos separaríamos. Y el temor latente —no expresado por ninguna de las dos, pero presente en ambas— de que este deplorable matrimonio pudiera ser el gran error fatal de su vida y la pena irremediable de la mía. Por primera vez, en todos los años de nuestra estrecha y feliz relación, evitamos casi mirarnos a la cara y, de común acuerdo, no hablamos en privado en toda la velada. No puedo extenderme más. Sean cuales sean las penas que me depare el futuro, siempre recordaré este veintiuno de diciembre como el día más desolador y miserable de mi vida.

Escribo estas líneas en la soledad de mi habitación, pasada ya la medianoche, después de volver de echar un vistazo furtivo a Laura en su delicada camita blanca, la misma que ha ocupado desde los días de su niñez.

Ahí estaba, inconsciente de que yo la observaba: quieta, más tranquila de lo que me había atrevido a esperar, pero no dormida. El resplandor de la luz nocturna me permitió ver que sus ojos sólo estaban entrecerrados; los rastros de las lágrimas brillaban entre los párpados. Mi pequeño obsequio –sólo un broche– yacía sobre la mesita junto a su cama, junto con su libro de oraciones y el retrato en miniatura de su padre, que lleva consigo a dondequiera que va. Esperé un momento, mirándola desde detrás de su almohada, tal como la he visto miles de veces, como nunca volveré a verla, recostada bajo mi mirada, con un brazo y una mano descansando sobre la colcha blanca, tan quieta, respirando con tanta calma, que el volante de su camisón no se movía. Esperé, la miré... y luego volví sigilosamente a mi habitación. ¡Mi amor! Con toda tu belleza y tu fortuna, ¡qué sola estás! El único hombre que daría la vida de su corazón por servirte está lejos, mecido esta noche tormentosa en el mar terrible. ¿Quién más te queda? Ni padre, ni hermano... nadie más que esta mujer inútil y desamparada que escribe estas líneas tristes, y vela por ti esperando el amanecer, con una pena que no puede aplacar y una duda que no logra vencer. ¡Qué tremenda confianza se depositará mañana en las manos de ese hombre! Si alguna vez la olvida... si alguna vez daña un solo cabello de su cabeza...

VEINTIDÓS DE DICIEMBRE

Siete en punto. Una mañana agitada, inestable. Ella acaba de levantarse, más tranquila y serena ahora que ha llegado el momento, que ayer.

Diez en punto. Ya está vestida. Nos hemos besado. Nos hemos prometido no perder el valor. Estoy un momento sola en mi cuarto. En el torbellino de mis pensamientos, aún detecto esa extraña idea de que algo ocurrirá que impedirá el matrimonio, flotando en mi mente. ¿Flota también en la suya? Lo veo desde la ventana, yendo y viniendo nerviosamente entre los carruajes que hay en la puerta. ¡Cómo puedo escribir semejantes tonterías! El matrimonio es un hecho. En menos de media hora salimos hacia la iglesia.

Once en punto. Todo ha terminado. Están casados.

Tres en punto. Se han ido. Estoy ciega de tanto llorar. No puedo escribir más.

[La Primera Época de la Historia concluye aquí].

SEGUNDA ÉPOCA

LA HISTORIA CONTINUADA
POR MARIAN HALCOMBE

I

BLACKWATER PARK, HAMPSHIRE

11 de junio de 1850

Seis meses que recordar… ¡seis meses largos y solitarios desde la última vez que vi a Laura!

¿Cuántos días más tengo que esperar? ¡Sólo uno! Mañana, día doce, los viajeros regresan a Inglaterra. Apenas puedo asimilar mi propia felicidad: me cuesta creer que en las próximas veinticuatro horas se completará el último día de separación entre Laura y yo.

Ella y su esposo han estado en Italia durante todo el invierno, y luego en el Tirol. Vuelven acompañados por el conde Fosco y su esposa, quienes tienen la intención de establecerse en los alrededores de Londres y han aceptado quedarse en Blackwater Park durante los meses de verano, antes de decidir su lugar de residencia. Mientras Laura regrese, poco importa quién regrese con ella. Sir Percival puede llenar la casa de arriba abajo, si le place, siempre que su esposa y yo la habitemos juntas.

Entretanto, aquí estoy, instalada en Blackwater Park, «el antiguo y notable asiento» (como amablemente informa la historia del condado) «de sir Percival Glyde, Bar.,» y el futuro lugar de residencia (como ahora me atrevo a añadir por mi parte) de la simple Marian Halcombe, solterona, ahora instalada en un pequeño y cómodo salón, con una taza de té a su lado y todas sus posesiones terrenales repartidas en tres baúles y un bolso.

Salí de Limmeridge ayer, tras recibir la encantadora carta de Laura desde París el día anterior. Hasta entonces no sabía si debía encontrarlos en Londres o en Hampshire, pero esta última carta me informó de que sir Percival había decidido desembarcar en Southampton y viajar directamente a su casa de campo. Ha gastado tanto dinero en el extranjero que no le queda suficiente para sufragar una estancia en Londres por lo que resta de la temporada, y ha resuelto, por economía, pasar el verano y el otoño tranquilamente en Blackwater. Laura ha tenido más que suficiente de emociones y cambios de escenario, y se complace con la idea de la tranquilidad y el retiro del campo que le proporciona la prudencia de su marido. En cuanto a mí, soy feliz en cualquier parte con tal de estar con ella. Así que todos, en nuestros distintos modos, estamos contentos de empezar.

Anoche dormí en Londres, y hoy me retrasé tanto por diversas visitas y encargos que no llegué a Blackwater hasta después del anochecer.

Según mis primeras y vagas impresiones del lugar, es exactamente lo contrario de Limmeridge.

La casa se halla en una llanura absoluta, y me parece –según mi parecer de norteña– sofocada por los árboles. No he visto a nadie más que al criado que me abrió la puerta y a la ama de llaves, una mujer muy correcta que me condujo hasta mi habitación y me trajo el té. Tengo un bonito *boudoir* y un dormitorio, al final de un largo pasillo en el primer piso. Los criados y algunos cuartos de huéspedes están en el segundo piso, y todas las salas principales están en la planta baja. Aún no he visto ninguna de ellas, y no sé nada de la casa, salvo que una de sus alas tiene quinientos años de antigüedad, que alguna vez tuvo un foso alrededor y que su nombre, Blackwater, proviene de un lago del parque.

Acaban de dar las once en punto, de una forma fantasmal y solemne, desde una torrecilla sobre el centro de la casa que vi al llegar. Un gran perro ha despertado, aparentemente por el sonido de la campana, y aúlla y bosteza de forma lúgubre, en algún rincón. Oigo pasos resonantes en los pasillos de abajo, y el golpe metálico de cerrojos y barras en la puerta de entrada. Los criados se van a dormir. ¿Debo seguir su ejemplo?

No, no tengo nada de sueño. ¿He dicho sueño? Siento que no cerraré los ojos jamás. La sola anticipación de ver ese rostro querido y oír esa voz tan conocida mañana me tiene en un estado febril permanente. Si tuviera los privilegios de un hombre, pediría ahora mismo el mejor caballo de sir Percival y saldría galopando hacia el este, al encuentro del sol naciente –una larga, dura, incesante cabalgata de horas y horas, como el célebre viaje del salteador hacia York–. Pero, siendo tan sólo una mujer, condenada de por vida a la paciencia, la decencia y las enaguas, debo respetar la opinión de la ama de llaves y tratar de serenarme de algún modo débil y femenino.

Leer está fuera de toda posibilidad: no puedo fijar la atención en un libro. Veré si puedo escribir hasta cansarme y dormirme. Mi diario ha estado bastante descuidado últimamente. ¿Qué puedo recordar –ahora que estoy al umbral de una nueva vida– sobre personas y sucesos, azares y cambios, en estos seis meses largos, vacíos y agotadores desde el día de la boda de Laura?

Walter Hartright es lo primero que acude a mi memoria, y pasa primero en la procesión sombría de mis amigos ausentes. Recibí unas pocas líneas suyas después del desembarco de la expedición en Honduras, escritas con más ánimo y esperanza que nunca. Un mes o seis semanas más tarde vi un recorte de un periódico americano que describía la partida de los aventureros hacia el interior. Se les vio por última vez adentrándose en una selva primitiva, cada uno con su rifle al hombro y su equipaje a la espalda. Desde entonces, la civilización ha perdido todo rastro de ellos. No he recibido ni una línea más de Walter, ni ha aparecido fragmento alguno de noticias sobre la expedición en los periódicos.

La misma densa y desalentadora oscuridad envuelve el destino y la suerte de Anne Catherick y su compañera, la señora Clements. No se ha sabido absolutamente nada de ninguna de las dos. Nadie sabe si están en el país o fuera de él, si están vivas o muertas. Incluso el abogado de sir Percival ha perdido toda esperanza y ha ordenado abandonar definitivamente la inútil búsqueda de las fugitivas.

Nuestro buen y viejo amigo, el señor Gilmore, ha sufrido un triste revés en su activa carrera profesional. A comienzos de la primavera, nos alarmamos al saber que lo habían encontrado inconsciente en su escritorio, y que el ataque había sido diagnosticado como una apoplejía. Llevaba tiempo quejándose de una sensación de presión y pesadez en la cabeza, y su médico le había advertido de las consecuencias de seguir trabajando sin descanso, día y noche, como si aún fuera joven. El resultado es que ahora le han ordenado positivamente mantenerse alejado de su oficina por al menos un año y buscar descanso corporal y alivio mental cambiando por completo su modo de vida. El negocio queda, por tanto, en manos de su socio, y él mismo se encuentra ahora en Alemania, visitando a unos familiares dedicados al comercio. Así se nos va otro amigo fiel y consejero de confianza –aunque espero sinceramente que sea sólo por un tiempo.

La pobre señora Vesey viajó conmigo hasta Londres. Era imposible abandonarla a la soledad en Limmeridge después de que Laura y yo hubiéramos dejado la casa, y hemos arreglado que viva con una hermana menor soltera que tiene una escuela en Clapham. Vendrá aquí en otoño a visitar a su pupila –casi podría decir su hija adoptiva–. Dejé a la buena anciana sana y salva en su destino, al cuidado de su pariente, tranquila y feliz ante la perspectiva de volver a ver a Laura en unos meses.

En cuanto al señor Fairlie, no creo ser injusta si digo que se sintió indescriptiblemente aliviado de ver la casa libre de mujeres. La idea de que eche de menos a su sobrina es simplemente absurda –en los viejos tiempos pasaban meses sin que intentara verla–, y en lo que respecta a mí y a la señora Vesey, me permito considerar que su afirmación de que estaba medio destrozado por nuestra partida equivale, en realidad, a una confesión de que estaba secretamente encantado de librarse de nosotras. Su último capricho consiste en mantener ocupados sin cesar a dos fotógrafos para producir imágenes solares de todos los tesoros y curiosidades que posee. Una copia completa de la colección de fotografías se presentará a la Institución de Mecánicos de Carlisle, montada sobre el cartón más fino, con ostentosas inscripciones en letras rojas al pie de cada imagen: «Madonna y Niño de Rafael. En posesión de Frederick Fairlie, Esquire». «Moneda de cobre del período de Tiglatpileser. En posesión de Frederick Fairlie, Esquire». «Aguafuerte único de

Rembrandt. Conocido en toda Europa como LA MANCHA, por un borronazo de imprenta en una esquina que no aparece en ningún otro ejemplar. Valorado en trescientas guineas. En posesión de Frederick Fairlie, Esquire». Docenas de fotografías de este tipo, todas con semejantes inscripciones, se completaron antes de que yo saliera de Cumberland, y quedan cientos más por hacer. Con este nuevo interés que lo ocupa, el señor Fairlie será un hombre feliz durante muchos meses, y los dos infelices fotógrafos compartirán el martirio social que hasta ahora sólo recaía sobre su ayuda de cámara.

Hasta aquí, las personas y sucesos que ocupan el primer plano en mi memoria. ¿Y ahora qué hay de la única persona que ocupa el primer lugar en mi corazón? Laura ha estado presente en mi pensamiento todo el tiempo que escribía estas líneas. ¿Qué puedo recordar de ella durante estos últimos seis meses, antes de cerrar mi diario por la noche?

Sólo tengo sus cartas como guía, y sobre la cuestión más importante que puede tratar nuestra correspondencia, todas esas cartas me dejan en la oscuridad.

¿La trata con cariño? ¿Es más feliz ahora que cuando me despedí de ella el día de su boda? Todas mis cartas han contenido esas dos preguntas, formuladas de una u otra manera, más o menos directamente, y todas han quedado sin respuesta, o han sido respondidas como si mis preguntas se refirieran únicamente a su estado de salud. Me informa, una y otra vez, que está perfectamente bien, que los viajes le sientan de maravilla, que está pasando el invierno, por primera vez en su vida, sin resfriarse…, pero no encuentro ni una sola palabra que me diga con claridad que está reconciliada con su matrimonio, y que puede mirar atrás al veintidós de diciembre sin sentimientos amargos de arrepentimiento. El nombre de su esposo sólo aparece en sus cartas como podría aparecer el de un amigo que viaja con ellos y se encarga de todos los preparativos. «Sir Percival ha dispuesto que salgamos tal día»… «Sir Percival ha decidido que viajemos por tal camino». A veces escribe simplemente «Percival», pero rara vez; en nueve de cada diez ocasiones lo menciona con su título.

No encuentro ninguna señal de que sus hábitos y opiniones hayan influido en los de ella en lo más mínimo. La transformación moral que suele operar el matrimonio en una mujer joven, sensible y sin experiencia, parece no haber ocurrido jamás en Laura. Habla de sus pensamientos e impresiones, en medio de todas las maravillas que ha visto, exactamente como podría haberlo hecho si hubiese estado viajando conmigo en lugar de con su esposo. No hay indicio alguno de simpatía entre ellos. Incluso cuando se desvía del tema del viaje y se ocupa de lo que le espera en Inglaterra, sus reflexiones giran en torno a su futuro como mi hermana, y omiten de forma sistemática toda mención de su futuro como esposa de sir Percival. No hay en todo esto una nota de queja que me advierta de que es absolutamente desgraciada en su vida conyugal. Gracias a Dios, mi impresión no llega a tan dolorosa conclusión. Sólo veo una tristeza latente, una indiferencia inmutable, cuando dejo de pensar en ella como hermana, y la contemplo, a través de sus cartas, en su nuevo papel de esposa. En otras palabras, durante los últimos seis meses, siempre ha sido Laura Fairlie quien me ha escrito, y nunca lady Glyde.

El extraño silencio que mantiene sobre el carácter y conducta de su marido lo guarda también, con igual firmeza, en las escasas referencias que sus cartas más recientes contienen al nombre del íntimo amigo de su esposo: el conde Fosco.

Por alguna razón que no ha explicado, el conde y su esposa parecen haber cambiado sus planes bruscamente al final del otoño pasado, y en lugar de ir a Roma –donde sir Percival esperaba encontrarlos al salir de Inglaterra–, se trasladaron a Viena. Sólo abandonaron Viena en primavera y viajaron hasta el Tirol para encontrarse con los recién casados en su camino de regreso. Laura habla con soltura del encuentro con madame Fosco y me asegura que ha encontrado a su tía muy cambiada para bien –más tranquila y mucho más sensata como esposa de lo que fue como soltera–, tanto que apenas la reconoceré cuando la vea. Pero sobre el conde Fosco (que me interesa infinitamente más que su esposa), Laura es exasperantemente reservada y callada. Sólo dice que la desconcierta, y que no me dirá cuál es su impresión sobre él hasta que yo misma lo vea y forme mi propia opinión.

Esto, en mi opinión, no habla bien del conde. Laura ha conservado, más que la mayoría de la gente en la madurez, la sutil facultad infantil de conocer a un amigo por instinto; y si estoy en lo cierto al suponer que su primera impresión de Fosco no ha sido favorable, entonces yo también corro el riesgo de dudar y desconfiar de ese ilustre extranjero antes siquiera de haberlo visto. Pero paciencia, paciencia… esta incertidumbre, y muchas más, no durarán ya mucho. Mañana estarán todas en vías de resolverse, tarde o temprano.

Acaban de dar las doce, y regreso ahora a cerrar estas páginas después de mirar por mi ventana abierta.

Es una noche inmóvil, sofocante, sin luna. Las estrellas están apagadas y escasas. Los árboles que cierran la vista por todos lados se perfilan a lo lejos, negros y compactos, como un gran muro de roca. Oigo el croar lejano de las ranas, y los ecos del gran reloj resuenan en la calma sin aire mucho después de que hayan cesado sus campanadas. Me pregunto cómo se verá Blackwater Park a la luz del día. No me gusta del todo por la noche.

12 de junio

Un día de investigaciones y descubrimientos: un día más interesante, por muchos motivos, de lo que me había atrevido a esperar.

Comencé, por supuesto, visitando la casa.

El cuerpo principal del edificio es de la época de esa mujer tan sobrevalorada llamada reina Isabel. En la planta baja hay dos galerías larguísimas, con techos bajos, paralelas entre sí, y aún más oscuras y lúgubres por los horribles retratos de familia —cada uno de los cuales me gustaría quemar—. Las habitaciones del piso superior a las galerías están en estado aceptable, pero se usan muy raramente. La amable ama de llaves que me sirvió de guía se ofreció a enseñármelas, pero añadió con consideración que temía que las encontrara algo descuidadas. Mi respeto por la integridad de mis propias enaguas y medias supera infinitamente al que siento por todos los dormitorios isabelinos del reino, así que me negué rotundamente a explorar esas regiones altas de polvo y suciedad a costa de estropear mi ropa limpia. La ama de llaves dijo: «Estoy completamente de acuerdo con usted, señorita», y pareció pensar que era la mujer más sensata que había conocido en mucho tiempo.

Eso es todo, pues, en cuanto al edificio principal. A cada uno de sus extremos se le han añadido dos alas. El ala medio en ruinas a la izquierda (según se aproxima uno a la casa) fue en su momento una residencia independiente, construida en el siglo XIV. Uno de los antepasados maternos de sir Percival –no recuerdo cuál, ni me importa– añadió el edificio principal en ángulo recto con ella, en tiempos de la ya mencionada reina Isabel. La ama de llaves me dijo que la arquitectura del «ala antigua», tanto por dentro como por fuera, era considerada notablemente fina por entendidos. Tras una inspección más detenida, descubrí que esos entendidos sólo podían ejercer su juicio si antes expulsaban de sus mentes todo temor a la humedad, la oscuridad y las ratas. En tales circunstancias, reconocí sin dudar que no era entendida en absoluto y sugerí que tratáramos el «ala antigua» del mismo modo en que habíamos tratado los dormitorios isabelinos. Una vez más, la ama de llaves dijo: «Estoy completamente de acuerdo con usted, señorita», y una vez más me miró con una admiración nada disimulada por mi extraordinario sentido común.

Después fuimos al ala derecha, que fue construida, para completar el maravilloso revoltijo arquitectónico de Blackwater Park, en tiempos de Jorge II.

Ésta es la parte habitable de la casa, que ha sido reparada y redecorada por dentro para Laura. Mis dos habitaciones, y todas las buenas habitaciones, están en el primer piso, y la planta baja contiene un salón, un comedor, una sala de estar, una biblioteca y un pequeño *boudoir* para Laura, todos decorados con gusto en el estilo moderno y amueblados con las delicias de los lujos contemporáneos. Ninguna de las habitaciones es tan grande ni tan aireada como nuestras habitaciones en Limmeridge, pero todas parecen agradables para vivir. Me temía terriblemente, por lo que había oído de Blackwater Park, encontrarme con fatigosas sillas antiguas, vitrales lúgubres, cortinajes mohosos y toda la parafernalia bárbara que las personas sin sentido del confort acumulan a su alrededor, desafiando toda consideración hacia la comodidad de sus huéspedes. Es un alivio inexpresable descubrir que el siglo XIX ha invadido este extraño futuro hogar mío y ha barrido los sucios «buenos tiempos pasados» lejos de nuestra vida cotidiana.

Perdí la mañana entre las habitaciones del piso inferior y el exterior, en el gran patio cuadrado que forman los tres lados de la casa y las altas verjas y portones de hierro que lo cierran por el frente. En el centro del patio hay un gran estanque circular con bordes de piedra y un monstruo alegórico de plomo en el medio. El estanque está lleno de peces dorados y plateados, y está rodeado por un cinturón ancho de césped tan blando como nunca he pisado. Me quedé holgazaneando allí, en el lado sombreado, bastante a gusto hasta la hora del almuerzo, y después tomé mi amplio sombrero de paja y salí sola a caminar bajo el cálido y hermoso sol para explorar los terrenos.

La luz del día confirmó la impresión que ya había tenido la noche anterior: hay demasiados árboles en Blackwater. La casa está ahogada por ellos. Son, en su mayoría, jóvenes y están plantados demasiado juntos. Sospecho que debió haber una tala ruinosamente excesiva de árboles antes de la época de sir Percival, y una ansiosa urgencia del siguiente propietario por llenar todos los huecos tan densamente y rápido como fuera posible. Tras mirar un poco alrededor del frente de la casa, vi un jardín de flores a mi izquierda, y caminé hacia allí para ver qué podía encontrar en esa dirección.

Desde más cerca, el jardín resultó ser pequeño, pobre y mal cuidado. Lo dejé atrás, abrí una puertecita en una cerca circular, y me encontré en una plantación de pinos.

Un sendero sinuoso, claramente artificial, me guio entre los árboles, y mi experiencia del norte del país pronto me indicó que me estaba acercando a un terreno arenoso y brezal. Después de caminar más de medio kilómetro entre los pinos, el sendero giró bruscamente, los árboles desaparecieron de ambos lados, y me encontré de pronto en el borde de un vasto espacio abierto, contemplando el lago de Blackwater, del cual la casa toma su nombre.

El terreno descendía suavemente desde donde estaba, todo de arena, con algunos montículos cubiertos de brezo rompiendo la monotonía en ciertos lugares. El lago en sí evidentemente había llegado a cubrir el lugar donde yo me encontraba, y había ido retirándose y secándose hasta quedar reducido a menos de un tercio de su tamaño original. Vi sus aguas inmóviles y estancadas, a unos cuatrocientos metros de mí, separadas en charcas y estanques por cañaverales retorcidos y juncos, y por pequeñas elevaciones de tierra. En la orilla opuesta, los árboles volvían a crecer densamente, cerrando la vista y proyectando sus sombras negras sobre el agua lenta y poco profunda. Mientras caminaba hacia el lago, vi que la orilla de enfrente era húmeda y pantanosa, cubierta de hierba alta y sauces lúgubres. El agua, que era bastante clara en el lado arenoso donde daba el sol, parecía negra y venenosa al otro lado, donde se hacía más honda bajo la sombra de las riberas esponjosas y los matorrales espesos y enredados. Las ranas croaban y las ratas se deslizaban dentro y fuera del agua sombría como sombras vivas, a medida que me acercaba al lado pantanoso del lago. Allí vi, medio sumida en el agua y medio fuera, los restos podridos de una vieja barca volcada, con un parche enfermizo de luz solar filtrándose a través de un hueco en los árboles sobre su superficie seca, y una serpiente tomando el sol en medio del parche, enroscada de manera fantástica y traicioneramente inmóvil. En todas partes, la vista sugería las mismas impresiones tristes de soledad y decadencia, y el glorioso resplandor del cielo veraniego sobre mi cabeza parecía sólo intensificar y endurecer la oscuridad y el desamparo del yermo sobre el que brillaba. Me di la vuelta y regresé al terreno elevado del brezal, desviándome un poco de mi camino anterior hacia un viejo cobertizo de madera, destartalado, que se encontraba en el borde exterior de la plantación de pinos y que hasta entonces no había merecido mi atención, eclipsado por la vasta y salvaje perspectiva del lago.

Al acercarme al cobertizo descubrí que había sido en otro tiempo una caseta para guardar barcas, y que alguien había intentado después convertirlo en una especie de rústico cenador, colocando dentro un banco de madera de pino, unos taburetes y una mesa. Entré en el lugar y me senté un rato para descansar y recuperar el aliento.

No había estado allí ni un minuto cuando me pareció que el sonido de mi propia respiración agitada se repetía de forma extrañamente amortiguada desde debajo de mí. Escuché con atención por un instante, y oí una respiración baja, espesa y sollozante que parecía venir del suelo bajo el banco en que estaba sentada. Mis nervios no se alteran fácilmente por tonterías, pero en esta ocasión me puse de pie de un salto, asustada, llamé, no recibí respuesta, reuní de nuevo mi valor y miré debajo del banco.

Allí, acurrucada en el rincón más alejado, yacía la causa desdichada de mi terror, en la forma de un pobre perrito: un spaniel blanco y negro. El animal gimió débilmente al mirarlo y llamarlo, pero no se movió. Retiré el banco y me acerqué más. Los ojos del pobre perro se nublaban rápidamente, y había manchas de sangre en su brillante costado blanco. La miseria de una criatura débil, indefensa y muda es, sin duda, una de las escenas más tristes que puede ofrecer este mundo. Levanté al pobre perro en mis brazos con la mayor suavidad posible, e improvisé una especie de hamaca con el frente de mi vestido, que recogí todo a su alrededor. De ese modo, llevé a la criatura, con el menor dolor posible y tan rápido como pude, de regreso a la casa.

Al no encontrar a nadie en el vestíbulo, subí directamente a mi sala de estar, preparé una cama para el perro con uno de mis viejos chalones y toqué el timbre. Acudió la más grande y rechoncha de todas las doncellas posibles, con un aire de estupidez alegre que habría puesto a prueba la paciencia de un santo. Su rostro redondo y amorfo se estiró en una amplia sonrisa al ver al animal herido en el suelo.

—¿Qué le ve de gracioso? –le pregunté, tan molesta como si fuera mi propia criada–. ¿Sabe de quién es este perro?

—No, señorita, eso sí que no –respondió. Se agachó, miró el costado herido del spaniel, se iluminó de repente con una chispa de revelación, y señalando la herida con un gesto de satisfacción, añadió–: Eso es cosa de Baxter, eso es.

Estaba tan exasperada que a punto estuve de abofetearla.

—¿Baxter? –repetí–. ¿Quién es ese bruto al que llama Baxter?

La muchacha sonrió aún más abiertamente.

—¡Ay, señorita! Baxter es el guardabosques, y cuando encuentra perros extraños rondando, los caza a tiros. Es su deber, señorita. Creo que ese perro se va a morir. Mire, aquí está el balazo, ¿lo ve? Cosa de Baxter, eso es. Cosa de Baxter y deber de Baxter.

Estuve a punto de desear –casi con verdadera maldad– que Baxter hubiera disparado a la criada en lugar de al perro. Viendo que era inútil esperar que esa criatura impenetrablemente obtusa ofreciera la menor ayuda para aliviar el sufrimiento del animal, le ordené que pidiera a la ama de llaves que subiera a verme. Se marchó tal como había entrado, sonriendo de oreja a oreja. Cuando se cerró la puerta tras ella, murmuró para sí:

—Cosa de Baxter y deber de Baxter, eso es.

La ama de llaves, una mujer con algo de educación e inteligencia, subió con un cuenco de leche y un poco de agua tibia. En cuanto vio al perro en el suelo, se sobresaltó y palideció.

—¡Santo cielo! –exclamó–. ¡Ése debe de ser el perro de la señora Catherick!

—¿De quién? –pregunté, completamente sorprendida.

—De la señora Catherick. ¿La conoce usted, señorita Halcombe?

—No personalmente, pero he oído hablar de ella. ¿Vive aquí? ¿Ha tenido noticias de su hija?

—No, señorita Halcombe, vino aquí para pedir información.

—¿Cuándo?

—Ayer mismo. Dijo que alguien le había comentado que una desconocida que coincidía con la descripción de su hija había sido vista por esta zona. Ningún rumor así ha llegado hasta nosotros, y nadie en el pueblo sabía nada al respecto cuando mandé averiguar por cuenta de la señora Catherick. Ciertamente trajo consigo a este pobre perrito cuando vino, y lo vi salir trotando tras ella cuando se marchó. Supongo que el animal se extravió en la plantación y lo tirotearon. ¿Dónde lo encontró, señorita Halcombe?

—En el viejo cobertizo que da al lago.

—Ah, sí, eso queda del lado de la plantación. La pobre criatura debió arrastrarse hasta el refugio más cercano, como hacen los perros, para morir. Si puede humedecerle los labios con la leche, señorita Halcombe, yo le lavaré el pelo apelmazado de sangre. Me temo mucho que ya sea demasiado tarde para ayudarlo. Pero podemos intentarlo.

¡La señora Catherick! El nombre seguía resonando en mis oídos, como si el ama de llaves acabara de pronunciárselo por sorpresa. Mientras atendíamos al perro, me vinieron a la memoria las palabras de advertencia de Walter Hartright: «Si alguna vez Anne Catherick se cruza en su camino, señorita Halcombe, aproveche mejor la ocasión de lo que yo supe hacerlo». El hallazgo del spaniel herido me había llevado ya al descubrimiento de la visita de la señora Catherick a Blackwater Park, y ese hecho podía, a su vez, conducir a algo más. Decidí aprovechar al máximo la oportunidad que se me presentaba y reunir toda la información posible.

—¿Dijo usted que la señora Catherick vive por esta zona? —pregunté.

—¡Oh, no, en absoluto! —respondió el ama de llaves—. Vive en Welmingham, justo al otro extremo del condado, a unos cuarenta kilómetros por lo menos.

—¿Supongo que conoce usted a la señora Catherick desde hace años?

—Al contrario, señorita Halcombe, nunca la había visto antes de ayer. Había oído hablar de ella, claro está, porque sabía de la generosidad de sir Percival al poner a su hija bajo tratamiento médico. La señora Catherick tiene unos modales un tanto peculiares, pero su aspecto es muy respetable. Parecía sinceramente afectada al descubrir que no había base alguna —al menos que nosotros supiéramos— para el rumor de que su hija había sido vista en esta zona.

—Estoy bastante interesada en la señora Catherick —continué, prolongando la conversación cuanto pude—. Me habría gustado haber llegado a tiempo para verla ayer. ¿Se quedó mucho rato?

—Sí —respondió la ama de llaves—, estuvo un buen rato, y creo que habría permanecido más tiempo si no hubiera tenido que ausentarme un momento para hablar con un caballero extraño, que vino a preguntar cuándo se esperaba el regreso de sir Percival. La señora Catherick se levantó y se marchó de inmediato en cuanto oyó que la doncella me decía el motivo de la visita de aquel hombre. Al despedirse, me dijo que no había necesidad de informar a sir Percival de su visita. Me pareció un comentario algo extraño, sobre todo dirigido a alguien en mi posición.

También a mí me pareció un comentario extraño. Sir Percival me había hecho creer, en Limmeridge, que existía una confianza absoluta entre él y la señora Catherick. Si eso era cierto, ¿por qué querría ella mantener en secreto su visita a Blackwater Park?

—Probablemente —dije, viendo que la ama de llaves esperaba mi opinión sobre las palabras de despedida de la señora Catherick—, probablemente pensó que el anuncio de su visita podría disgustar a sir Percival sin necesidad, recordándole que aún no han encontrado a su hija desaparecida. ¿Habló mucho del tema?

—Muy poco —respondió la ama de llaves—. Habló principalmente de Sir Percival, hizo muchas preguntas sobre dónde había estado viajando y sobre cómo era su nueva esposa. Más que angustiada por no encontrar pistas de su hija, parecía molesta, amargada. «La doy por perdida —fueron las últimas palabras que recuerdo—. La doy por perdida, señora, para siempre». Y de ahí pasó de inmediato a sus preguntas sobre lady Glyde, queriendo saber si era una dama hermosa, amable, de buen ver, sana y joven… ¡Ay, cielos! Ya me imaginaba cómo acabaría esto. Mire, señorita Halcombe, la pobre criatura ya ha dejado de sufrir.

El perro había muerto. Emitió un débil quejido entrecortado, sufrió una breve convulsión, justo cuando las palabras «de buen ver, sana y joven» salían de los labios de la ama de llaves. El cambio fue repentino y desconcertante: en un instante, la criatura yacía sin vida bajo nuestras manos.

Ocho en punto.

Acabo de regresar de cenar sola, en completo aislamiento. El atardecer enrojece los árboles salvajes que veo desde mi ventana, y vuelvo a repasar mi diario para calmar la impaciencia ante el regreso de los viajeros. Según mis cálculos, ya deberían haber llegado. ¡Qué silencio y qué soledad en la casa, envuelta en esta quietud adormecida del anochecer! ¡Ay de mí! ¿Cuántos minutos más pasarán antes de oír las ruedas del carruaje y correr escaleras abajo para encontrarme entre los brazos de Laura?

¡El pobre perrito! Ojalá mi primer día en Blackwater Park no hubiera estado marcado por la muerte, aunque sólo se trate de la de un animal extraviado.

Welmingham... Al revisar estas páginas privadas mías, veo que Welmingham es el nombre del lugar donde vive la señora Catherick. Todavía conservo su nota, aquella que escribió en respuesta a la carta sobre su hija desdichada, carta que sir Percival me obligó a escribir. Uno de estos días, cuando surja la ocasión adecuada, llevaré esa nota conmigo a modo de presentación y trataré de sacar algo en claro de una entrevista personal con la señora Catherick. No comprendo por qué quiso ocultar su visita a este lugar de sir Percival, y no estoy ni la mitad de segura, como parece estarlo la ama de llaves, de que su hija Anne no esté en las cercanías después de todo. ¿Qué habría dicho Walter Hartright en una situación como ésta? ¡Pobre y querido Hartright! Ya empiezo a notar cuánto echo de menos su consejo honesto y su ayuda siempre dispuesta.

Seguro que he oído algo. ¿Un revuelo de pasos en la planta baja? ¡Sí! Oigo los cascos de los caballos... Oigo el rodar de las ruedas...

II

15 de junio

La confusión por su llegada ya ha tenido tiempo de disiparse. Han pasado dos días desde el regreso de los viajeros, y ese intervalo ha sido suficiente para que el nuevo engranaje de nuestras vidas en

Blackwater Park comience a funcionar con cierta normalidad. Ahora puedo retomar mi diario con alguna esperanza de continuar mis anotaciones con la calma habitual.

Creo que debo comenzar anotando una observación curiosa que se me ha ocurrido desde que Laura volvió.

Cuando dos miembros de una familia o dos amigos íntimos se separan, y uno viaja al extranjero mientras el otro permanece en casa, el reencuentro suele colocar al que se ha quedado en una posición incómoda frente al que ha regresado. El choque repentino entre pensamientos y costumbres nuevas –adquiridas con entusiasmo por uno– y pensamientos y costumbres antiguas –conservadas pasivamente por el otro– parece, al principio, romper la sintonía incluso entre los parientes más afectuosos o los amigos más fieles, generando una extraña distancia inesperada e incontrolable por ambas partes. Tras la primera dicha de reencontrarme con Laura, después de habernos sentado juntas, de la mano, para recuperar el aliento y la serenidad suficientes para hablar, sentí de inmediato esa extrañeza, y pude ver que ella también la sentía. En parte se ha disipado ahora, pues hemos retomado la mayoría de nuestras viejas costumbres, y seguramente desaparecerá del todo pronto. Pero sin duda ha influido en la primera impresión que me he formado de ella ahora que volvemos a convivir, y por eso me parece necesario mencionarlo aquí.

Ella me ha encontrado igual, pero yo la he encontrado cambiada.

Cambiada en su aspecto físico y, en un sentido, también en su carácter. No puedo decir que sea menos hermosa que antes… sólo que ya no lo es de la misma manera para mí.

Otros –que no la miran con mis ojos ni con mis recuerdos– tal vez la encuentren incluso mejor. Su rostro tiene ahora más color, más definición, y las líneas de su silueta son más firmes; su figura parece más asentada y segura en todos sus movimientos que en sus días de soltera. Pero cuando la contemplo, noto la ausencia de algo… algo que pertenecía a la vida feliz e inocente de Laura Fairlie, y que no logro encontrar en lady Glyde. Antes había en su rostro una frescura, una suavidad, una ternura cambiante y constante a la vez, un tipo de belleza imposible de describir con palabras o –como solía decir el pobre Hartright– de pintar con pinceles. Eso ha desaparecido. Creí ver un débil reflejo de ello cuando palideció, agitada, al encontrarnos de improviso la noche de su regreso, pero no ha vuelto a aparecer desde entonces. Ninguna de sus cartas me había preparado para un cambio físico. Por el contrario, me habían hecho pensar que el matrimonio no había alterado en absoluto su aspecto. ¿Tal vez interpreté mal sus cartas en el pasado y ahora estoy interpretando mal su rostro en el presente? ¡Qué más da! Ya sea que su belleza haya crecido o disminuido en estos seis meses, la separación, de una u otra forma, ha hecho que su ser querido me resulte más precioso que nunca. ¡Y eso es, al menos, un buen fruto de su matrimonio!

El segundo cambio, el que he observado en su carácter, no me ha sorprendido, pues ya lo presentía por el tono de sus cartas. Ahora que está de nuevo en casa, encuentro que sigue igual de reacia a hablar de su vida conyugal que lo estuvo durante toda nuestra separación, cuando sólo podíamos comunicarnos por escrito. En cuanto intenté tocar el tema prohibido, puso su mano sobre mis labios con un gesto y una mirada que, con una ternura casi dolorosa, me hicieron recordar sus días de niña, cuando no había secretos entre nosotras.

—Siempre que estemos juntas, Marian –dijo–, ambas seremos más felices y estaremos más tranquilas si aceptamos mi vida de casada tal como es, y hablamos y pensamos en ella lo menos posible. Te lo contaría todo, querida –prosiguió, jugueteando nerviosamente con la cinta de mi cintura, desatándola y volviéndola a atar–, todo lo que me concierne… si pudiera quedarme ahí. Pero no podría; inevitablemente tendría que hablarte también de mi esposo. Y ahora que estoy casada, creo que lo mejor es evitarlo: por él, por ti, y por mí. No digo que eso fuera a molestarte, ni a mí tampoco… No quiero que pienses eso, de ningún modo. Pero… quiero ser feliz, ahora que te tengo otra vez, y quiero que tú también lo seas…

Se interrumpió de pronto y miró a su alrededor, en la habitación donde hablábamos, mi propia sala de estar.

—¡Ah! —exclamó, aplaudiendo con una sonrisa radiante de reconocimiento—. ¡Otro viejo amigo que ya he reencontrado! ¡Tu librero, Marian! Ese querido y ajado librero de madera de satén… ¡Qué alegría que lo hayas traído contigo desde Limmeridge! Y el horrible y pesado paraguas de hombre con el que siempre insistías en salir cuando llovía… Y lo mejor de todo, ¡tu propio rostro, querido, moreno, ingenioso, con ese aire de gitana, mirándome como siempre! Volver aquí se siente otra vez como estar en casa. ¿Cómo podemos hacerlo aún más acogedor? Pondré el retrato de mi padre en tu habitación en lugar de la mía… y traeré todos mis pequeños tesoros de Limmeridge aquí… y pasaremos horas y horas cada día dentro de estas cuatro paredes tan amigas. ¡Oh, Marian! —dijo, sentándose repentinamente en un escabel a mis pies y mirándome con gravedad—, prométeme que nunca te casarás y me dejarás. Es egoísta decirlo, lo sé, pero estás mucho mejor como mujer soltera… a menos que… a menos que quieras mucho a tu marido… Pero no querrás a nadie tanto como a mí, ¿verdad?

Volvió a callar, me cruzó las manos sobre el regazo y apoyó en ellas su rostro.

—¿Has estado escribiendo muchas cartas últimamente? ¿Has recibido muchas? —preguntó en voz baja, con un tono súbitamente cambiado.

Entendí lo que significaba esa pregunta, pero consideré mi deber no alentarla respondiendo en la misma dirección.

—¿Has sabido de él? —insistió, tratando de que le perdonara esta apelación más directa, besando mis manos, donde aún tenía el rostro apoyado—. ¿Está bien? ¿Es feliz? ¿Le va bien en su profesión? ¿Se ha recuperado…? ¿Y me ha olvidado?

No debería haber hecho esas preguntas. Debería haber recordado su propia resolución aquella mañana en que sir Percival la obligó a cumplir su compromiso matrimonial, y en que me entregó el cuaderno con los dibujos de Hartright para siempre. Pero, ¡ay de mí! ¿Dónde está la criatura humana impecable que persevere en una buena resolución sin flaquear alguna vez? ¿Dónde está la mujer que haya conseguido arrancar de su corazón la imagen fijada por un amor verdadero? Los libros dicen que tales seres han existido... pero ¿qué dice nuestra experiencia frente a los libros?

No intenté reprenderla. Tal vez porque sinceramente valoraba su franqueza valiente, que me permitía ver lo que otras mujeres en su lugar tal vez hubieran preferido ocultar, incluso a sus amigas más íntimas. Tal vez porque sentía, en lo más profundo de mí, que en su situación yo habría hecho las mismas preguntas y albergado los mismos pensamientos. Lo único que pude decir con honestidad fue que no había escrito ni recibido noticias de él últimamente, y después cambié de tema hacia asuntos menos peligrosos.

Nuestra conversación –la primera confidencial desde su regreso– me ha dejado muchas tristezas. El cambio que su matrimonio ha producido entre nosotras, al colocar por primera vez un tema prohibido entre ambas; la dolorosa certeza, ahora inevitable, de la ausencia de cualquier calidez o cercanía entre ella y su esposo, que se desprende incluso de sus palabras más reservadas; y el inquietante descubrimiento de que aquella desdichada pasión sigue presente en su corazón (por inocente e inofensiva que sea), tan profundamente arraigada como antes..., todo eso resulta desolador para cualquier mujer que la ame y la comprenda como yo la amo y la comprendo.

Sólo me queda un consuelo ante estas revelaciones. Un consuelo que debería reconfortarme, y que en efecto me reconforta: todas las dulzuras de su carácter, toda la franqueza de su afecto, todos los encantos sencillos, femeninos y naturales que hacían de ella la alegría de quienes la rodeaban, han vuelto a mí con ella. De mis otras impresiones a veces dudo. De esta última –la mejor, la más feliz de todas– estoy cada hora más segura.

Volvamos ahora la atención a sus compañeros de viaje. Su esposo debe ser el primero. ¿Qué he observado en sir Percival desde su regreso que haya mejorado mi opinión sobre él?

Casi nada, honestamente. Parece haber estado asediado por pequeñas molestias y contrariedades desde que volvió, y ningún hombre, en esas circunstancias, se muestra en su mejor versión. Me parece más delgado que cuando se fue de Inglaterra. Su molesta tos y su inquietud nerviosa han empeorado visiblemente. Su trato —al menos conmigo— es mucho más brusco que antes. Me saludó, la noche de su llegada, con muy poca ceremonia o cortesía: sin palabras amables, sin muestras de especial satisfacción por verme, sólo un rápido apretón de manos y un seco: «¿Cómo está, señorita Halcombe? Me alegra verla otra vez». Parecía aceptarme como parte del mobiliario inevitable de Blackwater Park, satisfecho de encontrarme en mi sitio, y luego simplemente me ignoró.

Muchos hombres revelan en su propia casa rasgos de su carácter que saben disimular fuera de ella, y sir Percival ya ha mostrado una manía por el orden y la regularidad que es, para mí, una revelación totalmente nueva. Si tomo un libro de la biblioteca y lo dejo en la mesa, él lo sigue y lo vuelve a colocar en su sitio. Si me levanto de una silla y la dejo tal como estaba, él se apresura a devolverla a su lugar junto a la pared. Recoge flores caídas del suelo y refunfuña como si fueran brasas que quemaran la alfombra. Y arremete contra los sirvientes si hay una arruga en el mantel o falta un cuchillo en su lugar en la mesa, como si se tratara de un insulto personal.

Ya he mencionado las pequeñas molestias que parecen haberlo inquietado desde su regreso. Gran parte del deterioro que he notado en él podría deberse a eso. Intento convencerme de que así es, porque no quiero desanimarme tan pronto respecto al futuro. Ciertamente, es comprensible que cualquier hombre pierda la paciencia si, tras una larga ausencia, se encuentra con un contratiempo apenas pone un pie en su propia casa. Y ese tipo de contratiempo le ocurrió realmente a sir Percival en mi presencia.

La noche de su llegada, el ama de llaves me siguió al vestíbulo para recibir a su señor y señora, y a sus invitados. En cuanto la vio, sir Percival preguntó si alguien había venido a visitarlos últimamente. Ella le repitió lo mismo que ya me había contado: la visita de un caballero desconocido que había preguntado por la fecha de su regreso. Sir Percival quiso saber de inmediato el nombre de aquel hombre. No se había dejado ninguno. ¿Su propósito? No lo había dicho. ¿Cómo era físicamente? El ama de llaves intentó describirlo, pero no supo señalar ningún rasgo distintivo que pudiera ayudar a su amo a reconocerlo. Sir Percival frunció el ceño, golpeó el suelo con el pie con impaciencia y siguió caminando por la casa sin saludar a nadie. No sabría decir por qué se sintió tan alterado por algo tan insignificante, pero sin duda se alteró profundamente.

En general, quizá lo mejor sea abstenerme, por ahora, de formar una opinión definitiva sobre sus modales, su lenguaje y su comportamiento en su propio hogar, hasta que el tiempo le permita liberarse de las preocupaciones –cualesquiera que sean– que evidentemente le rondan por dentro. Voy a pasar la página, y dejaré en paz por hoy al marido de Laura.

Los dos invitados –el conde y la condesa Fosco– vienen ahora en mi lista. Me ocuparé primero de la condesa, para quitarme cuanto antes a esa mujer de encima.

Laura, desde luego, no exageró al escribirme que apenas reconocería a su tía cuando nos reencontráramos. Nunca he visto un cambio tan radical provocado por el matrimonio como el que ha obrado en madame Fosco.

Cuando era Eleanor Fairlie (treinta y siete años), no dejaba de hablar tonterías pretenciosas y atormentaba a los hombres con todas las nimiedades exigibles por una mujer vana y tonta a la paciencia masculina. Como madame Fosco (cuarenta y tres años), puede pasar horas sin pronunciar palabra, congelada en una especie de mutismo extraño. Los ridículos bucles amorosos que solían enmarcarle la cara han sido sustituidos por unas hileras rígidas de rizos cortísimos, como los que se ven en las pelucas antiguas. Lleva ahora una cofia sencilla y de aspecto severo, y por primera vez, desde que tengo memoria, parece una mujer decente. Nadie –salvo su marido, claro está– podría ver ya en ella lo que todos veían antes: la estructura ósea del cuerpo femenino, tan visible en sus clavículas y omóplatos. Ahora viste con sobriedad, de negro o gris, con cuellos altos: vestidos que en su juventud habría ridiculizado o detestado, según el capricho del momento. Se sienta en los rincones, muda, con sus manos blancas y secas (tan secas que los poros parecen de yeso) ocupadas en un bordado monótono o liando interminables cigarrillos para el conde. Las pocas veces que sus fríos ojos azules se apartan del trabajo, se posan en su marido con esa mirada de sumisa pregunta que todos hemos visto en los ojos de un perro fiel. El único indicio de deshielo interior que he logrado detectar en ese revestimiento helado ha sido una celosa tensión, contenida y feroz, hacia cualquier mujer de la casa –sirvientas incluidas– con quien el conde hable o a quien mire con especial atención. Fuera de eso, es, a todas horas y en todo lugar, como una estatua: tan fría como el mármol del que parece esculpida. Para la vida social común, el cambio es sin duda una mejora: se ha transformado en una mujer civil, silenciosa y discreta. Hasta qué punto esa transformación ha mejorado o empeorado su verdadero yo, es otra historia. En más de una ocasión he visto una expresión fugaz en sus labios delgados, o un matiz en su voz, que me hace sospechar que esta supresión actual ha encerrado algo peligroso que antes se desahogaba inofensivamente en su libertad anterior. Quizá me equivoque. Pero mi impresión es que tengo razón. El tiempo lo dirá.

¿Y el mago que ha obrado semejante transformación? ¿El marido extranjero que ha domado a esta mujer voluble hasta el punto de volverla irreconocible para su propia familia? ¿Qué decir del conde?

Esto: parece un hombre capaz de domar cualquier cosa. Si se hubiera casado con una tigresa en vez de con una mujer, habría domado a la tigresa. Si se hubiera casado conmigo, yo también le habría liado los cigarrillos, y habría guardado silencio cuando él me mirara, como lo hace su esposa.

Casi me avergüenza confesarlo, incluso en estas páginas íntimas. Pero ese hombre me ha interesado, me ha atraído, me ha forzado a simpatizar con él. En apenas dos días ha conquistado mi estima, y no sé cómo ha obrado el milagro.

Me sorprende lo claramente que lo veo ahora en mi mente –más claramente que a sir Percival, o a Mr. Fairlie, o incluso a Walter Hartright, o a cualquier otra persona ausente… salvo Laura. Puedo oír su voz como si me hablara en este momento. Recuerdo su conversación de ayer como si la estuviera escuchando ahora. ¿Cómo describirlo? Tiene ciertas peculiaridades físicas, ciertos hábitos y gustos que, en cualquier otro hombre, criticaría con dureza o ridiculizaría sin piedad. ¿Qué es lo que me impide juzgarlos en él?

Por ejemplo: es inmensamente obeso. Siempre he tenido especial antipatía por la humanidad corpulenta. He sostenido que la idea popular de asociar gordura excesiva con buen carácter era absurda, como si sólo la gente amable engordara, o como si el peso extra mejorara el temperamento de quien lo lleva. Siempre he rebatido eso con ejemplos de personas gordas que eran crueles, mezquinas o malvadas. ¿Acaso Enrique VIII era un alma bondadosa? ¿Alejandro VI, el papa Borgia, fue un hombre honesto? ¿Los esposos Manning, ambos asesinos, no eran inusualmente gruesos? ¿Y qué decir de las nodrizas a sueldo, famosas por su crueldad, que suelen ser, además, las mujeres más corpulentas de Inglaterra? Y sin embargo, aquí está el conde Fosco, tan gordo como Enrique VIII, y completamente instalado en mi simpatía… ¡en sólo un día! Asombroso, de verdad.

¿Será por su rostro?

Podría ser. Es un parecido asombroso, a gran escala, del gran Napoleón. Tiene la misma regularidad magnífica en los rasgos, la misma expresión de poder sereno e imperturbable del gran general. Esa semejanza me impresionó desde el primer momento, pero hay algo más en él, algo más poderoso. Creo que la clave está en sus ojos. Son los ojos grises más insondables que he visto en mi vida, y a veces brillan con un fulgor claro, frío, bello e irresistible que me obliga a mirarlo… aunque me produce sensaciones que preferiría no experimentar.

Otras partes de su cara y su cabeza también tienen rasgos extraños. Su piel, por ejemplo, tiene una palidez amarilla inusual que contrasta fuertemente con el castaño oscuro de su cabello; tanto, que sospecho que lleva peluca. Su rostro, afeitado por completo, es más terso y libre de arrugas que el mío, aunque –según contó sir Percival– está cerca de los sesenta años. Pero éstos no son los rasgos personales que lo distinguen de todos los hombres que he conocido. Lo que lo separa del resto de la humanidad –al menos por lo que puedo juzgar ahora– es la expresión y el poder extraordinarios de sus ojos.

Su actitud y su dominio del idioma también pueden haber contribuido, en parte, a ganarse mi buena opinión. Tiene esa deferencia discreta, esa mirada de interés atento y complacido al escuchar a una mujer, y esa suavidad secreta en la voz al dirigirse a una mujer, que –digan lo que digan– ninguna de nosotras puede resistir. Y aquí, además, su dominio inusual del inglés juega a su favor. Ya había oído hablar muchas veces de la aptitud extraordinaria de algunos italianos para dominar nuestro idioma áspero y duro del norte, pero hasta conocer al conde Fosco no creí que fuera posible que un extranjero hablara el inglés como lo habla él. Hay momentos en los que resulta casi imposible detectar, por su acento, que no es uno de los nuestros; y en cuanto a fluidez, son muy pocos los ingleses de nacimiento que pueden hablar con tan pocas pausas o repeticiones como él. Podrá construir sus frases con una estructura algo extranjera, pero nunca le he oído usar una palabra incorrecta ni vacilar siquiera un instante en la elección de un término.

Todos los más mínimos rasgos de este hombre tan singular tienen algo sorprendentemente original y desconcertantemente contradictorio. Gordo como es, y viejo como parece, sus movimientos son asombrosamente ligeros y ágiles. Se mueve por una habitación con tanta discreción como cualquiera de nosotras –y más aún: pese a su innegable aire de fuerza mental y firmeza, es tan sensible a los sobresaltos como la más débil entre nosotras–. Se estremece ante ruidos repentinos tanto como Laura. Ayer mismo se estremeció y dio un respingo cuando sir Percival azotó a uno de los spaniels, de tal forma que me sentí avergonzada, al compararme con él, de mi propia falta de ternura y sensibilidad.

Este último incidente me recuerda una de sus peculiaridades más curiosas, que aún no he mencionado: su extraordinario afecto por los animales domésticos.

Algunos de ellos los ha dejado en el continente, pero se ha traído a esta casa un cacatúa, dos canarios y toda una familia de ratones blancos. Él mismo se ocupa de todas sus necesidades, y ha conseguido que estas criaturas le tengan un cariño y una familiaridad sorprendentes. La cacatúa –un ave notoriamente arisca y traicionera con todo el mundo– parece adorarlo. Cuando la saca de la jaula, salta a su rodilla, trepa por su enorme cuerpo y frota su penacho contra la barbilla doble del conde con la mayor ternura imaginable.

Sólo tiene que abrir las jaulas de los canarios y llamarlos: los pajaritos, dóciles y encantadores, se posan en su mano, suben uno por uno por sus gruesos dedos extendidos cuando les dice «arriba» y cantan con tal entusiasmo cuando llegan al último dedo, que parece que se les va a romper la garganta. Sus ratones blancos viven en una pequeña pagoda de alambres pintados de colores, diseñada y construida por él mismo. Son casi tan mansos como los canarios y están sueltos casi todo el tiempo, como ellos. Le corretean por encima, se meten y salen de su chaleco, y se sientan en pareja –blancos como la nieve– sobre sus anchos hombros. Parece que les tiene aún más cariño que al resto de sus mascotas: les sonríe, les da besos y los llama con toda clase de apelativos cariñosos. Si uno pudiera imaginar a un inglés aficionado a entretenimientos tan infantiles como éstos, seguramente se avergonzaría de ellos, al menos en presencia de adultos, y procuraría excusarse. Pero el conde, al parecer, no ve nada ridículo en el asombroso contraste entre su colosal persona y sus frágiles mascotas. Besaría con dulzura a sus ratones blancos y silbaría a sus canarios en medio de una reunión de cazadores ingleses… y los compadecería, además, por ser unos bárbaros, mientras ellos se rieran a carcajadas de él.

Parece increíble al escribirlo, pero es completamente cierto: ese mismo hombre que demuestra una ternura de solterona por su cacatúa y una destreza de organillero para manejar ratones blancos, es capaz –cuando algo lo estimula– de hablar con una independencia de pensamiento, un conocimiento de libros en todos los idiomas y una experiencia social en media Europa, que lo convertirían en el personaje más destacado de cualquier reunión en el mundo civilizado. Este entrenador de canarios, este arquitecto de pagodas para ratones, es (como me ha dicho el propio sir Percival) uno de los primeros químicos experimentales del momento, y ha inventado, entre otras maravillas, un método para petrificar el cuerpo después de la muerte y conservarlo duro como el mármol por toda la eternidad. Este hombre gordo, indolente, entrado en años, con nervios tan delicados que salta ante cualquier ruido y se estremece al ver golpear a un perro, fue al patio de las caballerizas al día siguiente de su llegada y puso la mano sobre la cabeza de un perro de presa encadenado: un animal tan feroz que ni el mozo que lo alimenta se atreve a acercarse.

Su esposa y yo presenciamos la escena, breve pero inolvidable.

—Tenga cuidado con ese perro, señor –advirtió el mozo–. ¡Ataca a todo el mundo!

—Hace bien –respondió el conde con calma–, porque todo el mundo le tiene miedo. Veamos si me ataca a mí.

Y posó sus dedos gruesos, amarillentos y delicados –los mismos donde diez minutos antes se habían posado los canarios– sobre la cabeza del animal, mirándolo directamente a los ojos.

—Los perros grandes, sois todos unos cobardes –dijo, dirigiéndose al animal con desprecio, con su cara a escasos centímetros de la del perro–. Tú matarías a un pobre gato, cobarde asqueroso. Atacarías a un mendigo hambriento, cobarde asqueroso. Te lanzas contra todo lo que puedes sorprender o asustar: cualquier cosa que tema tu gran cuerpo, tus malditos dientes blancos y tu hocico babeante y sanguinario. Podrías despedazarme ahora mismo, miserable abusón, pero no te atreves ni a mirarme a la cara, porque no te tengo miedo. ¿Te animas, eh? ¿Probarás tus dientes en mi cuello gordo? ¡Bah! Ni lo sueñes.

Se alejó riéndose ante la cara de asombro de los hombres del patio, y el perro volvió a su caseta, cabizbajo.

—¡Ay, mi bonito chaleco! –dijo con tono de lamento–. Qué lástima haber venido. Algo de esa baba asquerosa ha manchado mi chaleco recién lavado.

Esas últimas palabras ilustran otra de sus rarezas incomprensibles: le encantan los trajes llamativos, como a un necio cualquiera. En sólo dos días ha aparecido ya con cuatro chalecos magníficos, todos de colores chillones, y todos enormes incluso para su talla.

Su tacto e inteligencia para las pequeñas cosas son tan notables como las contradicciones de su carácter y lo infantil de sus gustos.

Ya veo que tiene la intención de llevarse bien con todos nosotros mientras dure su estancia. Ha notado, evidentemente, que Laura lo detesta en secreto (me lo confesó cuando la presioné sobre el tema), pero también ha descubierto que siente una devoción desmedida por las flores. Siempre que quiere un ramo, él tiene uno preparado para dárselo, recogido y dispuesto por sus propias manos. Y –para mi diversión– siempre tiene lista una réplica idéntica para apaciguar a su celosa esposa antes de que llegue a sentirse ofendida. Su manejo de la condesa (en público) es digno de verse: le hace reverencias, la llama constantemente «mi ángel», le lleva a los canarios para que la visiten en sus dedos y le canten, le besa la mano cuando ella le da los cigarrillos y, a cambio, le mete bombones en la boca en tono juguetón, sacándolos de una caja que lleva en el bolsillo. La vara de hierro con la que la gobierna jamás aparece en sociedad: es una vara privada, y permanece arriba, en los aposentos.

Su forma de ganarse mi simpatía es totalmente distinta. Me halaga hablando conmigo como si yo fuera un hombre: con seriedad y sentido común. ¡Sí! Lo descubro cuando me alejo de él... Sé que halaga mi vanidad cuando pienso en él aquí, sola en mi habitación. Pero luego bajo, vuelvo a su compañía... y vuelve a deslumbrarme, y vuelvo a dejarme halagar, como si no lo hubiera descubierto jamás.

Puede manejarme como maneja a su esposa, a Laura, al perro del patio... incluso a sir Percival, a todas horas del día:

—¡Mi buen Percival! ¡Cómo me gusta su rudo humor inglés!

—¡Mi buen Percival! ¡Cómo disfruto de su sólido sentido británico!

Y así desactiva con elegancia cada grosería que sir Percival suelta sobre sus gustos afeminados. Siempre lo llama por su nombre de pila, le sonríe con calma condescendiente, le da una palmada en el hombro y lo soporta con benevolencia, como un padre de buen humor tolera a un hijo caprichoso.

El interés que, pese a mí misma, siento por este hombre tan singular y original, me ha llevado a interrogar a sir Percival sobre su pasado.

Sir Percival sabe poco, o quiere contarme poco. Él y el conde se conocieron hace muchos años en Roma, en las circunstancias peligrosas a las que ya me he referido en otro momento. Desde entonces, han estado casi siempre juntos en Londres, París y Viena... pero nunca más en Italia. Curiosamente, el conde no ha cruzado las fronteras de su país en los últimos años. ¿Habrá sido víctima de alguna persecución política? En todo caso, parece estar patrióticamente decidido a no perder el contacto con ningún compatriota que pueda encontrarse en Inglaterra. La noche de su llegada preguntó a qué distancia estábamos de la ciudad más cercana y si conocíamos a algún caballero italiano establecido allí. Ciertamente mantiene correspondencia con gente del continente, pues sus cartas llevan todo tipo de sellos extraños, y esta mañana vi una dirigida a él, esperando en su sitio en la mesa del desayuno, con un gran sello de aspecto oficial. ¿Estará en contacto con su gobierno? Y sin embargo, eso no encaja del todo con mi otra sospecha de que quizá sea un exiliado político.

Cuánto he escrito ya sobre el conde Fosco... ¿Y todo esto a qué conduce? Como diría el pobre y querido Mr. Gilmore, con su impenetrable y profesional tono de hombre de negocios. Sólo puedo repetir que, incluso con tan breve trato, siento hacia el conde una simpatía extraña, a medias voluntaria y a medias involuntaria. Parece haber ejercido sobre mí la misma clase de dominio que, sin duda, ejerce sobre sir Percival. Libre, e incluso grosero a veces con su amigo gordo, sir Percival, sin embargo, le teme. Es evidente. ¿Lo temo yo también? Ciertamente, jamás he conocido a un hombre al que preferiría menos tener por enemigo. ¿Será porque me gusta o porque le tengo miedo? *Chi sa?* –como diría el propio conde Fosco en su lengua–. ¿Quién sabe?

16 de junio

Hoy tengo algo más que anotar además de mis propias ideas e impresiones. Ha llegado un visitante, completamente desconocido tanto para Laura como para mí, y al parecer también inesperado para sir Percival.

Estábamos todos almorzando en el salón nuevo, con sus ventanas francesas que dan a la veranda, y el conde (que devora pasteles como nunca he visto hacerlo a ningún ser humano, salvo a las jovencitas en internados) acababa de divertirnos pidiendo con toda seriedad su cuarto pastel, cuando entró el criado para anunciar al visitante.

—El señor Merriman acaba de llegar, sir Percival, y desea verlo de inmediato.

Sir Percival dio un respingo y miró al criado con una expresión de alarma irritada.

—¿Mr. Merriman? –repitió, como si no pudiera creer lo que oía.

—Sí, sir Percival. El señor Merriman, de Londres.

—¿Dónde está?

—En la biblioteca, sir Percival.

Se levantó al instante, sin decir palabra a nadie, y salió apresuradamente de la habitación.

—¿Quién es el señor Merriman? –preguntó Laura, dirigiéndose a mí.

—No tengo la menor idea –fue todo lo que pude responder.

El conde había terminado su cuarto pastel y se había acercado a una mesita auxiliar a atender a su infame cacatúa. Se volvió hacia nosotras con el ave posada en el hombro.

—El señor Merriman es el abogado de sir Percival –dijo con tranquilidad.

El abogado de sir Percival. Era una respuesta directa a la pregunta de Laura, y sin embargo, dadas las circunstancias, no resultaba satisfactoria. Si sir Percival lo hubiera mandado llamar expresamente, no habría nada extraño en que hubiera venido desde Londres. Pero cuando un abogado se presenta en una casa de campo sin haber sido requerido, y su llegada deja pasmado a su propio cliente, puede darse por seguro que trae noticias muy importantes e inesperadas –buenas o malas, pero nunca triviales.

Laura y yo permanecimos sentadas en silencio más de un cuarto de hora, inquietas, esperando que sir Percival regresara pronto. Como no había señales de su regreso, nos levantamos para salir del comedor.

El conde, atento como siempre, vino desde el rincón donde alimentaba a su cacatúa, con el ave aún en el hombro, y nos abrió la puerta. Laura y madame Fosco salieron primero. Justo cuando iba a seguirlas, el conde me hizo un gesto con la mano y me habló antes de que pasara, de la manera más extraña.

—Sí —dijo, respondiendo tranquilamente a la idea no expresada que cruzaba por mi mente, como si yo se la hubiese dicho en voz alta—, señorita Halcombe, *algo ha pasado*.

Estuve a punto de responderle: «Yo no he dicho eso», pero la cacatúa, endemoniada como siempre, sacudió las alas cortadas y soltó un chillido que me crispó los nervios al instante, y no deseé otra cosa más que salir de allí.

Me reuní con Laura al pie de las escaleras. Su pensamiento era el mismo que el mío, el que el conde había adivinado. Cuando habló, sus palabras fueron casi un eco de las suyas: también me confesó en voz baja que temía que algo había ocurrido.

III

16 de junio (continuación, entrada nocturna)

Antes de acostarme esta noche, tengo algunas líneas más que añadir al diario de hoy.

Unas dos horas después de que sir Percival dejara la mesa para reunirse con el abogado, el señor Merriman, en la biblioteca, salí de mi habitación sola para dar un paseo por la arboleda. Justo cuando llegaba al final del pasillo, se abrió la puerta de la biblioteca y salieron los dos caballeros. Pensando que lo mejor era no interrumpirlos apareciendo en las escaleras, decidí esperar un momento antes de bajar. Aunque hablaban en tono reservado, pronunciaban las palabras con claridad suficiente como para que pudiera oírlas.

—Quédese tranquilo, sir Percival —dijo el abogado—. Todo depende de lady Glyde.

Había dado la vuelta para volver a mi habitación por un instante, pero al oír el nombre de Laura en labios de un desconocido me detuve al instante. Sin duda fue incorrecto e impropio escuchar, pero ¿qué mujer, en toda nuestra especie, puede regirse por principios abstractos de honor cuando esos principios van por un lado y sus afectos —y todo lo que se deriva de ellos— van por otro?

Escuché —y en circunstancias similares volvería a escuchar— sí, incluso con la oreja pegada a la cerradura si no hubiera otro modo.

—Lo ha comprendido perfectamente, sir Percival —continuó el abogado—. Lady Glyde debe firmar su nombre en presencia de un testigo —o de dos, si quiere ser especialmente cuidadoso— y después debe poner el dedo sobre el sello y decir: «Entrego esto como mi acto y mi voluntad». Si eso se hace dentro de una semana, todo saldrá bien y la preocupación se habrá acabado. Si no…

—¿Qué quiere decir con *si no*? —interrumpió sir Percival con tono airado—. Si hay que hacerlo, SE hará. Se lo prometo, Merriman.

—Exactamente, sir Percival, exactamente —respondió el abogado—; pero en toda transacción hay dos alternativas, y a nosotros, los abogados, nos gusta mirar de frente a ambas. Si por alguna circunstancia extraordinaria no pudiera cerrarse el acuerdo, creo que podría conseguir que las partes aceptaran letras a tres meses. Pero cómo se obtendría el dinero cuando esas letras vencieran…

—¡Al diablo las letras! —interrumpió Sir Percival—. El dinero sólo puede conseguirse de una manera, y le digo otra vez que se conseguirá. Tome una copa de vino, Merriman, antes de irse.

—Muy agradecido, sir Percival, pero no tengo un minuto que perder si quiero alcanzar el tren de regreso. ¿Me avisará en cuanto se cierre el acuerdo? ¿Y no olvidará la advertencia que le he hecho…?

—Por supuesto que no. El coche ya está en la puerta. Mi mozo le llevará a la estación en un instante. ¡Benjamin, corre como el demonio! ¡Suba, Merriman! Si pierde el tren, pierde su puesto. ¡Agárrese fuerte! Y si se despeña, confíe en que el diablo salve a los suyos.

Con esa bendición de despedida, el baronet se volvió y regresó a la biblioteca.

No había escuchado mucho, pero lo poco que había llegado a mis oídos bastaba para inquietarme. Ese «algo» que «había pasado» era, evidentemente, una grave dificultad económica, y su resolución dependía de Laura. La sola idea de verla envuelta en los problemas secretos de su marido me llenaba de angustia, agravada sin duda por mi ignorancia sobre cuestiones de negocios y mi desconfianza ya arraigada hacia sir Percival. En lugar de salir, como había planeado, fui directamente a la habitación de Laura para contarle lo que había oído.

Recibió mis malas noticias con una calma que me sorprendió. Evidentemente, sabía más sobre el carácter y los apuros de su esposo de lo que yo había sospechado hasta ahora.

—Ya me lo temía –dijo– cuando supe de ese extraño caballero que vino y se negó a dejar su nombre.

—¿Quién crees que era? –pregunté.

—Alguien que tiene fuertes reclamaciones contra sir Percival –respondió–, y que ha sido la causa de la visita del señor Merriman hoy.

—¿Sabes algo concreto sobre esas reclamaciones?

—No, no conozco los detalles.

—¿No firmarás nada, Laura, sin leerlo antes?

—Por supuesto que no, Marian. Haré todo lo que pueda hacer de forma honesta e inofensiva para ayudarlo –por el bien de tu tranquilidad, querida, y de la mía–. Pero no haré nada a ciegas que un día pueda avergonzarnos. No hablemos más de eso por ahora. Ya tienes puesto el sombrero… ¿y si vamos a soñar la tarde entre los árboles?

Al salir, nos dirigimos hacia la sombra más próxima.

Al pasar por un claro entre los árboles frente a la casa, vimos al conde Fosco caminando lentamente de un lado a otro sobre la hierba, bajo el pleno sol de esa ardiente tarde de junio. Llevaba un amplio sombrero de paja con una cinta violeta; una blusa azul con profuso bordado blanco cubría su inmenso torso, ceñida a la altura de lo que debió de ser su cintura por un ancho cinturón de cuero escarlata. Pantalones de nankín con más bordado blanco en los tobillos y zapatillas de morado brillante completaban el conjunto. Estaba cantando el célebre «Largo al factótum» de *El barbe-ro de Sevilla*, con esa vocalización ágil y precisa que sólo sale de una garganta italiana, acompañándose con una concertina, mientras alzaba los brazos con entusiasmo y movía la cabeza con gracia, como una santa Cecilia obesa disfrazada de hombre. «Figaro qua! Figaro là! Figaro su! Figaro giù!», cantaba el conde, lanzando la concertina al aire con donaire y saludándonos con la elegancia despreocupada de un Figaro de veinte años.

—Créeme, Laura, ese hombre sabe algo de los apuros económicos de sir Percival –dije, mientras respondíamos desde lejos a su saludo.

—¿Qué te hace pensarlo? –preguntó ella.

—¿Cómo si no habría sabido que el señor Merriman era el abogado de sir Percival? –respondí–. Además, cuando salí del comedor tras de ti, me dijo, sin que yo le preguntara nada, que algo había pasado. Puedes estar segura de que sabe más de lo que aparenta.

—No le hagas preguntas, aunque así sea. No lo tomes en nuestra confianza.

—Tienes una antipatía muy decidida por él, Laura. ¿Qué ha hecho o dicho para merecerla?

—Nada, Marian. Al contrario, durante el viaje fue todo amabilidad y atención, e incluso contuvo varias veces los arranques de mal genio de sir Percival con mucha delicadeza hacia mí. Tal vez lo detesto porque tiene más poder sobre mi marido que yo. Tal vez me hiere el orgullo depender de su intervención. Lo único que sé es que me resulta odioso.

El resto del día y la velada transcurrieron tranquilamente. El conde y yo jugamos al ajedrez. En las dos primeras partidas se dejó ganar con cortesía, y luego, al ver que lo había descubierto, me pidió disculpas y en la tercera me hizo jaque mate en diez minutos. Sir Percival no mencionó ni una sola vez, durante toda la noche, la visita del abogado. Pero aquel episodio, o lo que fuera, produjo en él un cambio notable para bien. Fue tan cortés y agradable con todos nosotros como en sus mejores días en Limmeridge, y tan asombrosamente atento y cariñoso con su esposa que hasta la gélida madame Fosco lo miró con un gesto de seria sorpresa. ¿Qué significa todo esto? Creo que puedo adivinarlo. Me temo que Laura también lo adivina. Y estoy segura de que el conde Fosco lo sabe. Vi a sir Percival mirarlo varias veces durante la velada, buscando su aprobación.

17 de junio

Día de acontecimientos. Ruego con todo mi corazón no tener que añadir, más tarde, que ha sido también un día de desgracias.

Sir Percival permaneció tan callado durante el desayuno como la noche anterior respecto al misterioso «acuerdo» –como lo llamó el abogado–. Una hora después, entró de repente en la sala, donde su esposa y yo esperábamos, ya con el sombrero puesto, a que madame Fosco se nos uniera, y preguntó por el conde.

—Esperamos verlo aquí en un momento –le dije.

—La verdad –continuó sir Percival, paseándose nervioso por la habitación–, es que necesito a Fosco y a su esposa en la biblioteca para un simple trámite de negocios. Y también necesito que vengas tú, Laura, un minuto nada más.

Se detuvo y pareció notar por primera vez que íbamos vestidas para salir.

—¿Acaban de entrar o están a punto de salir?

—Teníamos pensado ir al lago esta mañana –dijo Laura–. Pero si tienes algo previsto…

—No, no –respondió–. Mi asunto puede esperar. Después del almuerzo servirá igual que después del desayuno. ¿Van al lago, eh? Buena idea. Tomémonos la mañana con calma. Yo también iré.

No había forma de malinterpretar su actitud, ni su inusitada disposición a posponer sus planes para adaptarse a los de los demás. Claramente, se sintió aliviado al encontrar una excusa para retrasar el trámite en la biblioteca al que él mismo acababa de referirse. Se me hundió el ánimo al sacar la inevitable conclusión.

El conde y su esposa se nos unieron en ese momento. Ella traía en las manos la tabaquera bordada de su marido y su inseparable papel para liar cigarrillos. Él, vestido como de costumbre con su blusa y su sombrero de paja, cargaba la jaula-pagoda con sus adorados ratones blancos, sonriéndoles a ellos y a nosotros con una amabilidad tan dulce que resultaba imposible resistirse.

—Con su amable permiso –dijo el conde–, llevaré a mi pequeña familia conmigo –a mis pobrecitos, inofensivos y lindos ratoncitos– a tomar el aire. Hay perros por esta casa, ¿y dejaría yo a mis hijos blancos a merced de los perros? ¡Ah, nunca!

Les chasqueó los labios con ternura a través de los barrotes de la pagoda, y todos salimos rumbo al lago.

Ya en la arboleda, sir Percival se apartó de nosotros. Es parte de su carácter inquieto aislarse siempre en estas salidas y entretenerse cortando nuevos bastones de paseo. Parece que el simple acto de cortar ramas y podarlas al azar lo complace. Ha llenado la casa de bastones hechos por él, ninguno de los cuales ha vuelto a usar jamás. Una vez utilizados, pierde todo interés en ellos y no piensa más que en hacer otros.

En la vieja caseta de botes volvió a reunirse con nosotras. Voy a anotar la conversación que siguió cuando estuvimos todos acomodados en nuestros sitios, exactamente tal como ocurrió. Es una conversación importante, al menos para mí, porque me ha hecho desconfiar seriamente de la influencia que el conde Fosco ha ejercido sobre mis pensamientos y sentimientos, y me ha dispuesto a resistirla, de ahora en adelante, con toda la firmeza que pueda.

La caseta de botes era lo bastante grande para todos, pero sir Percival permaneció fuera, arreglando su último bastón nuevo con su hachuela de bolsillo. Nosotras tres encontramos espacio de sobra en el gran asiento. Laura tomó su labor, y madame Fosco comenzó con sus cigarrillos. Yo, como siempre, no tenía nada que hacer. Mis manos siempre han sido, y siempre serán, tan torpes como las de un hombre. El conde, con buen humor, tomó un taburete mucho más pequeño de lo que debía para él, y se equilibró sobre él con la espalda apoyada en la pared del cobertizo, que crujía y gemía bajo su peso. Puso la jaula-pagoda en su regazo y dejó salir a los ratones para que treparan por su cuerpo, como siempre. Son criaturas bonitas, de aspecto inocente, pero verlas reptar por el cuerpo de un hombre me resulta, por alguna razón, desagradable.

Me provoca un extraño escalofrío en los nervios y me sugiere horribles ideas de hombres muriendo en prisión, con las criaturas del calabozo arrastrándose sobre ellos sin ser perturbadas.

La mañana estaba ventosa y nublada, y las rápidas alternancias de sombra y luz sobre el lago le daban al paisaje un aspecto doblemente salvaje, raro y lúgubre.

—Algunos llaman a eso pintoresco –dijo sir Percival, señalando el horizonte con su bastón a medio terminar–. Yo lo llamo una mancha en la propiedad de un caballero. En tiempos de mi bisabuelo el lago llegaba hasta aquí. ¡Mírenlo ahora! No tiene más de un metro de profundidad en ninguna parte, y está lleno de charcos y pozas. Ojalá pudiera permitirme drenarlo y plantar todo el terreno. Mi capataz (un idiota supersticioso) asegura que está seguro de que el lago está maldito, como el Mar Muerto. ¿Qué opina, Fosco? Parece el lugar ideal para un asesinato, ¿no?

—Mi buen Percival –replicó el conde–, ¿en qué está pensando su sólido sentido inglés? El agua es demasiado poco profunda para esconder un cadáver, y la arena por todas partes marcaría las huellas del asesino. En conjunto, es el peor lugar para un asesinato que he visto en mi vida.

—¡Tonterías! –dijo sir Percival, cortando con furia su bastón–. Ya sabe lo que quiero decir: el paisaje lúgubre, la soledad. Si quiere entenderme, puede; si no, no voy a molestarme en explicarlo.

—¿Y por qué no, cuando cualquiera podría explicarlo en dos palabras? –preguntó el conde–. Si un necio fuera a cometer un asesinato, su lago sería el primer sitio que elegiría. Si un hombre inteligente fuera a cometer un asesinato, su lago sería el último lugar que elegiría. ¿Ése es su significado? Si lo es, ahí tiene su explicación, ya lista para usted. Tómela, Percival, con la bendición de su buen Fosco.

Laura miró al conde con su antipatía hacia él demasiado evidente en el rostro. Él estaba tan ocupado con sus ratones que no la notó.

—Me apena que se relacione el paisaje del lago con algo tan horrible como la idea de un asesinato –dijo Laura–. Y si el conde Fosco necesita dividir a los asesinos en clases, me parece muy desafortunada su elección de palabras. Describirlos como necios es tratarlos con una indulgencia que no merecen. Y describirlos como sabios me suena a una contradicción absoluta. Siempre he oído que los hombres verdaderamente sabios son hombres verdaderamente buenos y que sienten horror por el crimen.

—Mi querida señora –dijo el conde–, ésos son sentimientos admirables, y los he visto escritos en la parte superior de los cuadernos de caligrafía.

Levantó uno de los ratones blancos en la palma de su mano y le habló de su forma tan peculiar.

—Mi pequeño bribón blanco y suave –dijo–, aquí tienes una lección moral para ti. Un ratón verdaderamente sabio es un ratón verdaderamente bueno. Menciónaselo a tus compañeros y no vuelvas a roer los barrotes de tu jaula mientras vivas.

—Es fácil burlarse de todo –dijo Laura con firmeza–, pero no le resultará tan fácil, conde Fosco, darme un ejemplo de un hombre sabio que haya sido un gran criminal.

El conde encogió sus enormes hombros y sonrió a Laura con el gesto más amistoso.

—¡Muy cierto! –dijo–. El crimen de un necio es el crimen que se descubre, y el crimen de un sabio es el que NO se descubre. Si pudiera darle un ejemplo, no sería el de un hombre sabio. Querida lady Glyde, su buen sentido inglés me ha derrotado. Esta vez me han hecho jaque mate, señorita Halcombe, ¿eh?

—Defiende tu posición, Laura –se burló sir Percival, que había estado escuchando desde la puerta–. Dile ahora que los crímenes se descubren por sí mismos. Otro poco de moralidad de cuaderno para usted, Fosco. Los crímenes se descubren solos. ¡Qué infernal tontería!

—Yo creo que es verdad –dijo Laura en voz baja.

Sir Percival estalló en una carcajada tan violenta, tan desmedida, que nos asustó a todos, al conde más que a ninguno.

—Yo también lo creo –dije, acudiendo en ayuda de Laura.

Sir Percival, que se había divertido inexplicablemente con el comentario de su esposa, se irritó de forma igualmente inexplicable con el mío. Golpeó con rabia la arena con el bastón nuevo y se alejó de nosotras.

—¡Pobre querido Percival! —exclamó el conde Fosco, mirándolo alegremente mientras se iba—. Es víctima del mal humor inglés. Pero, mi querida señorita Halcombe, mi querida lady Glyde, ¿ustedes de verdad creen que los crímenes se descubren solos? Y tú, mi ángel —añadió, dirigiéndose a su esposa, que no había dicho una palabra—, ¿tú también lo crees?

—Espero recibir instrucción —respondió la condesa, con un tono de gélida reprobación, dirigido a Laura y a mí— antes de atreverme a dar mi opinión en presencia de hombres bien informados.

—¿De veras? —dije—. Recuerdo la época, condesa, en que defendía los derechos de la mujer, y la libertad de opinión femenina era uno de ellos.

—¿Cuál es su punto de vista, conde? —preguntó madame Fosco, continuando con sus cigarrillos, sin prestarme la menor atención.

El conde acarició a uno de sus ratones blancos con su gordo dedito antes de responder.

—Es realmente asombroso —dijo— lo fácil que le resulta a la sociedad consolarse de sus mayores carencias con un poco de palabrería moral. La maquinaria que ha creado para la detección del crimen es miserablemente ineficaz, y sin embargo basta inventar un epigrama moral que afirme que funciona bien para cegar a todos ante sus errores desde ese momento. ¿Que los crímenes se descubren solos? ¿Que el asesinato siempre sale a la luz (otro epigrama moral)? Pregunten a los forenses que presiden investigaciones en las grandes ciudades si eso es verdad, lady Glyde. Pregunten a los secretarios de las compañías de seguros de vida si eso es cierto, señorita Halcombe. Lean sus propios periódicos. En los pocos casos que aparecen en la prensa, ¿acaso no hay cuerpos hallados sin que jamás se descubra al asesino? Multipliquen los casos publicados por los que NO se publican, y los cuerpos encontrados por los que NO se encuentran, ¿y a qué conclusión llegarán? A ésta: que hay criminales tontos que son atrapados y criminales inteligentes que escapan. ¿Ocultar un crimen o descubrirlo? Es una competencia de habilidad entre la policía y el individuo. Cuando el criminal es un bruto ignorante, la policía gana nueve de cada diez veces. Cuando el criminal es un hombre resuelto, instruido y muy inteligente, la policía pierde nueve de cada diez veces. Si la policía gana, generalmente se sabe todo. Si la policía pierde, no se sabe nada. ¡Y sobre esa base tan endeble construyen ustedes su cómoda máxima moral de que el crimen se descubre solo! Sí... todo el crimen que conocen. ¿Y el resto?

—Muy cierto, diabólicamente cierto y bien dicho —exclamó una voz en la entrada de la caseta. Sir Percival había recuperado la calma y había vuelto mientras escuchábamos al conde.

—Puede que algo de eso sea verdad —dije—, y puede que esté muy bien expresado. Pero no entiendo por qué el conde Fosco celebra con tanto entusiasmo la victoria del criminal sobre la sociedad, ni por qué usted, sir Percival, lo aplaude tan abiertamente por hacerlo.

—¿Oye eso, Fosco? —dijo sir Percival—. Hágame caso y haga las paces con su público. Dígales que la virtud es algo maravilloso, eso les gusta, se lo aseguro.

El conde rio en silencio, y dos de los ratones blancos en su chaleco, alarmados por la convulsión interna, salieron disparados y corrieron a su jaula.

—Las damas, mi buen Percival, me hablarán de la virtud —dijo—. Ellas son mejores autoridades que yo, porque saben lo que es la virtud, y yo no.

—¿Lo oye? —dijo sir Percival—. ¿No es espantoso?

—Es la verdad —dijo el conde tranquilamente—. Soy un ciudadano del mundo, y en mi vida me he encontrado con tantos tipos de virtud que en mi vejez no sé cuál es la correcta y cuál es la errónea. Aquí, en Inglaterra, hay una virtud. Y allí, en China, hay otra virtud. Y John el inglés dice que su virtud es la verdadera virtud. Y John el chino dice que su virtud es la verdadera virtud. Y yo le digo «sí» a uno o «no» al otro, y estoy tan confundido con el John de las botas altas como con el John de la coleta. ¡Ah, lindo ratoncito! Ven, bésame. ¿Cuál es tu idea personal de un hombre virtuoso, mi precioso? Un hombre que te mantenga caliente y te dé de comer. Y es una buena idea, al menos porque es comprensible.

—Espere un momento, conde –intervine–. Aceptando su ilustración, seguramente tenemos en Inglaterra una virtud incuestionable que falta en China. Las autoridades chinas matan a miles de inocentes por los pretextos más frívolos. Nosotros en Inglaterra estamos libres de toda culpa de ese tipo; no cometemos semejante crimen espantoso, aborrecemos el derramamiento de sangre imprudente con todo el corazón.

—Muy bien dicho, Marian –afirmó Laura–. Bien pensado y bien expresado.

—Por favor, permitan que el conde prosiga –dijo madame Fosco con una cortesía severa–. Verán, jovencitas, que él nunca habla sin tener excelentes razones para todo lo que dice.

—Gracias, mi ángel –respondió el conde–. ¿Un bombón? –Sacó de su bolsillo una cajita labrada muy bonita y la puso abierta sobre la mesa–. *Chocolat à la vanille* –exclamó alegremente, haciendo sonar los dulces dentro de la caja y saludando a todas–. Ofrecidos por Fosco como acto de homenaje a esta encantadora compañía.

—Sé tan amable de continuar –dijo su esposa con una maliciosa referencia hacia mí—. Haz el favor de responder a la señorita Halcombe.

—La señorita Halcombe es irrebatible –respondió el cortés italiano–. Es decir, hasta cierto punto. ¡Sí! Estoy de acuerdo con ella. John Bull aborrece los crímenes de John Chino. Es el más rápido en encontrar defectos en sus vecinos y el más lento en ver los propios que existe sobre la faz de la tierra. ¿Es realmente tan superior a los pueblos que condena por sus costumbres? La sociedad inglesa, señorita Halcombe, es tan a menudo cómplice del crimen como lo es su enemiga. ¡Sí, sí! El crimen en este país es lo mismo que en otros países: tan buen amigo para un hombre y su entorno como puede ser enemigo. Un gran sinvergüenza provee a su esposa e hijos. Cuanto peor es él, más despierta su simpatía. Muchas veces también se provee a sí mismo. Un libertino derrochador que siempre está pidiendo dinero prestado consigue más de sus amigos que un hombre estrictamente honesto que sólo lo pide una vez y en caso de necesidad extrema. En un caso, los amigos no se sorprenden y dan. En el otro, se sorprenden mucho y dudan. ¿Es la prisión donde el señor Sinvergüenza acaba su carrera más incómoda que el asilo donde el señor Honradez termina la suya? Cuando el filántropo John Howard quiere aliviar la miseria, va a buscarla a las prisiones, donde el crimen sufre —no a las chozas donde la virtud también sufre—. ¿Quién es el poeta inglés que ha despertado la simpatía más universal —que es el más fácil de retratar en la literatura y la pintura sentimental?—. Ese simpático joven que comenzó su vida falsificando y la terminó suicidándose: su querido, romántico e interesante Chatterton. ¿Cuál de dos modistas pobres tiene más suerte, creen ustedes: la que resiste la tentación y es honesta, o la que cae en la tentación y roba? Todos saben que el robo le abre el camino a la fortuna a esta segunda mujer: la da a conocer por toda Inglaterra, que es compasiva y caritativa, y recibe ayuda como quien quebranta un mandamiento, cuando habría sido dejada a morir de hambre por respetarlo. Ven aquí, mi alegre ratoncito. ¡Hey! *¡Presto!* ¡Pasa! Te transformo, por el momento, en una señora respetable. Quédate ahí, en la palma de mi enorme mano, querida, y escucha. Te casas con el pobre hombre a quien amas, ratita, y la mitad de tus amigos te compadecen, y la otra mitad te reprueba. Pero si, por el contrario, te vendes por oro a un hombre que no te importa, todos tus amigos se alegran por ti, y un ministro del culto sanciona el horror de la más vil de todas las transacciones humanas, y luego sonríe y se pavonea en tu mesa si tienes la amabilidad de invitarlo a desayunar. ¡Hey! *¡Presto!* ¡Pasa! Vuelve a ser un ratón y chilla. Si sigues siendo una dama mucho más tiempo, acabarás diciéndome que la sociedad aborrece el crimen, y entonces, ratita, dudaré seriamente de que tus ojos y oídos sirvan para algo. Ah, soy un mal hombre, ¿verdad, lady Glyde? Digo lo que otros sólo piensan, y cuando el resto del mundo conspira para tomar la máscara por el rostro verdadero, soy la mano temeraria que arranca el cartón pintado y muestra los huesos desnudos debajo. Me levantaré sobre mis grandes patas de elefante, antes de hacerme más daño a mí mismo en su amable estima, me levantaré y daré un ligero paseo. Queridas damas, como dijo su excelente Sheridan: me voy... y dejo atrás mi reputación.

Se levantó, puso la jaula sobre la mesa, y se detuvo un momento para contar los ratones. —Uno, dos, tres, cuatro... ¡Ah! –exclamó con expresión de horror–. ¿Dónde, en nombre del cielo, está el quinto, el más joven, el más blanco, el más amable de todos. ¡Mi Benjamín de los ratones!

Ni Laura ni yo estábamos de humor para divertirnos. El cínico desparpajo del conde había revelado una faceta de su carácter que nos repelía. Pero era imposible resistir la cómica angustia de un hombre tan enorme por un ratón tan pequeño. Reímos a pesar nuestro, y cuando madame Fosco se levantó para dar el ejemplo de dejar la caseta vacía para que su marido pudiera buscar en todos los rincones, también nos levantamos para seguirla.

Antes de dar tres pasos, el ojo agudo del conde descubrió al ratón extraviado debajo del banco que habíamos ocupado. Corrió el asiento a un lado, tomó al pequeño animal en la mano, y de pronto se detuvo, de rodillas, mirando fijamente un punto en el suelo justo bajo él.

Cuando volvió a ponerse de pie, le temblaba tanto la mano que apenas pudo devolver el ratón a la jaula, y su rostro había adquirido un tono amarillo lívido.

—¡Percival! –dijo en un susurro–. ¡Percival! Venga aquí.

Sir Percival no nos había prestado atención en los últimos diez minutos. Había estado completamente absorto escribiendo cifras en la arena y luego borrándolas con la punta de su bastón.

—¿Qué pasa ahora? –preguntó, entrando con desgano en la caseta.

—¿No ve nada ahí? –dijo el conde, tomándolo nerviosamente del cuello con una mano y señalando con la otra el lugar cerca de donde había encontrado al ratón.

—Veo mucha arena seca –respondió sir Percival– y una mancha de tierra en medio.

—No es tierra –susurró el conde, sujetando de repente el cuello de sir Percival con la otra mano y sacudiéndolo con agitación–. ¡Es sangre!

Laura estaba lo suficientemente cerca como para oír esa última palabra, aunque la dijo en voz muy baja. Se volvió hacia mí con una mirada de terror.

—Tonterías, querida –dije–. No hay razón para alarmarse. Es sólo la sangre de un pobre perrito perdido.

Todos estaban sorprendidos, y todos clavaron los ojos en mí con gesto interrogante.

—¿Cómo lo sabe? –preguntó sir Percival, el primero en hablar.

—Encontré al perro aquí, moribundo, el día que todos regresaron del extranjero –respondí–. La pobre criatura había entrado en la plantación y fue abatida por su guardabosque.

—¿De quién era el perro? –preguntó Sir Percival–. ¿No era uno de los míos?

—¿Intentaste salvar al pobre animal? –preguntó Laura con emoción–. Seguramente lo intentaste, Marian.

—Sí –dije–. La ama de llaves y yo hicimos todo lo posible, pero el perro estaba mortalmente herido y murió entre nuestras manos.

—¿De quién era el perro? –insistió sir Percival, repitiendo la pregunta con un leve tono de irritación–. ¿Era mío?

—No, no era suyo.

—¿Entonces de quién? ¿Lo sabía la ama de llaves?

El informe de la ama de llaves sobre el deseo de la señora Catherick de ocultar su visita a Blackwater Park volvió a mi memoria en cuanto él hizo esa última pregunta, y por un momento dudé si sería prudente responder. Pero, en mi ansiedad por calmar la alarma general, había hablado ya demasiado para echarme atrás sin despertar sospechas, lo que sólo podía empeorar las cosas. No me quedó más remedio que responder de inmediato, sin pensar en las consecuencias.

—Sí –dije–. La ama de llaves lo sabía. Me dijo que era el perro de la señora Catherick.

Hasta entonces, sir Percival se había quedado en el fondo de la caseta con el conde Fosco, mientras yo le hablaba desde la entrada. Pero, en cuanto pronuncié el nombre de la señora Catherick, empujó bruscamente al conde a un lado y se plantó frente a mí, bajo la luz del día.

—¿Cómo supo la ama de llaves que era el perro de la señora Catherick? —preguntó, clavando en mí una mirada intensa y ceñuda que me irritó y me inquietó a la vez.

—Lo supo —respondí con calma— porque la señora Catherick trajo al perro consigo.

—¿Lo trajo? ¿Dónde lo trajo?

—A esta casa.

—¿Qué demonios quería la señora Catherick en esta casa?

La forma en que formuló la pregunta resultaba aún más ofensiva que las palabras con que la expresó. Manifesté mi desagrado por su falta de cortesía con un simple gesto: me volví en silencio, dándole la espalda.

Apenas lo hice, la mano persuasiva del conde se posó sobre su hombro, y la voz meliflua del conde intervino para calmarlo.

—¡Querido Percival!… con calma… con calma.

Sir Percival se volvió con expresión colérica. El conde sólo sonrió y repitió su calmante recomendación.

—Con calma, amigo mío… con calma.

Sir Percival vaciló, me siguió unos pasos y, para mi gran sorpresa, me ofreció una disculpa.

—Le pido disculpas, señorita Halcombe —dijo—. Últimamente no me he sentido bien, y temo estar un poco irritable. Pero me gustaría saber qué podía querer la señora Catherick aquí. ¿Cuándo vino? ¿Fue la ama de llaves la única persona que la vio?

—La única persona —respondí—, hasta donde yo sé.

El conde intervino de nuevo.

—En ese caso, ¿por qué no interrogar a la ama de llaves? —dijo—. ¿Por qué no ir, Percival, directamente a la fuente de la información?

—¡Muy cierto! —dijo sir Percival—. Por supuesto, la ama de llaves es la primera persona a quien hay que preguntar. Muy torpe de mi parte no haberlo pensado antes.

Dicho esto, nos dejó de inmediato y regresó a la casa.

El motivo de la intervención del conde, que al principio me había desconcertado, se reveló en cuanto sir Percival nos dio la espalda. Tenía una multitud de preguntas que hacerme sobre la señora Catherick y el motivo de su visita a Blackwater Park, preguntas que difícilmente habría podido plantear en presencia de su amigo. Respondí con la mayor brevedad que la cortesía permitía, pues ya había decidido evitar cualquier atisbo de confidencia entre el conde Fosco y yo. Sin embargo, Laura, sin darse cuenta, le ayudó a extraer toda la información, haciendo preguntas ella misma que no me dejaban otra opción que contestarle, o parecer alguien que oculta secretos de sir Percival, lo cual era tanto falso como desagradable. El resultado fue que, en unos diez minutos, el conde sabía tanto como yo acerca de la señora Catherick y de los sucesos que nos han relacionado, de forma tan extraña, con su hija Anne, desde que Hartright la encontró hasta hoy.

El efecto que mi información produjo en él fue, en un aspecto, bastante curioso.

Tan íntima como es su relación con sir Percival, y tan estrechamente como parece vinculado a sus asuntos privados en general, el conde está, sin duda, tan lejos como yo de conocer la verdadera historia de Anne Catherick. El misterio sin resolver relacionado con esta desafortunada mujer se vuelve ahora doblemente sospechoso, a mis ojos, por la convicción absoluta que siento de que sir Percival ha ocultado la clave a su amigo más íntimo en el mundo. Era imposible malinterpretar la curiosidad ansiosa del conde mientras devoraba ávidamente cada palabra que salía de mis labios. Sé que hay muchos tipos de curiosidad, pero la del asombro absoluto no admite confusión: si alguna vez la he visto en mi vida, fue en el rostro del conde.

Durante la conversación, habíamos regresado paseando tranquilamente por la arboleda. Al llegar a la casa, lo primero que vimos frente a ella fue el coche ligero de sir Percival, con el caballo ya enganchado y el mozo de cuadra esperando junto a él, con su chaqueta de faena. Si esas apariciones inesperadas eran de fiar, el interrogatorio a la ama de llaves ya había producido resultados importantes.

—Un hermoso caballo, amigo mío –dijo el conde, dirigiéndose al mozo con su habitual cortesía seductora–. ¿Va usted a salir?

—Yo no, señor –respondió el hombre, mirando su chaqueta como preguntándose si el caballero extranjero la tomaba por librea–. Mi amo conduce él mismo.

—¡Ajá! –dijo el conde–. ¿De veras? Me sorprende que se moleste, teniendo a alguien que puede conducir por él. ¿Va a fatigar a ese bonito y reluciente caballo llevándolo muy lejos hoy?

—No lo sé, señor –respondió el mozo–. La yegua, si me permite, señor, es la más briosa que tenemos en los establos. Se llama Brown Molly, señor, y seguirá andando hasta caer rendida. Sir Percival suele usar a Isaac of York para distancias cortas.

—¿Y a la brillante y valiente Brown Molly para las largas?

—Sí, señor.

—Deducción lógica, señorita Halcombe –continuó el conde, girando con energía hacia mí—. Sir Percival va a recorrer una larga distancia hoy.

No respondí. Tenía mis propias conclusiones, basadas tanto en lo que sabía por la ama de llaves como en lo que tenía ante mí, y no estaba dispuesta a compartirlas con el conde Fosco.

(Cuando sir Percival estaba en Cumberland –pensé–, se alejó a pie una buena distancia, por causa de Anne, para interrogar a la familia de Todd's Corner. Ahora que está en Hampshire, ¿se alejará en coche, también por causa de Anne, para interrogar a la señora Catherick en Welmingham?)

Entramos todos en la casa. Al cruzar el vestíbulo, sir Percival salió de la biblioteca para recibirnos. Estaba apresurado, pálido y ansioso, pero a pesar de ello, se mostró en su estado más cortés al dirigirse a nosotros.

—Lamento tener que dejarlas –comenzó–. Un largo trayecto, un asunto que no puedo postergar. Estaré de regreso mañana a buena hora, pero antes de irme me gustaría resolver esa pequeña formalidad de la que hablé esta mañana. Laura, ¿vienes a la biblioteca? No llevará ni un minuto; es sólo una formalidad. Condesa, ¿puedo molestarla también? Quiero que usted y el conde, Fosco, sean testigos de una firma, nada más. Entren, por favor, y terminemos con ello.

Sostuvo la puerta de la biblioteca hasta que entraron, los siguió y la cerró suavemente.

Me quedé sola un momento en el vestíbulo, con el corazón acelerado y un presentimiento doloroso. Luego subí lentamente las escaleras hasta mi habitación.

IV

17 de junio

Justo cuando tenía la mano en el picaporte de la puerta, oí la voz de sir Percival llamándome desde abajo.

—Debo pedirle que baje de nuevo –dijo–. Es culpa de Fosco, no mía. Ha planteado una objeción absurda a que su esposa sea una de los testigos, y me ha obligado a pedirle que nos acompañe en la biblioteca.

Entré de inmediato con sir Percival. Laura estaba junto a la mesa de escritura, retorciendo nerviosamente su sombrero de jardín entre las manos. Madame Fosco estaba sentada cerca, en un sillón, admirando imperturbable a su marido, que se encontraba al otro extremo de la biblioteca, quitando hojas secas de las flores del ventanal.

En cuanto aparecí, el conde se adelantó para explicarse.

—Mil perdones, señorita Halcombe –dijo–. Usted conoce la opinión que los ingleses tienen de mis compatriotas. Los italianos, según el buen John Bull, somos todos astutos y suspicaces por naturaleza. Considéreme, si gusta, uno más de esa raza. Soy un italiano astuto y un italiano suspicaz. Usted misma lo ha pensado, ¿no es así, querida dama? Pues bien, es parte de mi astucia y de mi suspicacia oponerme a que madame Fosco sea testigo de la firma de lady Glyde, siendo yo también testigo.

—No hay la menor razón para su objeción –intervino sir Percival–. Le he explicado que la ley inglesa permite que madame Fosco firme como testigo igual que su esposo.

—Lo admito –prosiguió el conde–. La ley de Inglaterra dice que sí, pero la conciencia de Fosco dice que no.

Abrió los dedos gordos sobre el pecho de su blusón e hizo una reverencia solemne, como si quisiera presentarnos a su conciencia como una ilustre incorporación a la reunión.

—No sé ni deseo saber qué es este documento que lady Glyde va a firmar –continuó–. Sólo digo esto: pueden surgir circunstancias en el futuro que obliguen a Percival, o a sus representantes, a recurrir a los dos testigos, en cuyo caso es ciertamente deseable que esos testigos representen opiniones perfectamente independientes entre sí. Eso no puede ocurrir si mi esposa firma además de mí, porque entre nosotros sólo hay una opinión, y esa opinión es la mía. No quiero que se me eche en cara, algún día, que madame Fosco actuó bajo mi coacción y que, en realidad, no fue testigo de nada.

Hablo en interés de Percival al proponer que figure mi nombre (como amigo más cercano del marido) y el suyo, señorita Halcombe (como amiga más cercana de la esposa). Soy un jesuita, si así lo desea usted –un buscador de sutilezas, un hombre de bagatelas, caprichos y escrúpulos–, pero espero que me conceda la indulgencia de su consideración misericordiosa por mi suspicaz carácter italiano y mi intranquila conciencia italiana.

Hizo otra reverencia, dio unos pasos atrás y retiró su conciencia de nuestra compañía con la misma cortesía con que la había presentado.

Los escrúpulos del conde podían ser honorables y hasta razonables, pero hubo algo en su manera de expresarlos que aumentó aún más mi rechazo a implicarme en el asunto de la firma. Ninguna consideración que no fuera mi afecto por Laura me habría inducido a aceptar ser testigo en absoluto. Sin embargo, una sola mirada a su rostro ansioso bastó para decidirme: prefería arriesgarlo todo antes que abandonarla.

—Con gusto permaneceré en la sala –dije–. Y si no encuentro motivos para tener objeciones propias, pueden contar conmigo como testigo.

Sir Percival me miró con brusquedad, como si estuviera a punto de replicar. Pero en ese momento, madame Fosco atrajo su atención al levantarse de su asiento. Había captado la mirada de su esposo y, evidentemente, había recibido instrucciones para salir de la habitación.

—No es necesario que se vaya –dijo sir Percival.

Madame Fosco volvió a buscar la confirmación en su marido, la obtuvo de nuevo, declaró que prefería dejarnos a solas con el asunto y salió con determinación.

El conde encendió un cigarrillo, regresó a las flores del ventanal y lanzó pequeñas bocanadas de humo hacia las hojas, profundamente preocupado por eliminar insectos.

Mientras tanto, sir Percival abrió un armario bajo una de las estanterías y sacó de él un pliego de pergamino doblado a lo largo en muchas partes. Lo colocó sobre la mesa, abrió sólo el último doblez y mantuvo la mano firmemente sobre el resto. Esa última parte mostraba una franja de pergamino en blanco, con pequeños sellos de lacre pegados en ciertos lugares. Cada línea del texto estaba oculta bajo la parte que mantenía doblada bajo su mano. Laura y yo nos miramos. Su rostro estaba pálido, pero no mostraba indecisión ni miedo.

Sir Percival mojó una pluma en tinta y se la tendió a su esposa.

—Firma ahí –dijo, señalando el lugar–. Usted y Fosco firmarán después, señorita Halcombe, frente a esos dos sellos. ¡Venga aquí, Fosco! No se puede ser testigo de una firma mientras se divaga mirando por la ventana y fumando entre las flores.

El conde tiró el cigarrillo y se acercó a la mesa, con las manos metidas con descuido en el cinturón escarlata de su blusón y los ojos fijos en el rostro de sir Percival. Laura, al otro lado de su esposo, con la pluma en la mano, también lo miraba. Él se mantenía entre los dos, presionando el pergamino contra la mesa, y lanzándome miradas por encima, con una expresión tan sombría de sospecha y turbación que parecía más un acusado en el banquillo que un caballero en su propia casa.

—Firma ahí —repitió de pronto, volviéndose hacia Laura y señalando de nuevo el lugar en el pergamino.

—¿Qué es lo que debo firmar? —preguntó ella con calma.

—No tengo tiempo para explicaciones —respondió él—. El coche ya está en la puerta y debo marcharme de inmediato. Además, aunque tuviera tiempo, no entenderías nada. Es un documento puramente formal, lleno de tecnicismos legales y cosas por el estilo. ¡Vamos, vamos! Firma tu nombre y terminemos de una vez.

—Creo que al menos debo saber qué es lo que estoy firmando antes de escribir mi nombre.

—¡Tonterías! ¿Qué tienen que ver las mujeres con los negocios? Te repito que no puedes entenderlo.

—Aun así, déjame intentarlo. Siempre que el señor Gilmore me presentó algún asunto, lo explicó primero, y yo siempre lo entendí.

—Seguro que sí. Él era tu servidor y estaba obligado a explicarte. Yo soy tu marido y NO estoy obligado. ¿Cuánto tiempo más piensas hacerme perder? Te lo repito: no hay tiempo para leer nada. El coche está esperando en la puerta. Una vez más, ¿firmarás o no?

Ella aún sostenía la pluma, pero no dio señal alguna de estar por firmar.

—Si mi firma me compromete a algo —dijo—, tengo derecho a saber a qué me comprometo, ¿no?

Él alzó el pergamino y lo golpeó con fuerza sobre la mesa.

—¡Habla claro! —exclamó—. Siempre te has preciado de decir la verdad. No te preocupes por la señorita Halcombe, ni por Fosco: dilo en términos claros, no confías en mí.

El conde sacó una de sus manos del cinturón y la posó sobre el hombro de sir Percival. Éste la apartó con un gesto brusco. El conde la colocó de nuevo con la misma calma imperturbable.

—Domine su desafortunado carácter, Percival —dijo—. Lady Glyde tiene razón.

—¿Razón? –gritó sir Percival–. ¿Una esposa tiene razón en desconfiar de su marido?

—Es injusto y cruel acusarme de desconfianza –dijo Laura–. Pregunta a Marian si no tengo motivos para querer saber qué exige este documento antes de firmarlo.

—No permitiré que se invoque a la señorita Halcombe –replicó sir Percival–. La señorita Halcombe no tiene nada que ver en esto.

Hasta ese momento no había dicho una palabra, y habría preferido no tener que hablar ahora. Pero la expresión de angustia en el rostro de Laura al volverse hacia mí, y la insolente injusticia del comportamiento de su marido, no me dejaron otra opción que dar mi opinión, por ella, en cuanto se me pidió.

—Perdóneme, sir Percival –dije–, pero como una de las testigos de la firma, me atrevo a pensar que *sí* tengo algo que ver en esto. La objeción de Laura me parece perfectamente razonable y, hablando por mí misma, no puedo asumir la responsabilidad de atestiguar su firma a menos que primero sepa qué es lo que está firmando.

—¡Una declaración muy audaz, por mi alma! –exclamó sir Percival–. La próxima vez que se invite sola a la casa de un hombre, señorita Halcombe, le aconsejo que no le pague su hospitalidad poniéndose del lado de su esposa en un asunto que no le incumbe.

Me puse de pie de golpe, como si me hubiera golpeado. Si hubiese sido hombre, lo habría derribado en el umbral de su propia casa, y me habría marchado, con la firme decisión de no volver jamás por ninguna razón terrenal. Pero sólo era una mujer… y amaba tanto a su esposa.

Gracias a Dios, ese amor fiel me sostuvo, y volví a sentarme sin pronunciar palabra. ELLA sabía lo que había sufrido y lo que había contenido. Corrió hacia mí, con las lágrimas corriéndole por el rostro.

—Oh, Marian –susurró con dulzura–, si mi madre estuviera viva, no podría haber hecho más por mí.

—¡Vuelve y firma! –gritó sir Percival desde el otro lado de la mesa.

—¿Lo hago? –me preguntó al oído–. Lo haré, si tú me lo dices.

—No –le respondí–. La razón y la verdad están de tu lado: no firmes nada sin haberlo leído antes.

—¡Vuelve y firma! –repitió él, con un tono más alto y colérico.

El conde, que había observado cada gesto entre Laura y yo con silenciosa atención, intervino por segunda vez.

—¡Percival! –dijo–. Recuerdo que estoy en presencia de damas. Le ruego que también lo recuerde.

Sir Percival se volvió hacia él, sin habla, enardecido de furia. La mano firme del conde apretó con lentitud su hombro, y su voz serena repitió:

—Le ruego que también lo recuerde.

Ambos se miraron. Sir Percival retiró lentamente el hombro bajo la mano del conde, apartó el rostro de su mirada, y clavó la vista, con terquedad, en el pergamino sobre la mesa. Luego habló, con la sumisión rencorosa de una fiera domesticada, más que con la resignación digna de un hombre convencido.

—No quiero ofender a nadie –dijo–, pero la obstinación de mi esposa bastaría para probar la paciencia de un santo. Ya le he dicho que esto es un simple documento formal, ¿y qué más quiere? Díganme lo que quieran, pero no es propio del deber de una mujer desafiar así a su marido. Una vez más, lady Glyde, y por última vez: ¿firmará usted o no?

Laura volvió al lado de la mesa y tomó de nuevo la pluma.

—Firmaré con gusto –dijo–, si tan sólo me tratan como a un ser responsable. Me importa poco el sacrificio que se me pida, si no afecta a nadie más y no conlleva consecuencias negativas…

—¿Quién ha hablado de pedirte un sacrificio? –interrumpió él, con un arranque apenas contenido de su anterior violencia.

—Sólo quería decir –continuó ella– que no rechazaría ninguna concesión que pudiera hacer con honor. Si tengo un escrúpulo respecto a firmar un compromiso que desconozco por completo, ¿por qué castigarme tan severamente por ello? Es algo duro, creo yo, que se hayan tratado con tanta indulgencia los escrúpulos del conde Fosco y no los míos.

Esta desafortunada, aunque muy comprensible alusión al extraordinario poder del conde sobre su marido –por más indirecta que fuera– avivó de inmediato el temperamento latente de sir Percival.

—¡Escrúpulos! ¡Tus escrúpulos! Ya es un poco tarde para que vengas con escrúpulos. Creí que ya te habrías curado de tales debilidades cuando hiciste de la necesidad virtud al casarte conmigo.

Apenas pronunció esas palabras, Laura arrojó la pluma, lo miró con una expresión que jamás había visto en sus ojos, y le dio la espalda en completo silencio.

Aquella manifestación de desprecio abierto y amargo era tan absolutamente ajena a su carácter, tan inesperada en ella, que nos dejó a todos sin habla. Sin duda, había algo más profundo que la vulgar brutalidad de las palabras que él acababa de decirle. Había una injuria latente, de la que yo no sabía nada, pero que había dejado en su rostro la huella tan clara de su profanación, que hasta un extraño habría podido percibirla.

El conde, que no era un extraño, la percibió con la misma claridad que yo. Cuando me levanté para unirme a Laura, lo oí murmurar al oído de sir Percival:

—¡Idiota!

Laura se adelantó hacia la puerta mientras yo la seguía. Su marido volvió a hablarle en ese momento.

—¿Te niegas rotundamente, entonces, a darme tu firma? –dijo, en el tono de quien sabe que su propio descontrol verbal le ha causado un daño serio.

—Después de lo que acabas de decirme –respondió ella con firmeza–, me niego a firmar hasta haber leído cada línea de ese pergamino, desde la primera palabra hasta la última. Vámonos, Marian; ya hemos permanecido aquí demasiado tiempo.

—¡Un momento! –intervino el conde antes de que sir Percival pudiera hablar otra vez–. ¡Un momento, lady Glyde, se lo ruego!

Laura iba a salir sin hacerle caso, pero yo la detuve.

—No hagas del conde un enemigo –le susurré–. Hagas lo que hagas, no te lo eches encima.

Ella accedió. Cerré de nuevo la puerta, y nos quedamos junto a ella esperando. Sir Percival se sentó a la mesa, con el codo apoyado sobre el pergamino doblado y la cabeza en el puño. El conde se colocó entre todos –dueño de aquella situación terrible, como lo era de todo lo demás.

—Lady Glyde –dijo, con una suavidad que parecía dirigida más a nuestra situación desesperada que a nosotras mismas–, le ruego que me perdone si me atrevo a hacer una sugerencia, y le suplico que crea que hablo movido por mi profundo respeto y afecto hacia la señora de esta casa.

Se volvió bruscamente hacia sir Percival.

—¿Es absolutamente necesario –preguntó– que esto que tiene usted bajo el codo se firme hoy?

—Es necesario para mis planes y deseos –respondió el otro con desgana–. Pero, como habrá notado, eso no tiene ningún peso para lady Glyde.

—Responda mi pregunta con claridad. ¿Se puede aplazar el asunto de la firma hasta mañana? ¿Sí o no?

—Sí, si usted lo quiere así.

—Entonces, ¿para qué seguir perdiendo el tiempo aquí? Que la firma espere hasta mañana… que espere hasta su regreso.

Sir Percival alzó la vista con el ceño fruncido y soltando una maldición.

—Está adoptando un tono conmigo que no me gusta –dijo–. Un tono que no toleraré de ningún hombre.

—Le aconsejo por su propio bien –replicó el conde con una sonrisa de tranquilo desprecio–. Dese tiempo. Dele tiempo a lady Glyde. ¿Ha olvidado que su coche ligero le espera en la puerta? ¿Le sorprende mi tono? Ja, me lo imagino. Es el tono de un hombre que sabe mantener la calma. ¿Cuántos consejos bienintencionados le he dado en mi vida? Más de los que puede contar. ¿Alguna vez me he equivocado? Le desafío a que me cite un solo caso. ¡Ande! Váyase a dar su paseo. Lo de la firma puede esperar hasta mañana. Que espere… y que se retome cuando regrese.

Sir Percival vaciló y miró su reloj. La ansiedad por el viaje secreto que debía emprender aquel día, reavivada por las palabras del conde, claramente competía ahora en su mente con su urgencia por obtener la firma de Laura. Reflexionó un momento y luego se levantó de la silla.

—Es fácil ganarme una discusión –dijo– cuando no tengo tiempo para responder. Aceptaré su consejo, Fosco… no porque lo necesite ni porque crea en él, sino porque no puedo quedarme aquí por más tiempo.

Hizo una pausa y miró a su esposa con expresión oscura.

—Si no me da tu firma cuando regrese mañana…

Lo demás se perdió en el ruido que hizo al abrir de nuevo el armario de la estantería y volver a guardar bajo llave el pergamino. Tomó su sombrero y sus guantes de la mesa y se dirigió a la puerta. Laura y yo nos apartamos para dejarlo pasar.

—Recuérdalo: mañana –le dijo a su esposa, y se marchó.

Esperamos unos momentos para darle tiempo a cruzar el vestíbulo y partir. El conde se acercó mientras estábamos de pie junto a la puerta.

—Acaban de ver a Percival en su peor versión, señorita Halcombe –dijo–. Como su viejo amigo, lo lamento y me avergüenzo por él. Y como su viejo amigo, les prometo que mañana no se descontrolará del modo vergonzoso en que lo ha hecho hoy.

Laura me había tomado del brazo mientras hablaba, y al terminar sus palabras lo apretó con fuerza, como dándome un mensaje silencioso. Habría sido una prueba difícil para cualquier mujer presenciar cómo el papel de defensor de su marido era asumido con tranquilidad por un amigo en su propia casa –y para ELLA lo fue–. Agradecí al conde con cortesía y salí con Laura. Sí, le di las gracias: porque ya presentía, con una sensación de impotencia y humillación indescriptibles, que estaba en su interés o en su capricho el permitir que yo siguiera residiendo en Blackwater Park, y que, después de la conducta de sir Percival hacia mí, no podía esperar permanecer allí sin el apoyo de su influencia. Su influencia –la que más temía– era ahora, irónicamente, el único lazo que me mantenía cerca de Laura en la hora más oscura de su vida.

Oímos las ruedas del coche retumbar sobre la grava mientras entrábamos al vestíbulo. Sir Percival había partido.

—¿A dónde irá, Marian? –me susurró Laura–. Cada nueva acción suya me asusta más respecto al futuro. ¿Tienes alguna sospecha?

Después de lo que había vivido esa mañana, no quise angustiarla más revelándole mis conjeturas.

—¿Cómo voy a conocer yo sus secretos? –respondí, evasiva.

—¿No crees que la ama de llaves lo sabrá? –insistió.

—Desde luego que no –repliqué–. Debe de estar tan ignorante como nosotras.

Laura negó con la cabeza, insegura.

—¿No te dijo la ama de llaves que había rumores de que Anne Catherick había sido vista por aquí? ¿No crees que ha salido a buscarla?

—Prefiero tranquilizarme, Laura, sin pensar en eso. Y después de lo ocurrido, tú deberías hacer lo mismo. Ven a mi cuarto, descansa y recupérate un poco.

Nos sentamos juntas cerca de la ventana y dejamos que la fragancia del aire veraniego nos acariciara el rostro.

—Me da vergüenza mirarte, Marian –dijo–, después de todo lo que has soportado ahí abajo, por mí. ¡Oh, querida! Se me parte el alma al pensarlo. ¡Pero te lo compensaré, de verdad que sí!

—Calla, calla –respondí–. No digas eso. ¿Qué importa la pequeña herida a mi orgullo comparada con el terrible sacrificio de tu felicidad?

—¿Oíste lo que me dijo? –continuó, con rapidez y vehemencia–. Oíste las palabras, pero no sabes lo que significaban. No sabes por qué tiré la pluma y le di la espalda.

Se levantó bruscamente y empezó a andar por la habitación.

—Te he ocultado muchas cosas, Marian, por temor a inquietarte, a hacerte infeliz desde el principio de nuestras nuevas vidas. No sabes cómo me ha tratado. Y, sin embargo, deberías saberlo, porque viste cómo me trató hoy. Lo oíste burlarse de mis escrúpulos. Oíste cómo me dijo que hice de la necesidad virtud al casarme con él.

Volvió a sentarse, con el rostro profundamente enrojecido y las manos entrelazadas con fuerza en su regazo.

—No puedo contártelo ahora –dijo–. Me pondría a llorar si lo hiciera… Más tarde, Marian, cuando esté más calmada. Me duele la cabeza, cariño… me duele, me duele, me duele. ¿Dónde está tu frasco de sales? Hablemos de ti. Ojalá le hubiera dado mi firma, por ti. ¿Quieres que se la dé mañana? Preferiría comprometerme yo que comprometerte a ti. Después de haberme defendido, él te echará toda la culpa si me niego otra vez. ¿Qué haremos? ¡Oh, si tuviéramos a alguien que nos ayudara y nos aconsejara! ¡Alguien en quien pudiéramos confiar de verdad!

Suspiró con amargura. Vi en su rostro que pensaba en Hartright. Lo vi con claridad, sobre todo porque sus últimas palabras me hicieron pensar en él también. Sólo seis meses después de su boda, ya necesitábamos el servicio fiel que nos había ofrecido en su despedida. ¡Y pensar que una vez creí que jamás lo necesitaríamos!

—Debemos hacer lo que podamos por nosotras mismas –le dije–. Tratemos de hablarlo con calma, Laura. Hagamos todo lo que esté en nuestras manos para decidir lo mejor.

Juntando lo que ella sabía sobre las dificultades económicas de su marido y lo que yo había oído en su conversación con el abogado, llegamos necesariamente a la conclusión de que el pergamino de la biblioteca había sido redactado para conseguir un préstamo, y que la firma de Laura era indispensable para alcanzar el objetivo de sir Percival.

La segunda cuestión –la naturaleza del contrato legal mediante el cual se obtendría ese dinero, y el grado de responsabilidad personal al que Laura podría comprometerse si firmaba sin conocer el contenido– implicaba consideraciones que iban mucho más allá de nuestros conocimientos y experiencia. Pero mis propias convicciones me llevaban a creer que lo que ocultaba aquel pergamino era una transacción ruin y fraudulenta.

No había llegado a esa conclusión únicamente por la negativa de sir Percival a mostrar el documento o explicarlo, pues bien podía deberse sólo a su carácter obstinado y a su temperamento autoritario. Mi desconfianza respecto a su honestidad surgía del cambio que había observado en su lenguaje y en sus modales desde que llegamos a Blackwater Park, un cambio que me convenció de que había estado fingiendo durante toda su estancia en Limmeridge House. Su esmerada delicadeza, su cortesía ceremoniosa –tan en armonía con las ideas anticuadas del señor Gilmore–, su modestia con Laura, su franqueza conmigo, su moderación con el señor Fairlie... Todo eso había sido el disfraz de un hombre vil, astuto y brutal, que abandonó su máscara cuando su doblez ya había conseguido su objetivo, y se mostró abiertamente en la biblioteca ese mismo día. No diré nada del dolor que ese descubrimiento me causó por Laura, porque está más allá de lo que pueda expresar con palabras. Sólo lo menciono porque fue lo que me decidió a oponerme firmemente a que ella firmara el documento, ocurriera lo que ocurriera, a menos que primero conociera su contenido.

En esas circunstancias, nuestra única oportunidad, llegada la mañana siguiente, era disponer de una objeción para negarnos a la firma que tuviera fundamentos legales o comerciales lo bastante sólidos como para hacer vacilar a sir Percival y hacerle sospechar que nosotras dos entendíamos las leyes y obligaciones del negocio tan bien como él.

Tras reflexionar, decidí escribir al único hombre honesto y accesible en quien podíamos confiar para ayudarnos con discreción en nuestra lamentable situación. Ese hombre era el socio del señor Gilmore: el señor Kyrle, quien se encargaba ahora del despacho, ya que nuestro viejo amigo había debido retirarse por motivos de salud y abandonar Londres. Le expliqué a Laura que contaba con la autorización expresa del propio señor Gilmore para confiar plenamente en la integridad, discreción y conocimiento de todos sus asuntos que poseía su socio. Con su total aprobación, me senté de inmediato a redactar la carta. Expuse al señor Kyrle nuestra situación tal como era y le pedí su consejo, formulado con claridad, en términos simples y directos que no dieran lugar a interpretaciones erróneas. Mi carta fue lo más breve posible y, espero, libre de disculpas y detalles innecesarios.

Justo cuando estaba por escribir la dirección en el sobre, Laura descubrió una dificultad que, absorta como estaba en la redacción, había pasado por alto por completo.

—¿Cómo vamos a recibir la respuesta a tiempo? –preguntó–. Tu carta no llegará a Londres hasta mañana por la mañana, y el correo no traerá la respuesta hasta la mañana siguiente.

La única forma de superar esa dificultad era que nos enviaran la respuesta desde el despacho del abogado con un mensajero especial. Escribí un posdata indicando que, por favor, el mensajero fuera enviado en el tren de las once de la mañana, que llegaría a nuestra estación a la una y veinte, permitiéndole llegar a Blackwater Park antes de las dos, como máximo. Debía preguntar por mí, no responder a preguntas de nadie más y entregar la carta únicamente en mis manos.

—En caso de que sir Percival regrese mañana antes de las dos –le dije a Laura–, lo más prudente será que pases la mañana en el jardín, con un libro o tu costura, y que no te muestres por la casa hasta que el mensajero haya tenido tiempo de llegar con la carta. Yo me quedaré aquí toda la mañana para esperarlo y prevenir cualquier contratiempo o error. Si seguimos este plan, espero que no nos cojan por sorpresa. Vamos ahora al salón. Podríamos despertar sospechas si seguimos tanto tiempo encerradas juntas.

—¿Sospechas? –repitió–. ¿De quién, si sir Percival ya se ha marchado? ¿Te refieres al conde Fosco?

—Tal vez, Laura.

—Estás empezando a detestarlo tanto como yo, Marian.

—No, no es eso. Detestar implica cierto desprecio, y no veo nada en el conde que merezca desprecio.

—¿Tienes miedo de él?

—Tal vez. Un poco.

—¿Miedo, después de que hoy intervino a nuestro favor?

—Sí. Me inquieta más su intervención que la violencia de Sir Percival. Recuerda lo que te dije en la biblioteca: *lo que hagas, Laura, no hagas del conde un enemigo.*

Bajamos las escaleras. Laura entró al salón, mientras yo me dirigía al vestíbulo con mi carta en la mano, para echarla en el buzón que colgaba de la pared frente a mí.

La puerta principal estaba abierta, y al pasar por delante, vi al conde Fosco y a su esposa hablando en los escalones, de cara hacia mí.

La condesa entró rápidamente al vestíbulo y me preguntó si disponía de cinco minutos para mantener una conversación privada. Sorprendida por semejante solicitud, viniendo de ella, metí la carta en el buzón y le respondí que estaba completamente a su disposición. Me cogió del brazo con una familiaridad inesperada y, en lugar de llevarme a una sala vacía, me sacó hacia el anillo de césped que rodeaba el gran estanque de peces.

Al pasar junto al conde en los escalones, él saludó con una sonrisa y luego entró a la casa, empujando la puerta del vestíbulo sin llegar a cerrarla del todo.

La condesa me condujo con suavidad alrededor del estanque. Esperaba recibir alguna confidencia extraordinaria, y me asombró descubrir que lo que quería decirme en privado no era más que una cortés expresión de simpatía por lo ocurrido en la biblioteca. Su marido le había contado todo lo sucedido, así como el modo insolente en que sir Percival me había hablado. Esa información la había afectado tanto, por mí y por Laura, que había decidido que si algo similar volvía a ocurrir, manifestaría su repulsa abandonando la casa. El conde había aprobado la idea y ella esperaba que yo también lo hiciera.

Me pareció un comportamiento muy extraño en una mujer tan reservada como madame Fosco, sobre todo después del intercambio áspero que habíamos tenido esa misma mañana en el cobertizo del lago. Sin embargo, era evidente que debía corresponder a su gesto de cordialidad con igual cortesía. Así lo hice, y creyendo que ya estaba todo dicho por ambas partes, intenté volver a la casa.

Pero madame Fosco parecía decidida a no dejarme ir, y, para mi absoluto asombro, también decidida a hablar. Hasta entonces la mujer más silenciosa que había conocido, ahora me abrumó con un torrente de lugares comunes sobre el matrimonio, sobre sir Percival y Laura, sobre su propia felicidad, sobre la conducta del difunto señor Fairlie en lo relativo a su herencia, y sobre media docena de asuntos más. Me tuvo dando vueltas alrededor del estanque durante más de media hora, hasta dejarme agotada. Si se dio cuenta o no de mi cansancio, no lo sé, pero se detuvo tan bruscamente como había empezado, miró hacia la puerta de la casa, recuperó al instante su frialdad habitual y me soltó el brazo por su cuenta antes de que yo encontrara una excusa para librarme.

Al empujar la puerta y entrar al vestíbulo, me encontré de repente cara a cara con el conde. Justo en ese momento acababa de depositar una carta en el buzón.

Cuando cerró la tapa, me preguntó dónde había dejado a madame Fosco. Se lo dije, y salió de inmediato por la puerta para reunirse con su esposa. Su tono, al dirigirse a mí, fue tan inusualmente callado y reservado, que me hizo volver la vista para observarlo mientras se alejaba, preguntándome si estaría enfermo… o inquieto.

No sé por qué lo hice, pero mi siguiente impulso fue ir directamente al buzón de correos, sacar mi propia carta y volver a mirarla, con una vaga desconfianza rondándome. Tampoco sé por qué al mirarla por segunda vez me vino de inmediato la idea de sellar el sobre para mayor seguridad. Son misterios demasiado hondos o triviales para que yo pueda desentrañarlos. Como bien se sabe, las mujeres actúan constantemente por impulsos que no pueden explicar ni siquiera a sí mismas, y sólo puedo suponer que uno de esos impulsos fue la causa oculta de mi conducta tan poco razonable en esta ocasión.

Sea cual fuera la fuerza que me movió, pronto tuve motivos para felicitarme de haberla obedecido, en cuanto me dispuse a sellar la carta en mi habitación. Había cerrado originalmente el sobre de la manera habitual: humedeciendo el adhesivo y presionando contra el papel. Pero al probarlo con el dedo, después de transcurridos al menos tres cuartos de hora, el sobre se abrió al instante, sin pegarse ni romperse. ¿Quizá lo había cerrado mal? ¿O habría algún defecto en la goma adhesiva?

O quizá… No. Es ya bastante repugnante sentir esa tercera posibilidad rondando en mi mente. Prefiero no verla escrita en blanco y negro frente a mí.

Casi temo la llegada de mañana; depende demasiado de mi prudencia y dominio. Pero hay dos precauciones que no olvidaré. Debo cuidar de mantener una apariencia amistosa con el conde, y debo estar muy alerta cuando llegue el mensajero del despacho con la respuesta a mi carta.

V

17 de junio

Cuando llegó la hora de la cena y volvimos a encontrarnos, el conde Fosco estaba de nuevo de excelente humor. Se esmeró en entretenernos y divertirnos, como si estuviera decidido a borrar todo recuerdo de lo sucedido en la biblioteca esa tarde. Narró con viveza sus aventuras de viaje, anécdotas graciosas de personajes peculiares que había conocido en el extranjero, comparaciones pintorescas entre costumbres sociales de distintas naciones –ilustradas con ejemplos tomados de hombres y mujeres de toda Europa–, confesiones humorísticas de las ingenuas locuras de su juventud, cuando dictaba la moda en una ciudad italiana de segundo orden y escribía novelas absurdas al estilo francés para un periódico igual de mediocre… Todo fluía con tal facilidad y gracia de sus labios, y tocaba de forma tan directa y delicada nuestras distintas curiosidades e intereses, que Laura y yo lo escuchamos con tanta atención y –por contradictorio que parezca– con tanta admiración como la misma madame Fosco. Las mujeres pueden resistirse al amor de un hombre, a su fama, a su aspecto, a su fortuna…, pero no pueden resistirse a su lengua, cuando sabe cómo hablarles.

Después de la cena, mientras el efecto de su encantadora charla aún estaba fresco en nosotras, el conde se retiró discretamente a leer en la biblioteca.

Laura propuso salir a pasear un poco para disfrutar del final de la larga tarde. Por mera cortesía era necesario invitar a madame

Fosco a acompañarnos, pero esta vez, al parecer, ya tenía órdenes previas y se excusó amablemente:

—El conde probablemente querrá un nuevo suministro de cigarrillos —dijo a modo de explicación—, y nadie puede hacérselos a su gusto excepto yo.

Sus fríos ojos azules casi se encendieron al decirlo: ¡parecía sinceramente orgullosa de ser el conducto oficial a través del cual su señor y esposo se relajaba con el humo del tabaco!

Laura y yo salimos solas.

La tarde era densa, pesada. El aire tenía algo de marchito; las flores languidecían en el jardín y el suelo estaba reseco, sin rocío. El cielo occidental, sobre los árboles silenciosos, era de un amarillo pálido, y el sol se ponía débilmente tras una bruma. La lluvia parecía inminente… probablemente caería con la llegada de la noche.

—¿Hacia dónde vamos? —pregunté.

—Hacia el lago, Marian, si te parece bien —respondió.

—Te gusta de una manera inexplicable ese lago lúgubre, Laura.

—No el lago en sí, sino el paisaje que lo rodea. La arena, el brezal, los pinos… son las únicas cosas en esta gran finca que me recuerdan a Limmeridge. Pero si prefieres otro camino, iremos a otro sitio.

—No tengo paseos favoritos en Blackwater Park, querida. Todos me parecen iguales. Vamos al lago. Tal vez en ese espacio abierto haga algo más de frescor que aquí.

Cruzamos en silencio la arboleda oscura. La pesadez del aire vespertino nos oprimía a ambas, y al llegar al cobertizo de los botes nos alegramos de poder sentarnos a descansar.

Una niebla blanca colgaba baja sobre el lago. La línea densa y oscura de árboles al otro lado aparecía por encima de la bruma como un bosque en miniatura flotando en el cielo. El suelo arenoso, que descendía suavemente desde donde nos sentábamos, desaparecía misteriosamente entre los pliegues de la niebla. El silencio era espantoso. No se oía crujir hojas, ni el canto de pájaros en el bosque, ni el grito de las aves acuáticas en las charcas ocultas del lago. Incluso las ranas habían callado esta noche.

—Es muy desolador y sombrío –dijo Laura–. Pero aquí podemos estar más solas que en ningún otro lugar.

Hablaba con serenidad y miraba la extensión de arena y niebla con ojos fijos, pensativos. Pude ver que su mente estaba demasiado ocupada para que la afectaran las impresiones lúgubres del exterior, que ya se habían adueñado de la mía.

—Te prometí, Marian, que te contaría la verdad sobre mi vida de casada, en lugar de seguir dejándote adivinarla –comenzó–. Ese secreto ha sido el primero que he tenido para contigo, querida, y estoy decidida a que sea el último. Guardé silencio, como sabes, por tu bien… y quizá también un poco por el mío. Es muy duro para una mujer confesar que el hombre al que ha entregado toda su vida es, de todos, el que menos valora ese don. Si tú estuvieras casada, Marian –y sobre todo si fueras felizmente casada– sentirías lo que siento yo, como ninguna mujer soltera puede sentirlo, por muy noble y generosa que sea.

¿Qué podía responderle? Sólo podía tomar su mano y mirarla con todo mi corazón, tanto como mis ojos me lo permitían.

—¡Cuántas veces –continuó– te he oído reír hablando de tu «pobreza»! ¡Cuántas veces me has dirigido bromas fingidas felicitándome por mi fortuna! Oh, Marian, no vuelvas a reírte jamás. Da gracias a Dios por tu pobreza: te ha hecho dueña de ti misma y te ha salvado del destino que me ha tocado a mí.

Un comienzo triste en los labios de una esposa joven… triste en su serena y directa verdad. Los pocos días que habíamos pasado juntas en Blackwater Park bastaban –para mí y para cualquiera– para comprender con qué propósito su marido se había casado con ella.

—No quiero afligirte –dijo– contándote cuán pronto comenzaron mis decepciones y sufrimientos, ni siquiera qué fueron. Ya es bastante tenerlos en la memoria. Pero si te cuento cómo recibió el único intento de reproche que alguna vez me atreví a hacerle, entenderás perfectamente cómo me ha tratado siempre, sin necesidad de que te lo describa con más palabras. Fue un día en Roma. Habíamos salido a caballo hasta la tumba de Cecilia Metella. El cielo estaba sereno y precioso, y las viejas ruinas lucían hermosas. Recordar que un esposo había erigido aquello por amor a su esposa me hizo sentirme más tierna y ansiosa hacia el mío de lo que nunca me había sentido. «¿Construirías una tumba así para mí, Percival? –le pregunté–. Decías que me amabas profundamente antes de casarnos, y sin embargo, desde entonces…». No pude continuar, Marian. ¡Ni siquiera me estaba mirando! Me bajé el velo, pensando que era mejor que no viera las lágrimas en mis ojos. Creí que no me había prestado atención, pero sí lo había hecho. Dijo «vámonos» y rio para sí mientras me ayudaba a montar. Luego subió a su caballo y volvió a reír mientras partíamos. «Si te construyo una tumba –dijo–, será con tu propio dinero. Me pregunto si Cecilia Metella tenía una fortuna y pagó la suya». No le respondí. ¿Cómo iba a hacerlo, si estaba llorando tras el velo? «Ah, vosotras las rubias sois todas igual de melancólicas –dijo–. ¿Qué queréis? ¿Piropos y palabras dulces? Pues bien, hoy estoy de buen humor: considéralo dicho». Los hombres no saben cuánto daño nos hacen cuando nos dicen cosas crueles. Sería mejor para nosotras si simplemente siguiéramos llorando, pero su desprecio secó mis lágrimas y endureció mi corazón. Desde entonces, Marian, nunca más me contuve al pensar en Walter Hartright. Dejé que el recuerdo de aquellos días felices, en los que nos queríamos en secreto, volviera y me consolara. ¿Qué otra cosa tenía para aliviarme? Si hubiéramos estado juntas, tú me habrías guiado hacia pensamientos mejores. Sé que estuvo mal, cariño, pero dime si me equivoqué sin tener ninguna excusa.

Tuve que apartar el rostro de ella.

—No me lo preguntes –dije–. ¿He sufrido lo que tú has sufrido? ¿Con qué derecho podría yo juzgarte?

—Solía pensar en él –prosiguió, bajando la voz y acercándose más a mí–. Pensaba en él cuando Percival me dejaba sola por las noches para irse con gente del teatro. Imaginaba cómo habría sido mi vida si Dios me hubiera bendecido con la pobreza, y yo hubiese sido su esposa. Me veía con un vestido sencillo, esperándolo en casa mientras él trabajaba para ganarnos el sustento… trabajando yo también por él y queriéndolo aún más por tener que esforzarme. Me imaginaba recibiéndolo al volver cansado, ayudándole a quitarse el sombrero y el abrigo, y, Marian, sorprendiéndolo con pequeños platos que habría aprendido a preparar para él. ¡Oh! Espero que él nunca esté lo bastante solo ni triste como para pensar en mí y verme como yo lo he pensado y visto a él.

Al decir esas palabras tan tristes, toda la ternura perdida volvió a su voz, y toda la belleza que creí apagada tembló de nuevo en su rostro. Sus ojos se posaban con amor sobre el paraje desolado y sombrío frente a nosotras, como si vieran las colinas amistosas de Cumberland en aquel cielo apagado y amenazador.

—No hables más de Walter –dije, en cuanto pude recobrarme–. Oh, Laura, ahórranos a las dos la pena de hablar de él ahora.

Ella se recompuso y me miró con dulzura.

—Preferiría no mencionarlo nunca más –respondió– antes que causarte una sola pena.

—Lo digo por tu bien –le supliqué–. Es por ti que lo digo. Si tu marido te oyera…

—No le sorprendería, si me oyera.

Respondió eso con una calma y frialdad tan extrañas que me alarmaron casi tanto como sus palabras.

—¿No le sorprendería? –repetí–. ¡Laura! Piensa lo que estás diciendo… ¡me asustas!

—Es verdad –dijo–. Es lo que quería contarte hoy, cuando hablábamos en tu cuarto. Mi único secreto al abrirle el corazón en Limmeridge era un secreto inocente, Marian… tú misma lo dijiste. El nombre fue lo único que oculté. Y lo ha descubierto.

La oí, pero no pude decir nada. Aquellas últimas palabras acababan de matar la pequeña esperanza que aún me quedaba.

—Ocurrió en Roma –prosiguió, igual de calmada y fría–. Estábamos en una reunión de ingleses organizada por unos amigos de sir Percival: el señor y la señora Markland. La señora Markland tenía fama de dibujar muy bien, y algunos de los invitados la persuadieron para que nos mostrara sus dibujos. Todos los admiramos, pero algo que dije llamó su atención especialmente. «Seguro que usted también dibuja», me dijo. «Solía hacerlo, hace tiempo –respondí–, pero lo he dejado». «Si alguna vez vuelve a retomarlo –me dijo–, permítame recomendarle un maestro». No dije nada –ya sabes por qué, Marian– e intenté cambiar de tema.

Pero la señora Markland insistió. «He tenido toda clase de profesores –siguió–, pero el mejor de todos, el más inteligente y atento, fue un tal señor Hartright. Si vuelve usted al dibujo, pruebe con él. Es joven, modesto, muy educado… estoy segura de que le agradará». ¡Imagínate esas palabras dichas ante extraños! ¡Invitados que estaban allí para conocer a los recién casados! Hice todo lo posible por controlarme; no dije nada y bajé la mirada a los dibujos. Cuando me atreví a levantarla, mis ojos se cruzaron con los de mi marido… y por su mirada supe que mi rostro me había traicionado. «Ya veremos lo de ese señor Hartright», dijo mirándome fijamente. «Estoy de acuerdo con usted, señora Markland: creo que a lady Glyde seguro que le gustará». Acentuó esas últimas palabras de tal forma que me hizo arder las mejillas y el corazón me latía como si fuera a ahogarme. No se dijo nada más. Nos marchamos temprano.

En el carruaje de regreso al hotel no pronunció palabra. Me ayudó a bajar, me siguió escaleras arriba como de costumbre…, pero en cuanto entramos en el salón, cerró la puerta con llave, me empujó a una silla y se plantó frente a mí con las manos sobre mis hombros. «Desde aquella mañana en que me hiciste tu audaz confesión en Limmeridge –dijo–, he querido saber quién era el hombre. Esta noche lo he visto en tu cara. Tu maestro de dibujo era él, y se llama Hartright. Lo vas a pagar, y él también, hasta el último día de vuestras vidas. Ahora vete a la cama, y sueña con él si quieres… con las marcas de mi látigo en su espalda». Cada vez que se enfada conmigo, ahora recurre a eso que le confesé ante ti… siempre con burla o amenaza. No tengo manera de impedir que le dé su propia interpretación horrible a la confianza que deposité en él. No tengo influencia para que me crea, ni para que guarde silencio. Hoy te sorprendió oírle decirme que hice de la necesidad virtud al casarme con él. No te sorprenderá la próxima vez que lo repita, en cuanto pierda la paciencia otra vez…

—¡Oh, Marian! ¡No! ¡No! ¡Me haces daño!

—¡La he hecho esto a ella… y lo he hecho por sir Percival Glyde!

Por *Sir Percival Glyde*.

La tenía entre mis brazos, y el aguijón y tormento de mi remordimiento me hicieron apretarla como en un torno. *Mi* remordimiento. El blanco rostro de desesperación de Walter, cuando mis crueles palabras lo hirieron en lo más hondo en el pabellón de Limmeridge, se alzó ante mí como un reproche mudo e insoportable. Mi mano había señalado el camino que llevó al hombre amado por mi hermana, paso a paso, lejos de su país y sus amigos. Entre esos dos corazones jóvenes me había interpuesto, para separarlos para siempre, y ahora la vida de ambos yacía ante mí, desperdiciada, como testimonio de mi acción. Y todo lo había hecho por *sir Percival Glyde*.

La oí hablar, y supe por el tono de su voz que estaba *consolándome* –a mí, que no merecía más que el reproche de su silencio–. No sé cuánto tiempo pasó antes de que lograra dominar la angustia que me consumía. Primero fui consciente de que me estaba besando; luego mis ojos despertaron de golpe a la percepción del mundo exterior, y supe que estaba mirando, casi sin darme cuenta, el paisaje del lago.

—Es tarde –la oí susurrar–. Se hará de noche en la arboleda.

Me sacudió el brazo y repitió:

—¡Marian, se hará de noche en la arboleda!

—Dame un minuto más –respondí–, un minuto para recobrarme.

Aún no me atrevía a mirarla, y mantuve los ojos fijos en la vista.

Ya ERA tarde. La densa línea marrón de los árboles en el cielo se había desdibujado en la oscuridad, pareciendo apenas una larga franja de humo. La niebla sobre el lago se había extendido silenciosamente, avanzando hacia nosotras. El silencio seguía tan absoluto como antes, pero había perdido su horror: sólo quedaba el misterio solemne de su quietud.

—Estamos lejos de la casa –susurró–. Volvamos.

Se detuvo de pronto y volvió el rostro hacia la entrada del cobertizo.

—¡Marian! –dijo, temblando violentamente–. ¿No ves algo? ¡Mira!

—¿Dónde?

—Allí abajo, delante de nosotras.

Señaló. Mis ojos siguieron su mano, y yo también lo vi.

Una figura viva se movía en la desolación del brezal, a lo lejos. Cruzó nuestro campo visual desde el cobertizo y pasó oscuramente por el borde exterior de la niebla. Se detuvo lejos, frente a nosotras... esperó... y siguió su camino; avanzando lentamente, con la blanca nube de bruma detrás y encima... lenta, lentamente, hasta que se deslizó junto al borde del cobertizo, y desapareció.

Estábamos demasiado conmocionadas por lo que había pasado entre nosotras esa tarde. Pasaron varios minutos antes de que Laura se atreviera a internarse en la arboleda y antes de que yo pudiera decidirme a guiarla de regreso a la casa.

—¿Era un hombre o una mujer? —susurró, cuando por fin salimos al aire húmedo y oscuro.

—No estoy segura.

—¿Qué te parece?

—Parecía una mujer.

—Yo temí que fuera un hombre con una capa larga.

—Podría serlo. Con esta luz tenue no es posible saberlo con certeza.

—Espera, Marian. Tengo miedo... no veo el camino. ¿Y si esa figura nos siguiera?

—Es muy poco probable, Laura. De verdad, no hay motivo para alarmarse. Las orillas del lago están cerca del pueblo, y cualquiera puede pasear por aquí, de día o de noche. Lo sorprendente es que no hayamos visto a nadie antes.

Ya estábamos en la arboleda. Era muy oscura... tan oscura que nos costaba seguir el sendero. Tomé a Laura del brazo y caminamos lo más rápido que pudimos.

A mitad de camino se detuvo y me obligó a detenerme con ella. Escuchaba.

—Calla —susurró—. Oigo algo detrás de nosotras.

—Hojas secas —dije para tranquilizarla—, o una rama caída.

—Es verano, Marian, y no sopla ni una brisa. ¡Escucha!

Yo también lo oí: un sonido como de un paso leve que nos seguía.

—Sea quien sea o lo que sea –dije–, sigamos. En un minuto más, si hay algo que temer, estaremos cerca de la casa y podrán oírnos.

Aceleramos el paso, tanto que Laura iba sin aliento cuando ya veíamos las ventanas iluminadas.

Me detuve un momento para que recuperara el aliento. Justo cuando íbamos a avanzar de nuevo, me detuvo otra vez y me hizo una seña con la mano para que escuchara.

Las dos oímos claramente un largo y pesado suspiro a nuestras espaldas, en lo profundo y oscuro del bosque.

—¿Quién está ahí? –grité.

Nadie respondió.

—¿Quién está ahí? –repetí.

Siguió un instante de silencio… y entonces oímos de nuevo el paso ligero, más y más débil… alejándose en la oscuridad… alejándose, alejándose… hasta que se perdió en el silencio.

Salimos a toda prisa de entre los árboles hacia el césped abierto, lo cruzamos rápidamente y, sin intercambiar una sola palabra más, llegamos a la casa.

A la luz del vestíbulo, Laura me miró con el rostro pálido y los ojos desorbitados.

—Estoy muerta de miedo –dijo–. ¿Quién podría ser?

—Mañana trataremos de adivinarlo –respondí–. Por ahora, no digas nada a nadie de lo que hemos visto y oído.

—¿Por qué no?

—Porque el silencio es seguro. Y en esta casa, necesitamos seguridad.

Hice que Laura subiera de inmediato, esperé un minuto para quitarme el sombrero y arreglarme el cabello, y luego fui al instante a hacer mi primera comprobación en la biblioteca, con el pretexto de buscar un libro.

Allí estaba el conde, ocupando el sillón más grande de la casa, fumando y leyendo con calma, los pies sobre un escabel, la corbata sobre las rodillas y el cuello de la camisa abierto. Y allí estaba madame Fosco, como una niña silenciosa, sentada en un taburete junto a él, liando cigarrillos. Ni el esposo ni la esposa podían, bajo ninguna posibilidad, haber estado fuera esa tarde y haber regresado con prisa a la casa. Su sola presencia allí respondía ya a mi objetivo al entrar en la biblioteca.

El conde se levantó, con una educada confusión, y se ató la corbata al verme entrar.

—Por favor, no quiero interrumpirlos –dije–. Sólo he venido a buscar un libro.

—Todos los hombres desafortunados de mi tamaño sufrimos con el calor –dijo el conde, abanicándose con gravedad con un gran abanico verde–. Ojalá pudiera cambiar de lugar con mi excelente esposa. Ella está, en este momento, tan fresca como un pez en el estanque.

La condesa se permitió descongelarse ligeramente bajo la influencia de esa extraña comparación.

—Nunca tengo calor, señorita Halcombe –comentó, con el aire modesto de quien enumera sus propias virtudes.

—¿Usted y lady Glyde han salido esta tarde? –preguntó el conde, mientras yo cojía un libro del estante para mantener las apariencias.

—Sí, salimos a tomar un poco de aire.

—¿Puedo preguntar en qué dirección? –En dirección al lago, hasta la casa del bote–. ¿Ajá? ¿Hasta la casa del bote?

En otras circunstancias, tal vez habría reaccionado con molestia ante su curiosidad. Pero esa noche la recibí como una prueba más de que ni él ni su esposa estaban relacionados con la aparición misteriosa en el lago.

—No habrá habido más aventuras, supongo, esta noche –continuó–. ¿Ningún otro descubrimiento, como su hallazgo del perro herido?

Clavó en mí sus insondables ojos grises, con ese brillo frío, claro e irresistible que siempre me obliga a mirarlo y que siempre me inquieta mientras lo hago. Una sospecha indecible, la de que su mente está escarbando dentro de la mía, me invade en esos momentos, y me invadió también entonces.

—No –respondí con sequedad–. Ninguna aventura, ningún descubrimiento.

Intenté apartar la vista de él y salir de la habitación. Por extraño que parezca, apenas creo que hubiera logrado hacerlo si madame Fosco no me hubiera ayudado al forzarlo a moverse y a desviar primero la mirada.

—Conde, tiene a la señorita Halcombe de pie –dijo ella.

En cuanto se volvió para traerme una silla, aproveché la ocasión, le di las gracias, me excusé… y me escabullí.

Una hora más tarde, cuando la doncella de Laura se encontraba en la habitación de su señora, aproveché para hacer un comentario sobre lo sofocante de la noche, con la intención de averiguar cómo habían pasado el tiempo los criados.

—¿Han sentido mucho calor abajo? –pregunté.

—No, señorita –dijo la joven–. No lo hemos notado especialmente.

—¿Salieron entonces al bosque, supongo?

—Algunas lo pensaron, señorita. Pero la cocinera dijo que iba a sacar su silla al patio fresco, junto a la puerta de la cocina, y al final todas las demás hicimos lo mismo.

La ama de llaves era ahora la única persona que quedaba por dar cuenta.

—¿Se ha acostado ya la señora Michelson? –pregunté.

—No lo creo, señorita –respondió la muchacha, sonriendo–. Es más probable que justo ahora esté levantándose que yéndose a la cama.

—¿Por qué? ¿Qué quiere decir? ¿Acaso la señora Michelson ha empezado a acostarse durante el día?

—No, señorita, no exactamente, pero casi. Ha estado dormida todo el atardecer en el sofá de su habitación.

Sumando lo que observé por mí misma en la biblioteca y lo que acabo de oír de labios de la doncella de Laura, una conclusión se impone: la figura que vimos junto al lago no era madame Fosco, ni su esposo, ni ningún sirviente. Las pisadas que escuchamos detrás de nosotras no eran las de nadie perteneciente a la casa.

¿Quién podría haber sido?

Parece inútil preguntarlo. Ni siquiera puedo decidir si era un hombre o una mujer. Sólo puedo decir que me parece que era una mujer.

VI

18 de junio

La angustia del remordimiento que sufrí anoche, al oír lo que Laura me contó en la casa del bote, volvió con la soledad de la noche y me mantuvo despierta y desdichada durante horas.

Encendí por fin la vela y busqué entre mis antiguos diarios para ver cuál había sido mi parte en el error fatal de su matrimonio, y qué pude haber hecho alguna vez para salvarla de él. El resultado me tranquilizó un poco, pues mostró que, por ciego e ignorante que haya sido mi actuar, al menos lo hice con buena intención. Llorar suele hacerme daño, pero no fue así anoche… creo que me alivió. Esta mañana me levanté con una resolución firme y un ánimo sereno. Nada de lo que sir Percival diga o haga logrará irritarme de nuevo ni hacerme olvidar, ni por un solo momento, que me quedo aquí, pese a humillaciones, insultos y amenazas, al servicio de Laura y por el bien de Laura.

Las especulaciones en las que podríamos haber caído esta mañana sobre la figura del lago y las pisadas en la arboleda han quedado suspendidas por un pequeño incidente que ha causado gran disgusto a Laura: ha perdido el pequeño broche que le regalé como recuerdo el día antes de su boda. Como lo llevaba puesto ayer por la tarde cuando salimos, sólo podemos suponer que se le cayó del vestido, ya sea en la casa del bote o en el camino de regreso. Los criados fueron enviados a buscarlo, pero regresaron sin éxito. Ahora ha ido ella misma a buscarlo. Lo encuentre o no, su ausencia de la casa quedará explicada si sir Percival regresa antes de que yo reciba la carta del socio de Mr. Gilmore.

Acaba de dar la una. Estoy considerando si será mejor esperar aquí la llegada del mensajero de Londres o escabullirme discretamente y esperarlo junto a la verja de entrada.

Mi desconfianza hacia todo y todos en esta casa me inclina a pensar que el segundo plan es el mejor. El conde está seguro en la sala de desayuno. Lo oí, a través de la puerta, cuando subía corriendo hace diez minutos, ejercitando a sus canarios con sus trucos: «¡Sube a mi dedito, mis lindos, lindos, lindos! ¡Vamos, arriba! Uno, dos, tres… ¡arriba! Tres, dos, uno… ¡abajo! Uno, dos, tres… ¡pío-pío-píííí!». Los pájaros rompieron en su habitual éxtasis de cantos, y el conde les piaba y silbaba como si fuera un pájaro más. La puerta de mi habitación está abierta, y puedo oír en este mismo momento sus silbidos agudos. Si de verdad quiero salir sin ser vista, ahora es el momento.

Cuatro en punto

Las tres horas que han pasado desde que escribí la última entrada han cambiado por completo el curso de los acontecimientos en Blackwater Park. Si para bien o para mal, no puedo –y no me atrevo– a decirlo.

Primero debo retomar el punto donde lo dejé, o me perderé en la confusión de mis pensamientos.

Salí, como había planeado, a encontrarme con el mensajero que traía mi carta desde Londres, en la verja de la entrada. No vi a nadie en las escaleras. En el vestíbulo oí al conde aún con sus pájaros. Pero al cruzar el patio, me crucé con madame Fosco, que caminaba sola en su círculo favorito alrededor del gran estanque. Inmediatamente reduje el paso, para no parecer apresurada, y por precaución llegué incluso a preguntarle si pensaba salir antes del almuerzo. Me sonrió amablemente, dijo que prefería quedarse cerca de la casa, asintió con cortesía y volvió a entrar. Me volví para mirar: ya había cerrado la puerta antes de que yo abriera la puertecilla junto a la verja principal.

En menos de un cuarto de hora llegué al portón.

El camino exterior giraba bruscamente a la izquierda, avanzaba recto unos cien metros y luego giraba de nuevo hacia la derecha para unirse a la carretera principal. Entre esas dos curvas, oculta desde la verja por un lado y desde la estación por el otro, esperé, caminando de un lado a otro. Altos setos me flanqueaban por ambos lados, y durante veinte minutos, según mi reloj, no vi ni oí nada. Al cabo de ese tiempo, el sonido de un carruaje llegó a mis oídos, y me crucé, al avanzar hacia la segunda curva, con un coche de alquiler que venía de la estación. Le hice una señal al cochero para que se detuviera. Al hacerlo, un hombre de aspecto respetable asomó la cabeza por la ventanilla para ver qué ocurría.

—Disculpe –le dije–, ¿voy bien al suponer que se dirige a Blackwater Park?

—Sí, señora.

—¿Lleva una carta para alguien?

—Una carta para la señorita Halcombe, señora.

—Puede dármela. Yo soy la señorita Halcombe.

El hombre se tocó el sombrero, bajó enseguida del coche y me entregó la carta.

La abrí de inmediato y leí las siguientes líneas. Las copio aquí, pues creo que lo más prudente es destruir el original.

SEÑORA: Su carta recibida esta mañana me ha causado una gran inquietud. Responderé a ella de la manera más breve y clara posible.

Mi detenida consideración de lo que usted expone, unida a mi conocimiento de la situación legal de lady Glyde, tal como figura en el contrato de asentamiento, me lleva –lamento decirlo– a concluir que está en preparación un préstamo del dinero en fideicomiso a favor de sir Percival (o, dicho de otro modo, un préstamo de parte de las veinte mil libras de la fortuna de lady Glyde), y que se le está haciendo firmar el documento para obtener su aprobación a una flagrante violación de confianza, dejando su firma como prueba contra ella si llegara a quejarse en el futuro.

No hay otra explicación razonable, dada su situación legal, para que sea requerida a firmar un documento de este tipo. En caso de que lady Glyde firme dicho documento, que me veo obligado a suponer que es un contrato como el que describo, los fideicomisarios estarían facultados para adelantar dinero a sir Percival con cargo a las veinte mil libras de lady Glyde. Si el importe así prestado no fuera devuelto, y si lady Glyde llegara a tener hijos, su fortuna se vería reducida en la suma –grande o pequeña– entregada. En términos aún más claros, la operación, hasta donde lady Glyde sabe, puede suponer un fraude en perjuicio de sus hijos aún no nacidos.

Ante estas graves circunstancias, recomendaría que lady Glyde alegue como motivo para rehusar su firma que desea que el documento sea revisado primero por mí, como abogado de su familia (ante la ausencia de mi socio, Mr. Gilmore). No puede hacerse ninguna objeción razonable a esta medida, pues si la transacción es legítima, no habrá dificultad en que yo la apruebe.

Reiterándole mi disposición a prestar cualquier ayuda o consejo adicional que se requiera, me despido de usted atentamente,

WILLIAM KYRLE

Leí esta carta tan sensata y considerada con un profundo agradecimiento. Proporcionaba a Laura una razón incuestionable para negarse a firmar, y una que ambas podíamos comprender. El mensajero esperaba cerca de mí mientras la leía, para recibir indicaciones una vez que terminara.

—¿Tendría la amabilidad de decirle que he comprendido la carta y que estoy muy agradecida? –dije–. Por ahora no es necesaria ninguna otra respuesta.

Justo en el momento en que pronunciaba esas palabras, con la carta aún abierta en la mano, el conde Fosco apareció de repente al doblar la esquina del camino desde la carretera principal y se plantó ante mí como si hubiese brotado de la tierra.

La brusquedad de su aparición, en el último lugar donde habría esperado verlo bajo el cielo, me dejó completamente paralizada. El mensajero me deseó los buenos días y volvió a subir al coche. Yo no fui capaz de pronunciar una sola palabra; ni siquiera pude devolverle el saludo. La convicción de que me habían descubierto –y precisamente *él*– me petrificó.

—¿Va usted de regreso a la casa, señorita Halcombe? –preguntó él, sin mostrar la menor sorpresa y sin siquiera mirar al coche, que se alejaba mientras me hablaba.

Me recompuse lo suficiente para asentir con la cabeza.

—Yo también regreso –dijo–. Le ruego me permita el placer de acompañarla. ¿Me permite ofrecerle mi brazo? ¡Parece sorprendida de verme!

Tomé su brazo. El primero de mis sentidos dispersos que volvió fue el que me advirtió que debía sacrificar cualquier cosa antes que hacer de ese hombre un enemigo.

—¡Parece sorprendida de verme! –repitió, con su tranquila e insistente manera.

—Creí, conde, haberlo oído con sus pájaros en la sala del desayuno –respondí tan serenamente y firme como pude.

—Por supuesto. Pero mis pequeños hijos emplumados, querida señora, son como los demás niños: tienen días de terquedad, y hoy ha sido uno de ellos. Mi esposa entró justo cuando los metía de nuevo en la jaula, y me dijo que la había dejado a usted saliendo sola a dar un paseo. Usted se lo dijo, ¿no es así?

—Por supuesto.

—Pues bien, señorita Halcombe, el placer de acompañarla fue una tentación demasiado grande para resistirme. A mi edad no hay mal alguno en confesar tanto, ¿verdad? Cogí mi sombrero y salí dispuesto a ofrecerme como su escolta. Hasta un viejo gordo como Fosco es seguramente mejor que ninguna compañía, ¿no cree? Tomé el camino equivocado, volví desesperado, y aquí me tiene, llegado (¿puedo decirlo?) a la cima de mis deseos.

Hablaba en ese tono galante con una fluidez que no me dejaba más esfuerzo que el de conservar la compostura. No se refirió, ni de la forma más remota, a lo que había visto en el camino ni a la carta que yo aún sostenía. Esta ominosa discreción me convenció de que había descubierto, por medios deshonrosos, el secreto de mi gestión legal en favor de Laura, y que, al asegurarse ahora del modo privado en que había recibido la respuesta, ya sabía lo suficiente para sus fines y se limitaba a intentar calmar las sospechas que sabía que había despertado en mí. Fui lo bastante prudente, dadas las circunstancias, para no intentar engañarlo con excusas plausibles, y también lo bastante mujer, a pesar del temor que me inspiraba, como para sentir que mi mano se manchaba por el simple hecho de reposar sobre su brazo.

Al llegar al camino frente a la casa, nos cruzamos con el coche de caballos, que estaban llevando a los establos. Sir Percival acababa de llegar. Salió a nuestro encuentro en la puerta. Fuera cuales fuesen los resultados de su viaje, no había terminado por suavizar su humor.

—Ah, aquí están dos de vuelta –dijo con el ceño fruncido–. ¿Se puede saber por qué está la casa desierta? ¿Dónde está lady Glyde?

Le expliqué la pérdida del broche y le dije que Laura había ido al bosque a buscarlo.

—Con broche o sin broche –gruñó con desgana–, le recomiendo que no olvide su cita en la biblioteca esta tarde. La espero dentro de media hora.

Solté el brazo del conde y subí lentamente los escalones. Él me honró con una de sus reverencias magníficas y luego se dirigió alegremente al hosco dueño de la casa:

—Dígame, Percival, ¿ha tenido un paseo agradable? ¿Y ha vuelto su preciosa y brillante Brown Molly algo cansada?

—¡Que se vaya al diablo Brown Molly y el paseo también! Quiero almorzar.

—Y yo quiero cinco minutos de charla con usted, Percival, primero –replicó el conde–. Cinco minutos, amigo mío, aquí sobre la hierba.

—¿Para qué?

—Para tratar un asunto que le concierne mucho.

Me demoré lo suficiente al atravesar la puerta del vestíbulo como para oír esta pregunta y respuesta, y ver a sir Percival meter las manos en los bolsillos, vacilando con desgana.

—Si lo que quiere es atormentarme con más de sus malditos escrúpulos –dijo–, por mí puede ahorrárselo. Quiero almorzar.

—Venga aquí fuera y hábleme –repitió el conde, aún completamente impasible ante la rudeza de su amigo.

Sir Percival bajó los escalones. El conde lo tomó del brazo y se lo llevó tranquilamente. El «asunto», estoy segura, se refería al tema de la firma. Hablaban de Laura y de mí, sin duda alguna. Sentí una náusea de ansiedad y angustia. Podría ser de vital importancia para ambas saber qué se decían en ese momento... y no había posibilidad alguna de que me llegara ni una palabra.

Caminé por la casa, de una habitación a otra, con la carta del abogado escondida en el pecho (a esas alturas, ya ni me atrevía a confiarla bajo llave), hasta que la opresión de la incertidumbre me dejó medio fuera de mí. No había señales del regreso de Laura, y pensé en salir a buscarla. Pero mi fuerza estaba tan agotada por las pruebas y ansiedades de la mañana, que el calor del día me venció por completo, y tras intentar llegar hasta la puerta, me vi obligada a volver al salón y recostarme en el primer sofá que encontré, para reponerme.

Estaba apenas empezando a tranquilizarme cuando la puerta se abrió suavemente y el conde asomó la cabeza.

—Mil perdones, señorita Halcombe –dijo–; me atrevo a molestarla sólo porque traigo buenas noticias. Percival –que es caprichoso en todo, como usted sabe– ha decidido cambiar de opinión en el último momento, y el asunto de la firma se pospone, por el momento. Un gran alivio para todos nosotros, señorita Halcombe, como veo con gusto reflejado en su rostro. Le ruego presente mis más respetuosos saludos y felicitaciones cuando le mencione este grato cambio de circunstancias a lady Glyde.

Se marchó antes de que yo saliera de mi asombro. No cabía duda de que aquel cambio tan repentino respecto al documento se debía a su influencia, y que su descubrimiento de mi gestión de ayer con Londres, así como de haber recibido respuesta hoy, le había proporcionado los medios para intervenir con éxito asegurado.

Sentía estas impresiones, pero mi mente parecía compartir el agotamiento de mi cuerpo, y no estaba en condiciones de reflexionar sobre ellas con ninguna utilidad para el presente incierto o el futuro amenazante. Intenté por segunda vez salir corriendo a buscar a Laura, pero la cabeza me daba vueltas y las rodillas me flaqueaban. No tuve más opción que rendirme otra vez y volver al sofá, muy a mi pesar.

La quietud de la casa y el zumbido leve y constante de los insectos del verano fuera de la ventana abierta me calmaron. Mis ojos se cerraron solos, y pasé gradualmente a un estado extraño, que no era vigilia, porque no era consciente de lo que ocurría a mi alrededor, ni sueño, porque tenía conciencia de mi propio reposo. En ese estado, mi mente febril se soltó de mí, mientras mi cuerpo fatigado descansaba, y en una suerte de trance, o ensoñación de la fantasía –no sé cómo llamarlo– vi a Walter Hartright. No había pensado en él desde que me levanté esa mañana –Laura no había dicho una sola palabra que lo aludiera, directa ni indirectamente–, y sin embargo lo vi ahora tan claramente como si el tiempo pasado hubiera vuelto, y estuviéramos otra vez juntos en la casa de Limmeridge.

Se me apareció entre otros muchos hombres, cuyos rostros no podía distinguir. Todos yacían sobre los peldaños de un inmenso templo en ruinas. Árboles tropicales colosales –con lianas retorciéndose interminablemente en torno a sus troncos, e ídolos de piedra horrendos que brillaban y sonreían siniestramente a intervalos entre hojas, tallos y ramas– rodeaban el templo, ocultaban el cielo y arrojaban una sombra lúgubre sobre el grupo abandonado de hombres en los peldaños. Vapores blancos se enroscaban y se elevaban furtivamente desde el suelo, se acercaban a los hombres en forma de espirales como humo, los tocaban y los dejaban muertos, uno a uno, en el mismo sitio donde yacían. Una angustia de compasión y miedo por Walter me soltó la lengua, y le supliqué que huyera.

—¡Vuelve, vuelve! –dije–. Recuerda tu promesa a ella y a mí. Vuelve con nosotras antes de que la Peste te alcance y te deje muerto como a los demás.

Él me miró con una quietud sobrehumana en el rostro.

—Espera –dijo–. Volveré. La noche en que encontré a la Mujer Perdida en el camino fue la noche que apartó mi vida para ser instrumento de un Designio aún invisible. Aquí, perdido en la selva, o allá, bienvenido de nuevo a la tierra de mi nacimiento, sigo caminando por el oscuro sendero que nos conduce, a ti, a la hermana de tu amor y mío, y a mí, hacia la Recompensa ignorada y el Final inevitable. Espera y observa. La Peste que toca a los demás, pasará de largo por mí.

Lo vi de nuevo. Seguía en la selva, y los que lo acompañaban se habían reducido a muy pocos. El templo había desaparecido, y los ídolos también, y en su lugar, figuras de hombres oscuros y bajos acechaban con intención asesina entre los árboles, con arcos en las manos y flechas tensadas. Una vez más temí por Walter y grité para advertirle. Una vez más se volvió hacia mí, con la misma inmovilidad serena en el rostro.

—Un paso más –dijo– en el camino oscuro. Espera y observa. Las flechas que hieren a los demás, me perdonarán a mí.

Lo vi por tercera vez en un barco naufragado, encallado en una costa salvaje y arenosa. Las barcas sobrecargadas se alejaban hacia tierra, y él quedaba solo para hundirse con el barco. Le grité que llamara a la última barca, que hiciera un último esfuerzo por salvarse. Su rostro tranquilo me devolvió la mirada, y su voz inmutable me repitió la respuesta invariable.

—Otro paso en el viaje. Espera y observa. El mar que ahoga a los demás, me perdonará a mí.

Lo vi por última vez. Estaba arrodillado junto a una tumba de mármol blanco, y la sombra de una mujer velada surgía desde la sepultura y esperaba a su lado. La quietud sobrehumana de su rostro se había tornado en un dolor sobrehumano. Pero la certeza terrible de sus palabras era la misma.

—Más oscuro, más oscuro aún –dijo–; más lejos, más lejos todavía. La muerte se lleva a los buenos, a los bellos, a los jóvenes, y me deja a mí. La Peste que devasta, la Flecha que hiere, el Mar que ahoga, la Tumba que se cierra sobre el Amor y la Esperanza, son pasos en mi camino, y me llevan más y más cerca del Final.

Mi corazón se hundió bajo un temor indescriptible, bajo una pena más allá de las lágrimas. La oscuridad envolvió al peregrino ante la tumba de mármol –envolvió a la mujer velada que surgía de la tumba–, envolvió al soñador que los observaba. No vi ni oí nada más.

Fui despertada por una mano posada en mi hombro. Era Laura. Se había arrodillado junto al sofá. Su rostro estaba enrojecido y agitado, y sus ojos se encontraron con los míos de manera salvaje y desconcertada. Me incorporé en cuanto la vi.

—¿Qué ha pasado? –pregunté–. ¿Qué te ha asustado?

Miró hacia la puerta entreabierta, acercó sus labios a mi oído y me respondió en un susurro:

—¡Marian!, la figura del lago, los pasos de anoche, ¡acabo de verla! ¡Acabo de hablar con ella!

—¿Con quién, por el amor del cielo?

—Anne Catherick.

Me quedé tan atónita por la alteración en el rostro y la actitud de Laura, y tan sobrecogida por las primeras impresiones de mi sueño, que no estaba en condiciones de soportar la revelación que estalló sobre mí cuando ese nombre salió de sus labios. Sólo pude quedarme clavada en el suelo, mirándola en un silencio sin aliento.

Ella estaba demasiado absorta por lo que había ocurrido como para notar el efecto que su respuesta había producido en mí.

—¡He visto a Anne Catherick! ¡He hablado con Anne Catherick! –repitió como si no me hubiera oído–. ¡Oh, Marian, tengo tantas cosas que contarte! Vámonos, pueden interrumpirnos aquí. Ven ahora mismo a mi cuarto.

Con esas palabras impacientes me tomó de la mano y me condujo por la biblioteca hasta la habitación del fondo en la planta baja, que había sido acondicionada especialmente para su uso. Nadie, salvo su doncella, tenía excusa para sorprendernos allí. Me empujó adentro, cerró la puerta con llave y corrió las cortinas de *chintz* que colgaban por dentro.

La extraña sensación de aturdimiento que se había apoderado de mí aún persistía. Pero una creciente convicción de que las complicaciones que desde hacía tiempo amenazaban con envolverla a ella y envolverme a mí habían caído de golpe sobre nosotras, empezaba a abrirse paso en mi mente. No podía expresarla en palabras –apenas podía siquiera concebirla vagamente en mis pensamientos–. «Anne Catherick», me repetía en voz baja, con una inútil e impotente reiteración, «Anne Catherick».

Laura me llevó al asiento más cercano, un escabel en el centro de la habitación.

—¡Mira! –dijo–, ¡mira aquí!

Y señaló el pecho de su vestido.

Vi por primera vez que el broche perdido estaba de nuevo prendido en su lugar. Había algo real en su visión, algo real en tocarlo después, que pareció estabilizar el torbellino y la confusión en mis pensamientos, y ayudarme a recobrarme.

—¿Dónde encontraste tu broche?

Las primeras palabras que pude decirle fueron esa pregunta trivial en ese momento tan importante.

—Ella lo encontró, Marian.

—¿Dónde?

—En el suelo del cobertizo de los botes. ¡Oh, cómo empezaré! ¡Cómo te lo contaré! Me habló de forma tan extraña, tenía un aspecto tan enfermizo… ¡Y me dejó tan de repente!

Su voz se elevó conforme la agitación de sus recuerdos se apoderaba de ella. La inveterada desconfianza que pesa, noche y día, sobre mi espíritu en esta casa, me llevó de inmediato a advertirle –del mismo modo que la visión del broche me había impulsado a interrogarla un momento antes.

—Habla en voz baja –le dije–. La ventana está abierta y el sendero del jardín pasa justo debajo. Empieza desde el principio, Laura. Cuéntame palabra por palabra lo que pasó entre esa mujer y tú.

—¿Cierro la ventana?

—No, sólo habla en voz baja, sólo recuerda que Anne Catherick es un tema peligroso bajo el techo de tu marido. ¿Dónde la viste por primera vez?

—En el cobertizo de los botes, Marian. Salí, como sabes, a buscar mi broche, y caminé por el sendero del bosque mirando al suelo con cuidado a cada paso. Así llegué, tras mucho rato, al cobertizo de los botes y, en cuanto estuve dentro, me arrodillé para revisar el suelo. Todavía estaba buscando, con la espalda hacia la puerta, cuando oí una voz suave y extraña detrás de mí decir: «Señorita Fairlie».

—¿Señorita Fairlie?

—Sí, mi antiguo nombre —el querido nombre familiar que pensé haber dejado atrás para siempre—. Me puse de pie de un salto— no asustada, la voz era demasiado amable y dulce como para asustar a nadie—, pero sí muy sorprendida. Allí, mirándome desde el umbral, había una mujer cuyo rostro no recordaba haber visto nunca.

—¿Cómo iba vestida?

—Llevaba un vestido blanco bonito y bien cuidado, y encima un chal pobre, fino y oscuro. Su sombrero era de paja marrón, tan pobre y desgastado como el chal. Me llamó la atención la diferencia entre su vestido y el resto de su atuendo, y ella vio que me di cuenta. «No mire mi sombrero y mi chal —dijo, hablando con una voz rápida, entrecortada, repentina—; si no debo vestir de blanco, no me importa lo que me ponga. Mire mi vestido todo lo que quiera; no me avergüenzo de él». Muy extraño, ¿no es cierto? Antes de que pudiera decirle nada para tranquilizarla, extendió una de sus manos, y vi mi broche en ella. Me alegré tanto y me sentí tan agradecida que me acerqué del todo a ella para decirle cuánto lo apreciaba. «¿Está lo bastante agradecida como para hacerme un pequeño favor?», me preguntó. «Sí, por supuesto —respondí—. Cualquier favor que esté en mi mano, con gusto se lo concederé». «Entonces, déjeme prenderle el broche ahora que lo he encontrado». Su petición fue tan inesperada, Marian, y la hizo con una insistencia tan extraordinaria, que retrocedí un paso o dos, sin saber muy bien qué hacer. «¡Ah! —dijo—, su madre me habría dejado prenderle el broche». Había algo en su voz y en su mirada, así como en el modo en que mencionó a mi madre con ese tono de reproche, que me hizo sentir vergüenza de haber desconfiado de ella. Tomé su mano, con el broche dentro, y la levanté con cuidado hasta el pecho de mi vestido. «¿Conocía usted a mi madre? –le pregunté–. ¿Hace mucho tiempo? ¿La había visto antes alguna vez?» Sus manos estaban ocupadas abrochando el broche; se detuvo y las presionó contra mi pecho. «¿No recuerda un bonito día de primavera en Limmeridge –dijo–, y a su madre caminando por el sendero que llevaba a la escuela, con una niña a cada lado? Yo no he tenido otra cosa en qué pensar desde entonces, y lo recuerdo. Usted era una de las niñas, y yo era la otra. La bonita y lista señorita Fairlie, y la pobre y aturdida Anne Catherick estaban más cerca entonces de lo que lo están ahora».

—¿La recordaste, Laura, cuando te dijo su nombre?

—Sí, recordé que tú me preguntaste por Anne Catherick en Limmeridge, y que dijiste que en algún momento se me había parecido.

—¿Qué te lo recordó, Laura?

—Ella misma me lo recordó. Mientras la miraba, mientras estaba muy cerca de mí, de pronto sentí que ¡nos parecíamos! Su rostro era pálido, delgado y agotado, pero al verlo me sobresalté como si estuviera viendo mi propio reflejo en el espejo tras una larga enfermedad. Ese descubrimiento –no sé por qué– me causó tal impresión que durante un momento fui totalmente incapaz de hablarle.

—¿Pareció ofenderle tu silencio?

—Temo que sí se sintió herida por ello. «Usted no tiene el rostro de su madre –dijo–, ni el corazón de su madre. El rostro de su madre era moreno, y el corazón de su madre, señorita Fairlie, era el corazón de un ángel». «Estoy segura de que siento aprecio por usted –le dije–, aunque quizá no sepa expresarlo como debería. ¿Por qué me llama señorita Fairlie?». «Porque amo el nombre de Fairlie y detesto el nombre de Glyde», exclamó violentamente. Hasta entonces no había visto en ella nada parecido a la locura, pero en ese momento creí verla en sus ojos. «Sólo pensé que quizá no sabría que estoy casada –dije, recordando la carta desquiciada que me escribió en Limmeridge, y tratando de calmarla». Suspiró amargamente y se apartó de mí. «¿No saber que está casada? –repitió–. Estoy aquí porque está casada. Estoy aquí para hacer expiación ante usted, antes de encontrarme con su madre en el mundo más allá de la tumba». Se fue alejando cada vez más, hasta salir del cobertizo de los botes, y entonces se quedó observando y escuchando un momento. Cuando se volvió a hablar, en lugar de regresar, se detuvo donde estaba, mirándome, con una mano a cada lado de la entrada. «¿Me vio en el lago anoche? –dijo–. ¿Me oyó seguirla por el bosque? He estado esperando durante días para hablar con usted a solas –he dejado a la única amiga que tengo en el mundo, ansiosa y asustada por mí, me he arriesgado a que me encierren de nuevo en el manicomio– y todo por usted, señorita Fairlie, todo por usted». Sus palabras me alarmaron, Marian, y sin embargo había algo en la manera en que hablaba que me hizo compadecerla con todo el corazón. Estoy segura de que mi compasión fue sincera, porque me dio el valor de invitar a esa pobre criatura a entrar y sentarse conmigo en el cobertizo.

—¿Lo hizo?

—No. Negó con la cabeza y me dijo que debía quedarse donde estaba, vigilando y escuchando, para asegurarse de que nadie nos sorprendiera. Y de principio a fin, allí se quedó, en la entrada, con una mano a cada lado, a veces inclinándose de repente para hablarme, a veces retirándose de golpe para mirar alrededor. «Estuve aquí ayer –dijo–, antes de que oscureciera, y la oí a usted, y a la dama que la acompañaba, hablando juntas. La oí hablarle de su marido. La oí decir que no tenía influencia para hacer que la creyera, ni para hacer que callara. ¡Ah! Supe lo que significaban esas palabras –mi conciencia me lo dijo mientras escuchaba–. ¡Por qué permití que se casara con él! ¡Oh, mi miedo, mi loco, miserable, malvado miedo!». Se cubrió el rostro con su pobre chal gastado y gimió y murmuró para sí detrás de él. Empecé a temer que pudiera estallar en alguna desesperación terrible que ni ella ni yo pudiéramos contener. «Trate de calmarse –le dije–, trate de decirme cómo podría haber evitado mi matrimonio». Se quitó el chal de la cara y me miró con la vista vacía. «Debería haber tenido el valor de quedarme en Limmeridge –respondió–. Nunca debí dejar que la noticia de su llegada me ahuyentara. Debería haberla advertido y salvado antes de que fuera demasiado tarde. ¿Por qué tuve valor sólo para escribirle aquella carta? ¿Por qué sólo hice daño, cuando quería y pretendía hacer el bien? ¡Oh, mi miedo, mi loco, miserable, malvado miedo!». Repitió esas palabras de nuevo y volvió a esconder la cara en el extremo de su pobre chal gastado. Era espantoso verla, y espantoso oírla.

—Seguramente, Laura, le preguntaste cuál era ese miedo del que hablaba con tanta insistencia.

—Sí, se lo pregunté.

—¿Y qué te respondió?

—Me preguntó si yo no tendría miedo de un hombre que la había encerrado en un manicomio y que la encerraría de nuevo si pudiera. Le dije: «¿Aún tiene miedo? Seguramente no estaría aquí si tuviera miedo ahora». «No –dijo–, ahora no tengo miedo». Le pregunté por qué no. Se inclinó de repente hacia el interior del cobertizo y dijo: «¿No puede adivinar por qué?». Negué con la cabeza. «Míreme», continuó. Le dije que me apenaba verla tan triste y enferma. Sonrió por primera vez. «¿Enferma? –repitió–. Estoy muriéndome. Ya sabe por qué no le tengo miedo ahora. ¿Cree que me encontraré con su madre en el cielo? ¿Me perdonará si lo hago?». Estaba tan conmocionada y sorprendida, que no pude responderle. «He estado pensando en eso –continuó– todo el tiempo que estuve escondida de su marido, todo el tiempo que estuve enferma. Mis pensamientos me han traído hasta aquí –quiero hacer expiación–, quiero deshacer todo el daño que pueda del que una vez causé». Le supliqué con toda la insistencia que pude que me dijera a qué se refería. Aún me miraba con ojos fijos y vacíos. «¿Desharé el daño? –se dijo a sí misma con duda–. Usted tiene amigos que la defienden. Si usted conoce su Secreto, él le tendrá miedo, no se atreverá a tratarla como me trató a mí. Tendrá que tratarla con compasión, por su propio bien, si le teme a usted y a sus amigos. Y si la trata con compasión, y si puedo decir que fue por mí…». Escuché con ansia esperando más, pero se detuvo en esas palabras.

—¿Intentaste que continuara?

—Lo intenté, pero sólo volvió a apartarse de mí, y apoyó el rostro y los brazos contra la pared del cobertizo. «¡Oh! —le oí decir, con una ternura terrible y trastornada en la voz–, ¡oh! si tan sólo pudiera ser enterrada con su madre. Si tan solo pudiera despertar a su lado cuando suene la trompeta del ángel y las tumbas entreguen a sus muertos en la resurrección». ¡Marian! Temblé de pies a cabeza —fue horrible oírla–. «Pero no hay esperanza de eso —dijo, moviéndose un poco para volver a mirarme–, ninguna esperanza para una pobre extraña como yo. No descansaré bajo la cruz de mármol que lavé con mis propias manos y dejé tan blanca y pura por ella. ¡Oh no!, ¡oh no! La misericordia de Dios, no la del hombre, me llevará con ella, donde los malvados cesan de causar dolor y los cansados encuentran descanso». Pronunció esas palabras tranquila y tristemente, con un suspiro pesado y sin esperanza, y luego esperó un poco. Su rostro estaba confuso y turbado, parecía estar pensando, o intentando pensar. «¿Qué fue lo que dije hace un momento? —preguntó después de un rato–. Cuando su madre está en mi mente, todo lo demás desaparece. ¿Qué estaba diciendo? ¿Qué estaba diciendo?». Le recordé, con la mayor delicadeza y amabilidad que pude. «Ah, sí, sí —dijo, aún con aire ausente y desconcertado–. Usted está indefensa con ese marido cruel. Sí. Y yo debo hacer lo que he venido a hacer aquí, debo compensarla por haber tenido miedo de hablar en un momento mejor». "«¿Qué es lo que tiene que decirme?», pregunté. «El Secreto del que su cruel esposo tiene miedo —respondió–. Una vez lo amenacé con ese Secreto, y lo asusté. Usted también lo amenazará con el Secreto y lo asustará». Su rostro se ensombreció, y una mirada dura y colérica se fijó en sus ojos. Comenzó a agitar la mano en el aire hacia mí de una manera vacía, sin sentido. «Mi madre conoce el Secreto —dijo–. Mi madre se consumió bajo el peso de ese Secreto durante la mitad de su vida. Un día, cuando yo ya era mayor, me dijo algo. Y al día siguiente, su esposo…».

—¡Sí! ¡Sí! Continúa. ¿Qué te dijo sobre tu esposo?

—Se detuvo otra vez, Marian, en ese punto...

—¿Y no dijo nada más?

—Y escuchó con atención. «¡Silencio! –susurró, agitando la mano hacia mí–. ¡Silencio!». Se apartó del umbral, se movió lenta y sigilosamente, paso a paso, hasta que la perdí de vista tras el borde del cobertizo.

—¿Seguro que la seguiste?

—Sí, mi ansiedad me dio valor para levantarme y seguirla. Justo cuando llegué a la entrada, apareció de nuevo de repente, por el lado del cobertizo. «El Secreto –le susurré–, ¡espere y dígame el Secreto!». Me agarró del brazo y me miró con ojos salvajes y asustados. «Ahora no –dijo–, no estamos solas, nos vigilan. Venga aquí mañana a esta misma hora, usted –recuerde–, sola». Me empujó bruscamente de nuevo dentro del cobertizo y no volví a verla.

—¡Oh, Laura, Laura, otra oportunidad perdida! Si yo hubiera estado cerca, no habría escapado. ¿Por qué lado la perdiste de vista?

—Por el lado izquierdo, donde el terreno baja y el bosque es más espeso.

—¿Saliste de nuevo? ¿La llamaste?

—¿Cómo iba a hacerlo? Estaba demasiado aterrada para moverme o hablar.

—¿Pero cuándo te moviste, cuándo saliste?

—Corrí de vuelta aquí, para contarte lo que había pasado.

—¿Viste a alguien, o escuchaste a alguien, en el bosque?

—No, parecía todo tranquilo y en silencio cuando pasé por allí.

Esperé un momento para pensar. ¿Era esa tercera persona, que supuestamente había estado presente en secreto durante el encuentro, una realidad o una creación de la imaginación exaltada de Anne Catherick? Era imposible determinarlo. Lo único cierto era que habíamos fracasado de nuevo en el mismo borde del descubrimiento; fracasado completa e irremediablemente, a menos que Anne Catherick cumpliera su cita en el cobertizo de los botes al día siguiente.

—¿Estás completamente segura de que me has contado todo lo que ocurrió? ¿Cada palabra que se dijo? –pregunté.

—Eso creo —respondió—. Mi memoria no es como la tuya, Marian. Pero la impresión fue tan fuerte, el interés tan profundo, que nada importante pudo habérseme escapado.

—Querida Laura, los más mínimos detalles son importantes cuando se trata de Anne Catherick. Piensa de nuevo. ¿No hizo alusión, aunque fuera por casualidad, al lugar donde vive ahora?

—Ninguna que recuerde.

—¿No mencionó a una compañera y amiga, una mujer llamada la señora Clements?

—¡Oh sí! ¡sí! Lo olvidé. Me dijo que la señora Clements deseaba con ansias acompañarla al lago y cuidarla, y le suplicó y rogó que no se aventurara sola por esta zona.

—¿Eso fue todo lo que dijo sobre la señora Clements?

—Sí, eso fue todo.

—¿No te contó nada sobre el lugar donde se refugió después de dejar Todd's Corner?

—Nada, estoy completamente segura.

—¿Ni dónde ha vivido desde entonces? ¿Ni qué enfermedad tuvo?

—No, Marian, ni una palabra. Dime, por favor dime, qué piensas de todo esto. No sé qué pensar, ni qué hacer ahora.

—Debes hacer esto, querida: debes acudir cuidadosamente a la cita en el cobertizo de los botes mañana. Es imposible prever qué intereses pueden depender de que vuelvas a ver a esa mujer. Esta vez no estarás sola. Yo te seguiré a una distancia prudente. Nadie me verá, pero me mantendré lo bastante cerca para oír tu voz, si ocurre algo. Anne Catherick escapó de Walter Hartright y escapó de ti. Pase lo que pase, no escapará de MÍ.

Los ojos de Laura leyeron los míos con atención.

—¿Tú crees —dijo— en ese secreto que mi marido teme? Supón, Marian, que al final sólo exista en la imaginación de Anne Catherick. Supón que sólo quería verme y hablar conmigo por viejos recuerdos. Su actitud fue tan extraña... por un momento, casi dudé de ella. ¿Confiarías tú en otras cosas que dijera?

—No confío en nada, Laura, excepto en mi propia observación del comportamiento de tu marido. Juzgo las palabras de Anne Catherick por sus acciones, y creo que hay un secreto.

No dije más y me levanté para salir de la habitación. Había pensamientos que me inquietaban y que podría haberle compartido si hubiéramos hablado más tiempo, pensamientos que podría haber sido peligroso para ella conocer. La influencia del sueño terrible del que me había despertado pesaba oscuramente sobre cada nueva impresión que me dejaba el relato. Sentía que el porvenir ominoso se acercaba, helándome con un temor inexpresable, obligándome a aceptar la convicción de un designio oculto en la larga serie de complicaciones que ahora nos envolvían. Pensé en Hartright –como lo vi en cuerpo al despedirse; como lo vi en espíritu en mi sueño–, y yo también empecé a dudar ahora de si no avanzábamos a ciegas hacia un final predestinado e inevitable.

Dejando a Laura para que subiera sola, salí a observar los alrededores de la casa. Las circunstancias en las que Anne Catherick se había separado de ella me hacían sentir una ansiedad secreta por saber cómo pasaba la tarde el conde Fosco, y me inspiraban una desconfianza oculta respecto a los resultados de ese viaje solitario del que sir Percival había regresado apenas unas horas antes.

Después de buscarlos por todas partes sin encontrar nada, volví a la casa y entré en las diferentes habitaciones de la planta baja una tras otra. Estaban todas vacías. Salí de nuevo al vestíbulo y subí a ver a Laura. Madame Fosco abrió su puerta cuando pasé frente a ella en el pasillo, y me detuve para ver si podía decirme dónde estaban su esposo y sir Percival. Sí, los había visto a ambos desde su ventana más de una hora antes. El conde la había saludado con su amabilidad habitual, y le había comentado, con su atención característica hasta en los más pequeños detalles, que él y su amigo iban a dar un largo paseo.

¿Un largo paseo? Nunca los había visto juntos con ese propósito. Sir Percival no disfrutaba de ningún ejercicio que no fuera montar a caballo, y el conde (salvo cuando era lo bastante cortés como para acompañarme a mí) no se interesaba en el ejercicio en absoluto.

Cuando me reuní con Laura de nuevo, descubrí que durante mi ausencia había recordado el asunto pendiente de la firma del documento, que habíamos olvidado hasta entonces por centrarnos en la conversación con Anne Catherick. Sus primeras palabras al verme expresaron su sorpresa por no haber recibido aún la esperada citación para acudir con sir Percival a la biblioteca.

—Puedes estar tranquila en ese asunto –le dije–. Al menos por el momento, ni tu decisión ni la mía se verán puestas a prueba. Sir Percival ha cambiado sus planes: el asunto de la firma se ha pospuesto.

—¿Se ha pospuesto? –repitió Laura asombrada–. ¿Quién te lo dijo?

—Mi fuente es el conde Fosco. Creo que a su intervención debemos el repentino cambio de propósito de tu marido.

—Parece imposible, Marian. Si el objetivo de mi firma era, como suponemos, obtener un dinero que sir Percival necesitaba con urgencia, ¿cómo puede aplazarse el asunto?

—Creo, Laura, que tenemos los medios para aclarar esa duda. ¿Has olvidado la conversación que oí entre sir Percival y el abogado mientras cruzaban el vestíbulo?

—No, pero no la recuerdo bien…

—Yo sí. Se propusieron dos alternativas. Una era obtener tu firma en el pergamino. La otra, ganar tiempo dando letras a tres meses. El último recurso es claramente el que se ha adoptado ahora, y podemos esperar con razón que quedaremos al margen de los apuros de sir Percival por algún tiempo.

—¡Oh, Marian, suena demasiado bueno para ser verdad!

—¿De veras, querida? Hace poco me alabaste por mi buena memoria, pero ahora pareces dudar de ella. Iré a buscar mi diario y verás si tengo razón o no.

Fui de inmediato a buscar el libro.

Al revisar la entrada relativa a la visita del abogado, comprobamos que mi recuerdo de las dos alternativas planteadas era exactamente correcto. Fue casi un alivio tan grande para mí como para Laura descubrir que mi memoria me había servido, en esta ocasión, con la fidelidad de siempre. En la peligrosa incertidumbre de nuestra situación actual, es difícil decir qué intereses futuros pueden no depender de la regularidad de las entradas en mi diario, y de la fiabilidad de mi memoria en el momento en que las escribo.

El rostro y el comportamiento de Laura me hicieron pensar que esta última consideración se le había ocurrido a ella tanto como a mí. En cualquier caso, es sólo un asunto insignificante, y casi me avergüenza dejar constancia por escrito –parece resaltar la desolación de nuestra situación con una claridad miserable–. Debemos de tener bien poco en qué apoyarnos, cuando el descubrimiento de que aún puedo fiarme de mi memoria se celebra como si fuese el hallazgo de un nuevo amigo.

La primera campanada para la cena nos interrumpió. Justo cuando dejó de sonar, sir Percival y el conde regresaron de su paseo. Oímos al dueño de la casa gritar a los sirvientes por haber llegado cinco minutos tarde, y al invitado del dueño interponerse, como siempre, en nombre del decoro, la paciencia y la paz.

La tarde ha llegado y se ha ido. No ha sucedido ningún acontecimiento extraordinario. Pero he notado ciertas peculiaridades en la conducta de sir Percival y del conde que me han llevado a la cama con un sentimiento de ansiedad e inquietud en cuanto a Anne Catherick y a los resultados que pueda traer el día de mañana.

A estas alturas sé lo suficiente como para estar segura de que la actitud de sir Percival que resulta más falsa, y que por tanto significa lo peor, es su actitud cortés. Aquel largo paseo con su amigo terminó en una mejora de sus modales, especialmente hacia su esposa. Para sorpresa secreta de Laura y alarma secreta mía, la llamó por su nombre de pila, le preguntó si había recibido noticias recientes de su tío, le preguntó cuándo recibiría la señora Vesey su invitación a Blackwater, y le mostró tantas otras pequeñas atenciones que casi recordaba los días de su odioso cortejo en Limmeridge House. Esto ya era una mala señal para empezar, y me pareció aún más ominoso que fingiera, después de cenar, quedarse dormido en el salón, y que sus ojos nos siguieran con astucia a Laura y a mí cuando creía que ninguna de las dos lo notábamos. Nunca he dudado de que su repentino viaje en solitario lo llevó a Welmingham para interrogar a la señora Catherick, pero la experiencia de esta noche me hace temer que la expedición no fue en vano, y que ha obtenido la información que sin duda salió a buscar. Si supiera dónde encontrar a Anne Catherick, me levantaría mañana con el alba para advertirle.

Mientras que la actitud bajo la cual sir Percival se ha presentado esta noche me resulta tristemente demasiado familiar, la actitud del conde, en cambio, ha sido completamente nueva para mí. Esta noche me ha permitido conocerlo, por primera vez, en el papel de Hombre de Sentimientos —de sentimientos, creo yo, realmente sentidos, no fingidos para la ocasión.

Por ejemplo, estaba tranquilo y contenido —sus ojos y su voz expresaban una sensibilidad reprimida—. Vestía (como si existiera alguna conexión secreta entre su atuendo más vistoso y sus sentimientos más profundos) el chaleco más magnífico que le he visto hasta ahora —hecho de seda verde mar marino pálido, y delicadamente ribeteado con un fino bordado de hilo de plata—. Su voz descendía a las inflexiones más tiernas, su sonrisa expresaba una admiración reflexiva y paternal cada vez que hablaba con Laura o conmigo. Apretó la mano de su esposa bajo la mesa cuando ella le agradeció pequeñas atenciones durante la cena. Brindó con ella. «¡A tu salud y felicidad, mi ángel!», dijo, con ojos brillantes de ternura. Comió poco o nada, suspiró, y dijo «¡Buen Percival!», cuando su amigo se burló de él. Después de cenar, tomó a Laura de la mano y le preguntó si sería «tan dulce como para tocarle algo». Ella accedió, por puro asombro. Se sentó junto al piano, con la cadena de su reloj descansando en pliegues, como una serpiente dorada, sobre la protuberancia verde mar de su chaleco. Su inmensa cabeza descansaba lánguidamente hacia un lado, y marcaba suavemente el ritmo con dos de sus dedos blanco-amarillentos. Aprobó mucho la música y admiró tiernamente la manera de tocar de Laura —no como el pobre Hartright solía alabarla, con un disfrute inocente de los dulces sonidos, sino con un conocimiento claro, cultivado y práctico de los méritos de la composición, en primer lugar, y de los méritos del toque de la intérprete, en segundo—. Al caer la noche, rogó que no se profanara aún la hermosa luz moribunda con la presencia de las lámparas. Se acercó, con su pisada horriblemente silenciosa, a la ventana lejana en la que yo me encontraba, apartada para estar fuera de su alcance y evitar siquiera su vista, se acercó a pedirme que apoyara su protesta contra las lámparas. Si una de ellas hubiera podido prenderle fuego en ese momento, habría bajado a la cocina a buscarla yo misma.

«¿No le gusta esta modesta, temblorosa penumbra inglesa? –dijo suavemente–. Ah, yo la amo. Siento que mi admiración innata por todo lo noble, y grande, y bueno se purifica con el aliento del cielo en una tarde como ésta. La Naturaleza tiene tales encantos imperecederos, tanta ternura inextinguible para mí… Soy un hombre viejo y gordo –palabras que sonarían naturales en sus labios, señorita Halcombe, suenan como una burla y una mofa en los míos–. Es duro que se rían de uno en sus momentos de sentimiento, como si el alma fuera, igual que el cuerpo, vieja y deforme. Observe, querida dama, qué luz tan hermosa muere sobre los árboles… ¿Penetra en su corazón como en el mío?».

Hizo una pausa, me miró, y repitió los famosos versos de Dante sobre la Hora del Ocaso, con una melodía y una ternura que añadieron un encanto propio a la incomparable belleza del poema.

«¡Bah!» –exclamó de pronto, cuando la última cadencia de aquellas nobles palabras italianas se desvaneció en sus labios; «¡me hago el viejo tonto y sólo los aburro a todos! Cerremos la ventana de nuestro pecho y volvamos al mundo de los hechos. ¡Percival! Autorizo la entrada de las lámparas. Lady Glyde, señorita Halcombe, Eleanor, mi buena esposa, ¿cuál de ustedes me hará el honor de jugar conmigo una partida de dominó?».

Se dirigió a todas nosotras, pero miró especialmente a Laura.

Ella había aprendido a percibir mi temor de ofenderle, y aceptó su propuesta. Yo no habría podido hacerlo en ese momento. No habría podido sentarme a la misma mesa con él por nada del mundo. Sus ojos parecían llegar hasta lo más profundo de mi alma a través de la creciente penumbra del crepúsculo. Su voz temblaba a lo largo de cada nervio de mi cuerpo, y me hacía sentir calor y frío alternativamente. El misterio y el terror de mi sueño, que me había acosado intermitentemente durante toda la tarde, oprimían ahora mi mente con un presentimiento insoportable y un temor indecible. Volví a ver la tumba blanca, y a la mujer velada levantándose de ella junto a Hartright. El pensamiento de Laura brotó como un manantial desde las profundidades de mi corazón, y lo llenó de aguas de amargura, nunca, nunca conocidas por él. La tomé de la mano cuando pasó junto a mí camino a la mesa, y la besé como si esa noche fuera a separarnos para siempre. Mientras todos me miraban asombrados, salí corriendo por la ventana baja, que estaba abierta frente a mí, hacia el jardín, corrí para esconderme de ellos en la oscuridad, para esconderme incluso de mí misma.

Nos separamos esa noche más tarde de lo habitual. Cerca de la medianoche, el silencio del verano se quebró con el estremecimiento de un viento bajo y melancólico entre los árboles. Todos sentimos el repentino escalofrío en el ambiente, pero el conde fue el primero en notar el sigiloso ascenso del viento. Se detuvo mientras encendía mi vela, y levantó la mano en señal de advertencia.

«¡Escuchen! –dijo–. Habrá un cambio mañana».

VII

19 de junio

Los acontecimientos de ayer me advirtieron que debía estar preparada, tarde o temprano, para enfrentar lo peor. Hoy aún no ha terminado, y lo peor ha llegado.

Según el cálculo más preciso que Laura y yo pudimos hacer, llegamos a la conclusión de que Anne Catherick debió de aparecer en la caseta del lago a las dos y media de la tarde de ayer. En consecuencia, organicé que Laura se dejara ver apenas en la mesa del almuerzo de hoy, y que luego saliera a la primera oportunidad, dejándome a mí atrás para guardar las apariencias y seguirla tan pronto como pudiera hacerlo con seguridad. Este procedimiento, si no surgía ningún obstáculo, le permitiría estar en la caseta antes de las dos y media, y (cuando yo me retirara de la mesa, a mi vez) me permitiría llegar a una posición segura en el bosque antes de las tres.

El cambio en el clima, que el viento de anoche nos advirtió que esperáramos, llegó con la mañana. Llovía intensamente cuando me levanté, y continuó lloviendo hasta las doce –cuando las nubes se dispersaron, el cielo azul apareció y el sol brilló nuevamente con la luminosa promesa de una tarde espléndida.

Mi ansiedad por saber cómo ocuparían sir Percival y el conde la primera parte del día no se calmó en absoluto, al menos en lo que respecta a sir Percival, por el hecho de que nos dejara inmediatamente después del desayuno y saliera solo, a pesar de la lluvia. No nos dijo adónde iba ni cuándo podríamos esperarlo de vuelta. Lo vimos pasar apresuradamente frente a la ventana del comedor, con sus botas altas y su impermeable puesto y eso fue todo.

El Conde pasó la mañana tranquilamente dentro de casa, parte de ella en la biblioteca, parte en el salón, tocando fragmentos de música en el piano y tarareando para sí mismo. A juzgar por las apariencias, el lado sentimental de su carácter persistía en delatarse aún. Estaba callado y sensible, y listo para suspirar y languidecer pesadamente (como sólo los hombres gordos pueden suspirar y languidecer) ante la menor provocación.

Llegó la hora del almuerzo y sir Percival no había regresado. El conde ocupó el lugar de su amigo en la mesa, devoró lastimosamente la mayor parte de una tarta de frutas, sumergida bajo una jarra entera de crema, y nos explicó todo el mérito de tal hazaña tan pronto como la hubo terminado. «El gusto por lo dulce –dijo con sus tonos más suaves y su actitud más tierna– es el gusto inocente de las mujeres y los niños. Me encanta compartirlo con ellos, es otro vínculo, queridas señoras, entre ustedes y yo».

Laura se retiró de la mesa a los diez minutos. Estuve a punto de acompañarla. Pero si ambas hubiéramos salido juntas, habríamos despertado sospechas, y peor aún, si permitíamos que Anne Catherick viera a Laura acompañada por una segunda persona que le resultara desconocida, lo más probable es que perdiéramos su confianza desde ese mismo momento, sin posibilidad de recuperarla.

Esperé, pues, con toda la paciencia posible, hasta que el sirviente entró a recoger la mesa. Cuando salí del comedor, no había señales, ni en la casa ni fuera de ella, del regreso de sir Percival. Dejé al conde con un trozo de azúcar entre los labios, y a la maliciosa cacatúa trepando por su chaleco para alcanzarlo, mientras madame Fosco, sentada frente a su esposo, observaba las acciones del pájaro y del hombre con tanta atención como si nunca hubiera visto nada semejante en su vida. Camino del bosque, me mantuve cuidadosamente fuera del campo visual desde la ventana del comedor. Nadie me vio y nadie me siguió. Eran entonces las tres menos cuarto según mi reloj.

Una vez entre los árboles caminé rápidamente, hasta haber avanzado más de la mitad del bosque. En ese punto disminuí el paso y avancé con cautela, pero no vi a nadie ni oí voces. Poco a poco llegué a tener a la vista la parte trasera de la caseta, me detuve y escuché, luego avancé hasta estar justo detrás, donde habría oído a cualquier persona que hablara dentro. Pero el silencio seguía intacto –nada ni cerca ni lejos revelaba señal alguna de ser viviente.

Después de rodear el edificio por detrás, primero por un lado y luego por el otro, sin hallar nada, me atreví a salir al frente y mirar dentro. El lugar estaba vacío.

Llamé: «¡Laura!» –al principio en voz baja, luego más y más fuerte–. Nadie respondió y nadie apareció. Por lo que podía ver y oír, la única criatura humana en las inmediaciones del lago y del bosque era yo misma.

Mi corazón empezó a latir con fuerza, pero mantuve mi resolución y registré primero la caseta y luego el terreno delante de ella, en busca de alguna señal que me mostrara si Laura realmente había llegado al lugar o no. No apareció rastro de su presencia dentro del edificio, pero encontré huellas suyas afuera, en la arena.

Detecté las pisadas de dos personas –unas grandes como de hombre, y otras pequeñas, que al comparar con las mías, poniendo mis pies en ellas para medirlas, supe con certeza que eran de Laura–. El terreno estaba marcado confusamente de ese modo justo frente a la caseta. Junto a un lado del edificio, bajo el cobijo del tejado saliente, descubrí un pequeño agujero en la arena –un agujero hecho artificialmente, sin duda alguna–. Me limité a notarlo, y enseguida me volví para seguir las huellas tanto como pudiera, y seguir la dirección que indicaran.

Me condujeron, partiendo del lado izquierdo de la caseta, a lo largo del borde de los árboles, una distancia, creo, de entre doscientos y trescientos metros, y luego el suelo arenoso ya no mostró más rastro. Suponiendo que las personas cuya pista seguía debían necesariamente haber entrado en el bosque en ese punto, entré también. Al principio no encontré camino alguno, pero luego descubrí uno, apenas trazado entre los árboles, y lo seguí. Me llevó, durante cierto trecho, en dirección al pueblo, hasta que me detuve en un punto donde otro sendero lo cruzaba. Las zarzas crecían densamente a ambos lados de este segundo camino: Me quedé mirando hacia él, sin saber qué rumbo tomar, y mientras miraba vi en una rama espinosa algunos flecos arrancados del chal de una mujer. Un examen más detenido del fleco me convenció de que había sido arrancado de uno de los chales de Laura, y enseguida seguí el segundo sendero. Me condujo por fin, con gran alivio para mí, a la parte trasera de la casa. Digo con gran alivio, porque deduje que Laura debía, por alguna razón desconocida, haber regresado antes que yo por ese camino tan indirecto. Entré por el patio y las dependencias. La primera persona que encontré al cruzar la sala de los sirvientes fue la señora Michelson, la ama de llaves.

—¿Sabe usted –pregunté– si lady Glyde ha regresado ya de su paseo?

—Mi señora volvió hace un rato con sir Percival –respondió el ama de llaves–. Me temo, señorita Halcombe, que ha ocurrido algo muy penoso.

Se me encogió el corazón.

—No querrá decir que ha habido un accidente –dije débilmente.

—No, no, gracias a Dios, ningún accidente. Pero mi señora subió corriendo a su habitación entre lágrimas, y sir Percival me ha ordenado que le dé a Fanny el aviso para marcharse en el plazo de una hora.

Fanny era la doncella de Laura, una buena muchacha cariñosa que había estado con ella durante años, la única persona en la casa en cuya fidelidad y entrega podíamos confiar ambas.

—¿Dónde está Fanny? –pregunté.

—En mi habitación, señorita Halcombe. La joven está muy afectada y le dije que se sentara a intentar calmarse.

Fui al cuarto de la señora Michelson y encontré a Fanny en un rincón, con su baúl a su lado, llorando desconsoladamente.

No pudo darme explicación alguna sobre su repentino despido. Sir Percival había ordenado que se le entregase un mes de sueldo en lugar del preaviso habitual, y que se marchara. No se le dio ningún motivo, ni se le hizo objeción alguna a su conducta. Se le había prohibido recurrir a su señora, incluso verla un instante para despedirse. Tenía que irse sin explicaciones ni despedidas, y de inmediato.

Tras consolar a la pobre muchacha con unas palabras amables, le pregunté dónde pensaba dormir esa noche. Respondió que había pensado ir a la pequeña posada del pueblo, cuya patrona era una mujer respetable, conocida por los criados de Blackwater Park. A la mañana siguiente, saliendo temprano, podría regresar con sus familiares en Cumberland sin pasar por Londres, ciudad en la que no conocía a nadie.

Comprendí enseguida que la partida de Fanny nos ofrecía un medio seguro de comunicación con Londres y con Limmeridge House, del que tal vez fuera muy importante valernos. Por tanto, le dije que podía esperar noticias de su señora o mías a lo largo de la tarde, y que podía contar con que haríamos todo lo que estuviera en nuestras manos para ayudarla en la prueba de dejarnos, aunque fuera de momento. Dicho esto, le estreché la mano y subí las escaleras.

La puerta que conducía a la habitación de Laura era la de un antecuarto que daba al pasillo. Cuando intenté abrirla, estaba cerrada por dentro con el cerrojo.

Llamé, y abrió la misma criada corpulenta y torpe cuya obtusa insensibilidad había puesto a prueba mi paciencia el día que encontré al perro herido.

Desde entonces había averiguado que se llamaba Margaret Porcher y que era la criada más torpe, desaliñada y obstinada de la casa.

Al abrir la puerta, salió enseguida al umbral y se quedó allí plantada, sonriéndome con bobalicona impertinencia.

—¿Por qué estás ahí parada? –dije–. ¿No ves que quiero entrar?

—Ah, pero no puede entrar –respondió, sonriendo aún más ampliamente.

—¿Cómo te atreves a hablarme así? ¡Apártate ahora mismo!

Extendió sus enormes manos rojas a ambos lados para bloquear la entrada, y movió su cabezota vacía en señal de negativa.

—Orden del amo –dijo, y volvió a asentir.

Tuve que hacer acopio de todo mi autocontrol para no enfrentarme con ELLA y para recordar que mis siguientes palabras debían ir dirigidas a su amo. Le di la espalda y bajé enseguida en su busca. Mi resolución de mantener la calma ante todas las provocaciones que sir Percival pudiera lanzarme estaba, a esas alturas, completamente olvidada –lo digo para mi vergüenza– como si jamás la hubiera hecho. Aun así, después de todo lo que había sufrido y reprimido en aquella casa, me hizo bien sentir cuán enojada estaba.

El salón y el comedor estaban vacíos. Fui a la biblioteca, y allí encontré a sir Percival, al conde y a madame Fosco. Los tres estaban de pie, muy juntos, y sir Percival tenía en la mano un pequeño papel. Al abrir la puerta, oí que el conde le decía: «No, mil veces no».

Me acerqué directamente a él y lo miré fijamente a los ojos.

—¿Debo entender, sir Percival, que la habitación de su esposa es una prisión y que su criada es la carcelera que la vigila? –pregunté.

—Sí, eso mismo debe usted entender –respondió–. Tenga cuidado de que mi carcelera no tenga que hacer doble turno, tenga cuidado de que su cuarto no se convierta también en una prisión.

—Tenga usted cuidado de cómo trata a su esposa y de cómo me amenaza a mí —estallé encolerizada—. En Inglaterra hay leyes que protegen a las mujeres de la crueldad y del ultraje. Si le toca un solo cabello a Laura, si se atreve a coartar mi libertad, pase lo que pase, recurriré a esas leyes.

En lugar de responderme, se volvió hacia el conde.

—¿Qué le dije? —preguntó—. ¿Y ahora qué dice?

—Lo que ya he dicho antes —respondió el conde—: no.

Incluso en el arrebato de mi furia sentí sobre mi rostro sus ojos grises, fríos y tranquilos. Se apartaron de mí en cuanto habló y se volvieron con significado hacia su esposa. Madame Fosco se acercó enseguida a mi lado y, desde esa posición, se dirigió a sir Percival antes de que ninguno de los dos pudiera hablar de nuevo.

—Concédame su atención un momento —dijo, con su tono helado y perfectamente contenido—. Le agradezco, sir Percival, su hospitalidad, y me niego a seguir aprovechándome de ella. No permanezco en ninguna casa donde las damas sean tratadas como su esposa y la señorita Halcombe han sido tratadas hoy.

Sir Percival dio un paso atrás y la miró con absoluto silencio. La declaración que acababa de oír —una declaración que, como él bien sabía, y como yo sabía también, madame Fosco no se habría atrevido a hacer sin el permiso de su esposo— parecía dejarlo petrificado de sorpresa. El conde la observaba con la más entusiasta admiración.

—¡Es sublime! —dijo para sí mismo. Se acercó mientras hablaba y le pasó el brazo por el de ella—. Estoy a tu servicio, Eleanor —añadió, con una dignidad serena que jamás le había notado—. Y al de la señorita Halcombe, si tiene a bien honrarme aceptando toda la ayuda que pueda ofrecerle.

—¡Maldita sea! ¿Qué significa esto? —gritó sir Percival, mientras el conde se alejaba tranquilamente con su esposa hacia la puerta.

—En otras ocasiones digo lo que pienso, pero esta vez digo lo que piensa mi esposa —respondió el impenetrable italiano—. Hemos intercambiado los papeles, Percival, por una vez, y la opinión de madame Fosco es… la mía.

Sir Percival arrugó el papel que tenía en la mano, y apartando al conde con otro juramento, se interpuso entre él y la puerta.

—Haga lo que quiera –dijo con furia contenida en voz baja y ronca–. Haga lo que quieras… y ya veremos qué resulta de ello.

Dicho esto, salió de la sala.

Madame Fosco miró a su esposo con aire interrogante.

—Se ha ido muy de repente –dijo–. ¿Qué significa eso?

—Significa que tú y yo juntos hemos hecho entrar en razón al hombre de peor genio de toda Inglaterra –respondió el conde–. Significa, señorita Halcombe, que lady Glyde se ha librado de una grave indignidad, y usted de la repetición de un insulto imperdonable. Permítame expresarle mi admiración por su comportamiento y su valentía en un momento tan difícil.

—Admiración sincera –sugirió madame Fosco.

—Admiración sincera –repitió el conde.

Ya no me sostenía la fuerza de la primera resistencia airada frente a la injusticia y la agresión. La angustia que me carcomía por ver a Laura, el peso de mi propia ignorancia sobre lo sucedido en la caseta, me oprimían con una intensidad insoportable. Traté de mantener las formas al hablar con el conde y su esposa con el mismo tono que ellos usaban conmigo, pero las palabras se me apagaban en los labios, me faltaba el aliento, los ojos se me iban en silencio hacia la puerta. El conde, comprendiendo mi ansiedad, la abrió, salió y la cerró tras de sí. Al mismo tiempo, los pasos pesados de sir Percival bajaron por la escalera. Oí que susurraban fuera, mientras madame Fosco me aseguraba, con su tono más sereno y convencional, que se alegraba, por el bien de todos, de que la conducta de sir Percival no hubiera obligado a su esposo y a ella misma a abandonar Blackwater Park. Antes de que terminara de hablar, cesaron los susurros, se abrió la puerta y el conde se asomó.

—Señorita Halcombe –dijo–, me complace informarle que lady Glyde vuelve a ser dueña de su casa. Pensé que le resultaría más agradable oír esta mejora de mí que de sir Percival, y por eso he vuelto expresamente para comunicárselo.

—¡Admirable delicadeza! –dijo madame Fosco, devolviendo a su marido su tributo de admiración con la misma moneda y al mismo estilo que el conde empleaba–. Él sonrió e hizo una reverencia como si hubiera recibido un cumplido formal de parte de un desconocido cortés, y se hizo a un lado para dejarme pasar primero.

Sir Percival estaba de pie en el vestíbulo. Mientras subía apresuradamente las escaleras, lo oí llamar con impaciencia al conde para que saliera de la biblioteca.

—¿Qué hace ahí esperando? –dijo–. Quiero hablar con usted.

—Y yo quiero pensar un poco a solas –respondió el otro–. Espere más tarde, Percival, espere más tarde.

Ni él ni su amigo dijeron nada más. Alcancé lo alto de las escaleras y corrí por el pasillo. En mi prisa y mi agitación dejé abierta la puerta del antecuarto, pero cerré la de la habitación en cuanto estuve dentro.

Laura estaba sentada sola al otro extremo de la estancia, con los brazos apoyados con cansancio sobre una mesa y el rostro escondido entre las manos. Se levantó con un grito de alegría al verme.

—¿Cómo has llegado hasta aquí? –preguntó–. ¿Quién te ha dado permiso? ¿No ha sido sir Percival?

En mi ansiedad abrumadora por saber lo que tenía que contarme, no pude responderle. Sólo pude hacer preguntas por mi parte. Sin embargo, el ansia de Laura por saber lo que había ocurrido abajo fue demasiado fuerte para resistirla. Insistió en sus preguntas una y otra vez.

—El conde, por supuesto –respondí impacientemente–. Su influencia en la casa…

Me interrumpió con un gesto de repugnancia.

—No hables de él –exclamó–. ¡El conde es la criatura más vil que respira! ¡El conde es un miserable espía…!

Antes de que pudiéramos decir una palabra más, nos alarmó un suave golpeteo en la puerta de la habitación.

Yo aún no me había sentado, así que fui la primera en ver quién era. Al abrir la puerta, madame Fosco me enfrentó con mi pañuelo en la mano.

—Se le cayó esto abajo, señorita Halcombe –dijo–, y pensé traérselo ya que pasaba camino de mi habitación.

Su rostro, normalmente pálido, se había vuelto tan espantosamente blanco que me sobresaltó al verla. Sus manos, tan firmes y seguras en cualquier otro momento, temblaban violentamente, y sus ojos pasaban junto a mí como los de una loba, fijándose en Laura al fondo de la habitación.

¡Había estado escuchando antes de llamar! Lo vi en su rostro blanco, lo vi en sus manos temblorosas, lo vi en su mirada a Laura.

Esperó un instante, luego se apartó de mí en silencio y se alejó lentamente.

Volví a cerrar la puerta.

—¡Oh, Laura! ¡Laura! ¡Lamentaremos el día en que llamaste espía al conde!

—Tú también lo habrías llamado así, Marian, si supieras lo que yo sé. Anne Catherick tenía razón. Había una tercera persona espiándonos en la arboleda ayer, y esa tercera persona…

—¿Estás segura de que era el conde?

—Estoy absolutamente segura. Era el espía de sir Percival, su informante. Fue él quien puso a sir Percival a vigilar y esperar toda la mañana a Anne Catherick y a mí.

—¿Encontraron a Anne? ¿La viste en el lago?

—No. Se salvó manteniéndose alejada del lugar. Cuando llegué a la caseta no había nadie.

—¿Sí? ¿Sí?

—Entré y me senté a esperar unos minutos. Pero la inquietud me hizo levantarme de nuevo para caminar un poco. Al salir vi unas marcas en la arena, justo frente a la caseta. Me agaché a examinarlas y descubrí una palabra escrita con letras grandes en la arena. La palabra era: MIRA.

—¿Y tú apartaste la arena y cavaste un hueco?

—¿Cómo lo sabes, Marian?

—Yo misma vi el hueco cuando te seguí a la caseta. Sigue… sigue.

—Sí, aparté la arena de la superficie, y al poco tiempo encontré una tira de papel escondida debajo, que tenía algo escrito. El escrito estaba firmado con las iniciales de Anne Catherick.

—¿Dónde está?

—Sir Percival me lo quitó.

—¿Puedes recordar lo que decía? ¿Crees que puedes repetírmelo?

—En esencia sí, Marian. Era muy breve. Tú lo habrías recordado palabra por palabra.

—Intenta decirme el contenido antes de seguir adelante.

Ella accedió. Escribo aquí las líneas tal como me las repitió. Decían así:

Me vio con usted ayer un hombre alto, gordo y viejo, y tuve que correr para salvarme. No fue lo bastante rápido para seguirme y me perdió entre los árboles. No me atrevo a arriesgarme a volver hoy a la misma hora. Escribo esto y lo escondo en la arena, a las seis de la mañana, para decírselo. Cuando hablemos de nuevo del Secreto de su malvado esposo debemos hacerlo con seguridad o no hacerlo en absoluto. Trate de tener paciencia. Le prometo que volveré a verte, y pronto. A.C.

La referencia al «hombre alto, gordo y viejo» (expresión que Laura estaba segura de haberme repetido correctamente) no dejaba dudas sobre quién había sido el intruso. Recordé que había dicho a sir Percival, en presencia del conde el día anterior, que Laura había ido a la caseta a buscar su broche. Con toda probabilidad, él la había seguido hasta allí, con su habitual actitud entrometida, para tranquilizarla respecto a lo de la firma, inmediatamente después de haberme mencionado el cambio de planes de sir Percival en el salón. En ese caso, sólo podría haber llegado a las inmediaciones de la caseta justo cuando Anne Catherick lo descubrió. El modo sospechosamente apresurado en que se separó de Laura, sin duda, impulsó su inútil intento de seguirla. De la conversación que habían mantenido antes no pudo haber oído nada. La distancia entre la casa y el lago, y el momento en que me dejó en el salón, comparado con el momento en que Laura y Anne Catherick hablaron, lo demostraban sin lugar a duda.

—Habiendo llegado hasta aquí a una especie de conclusión —dijo Laura—, mi siguiente gran preocupación era saber qué había descubierto sir Percival después de que el conde Fosco le diera su información.

—¿Cómo fue que perdiste la carta? —le pregunté—. ¿Qué hiciste con ella cuando la encontraste en la arena?

—Después de leerla una vez —respondió—, la llevé conmigo a la caseta para sentarme a releerla con más calma. Mientras la leía, una sombra se proyectó sobre el papel. Levanté la vista y vi a sir Percival de pie en la puerta, observándome.

—¿Intentaste esconder la carta?

—Lo intenté, pero él me lo impidió. «No te molestes en ocultarla —dijo—. Casualmente ya la he leído». No pude más que mirarlo sin saber qué decir. «¿Lo entiendes? —continuó—. La he leído. La desenterré de la arena hace dos horas, la volví a enterrar y escribí otra vez la palabra encima, y la dejé lista para que la encontraras. Ahora no puedes mentir para salir de este lío. Ayer viste a Anne Catherick en secreto, y ahora mismo tienes su carta en la mano. A ELLA todavía no la he atrapado, pero a TI sí. Dame esa carta». Se acercó mucho a mí… Estaba sola con él, Marian… ¿Qué podía hacer? Le di la carta.

—¿Qué dijo cuando se la diste?

—Al principio no dijo nada. Me tomó del brazo y me sacó de la caseta, y miró a su alrededor, como temiendo que nos vieran o escucharan. Luego me apretó el brazo con fuerza y me susurró: «¿Qué te dijo Anne Catherick ayer? Exijo que me repitas cada palabra, de principio a fin».

—¿Se lo dijiste?

—Estaba sola con él, Marian… su mano cruel me apretaba el brazo… ¿Qué otra cosa podía hacer?

—¿Todavía tienes la marca en el brazo? Déjame verla.

—¿Para qué quieres verla?

—Porque nuestra resistencia debe empezar hoy, y esa marca es un arma contra él. Déjame verla ahora; puede que algún día tenga que jurar sobre ella.

—¡Oh, Marian, no pongas esa cara… no hables así! Ya no me duele.

—¡Déjame verla!

Me mostró las marcas. Ya no sentía pena, ni ganas de llorar, ni siquiera escalofríos. Dicen que las mujeres somos o mejores que los hombres, o peores. Si la tentación que ha arrastrado a algunas mujeres a lo peor me hubiese tentado en ese momento… Gracias a Dios, mi rostro no traicionó nada que su esposa pudiera leer. La dulce, inocente y afectuosa criatura creyó que estaba asustada por ella y entristecida por ella, y no pensó más allá.

—No lo tomes tan a pecho, Marian –dijo con sencillez mientras se bajaba la manga–. Ya no me duele.

—Trataré de pensar con calma, por ti… Bien, bien. ¿Y le contaste todo lo que te dijo Anne Catherick, lo mismo que me contaste a mí?

—Sí, todo. Él insistió… Estaba sola con él… no podía ocultarle nada.

—¿Y qué dijo cuando terminaste?

—Me miró y se rio para sí, de una forma amarga y burlona. «Voy a sacarte el resto –dijo–, ¿me oyes?, el resto». Le juré solemnemente que ya le había dicho todo lo que sabía. «No –respondió–, sabes más de lo que quieres decir. ¿No quieres contarlo? Lo harás. Te lo sacaré en casa, si no puedo sacártelo aquí». Me llevó por un camino extraño a través de la arboleda, por donde no había posibilidad de que nos cruzáramos contigo, y no volvió a hablar hasta que llegamos a la vista de la casa. Entonces se detuvo otra vez y dijo: «¿Quieres una segunda oportunidad, si te la doy? ¿Quieres pensártelo mejor y contarme el resto?». Sólo pude repetir lo mismo de antes. Maldijo mi obstinación y siguió adelante, llevándome con él hasta la casa. «No puedes engañarme –dijo–, sabes más de lo que dices. Te sacaré ese secreto, y también a tu hermana. No habrá más conspiraciones ni cuchicheos entre vosotras. Ni tú ni ella volveréis a veros hasta que digáis la verdad. Os vigilaré mañana, tarde y noche hasta que confeséis». Estaba sordo a todo lo que pude decirle. Me llevó directamente a mi habitación. Fanny estaba allí, haciendo algo para mí, y él la echó al instante. «Me aseguraré

314

de que tú no participas en la conspiración –dijo–. Te irás hoy mismo de esta casa. Si la señora necesita doncella, tendrá una que yo elija». Me empujó a la habitación y cerró la puerta con llave. ¡Puso a esa mujer insensata a vigilarme fuera, Marian! Hablaba y se comportaba como un loco. Puede que no lo entiendas bien… pero de verdad, así fue.

—Sí lo entiendo, Laura. Está loco… loco de miedo, con la conciencia culpable. Cada palabra que has dicho me convence aún más de que ayer, cuando Anne Catherick te dejó, estabas a punto de descubrir un secreto que podría arruinar a tu infame esposo, y él cree que YA lo has descubierto. Nada de lo que digas o hagas podrá calmar esa desconfianza culpable ni convencer a su falsa naturaleza de tu sinceridad. No te digo esto para alarmarte, querida, sino para que abras los ojos a tu situación y comprendas la necesidad urgente de que yo actúe, del modo que mejor pueda, para protegerte mientras tengamos la oportunidad. La intervención del conde Fosco me ha permitido verte hoy, pero podría retirarla mañana. Sir Percival ya ha despedido a Fanny porque es una muchacha lista y fiel a ti, y ha puesto en su lugar a una mujer que no se preocupa por ti, cuya torpeza la rebaja al nivel de un perro guardián. Es imposible saber qué medidas violentas tomará después si no aprovechamos las oportunidades mientras las tenemos.

—¿Qué podemos hacer, Marian? ¡Oh, si tan sólo pudiéramos irnos de esta casa y no volver jamás!

—Escúchame, e intenta pensar que no estás completamente indefensa mientras yo esté aquí contigo.

—Lo pensaré así… lo creo así. Pero no olvides del todo a la pobre Fanny mientras piensas en mí. Ella también necesita ayuda y consuelo.

—No la olvidaré. La vi antes de subir aquí, y he acordado comunicarme con ella esta noche. Las cartas no son seguras en el buzón de Blackwater Park, y hoy tendré que escribir dos, por tu bien, que no deben pasar por otras manos que las de Fanny.

—¿Qué cartas?

—Tengo intención de escribir primero, Laura, al socio del señor Gilmore, quien se ofreció a ayudarnos en cualquier nueva emergencia. Por poco que sepa yo de leyes, estoy segura de que pueden proteger a una mujer del trato que ese rufián te ha infligido hoy. No entraré en detalles sobre Anne Catherick, porque no tengo información cierta que ofrecer. Pero el abogado sabrá de esos moretones en tu brazo y de la violencia que se ejerció sobre ti en esta habitación… ¡lo sabrá antes de que me acueste esta noche!

—¡Pero piensa en lo que implicaría darlo a conocer, Marian!

—Justamente eso es lo que tengo en cuenta. Sir Percival tiene más que temer de esa exposición que tú. La sola perspectiva de que se haga público puede llevarlo a ceder donde nada más lo haría.

Me levanté mientras hablaba, pero Laura me rogó que no la dejara.

—Lo llevarás a la desesperación –dijo–, y nuestros peligros se multiplicarán.

Sentí que esas palabras eran verdad, una verdad desalentadora. Pero no podía permitirme reconocérselo abiertamente. En nuestra espantosa situación, no había ayuda ni esperanza para nosotras si no arriesgábamos lo peor.

Así se lo dije, aunque con cautela. Ella suspiró amargamente, pero no discutió. Sólo preguntó por la segunda carta que había dicho que pensaba escribir. ¿A quién iba dirigida?

—Al señor Fairlie –respondí–. Tu tío es tu pariente varón más cercano y la cabeza de la familia. Debe y tendrá que intervenir.

Laura negó con la cabeza, entristecida.

—Sí, sí –proseguí–, tu tío es un hombre débil, egoísta, mundano, lo sé, pero no es sir Percival Glyde, y no tiene a su lado a alguien como el conde Fosco. No espero nada de su bondad ni de su sensibilidad hacia ti o hacia mí, pero hará cualquier cosa por conservar su comodidad y su tranquilidad.

Si logro convencerlo de que intervenir ahora lo librará de problemas, pesares y responsabilidades inevitables en el futuro, se moverá por su propio interés. Sé cómo tratar con él, Laura… ya he tenido algo de práctica.

—¡Si tan sólo pudieras convencerlo de que me deje volver a Limmeridge por un tiempo y quedarme allí contigo, Marian, podría volver a ser casi tan feliz como antes de casarme!

Esas palabras me hicieron pensar en otra dirección. ¿Sería posible poner a sir Percival ante la alternativa de exponerse al escándalo de una intervención legal en favor de su esposa, o permitir que ella se separara temporalmente de él bajo el pretexto de una visita a casa de su tío? ¿Y cabría esperar que en ese caso eligiera lo segundo? Era dudoso, muy dudoso. Y aun así, por desesperada que pareciera la idea, valía la pena intentarla. Decidí hacerlo, por no saber qué otra cosa mejor hacer.

—Tu tío sabrá del deseo que acabas de expresar —le dije—, y también consultaré al abogado sobre el asunto. Algo bueno puede salir de ello… y saldrá, eso espero.

Dicho esto, me levanté de nuevo, y otra vez Laura intentó que me volviera a sentar.

—No me dejes —dijo, inquieta—. Mi escritorio está en esa mesa. Puedes escribir aquí.

Me dolió en lo más profundo tener que negarme, incluso por su propio bien. Pero ya habíamos estado demasiado tiempo solas. Nuestra posibilidad de volver a vernos podría depender por completo de que no suscitáramos nuevas sospechas. Ya era hora de que me dejara ver, tranquila e indiferente, entre esas miserables criaturas que quizá en ese mismo momento estaban pensando en nosotras y hablando de nosotras abajo. Le expliqué a Laura la penosa necesidad, y logré que la entendiera como yo.

—Volveré, querida, en una hora o menos —le dije—. Lo peor ya ha pasado por hoy. Quédate tranquila y no temas nada.

—¿Está la llave en la puerta, Marian? ¿Puedo cerrarla desde dentro?

—Sí, aquí tienes la llave. Cierra con llave y no abras a nadie hasta que vuelva a subir.

La besé y la dejé. Fue un alivio para mí, al alejarme, oír girar la llave en la cerradura y saber que la puerta quedaba bajo su control.

VIII

19 de junio

Apenas había llegado al final de las escaleras cuando, al pensar en que Laura había cerrado su puerta, se me ocurrió como precaución cerrar también la mía y llevarme la llave conmigo mientras estuviera fuera de la habitación. Mi diario ya estaba guardado junto con otros papeles en el cajón del escritorio, pero había dejado fuera los útiles de escritura. Entre ellos había un sello con el motivo común de dos palomas bebiendo del mismo cáliz y varias hojas de papel secante, en las que quedaban impresas las líneas finales de lo que había escrito en estas páginas la noche anterior. Distorsionadas por la sospecha que ya se había vuelto parte de mí, hasta esas nimiedades me parecieron demasiado peligrosas como para dejarlas sin vigilancia… incluso el cajón cerrado con llave no me pareció suficientemente protegido en mi ausencia, mientras no asegurara también el acceso a él.

No hallé señales de que alguien hubiese entrado en la habitación mientras yo hablaba con Laura. Mis cosas –que había ordenado a la criada que no tocara jamás– estaban sobre la mesa, más o menos como siempre. Lo único que me llamó la atención fue que el sello estaba ordenadamente colocado en la bandeja junto con los lápices y la cera. No era costumbre mía (por desgracia) colocarlo allí, y no recordaba haberlo hecho. Pero como tampoco podía decir con certeza dónde lo había dejado y cabía la posibilidad de que, por una vez, lo hubiese puesto en su sitio sin pensar, preferí no añadir a la confusión que los sucesos del día ya habían sembrado en mi mente una preocupación más por un detalle tan trivial. Cerré la puerta con llave, guardé la llave en el bolsillo y bajé.

Madame Fosco estaba sola en el vestíbulo mirando el barómetro.

—Sigue bajando –dijo–. Me temo que nos espera más lluvia.

Su rostro había recuperado su expresión y color habituales. Pero la mano con que señaló la esfera del barómetro aún temblaba.

¿Le habría dicho ya a su esposo que había oído a Laura insultarlo, en mi presencia, llamándolo «espía»? Mi fuerte sospecha de que así había sido, mi irresistible temor (más agobiante aún por lo vago) de las consecuencias que podían seguirse, mi firme convicción –basada en pequeños signos que las mujeres detectan entre sí– de que madame Fosco, pese a su bien fingida cortesía exterior, no había perdonado a su sobrina por interponerse inocentemente entre ella y la herencia de diez mil libras... todo se agolpó en mi mente, todo me empujó a hablar, con la vana esperanza de usar mi influencia y mi capacidad de persuasión para reparar la ofensa de Laura.

—¿Puedo confiar en su bondad, madame Fosco, y atreverme a hablarle de un tema sumamente penoso?

Cruzó las manos sobre el pecho e inclinó solemnemente la cabeza sin pronunciar palabra, sin apartar sus ojos de los míos ni un instante.

—Cuando tuvo usted la amabilidad de devolverme mi pañuelo –proseguí–, me temo mucho que, por accidente, pudo oír a Laura decir algo que me cuesta repetir y que no intentaré justificar. Sólo me atrevo a esperar que no lo haya considerado usted lo bastante importante como para comentárselo al conde.

—No le doy la menor importancia –dijo madame Fosco con brusquedad y de pronto–. Pero –añadió, recuperando su tono gélido en un instante– no tengo secretos con mi esposo, ni siquiera en cosas triviales. Cuando notó hace un momento que estaba afligida, tuve el doloroso deber de explicarle por qué. Y le confieso con franqueza, señorita Halcombe, que se lo he contado.

Estaba preparada para oírlo, y sin embargo, sus palabras me helaron la sangre.

—Le ruego encarecidamente, madame Fosco... le ruego también encarecidamente al conde... que tengan en cuenta la triste situación en la que se encuentra mi hermana. Habló bajo el efecto de la injusticia y la humillación infligidas por su marido, y no era ella misma cuando pronunció esas palabras imprudentes. ¿Puedo esperar que las perdonen con comprensión y generosidad?

—Sin duda alguna –dijo la tranquila voz del conde detrás de mí.

Había llegado con su paso silencioso, el libro en la mano, desde la biblioteca.

—Cuando lady Glyde dijo esas palabras precipitadas –continuó–, cometió conmigo una injusticia que lamento… y perdono. No volvamos al asunto, señorita Halcombe; olvidémoslo todos desde este mismo momento.

—Es usted muy amable –dije–, me alivia indeciblemente.

Intenté seguir hablando, pero sus ojos estaban fijos en mí; su sonrisa imperturbable, que oculta todo, se mantenía dura e inmutable en su rostro amplio y terso. Mi desconfianza hacia su falsedad insondable, el sentimiento de humillación por haberme rebajado a tratar de congraciarme con él y con su esposa, me alteraron tanto que las palabras siguientes murieron en mis labios, y me quedé allí en silencio.

—Se lo ruego de rodillas, señorita Halcombe: no diga más. Me choca de verdad que haya creído necesario decir tanto.

Con esa frase cortés me tomó la mano –¡oh, cuánto me desprecio a mí misma!, ¡oh, cuán poco consuelo hay siquiera en saber que me sometí por Laura!–, me tomó la mano y la llevó a sus labios envenenados. Nunca conocí tan plenamente el horror que me inspiraba hasta ese instante. Aquella inocente familiaridad me heló la sangre como si hubiera sido la más vil de las ofensas que un hombre pueda hacer a una mujer. Y aun así, oculté mi repugnancia; traté de sonreír. Yo, que en otro tiempo había despreciado sin piedad el engaño en otras mujeres, fui tan falsa como la peor de ellas, tan falsa como ese Judas cuyos labios habían rozado mi mano.

No habría podido mantener ese humillante autocontrol –y eso es todo lo que me redime a mis propios ojos, saber que no habría podido– si él hubiese seguido mirándome al rostro. La celosa fiereza de su esposa vino en mi auxilio y desvió su atención en cuanto él se apoderó de mi mano. Sus fríos ojos azules se iluminaron, sus mejillas blancas como el yeso se encendieron de color, y por un instante pareció varios años más joven.

—¡Conde! –dijo–. Sus formas extranjeras de cortesía no son comprendidas por las inglesas.

—¡Perdón, mi ángel! La mejor y más adorable de las inglesas las comprende. Con esas palabras soltó mi mano y, en su lugar, levantó la de su esposa para besarla.

Corrí escaleras arriba para refugiarme en mi habitación. Si hubiese tenido tiempo de pensar, mis pensamientos, una vez sola, me habrían causado un sufrimiento amargo. Pero no había tiempo para pensar. Por suerte para mantener mi calma y mi valor, no había tiempo más que para actuar.

Aún tenía que escribir las cartas al abogado y al señor Fairlie, y me senté de inmediato, sin dudar ni un instante, para ocuparme de ellas.

No tenía ante mí un abanico de recursos que me complicara. No había absolutamente nadie en quien pudiera confiar en primera instancia más que en mí misma. Sir Percival no tenía amigos ni parientes en los alrededores cuya mediación pudiera intentar. Estaba en los términos más fríos –en algunos casos, en los peores– con las familias de su misma clase que vivían cerca. Nosotras dos, mujeres, no teníamos ni padre ni hermano que viniera a defendernos. No había otra elección más que escribir esas dos cartas inciertas o poner a Laura en falta –y a mí misma también– e imposibilitar toda negociación pacífica en el futuro huyendo en secreto de Blackwater Park. Sólo un peligro inminente y personal podría justificar que tomáramos esa segunda vía. Las cartas debían intentarse primero, y las escribí.

No dije nada al abogado sobre Anne Catherick, porque –como ya le había insinuado a Laura– ese asunto estaba relacionado con un misterio que aún no podíamos explicar, y por tanto sería inútil tratarlo con un profesional. Dejé que mi interlocutor atribuyera la conducta vergonzosa de sir Percival, si así lo deseaba, a nuevas disputas sobre cuestiones de dinero, y simplemente lo consulté sobre la posibilidad de emprender acciones legales para proteger a Laura en caso de que su esposo se negara a permitirle salir de Blackwater Park por un tiempo y volver conmigo a Limmeridge. Lo remití al señor Fairlie para más detalles sobre este último arreglo; le aseguré que escribía con la autorización de Laura, y terminé suplicándole que actuara en su nombre con todo el poder posible y con la menor pérdida de tiempo.

La carta al señor Fairlie fue mi siguiente tarea. Me dirigí a él en los términos que le había comentado a Laura, como los más probables para hacer que se movilizara; adjunté una copia de la carta al abogado para mostrarle cuán grave era el caso, y presenté nuestra marcha a Limmeridge como el único compromiso que evitaría que el peligro y la angustia de la situación actual de Laura acabaran afectando a su tío, además de a ella misma, en un futuro no muy lejano.

Cuando terminé, y después de sellar y dirigir ambos sobres, volví con las cartas a la habitación de Laura para mostrarle que estaban escritas.

—¿Te ha molestado alguien? –pregunté cuando me abrió la puerta.

—Nadie ha llamado –respondió–. Pero oí a alguien en la habitación exterior.

—¿Era un hombre o una mujer?

—Una mujer. Escuché el roce de su vestido.

—¿Un roce como de seda?

—Sí, como de seda.

Madame Fosco, evidentemente, había estado vigilando afuera. El daño que pudiera hacer por sí sola no era demasiado preocupante. Pero el que pudiera causar como instrumento dócil en manos de su marido era demasiado serio como para pasarlo por alto.

—¿Qué fue del sonido del vestido cuando dejaste de oírlo en la antecámara? –pregunté–. ¿Lo escuchaste alejarse por el pasillo?

—Sí. Me quedé quieta y escuché, y apenas lo oí.

—¿Hacia qué lado se fue?

—Hacia tu habitación.

Volví a considerar. El sonido no había llegado a mis oídos. Pero en ese momento estaba profundamente concentrada en mis cartas, y escribo con mano pesada y una pluma de ave que raspa y araña el papel ruidosamente. Era más probable que madame Fosco oyera el rasgueo de mi pluma que yo el roce de su vestido. Una razón más (si me hubiera hecho falta) para no confiar mis cartas a la bolsa del correo en el vestíbulo.

Laura me vio pensativa.

—¡Más dificultades! –dijo con cansancio–. ¡Más dificultades y más peligros!

—Ningún peligro –le respondí–. Alguna pequeña dificultad, quizá. Estoy pensando en la forma más segura de poner mis dos cartas en manos de Fanny.

—¿De verdad las has escrito, entonces? ¡Oh, Marian, no corras riesgos… te lo ruego, no corras riesgos!

—No, no –no temas. A ver… ¿qué hora es ahora?

Eran las seis menos cuarto. Tendría tiempo de llegar a la posada del pueblo y volver antes de la cena. Si esperaba hasta la noche, podría no tener una segunda oportunidad segura para salir de la casa.

—Deja la llave echada, Laura –le dije–, y no tengas miedo por mí. Si oyes que preguntan por mí, responde a través de la puerta que he salido a dar un paseo.

—¿Cuándo volverás?

—Antes de la cena, sin falta. Ánimo. Mañana a esta hora tendrás a un hombre sensato y de confianza actuando en tu favor. El socio del señor Gilmore es el mejor amigo que nos queda, después de él.

Un momento de reflexión, tan pronto como estuve sola, me convenció de que era mejor no aparecer vestida para salir hasta haber averiguado qué ocurría en la planta baja de la casa. Aún no sabía si sir Percival estaba dentro o fuera.

El canto de los canarios en la biblioteca y el olor a tabaco que salía por la puerta entreabierta me indicaron al instante dónde estaba el conde. Al mirar por encima del hombro al pasar frente a la puerta, vi con sorpresa que mostraba a la ama de llaves lo dóciles que eran los pájaros, en su forma más cortés y encantadora. Debía de haberla invitado expresamente a verlos, porque de otro modo ella jamás habría entrado por su cuenta en la biblioteca. Cada mínima acción de ese hombre tenía algún propósito oculto. ¿Cuál sería éste?

No era momento de indagar sus motivos. Busqué a madame Fosco a continuación y la encontré recorriendo su circuito favorito en torno al estanque de peces.

Estaba algo insegura de cómo me recibiría tras el estallido de celos que yo había provocado tan poco tiempo antes. Pero su marido la había domado en ese intervalo, y ahora me habló con la misma cortesía de siempre. Mi único objetivo al dirigirme a ella era saber si sabía dónde estaba sir Percival. Logré aludir a él de forma indirecta, y tras algo de esgrima verbal por ambas partes, finalmente mencionó que había salido.

—¿Qué caballo ha tomado? –pregunté con aparente indiferencia.

—Ninguno –respondió ella–. Se fue hace dos horas a pie. Según entendí, su intención era hacer nuevas averiguaciones sobre la mujer llamada Anne Catherick. Parece estar absurdamente ansioso por encontrarla. ¿Sabe usted si está peligrosamente loca, señorita Halcombe?

—No lo sé, condesa.

—¿Va a entrar?

—Sí, eso creo. Supongo que pronto será hora de vestirse para la cena.

Entramos juntas en la casa. Madame Fosco se dirigió a la biblioteca y cerró la puerta. Yo fui directamente a buscar mi sombrero y chal. Cada momento era importante si quería llegar hasta Fanny en la posada y volver antes de la cena.

Cuando crucé de nuevo el vestíbulo no había nadie, y el canto de los pájaros en la biblioteca había cesado. No podía detenerme a hacer nuevas averiguaciones. Sólo podía asegurarme de que el camino estaba libre y entonces salir de la casa con las dos cartas a salvo en mi bolsillo.

Mientras me dirigía al pueblo me preparé para la posibilidad de encontrarme con sir Percival. Mientras tuviera que tratar únicamente con él, me sentía segura de no perder la calma. Cualquier mujer que confíe en su propio juicio está siempre en condiciones de enfrentarse con un hombre que no confía en su propio carácter. No temía a sir Percival como temía al conde. En vez de inquietarme, me tranquilizó saber en qué ocupaba su salida. Mientras la persecución de Anne Catherick lo absorbiera por completo, Laura y yo podíamos esperar un cese momentáneo de su persecución activa. Por nosotras, y por Anne, deseaba y rogaba con fervor que aún lograra escapársele.

Avancé tan rápido como el calor me lo permitía hasta llegar al cruce de caminos que llevaba al pueblo, volviendo la vista de vez en cuando para asegurarme de que nadie me seguía.

No había nadie detrás de mí en todo el trayecto, salvo una carreta de campo vacía. El ruido de las ruedas pesadas me molestaba, y al ver que la carreta tomaba también el camino al pueblo, me detuve para dejarla pasar y salir de su alcance. Al mirarla con más atención que antes, me pareció distinguir de vez en cuando los pies de un hombre caminando muy cerca detrás, mientras el carretero iba delante, junto a los caballos. La parte del cruce que acababa de recorrer era tan angosta que la carreta rozaba los árboles y matorrales a ambos lados, y tuve que esperar a que pasara para comprobar si mi impresión era correcta. Al parecer, estaba equivocada, porque al pasar la carreta, el camino tras ella quedó completamente despejado.

Llegué a la posada sin encontrarme con sir Percival y sin notar nada más, y me alegró saber que la posadera había recibido a Fanny con toda la amabilidad posible. La muchacha tenía un pequeño salón para estar, alejada del bullicio de la taberna, y una habitación limpia en lo alto de la casa. Al verme, volvió a llorar, y dijo, pobre alma, con toda razón, que era espantoso sentirse arrojada al mundo como si hubiera cometido una falta imperdonable, cuando nadie, ni siquiera su patrón que la había despedido, podía echarle nada en cara.

—Trata de sobreponerte, Fanny —le dije—. Tu señora y yo seremos tus amigas y cuidaremos de que tu reputación no sufra. Ahora, escúchame. Tengo muy poco tiempo y voy a confiarte algo muy importante. Quiero que cuides estas dos cartas. La que tiene sello debes echarla al correo cuando llegues a Londres mañana. La otra, dirigida al señor Fairlie, debes entregársela en persona apenas llegues a casa. Llévalas contigo todo el tiempo y no se las entregues a nadie. Son de máxima importancia para los intereses de tu señora.

Fanny guardó las cartas en el escote de su vestido.

—Ahí se quedarán, señorita —dijo—, hasta que haya hecho lo que me dice.

—Asegúrate de estar a tiempo en la estación mañana por la mañana —continué—. Y cuando veas a la ama de llaves en Limmeridge, dale mis saludos y dile que estás a mi servicio hasta que lady Glyde pueda volver a tenerte. Puede que nos volvamos a ver antes de lo que crees. Así que ánimo y no pierdas el tren de las siete.

—Gracias, señorita, muchas gracias. Oír su voz otra vez da valor. Por favor, dé mis respetos a mi señora, y dígale que dejé todo tan ordenado como pude en el poco tiempo que tuve. ¡Ay, Dios! ¡Dios mío! ¿Quién la vestirá para la cena hoy? De verdad, señorita, me parte el alma pensarlo.

Cuando volví a la casa, sólo me quedaba un cuarto de hora para arreglarme para la cena y decirle dos palabras a Laura antes de bajar.

—Las cartas están en manos de Fanny —le susurré en la puerta—. ¿Piensas cenar con nosotros?

—Oh, no, no… ni por todo el mundo.

—¿Ha pasado algo? ¿Te ha molestado alguien?

—Sí, hace un momento… Sir Percival…

—¿Entró?

—No, me asustó con un golpe en la puerta desde fuera. Dije: «¿Quién es?». «Ya lo sabes», respondió. «¿Vas a cambiar de opinión y decirme el resto? ¡Lo dirás! Tarde o temprano te lo sacaré. Sabes dónde está Anne Catherick en este momento». «De verdad, de verdad —le dije—, no lo sé». «¡Sí lo sabes! —gritó—. ¡Aplastaré tu obstinación, tenlo por seguro! ¡Te lo arrancaré!». Se fue con esas palabras, Marian, se fue hace apenas cinco minutos.

¡No la había encontrado! Estábamos a salvo por esa noche: aún no la había encontrado.

—¿Vas a bajar, Marian? Sube otra vez por la noche.

—Sí, sí. No te preocupes si tardo un poco —debo tener cuidado de no ofender marchándome demasiado pronto.

Sonó la campana de la cena y me apresuré a bajar.

Sir Percival entró al comedor con madame Fosco, y el conde me ofreció su brazo. Estaba acalorado y congestionado, y no vestía con su habitual esmero y pulcritud. ¿Habría salido también antes de la cena y regresado tarde? ¿O sólo era que el calor lo afectaba más de lo habitual?

Fuera lo que fuese, indudablemente lo preocupaba alguna molestia o inquietud secreta que, con todo su arte para el disimulo, no lograba ocultar del todo. Durante toda la cena estuvo casi tan callado como el propio sir Percival, y de vez en cuando miraba a su esposa con una expresión de ansiedad furtiva que nunca le había visto. La única obligación social que parecía capaz de cumplir con su acostumbrada seguridad era la de mantenerse constantemente cortés y atento conmigo. Qué repugnante objetivo persigue, aún no puedo descubrirlo; pero sea cual sea su plan, una cortesía invariable hacia mí, una humildad constante hacia Laura, y un control inflexible (a cualquier precio) sobre la torpe violencia de sir Percival han sido los medios que ha usado con tenacidad y de forma impenetrable desde que puso un pie en esta casa. Lo sospeché cuando intervino por primera vez a nuestro favor, el día en que se presentó la escritura en la biblioteca, y ahora lo tengo por seguro.

Cuando madame Fosco y yo nos levantamos de la mesa, el conde también se levantó para acompañarnos al salón.

—¿Adónde va? –preguntó sir Percival–. Me refiero a usted, conde Fosco.

—Me voy porque he comido y bebido suficiente –respondió el conde–. Sea amable, Percival, y tenga consideración con mi costumbre extranjera de salir con las damas así como de entrar con ellas.

—¡Tonterías! Otra copa de clarete no le hará daño. Siéntese otra vez como un inglés. Quiero hablar con usted tranquilamente media hora durante el vino.

—Una conversación tranquila, Percival, con todo gusto. Pero no ahora, y no con vino. Más tarde esta noche, si lo prefiere… más tarde esta noche.

—¡Muy cortés! –dijo Sir Percival con fiereza–. ¡Una conducta muy cortés, por mi alma, hacia un hombre en su propia casa!

Lo había visto más de una vez mirar al conde con inquietud durante la cena, y había notado que el conde se abstenía cuidadosamente de devolverle la mirada. Esta circunstancia, unida a la ansiedad del anfitrión por una conversación tranquila con el vino y la obstinación del invitado por no volver a sentarse a la mesa, me hizo recordar la petición que sir Percival le había hecho en vano a su amigo más temprano ese mismo día, de salir de la biblioteca para hablar con él. El conde había pospuesto conceder esa entrevista privada cuando se le pidió por primera vez por la tarde, y la había vuelto a posponer cuando se le pidió una segunda vez en la mesa. Fuera cual fuera el tema que debían tratar entre ellos, era evidentemente importante para sir Percival, y quizás (juzgando por la clara reticencia del conde a abordarlo) también peligroso para él.

Estas consideraciones se me ocurrieron mientras pasábamos del comedor al salón. El comentario airado de sir Percival sobre la deserción de su amigo no tuvo el menor efecto. El conde se empeñó en acompañarnos a la mesa del té, esperó uno o dos minutos en la habitación, salió al vestíbulo y volvió con el saco de correo en las manos. Eran entonces las ocho, la hora a la que siempre se despachaban las cartas desde Blackwater Park.

—¿Tiene alguna carta para el correo, señorita Halcombe? —me preguntó, acercándose con el saco.

Vi a madame Fosco, que preparaba el té, detenerse con las pinzas del azúcar en la mano para escuchar mi respuesta.

—No, conde, gracias. No hay cartas hoy.

Entregó el saco al sirviente que estaba en la habitación, se sentó al piano y tocó dos veces el aire de la alegre canción callejera napolitana «La mia Carolina». Su esposa, que normalmente era la más pausada de las mujeres en todos sus movimientos, preparó el té tan rápido como lo habría hecho yo misma, terminó su taza en dos minutos y salió silenciosamente de la habitación.

Me levanté para seguir su ejemplo, en parte porque sospechaba que intentaba alguna traición arriba con Laura, y en parte porque estaba decidida a no quedarme sola en la misma habitación con su marido.

Antes de que pudiera llegar a la puerta, el conde me detuvo con una petición de una taza de té. Le di la taza y traté de salir una segunda vez. Me detuvo de nuevo, esta vez volviendo al piano y apelando repentinamente a mí con una cuestión musical que, según él, comprometía el honor de su país.

En vano alegué mi total ignorancia de música y mi absoluta falta de gusto en ese sentido. Volvió a dirigirse a mí con tal vehemencia que toda protesta por mi parte fue inútil. «Los ingleses y los alemanes —declaró indignado— siempre están despreciando a los italianos por su supuesta incapacidad de cultivar las formas superiores de la música. Nosotros hablamos sin cesar de nuestros oratorios, y ellos no dejan de alardear de sus sinfonías. ¿Acaso olvidamos, y ellos también, a mi inmortal amigo y compatriota Rossini? ¿Qué es *Moisés en Egipto* sino un sublime oratorio representado en escena en lugar de cantado fríamente en una sala de conciertos? ¿Qué es la obertura de *Guillermo Tell* sino una sinfonía con otro nombre? ¿Ha escuchado usted *Moisés en Egipto*? Escuche esto, y esto, y esto, y dígame si alguna vez se ha compuesto algo más sublime y sagrado por hombre mortal alguno». Y sin esperar una palabra de asentimiento o rechazo por mi parte, mirándome fijamente todo el tiempo, comenzó a tronar en el piano y a cantar con alto y fervoroso entusiasmo, interrumpiéndose de vez en cuando para anunciarme con fuerza los títulos de los distintos pasajes musicales: «¡Coro de los egipcios en la Plaga de Tinieblas, señorita Halcombe!», ¡Recitativo de Moisés con las tablas de la Ley!», «¡Oración de los israelitas al cruzar el Mar Rojo! ¡Ajá! ¡Ajá! ¿Es eso sagrado? ¿Es eso sublime?».

El piano temblaba bajo sus manos poderosas y las tazas de té sobre la mesa tintineaban mientras su voz grave retumbaba en las notas y su pie golpeaba el suelo marcando el ritmo.

Había algo horrible, algo feroz y diabólico, en aquel estallido de gozo por su propio canto y por el efecto que producía en mí al verme encogida más y más hacia la puerta. Me vi liberada al fin, no por mis propios esfuerzos, sino por la intervención de sir Percival. Abrió la puerta del comedor y gritó airadamente para saber qué significaba «ese maldito ruido». El conde se levantó de inmediato del piano.

—¡Ah! Si Percival viene —dijo—, la armonía y la melodía se han acabado. La Musa de la Música, señorita Halcombe, nos abandona con espanto y yo, el viejo trovador gordo, exhalo el resto de mi entusiasmo al aire libre.

Salió al porche, se metió las manos en los bolsillos y reanudó el «Recitativo de Moisés» en voz baja, en el jardín.

Oí a sir Percival llamarlo desde la ventana del comedor. Pero él no hizo caso, parecía decidido a no oír. Aquella tan postergada conversación tranquila entre ellos seguía pendiente, seguía dependiendo de la absoluta voluntad y placer del conde.

Me había retenido en el salón casi media hora desde que su esposa nos dejara. ¿Dónde había estado ella y qué había hecho en ese intervalo?

Subí para averiguarlo, pero no descubrí nada, y cuando interrogué a Laura, supe que no había oído nada. Nadie la había molestado, no se había escuchado ni el más leve susurro del vestido de seda, ni en la antesala ni en el pasillo.

Eran entonces las nueve menos veinte. Después de pasar por mi habitación a buscar mi diario, volví y me senté con Laura, escribiendo a ratos, interrumpiéndome a veces para hablar con ella. Nadie se acercó y nada sucedió. Permanecimos juntas hasta las diez. Entonces me levanté, le dije mis últimas palabras de ánimo y le deseé buenas noches. Volvió a cerrar con llave su puerta después de que acordamos que iría a verla a primera hora de la mañana.

Tenía aún unas frases que añadir a mi diario antes de acostarme, y al bajar de nuevo al salón tras dejar a Laura por última vez en ese fatigoso día, decidí limitarme a hacer acto de presencia, disculparme y retirarme una hora antes de lo habitual.

Sir Percival, el conde y su esposa estaban sentados juntos. Sir Percival bostezaba en un sillón, el conde leía, madame Fosco se abanicaba. Extrañamente, su rostro ahora estaba sonrojado. Ella, que nunca sufría por el calor, sufría indudablemente esta noche.

—Me temo, condesa, que no se encuentra tan bien como de costumbre —dije.

—Justamente la observación que iba a hacerle a usted –respondió–. Está usted muy pálida, querida.

Querida. Era la primera vez que me hablaba con esa familiaridad. Había también una sonrisa insolente en su rostro al decirlo.

—Sufro uno de mis fuertes dolores de cabeza –respondí fríamente.

—Ah, ¿sí? Falta de ejercicio, supongo. Una caminata antes de cenar habría sido justo lo que necesitaba.

Habló del «paseo» con un énfasis extraño. ¿Me habría visto salir? No importaba si lo había hecho. Las cartas estaban ahora seguras en manos de Fanny.

—Vamos a fumar, conde Fosco –dijo sir Percival, levantándose con otra mirada inquieta hacia su amigo.

—Con gusto, Percival, cuando las damas se hayan retirado a dormir –respondió el conde.

—Disculpe, condesa, si le doy el ejemplo y me retiro –dije–. El único remedio para este tipo de dolor de cabeza es acostarse.

Me despedí. La misma sonrisa insolente seguía en el rostro de la mujer cuando le di la mano. Sir Percival no me prestó atención. Miraba impaciente a madame Fosco, que no mostraba intención de dejar la habitación conmigo. El conde sonreía para sí detrás de su libro. Había aún otro retraso para esa conversación tranquila con sir Percival, y esta vez la condesa era el obstáculo.

IX

19 de junio

Una vez segura en mi habitación, abrí estas páginas y me dispuse a continuar con la parte del relato del día que aún quedaba por escribir.

Durante más de diez minutos me quedé sentada sin hacer nada, con la pluma en la mano, reflexionando sobre los acontecimientos de las últimas doce horas. Cuando al fin me dispuse a continuar mi tarea, encontré una dificultad en ello que nunca había experimentado. A pesar de mis esfuerzos por concentrar mis pensamientos en lo que tenía entre manos, estos se desviaban con una persistencia extraña en una sola dirección: sir Percival y el conde, y todo el interés que trataba de centrar en mi diario se trasladaba, en cambio, a esa entrevista privada entre ellos que había sido aplazada durante todo el día y que ahora iba a celebrarse en el silencio y la soledad de la noche.

En ese estado obstinado de mi mente, el recuerdo de lo que había sucedido desde la mañana no regresaba, y no tuve otro recurso que cerrar mi diario y alejarme de él por un momento.

Abrí la puerta que comunicaba mi dormitorio con mi salita, y después de pasar por ella, la cerré de nuevo para evitar cualquier accidente en caso de corriente de aire con la vela encendida que había dejado sobre el tocador. La ventana de mi salita estaba completamente abierta, y me asomé sin ánimo a contemplar la noche.

Estaba oscuro y silencioso. No se veían ni la luna ni las estrellas. Había un olor a lluvia en el aire denso y quieto, y saqué la mano por la ventana. No. La lluvia sólo amenazaba, aún no había llegado.

Permanecí recostada en el alféizar de la ventana por casi un cuarto de hora, mirando distraídamente hacia la negrura, y sin oír nada, salvo, de vez en cuando, las voces de los sirvientes o el sonido lejano de alguna puerta cerrándose en la parte baja de la casa.

Justo cuando me disponía a retirarme con cansancio de la ventana para volver al dormitorio e intentar de nuevo completar la entrada inconclusa en mi diario, percibí el olor del humo de tabaco deslizándose hacia mí con el aire pesado de la noche. Al instante siguiente vi una diminuta chispa roja avanzando desde el extremo más alejado de la casa en medio de la oscuridad absoluta. No oí pasos, y no vi nada más que la chispa. Se desplazaba en la noche, pasó junto a la ventana en la que yo me encontraba, y se detuvo frente a la ventana de mi dormitorio, donde había dejado la luz encendida sobre el tocador.

La chispa permaneció inmóvil un instante, luego retrocedió en la dirección de la que había venido. Mientras seguía su avance con la vista, vi una segunda chispa roja, más grande que la primera, acercándose desde la distancia. Recordando quién fumaba cigarrillos y quién fumaba puros, deduje de inmediato que el conde había salido primero a mirar y escuchar bajo mi ventana, y que sir Percival se le había unido después. Debían estar caminando por el césped, o sin duda habría oído el paso pesado de sir Percival, aunque el andar silencioso del conde podría haberme pasado desapercibido incluso sobre el sendero de grava.

Esperé en silencio junto a la ventana, segura de que ninguno de los dos podía verme en la oscuridad de la habitación.

—¿Qué pasa? –oí decir a sir Percival en voz baja–. ¿Por qué no entra y se sienta?

—Quiero ver que se apague la luz de esa ventana –respondió suavemente el conde.

—¿Qué daño hace la luz?

—Muestra que ella aún no se ha acostado. Es lo bastante perspicaz para sospechar algo, y lo bastante audaz como para bajar y escuchar si se le presenta la oportunidad. Paciencia, Percival, paciencia.

—¡Tonterías! Siempre está hablando de paciencia.

—Pronto hablaré de otra cosa. Mi buen amigo, está al borde de su precipicio doméstico, y si le permito dar a las mujeres una sola oportunidad más, ¡por mi sagrada palabra de honor, le empujarán por él!

—¿Qué demonios quiere decir?

—Llegaremos a nuestras explicaciones, Percival, cuando se apague la luz de esa ventana, y después de que haya echado un vistazo a las habitaciones a cada lado de la biblioteca, y una ojeada a la escalera también.

Se alejaron lentamente, y el resto de la conversación entre ellos (que había sido llevada a cabo todo el tiempo en el mismo tono bajo) dejó de ser audible. No importaba. Había oído lo suficiente como para decidirme a justificar la opinión del conde sobre mi agudeza y mi valentía. Antes de que las chispas rojas desaparecieran en la oscuridad, ya había decidido que debía haber una oyente cuando esos dos hombres se sentaran a hablar, y que esa oyente, pese a todas las precauciones del conde en contra, sería yo. Sólo necesitaba un motivo que legitimara el acto ante mi propia conciencia y me diera el valor suficiente para realizarlo, y ese motivo lo tenía. El honor de Laura, la felicidad de Laura –la vida misma de Laura– podían depender de mis oídos atentos y de mi memoria fiel esta noche.

Había oído al conde decir que pensaba examinar las habitaciones a cada lado de la biblioteca, y también la escalera, antes de entrar en cualquier explicación con sir Percival. Esta expresión de sus intenciones bastaba necesariamente para informarme de que la biblioteca era la sala en la que pensaba celebrar la conversación. El instante que tardé en llegar a esa conclusión fue también el instante en que se me ocurrió un medio para frustrar sus precauciones –es decir, para oír lo que él y sir Percival se dijeran, sin correr el riesgo de bajar a las regiones inferiores de la casa.

Al hablar de las habitaciones de la planta baja he mencionado de pasada la galería exterior que daba a ellas, con ventanas francesas que se extendían desde la cornisa hasta el suelo. La parte superior de esa galería era plana, y el agua de lluvia se conducía por tubos hacia depósitos que ayudaban a abastecer la casa. Sobre el angosto tejado de plomo, que corría a lo largo de los dormitorios y que estaba a unos noventa centímetros por debajo de los alféizares de las ventanas, había una fila de macetas con grandes intervalos entre ellas, protegidas del viento por una barandilla ornamental de hierro a lo largo del borde del tejado.

El plan que se me ocurrió entonces era salir por la ventana de mi salita hacia ese tejado, arrastrarme silenciosamente hasta llegar a la parte justo encima de la ventana de la biblioteca, y agacharme entre las macetas, con la oreja pegada a la barandilla exterior. Si sir Percival y el conde se sentaban y fumaban esa noche, como los había visto hacer muchas noches antes, con sus sillas cerca de la ventana abierta y los pies estirados sobre los bancos de zinc del jardín, que estaban colocados bajo la galería, cada palabra que dijeran por encima de un susurro (y ninguna conversación larga, como todos sabemos por experiencia, puede sostenerse en un susurro) llegaría inevitablemente a mis oídos. Si, por el contrario, esa noche decidían sentarse muy adentro en la sala, entonces las probabilidades eran que oyera poco o nada –y en ese caso, tendría que correr el riesgo mucho más grave de intentar burlarlos bajando a la planta baja.

Por muy fortalecida que estuviera mi resolución por la desesperada naturaleza de nuestra situación, esperaba con fervor librarme de esta última emergencia. Mi valor no era más que el valor de una mujer, después de todo, y estuvo muy cerca de fallarme cuando pensé en confiarme en la planta baja, en plena noche, al alcance de sir Percival y del conde.

Volví silenciosamente a mi dormitorio para intentar primero el experimento más seguro del tejado de la galería.

Un cambio completo de vestimenta era imperativamente necesario por muchas razones. Me quité el vestido de seda, para empezar, porque el menor ruido que hiciera esa tela en la quietud de la noche podría delatarme. Luego me quité las partes blancas y voluminosas de la ropa interior y las reemplacé por una falda de franela oscura. Encima me puse mi capa de viaje negra y me subí la capucha a la cabeza. En mi atuendo habitual de noche ocupaba el espacio de por lo menos tres hombres. Con mi vestimenta actual, cuando la ceñía bien, ningún hombre habría pasado con mayor facilidad por los espacios más estrechos. El pequeño espacio libre sobre el tejado de la galería, entre las macetas a un lado y la pared y las ventanas de la casa al otro, hacía que esto fuera una consideración importante. Si derribaba algo, si hacía el más mínimo ruido, ¿quién podía decir cuáles serían las consecuencias?

Sólo esperé para poner los fósforos cerca de la vela antes de apagarla, y tanteé de nuevo el camino hacia la salita. Cerré con llave esa puerta, como había hecho con la del dormitorio, luego salí con cuidado por la ventana y asenté los pies con cautela sobre el tejado de plomo de la galería.

Mis dos habitaciones estaban en el extremo interior del ala nueva de la casa donde todos vivíamos, y tenía que pasar cinco ventanas antes de llegar al punto que necesitaba, justo encima de la biblioteca. La primera ventana pertenecía a un cuarto de huéspedes que estaba vacío. La segunda y la tercera eran del cuarto de Laura. La cuarta era la habitación de sir Percival. La quinta era la de la condesa. Las demás, por las que no necesitaba pasar, eran las del vestidor del conde, del cuarto de baño y de la segunda habitación de huéspedes vacía.

Ningún sonido llegaba a mis oídos. La oscuridad ciega y negra de la noche me envolvía completamente cuando pisé por primera vez el tejado de la galería, salvo en el lugar que daba a la ventana de madame Fosco. Allí, justo en el sitio sobre la biblioteca hacia donde me dirigía… ¡allí vi un resplandor de luz! La condesa todavía no se había acostado.

Era demasiado tarde para echarse atrás, no era momento de esperar. Decidí seguir adelante a toda costa y confiar mi seguridad a mi propia cautela y a la oscuridad de la noche. «¡Por Laura!», pensé mientras daba el primer paso sobre el tejado, con una mano sujetando bien mi capa alrededor de mí y la otra tanteando contra la pared de la casa. Era mejor rozar la pared que arriesgarme a golpear con los pies las macetas que estaban a sólo unos centímetros de mí, al otro lado.

Pasé la ventana oscura de la habitación de invitados, probando el tejado de plomo a cada paso antes de apoyar en él todo mi peso. Pasé las ventanas oscuras del cuarto de Laura («¡Dios la bendiga y la proteja esta noche!»). Pasé la ventana oscura del cuarto de sir Percival. Entonces me detuve un momento, me arrodillé apoyando las manos, y avancé así hasta colocarme bajo la protección del muro bajo entre la parte inferior de la ventana iluminada y el techo de la galería.

Cuando me atreví a mirar hacia la ventana, descubrí que sólo la parte superior estaba abierta y que la cortina interior estaba bajada. Mientras miraba, vi la sombra de madame Fosco cruzar el campo blanco de la cortina, y luego retroceder lentamente. Hasta ese punto no podía haberme oído, o la sombra sin duda se habría detenido en la cortina, incluso si no hubiera tenido valor para abrir la ventana y mirar hacia fuera.

Me acomodé de lado contra la barandilla de la galería, comprobando primero con el tacto la posición de las macetas a ambos lados. Había justo el espacio necesario para sentarme entre ellas, y nada más. Las hojas perfumadas de la flor a mi izquierda apenas rozaban mi mejilla cuando apoyé ligeramente la cabeza contra la barandilla.

Los primeros sonidos que me llegaron desde abajo fueron provocados por la apertura o el cierre (lo más probable era lo segundo) de tres puertas en sucesión: sin duda, las puertas que daban al vestíbulo y a las habitaciones a ambos lados de la biblioteca, que el conde se había comprometido a inspeccionar. Lo primero que vi fue la chispa roja avanzando de nuevo hacia la noche desde debajo de la galería, moviéndose hacia mi ventana, deteniéndose un momento y luego regresando al lugar de donde había salido.

—¡Al diablo con su inquietud! ¿Cuándo piensa sentarse? –gruñó la voz de sir Percival debajo de mí.

—¡Uf! ¡Qué calor hace! –dijo el conde, suspirando y resoplando con cansancio.

Su exclamación fue seguida por el arrastrar de sillas de jardín sobre el suelo de baldosas bajo la galería: el sonido bienvenido que me indicó que iban a sentarse cerca de la ventana como de costumbre. Hasta el momento, la suerte estaba de mi lado. El reloj de la torre dio el cuarto para las doce justo cuando se acomodaban en sus sillas. Oí a madame Fosco bostezar a través de la ventana abierta, y vi su sombra cruzar una vez más el campo blanco de la cortina.

Mientras tanto, sir Percival y el conde comenzaron a hablar entre ellos abajo, bajando de vez en cuando un poco el tono, pero nunca reduciéndolo a un susurro. Lo extraño y peligroso de mi situación, el temor que no podía dominar ante la ventana iluminada de madame Fosco, hacían que fuera difícil, casi imposible al principio, conservar la serenidad y concentrar toda mi atención en la conversación de abajo. Durante algunos minutos sólo logré captar el contenido general. Entendí que el conde decía que la única ventana encendida era la de su esposa, que la planta baja de la casa estaba completamente despejada y que ya podían hablar sin temor a interrupciones. Sir Percival respondió únicamente reprochando a su amigo haber ignorado injustificadamente sus deseos y descuidado sus intereses durante todo el día. El conde se defendió entonces diciendo que había estado abrumado por ciertas preocupaciones y ansiedades que habían absorbido toda su atención, y que el único momento seguro para llegar a una explicación era aquel en el que pudieran sentirse seguros de no ser interrumpidos ni oídos.

—Estamos en una crisis seria en nuestros asuntos, Percival —dijo—, y si hemos de decidir algo sobre el futuro, debemos decidirlo esta noche en secreto.

Esa frase del conde fue la primera que logré captar exactamente como fue pronunciada. A partir de ahí, con algunas pausas e interrupciones, concentré toda mi atención en la conversación, siguiéndola palabra por palabra.

—¿Crisis? —repitió sir Percival—. Es peor de lo que cree, se lo aseguro.

—Eso supongo, por su comportamiento de estos últimos días —respondió el otro con frialdad—. Pero espere un poco. Antes de avanzar hacia lo que NO sé, asegurémonos bien de lo que SÍ sé. Veamos primero si tengo razón sobre el pasado, antes de proponerle nada respecto al futuro.

—Espere que traiga el brandy con agua. Tómese uno usted también.

—Gracias, Percival. Agua fría con gusto, una cuchara y el tazón de azúcar. *Eau sucrée*, amigo mío, nada más.

—¡Agua con azúcar para un hombre de su edad! Tome, mezcle su porquería enfermiza. Todos ustedes los extranjeros son iguales.

—Ahora escuche, Percival. Le expondré nuestra situación con claridad, tal como yo la entiendo, y usted dirá si estoy en lo cierto o equivocado. Usted y yo regresamos a esta casa desde el continente con nuestros asuntos seriamente comprometidos…

—Abreviemos. Yo necesitaba unos miles y usted unos cientos, y sin el dinero, los dos íbamos directos a la ruina. Ésa es la situación. Sáquele el jugo que quiera. Continúe.

—Bien, Percival, en sus propias y sólidas palabras inglesas, usted necesitaba unos miles y yo unos cientos, y la única manera de conseguirlos era que usted obtuviera el dinero que necesitaba (con

338

un pequeño margen para mis humildes cientos) con la ayuda de su esposa. ¿Qué le dije sobre tu esposa camino a Inglaterra? ¿Y qué le dije otra vez al llegar aquí, cuando vi con mis propios ojos el tipo de mujer que era la señorita Halcombe?

—¿Cómo voy a saberlo? Supongo que hablaba como siempre, sin parar.

—Le dije esto: la ingeniosidad humana, amigo mío, hasta ahora sólo ha descubierto dos formas de manejar a una mujer. Una es golpearla –método adoptado por las clases bajas y brutales, pero absolutamente aborrecible para las clases educadas y refinadas–. La otra forma (mucho más larga, mucho más difícil, pero al final no menos segura) consiste en no aceptar jamás una provocación de parte de una mujer. Vale con los animales, vale con los niños, y vale con las mujeres, que no son otra cosa que niños crecidos. La resolución tranquila es la única cualidad que los animales, los niños y las mujeres no poseen. Si consiguen sacudir esta cualidad superior en su amo, lo dominan. Si no lo consiguen, él los domina a ellos. Le dije: recuerde esa verdad sencilla cuando necesite que su esposa le ayude con el dinero. Le dije: recuérdela el doble y el triple en presencia de la hermana de su esposa, la señorita Halcombe. ¿Lo ha recordado? Ni una sola vez, en todas las situaciones complicadas que nos han rodeado en esta casa. Cada provocación que su esposa y su hermana pudieron ofrecerle, la aceptó de inmediato. Su temperamento loco hizo que perdiera la firma del documento, el dinero en efectivo, y llevó a la señorita Halcombe a escribir al abogado por primera vez.

—¿Primera vez? ¿Ha escrito otra vez?

—Sí, ha escrito de nuevo hoy.

Una silla cayó sobre el suelo de la galería, cayó con estrépito, como si la hubieran pateado.

Fue una suerte para mí que la revelación del conde enfureciera tanto a sir Percival. Al oír que me habían descubierto otra vez, me sobresalté de tal forma que la barandilla contra la que me apoyaba crujió de nuevo. ¿Me había seguido hasta la posada? ¿Dedujo que debía haberle dado mis cartas a Fanny cuando le dije que no tenía ninguna para el saco del correo? Incluso si era así, ¿cómo pudo haber examinado las cartas si pasaron directamente de mi mano al escote del vestido de la muchacha?

—Dé gracias a su buena estrella –oí decir al conde a continuación– por tenerme en la casa, para deshacer el daño tan rápido que hace. Dé gracias a su buena estrella por haber dicho yo que no cuando estuvo lo bastante loco como para hablar de encerrar hoy a la señorita Halcombe, como lo hizo con tu esposa en su insensata locura. ¿Dónde tiene los ojos? ¿Puede mirar a la señorita Halcombe y no ver que posee la previsión y la resolución de un hombre? Con esa mujer como amiga, me burlaría del mundo. Con esa mujer como enemiga, yo, con todo mi ingenio y experiencia, yo, Fosco, astuto como el mismo diablo, como usted me ha dicho cien veces, yo camino, como dicen ustedes los ingleses, sobre cáscaras de huevo. Y a esta magnífica criatura –brindo por su salud con mi agua con azúcar–, esta grandiosa criatura que se mantiene firme como una roca por el poder de su amor y su valor, entre nosotros dos y esa pobre y frágil esposa suya tan bonita… a esta mujer extraordinaria, a quien admiro con toda mi alma, aunque me oponga a ella por nuestros intereses…, usted la empuja al límite como si no fuera más inteligente ni valiente que el resto de su sexo. ¡Percival! ¡Percival! Se mereces fracasar, y ya ha fracasado.

Hubo una pausa. Escribo las palabras de ese villano sobre mí porque quiero recordarlas, porque aún espero el día en que pueda hablar de una vez por todas delante de él y devolvérselas una por una en la cara.

Sir Percival rompió de nuevo el silencio.

—Sí, sí, grite y presuma cuanto quiera –dijo con desgana–. La dificultad del dinero no es la única dificultad. Usted mismo estaría por tomar medidas drásticas con las mujeres si supiera tanto como yo.

—Llegaremos a esa segunda dificultad a su debido tiempo –respondió el conde–. Puede confundirse cuanto quiera, Percival, pero a mí no me va a confundir. Primero resolvamos la cuestión del dinero. ¿He vencido su obstinación? ¿Le he demostrado que su temperamento no le permite ayudarse a sí mismo? ¿O tengo que volver atrás y, como usted dice con su encantador inglés directo, gritar y presumir un poco más?

—¡Bah! Es fácil quejarse de mí. Dígame qué hay que hacer, eso ya no es tan fácil.

—¿No? ¡Bah! Esto es lo que hay que hacer: desde esta noche, usted renuncia a toda dirección en el asunto; en adelante lo deja sólo en mis manos. Estoy hablando con un británico práctico, ¿eh? Bien, práctico, ¿eso le vale?

—¿Qué propone si lo dejo todo en sus manos?

—Respóndame primero. ¿Va a estar en mis manos o no?

—Diga que está en sus manos… ¿y luego qué?

—Unas pocas preguntas, Percival, para empezar. Aún debo esperar un poco para dejarme guiar por las circunstancias, y necesito saber, de todas las formas posibles, cuáles es probable que sean esas circunstancias. No hay tiempo que perder. Ya le he dicho que la señorita Halcombe escribió hoy al abogado por segunda vez.

—¿Cómo lo descubrió? ¿Qué dijo?

—Si se lo contara, Percival, sólo volveríamos al mismo punto en el que estamos ahora. Basta con que lo haya descubierto, y ese descubrimiento ha causado la preocupación y ansiedad que me hicieron inaccesible para todos hoy. Ahora, para refrescarme la memoria sobre sus asuntos… hace tiempo que no los repasamos. El dinero se ha conseguido, en ausencia de la firma de su esposa, mediante letras a tres meses… obtenido a un coste que hace que mi pobre cabellera extranjera y empobrecida se erice sólo de pensarlo. Cuando venzan las letras, ¿realmente no hay otra manera terrenal de pagarlas más que con la ayuda de su esposa?

—Ninguna.

—¿Qué? ¿No tiene dinero en el banco?

—Unos cientos, cuando necesito miles.

—¿No tiene otra garantía para conseguir un préstamo?

—Ni una pizca.

—¿Qué tiene realmente ahora mismo con su esposa?

—Nada más que los intereses de sus veinte mil libras… apenas suficiente para cubrir nuestros gastos diarios.

—¿Qué espera de su esposa?

—Tres mil libras al año cuando muera su tío.

—Una buena fortuna, Percival. ¿Qué clase de hombre es ese tío? ¿Viejo?

—No… ni viejo ni joven.

—¿Un hombre de buen carácter, de vida despreocupada? ¿Casado? No… creo que mi esposa me dijo que no está casado.

—Claro que no. Si estuviera casado y tuviera un hijo, lady Glyde no sería la siguiente heredera de la propiedad. Le diré qué clase de hombre es: un tonto llorón, charlatán y egoísta, que aburre a todo el que se le acerca hablando de su salud.

—Los hombres de ese tipo, Percival, viven mucho tiempo y se casan con malicia cuando menos lo esperas. No le doy mucho, amigo mío, por sus posibilidades de esas tres mil al año. ¿No hay nada más que venga a usted por parte de su esposa?

—Nada.

—¿Absolutamente nada?

—Absolutamente nada… salvo en caso de su muerte.

—Ajá, en caso de su muerte.

Hubo otra pausa. El conde se movió de la galería al sendero de grava del exterior. Supe que se había movido por su voz. «Por fin ha llegado la lluvia», le oí decir. Había llegado. El estado de mi capa mostraba que había estado cayendo con fuerza durante un rato.

El conde volvió bajo la galería; oí crujir la silla bajo su peso al sentarse de nuevo.

—Bien, Percival –dijo–, y en caso de la muerte de lady Glyde, ¿qué obtiene entonces?

—Si no deja hijos…

—¿Lo cual es probable?

—Lo cual no es en absoluto probable…

—¿Sí?

—Pues entonces obtengo sus veinte mil libras.

—¿Pagadas al contado?

—Pagadas al contado.

Guardaron silencio una vez más. Al cesar sus voces, la sombra de madame Fosco oscureció otra vez la cortina. En lugar de pasar esta vez, permaneció inmóvil un momento. Vi sus dedos asomarse por la esquina de la cortina y correrla hacia un lado. El contorno blanco y tenue de su rostro, mirando directamente por encima de mí, apareció detrás de la ventana. Permanecí inmóvil, cubierto de pies a cabeza con mi capa negra. La lluvia, que me empapaba rápidamente, resbalaba por el cristal, lo empañaba y le impedía ver nada. «Más lluvia», la oí decir para sí misma. Soltó la cortina y yo volví a respirar con libertad.

La conversación continuó abajo, retomándola esta vez el conde.

—¿Percival, le importa su esposa?

—¡Fosco! Ésa es una pregunta bastante directa.

—Soy un hombre directo, y la repito.

—¿Por qué demonios me mira así?

—¿No me responde? Bien, entonces supongamos que su esposa muere antes de que acabe el verano…

—¡Déjelo, Fosco!

—Supongamos que su esposa muere…

—¡Le digo que lo deje!

—En ese caso, ganaría veinte mil libras, y perdería…

—Perdería la posibilidad de las tres mil anuales.

—Sólo la posibilidad remota, Percival. Y necesita dinero, ya mismo. En su situación, la ganancia es segura; la pérdida, dudosa.

—Habla también por usted, no sólo por mí. Parte del dinero que necesito lo he pedido prestado por usted. Y si hablamos de ganancias, la muerte de mi esposa serían diez mil libras para su esposa. Tan astuto que es, parece haber olvidado convenientemente la herencia de madame Fosco. ¡No me mire así! ¡No lo permitiré! Con sus miradas y sus preguntas, le juro que me hace estremecer.

—¿Su carne? ¿«Carne» quiere decir conciencia en inglés? Hablo de la muerte de su esposa como de una posibilidad. ¿Por qué no? Los respetables abogados que garabatean las escrituras y los testamentos contemplan la muerte de personas vivas sin problema. ¿Le hacen estremecer los abogados? ¿Por qué debería hacerlo yo? Esta noche me toca aclarar su situación sin posibilidad de error, y ya lo he hecho. Ésta es tu situación: si su esposa vive, paga esas letras con su firma en el documento. Si su esposa muere, las paga con su muerte.

Mientras hablaba, la luz en la habitación de madame Fosco se apagó, y todo el segundo piso de la casa quedó sumido en la oscuridad.

—¡Habla y habla! —gruñó sir Percival—. Cualquiera diría, al oírle, que ya tiene la firma de mi esposa en el documento.

—Ha dejado el asunto en mis manos —replicó el conde—, y tengo más de dos meses por delante para maniobrar. No hablemos más de eso por ahora, si no le importa. Cuando venzan las letras, verá usted mismo si mi «hablar y hablar» vale algo o no. Y ahora, Percival, habiendo terminado con los asuntos de dinero por esta noche, puedo prestarle toda mi atención si quiere consultarme sobre esa segunda dificultad que se ha mezclado con nuestros pequeños apuros y que le ha cambiado tanto, que apenas le reconozco. Hable, amigo mío, y discúlpeme si ofendo sus fogosos gustos nacionales al prepararme un segundo vaso de agua con azúcar.

—Está muy bien decir «hable» —respondió sir Percival en un tono mucho más tranquilo y cortés que el que había usado hasta ahora—, pero no es tan fácil saber cómo empezar.

—¿Quieres que le ayude? —sugirió el conde—. ¿Quieres que le ponga nombre a esa dificultad suya tan privada? ¿Y si la llamo… Anne Catherick?

—Mire, Fosco, usted y yo nos conocemos desde hace mucho tiempo, y si me ha sacado de uno o dos apuros antes, yo también he hecho lo que he podido por ayudarle i a cambio, en lo que al dinero respecta. Hemos hecho tantos sacrificios amistosos como pueden hacer dos hombres, pero, por supuesto, hemos tenido nuestros secretos el uno para el otro, ¿no es así?

—Usted ha tenido un secreto conmigo, Percival. Hay un esqueleto en su armario aquí en Blackwater Park que ha asomado la cabeza en estos últimos días ante otras personas además de usted.

—Bueno, suponga que así ha sido. Si no le concierne, no necesita ser curioso al respecto, ¿verdad?

—¿Parezco curioso al respecto?

—Sí, lo parece.

—¿Así, así? ¿Mi cara dice la verdad, entonces? ¡Qué inmenso fondo de bondad debe de haber en la naturaleza de un hombre que llega a mi edad y cuya cara aún no ha perdido la costumbre de decir la verdad! Vamos, Glyde, seamos sinceros el uno con el otro. Este secreto suyo me ha buscado a mí: yo no lo he buscado. Digamos que tengo curiosidad... ¿me pide, como viejo amigo suyo, que respete tu secreto y que lo deje, de una vez por todas, en su custodia?

—Sí, eso es exactamente lo que le pido.

—Entonces mi curiosidad ha terminado. Muere en mí desde este momento.

—¿De verdad lo dice en serio?

—¿Por qué lo duda?

—Tengo cierta experiencia, Fosco, de rus rodeos, y no estoy tan seguro de que no me lo saque después de todo.

La silla de abajo crujió de repente de nuevo: sentí cómo el pilar del enrejado bajo mí tembló de arriba abajo. El conde se había puesto en pie de un salto y había golpeado el pilar con la mano, indignado.

—¡Percival! ¡Percival! –gritó apasionadamente–. ¿A estas alturas aún no me conoce? ¿Toda su experiencia no le ha mostrado nada de mi carácter? ¡Soy un hombre del tipo antiguo! ¡Soy capaz de los actos más sublimes de virtud... cuando tengo la oportunidad de realizarlos! Ha sido la desgracia de mi vida que he tenido pocas oportunidades. ¡Mi concepto de la amistad es sublime! ¿Es culpa mía que su esqueleto se me haya aparecido? ¿Por qué confieso mi curiosidad? ¡Pobre inglés superficial! Para magnificar mi propio autocontrol. ¡Podría sacarle su secreto, si quisiera, como saco este dedo de la palma de mi mano... y lo sabe! Pero ha apelado a mi amistad, y los deberes de la amistad son sagrados para mí. ¡Mire! Pisaré mi vil curiosidad con mis propios pies. ¡Mis sublimes sentimientos me elevan por encima de ella! ¡Reconózcalos, Percival! ¡Imítelos, Percival! Deme la mano: le perdono.

Su voz vaciló al pronunciar las últimas palabras... vaciló como si realmente estuviera derramando lágrimas.

Sir Percival intentó disculparse confusamente, pero el conde fue demasiado magnánimo para escucharlo.

—¡No! –dijo–. Cuando un amigo me hiere, puedo perdonarlo sin necesidad de disculpas. Dígame, en pocas palabras, ¿quiere mi ayuda?

—Sí, la necesito desesperadamente.

—¿Y puede pedírmela sin comprometerse?

—Puedo intentarlo, al menos.

—Inténtelo, entonces.

—Bueno, la situación es ésta: hoy le dije que había hecho todo lo posible por encontrar a Anne Catherick, y que había fracasado.

—Sí, lo dijo.

—¡Fosco! Estoy perdido si no la encuentro.

—¡Ajá! ¿Es tan grave como eso?

Un pequeño haz de luz salió bajo la galería y cayó sobre el sendero de grava. El conde había tomado la lámpara de la parte interior de la habitación para ver claramente a su amigo con su luz.

—¡Sí! –dijo–. Esta vez su rostro dice la verdad. Grave, en efecto… tan grave como los asuntos de dinero.

—Más grave. Tan cierto como que estoy sentado aquí, ¡más grave!

La luz desapareció de nuevo y la conversación continuó.

—Le mostré la carta a mi esposa que Anne Catherick escondió en la arena –continuó sir Percival–. Esa carta no presume nada, Fosco… ella CONOCE el Secreto.

—Hable lo menos posible, Percival, en mi presencia, sobre el Secreto. ¿Lo sabe por usted?

—No, por su madre.

—Dos mujeres con conocimiento de su mente privada… ¡malo, malo, malo, amigo mío! Una pregunta aquí, antes de continuar. La motivación para encerrar a la hija en el manicomio ya me queda clara, pero el modo en que escapó no lo tengo tan claro. ¿Sospecha que las personas a cargo de ella cerraron los ojos a propósito, por instigación de algún enemigo que pudiera pagarles por ello?

—No, era la paciente que se comportaba más bien de todas las que tenían y, como tontos, confiaron en ella. Está lo suficientemente loca como para encerrarla, y lo bastante cuerda como para arruinarme cuando está libre… ¿entiende?

—Lo entiendo. Ahora, Percival, vaya directamente al grano, y entonces sabré qué hacer. ¿Dónde está el peligro de su posición en este momento?

—Anne Catherick está en esta zona y en contacto con lady Glyde... ahí está el peligro, claro como el agua. ¿Quién puede leer la carta que escondió en la arena y no ver que mi esposa posee el Secreto, por mucho que lo niegue?

—Un momento, Percival. Si lady Glyde conoce el Secreto, debe saber también que es un secreto comprometedor para usted. Como su esposa, ¿no sería su interés guardarlo?

—¿Ah, sí? A eso voy. Podría ser su interés si le importara un comino yo. Pero resulta que soy un estorbo en el camino de otro hombre. Estaba enamorada de él antes de casarse conmigo... sigue enamorada de él ahora... un maldito sinvergüenza de profesor de dibujo llamado Hartright.

—¡Querido amigo! ¿Qué tiene eso de extraordinario? Todas están enamoradas de algún otro hombre. ¿Quién obtiene el primer amor de una mujer? En toda mi experiencia nunca he conocido al hombre que fuera el Número Uno. A veces el Número Dos. Número Tres, Cuatro, Cinco, a menudo. ¿Número Uno? ¡Jamás! Existe, claro está... pero no lo he encontrado.

—¡Espere! Aún no he terminado. ¿Quién cree que ayudó a Anne Catherick a escapar cuando vinieron los del manicomio? Hartright. ¿Quién cree que la volvió a ver en Cumberland? Hartright. En ambas ocasiones habló con ella a solas. ¡Espere! No me interrumpa. Ese sinvergüenza está tan enamorado de mi esposa como ella de él. Él conoce el Secreto, y ella conoce el Secreto. Si vuelven a encontrarse, es interés de ambos usar su información en mi contra.

—Con calma, Percival... con calma. ¿Es insensible a la virtud de lady Glyde?

—¡Toma la virtud de lady Glyde! No creo en nada de ella salvo en su dinero. ¿No ves cómo está la cosa? Ella podría ser inofensiva sola; pero si ella y ese vagabundo de Hartright...

—Sí, sí, lo veo. ¿Dónde está el señor Hartright?

—Fuera del país. Si quiere conservar su piel intacta, le aconsejo que no vuelva con prisas.

—¿Estás seguro de que está fuera del país?

—Seguro. Lo vigilé desde que salió de Cumberland hasta que embarcó. ¡Oh, he sido cuidadoso, se lo aseguro! Anne Catherick vivía con unas personas en una granja cerca de Limmeridge. Fui yo mismo allí, después de que me eludiera, y me aseguré de que no supieran nada. Hice que su madre escribiera una carta a miss Halcombe exonerándome de cualquier mala intención al internarla. He gastado, me da vergüenza decir cuánto, tratando de seguirle la pista y, a pesar de todo, ¡aparece aquí y se me escapa en mi propia propiedad! ¿Cómo sé yo quién más puede verla, quién más puede hablarle? Ese entrometido sinvergüenza de Hartright puede volver sin que yo lo sepa y usarla mañana mismo…

—¡Él no, Percival! Mientras yo esté aquí y esa mujer esté en los alrededores, le garantizo que la atraparemos antes que el señor Hartright… incluso si regresa. ¡Ya lo veo! Sí, sí, ya lo veo. Encontrar a Anne Catherick es la primera necesidad. Tranquilícese con el resto. Su esposa está aquí, bajo su control… Miss Halcombe es inseparable de ella y, por tanto, también está bajos su control… y el señor Hartright está fuera del país. Esa invisible Anne suya es todo lo que debemos considerar por ahora. ¿Has hecho sus averiguaciones?

—Sí. He ido a ver a su madre, he registrado el pueblo… y todo en vano.

—¿Se puede confiar en su madre?

—Sí.

—Ya ha revelado su secreto una vez.

—No lo revelará de nuevo.

—¿Por qué no? ¿Está ella también interesada en guardarlo, tanto como usted?

—Sí… muy profundamente interesada.

—Me alegra oírlo, Percival, por su bien. No se desanimes, amigo mío. Nuestros asuntos de dinero, como le dije, me dejan tiempo de sobra para maniobrar, y puede que mañana busque a Anne

Catherick con mejor suerte que usted. Una última pregunta antes de irnos a la cama.

—¿Cuál es?

—Es ésta. Cuando fui a la caseta del lago para decirle a lady Glyde que la pequeña dificultad con su firma se había pospuesto, el azar me llevó allí justo a tiempo para ver a una mujer extraña separándose de su esposa de un modo muy sospechoso. Pero el azar no me llevó lo bastante cerca para verle la cara con claridad a esa mujer. Debo saber cómo reconocer a nuestra invisible Anne. ¿Cómo es?

—¿Cómo es? Vamos, se lo diré en dos palabras. Es una enfermiza semejanza de mi esposa.

La silla crujió y la columna tembló una vez más. El conde se había levantado de nuevo, esta vez con asombro.

—¡¿Qué?!! –exclamó con entusiasmo.

—Imagínese a mi esposa tras una grave enfermedad, con un leve trastorno mental, y ahí tiene a Anne Catherick –respondió sir Percival.

—¿Son parientes?

—Ni remotamente.

—¿Y aun así tan parecidas?

—Sí, tan parecidas. ¿De qué se ríe?

No hubo respuesta, ni sonido alguno. El conde reía a su modo suave, silencioso, interno.

—¿De qué se ríe? –insistió sir Percival.

—Quizá de mis propias ideas, querido amigo. Permítame mi humor italiano, ¿acaso no vengo de la ilustre nación que inventó el espectáculo de Punch? Bien, bien, bien, reconoceré a Anne Catherick cuando la vea, y eso basta por esta noche. Tranquilice su ánimo, Percival. Duerma, hijo mío, el sueño de los justos, y ya verá lo que haré por usted cuando llegue el día para ayudarnos a ambos. Tengo mis proyectos y mis planes aquí en esta gran cabeza mía. Pagará esas deudas y encontrará a Anne Catherick: mi sagrada palabra de honor, ¡lo hará! ¿Soy un amigo digno de guardarse en el rincón más preciado de su corazón o no? ¿Valgo esos préstamos que tan delicadamente me recordó hace un momento? Haga lo que haga, no vuelva a herirme en mis sentimientos. ¡Reconózcalos, Percival! ¡Imítelos, Percival! Le perdono de nuevo, le doy la mano de nuevo. Buenas noches.

No se pronunció una palabra más. Oí al conde cerrar la puerta de la biblioteca. Oí a sir Percival echando los cerrojos a las contraventanas. Había estado lloviendo, lloviendo todo el tiempo. Estaba entumecida por la posición y helada hasta los huesos. Cuando intenté moverme por primera vez, el esfuerzo fue tan doloroso que tuve que desistir. Lo intenté por segunda vez y logré ponerme de rodillas sobre el tejado mojado.

Mientras me arrastraba hasta la pared y me incorporaba apoyándome en ella, miré hacia atrás y vi la ventana del tocador del conde iluminarse. Mi valor, que se hundía, volvió a encenderse dentro de mí y me mantuvo los ojos fijos en su ventana, mientras me escabullía paso a paso, bordeando la pared de la casa.

El reloj dio el cuarto después de la una cuando puse las manos en el alféizar de mi propia ventana. No había visto ni oído nada que me hiciera suponer que habían descubierto mi retirada.

X

20 de junio

Ocho en punto. El sol brilla en un cielo despejado. No me he acercado a la cama; no he cerrado ni una vez mis ojos cansados e insomnes. Desde la misma ventana por la que anoche miré hacia la oscuridad, miro ahora la quietud luminosa de la mañana.

Cuento las horas que han pasado desde que escapé al refugio de esta habitación por mis propias sensaciones, y esas horas me parecen semanas.

¡Qué poco tiempo y, sin embargo, qué largo para mí, desde que caí en la oscuridad, aquí, en el suelo, empapada hasta los huesos, entumecida en cada miembro, helada hasta el alma, una criatura inútil, impotente, presa del pánico!

Apenas sé cuándo reaccioné. Apenas sé cuándo volví a tientas al dormitorio, encendí la vela y busqué (con una extraña ignorancia, al principio, de dónde buscar) ropa seca para calentarme. Recuerdo haber hecho esas cosas, pero no el momento exacto en que las hice.

¿Puedo siquiera recordar cuándo me abandonó la sensación de frío y rigidez, y fue sustituida por el calor palpitante?

¿Fue antes del amanecer? Sí, oí el reloj dar las tres. Recuerdo ese momento por el repentino brillo y claridad, la tensión febril y la excitación de todas mis facultades que vinieron con él. Recuerdo mi resolución de controlarme, de esperar pacientemente hora tras hora, hasta que se presentara la oportunidad de sacar a Laura de este lugar horrible sin riesgo de ser descubiertas o perseguidas de inmediato. Recuerdo cómo me convencí de que las palabras que esos dos hombres se habían dicho servirían no sólo como justificación para abandonar la casa, sino también como armas de defensa contra ellos. Recuerdo el impulso que me llevó a dejar por escrito esas palabras, exactamente como fueron pronunciadas, mientras el tiempo era mío y mi memoria las retenía con toda claridad. Todo esto lo recuerdo con nitidez: no hay confusión aún en mi cabeza. Entrar aquí desde el dormitorio, con mi pluma, tinta y papel, antes del amanecer, sentarme junto a la ventana completamente abierta para respirar todo el aire posible y refrescarme, escribir sin cesar, cada vez más rápido, cada vez con más calor, manteniéndome despierta durante el terrible intervalo antes de que la casa comenzara a moverse… ¡qué bien lo recuerdo todo, desde que empecé con la luz de las velas hasta el final de la página anterior, a la luz del nuevo día!

¿Por qué sigo aquí sentada? ¿Por qué fatigo mis ojos ardientes y mi cabeza febril escribiendo más? ¿Por qué no me acuesto y trato de apagar con sueño esta fiebre que me consume?

No me atrevo a intentarlo. Un miedo, más grande que todos los demás, se ha apoderado de mí. Me asusta este calor que reseca mi piel. Me asusta el hormigueo y los latidos que siento en mi cabeza. Si me acuesto ahora, ¿cómo sé que tendré el sentido y la fuerza para volver a levantarme?

¡Oh, la lluvia, la lluvia, la lluvia cruel que me heló anoche!

Las nueve de la mañana. ¿Han dado las nueve o las ocho? Nueve, seguramente. Estoy temblando otra vez, temblando de pies a cabeza en el aire del verano. ¿He estado dormida aquí sentada? No sé qué hago.

¡Dios mío! ¿me voy a enfermar?

¡Enfermar, en un momento como éste!

Mi cabeza… me temo seriamente por mi cabeza. Puedo escribir, pero las líneas se mezclan. Veo las palabras. Laura… puedo escribir Laura y ver que la escribo. ¿Ocho o nueve? ¿Cuál fue?

Qué frío, oh, esa lluvia de anoche… y los tañidos del reloj, los tañidos que no puedo contar, siguen golpeando en mi cabeza…

Nota

[En este punto la entrada del Diario deja de ser legible. Las dos o tres líneas que siguen contienen sólo fragmentos de palabras, mezclados con borrones y rayones de pluma. Las últimas marcas sobre el papel se parecen a las dos primeras letras (L y A) del nombre de lady Glyde].

En la página siguiente del Diario, aparece otra entrada. Está escrita a mano por un hombre, con letra grande, negrita y firme, y la fecha es «21 de junio». Contiene estas líneas:

Posdata de un amigo sincero

La enfermedad de nuestra excelente señorita Halcombe me ha brindado la oportunidad de disfrutar de un placer intelectual inesperado.

Me refiero a la lectura (que acabo de completar) de este interesante diario.

Hay aquí varios cientos de páginas. Puedo poner la mano sobre el corazón y declarar que cada página me ha encantado, refrescado, deleitado.

Para un hombre de mis sentimientos es indeciblemente gratificante poder decir esto.

¡Admirable mujer!

Me refiero a la señorita Halcombe.

¡Esfuerzo estupendo!

Me refiero al diario.

¡Sí! Estas páginas son asombrosas. El tacto que encuentro aquí, la discreción, el raro coraje, la maravillosa facultad de la memoria, la exacta observación del carácter, la gracia natural del estilo, los encantadores arrebatos del sentimiento femenino, han aumentado de modo inefable mi admiración por esta criatura sublime, por esta magnífica Marian. La presentación de mi propio carácter es magistral en extremo. Certifico, con todo mi corazón, la fidelidad del retrato. Siento cuán viva impresión debo de haber causado para ser pintado en colores tan fuertes, tan ricos, tan densos como éstos. Lamento nuevamente la cruel necesidad que ha puesto en oposición nuestros intereses y nos enfrenta. En otras circunstancias más felices, ¡cuán digno habría sido yo de la señorita Halcombe, cuán digna habría sido ella de MÍ!

Los sentimientos que animan mi corazón me aseguran que las líneas que acabo de escribir expresan una Verdad Profunda.

Esos sentimientos me exaltan por encima de toda consideración meramente personal. Doy testimonio, de la manera más desinteresada, de la excelencia del ardid mediante el cual esta mujer sin par sorprendió la entrevista privada entre Percival y yo; también de la maravillosa precisión de su relato de toda la conversación desde el principio hasta el fin.

Esos sentimientos me han inducido a ofrecer al insensible médico que la atiende mi vasto conocimiento de la química y mi luminosa experiencia en los más sutiles recursos que la ciencia médica y magnética ha puesto a disposición del género humano. Hasta ahora, él se ha negado a servirse de mi asistencia. ¡Hombre miserable!

Finalmente, esos sentimientos dictan las líneas –agradecidas, compasivas, paternales– que aparecen en este lugar. Cierro el libro. Mi estricto sentido del decoro lo restituye (por manos de mi esposa) a su sitio en la mesa de la escritora. Los acontecimientos me apresuran. Las circunstancias me guían hacia desenlaces graves. Ante mis ojos se despliegan vastas perspectivas de éxito. Cumplo mi destino con una calma que me resulta terrible a mí mismo. Nada más que el homenaje de mi admiración me pertenece. Lo deposito con respetuosa ternura a los pies de la señorita Halcombe.

Respiro mis deseos por su recuperación.

La compadezco por el inevitable fracaso de todos los planes que ha formado en favor de su hermana. Al mismo tiempo, le ruego que crea que la información que he extraído de su diario no me servirá en absoluto para contribuir a ese fracaso. Simplemente confirma el plan de conducta que ya había dispuesto previamente. Debo agradecer a estas páginas haber despertado las más finas sensibilidades de mi naturaleza, nada más.

Para una persona de sensibilidad semejante, esta sencilla afirmación explicará y excusará todo.

La señorita Halcombe es una persona de sensibilidad semejante.

Con esa persuasión me despido.

Fosco.

LA HISTORIA CONTINUADA
POR FREDERICK FAIRLIE, ESQ.,
DE LIMMERIDGE HOUSE[2]

Es la gran desgracia de mi vida que nadie me deje en paz.

¿Por qué –le pregunto a todo el mundo– por qué molestarme? Nadie responde esa pregunta, y nadie me deja en paz. Parientes, amigos y extraños se confabulan para molestarme. ¿Qué he hecho? Me lo pregunto, se lo pregunto a mi criado, Louis, cincuenta veces al día :¿qué he hecho? Ninguno de los dos puede decirlo. ¡Extraordinario!

La última molestia que me ha asaltado es la de pedirme que escriba esta narración. ¿Es un hombre en mi estado de miseria nerviosa capaz de escribir narraciones? Cuando formulo esta objeción tan razonable, me dicen que ciertos acontecimientos muy serios relacionados con mi sobrina han tenido lugar bajo mi experiencia, y que soy la persona indicada para describirlos por tal motivo. Me amenazan, si no me esfuerzo como se requiere, con consecuencias que ni siquiera puedo pensar sin caer en un colapso total. En realidad, no hay necesidad de amenazas. Destrozado por mi miserable salud y mis problemas familiares, soy incapaz de resistirme. Si insisten, se aprovechan injustamente de mí, y cedo inmediatamente. Haré lo posible por recordar lo que pueda (bajo protesta), y por escribir lo que pueda (también bajo protesta), y lo que no pueda recordar ni escribir, Louis tendrá que recordarlo y escribirlo por mí. Él es un imbécil y yo soy un inválido, y entre los

---

2. La manera en que se obtuvieron originalmente los testimonios del señor Fairlie y otros que le seguirán en breve constituye el tema de una explicación que aparecerá más adelante.

dos probablemente cometeremos toda clase de errores. ¡Qué humillante!

Me dicen que debo recordar fechas. ¡Cielos! Nunca he hecho tal cosa en mi vida, ¿cómo voy a comenzar ahora?

He preguntado a Louis. No es tan imbécil como había creído hasta ahora. Recuerda la fecha del suceso, dentro de una semana más o menos –y yo recuerdo el nombre de la persona–. La fecha fue hacia finales de junio o comienzos de julio, y el nombre (a mi parecer terriblemente vulgar) era Fanny.

A finales de junio o principios de julio, entonces, me hallaba recostado en mi estado habitual, rodeado de los diversos objetos de arte que he coleccionado para mejorar el gusto de la gente bárbara de mi vecindad. Es decir, tenía las fotografías de mis cuadros, grabados, monedas y demás, a mi alrededor, que tengo la intención, algún día, de presentar (las fotografías, quiero decir, si el torpe idioma inglés me permite significar algo), de presentar a la institución de Carlisle (¡espantoso lugar!), con la intención de refinar el gusto de sus miembros (godos y vándalos, todos ellos). Podría suponerse que un caballero que se dispone a conferir un gran beneficio nacional a sus compatriotas sería el último hombre en el mundo en ser insensiblemente molestado por dificultades privadas y asuntos familiares. En mi caso, puedo asegurarle que es un error total.

Sin embargo, allí estaba yo, recostado, con mis tesoros artísticos alrededor, y deseando una mañana tranquila. Y, precisamente porque deseaba una mañana tranquila, por supuesto entró Louis. Era perfectamente natural que le preguntara qué demonios significaba presentarse cuando yo no había tocado el timbre. Rara vez maldigo –es un hábito tan poco caballeroso–, pero cuando Louis respondió con una sonrisa, creo que también fue perfectamente natural que lo maldijera por sonreír. En cualquier caso, lo hice.

Este riguroso modo de tratamiento, he observado, invariablemente lleva a las personas de la clase baja a entrar en razón. Hizo que Louis entrara en razón. Tuvo la gentileza de dejar de sonreír y me informó que una joven estaba afuera queriendo verme. Añadió (con la odiosa locuacidad de los sirvientes) que su nombre era Fanny.

—¿Quién es Fanny?

—La doncella de lady Glyde, señor.

—¿Qué quiere la doncella de lady Glyde conmigo?

—Una carta, señor…

—Tómala.

—Se niega a dársela a nadie más que a usted, señor.

—¿Quién envía la carta?

—La señorita Halcombe, señor.

En cuanto oí el nombre de la señorita Halcombe, cedí. Es una costumbre mía ceder siempre ante la señorita Halcombe. He comprobado por experiencia que eso evita ruidos. Cedí en esta ocasión. Querida Marian.

—Haz pasar a la doncella de lady Glyde, Louis. ¡Espera! ¿Sus zapatos crujen?

Me vi obligado a hacer la pregunta. Los zapatos que crujen me arruinan el día. Estaba resignado a ver a la joven, pero no estaba resignado a que los zapatos de la Joven me arruinaran. Hay un límite incluso para mi resistencia.

Louis afirmó con claridad que se podía confiar en sus zapatos. Hice un gesto con la mano. Él la presentó. ¿Es necesario decir que expresó su sensación de incomodidad cerrando la boca y respirando por la nariz? Para quien estudie la naturaleza femenina en las clases bajas, seguramente no.

Hay que hacerle justicia a la muchacha. Sus zapatos no crujían. Pero ¿por qué las Jóvenes en servicio sudan siempre por las manos? ¿Por qué tienen todas narices gruesas y mejillas duras? ¿Y por qué sus rostros están tan lamentablemente sin terminar, sobre todo en las comisuras de los párpados? No tengo fuerzas para pensar profundamente sobre ningún tema, pero apelo a los hombres profesionales que sí las tienen. ¿Por qué no hay variedad alguna en nuestra raza de Jóvenes?

—¿Tienes una carta para mí, de parte de la señorita Halcombe? Déjala sobre la mesa, por favor, y no tumbes nada. ¿Cómo está la señorita Halcombe?

—Muy bien, gracias, señor.

—¿Y lady Glyde?

No obtuve respuesta. El rostro de la joven estaba más inacabado que nunca, y creo que empezó a llorar. Ciertamente vi algo húmedo en sus ojos. ¿Lágrimas o sudor? Louis (a quien acabo de consultar) se inclina a pensar que eran lágrimas. Él es de su clase social, y debe saberlo mejor. Digamos, pues, lágrimas.

Salvo cuando el refinado proceso del Arte elimina de ellas todo parecido con la Naturaleza, me opongo firmemente a las lágrimas. Las lágrimas se describen científicamente como una secreción. Puedo entender que una secreción sea sana o no, pero no veo el interés de una secreción desde el punto de vista sentimental. Quizá, al estar todas mis secreciones mal, estoy algo predispuesto contra el tema. No importa. Me comporté, en esta ocasión, con toda la propiedad y sensibilidad posibles. Cerré los ojos y le dije a Louis:

—Procura averiguar qué quiere decir.

Louis lo intentó, y la Joven también lo intentó. Lograron confundirse mutuamente hasta tal punto que me siento obligado, por pura gratitud, a decir que realmente me divirtieron. Creo que los llamaré otra vez cuando esté de mal humor. Acabo de comentárselo a Louis. Extrañamente, parece incomodarle. ¡Pobre diablo!

Seguramente no se espera de mí que repita la explicación de las lágrimas de la doncella de mi sobrina, interpretada en el inglés de mi ayuda de cámara suizo. Eso es claramente imposible. Puedo dar mis propias impresiones y sentimientos, tal vez. ¿Servirá igual? Por favor, diga que sí.

Creo que comenzó contándome (a través de Louis) que su amo la había despedido del servicio de su ama. (Obsérvese, a lo largo de todo esto, la extraña irrelevancia de la Joven. ¿Era culpa mía que hubiera perdido su empleo?) Tras su despido, había ido a dormir a la posada. (Yo no soy el dueño de la posada –¿por qué me lo menciona a MÍ?–). Entre las seis y las siete, la señorita Halcombe fue a despedirse de ella, y le entregó dos cartas, una para mí, y otra para un caballero en Londres. (Yo no soy un caballero en Londres –¡maldito el caballero en Londres!–) Las había guardado cuidadosamente en el pecho (¿qué tengo yo que ver con su pecho?); estaba muy triste cuando la señorita Halcombe se marchó de nuevo; no había tenido ánimo para comer ni beber hasta la hora de acostarse, y entonces, cerca de las nueve, pensó que le apetecería una taza de té. (¿Soy responsable yo de estas vulgares oscilaciones que comienzan con tristeza y acaban con té?). Justo cuando estaba CALENTANDO LA TETERA (repito las palabras según Louis, que dice saber lo que significan y desea explicarlas, pero lo corto por principio), justo cuando estaba calentando la tetera, se abrió la puerta, y se QUEDÓ MUERTA DE SUSTO (palabras textuales, esta vez ininteligibles tanto para Louis como para mí) al ver aparecer en el salón de la posada a su señora la condesa. Reproduzco la descripción de la doncella de mi sobrina del título de mi hermana con suma delectación. Mi pobre y querida hermana es una mujer fastidiosa que se casó con un extranjero. Para continuar: la puerta se abrió, su señora la condesa apareció en el salón, y la Joven se quedó muerta de susto. ¡Verdaderamente notable!

Debo descansar un poco antes de continuar. Cuando haya reposado unos minutos, con los ojos cerrados, y Louis haya refrescado mis pobres sienes doloridas con un poco de agua de colonia, quizá pueda seguir.

Su señora la condesa…

No. Puedo continuar, pero no sentarme. Permaneceré recostado y dictaré. Louis tiene un acento horrible, pero conoce el idioma y sabe escribir. ¡Qué conveniente!

Su señora la condesa explicó su inesperada aparición en la posada diciéndole a Fanny que había venido a traer uno o dos pequeños recados que la señorita Halcombe, en su apuro, había olvidado. La Joven esperó ansiosamente oír cuáles eran esos mensajes, pero la condesa parecía poco dispuesta a mencionarlos (tan propio de mi hermana y su forma exasperante de ser) hasta que Fanny hubiera tomado su té. Su señora se mostró sorprendentemente amable y atenta con el asunto (lo cual no se parece en absoluto a mi hermana), y dijo: «Estoy segura, pobrecita mía, de que necesitas tu té. Podemos dejar los recados para después. Vamos, vamos, si nada más consigue que te sientas cómoda, yo haré el té y tomaré una taza contigo». Creo que esas fueron las palabras, según fueron excitadamente relatadas, en mi presencia, por la Joven. En todo caso, la condesa insistió en preparar el té, y llevó su ridícula ostentación de humildad hasta servirse una taza para ella misma y obligar a la muchacha a tomar la otra. La muchacha bebió el té y, según su propio relato, celebró tan extraordinaria ocasión cinco minutos después desmayándose completamente por primera vez en su vida. Nuevamente, uso sus propias palabras. Louis cree que fueron acompañadas de un aumento en la secreción de lágrimas. Yo no sabría decirlo. El esfuerzo de escuchar era ya bastante para mí, así que tenía los ojos cerrados.

¿Dónde me quedé? Ah, sí: se desmayó tras beber una taza de té con la condesa –una circunstancia que me habría interesado si yo fuera su médico, pero como no lo soy, no me produjo más que aburrimiento–. Cuando volvió en sí, media hora después, estaba en el sofá, y nadie la acompañaba salvo la posadera. La condesa, al ver que era ya tarde para quedarse más tiempo en la posada, se había marchado tan pronto como la muchacha mostró signos de recuperación, y la posadera tuvo la amabilidad de ayudarla a subir a la cama.

Al quedarse sola, se palpó el pecho (lamento la necesidad de referirme por segunda vez a esta parte del asunto), y encontró que las dos cartas seguían ahí, perfectamente a salvo, aunque extrañamente arrugadas. Había estado mareada durante la noche, pero se levantó bien por la mañana para viajar. Había echado al correo la carta dirigida a ese entrometido desconocido, el caballero en Londres, y ahora entregaba la otra carta en mis manos, tal como se le había indicado. Ésta era la pura verdad y, aunque no podía culparse por ninguna negligencia intencionada, estaba muy turbada y necesitaba con urgencia una palabra de consejo. En este punto Louis cree que reaparecieron las secreciones. Puede ser, pero es infinitamente más importante mencionar que en ese mismo momento perdí la paciencia, abrí los ojos e intervine.

—¿Cuál es el propósito de todo esto? –pregunté.

La doncella irrelevante de mi sobrina se quedó mirando, sin decir palabra.

—Intenta explicarlo –dije a mi sirviente–. Tradúceme, Louis.

Louis intentó y tradujo. En otras palabras, descendió inmediatamente a un pozo sin fondo de confusión, y la Joven lo siguió.

Realmente no recuerdo cuándo me he divertido tanto. Los dejé en el fondo del pozo mientras me entretuvieron. Cuando dejaron de hacerlo, ejercí mi inteligencia y los saqué de allí.

Es innecesario decir que mi intervención me permitió, a su debido tiempo, conocer el propósito de los comentarios de la Joven.

Descubrí que estaba intranquila porque la cadena de acontecimientos que acababa de describirme le había impedido recibir aquellos mensajes complementarios que la señorita Halcombe había confiado a la condesa para que se los entregara. Temía que esos mensajes pudieran haber sido de gran importancia para los intereses de su ama. Su temor a sir Percival le había impedido ir a Blackwater Park a altas horas de la noche para preguntar por ellos, y las propias instrucciones de la señorita Halcombe de no perder el tren por ningún motivo le habían impedido esperar en la posada al día siguiente. Estaba muy angustiada por que la desgracia de su desmayo no condujera a la segunda desgracia de hacer creer a su ama que había sido negligente, y rogaba humildemente preguntarme si yo le aconsejaría escribir sus explicaciones y disculpas a la señorita Halcombe, solicitando recibir los mensajes por carta, si no era ya demasiado tarde. No pido disculpas por este párrafo tan soporífero. Me han ordenado escribirlo. Hay personas, por incomprensible que parezca, que realmente se interesan más por lo que me dijo la doncella de mi sobrina en esta ocasión que por lo que yo le dije a ella. ¡Divertida perversidad!

—Le agradecería mucho, señor, si pudiera decirme qué sería mejor que hiciera –comentó la Joven.

—Deja las cosas como están –dije, adaptando mi lenguaje a mi oyente–. Yo siempre dejo las cosas como están. Sí. ¿Es todo?

—Si usted cree que sería una osadía por mi parte escribir, señor, por supuesto no me atrevería. Pero tengo tanto deseo de hacer todo lo posible para servir fielmente a mi señora…

Las personas de clase baja nunca saben cuándo ni cómo salir de una habitación. Siempre necesitan que sus superiores los ayuden a salir. Me pareció el momento adecuado para ayudar a la Joven a retirarse. Lo hice con dos palabras juiciosas:

—Buenos días.

Algo, fuera o dentro de esta singular muchacha, crujió de repente. Louis, que la estaba mirando (yo no), dice que crujió cuando hizo la reverencia. Curioso. ¿Fueron sus zapatos, su corsé o sus huesos? Louis cree que fue el corsé. ¡Extraordinario!

Tan pronto como me quedé solo, me eché una siesta —realmente la necesitaba—. Al despertar, noté la carta de la querida Marian. Si hubiera tenido la menor idea de lo que contenía, ciertamente no habría intentado abrirla. Desgraciadamente para mí, completamente inocente de toda sospecha, leí la carta. Me arruinó el día de inmediato.

Soy, por naturaleza, una de las criaturas de temperamento más apacible que jamás hayan existido —comprendo a todo el mundo y no me ofendo por nada—. Pero, como ya he mencionado, hay límites para mi paciencia. Dejé la carta de Marian a un lado y me sentí —con toda justicia— un hombre agraviado.

Voy a hacer una observación. Por supuesto, es aplicable al asunto tan serio que nos ocupa, o no permitiría que apareciera en este lugar.

Nada, en mi opinión, muestra con una luz tan repulsivamente vívida el egoísmo odioso de la humanidad como el trato que reciben, en todas las clases sociales, las personas solteras a manos de las personas casadas. Cuando uno ha demostrado ser demasiado considerado y abnegado como para añadir una familia propia a una población ya sobrecargada, se ve señalado vengativamente por sus amigos casados, que no han tenido ni la misma consideración ni abnegación, como receptor de la mitad de sus problemas conyugales y amigo nato de todos sus hijos. Los esposos y esposas hablan de las cargas del matrimonio, y los solteros y solteras las soportan. Tomen mi caso. Yo, de forma considerada, permanezco soltero, y mi pobre y querido hermano Philip, de forma inconsiderada, se casa. ¿Qué hace cuando muere? Me deja a su hija. Es una muchacha encantadora —y también una responsabilidad espantosa—. ¿Por qué ponerla sobre mis hombros? Porque estoy obligado, en mi carácter inofensivo de soltero, a aliviar a mis parientes casados de todos sus propios problemas. Hago lo que puedo con la responsabilidad de mi hermano –caso a mi sobrina, con infinitos esfuerzos y dificultades, con el hombre con quien su padre quería que se casara–. Ella y su marido no se entienden, y se producen consecuencias desagradables. ¿Qué hace ella con esas consecuencias? Me las transfiere. ¿Por qué me las transfiere? Porque estoy obligado, en mi carácter inofensivo de soltero, a aliviar a mis parientes casados de todos sus propios problemas. ¡Pobres solteros! ¡Pobre naturaleza humana!

Es totalmente innecesario decir que la carta de Marian contenía amenazas. Todo el mundo me amenaza. Todo tipo de horrores iban a caer sobre mi pobre cabeza si dudaba en convertir Limmeridge House en un asilo para mi sobrina y sus desdichas. Aun así, dudé.

He mencionado que mi proceder habitual, hasta ahora, había sido someterme a la querida Marian y evitar alborotos. Pero en esta ocasión, las consecuencias implicadas en su extremadamente poco considerada propuesta eran de tal índole que me hicieron dudar. Si abría Limmeridge House como asilo para lady Glyde, ¿qué garantía tenía de que sir Percival Glyde no la seguiría aquí, lleno de furia contra MÍ por acoger a su esposa? Vi un laberinto de problemas tan perfecto en esta posibilidad que decidí tantear el terreno, por así decirlo. Escribí, por tanto, a la querida Marian para rogarle (ya que no tenía marido que reclamara su compañía) que viniera primero sola y hablara del asunto conmigo. Si lograba responder a mis objeciones de modo plenamente satisfactorio, entonces le aseguraba que recibiría a nuestra dulce Laura con el mayor gusto, pero no de otro modo.

Sentí, por supuesto, en ese momento, que esta táctica mía probablemente acabaría trayendo a Marian aquí en un estado de virtuosa indignación, dando portazos. Pero el otro curso de acción podría terminar trayendo a sir Percival aquí, también en un estado de virtuosa indignación, dando portazos igualmente, y de las dos indignaciones y portazos, prefería los de Marian, porque estaba acostumbrado a ella. En consecuencia, despaché la carta por el siguiente correo. Gané tiempo, en todo caso –y, ¡ay, qué punto de partida tan valioso era ése!

363

Cuando estoy completamente abatido (¿mencioné que la carta de Marian me dejó completamente abatido?) siempre tardo tres días en recuperarme. Estaba muy irritable –esperaba tres días de tranquilidad–. Por supuesto, no los tuve.

El correo del tercer día me trajo una carta sumamente impertinente de una persona totalmente desconocida para mí. Se describía como el socio activo de nuestro hombre de negocios –nuestro querido, terco y viejo Gilmore– y me informaba de que había recibido recientemente, por correo, una carta dirigida a él con la letra de la señorita Halcombe. Al abrir el sobre, descubrió, para su asombro, que no contenía más que una hoja de papel en blanco. Esta circunstancia le pareció tan sospechosa (sugiriendo a su inquieta mente legal que la carta había sido manipulada) que de inmediato escribió a la señorita Halcombe, sin recibir respuesta por correo de vuelta. Ante esta dificultad, en lugar de actuar como un hombre sensato y dejar que las cosas siguieran su curso, su siguiente proceder absurdo, según él mismo contaba, fue molestarme escribiéndome para preguntar si yo sabía algo al respecto. ¿Qué demonios iba yo a saber? ¿Por qué alarmarme a mí también? Le respondí en ese sentido. Fue una de mis cartas más afiladas. No he escrito nada con un filo epistolar tan agudo desde que comuniqué por escrito su despido a ese individuo extremadamente problemático, el señor Walter Hartright.

Mi carta produjo su efecto. No volví a saber nada del abogado.

Esto, tal vez, no era del todo sorprendente. Pero sí fue ciertamente una circunstancia notable que no me llegara una segunda carta de Marian, y que no aparecieran señales de su llegada. Su ausencia inesperada me hizo un bien increíble. Fue tan tranquilizador y placentero inferir (como hice, por supuesto) que mis parientes casados se habían reconciliado. Cinco días de tranquilidad ininterrumpida, de deliciosa bienaventuranza de soltero, me restauraron por completo. Al sexto día me sentí lo bastante fuerte como para llamar a mi fotógrafo y ponerlo nuevamente a trabajar en las copias de presentación de mis tesoros artísticos, con el propósito, como ya mencioné, de mejorar el gusto en esta bárbara región. Acababa de despedirlo a su taller y recién empezaba a coquetear con mis monedas, cuando Louis apareció de repente con una tarjeta en la mano.

—¿Otra Joven? –dije–. No la veré. En mi estado de salud, las jóvenes me sientan mal. No estoy en casa.

—Esta vez es un caballero, señor.

Un caballero, por supuesto, era otra cosa. Miré la tarjeta.

¡Santo cielo! El extranjero, el esposo de mi fastidiosa hermana, el conde Fosco.

¿Hace falta decir cuál fue mi primera impresión al ver la tarjeta de mi visitante? ¡Por supuesto que no! Mi hermana se había casado con un extranjero, no cabía más que una impresión posible para cualquier hombre en su sano juicio. Por supuesto, el conde había venido a pedirme dinero prestado.

—Louis –dije–, ¿crees que se iría si le dieras cinco chelines?

Louis se mostró francamente escandalizado. Me sorprendió de manera inefable al declarar que el esposo extranjero de mi hermana vestía de manera espléndida y parecía la imagen misma de la prosperidad. Ante tales circunstancias, mi primera impresión cambió en cierto modo. Ahora di por sentado que el conde tenía problemas matrimoniales propios que afrontar, y que había venido, como el resto de la familia, a echarlos sobre mis hombros.

—¿Mencionó a qué ha venido? –pregunté.

—El conde Fosco dijo que porque la señorita Halcombe no podía salir de Blackwater Park.

Nuevos problemas, al parecer. No exactamente suyos, como yo había supuesto, sino de la querida Marian. Problemas, de cualquier manera. Ay, Dios mío.

—Hazlo pasar –dije resignadamente.

La primera aparición del conde realmente me sobresaltó. Era una persona tan alarmantemente corpulenta que me eché a temblar. Estaba seguro de que haría temblar el suelo y derribaría mis tesoros artísticos. No hizo ni una cosa ni la otra. Estaba refrescantemente vestido con ropa de verano; su actitud era encantadoramente serena y tranquila; tenía una sonrisa encantadora. Mi primera impresión de él fue sumamente favorable. No habla bien de mi perspicacia —como se verá más adelante— reconocerlo, pero soy un hombre naturalmente sincero, y lo reconozco de todos modos.

—Permítame presentarme, señor Fairlie —dijo—. Vengo de Blackwater Park, y tengo el honor y la felicidad de ser el esposo de madame Fosco. Permítame aprovechar por primera y última vez esa circunstancia para rogarle que no me trate como a un extraño. Le ruego que no se moleste, le ruego que no se mueva.

—Es usted muy amable —respondí—. Ojalá tuviera fuerzas para levantarme. Encantado de verlo en Limmeridge. Por favor, tome asiento.

—Me temo que hoy se encuentra mal —dijo el conde.

—Como de costumbre —dije—. No soy más que un manojo de nervios disfrazado de hombre.

—He estudiado muchos temas en mi vida —comentó este simpático personaje—. Entre otros, el inagotable asunto de los nervios. ¿Puedo hacerle una sugerencia, al mismo tiempo la más simple y la más profunda? ¿Me permitirá ajustar la luz en su habitación?

—Por supuesto, si es tan amable de no dejar que me dé directamente.

Se acercó a la ventana. ¡Qué contraste con la querida Marian! tan extremadamente considerado en todos sus movimientos.

—La luz —dijo, con ese tono deliciosamente confidencial que tanto consuela a un inválido— es esencial. La luz estimula, nutre, conserva. No puede prescindir de ella, señor Fairlie, más que si fuera una flor. Observe. Aquí, donde usted se sienta, cierro las contraventanas para calmarlo. Allí, donde usted NO se sienta, levanto la persiana y dejo entrar el sol vigorizante. Deje entrar la luz en su habitación, si no puede soportarla en usted mismo. La luz, señor, es el gran decreto de la Providencia. Usted acepta la Providencia con sus propias restricciones. Acepte la luz en los mismos términos.

Me pareció muy convincente y atento. Me había ganado con todo ese discurso sobre la luz, ciertamente me había ganado.

—Me ve usted confundido —dijo al volver a su sitio—, por mi honor, señor Fairlie, me ve usted confundido en su presencia.

—Lamento oírlo, sin duda. ¿Puedo saber por qué?

—Señor, ¿puedo entrar en esta habitación (donde usted se sienta, un sufriente), y verlo rodeado de estos admirables objetos de Arte, sin descubrir que es usted un hombre cuyas emociones son intensamente sensibles, cuyas simpatías están perpetuamente despiertas? Dígame, ¿puedo hacerlo?

Si hubiera sido lo bastante fuerte como para incorporarme en mi silla, por supuesto habría hecho una reverencia. Como no lo era, sonreí a modo de reconocimiento. Fue suficiente, los dos nos entendimos.

—Le ruego que siga mi línea de pensamiento —continuó el conde—. Estoy aquí sentado, un hombre de simpatías refinadas, en presencia de otro hombre de simpatías igualmente refinadas. Soy consciente de una necesidad terrible de herir esas simpatías al referirme a acontecimientos domésticos de naturaleza muy lamentable. ¿Cuál es la consecuencia inevitable? Ya he tenido el honor de señalárselo. Me siento confundido.

¿Fue en ese punto cuando empecé a sospechar que iba a aburrirme? Me parece que sí.

—¿Es absolutamente necesario referirse a estos asuntos desagradables? —pregunté—. En nuestra sencilla frase inglesa, conde Fosco, ¿no pueden esperar?

El conde, con la más alarmante solemnidad, suspiró y negó con la cabeza.

—¿De veras tengo que escucharlos?

Se encogió de hombros (fue lo primero extranjero que hizo desde que entró en la habitación) y me miró de forma desagradablemente penetrante. Mi instinto me dijo que lo mejor era cerrar los ojos. Obedecí a mi instinto.

—Por favor, dígamelo con suavidad —supliqué—. ¿Hay alguien muerto?

—¿Muerto? —exclamó el conde, con innecesaria ferocidad extranjera—. Señor Fairlie, su compostura nacional me aterra. En nombre del cielo, ¿qué he dicho o hecho para que piense que soy mensajero de la muerte?

—Le ruego me disculpe —respondí—. No ha dicho ni hecho nada. Tengo por norma en estos casos angustiantes anticipar siempre lo peor. Así se suaviza el golpe, al encontrarlo a mitad de camino, y todo eso. Me siento inefablemente aliviado, sin duda, al saber que nadie ha muerto. ¿Hay alguien enfermo?

Abrí los ojos y lo miré. ¿Estaba tan amarillo cuando entró, o se había puesto así en el último minuto? Realmente no puedo decirlo, y no puedo preguntarle a Louis, porque no estaba en la habitación en ese momento.

—¿Hay alguien enfermo? –repetí, notando que mi compostura nacional aún parecía afectarlo.

—Esa es parte de mis malas noticias, señor Fairlie. Sí. Hay alguien enfermo.

—Lo lamento mucho. ¿Quién de ellos es?

—Con profundo pesar, la señorita Halcombe. ¿Tal vez usted estaba de algún modo preparado para oír esto? ¿Tal vez cuando vio que la señorita Halcombe no vino sola, como usted propuso, y no escribió una segunda vez, su afectuosa ansiedad pudo haberle hecho temer que estuviera enferma?

No tengo duda de que mi afectuosa ansiedad me llevó en algún momento a esa melancólica sospecha, pero en el instante en mi lamentable memoria no logró recordarme tal circunstancia. Sin embargo, dije que sí, en justicia a mí mismo. Me sentí muy consternado. Era tan poco característico de una persona tan robusta como la querida Marian estar enferma, que solo podía suponer que había tenido un accidente. Un caballo, o un paso en falso en la escalera, o algo por el estilo.

—¿Es grave? –pregunté.

—Grave, sin duda –respondió–. Peligroso, espero y confío que no. La señorita Halcombe, desgraciadamente, se expuso a empaparse completamente bajo una fuerte lluvia. El resfriado que le siguió fue de una naturaleza agravada, y ahora ha traído consigo la peor consecuencia: fiebre.

Cuando oí la palabra fiebre, y al mismo tiempo recordé que la persona sin escrúpulos que me hablaba acababa de venir de Blackwater Park, creí que iba a desmayarme en el acto.

—¡Dios mío! –dije–. ¿Es contagiosa?

—No en este momento –respondió con detestable compostura–. Puede volverse contagiosa, pero no se había producido ninguna complicación tan deplorable cuando salí de Blackwater Park. He sentido el más profundo interés en el caso, señor Fairlie; he procurado asistir al médico titular en su observación; acepte mis garantías personales sobre la naturaleza no contagiosa de la fiebre cuando la vi por última vez.

¡Aceptar sus garantías! Jamás estuve más lejos de aceptar nada en mi vida. No le habría creído ni bajo juramento. Estaba demasiado amarillo para ser creíble. Parecía una epidemia ambulante de las Indias Occidentales. Era lo bastante grande como para transportar tifus por toneladas, y teñir con fiebre escarlatina la alfombra misma que pisaba. En ciertas emergencias, mi mente se decide con notable rapidez. Inmediatamente decidí deshacerme de él.

—Tendrá la amabilidad de excusar a un inválido –dije–, pero las conferencias largas de cualquier tipo me alteran invariablemente. ¿Podría rogarle que me dijera exactamente cuál es el objeto por el que tengo el honor de su visita?

Esperaba fervientemente que esta alusión tan directa lo hiciera perder el equilibrio, lo confundiera, lo obligara a pedir disculpas corteses, en fin, lo sacara de la habitación. Por el contrario, sólo lo asentó más en su silla. Se volvió aún más solemne, más digno, más confidencial. Alzó dos de sus horribles dedos y me lanzó otra de sus miradas penetrantes. ¿Qué podía hacer? No estaba lo bastante fuerte para discutir con él. Imagínese mi situación, si puede. ¿Existe lenguaje adecuado para describirla? Creo que no.

—Los motivos de mi visita –continuó, imparable– están numerados en mis dedos. Son dos. Primero, vengo a dar testimonio, con profundo pesar, de los lamentables desacuerdos entre sir Percival y lady Glyde. Soy el amigo más antiguo de sir Percival; estoy emparentado con lady Glyde por matrimonio; soy testigo ocular de todo lo sucedido en Blackwater Park. En esas tres capacidades hablo con autoridad, con confianza, con digno pesar. Señor, le informo, como cabeza de la familia de lady Glyde, que la señorita Halcombe no ha exagerado nada en la carta que escribió a su dirección. Afirmo que el remedio que esa admirable dama ha propuesto es el único remedio que le ahorrará los horrores de un escándalo público. Una separación temporal entre marido y mujer es la única solución pacífica de esta dificultad. Sepárelos por el momento, y cuando se hayan eliminado todas las causas de irritación, yo, que ahora tengo el honor de dirigirme a usted, me comprometo a hacer entrar en razón a sir Percival. Lady Glyde es inocente, lady Glyde está agraviada, pero –¡siga mi razonamiento!– es, por esa misma razón (lo digo con vergüenza), causa de irritación mientras permanezca bajo el techo de su marido. Ninguna otra casa puede recibirla con propiedad, salvo la suya. Le invito a abrirle las puertas.

Frío. Aquí había una tormenta conyugal azotando el sur de Inglaterra, y a mí me invitaban, por boca de un hombre con fiebre en cada pliegue de su abrigo, a salir del norte de Inglaterra y tomar mi parte del aguacero. Intenté expresar la situación con fuerza, tal como lo hago aquí. El conde bajó deliberadamente uno de sus horribles dedos, mantuvo el otro en alto, y continuó –pasó por encima de mí, por así decirlo, sin siquiera la cortesía de un cochero que grita «¡Cuidado!» antes de atropellarme.

—Siga mi razonamiento una vez más, se lo ruego –prosiguió–. Mi primer motivo ya lo ha oído. Mi segundo motivo para venir a esta casa es hacer lo que la enfermedad de la señorita Halcombe le ha impedido hacer por sí misma. Mi amplia experiencia es consultada en todos los asuntos difíciles en Blackwater Park, y se me pidió consejo amistoso sobre el interesante tema de su carta a la señorita Halcombe. Comprendí de inmediato –porque mis simpatías son las suyas– por qué deseaba verla aquí antes de comprometerse a invitar a lady Glyde. Tiene usted toda la razón, señor, en dudar si recibir a la esposa hasta estar completamente seguro de que el marido no ejercerá su autoridad para reclamarla. Estoy de acuerdo con eso. También estoy de acuerdo en que las explicaciones delicadas que implica esta dificultad no pueden tratarse adecuadamente por escrito. Mi presencia aquí (a gran incomodidad propia) prueba que hablo con sinceridad. En cuanto a las explicaciones mismas, yo –Fosco– yo, que conozco a sir Percival mucho mejor que la señorita Halcombe, le afirmo, por mi honor y mi palabra, que él no se acercará a esta casa, ni intentará comunicarse con esta casa, mientras su esposa esté viviendo en ella. Sus asuntos están comprometidos. Ofrézcale su libertad mediante la ausencia de lady Glyde. Le prometo que aceptará esa libertad y volverá al continente tan pronto como pueda marcharse. ¿Está esto claro como el cristal? Sí, lo está. ¿Tiene preguntas que hacerme? Sea así, estoy aquí para responderlas. Pregunte, señor Fairlie; tenga la bondad de preguntar cuanto desee.

Ya había dicho bastante muy a mi pesar, y parecía terriblemente capaz de decir mucho más también, así que decliné su amable invitación por pura autodefensa.

—Muchas gracias —respondí—. Estoy decayendo rápidamente. En mi estado de salud debo dar las cosas por sentadas. Permítame hacerlo en esta ocasión. Nos entendemos perfectamente. Sí. Muy agradecido, sin duda, por su amable intervención. Si alguna vez mejoro, y tengo una segunda oportunidad de estrechar nuestros lazos…

Se levantó. Creí que se iba. No. Más charla, más tiempo para que sus influencias infecciosas se desarrollaran, aquí, en mi habitación, ¡recuerde eso, en mi habitación!

—Un momento más —dijo—, un momento antes de que me retire. Pido permiso al despedirme para insistirle en una necesidad urgente. Es ésta, señor: no debe pensar en esperar a que la señorita Halcombe se recupere antes de recibir a lady Glyde. La señorita Halcombe tiene la atención del médico, de la ama de llaves en Blackwater Park y de una enfermera experimentada también —tres personas cuya capacidad y devoción garantizo con mi vida—. Le digo eso. Le digo también que la ansiedad y la alarma por la enfermedad de su hermana ya han afectado la salud y el ánimo de lady Glyde, y la han hecho totalmente incapaz de ser útil en la habitación del enfermo. Su situación con su esposo se vuelve cada día más deplorable y peligrosa. Si la deja más tiempo en Blackwater Park, no contribuye en nada a acelerar la recuperación de su hermana, y al mismo tiempo arriesga el escándalo público, que usted y yo, y todos nosotros, estamos obligados, en sagrado interés de la familia, a evitar. Con toda mi alma le aconsejo quitar de sus propios hombros la seria responsabilidad de la demora escribiendo a lady Glyde para que venga aquí de inmediato. Cumpla con su afectuoso, con su honorable, con su inevitable deber, y pase lo que pase en el futuro, nadie podrá culparlo. Hablo desde mi amplia experiencia; le ofrezco mi consejo amistoso. ¿Lo acepta, sí o no?

Lo miré –simplemente lo miré– con todo el asombro que me causaba su increíble desparpajo, y con la resolución, ya en proceso de nacer, de llamar a Louis y hacer que lo sacaran de la habitación, todo ello reflejado en cada línea de mi rostro. Es perfectamente increíble, pero absolutamente cierto, que mi rostro no pareció producirle la menor impresión. Nacido sin nervios, evidentemente nacido sin nervios.

—¿Vacila? –dijo–. ¡Señor Fairlie! Comprendo esa vacilación. Usted objeta –¡mire cómo mis simpatías penetran directamente en sus pensamientos!–, objeta que lady Glyde no está en condiciones físicas ni anímicas para hacer sola el largo viaje desde Hampshire hasta aquí. Su doncella está lejos de ella, como usted sabe, y no hay en Blackwater Park otros sirvientes aptos para viajar con ella de un extremo a otro de Inglaterra. Objeta también que no puede detenerse cómodamente en Londres para descansar en su camino, porque no puede ir sola, como desconocida, a un hotel público. En una respiración le concedo ambas objeciones, en otra respiración, las resuelvo. Sígame, se lo ruego, por última vez. Mi intención, al volver a Inglaterra con sir Percival, era establecerme en los alrededores de Londres. Ese propósito ha sido felizmente cumplido. He alquilado por seis meses una pequeña casa amueblada en el barrio llamado St. John's Wood. Tenga la bondad de recordar este hecho y observe el programa que ahora le propongo. Lady Glyde viaja a Londres (un viaje corto) –yo mismo la recibo en la estación–, la llevo a descansar y dormir en mi casa, que es también la casa de su tía, cuando esté recuperada, la acompaño de nuevo a la estación, viaja hasta aquí, y su doncella (que ahora está bajo su techo) la recibe en la puerta del coche. Aquí se cuida el confort –aquí se respeta la decencia–, aquí su propio deber –el deber de hospitalidad, simpatía, protección hacia una dama desdichada que necesita las tres cosas– queda allanado de principio a fin. Le invito cordialmente, señor, a secundar mis esfuerzos en el sagrado interés de la familia. Le aconsejo seriamente que escriba, por medio de mis manos, ofreciendo la hospitalidad de su casa (y de su corazón), y la hospitalidad de mi casa (y de mi corazón), a esa dama injuriada y desventurada cuya causa defiendo hoy.

Me agitó su horrible mano –se golpeó su pecho infeccioso– me habló de manera oratoria, como si yo estuviera postrado en la Cámara de los Comunes. Era más que hora de tomar una medida desesperada. También era hora de llamar a Louis y adoptar la precaución de fumigar la habitación.

En esta difícil emergencia se me ocurrió una idea –una idea inestimable que, por así decirlo, mataba dos pájaros inoportunos de un tiro–. Decidí librarme de la fastidiosa elocuencia del conde y de los fastidiosos problemas de lady Glyde, cumpliendo con la petición de este odioso extranjero y escribiendo la carta de inmediato.

No existía el menor peligro de que se aceptara la invitación, porque no había la menor posibilidad de que Laura consintiera en abandonar Blackwater Park mientras Marian yacía enferma allí. Cómo este encantador y conveniente obstáculo pudo haber escapado a la entrometida penetración del conde, era imposible de concebir –pero se le había escapado–. Mi temor de que aún pudiera descubrirlo si le daba más tiempo para pensar me estimuló hasta tal punto que me incorporé con esfuerzo. Tomé, realmente tomé, los útiles de escritura que tenía al lado, y produje la carta con tanta rapidez como si hubiera sido un oficinista común.

Queridísima Laura, Ven cuando quieras. Rompe el viaje durmiendo en Londres en casa de tu tía. Apenado al saber de la enfermedad de la querida Marian. Siempre afectuosamente tuyo.

Entregué estas líneas, con el brazo extendido, al conde, me dejé caer de nuevo en la silla y le dije: «Discúlpeme, estoy completamente postrado, no puedo hacer más. ¿Desea descansar y almorzar abajo? Cariños para todos, y simpatía, y todo eso. Buenos días».

Pronunció otro discurso –el hombre era absolutamente inagotable–. Cerré los ojos y traté de oír lo menos posible. A pesar de mis esfuerzos, me vi obligado a oír mucho. El interminable esposo de mi hermana se felicitó a sí mismo, y me felicitó a mí, por el resultado de nuestra entrevista. Mencionó mucho más sobre sus simpatías y las mías, lamentó mi lamentable salud, se ofreció a escribirme una receta ,insistió en la necesidad de no olvidar lo que había dicho sobre la importancia de la luz, aceptó mi amable invitación a descansar y almorzar, me recomendó esperar a lady Glyde en dos o tres días, me rogó permiso para esperar nuestro próximo encuentro en lugar de afligirse y afligirme diciéndome adiós. Añadió muchas cosas más, que, me alegra pensar, no atendí en su momento y no recuerdo ahora.

Oí su voz simpática alejándose de mí poco a poco, pero, aunque era corpulento, nunca lo oí. Tenía el mérito negativo de ser absolutamente silencioso. No sé cuándo abrió la puerta, ni cuándo la cerró. Me atreví a volver a usar los ojos tras un intervalo de silencio y ya se había ido.

Llamé a Louis y me retiré al baño. Agua tibia, fortalecida con vinagre aromático, para mí, y fumigación abundante para mi estudio, eran las precauciones evidentes que tomar, y por supuesto las tomé. Me alegra decir que resultaron eficaces. Disfruté de mi siesta habitual. Desperté húmedo y fresco.

Mis primeras preguntas fueron sobre el conde. ¿Realmente nos habíamos librado de él? Sí, se había marchado en el tren de la tarde. ¿Había almorzado, y si es así, qué comió? Solamente tarta de frutas y nata. ¡Qué hombre! ¡Qué digestión!

¿Se espera que diga algo más? Creo que no. Creo que he llegado al límite que se me asignó. Las horribles circunstancias que ocurrieron más tarde no sucedieron, gracias al cielo, en mi presencia. Ruego y suplico que nadie sea tan insensible como para atribuirme parte de la culpa de esas circunstancias.

Hice todo lo mejor posible. No soy responsable de una calamidad deplorable, que era completamente imposible de prever. Estoy destrozado por ella –he sufrido por ella como nadie más ha sufrido–. Mi criado, Louis (que realmente me aprecia a su manera

374

poco inteligente), piensa que nunca me repondré. Me ve dictando en este mismo momento, con el pañuelo en los ojos. Deseo declarar, en justicia a mí mismo, que no fue culpa mía, y que estoy completamente exhausto y con el corazón roto. ¿Debo decir más?

LA HISTORIA CONTINUADA
POR ELIZA MICHELSON
(Ama de llaves en Blackwater Park)

I

Se me pide que exponga claramente lo que sé sobre el desarrollo de la enfermedad de la señorita Halcombe y las circunstancias en que lady Glyde salió de Blackwater Park hacia Londres.

La razón que se me da para esta petición es que se necesita mi testimonio en interés de la verdad. Como viuda de un clérigo de la Iglesia de Inglaterra (reducida por la desgracia a la necesidad de aceptar un empleo), he sido educada para poner las exigencias de la verdad por encima de cualquier otra consideración. Por lo tanto, accedo a una solicitud que, de otro modo, por mi reticencia a vincularme con asuntos familiares penosos, habría dudado en conceder.

No hice ningún apunte en ese momento, por lo tanto, no puedo asegurar el día exacto, pero creo que estoy en lo cierto al afirmar que la grave enfermedad de la señorita Halcombe comenzó durante la última quincena o diez días de junio. La hora del desayuno era tardía en Blackwater Park –a veces tan tarde como las diez, nunca antes de las nueve y media–. En la mañana a la que me refiero, la señorita Halcombe (que solía ser la primera en bajar) no se presentó a la mesa.

Después de que la familia esperara un cuarto de hora, se envió a la doncella principal a ver por ella, y salió corriendo de la habitación, terriblemente asustada. Me encontré con la sirvienta en la escalera, y fui enseguida a ver a la señorita Halcombe para saber qué ocurría. La pobre señora era incapaz de decírmelo. Caminaba por su habitación con una pluma en la mano, completamente delirante, en un estado de fiebre ardiente.

Lady Glyde (ya que al no estar más a servicio de sir Percival, puedo sin impropiedad referirme a mi antigua señora por su nombre, en vez de llamarla «mi señora») fue la primera en llegar desde su habitación. Estaba tan aterrada y angustiada que resultó completamente inútil. El conde Fosco y su esposa, que subieron inmediatamente después, fueron ambos muy serviciales y amables. Su señora me ayudó a llevar a la señorita Halcombe a la cama. Su señoría el conde se quedó en la sala, y habiendo enviado a buscar mi botiquín, preparó una mezcla para la señorita Halcombe y una loción refrescante para aplicarle en la cabeza, para no perder tiempo antes de que llegara el doctor. Aplicamos la loción, pero no conseguimos que tomara la mezcla. Sir Percival se encargó de llamar al médico. Envió a un mozo a caballo en busca del doctor más cercano, el señor Dawson, de Oak Lodge.

El señor Dawson llegó en menos de una hora. Era un hombre respetable, de edad, bien conocido en toda la comarca, y nos alarmamos mucho cuando comprobamos que consideraba el caso como muy grave.

Su señoría el conde entró afablemente en conversación con el señor Dawson y dio su opinión con una libertad juiciosa. El señor Dawson, no muy cortésmente, preguntó si el consejo de su señoría era el de un médico, y al ser informado de que era el consejo de alguien que había estudiado medicina sin título profesional, replicó que no acostumbraba a consultar con médicos aficionados. El conde, con una verdadera mansedumbre cristiana de carácter, sonrió y salió de la habitación. Antes de marcharse me dijo que, si se le necesitaba durante el día, se lo podía encontrar en la caseta del lago. No puedo decir por qué fue allí. Pero fue, y se quedó fuera todo el día hasta las siete, que era la hora de la cena. Quizás deseaba dar ejemplo de mantener la casa lo más tranquila posible. Era totalmente propio de su carácter. Era un noble muy considerado.

La señorita Halcombe pasó una noche muy mala, la fiebre subía y bajaba, y empeoró hacia la mañana en lugar de mejorar. No habiendo ninguna enfermera apta para atenderla en los alrededores, su señora la condesa y yo asumimos el deber, turnándonos. Lady Glyde, muy imprudentemente, insistió en velar con nosotras. Estaba demasiado nerviosa y delicada de salud para soportar con calma la ansiedad por la enfermedad de la señorita Halcombe. Sólo se hizo daño a sí misma, sin ser de la menor ayuda real. Nunca existió una dama más dulce y afectuosa, pero lloraba, y tenía miedo, dos debilidades que la hacían completamente inapropiada para estar en una habitación de enfermo.

Sir Percival y el conde vinieron por la mañana a hacer sus preguntas.

Sir Percival (presumo que por la aflicción por la enfermedad de su señora y la de la señorita Halcombe) parecía muy confundido y alterado. Su señoría, por el contrario, mostró una compostura e interés apropiados. Llevaba su sombrero de paja en una mano y un libro en la otra, y mencionó a sir Percival, en mi presencia, que volvería a salir a estudiar junto al lago. «Mantengamos la casa tranquila —dijo—. No fumemos dentro, amigo mío, ahora que la señorita Halcombe está enferma. Usted váyase por su lado, y yo por el mío. Cuando estudio me gusta estar solo. Buenos días, señora Michelson».

Sir Percival no fue lo suficientemente cortés —quizás debería decir, en justicia, que no estaba lo suficientemente sereno— como para despedirse de mí con la misma atención educada. La única persona en la casa, de hecho, que me trató, en ese momento o en cualquier otro, con la consideración debida a una dama en circunstancias difíciles, fue el conde. Tenía los modales de un verdadero noble —era considerado con todos—. Incluso la joven (llamada Fanny) que atendía a lady Glyde no escapaba a su atención. Cuando fue despedida por sir Percival, su señoría (mostrándome en ese momento sus dulces pajaritos) se mostró sinceramente interesado por saber qué había sido de ella, adónde iría el día en que saliera de Blackwater Park, y demás. Es en esos pequeños gestos delicados donde las ventajas del nacimiento aristocrático siempre se manifiestan. No me disculpo por incluir estos detalles —los presento en justicia a su señoría, cuyo carácter, tengo razones para saberlo, es visto con cierta dureza en ciertos círculos–. Un noble que puede respetar a una dama en circunstancias difíciles, y que puede interesarse paternalmente por el destino de una humilde sirvienta, demuestra principios y sentimientos de un orden demasiado elevado como para ser cuestionados a la ligera. No expreso opiniones. sólo presento hechos. Mi empeño en la vida es no juzgar, para no ser juzgada. Uno de los sermones más hermosos de mi querido esposo versaba sobre ese texto. Lo leo con frecuencia –en mi propio ejemplar de la edición impresa por subscripción, en los primeros días de mi viudez– y con cada nueva lectura obtengo un mayor beneficio espiritual y edificación.

No hubo mejoría en la señorita Halcombe, y la segunda noche fue incluso peor que la primera. El señor Dawson acudía constantemente. Las tareas prácticas de enfermería seguían dividiéndose entre la condesa y yo, y lady Glyde insistía en velar con nosotras, aunque ambas le rogábamos que descansara. «Mi lugar está al lado de la cama de Marian –era su única respuesta–. Esté enferma o sana, nada me inducirá a apartar la vista de ella».

Hacia el mediodía bajé para atender algunas de mis tareas habituales. Una hora después, al volver hacia la habitación de la enferma, vi al conde (que había salido otra vez temprano, por tercera vez) entrando en el vestíbulo, al parecer de excelente ánimo. Sir Percival, en ese momento, asomó la cabeza por la puerta de la biblioteca, y se dirigió a su noble amigo con gran vehemencia con estas palabras:

—¿La ha encontrado?

El rostro amplio de su señoría se cubrió de hoyuelos con una sonrisa plácida, pero no respondió con palabras. Al mismo tiempo, sir Percival volvió la cabeza, vio que yo me acercaba por la escalera, y me miró de la manera más grosera y airada posible.

—Entra y cuéntemelo –le dijo al conde–. Siempre que hay mujeres en una casa, seguro que están subiendo o bajando escaleras.

—Mi querido Percival –observó su señoría amablemente–, la señora Michelson tiene deberes. Por favor, reconoce su admirable cumplimiento de ellos con la misma sinceridad que yo. ¿Cómo está la enferma, señora Michelson?

—No mejor, mi señor, lamento decir.

—Triste, muy triste –comentó el conde–. Parece fatigada, señora Michelson. Sin duda es hora de que usted y mi esposa reciban ayuda para la enfermería. Creo que puedo proporcionársela. Han ocurrido ciertos hechos que obligarán a madame Fosco a viajar a Londres mañana o pasado. Saldrá por la mañana y regresará por la noche, y traerá con ella, para aliviarla, a una enfermera de conducta y capacidad excelentes, que actualmente está libre. Mi esposa conoce a esta mujer como una persona digna de confianza. Antes de que llegue, le ruego que no diga nada al doctor, porque verá con malos ojos a cualquier enfermera proporcionada por mí. Cuando ella aparezca en esta casa, hablará por sí misma, y el señor Dawson se verá obligado a reconocer que no hay excusa para no emplearla. Lady Glyde dirá lo mismo. Le ruego presente mis mejores respetos y simpatías a lady Glyde.

Expresé mi agradecido reconocimiento por la amable consideración de su señoría. Sir Percival los interrumpió bruscamente llamando a su noble amigo (usando, lamento decirlo, una expresión blasfema) para que entrara en la biblioteca y no lo hiciera esperar más.

Subí las escaleras. Somos pobres criaturas falibles, y por firmes que sean los principios de una mujer, no siempre puede mantenerse alerta contra la tentación de una curiosidad ociosa. Me avergüenza decir que, en esta ocasión, la curiosidad me venció, y me volví indebidamente inquisitiva sobre la pregunta que sir Percival había dirigido a su noble amigo en la puerta de la biblioteca. ¿A quién esperaba encontrar el conde en sus estudiosas caminatas matutinas por Blackwater Park? Era de presumir que se trataba de una mujer, por las palabras de sir Percival. No sospechaba del conde de ninguna impropiedad –conocía demasiado bien su carácter moral–. La única pregunta que me hice fue: ¿la encontró?

Retomo. La noche transcurrió como de costumbre, sin producir mejora en la señorita Halcombe. Al día siguiente pareció mejorar un poco. Al día siguiente, su señora la condesa, sin mencionar el motivo de su viaje ante nadie en mi presencia, partió por la mañana hacia Londres. Su noble esposo, con su habitual atención, la acompañó hasta la estación.

Quedé ahora a cargo exclusivo de la señorita Halcombe, con toda la apariencia de que, dado el empeño de su hermana en no dejar la cabecera, pronto tendría también que cuidar a lady Glyde.

El único hecho de importancia que ocurrió ese día fue otro desagradable encuentro entre el doctor y el conde.

Su señoría, al regresar de la estación, subió al salón de la señorita Halcombe para hacer sus preguntas. Salí del dormitorio a hablar con él, ya que el señor Dawson y lady Glyde estaban con la enferma en ese momento. El conde me hizo muchas preguntas sobre el tratamiento y los síntomas. Le informé que el tratamiento era del tipo llamado «salino» y que los síntomas, entre los episodios de fiebre, eran ciertamente de creciente debilidad y agotamiento. Justo cuando mencionaba estos últimos detalles, el señor Dawson salió del dormitorio.

—Buenos días, señor –dijo su señoría, adelantándose con el porte más cortés, y deteniendo al doctor con una resolución refinada imposible de resistir–, me temo mucho que no encuentra mejoría en los síntomas hoy.

—Encuentro una mejoría clara» –respondió el señor Dawson.

—¿Sigue usted persistiendo en su tratamiento debilitante para este caso de fiebre? –continuó su señoría.

—Persisto en el tratamiento que justifica mi propia experiencia profesional –dijo el señor Dawson.

—Permítame hacerle una sola pregunta sobre el vasto tema de la experiencia profesional –observó el conde–. No pretendo dar más consejos, sólo me permito hacer una consulta. Usted vive a cierta distancia de los gigantescos centros de actividad científica –Londres y París–. ¿Ha oído alguna vez hablar de que los efectos debilitantes de la fiebre se reparen razonable e inteligentemente fortaleciendo al paciente agotado con brandy, vino, amoníaco y quinina? ¿Ha llegado a sus oídos esa nueva herejía de las más altas autoridades médicas: sí o no?

—Cuando un profesional me haga esa pregunta, con gusto le responderé –dijo el doctor, abriendo la puerta para salir–. Usted no es un profesional, y le ruego me excuse si declino responderle.

Abofeteado de manera tan injustificadamente descortés en una mejilla, el conde, como buen cristiano práctico, ofreció inmediatamente la otra, y dijo, con la voz más dulce:

—Buenos días, señor Dawson.

¡Si mi querido esposo hubiese tenido la fortuna de conocer a su señoría, cuánto se habrían estimado mutuamente él y el conde!

Su señora la condesa regresó esa misma noche en el último tren, y trajo consigo a la enfermera de Londres. Se me informó que esta persona se llamaba señora Rubelle. Su aspecto personal, y su inglés imperfecto al hablar, me indicaron que era extranjera.

Siempre he cultivado un sentimiento de indulgencia humana hacia los extranjeros. No poseen nuestras bendiciones y ventajas, y son, en su mayoría, educados en los ciegos errores del papismo. También ha sido siempre mi precepto y práctica, como lo fue antes el precepto y práctica de mi querido esposo (véase el Sermón XXIX de la colección del difunto reverendo Samuel Michelson, M.A.), hacer con los demás lo que quisiera que hicieran conmigo. Por ambas razones no diré que la señora Rubelle me pareció una persona pequeña, nervuda, astuta, de unos cincuenta años, con un cutis moreno o criollo y ojos grises claros y vigilantes. Tampoco mencionaré, por las razones ya citadas, que me pareció que su vestido, aunque de la más sencilla seda negra, era de una textura excesivamente costosa e innecesariamente refinado en adornos y acabado, para una persona de su posición. No me gustaría que se dijeran esas cosas de mí, y por tanto es mi deber no decirlas de la señora Rubelle. Me limitaré a decir que sus modales no eran quizás desagradablemente reservados, sino sólo notablemente tranquilos y retraídos –que miraba mucho a su alrededor y hablaba muy poco, lo que podía deberse tanto a su propia modestia como a la desconfianza respecto a su posición en Blackwater Park–; y que declinó participar de la cena (lo cual fue curioso quizá, pero no necesariamente sospechoso), aunque yo misma la invité cortésmente a esa comida en mi propio cuarto.

Por sugerencia particular del conde (¡tan propia de la bondadosa indulgencia de su señoría!), se dispuso que la señora Rubelle no comenzara sus funciones hasta que el doctor la hubiera visto y aprobado a la mañana siguiente. Esa noche hice yo la guardia. Lady Glyde se mostró muy poco dispuesta a que la nueva enfermera atendiera a la señorita Halcombe. Tal falta de amplitud hacia una extranjera por parte de una dama de su educación y refinamiento me sorprendió. Me atreví a decir: «Mi lady, todos debemos recordar que no hay que apresurarse a juzgar a nuestros inferiores, especialmente cuando vienen de tierras extranjeras». Lady Glyde no pareció atenderme. Sólo suspiró y besó la mano de la señorita Halcombe mientras yacía sobre la colcha. No fue una conducta juiciosa en una sala de enferma, con una paciente a la que convenía no excitar. Pero la pobre lady Glyde no sabía nada de enfermería, nada en absoluto, me apena decirlo.

A la mañana siguiente, la señora Rubelle fue enviada al salón para ser aprobada por el doctor cuando pasara hacia el dormitorio.

Dejé a lady Glyde con la señorita Halcombe, que en ese momento dormitaba, y me reuní con la señora Rubelle con el propósito de evitarle con amabilidad que se sintiera incómoda o nerviosa por la incertidumbre de su situación. Ella no pareció verlo de esa manera. Parecía estar completamente convencida, de antemano, de que el señor Dawson la aprobaría, y se sentó tranquilamente mirando por la ventana, con toda la apariencia de disfrutar del aire del campo. Algunas personas podrían haber considerado tal conducta como indicio de una seguridad descarada. Me permito decir que yo, más generosamente, lo atribuí a una extraordinaria fuerza de carácter.

En lugar de que el doctor viniera a nosotras, me llamaron a mí para ver al doctor. Consideré algo extraña esta variación en lo previsto, pero la señora Rubelle no pareció verse afectada por ello en lo más mínimo. La dejé aún sentada tranquilamente mirando por la ventana y disfrutando en silencio del aire del campo.

El señor Dawson me esperaba solo en la sala de desayuno.

—Sobre esta nueva enfermera, señora Michelson –dijo el doctor.

—¿Sí, señor?

—He comprobado que ha sido traída desde Londres por la esposa de ese viejo extranjero gordo que siempre intenta entrometerse conmigo. Señora Michelson, ese viejo extranjero gordo es un charlatán.

Esto fue muy grosero. Naturalmente, me sentí escandalizada.

—¿Es usted consciente –señor–, le dije, de que está hablando de un noble?

—¡Bah! No es el primer charlatán con un título. Todos son condes. ¡Maldita sea!

—No sería amigo de sir Percival Glyde, señor, si no fuera miembro de la más alta aristocracia, exceptuando, por supuesto, la aristocracia inglesa.

—Muy bien, señora Michelson, llámelo como quiera, y volvamos a la enfermera. Ya me he opuesto a ella.

—¿Sin haberla visto, señor?

—Sí, sin haberla visto. Puede que sea la mejor enfermera del mundo, pero no es una enfermera de mi elección. He planteado esa objeción a sir Percival, como dueño de la casa. Él no me apoya. Dice que una enfermera elegida por mí también habría sido una desconocida traída de Londres, y cree que la mujer merece una oportunidad, ya que la tía de su esposa se ha tomado la molestia de traerla desde Londres. Hay cierta justicia en eso, y no puedo rechazarlo sin quedar mal. Pero he puesto como condición que se la despida inmediatamente si encuentro motivos para quejarme de ella. Esta propuesta, siendo algo que tengo derecho a plantear como médico responsable, ha sido aceptada por sir Percival. Ahora, señora Michelson, sé que puedo confiar en usted, y quiero que vigile atentamente a la enfermera durante uno o dos días, y que se asegure de que no administre a la señorita Halcombe más medicinas que las mías. Ese noble extranjero suyo se muere por probar sus remedios de charlatán (incluido el mesmerismo) con mi paciente, y una enfermera traída por su esposa podría estar demasiado dispuesta a ayudarlo. ¿Lo entiende? Muy bien, entonces podemos subir. ¿Está allí la enfermera? Le diré unas palabras antes de que entre a la sala de enferma.

Encontramos a la señora Rubelle aún disfrutando junto a la ventana. Cuando la presenté al señor Dawson, ni las miradas dubitativas del doctor ni sus preguntas inquisitivas parecieron desconcertarla lo más mínimo. Le respondió tranquilamente en su inglés entrecortado, y aunque él intentó confundirla, no mostró el menor desconocimiento, hasta ese momento, sobre ninguna parte de sus deberes. Esto se debía, sin duda, a su fuerza de carácter, como dije antes, y no en modo alguno a una confianza descarada.

Entramos todos en el dormitorio.

La señora Rubelle observó muy atentamente a la paciente, hizo una reverencia a lady Glyde, arregló uno o dos detalles en la habitación y se sentó tranquilamente en un rincón a esperar hasta ser requerida. Su señoría pareció sorprendida y molesta por la presencia de la nueva enfermera. Nadie dijo nada, para no despertar a la señorita Halcombe, que aún dormía, salvo el doctor, que susurró una pregunta sobre la noche. Le respondí en voz baja: «Más o menos como de costumbre», y entonces el señor Dawson se marchó. Lady Glyde lo siguió, supongo que para hablarle sobre la señora Rubelle. Por mi parte, ya había decidido que esta persona extranjera y tranquila conservaría su puesto. Tenía todos sus sentidos alerta, y ciertamente comprendía su oficio. Hasta el momento, yo misma no habría podido hacerlo mucho mejor junto a la cama de la paciente.

Recordando la advertencia del señor Dawson, sometí a la señora Rubelle a una vigilancia severa durante los siguientes tres o cuatro días. Entraba una y otra vez en la habitación suavemente y por sorpresa, pero nunca la sorprendí en ninguna acción sospechosa. Lady Glyde, que la observaba con la misma atención que yo, tampoco descubrió nada.

Nunca detecté signo alguno de manipulación en los frascos de medicina, nunca vi a la señora Rubelle decir una palabra al conde, ni al conde dirigirse a ella. Atendía a la señorita Halcombe con un cuidado y discreción incuestionables. La pobre señora oscilaba entre un estado de agotamiento soñoliento, que era mitad desmayo y mitad sopor, y episodios de fiebre que traían consigo más o menos confusión mental. La señora Rubelle nunca la perturbaba en el primer caso, y nunca la sobresaltaba en el segundo apareciendo demasiado de repente junto a la cama con aspecto de extraña. Honor a quien honor merece (sea extranjera o inglesa), y concedo ese privilegio imparcialmente a la señora Rubelle. Era extraordinariamente reservada sobre sí misma, y demasiado silenciosamente independiente de todo consejo de personas experimentadas que entendían los deberes en una sala de enfermos, pero, a pesar de esos inconvenientes, era una buena enfermera, y nunca dio a lady Glyde ni al señor Dawson ni la más mínima razón para quejarse de ella.

El siguiente hecho importante que ocurrió en la casa fue la ausencia temporal del conde, motivada por negocios que lo llevaron a Londres. Se marchó (creo) en la mañana del cuarto día después de la llegada de la señora Rubelle, y al partir habló muy seriamente con lady Glyde, en mi presencia, sobre la señorita Halcombe.

—Confíe en el señor Dawson –dijo–, unos días más, si le parece bien. Pero si en ese tiempo no hay alguna mejoría, mande a buscar consejo desde Londres, que este burro de médico no tendrá más remedio que aceptar. Ofenda al señor Dawson, y salve a la señorita Halcombe. Le digo esto seriamente, por mi honor y desde el fondo de mi corazón.

Su señoría habló con extremo sentimiento y amabilidad. Pero los nervios de la pobre lady Glyde estaban tan completamente deshechos que pareció asustada de él. Temblaba de pies a cabeza, y permitió que se despidiera sin pronunciar una palabra. Se volvió hacia mí cuando él se hubo ido y dijo:

—Oh, señora Michelson, tengo el corazón destrozado por mi hermana, ¡y no tengo a nadie que me aconseje! ¿Cree que el señor Dawson está equivocado? Él mismo me ha dicho esta mañana que no hay peligro, y que no es necesario llamar a otro médico.

—Con todo el respeto hacia el señor Dawson –respondí–, en el lugar de su señoría recordaría el consejo del conde.

Lady Glyde se apartó de mí de pronto, con un aire de desesperación que no pude explicarme.

—¿Su consejo? –se dijo a sí misma–. Dios nos ayude. ¿Su consejo?

El conde estuvo ausente de Blackwater Park, según recuerdo, aproximadamente una semana.

Sir Percival parecía sentir la ausencia de su señoría de varias maneras, y también me pareció que estaba muy abatido y cambiado por la enfermedad y el pesar en la casa. A veces se mostraba tan inquieto que no podía evitar notarlo, yendo y viniendo, y vagando por aquí y por allá y por todas partes en los terrenos. Sus preguntas sobre la señorita Halcombe y sobre su esposa (cuya salud menguante parecía causarle una sincera preocupación) eran de lo más atentas. Creo que su corazón se había ablandado mucho. Si algún bondadoso amigo clerical –alguien como el que podría haber encontrado en mi difunto y excelente esposo– hubiese estado cerca de él en ese momento, podría haberse logrado un alentador progreso moral con sir Percival. Rara vez me equivoco en cuestiones de esta índole, teniendo la experiencia que me guiaba en mis felices días de casada.

Su señoría la condesa, que era ahora la única compañía para sir Percival en la planta baja, lo descuidaba un poco, en mi opinión o, tal vez, era él quien la descuidaba a ella. Un extraño podría haber supuesto casi que, al quedarse solos, se empeñaban en evitarse el uno al otro. Esto, por supuesto, no podía ser. Pero aun así, sucedía que la condesa hacía su comida principal a la hora del almuerzo y que siempre subía hacia el atardecer, aunque la señora Rubelle se había hecho cargo por completo de las tareas de enfermería. Sir Percival cenaba solo, y William (el sirviente sin librea) comentó, en mi presencia, que su amo se había puesto a media ración de comida y doble ración de bebida. No doy importancia a semejante observación insolente por parte de un criado. La reprobé en su momento y quiero dejar constancia de que la repruebo una vez más en esta ocasión.

En los días siguientes, la señorita Halcombe ciertamente pareció estar mejorando un poco para todos nosotros. Nuestra fe en el señor Dawson resurgió. Él se mostraba muy confiado respecto al caso, y aseguró a lady Glyde, cuando ella le habló del asunto, que él mismo propondría llamar a un médico en cuanto sintiera siquiera la sombra de una duda cruzando por su mente.

La única persona entre nosotros que no parecía aliviada por estas palabras era la condesa. Me dijo en privado que no podía sentirse tranquila sobre la señorita Halcombe basándose sólo en la opinión del señor Dawson, y que esperaría con ansiedad el dictamen de su esposo cuando regresara. Según sus cartas, ese regreso tendría lugar en tres días. El conde y la condesa se escribían cada mañana durante la ausencia de su señoría. En ese sentido, como en todos los demás, eran un modelo para los matrimonios.

En la tarde del tercer día noté un cambio en la señorita Halcombe que me causó seria inquietud. La señora Rubelle también lo notó. No dijimos nada al respecto a lady Glyde, que entonces dormía profundamente, completamente vencida por el agotamiento, en el sofá del salón.

El señor Dawson no hizo su visita vespertina hasta más tarde de lo habitual. En cuanto vio a su paciente noté que su expresión cambiaba. Intentó disimularlo, pero parecía confundido y alarmado. Se envió un mensajero a su casa por su botiquín, se usaron preparados desinfectantes en la habitación y se le preparó una cama en la casa por instrucciones suyas. «¿Ha pasado la fiebre a ser contagiosa? —le susurré—. Me temo que sí —respondió—; lo sabremos con más certeza mañana por la mañana».

Por orden del señor Dawson, lady Glyde no fue informada de este agravamiento. Él mismo le prohibió terminantemente, por su salud, unirse a nosotros en el dormitorio esa noche. Ella trató de resistirse, hubo una escena triste, pero él tenía su autoridad médica para respaldarse, y logró imponerse.

A la mañana siguiente, uno de los criados fue enviado a Londres a las once, con una carta para un médico de la ciudad, y con órdenes de regresar con el nuevo doctor en el primer tren posible. Media hora después de que el mensajero partiera, el conde regresó a Blackwater Park.

La condesa, por su cuenta, lo llevó de inmediato a ver a la paciente. No encontré ninguna impropiedad en que tomara esta decisión. Su señoría era un hombre casado, tenía edad suficiente para ser padre de la señorita Halcombe, y la vio en presencia de una pariente femenina, la tía de lady Glyde. No obstante, el señor Dawson protestó por su presencia en la habitación, aunque pude observar claramente que el doctor estaba demasiado alarmado como para oponer una resistencia seria en esta ocasión.

La pobre señora enferma estaba más allá de reconocer a nadie a su alrededor. Parecía tomar a sus amigos por enemigos. Cuando el conde se acercó a su cama, sus ojos, que no habían dejado de vagar por toda la habitación, se fijaron en su rostro con una mirada de terror espantosa que recordaré hasta el día de mi muerte. El conde se sentó a su lado, le tomó el pulso y le tocó las sienes, la observó muy atentamente y luego se volvió hacia el doctor con tal expresión de indignación y desprecio en el rostro, que las palabras murieron en los labios del señor Dawson, y se quedó por un momento pálido de ira y temor, pálido y completamente mudo.

Su señoría me miró a continuación.

—¿Cuándo ocurrió el cambio? –preguntó.

Le dije la hora.

—¿Ha estado lady Glyde en la habitación desde entonces?

Respondí que no. El doctor le había prohibido rotundamente entrar la noche anterior y había reiterado la orden esa misma mañana.

—¿Están usted y la señora Rubelle al tanto del alcance completo del daño? –fue su siguiente pregunta.

Sabíamos, respondí, que se consideraba que la dolencia era contagiosa. Me interrumpió antes de que pudiera añadir algo más.

—Es fiebre tifoidea» –dijo.

En el minuto que transcurrió mientras se hacían estas preguntas y respuestas, el señor Dawson se recobró y se dirigió al conde con su firmeza habitual.

—No es fiebre tifoidea –observó bruscamente–. Protesto contra esta intrusión, señor. Nadie tiene derecho a hacer preguntas aquí salvo yo. He cumplido con mi deber lo mejor que he podido.

El conde lo interrumpió, no con palabras, sino simplemente señalando la cama. El señor Dawson pareció sentir esa contradicción silenciosa a su afirmación sobre su propia capacidad, y se enfureció aún más.

—Digo que he cumplido con mi deber –reiteró–. Se ha enviado a buscar un médico a Londres. Consultaré sobre la naturaleza de la fiebre con él, y con nadie más. Insisto en que salga usted de la habitación.

—He entrado en esta habitación, señor, en sagrado interés de la humanidad –dijo el conde–. Y por el mismo interés, si se retrasa la llegada del médico, volveré a entrar. Le advierto una vez más que la fiebre se ha convertido en tifoidea, y que su tratamiento es responsable de este lamentable cambio. Si esa desdichada señora muere, daré testimonio ante un tribunal de que su ignorancia y obstinación han sido la causa de su muerte.

Antes de que el señor Dawson pudiera responder, antes de que el conde pudiera marcharse, la puerta se abrió desde el salón y vimos a lady Glyde en el umbral.

—Tengo que entrar y lo haré –dijo con extraordinaria firmeza.

En lugar de detenerla, el conde se trasladó al salón y le cedió el paso. En cualquier otra circunstancia, habría sido el último hombre del mundo en olvidar algo, pero en la sorpresa del momento aparentemente olvidó el peligro de contagio por fiebre tifoidea, y la necesidad urgente de obligar a lady Glyde a cuidar debidamente de sí misma.

Para mi asombro, el señor Dawson mostró más presencia de ánimo. Detuvo a su señoría en el primer paso que dio hacia la cama.

—Lo siento sinceramente, lo lamento de corazón –dijo–. Me temo que la fiebre puede ser contagiosa. Hasta que esté seguro de que no lo es, le ruego que no entre en la habitación.

Ella luchó un momento, luego de pronto dejó caer los brazos y se desplomó hacia adelante. Se había desmayado. La condesa y yo la tomamos del doctor y la llevamos a su habitación. El conde nos precedió y esperó en el pasillo hasta que salí a decirle que la habíamos hecho volver en sí del desmayo.

Volví con el doctor para decirle, por deseo de lady Glyde, que insistía en hablar con él inmediatamente. Se retiró enseguida para calmar la agitación de su señoría y asegurarle que el médico llegaría en el transcurso de unas horas. Esas horas pasaron muy lentamente. Sir Percival y el conde estaban juntos abajo y enviaban mensajes de vez en cuando para informarse. Por fin, entre las cinco y las seis, para nuestro gran alivio, llegó el médico.

Era un hombre más joven que el señor Dawson, muy serio y resuelto. Qué pensó del tratamiento anterior no lo puedo decir, pero me pareció curioso que hiciera muchas más preguntas a mí y a la señora Rubelle que al doctor, y que no parecía escuchar con mucho interés lo que decía el señor Dawson mientras examinaba a su paciente. Empecé a sospechar, por lo que observé en ese sentido, que el conde había tenido razón sobre la enfermedad desde el principio, y naturalmente se confirmó esa idea cuando el señor Dawson, tras una ligera demora, hizo la única pregunta importante que se había enviado al médico de Londres para resolver.

—¿Cuál es su opinión sobre la fiebre? –preguntó.

—Tifoidea –respondió el médico–. Fiebre tifoidea sin lugar a duda.

Esa extranjera tan tranquila, la señora Rubelle, cruzó sus delgadas manos morenas sobre el pecho y me miró con una sonrisa muy significativa. El mismo conde no habría parecido más satisfecho si hubiera estado presente en la habitación y hubiera escuchado la confirmación de su propia opinión.

Después de darnos algunas instrucciones útiles sobre el tratamiento de la paciente y de mencionar que volvería en cinco días, el médico se retiró para consultar en privado con el señor Dawson. No quiso ofrecer ninguna opinión sobre las probabilidades de recuperación de la señorita Halcombe; dijo que era imposible, en ese momento de la enfermedad, pronunciarse en un sentido u otro.

Los cinco días pasaron con ansiedad.

La condesa Fosco y yo nos turnábamos para relevar a la señora Rubelle, ya que el estado de la señorita Halcombe empeoraba cada vez más, y requería todo nuestro cuidado y atención. Fue un tiempo terriblemente duro. Lady Glyde (sostenida, como decía el señor Dawson, por la tensión constante de la incertidumbre sobre su hermana) se sobrepuso de manera extraordinaria y mostró una firmeza y determinación que yo misma nunca le habría atribuido. Insistía en entrar en la habitación de la enferma dos o tres veces al día, para ver con sus propios ojos a la señorita Halcombe, prometiendo no acercarse demasiado a la cama si el doctor accedía a su deseo en ese sentido. El señor Dawson, muy a regañadientes, hizo la concesión que se le pedía —creo que vio que era inútil discutir con ella—. Entraba cada día y cumplía su promesa con abnegación. Me resultaba personalmente tan penoso (porque me recordaba mi propia aflicción durante la última enfermedad de mi esposo) ver cómo sufría en tales circunstancias, que debo rogar no detenerme más en este punto.

Me resulta más grato mencionar que no hubo nuevas disputas entre el señor Dawson y el conde. Su señoría hacía todas sus preguntas por medio de terceros, y permanecía continuamente en compañía de sir Percival abajo.

El quinto día el médico volvió y nos dio un poco de esperanza. Dijo que el décimo día desde la aparición de la tifoidea probablemente decidiría el resultado de la enfermedad, y fijó su tercera visita para esa fecha. El intervalo transcurrió como antes, excepto que el conde fue de nuevo a Londres una mañana y regresó por la noche.

En el décimo día, la Providencia, en su misericordia, quiso librar a nuestra casa de toda nueva ansiedad y temor. El médico nos aseguró positivamente que la señorita Halcombe estaba fuera de peligro. «Ya no necesita médico, todo lo que requiere ahora es vigilancia y cuidados por algún tiempo, y veo que los tiene». Ésas fueron sus propias palabras. Esa noche leí el conmovedor sermón de mi esposo sobre la Recuperación de la Enfermedad, con más felicidad y provecho (en un sentido espiritual) que los que recuerdo haber derivado de él en cualquier otra ocasión.

El efecto de la buena noticia en la pobre lady Glyde fue, lamento decirlo, completamente devastador. Estaba demasiado débil para soportar la violenta reacción, y al cabo de un día o dos cayó en un estado de debilidad y depresión que la obligó a permanecer en su habitación. Descanso, tranquilidad y un cambio de aires posterior fueron los mejores remedios que el señor Dawson pudo sugerir para su bienestar. Fue afortunado que las cosas no fueran peores, pues, el mismo día en que se recluyó en su habitación, el conde y el doctor tuvieron otro desacuerdo y esta vez la disputa entre ellos fue de tal gravedad que el señor Dawson abandonó la casa.

No estuve presente en ese momento, pero entendí que el tema de la disputa fue la cantidad de alimento que era necesario dar para ayudar a la recuperación de la señorita Halcombe tras el agotamiento de la fiebre. El señor Dawson, ahora que su paciente estaba a salvo, estaba menos dispuesto que nunca a aceptar interferencias ajenas a la profesión, y el conde (no me explico por qué) perdió todo el autocontrol que tan juiciosamente había conservado en otras ocasiones, y no dejó de echar en cara al médico, una y otra vez, su error respecto a la fiebre cuando esta pasó a ser tifoidea. El asunto terminó desgraciadamente con el señor Dawson apelando a sir Percival, y amenazando (ahora que podía marcharse sin poner en peligro a la señorita Halcombe) con retirarse de su asistencia en Blackwater Park si no se suprimía de inmediato la intromisión del conde. La respuesta de sir Percival (aunque no fue intencionadamente descortés) sólo logró empeorar las cosas, y el señor Dawson se retiró entonces de la casa, en un estado de extrema indignación por el trato recibido del conde Fosco, y envió su factura a la mañana siguiente.

Nos quedamos, pues, sin la asistencia de un médico. Aunque no había necesidad real de otro doctor–los cuidados y la vigilancia eran, como había dicho el médico, todo lo que la señorita Halcombe requería–, aun así, si se hubiera consultado mi opinión, habría buscado asistencia profesional en otra parte, por cuestión de forma.

El asunto no pareció preocupar a sir Percival en ese sentido. Dijo que sería tiempo de llamar a otro médico si la señorita Halcombe mostraba algún signo de recaída. Mientras tanto, teníamos al conde para consultar en cualquier dificultad menor, y no era necesario perturbar innecesariamente a nuestra paciente, en su débil y nervioso estado actual, con la presencia de un extraño junto a su cama. Había, sin duda, mucho de razonable en estas consideraciones, pero me dejaron un poco intranquila de todos modos. Tampoco estaba del todo segura, en mi fuero interno, de la conveniencia de ocultar como lo hicimos la ausencia del médico a lady

Glyde. Fue una piadosa mentira, lo admito, porque no estaba en condiciones de soportar nuevas inquietudes. Pero aun así era una mentira, y, como tal, para una persona de mis principios, era cuando menos una acción dudosa.

Una segunda circunstancia desconcertante que ocurrió el mismo día, y que me cogió completamente por sorpresa, aumentó considerablemente la sensación de inquietud que pesaba entonces sobre mí.

Me mandaron llamar para ver a sir Percival en la biblioteca. El conde, que estaba con él cuando entré, se levantó de inmediato y nos dejó solos. Sir Percival me pidió cortésmente que tomara asiento, y luego, para mi gran asombro, me habló en estos términos:

—Quiero hablar con usted, señora Michelson, sobre un asunto que decidí hace algún tiempo, y que habría mencionado antes si no hubiera sido por la enfermedad y los problemas en la casa. En pocas palabras, tengo razones para desmantelar mi establecimiento aquí de inmediato, dejándola a usted a cargo, por supuesto, como de costumbre. Tan pronto como lady Glyde y la señorita Halcombe puedan viajar, deben cambiar de aires. Mis amigos, el conde Fosco y la condesa, se irán antes de ese momento para vivir en las cercanías de Londres, y tengo razones para no abrir la casa a más visitas, con vistas a economizar todo lo posible. No la culpo a usted, pero mis gastos aquí son excesivos. En resumen, venderé los caballos y me desharé de todos los criados de inmediato. Nunca hago las cosas a medias, como usted sabe, y pienso tener la casa libre de ese montón de inútiles para esta misma hora de mañana.

Lo escuché, completamente atónita.

—¿Quiere decir, sir Percival, que debo despedir a los criados que están a mi cargo sin el preaviso habitual de un mes? –pregunté.

—Desde luego que sí. Puede que todos estemos fuera de la casa dentro de un mes, y no voy a dejar a los criados aquí, ociosos, sin ningún amo a quien servir.

—¿Quién se encargará de la cocina, sir Percival, mientras usted siga aquí?

—Margaret Porcher puede asar y hervir, quédese con ella. ¿Para qué quiero cocinera si no pienso dar cenas?

—La criada que ha mencionado es la más torpe de toda la casa, sir Percival.

—Le digo que se quede con ella y contrate a una mujer del pueblo para que venga a limpiar y se vaya después. Mis gastos semanales deben y van a reducirse de inmediato. No la he llamado para que ponga objeciones, señora Michelson, la he llamado para que cumpla mis planes de economía. Despida mañana mismo a toda esa panda de holgazanes, excepto a Porcher. Es fuerte como un caballo y la haremos trabajar como un caballo.

—Permítame recordarle, sir Percival, que si los criados se van mañana, deberán recibir un mes de salario en lugar del preaviso de un mes.

—¡Que lo reciban! Un mes de salario ahorra un mes de despilfarro y glotonería en el comedor de los criados.

Este último comentario implicaba una acusación de lo más ofensiva contra mi administración. Tenía demasiado respeto por mí misma como para defenderme ante tan grosera imputación. La consideración cristiana por la indefensa situación de la señorita Halcombe y lady Glyde, y por los graves inconvenientes que mi marcha repentina podría causarles, fue lo único que me impidió renunciar a mi puesto en el acto. Me levanté de inmediato. Habría rebajado mi propia dignidad si hubiera permitido que la entrevista continuara un momento más.

—Después de ese último comentario, sir Percival, no tengo nada más que decir. Se atenderán sus instrucciones.

Pronunciando estas palabras, incliné la cabeza con el mayor de los respetos —el más distante— y salí de la habitación.

Al día siguiente, los sirvientes se marcharon en grupo. El propio sir Percival despidió a los mozos de cuadra y a los palafreneros, enviándolos a Londres junto con todos los caballos, menos uno. De toda la servidumbre, tanto interior como exterior, sólo quedábamos yo, Margaret Porcher y el jardinero —este último vivía en su propia casita y era necesario para cuidar del único caballo que quedaba en las caballerizas.

Con la casa en ese estado tan extraño y desolado –la señora de la casa enferma en su habitación, la señorita Halcombe aún tan indefensa como una niña, y sin médico, retirado de modo hostil–, no era de extrañar que mi ánimo decayera y que me costara mucho mantener la compostura habitual. No tenía la conciencia tranquila. Deseaba que ambas pobres damas se recuperaran pronto… y deseaba también estar lejos de Blackwater Park.

II

El siguiente acontecimiento fue de una naturaleza tan singular que podría haberme causado una impresión supersticiosa, si mi mente no hubiera estado fortalecida por principios firmes contra toda debilidad pagana de ese tipo. Aquel sentimiento de que algo iba mal en la familia –el mismo que me hacía desear marcharme de Blackwater Park– fue seguido, cosa curiosa, por mi partida de la casa. Es cierto que mi ausencia fue sólo temporal, pero la coincidencia me pareció, no por ello, menos notable.

Mi marcha se produjo en las siguientes circunstancias:

Uno o dos días después de que se fueran todos los criados, me llamaron otra vez para ver a sir Percival. El agravio injusto que había lanzado contra mi gestión doméstica no me impidió, debo decir con satisfacción, corresponder con bien al mal, haciendo lo que me pedía con la misma prontitud y respeto de siempre. Me costó esfuerzo, desde luego, reprimir los sentimientos que todos compartimos por naturaleza caída. Pero, como estaba acostumbrada a la autodisciplina, logré cumplir el sacrificio.

Encontré de nuevo a sir Percival sentado con el conde Fosco. Esta vez, su señoría permaneció presente durante la entrevista y colaboró activamente en la exposición de las ideas de sir Percival.

El tema sobre el que querían ahora mi colaboración era el cambio de aires saludables, del que todos esperábamos que pronto pudieran beneficiarse la señorita Halcombe y lady Glyde. Sir Percival mencionó que probablemente ambas pasarían el otoño (por invitación del señor Frederick Fairlie) en Limmeridge House, Cumberland. Pero antes de ir allí, opinaba –y aquí el conde tomó la palabra y la llevó hasta el final– que les vendría bien una breve estancia en el clima benigno de Torquay. El gran objetivo, entonces, era conseguir alojamiento en ese lugar, con todas las comodidades necesarias; y el gran problema era encontrar una persona con experiencia capaz de escoger una residencia adecuada.

En esta emergencia, el conde preguntó, en nombre de sir Percival, si yo tendría inconveniente en ayudar a las damas yendo personalmente a Torquay en su interés.

Era imposible, dada mi posición, oponer una negativa directa a una propuesta formulada en tales términos.

Sólo me atreví a señalar los graves inconvenientes de dejar Blackwater Park, habiendo desaparecido ya toda la servidumbre de la casa, salvo Margaret Porcher. Pero sir Percival y su señoría declararon que ambos estaban dispuestos a tolerar los inconvenientes por el bien de las inválidas. A continuación sugerí respetuosamente escribir a un agente en Torquay, pero me respondieron que sería imprudente tomar alojamiento sin verlo antes. También me informaron de que la condesa (que, de otro modo, habría ido ella misma a Devonshire) no podía dejar sola a su sobrina en el estado actual, y de que sir Percival y el conde tenían asuntos que tratar juntos, lo cual les obligaba a permanecer en Blackwater Park. En resumen, me dejaron claro que si no iba yo, no había nadie más en quien confiar.

En tales circunstancias, sólo pude informar a sir Percival que ponía mis servicios a disposición de la señorita Halcombe y de lady Glyde.

Se dispuso entonces que saliera a la mañana siguiente, que dedicara uno o dos días a examinar las casas más convenientes en Torquay, y que regresara con mi informe en cuanto me fuera posible. Su señoría redactó un memorándum para mí, detallando las condiciones que debía cumplir la residencia que buscaba, y sir Percival añadió una nota con el límite económico asignado.

Mi impresión al leer esas instrucciones fue que no existía en ningún balneario de Inglaterra una casa como la descrita; y que, incluso si por casualidad existiera, no se alquilaría por tan poco como se me autorizaba a ofrecer. Insinué estas dificultades a ambos caballeros, pero sir Percival (que asumió la respuesta) no pareció darles importancia. No era mi deber discutir. No añadí más, aunque me fui con la convicción firme de que mi misión era, desde su inicio, poco menos que inútil.

Antes de partir, me aseguré de que la señorita Halcombe seguía mejorando.

Había en su rostro una expresión dolorosa de ansiedad, que me hizo temer que su mente, al recobrarse, no estuviera tranquila. Pero sin duda se fortalecía con más rapidez de la que yo habría imaginado, y era capaz de enviar cariñosos mensajes a lady Glyde, diciéndole que se recuperaba deprisa y rogándole que no hiciera esfuerzos prematuros. La dejé al cuidado de la señora Rubelle, que seguía tan tranquila y autosuficiente como siempre. Cuando llamé a la puerta de lady Glyde antes de marcharme, me informaron que aún estaba muy débil y decaída. Quien me lo dijo fue la condesa, que en ese momento le hacía compañía en su habitación. Sir Percival y el conde caminaban por el sendero que conduce al portón cuando pasé en la calesa. Les saludé con una inclinación de cabeza y abandoné la casa, con Margaret Porcher como única alma viviente en los departamentos del servicio.

Cualquiera puede comprender lo que yo misma he sentido desde entonces: que estas circunstancias eran algo más que inusuales —eran casi sospechosas—. Sin embargo, repito que en mi posición de dependencia me era imposible actuar de otro modo.

El resultado de mi misión en Torquay fue exactamente el que había previsto. No encontré en todo el lugar alojamiento alguno que respondiera a las instrucciones, y los términos que podía ofrecer eran demasiado bajos, incluso si hubiera hallado lo que buscaba. Volví entonces a Blackwater Park e informé a sir Percival, que me recibió en la puerta, de que mi viaje había sido inútil. Parecía demasiado ocupado con otro asunto como para interesarse en el fracaso de mi encargo, y sus primeras palabras me informaron de que incluso en el breve tiempo de mi ausencia había ocurrido otro cambio notable en la casa:

El conde y la condesa Fosco se habían marchado de Blackwater Park rumbo a su nueva residencia en St. John's Wood.

No se me informó del motivo de esta repentina partida; sólo se me dijo que el conde había sido muy atento al dejarme sus amables saludos. Cuando me atreví a preguntar a sir Percival si lady Glyde tenía quien atendiera sus necesidades en ausencia de la condesa, me respondió que Margaret Porcher la asistía, y añadió que se había llamado a una mujer del pueblo para encargarse del trabajo en la planta baja.

La respuesta me causó verdadero estupor; era de una impropiedad tan evidente permitir que una doncella de segunda reemplazara a la asistente personal de lady Glyde. Subí de inmediato y me crucé con Margaret en el rellano del dormitorio. Sus servicios no habían sido requeridos (lo que era natural), ya que su señora se había recuperado lo suficiente esa mañana como para levantarse de la cama. Luego pregunté por la señorita Halcombe, pero obtuve una respuesta desganada y hosca que no me aclaró nada.

No quise repetir la pregunta, ni provocar una respuesta impertinente. En todos los aspectos, era más apropiado para alguien en mi posición presentarme de inmediato en la habitación de lady Glyde.

Comprobé que su señoría ciertamente había mejorado en los últimos días. Aunque seguía muy débil y nerviosa, podía levantarse sin ayuda y caminar lentamente por la habitación, sin otro efecto que una leve fatiga. Aquella mañana se había sentido un poco inquieta por la señorita Halcombe, al no haber recibido ninguna noticia sobre ella. Me pareció una falta reprobable de atención por parte de la señora Rubelle, pero no dije nada y me quedé con lady Glyde para ayudarla a vestirse. Cuando estuvo lista, salimos juntas de la habitación para ir a ver a la señorita Halcombe.

Nos detuvo en el pasillo la aparición de sir Percival. Parecía que había estado esperándonos adrede.

—¿Adónde vais? –le dijo a lady Glyde.

—A la habitación de Marian –respondió ella.

—Os ahorraré una decepción –comentó sir Percival– si os digo de una vez que no la encontraréis allí.

—¿No la encontraremos allí?

—No. Ayer por la mañana se fue de la casa con Fosco y su esposa.

Lady Glyde no tenía fuerzas para soportar la sorpresa de esa declaración tan extraordinaria. Se puso pálida como la muerte y se apoyó contra la pared, mirando a su marido en completo silencio.

Yo misma estaba tan asombrada que apenas sabía qué decir. Le pregunté a sir Percival si realmente quería decir que la señorita Halcombe había abandonado Blackwater Park.

—Eso quiero decir, ciertamente –respondió.

—¿En su estado, sir Percival? ¿Sin comunicar sus intenciones a lady Glyde?

Antes de que pudiera contestar, su señoría se repuso un poco y habló:

—¡Imposible! –exclamó con voz alta y asustada, dando un par de pasos hacia delante, alejándose de la pared–. ¿Dónde estaba el médico? ¿Dónde estaba el señor Dawson cuando Marian se marchó?

—El señor Dawson no era necesario y no estaba aquí –dijo sir Percival–. Se marchó por decisión propia, lo que de por sí basta para demostrar que ella estaba lo bastante fuerte como para viajar. ¡Por qué te sorprendes! Si no crees que se haya ido, compruébalo por ti misma. Abre la puerta de su habitación, y todas las demás puertas si quieres.

Ella aceptó el reto al instante, y yo la seguí. No había nadie en la habitación de la señorita Halcombe más que Margaret Porcher, que estaba ordenándola. No había nadie en las habitaciones de invitados ni en los tocadores cuando las revisamos después. Sir Percival aún nos esperaba en el pasillo. Al salir de la última habitación que habíamos examinado, lady Glyde me susurró: «No se vaya, señora Michelson, no me deje, por el amor de Dios». Antes de que pudiera responder, ya había vuelto al pasillo y se dirigía a su esposo.

—¿Qué significa esto ? Insisto, te ruego, te imploro que me digas qué significa todo esto.

—Significa —respondió— que la señorita Halcombe estaba lo bastante fuerte ayer por la mañana para sentarse y vestirse, y que insistió en aprovechar que Fosco iba a Londres para ir con él.

—¿A Londres?

—Sí, de camino a Limmeridge.

Lady Glyde se volvió hacia mí, buscando mi apoyo.

—Usted fue la última en ver a Marian —dijo—. Dígame con franqueza, señora Michelson, ¿le pareció que estaba en condiciones de viajar?

—No en mi opinión, su señoría.

Sir Percival, por su parte, se dirigió a mí de inmediato también.

—Antes de que se fuera —dijo—, ¿le dijo usted o no le dijo a la enfermera que la señorita Halcombe parecía mucho más fuerte y mejor?

—Ciertamente hice ese comentario, sir Percival.

Se volvió nuevamente hacia su esposa en cuanto yo respondí:

—Compara una opinión de la señora Michelson con la otra —dijo—, y trata de ser razonable con respecto a un asunto perfectamente claro. Si ella no hubiese estado en condiciones de viajar, ¿crees que alguno de nosotros habría corrido el riesgo de dejarla ir? Tiene a tres personas competentes para cuidarla: Fosco, su tía, y la señora Rubelle, que se fue con ellos expresamente con ese propósito. Ayer tomaron un coche entero y prepararon una cama en el asiento, en caso de que se sintiera cansada. Hoy, Fosco y la señora Rubelle siguen con ella hasta Cumberland.

—¿Por qué Marian va a Limmeridge y me deja sola aquí? —interrumpió su señoría.

—Porque su tío no te recibirá hasta haber visto a tu hermana primero —respondió él—. ¿Has olvidado la carta que te escribió al comienzo de su enfermedad? te la enseñaron, tú misma la leíste y deberías recordarla.

—La recuerdo.

—Entonces, si la recuerdas, ¿por qué te sorprende que ella se haya ido? Tú quieres volver a Limmeridge, y ella ha ido allí para obtener el permiso de tu tío, según sus propias condiciones.

Los ojos de la pobre lady Glyde se llenaron de lágrimas.

—Marian nunca me dejó antes –dijo– sin despedirse de mí.

—Se habría despedido esta vez –respondió sir Percival– si no hubiese temido por ti y por ella misma. Sabía que intentarías detenerla, sabía que la angustiarías llorando. ¿Quieres seguir objetando? Si es así, tienes que bajar al comedor y hacer tus preguntas allí. Estas preocupaciones me alteran. Necesito un vaso de vino.

Se marchó repentinamente.

Durante toda esta extraña conversación, su actitud fue muy distinta de la habitual. Parecía casi tan nervioso y alterado, por momentos, como su propia esposa. Nunca habría supuesto que su salud fuera tan delicada, o que su compostura pudiera quebrarse con tanta facilidad.

Intenté convencer a lady Glyde de que regresara a su habitación, pero fue inútil. Se detuvo en el pasillo, con el semblante de una mujer presa del pánico.

—¡Algo le ha pasado a mi hermana! –dijo.

—Recuerde, mi señora, la sorprendente energía que posee la señorita Halcombe –le sugerí–. Bien podría hacer un esfuerzo que otras damas en su situación no serían capaces de realizar. Espero y confío en que no haya ocurrido nada grave, de verdad lo espero.

—Debo seguir a Marian –insistió su señoría, con la misma expresión de pánico–. Debo ir donde ella ha ido, debo verla con mis propios ojos, comprobar que está viva y bien. ¡Vamos! Bajemos a ver a sir Percival.

Vacilé, temiendo que mi presencia pudiera considerarse una intromisión. Intenté hacérselo ver a su señoría, pero no me escuchó. Me sujetó del brazo con la fuerza suficiente como para obligarme a bajar con ella, y aún seguía aferrada a mí con lo poco que le quedaba de fuerzas cuando abrí la puerta del comedor.

Sir Percival estaba sentado a la mesa con una garrafa de vino delante. Al entrar, alzó el vaso a los labios y lo vació de un trago. Al ver que me miraba con enojo al dejarlo sobre la mesa, intenté disculparme por haber entrado por accidente en la habitación.

—¿Crees que aquí se esconden secretos? –exclamó de pronto–. No hay ninguno; no hay nada encubierto, nada oculto para ti ni para nadie.

Después de decir esas palabras tan extrañas con voz fuerte y severa, se sirvió otra copa de vino y preguntó a lady Glyde qué deseaba de él.

—Si mi hermana está en condiciones de viajar, yo también lo estoy —dijo su señoría con más firmeza de la que había demostrado hasta entonces—. Vengo a pedirte que comprendas mi ansiedad por Marian y me permitas seguirla esta misma tarde en el tren.

—Debes esperar hasta mañana —respondió sir Percival—, y si no recibes noticias en contrario, podrás ir. No creo que vayas a recibir ninguna, así que escribiré a Fosco esta noche.

Dijo esas últimas palabras mientras alzaba la copa a la luz, mirando el vino en lugar de mirar a lady Glyde. En realidad, no la miró ni una sola vez durante toda la conversación. Una falta de cortesía tan notable en un caballero de su rango me resultó, lo confieso, sumamente desagradable.

—¿Por qué has de escribirle al conde Fosco? –preguntó ella, visiblemente sorprendida.

—Para decirle que te espere en la estación al llegar a Londres, y te acompañe a dormir a casa de su tía, en St. John's Wood –respondió sir Percival.

La mano de lady Glyde empezó a temblar violentamente sobre mi brazo, sin que yo pudiera imaginar el motivo.

—No es necesario que el conde Fosco me reciba –dijo–. Preferiría no quedarme a dormir en Londres.

—Debes hacerlo. No puedes hacer todo el viaje hasta Cumberland en un solo día. Tienes que pasar la noche en Londres, y no quiero que vayas sola a un hotel. Fosco se ofreció a tu tío para alojarla en su casa de paso, y tu tío aceptó. Aquí, aquí tienes una carta suya dirigida a ti. Debí habértela mandado esta mañana, pero lo olvidé. Léala y ve lo que el señor Fairlie te dice.

Lady Glyde miró la carta por un momento y luego me la puso en las manos.

—Léala usted –dijo débilmente–. No sé qué me pasa. No puedo leerla yo misma.

Era una nota de sólo cuatro líneas, tan breve y descuidada que me sorprendió. Si mal no recuerdo, decía simplemente:

«Querida Laura: Ven cuando quieras. Haz una parada para dormir en casa de tu tía. Siento mucho lo de la enfermedad de Marian. Con cariño, Frederick Fairlie».

—Preferiría no ir –dijo su señoría, interrumpiéndome con impaciencia antes de que terminara de leer la nota, breve como era–. Preferiría no pasar la noche en Londres. ¡No le escribas al conde Fosco! Te lo ruego, ¡por favor, no lo hagas!

Sir Percival llenó otra copa de la garrafa con tanta torpeza que volcó el vino sobre la mesa.

—Parece que la vista me está fallando –murmuró con una voz extraña y apagada.

Con lentitud, volvió a colocar la copa, la llenó de nuevo y la vació de un trago. Empecé a temer, por su aspecto y comportamiento, que el vino le estuviera subiendo a la cabeza.

—Por favor, no escribas al conde Fosco –insistió lady Glyde, con más vehemencia que nunca.

—¿Y por qué no, si se puede saber? –exclamó sir Percival, con un arranque de cólera que nos sobresaltó a las dos–. ¿Dónde podrías quedarte más apropiadamente en Londres que en el lugar que tu propio tío ha elegido para ti: la casa de su tía? Pregúntale a la señora Michelson.

El arreglo propuesto era, sin lugar a duda, el más adecuado y correcto, por lo que no podía objetar nada. Por mucho que compadeciera a lady Glyde en otros aspectos, no podía compartir sus prejuicios injustos contra el conde Fosco. Nunca me había topado con una dama de su posición que mostrara una mentalidad tan lamentablemente estrecha respecto a los extranjeros. Ni la carta de su tío ni la creciente impaciencia de sir Percival parecían hacer mella en ella. Seguía negándose a pasar la noche en Londres, y seguía implorando a su esposo que no escribiera al conde.

—¡Basta ya! –dijo sir Percival, dándonos la espalda con rudeza–. Si no tienes el juicio suficiente para saber qué es lo mejor para ti, otros tendrán que saberlo por ti. El arreglo ya está hecho y no hay más que hablar. Sólo se te pide que hagas lo mismo que hizo la señorita Halcombe antes que tú…

—¿Marian? –repitió su señoría, desconcertada–. ¿Marian durmió en casa del conde Fosco?

—Sí, en casa del conde Fosco. Durmió allí anoche para interrumpir el viaje, y tú debes seguir su ejemplo y hacer lo que te indica tu tío. Mañana por la noche dormirás en casa de Fosco, igual que tu hermana, para interrumpir el viaje. ¡No me pongas más trabas! ¡No me obligues a arrepentirme de haberte permitido marcharte!

Se levantó de golpe y salió de la habitación por las puertas acristaladas hacia la galería.

—¿Me permite su señoría –le susurré– que le sugiera que no esperemos aquí a que regrese sir Percival? Me temo mucho que el vino lo ha alterado.

Ella accedió a salir de la habitación, con aire cansado y ausente.

Una vez a salvo en la planta superior, hice todo lo posible por calmar el ánimo de su señoría. Le recordé que las cartas del señor Fairlie tanto a la señorita Halcombe como a ella misma aprobaban, y hasta hacían necesario, tarde o temprano, el rumbo que se había tomado. Ella lo admitió, e incluso reconoció por su cuenta que ambas cartas eran totalmente coherentes con el carácter peculiar de su tío. Pero sus temores por la señorita Halcombe, y su inexplicable horror ante la idea de dormir en casa del conde en Londres, seguían inalterables a pesar de todos los argumentos que pude ofrecer. Consideré mi deber protestar contra la desfavorable opinión de su señoría sobre el conde, y así lo hice, con la debida prudencia y respeto.

—Perdone su señoría mi atrevimiento –concluí–, pero dice la Escritura: «por sus frutos los conoceréis». Estoy segura de que la constante amabilidad y atención del conde, desde el principio mismo de la enfermedad de la señorita Halcombe, merecen toda nuestra confianza y estima. Incluso el serio malentendido con el señor Dawson fue totalmente atribuible a su preocupación por la señorita Halcombe.

—¿Qué malentendido? –preguntó su señoría, con una expresión de repentino interés.

Le conté las desafortunadas circunstancias que motivaron la retirada del señor Dawson, mencionándolas con mayor disposición precisamente porque desaprobaba que sir Percival siguiera ocultando lo ocurrido (como lo había hecho en mi presencia) a lady Glyde.

Su señoría se puso de pie de inmediato, visiblemente más agitada y alarmada por lo que acababa de contarle.

—¡Peor, peor de lo que pensaba! –dijo, caminando de un lado a otro de la habitación, desconcertada–. El conde sabía que el señor Dawson jamás permitiría que Marian hiciera un viaje… Lo insultó a propósito para sacarlo de la casa.

—¡Oh, mi señora, mi señora! –protesté.

—¡Señora Michelson! –continuó ella, con vehemencia–. Ninguna palabra podrá jamás persuadirme de que mi hermana está en poder de ese hombre y en su casa por propia voluntad. Mi horror hacia él es tal, que nada de lo que diga sir Percival ni carta alguna de mi tío me induciría, si sólo dependiera de mis sentimientos, a comer, beber o dormir bajo su techo. Pero la angustia que siento por Marian me da el valor para seguirla donde sea, incluso a la casa del conde Fosco.

Creí oportuno mencionar en ese momento que, según sir Percival, la señorita Halcombe ya se había marchado a Cumberland.

—¡Me da miedo creerlo! –respondió su señoría–. Me da miedo que siga en casa de ese hombre. Si me equivoco, si realmente ha partido hacia Limmeridge, estoy decidida a no dormir mañana en casa del conde Fosco. Mi amiga más querida en el mundo, después de mi hermana, vive cerca de Londres. ¿Ha oído hablar de la señora Vesey? Yo, y también Marian, la hemos mencionado. Pienso escribirle y pedirle que me aloje en su casa. No sé cómo llegaré, no sé cómo evitaré al conde, pero buscaré refugio en su casa, si mi hermana ha ido a Cumberland. Lo único que le pido es que se asegure personalmente de que mi carta a la señora Vesey llegue esta noche a Londres, con la misma certeza con que irá la carta de sir Percival al conde Fosco. Tengo mis razones para no confiar en el buzón de abajo. ¿Guardará mi secreto y me ayudará con esto? Quizá sea el último favor que le pida.

Vacilé. Todo me parecía muy extraño. Casi temía que la mente de su señoría se viera algo afectada por la reciente ansiedad y el sufrimiento. Sin embargo, bajo mi propia responsabilidad, accedí. Si la carta hubiese estado dirigida a una desconocida, o a alguien que no fuera una dama tan bien considerada como la señora Vesey, tal vez me habría negado. Pero doy gracias a Dios –pensando en lo que ocurrió después–, doy gracias a Dios por no haber frustrado ese deseo, ni ningún otro que lady Glyde me expresó el último día de su estancia en Blackwater Park.

La carta fue escrita y entregada en mis manos. Yo misma la eché al buzón del pueblo esa misma tarde.

No volvimos a ver a sir Percival en todo el día.

Dormí, por deseo expreso de lady Glyde, en la habitación contigua a la suya, con la puerta entre ambas abierta. Había algo tan extraño y terrible en la soledad y el vacío de la casa, que por mi parte me alegré de tener una compañera cerca. Su señoría se quedó despierta hasta tarde, leyendo cartas y quemándolas, vaciando cajones y gabinetes de pequeños objetos que valoraba, como si no esperara regresar jamás a Blackwater Park. Su sueño fue muy agitado cuando al fin se acostó: gritó varias veces durante la noche, una de ellas tan fuerte que se despertó. Cualesquiera que hayan sido sus sueños, no consideró oportuno compartirlos conmigo. Tal vez, dada mi posición, no tenía derecho a esperarlo. Poco importa ya. Sentí una sincera compasión por ella, una compasión profunda y verdadera.

Al día siguiente, el tiempo amaneció claro y soleado. Sir Percival subió, después del desayuno, para anunciarnos que el coche estaría en la puerta a las doce menos cuarto –el tren hacia Londres pasaba por nuestra estación a las doce y veinte–. Informó a lady Glyde que debía salir, pero añadió que esperaba regresar antes de su partida. Si algún contratiempo lo retrasaba, yo debía acompañarla a la estación y asegurarme de que llegara a tiempo para tomar el tren. Sir Percival comunicó estas instrucciones con gran prisa, caminando de un lado a otro de la habitación. Su señoría lo siguió atentamente con la mirada a dondequiera que iba. Él no la miró ni una sola vez.

Sólo habló ella cuando él terminó, y entonces lo detuvo al acercarse a la puerta, extendiéndole la mano.

—No volveré a verte –dijo, con un tono muy marcado–. Ésta es nuestra despedida… nuestra despedida, quizá para siempre. ¿Intentarás perdonarme, Percival, tan sinceramente como yo te perdono?

El rostro de él se volvió de una palidez espantosa, y gruesas gotas de sudor le brotaron en la frente calva.

—Volveré –dijo, y salió con tanta prisa como si las palabras de despedida de su esposa lo hubieran ahuyentado de la habitación.

Nunca me agradó sir Percival, pero la forma en que dejó a lady Glyde me hizo sentir vergüenza de haber comido su pan y servido en su casa. Pensé en decirle unas palabras de consuelo cristiano a la pobre señora, pero hubo algo en su rostro, mientras seguía con la vista a su marido tras la puerta cerrada, que me hizo cambiar de idea y guardar silencio.

A la hora señalada, el coche se detuvo en la entrada. Su señoría tenía razón: sir Percival no regresó. Lo esperé hasta el último momento, en vano.

No tenía ninguna responsabilidad formal sobre mis hombros, y sin embargo no me sentía tranquila.

—¿Es por voluntad propia que su señoría va a Londres? –pregunté mientras el carruaje cruzaba las verjas del parque.

—Iré a cualquier parte –respondió– para poner fin a esta espantosa incertidumbre que estoy sufriendo ahora.

Había logrado que yo misma sintiera casi tanta angustia e incertidumbre por la señorita Halcombe como ella. Me atreví a pedirle que me escribiera unas líneas si todo salía bien en Londres.

—Con mucho gusto, señora Michelson –me respondió.

—Todas llevamos nuestras cruces, mi señora –dije, al verla en silencio y pensativa después de prometerme escribir.

No respondió. Parecía tan absorta en sus pensamientos que no podía prestarme atención.

—Temo que su señoría no haya descansado bien anoche –observé, tras esperar un poco.

—No –dijo–. Me perturbaron terriblemente los sueños.

—¿En serio, mi señora?

Pensé que iba a contarme sus sueños, pero no; lo siguiente que dijo fue una pregunta:

—¿Puso usted la carta a la señora Vesey en el correo con sus propias manos?

—Sí, mi señora.

—¿Dijo sir Percival ayer que el conde Fosco iba a esperarme en la estación de Londres?

—Lo dijo, mi señora.

Suspiró profundamente al oír mi respuesta y no dijo nada más. Llegamos a la estación con apenas dos minutos de sobra. El jardinero (que nos había conducido) se encargó del equipaje, mientras yo compraba el billete. El silbato del tren sonó cuando me reuní con su señoría en el andén. Se la veía muy alterada y se llevó una mano al pecho, como si algún dolor o susto repentino la hubiese estremecido.

—¡Ojalá viniera usted conmigo! –dijo, agarrándose con fuerza a mi brazo cuando le entregué el billete.

Si hubiese habido tiempo, si el día anterior me hubiese sentido como me sentía entonces, habría hecho los arreglos para acompañarla, aunque eso implicara presentar mi renuncia a sir Percival en ese mismo momento. Pero su deseo, expresado tan tarde, ya no podía cumplirse. Ella misma pareció entenderlo antes de que yo pudiera explicárselo, y no insistió en tenerme como compañera de viaje. El tren se detuvo en el andén. Le dio al jardinero un obsequio para sus hijos y me tomó de la mano, con su gesto sencillo y afectuoso, antes de subir al vagón.

—Ha sido muy buena conmigo y con mi hermana –dijo–. Buena cuando no teníamos a nadie. La recordaré con gratitud mientras viva. Adiós… y que Dios la bendiga.

Pronunció esas palabras con un tono y una mirada que me hicieron brotar las lágrimas. Habló como si me estuviera diciendo adiós para siempre.

—Adiós, mi señora –le dije, ayudándola a subir al vagón y tratando de animarla–. Adiós, pero sólo por ahora; adiós, con mis mejores y más sinceros deseos de tiempos más felices.

Ella negó con la cabeza y se estremeció al acomodarse en el asiento. El revisor cerró la puerta.

—¿Cree usted en los sueños? –me susurró por la ventanilla–. Los de anoche fueron distintos a todos los que he tenido antes. El terror de ellos aún me pesa.

El silbato sonó antes de que pudiera responder, y el tren arrancó. Su rostro pálido y sereno me miró por última vez, me miró con tristeza y solemnidad desde la ventanilla. Saludó con la mano, y no la volví a ver.

Hacia las cinco de la tarde de ese mismo día, con un poco de tiempo libre entre las tareas domésticas que ahora recaían sobre mí, me senté sola en mi habitación para intentar calmar el ánimo con el tomo de sermones de mi esposo. Por primera vez en mi vida, descubrí que mi atención divagaba al leer esas palabras piadosas y alentadoras. Concluí que la partida de lady Glyde me había afectado más profundamente de lo que había pensado, cerré el libro y salí a dar un paseo por el jardín. Sir Percival aún no había regresado, hasta donde yo sabía, así que no tenía reparo en mostrarme por los terrenos.

Al doblar la esquina de la casa y tener vista al jardín, me sobresalté al ver a una desconocida caminando por él. Era una mujer, se paseaba por el sendero de espaldas a mí, recogiendo flores.

Cuando me acerqué, me oyó y se volvió.

La sangre se me heló en las venas. ¡La mujer desconocida en el jardín era la señora Rubelle!

No pude moverme ni hablar. Se acercó a mí tan tranquila como siempre, con las flores en la mano.

—¿Qué sucede, señora? –dijo con calma.

—¡Usted aquí! –logré balbucear–. ¡¿No ha ido a Londres?! ¡¿No ha ido a Cumberland?!

La señora Rubelle aspiró el aroma de las flores con una sonrisa de lástima maliciosa.

—Desde luego que no –dijo–. Nunca he salido de Blackwater Park.

Reuní aliento y valor para hacer otra pregunta.

—¿Dónde está la señorita Halcombe?

La señora Rubelle se rio abiertamente esta vez y respondió:

—La señorita Halcombe, señora, tampoco ha salido de Blackwater Park.

Al oír esa asombrosa respuesta, todos mis pensamientos regresaron de golpe a mi despedida con lady Glyde. No puedo decir que me reprochara, pero en ese momento creo que habría dado muchos años de ahorros por haber sabido cuatro horas antes lo que sabía ahora.

La señora Rubelle esperó tranquilamente, arreglando su ramillete, como si esperara que dijera algo.

No pude decir nada. Pensé en las energías agotadas de lady Glyde y su débil salud, y temblé ante el momento en que ella descubriera lo que yo acababa de saber. Durante un minuto o más, el temor por aquellas pobres damas me dejó sin palabras. Al cabo de ese tiempo, la señora Rubelle levantó la vista de soslayo desde sus flores y dijo:

—Ahí viene sir Percival, señora, de regreso de su paseo.

Lo vi en cuanto ella lo hizo. Venía hacia nosotras, golpeando con furia las flores con su fusta de montar. Cuando estuvo lo bastante cerca para ver mi rostro, se detuvo, azotó su bota con la fusta y soltó una carcajada tan áspera y violenta que espantó a los pájaros del árbol junto al que se encontraba.

—Bueno, señora Michelson –dijo–, ya lo ha descubierto al fin, ¿eh?

No respondí. Él se volvió hacia la señora Rubelle.

—¿Cuándo salió al jardín?

—Hace aproximadamente media hora, señor. Usted dijo que podía volver a salir tan pronto como lady Glyde se hubiera marchado a Londres.

—Muy bien. No le culpo, sólo hacía la pregunta.

Esperó un momento, y luego se dirigió de nuevo a mí.

—No puede creerlo, ¿verdad? –dijo con tono burlón–. Venga, acompáñeme y compruébelo usted misma.

Nos llevó por la parte delantera de la casa. Yo lo seguí, y la señora Rubelle venía detrás de mí. Al pasar las verjas de hierro, se detuvo y señaló con la fusta hacia el ala central, en desuso, del edificio.

—¡Ahí! –dijo–. Mire hacia el primer piso. ¿Recuerda los antiguos dormitorios isabelinos? La señorita Halcombe está ahora mismo segura y cómoda en uno de los mejores. Llévela, señora Rubelle –¿tiene la llave, verdad?–; lleve a la señora Michelson y deje que sus propios ojos se convenzan de que esta vez no hay ningún engaño.

El tono con que me habló, y los pocos minutos transcurridos desde que dejamos el jardín, me ayudaron a recobrar un poco el ánimo. Qué habría hecho en ese momento crucial si toda mi vida hubiese transcurrido en el servicio, no lo sé. Pero siendo quien era, con los sentimientos, principios y educación de una dama, no podía dudar del camino correcto a seguir. Mi deber hacia mí misma y hacia lady Glyde me prohibía por igual seguir en el empleo de un hombre que nos había engañado vilmente a ambas con una serie de atroces mentiras.

—Debo pedirle permiso, sir Percival, para decirle unas palabras en privado –dije–. Una vez hecho esto, estaré dispuesta a acompañar a esta persona a la habitación de la señorita Halcombe.

La señora Rubelle, a quien señalé con un leve gesto de cabeza, aspiró su ramillete con aire insolente y se alejó con gran parsimonia hacia la puerta de la casa.

—Bien –dijo Sir Percival, con brusquedad–. ¿Y ahora qué?

—Deseo informarle, señor, de que tengo la intención de renunciar al puesto que ocupo actualmente en Blackwater Park.

Así lo dije, literalmente. Estaba decidida a que mis primeras palabras en su presencia fuesen la expresión de mi decisión de abandonar su servicio.

Me miró con una de sus miradas más oscuras y se metió las manos en los bolsillos del abrigo con gesto violento.

—¿Por qué? –preguntó–. ¿Por qué, me gustaría saber?

—No me corresponde a mí, sir Percival, opinar sobre lo sucedido en esta casa. No deseo ofender. Sólo quiero decir que no considero compatible con mi deber hacia lady Glyde y hacia mí misma continuar en su servicio.

—¿Y es compatible con su deber hacia mí quedarse ahí plantada echándome en cara sospechas en mi propia cara? —estalló, con su tono más violento—. Ya veo por dónde va. Ha interpretado con mezquindad y mala fe un inocente engaño hecho por el bien de lady Glyde. Su salud requería urgentemente un cambio de aires, y usted sabe tan bien como yo que no habría aceptado marcharse si le hubieran dicho que la señorita Halcombe seguía aquí. Se la engañó por su propio interés, y no me importa quién lo sepa. Váyase si quiere; hay muchas amas de llaves tan buenas como usted disponibles con sólo pedirlas. Váyase cuando le plazca, pero tenga cuidado con andar esparciendo escándalos sobre mí y mis asuntos cuando ya no esté a mi servicio. ¡Diga la verdad y sólo la verdad, o le irá peor! ¡Vea a la señorita Halcombe usted misma, y compruebe si no ha sido bien atendida en esta parte de la casa como en la otra! ¡Recuerde que el propio médico ordenó que lady Glyde tuviera un cambio de aires lo antes posible! Tenga todo eso muy presente y después diga algo contra mí y lo que he hecho, ¡si se atreve!

Dijo todo esto en un torrente, caminando de un lado a otro y agitando la fusta en el aire.

Nada de lo que dijo o hizo cambió mi opinión sobre la vergonzosa serie de mentiras que había pronunciado el día anterior, ni sobre el cruel engaño con el que había separado a lady Glyde de su hermana y la había enviado inútilmente a Londres, cuando estaba casi enloquecida por la preocupación. Naturalmente, guardé estos pensamientos para mí y no dije nada que pudiera irritarlo más; pero no por eso dejé de estar decidida a mantener mi propósito. Una respuesta suave aplaca la ira, y contuve mis emociones cuando me tocó responder.

—Mientras esté en su servicio, sir Percival —dije—, sé cuál es mi deber y no me corresponde juzgar sus motivos. Cuando esté fuera de su servicio, también sabré guardar silencio sobre asuntos que no me competen…

—¿Cuándo quiere marcharse? —me interrumpió sin ceremonia—. No crea que tengo ningún interés en retenerla. No me im-

413

porta que se vaya. He sido justo y abierto en todo esto, desde el principio hasta el final. ¿Cuándo quiere irse?

—Desearía marcharme en cuanto le sea conveniente, sir Percival.

—Mi conveniencia no tiene nada que ver. Mañana por la mañana me iré definitivamente de esta casa, y puedo liquidar sus cuentas esta misma noche. Si quiere tener en cuenta la conveniencia de alguien, que sea la de la señorita Halcombe. El tiempo de la señora Rubelle termina hoy y tiene razones para querer estar esta noche en Londres. Si usted se marcha de inmediato, la señorita Halcombe se quedará sin nadie que la cuide.

No hace falta decir que era completamente incapaz de abandonar a la señorita Halcombe en una situación tan grave como la que se había producido. Tras confirmar con sir Percival que la señora Rubelle se marcharía inmediatamente si yo tomaba su lugar, y obtener también el permiso para organizar el regreso del señor Dawson como médico de la paciente, acepté de buen grado quedarme en Blackwater Park hasta que la señorita Halcombe no necesitara más mis servicios. Se acordó que debía avisar con una semana de antelación al abogado de sir Percival antes de marcharme, y que él se encargaría de gestionar la contratación de mi sustituta. El asunto se resolvió con pocas palabras. Al final, sir Percival se dio media vuelta bruscamente y me dejó libre para reunirme con la señora Rubelle. Esa singular extranjera había estado todo ese tiempo sentada tranquilamente en el umbral, esperando a que yo pudiera seguirla a la habitación de la señorita Halcombe.

Apenas había recorrido la mitad del camino hacia la casa cuando sir Percival, que se había alejado en dirección contraria, se detuvo de repente y me llamó.

—¿Por qué se va de mi servicio? –preguntó.

La pregunta era tan absurda, después de lo que acababa de ocurrir entre nosotros, que apenas supe qué responder.

—¡Atención! No sé por qué se va –prosiguió–. Tendrá que dar una razón cuando busque otro empleo, supongo. ¿Cuál será? ¿La disolución de la familia? ¿Es eso?

—No hay ninguna objeción a esa razón, sir Percival…

—Muy bien. Es todo lo que quería saber. Si alguien pregunta por sus referencias, ésa es su razón, dicha por usted misma. Se va por la disolución de la familia.

Se alejó otra vez antes de que pudiera decir una palabra más, y se internó rápidamente en los jardines. Su actitud era tan extraña como sus palabras. Lo reconozco: me inquietó.

Hasta la paciencia de la señora Rubelle estaba empezando a agotarse cuando me reuní con ella en la puerta de la casa.

—¡Por fin! –dijo, encogiéndose de hombros con gesto extranjero–. Me condujo al ala habitada de la casa, subió las escaleras y abrió con su llave la puerta al final del pasillo que comunicaba con los antiguos aposentos isabelinos, una puerta que nunca se había usado en mi tiempo en Blackwater Park. Conocía bien aquellas habitaciones, pues había entrado en ellas en otras ocasiones desde el otro lado de la casa. La señora Rubelle se detuvo ante la tercera puerta de la vieja galería, me entregó la llave de esa habitación junto con la de la puerta de comunicación, y me dijo que encontraría a la señorita Halcombe en ese cuarto. Antes de entrar, consideré oportuno informarle que sus servicios quedaban finalizados. Así que se lo dije claramente: que desde ahora yo me haría cargo de la enferma.

—Me alegra oírlo, señora –dijo la señora Rubelle–. Tengo muchas ganas de irme.

—¿Se marcha hoy? –pregunté para asegurarme.

—Ahora que usted se encarga, señora, me iré en media hora. Sir Percival ha tenido la amabilidad de ponerme a disposición al jardinero y al coche cuando los necesite. Y los necesito dentro de media hora para ir a la estación. Ya tengo todo embalado. Le deseo buen día, señora.

Hizo una rápida reverencia y se alejó por la galería, tarareando una tonada y marcando el ritmo alegremente con el ramillete en la mano. Agradezco sinceramente decir que ésa fue la última vez que vi a la señora Rubelle.

Cuando entré en la habitación, la señorita Halcombe dormía. La observé con ansiedad, acostada en el lúgubre, alto y anticuado lecho. No parecía haber empeorado en modo alguno desde la última vez que la vi. Debo reconocer que no había sido descuidada en ningún aspecto visible. La habitación era sombría, polvorienta y oscura, pero la ventana (que daba a un patio trasero solitario) estaba abierta para dejar entrar el aire fresco, y todo lo que se podía hacer para hacer el lugar más cómodo se había hecho. Toda la crueldad del engaño de sir Percival había recaído sobre la pobre lady Glyde. El único maltrato que él o la señora Rubelle habían infligido a la señorita Halcombe consistía, por lo que pude ver, en el hecho original de haberla ocultado.

Me retiré en silencio, dejando a la enferma aún dormida, para dar instrucciones al jardinero sobre traer al médico. Le pedí que, después de llevar a la señora Rubelle a la estación, pasara por la casa del señor Dawson y dejara un mensaje de mi parte, pidiéndole que viniera a verme. Sabía que acudiría si se lo pedía yo, y que se quedaría al saber que el conde Fosco había abandonado la casa.

A su debido tiempo, el jardinero regresó y me informó que había pasado por la residencia del señor Dawson tras dejar a la señora Rubelle en la estación. El doctor me enviaba a decir que él mismo no se encontraba bien, pero que vendría al día siguiente si le era posible.

Al entregar su mensaje, el jardinero se disponía a marcharse, pero lo detuve para pedirle que volviera antes del anochecer y se quedara esa noche en una de las habitaciones vacías, para estar disponible por si lo necesitaba. Comprendió sin dificultad mi reticencia a quedarme sola toda la noche en la parte más desolada de aquella casa desierta, y acordamos que vendría entre las ocho y las nueve.

Llegó puntualmente, y agradecí haber tomado la precaución de llamarlo. Antes de medianoche, el extraño temperamento de sir Percival se desató de la forma más violenta y alarmante, y de no haber estado el jardinero allí para calmarlo de inmediato, temo pensar en lo que podría haber pasado.

Casi toda la tarde y la noche había estado deambulando por la casa y los jardines con aire alterado y nervioso, probablemente, en mi opinión, bajo los efectos de un exceso de vino en su solitaria cena. Fuera como fuese, oí su voz gritando con furia en el ala nueva de la casa mientras caminaba por la galería ya entrada la noche. El jardinero bajó de inmediato, y yo cerré la puerta de comunicación, para evitar, si era posible, que la señorita Halcombe se alarmara. Pasó media hora antes de que el jardinero regresara. Declaró que su patrón estaba completamente fuera de sí, no por efecto del alcohol, como yo había pensado, sino por una especie de pánico o delirio mental imposible de explicar. Lo había encontrado caminando de un lado a otro por el vestíbulo, jurando con furia que no pasaría ni un minuto más sólo en ese calabozo que era su casa, y que emprendería el primer tramo del viaje inmediatamente, en plena noche. Al acercarse, el jardinero fue expulsado a gritos y amenazas para que preparara enseguida el coche y el caballo. En un cuarto de hora, sir Percival se unió a él en el patio, se subió al carruaje y, azotando al caballo, se marchó al galope, con el rostro tan pálido como la ceniza bajo la luz de la luna. El jardinero lo oyó gritar e insultar al portero para que abriera la verja, oyó el estruendo de las ruedas al alejarse furiosamente en la quietud de la noche cuando la verja se abrió, y no supo más.

Al día siguiente, o uno o dos días después —no lo recuerdo con exactitud—, el cochero del viejo hostal trajo de vuelta el coche desde Knowlesbury, nuestra localidad más cercana. Sir Percival se había detenido allí y luego había partido en tren, pero el hombre no supo decir con qué destino. Nunca recibí más noticias, ni de él ni de nadie más, sobre sus movimientos, y a día de hoy no sé siquiera si está en Inglaterra o en el extranjero. No nos hemos vuelto a ver desde que huyó de su propia casa como un criminal fugitivo, y es mi ferviente deseo y oración que nunca volvamos a encontrarnos.

Mi parte en esta triste historia familiar llega ya a su fin.

Me han informado de que los detalles del despertar de la señorita Halcombe, y de lo que ocurrió entre nosotras cuando me encontró sentada junto a su cama, no son esenciales para el propósito de esta narración. Basta con que diga aquí que no fue consciente de los medios empleados para trasladarla de la parte habitada a la parte deshabitada de la casa. En ese momento dormía profundamente, y no pudo decir si ese sueño fue natural o inducido. Durante mi ausencia en Torquay, y la de todos los sirvientes residentes excepto

Margaret Porcher (que se pasaba el día comiendo, bebiendo o durmiendo cuando no trabajaba), el traslado secreto de la señorita Halcombe fue sin duda fácil de llevar a cabo. La señora Rubelle (como comprobé personalmente al inspeccionar la habitación) disponía de víveres, elementos de primera necesidad y medios para calentar agua, caldo, etc., sin encender fuego, durante los pocos días de su encierro con la enferma. Aunque rehusó responder a las preguntas que la señorita Halcombe le formuló, no la trató con dureza ni descuido. El único reproche que puedo dirigirle con toda conciencia es haberse prestado a participar en un engaño vil.

No necesito (y agradezco no tener que hacerlo) describir el efecto que causó en la señorita Halcombe la noticia de la partida de lady Glyde, ni el aún más doloroso mensaje que recibimos poco después en Blackwater Park. En ambos casos, preparé su ánimo con la mayor suavidad y cuidado posible, guiada en el segundo caso por las indicaciones del médico, ya que el señor Dawson se encontraba demasiado enfermo como para acudir en los días siguientes a mi aviso. Fue una época triste, que me duele aún recordar o escribir. Los consuelos preciosos de la fe religiosa que intenté transmitirle tardaron en llegar a su corazón, pero espero y creo que al final la reconfortaron. No la abandoné hasta que recuperó las fuerzas. El tren que me llevó lejos de esa casa desdichada fue el mismo que la llevó a ella también. Nos despedimos con tristeza en Londres. Yo me quedé con unos parientes en Islington, y ella siguió viaje hasta la casa del señor Fairlie en Cumberland.

Sólo me queda escribir unas líneas más antes de cerrar esta dolorosa declaración. Lo hago por deber.

En primer lugar, deseo dejar constancia de mi convicción personal de que el conde Fosco no tiene culpa alguna en los hechos que acabo de relatar. Me han informado de que se han suscitado sospechas graves y se han hecho interpretaciones muy severas sobre la conducta de su señoría. Sin embargo, mi convicción en la inocencia del conde permanece intacta. Si colaboró con sir Percival enviándome a Torquay, lo hizo bajo un engaño del cual, como extranjero y recién llegado, no se le puede culpar. Si estuvo implicado en traer a la señora Rubelle a Blackwater Park, fue una desgracia y no una falta, pues esa persona extranjera fue lo bastante ruin como para secundar un engaño planeado y ejecutado por el dueño de la casa. Protesto, en nombre de la moral, contra la imputación gratuita e injustificada de culpas a las acciones del conde.

En segundo lugar, lamento no poder recordar con precisión el día exacto en que lady Glyde partió de Blackwater Park rumbo a Londres. Me han dicho que es de suma importancia determinar la fecha exacta de ese lamentable viaje, y he hecho todo lo posible por recordarla. El esfuerzo ha sido en vano. Sólo puedo decir que fue hacia finales de julio. Todos sabemos lo difícil que es, con el paso del tiempo, fijar una fecha concreta si no se ha anotado antes. Esa dificultad es aún mayor en mi caso, debido a los acontecimientos tan confusos y angustiantes que tuvieron lugar en torno a la partida de lady Glyde. Ojalá hubiera tomado nota en su momento. Ojalá mi memoria del día fuera tan vívida como la de aquel rostro triste que me miró por última vez desde la ventanilla del carruaje.

LA HISTORIA CONTINUADA
A TRAVÉS DE VARIAS DECLARACIONES

DECLARACIÓN DE HESTER PINHORN,
COCINERA AL SERVICIO DEL CONDE FOSCO

[Tomado de su propia declaración]

Lamento decir que nunca aprendí a leer ni a escribir. He sido una mujer trabajadora toda mi vida y tengo buena reputación. Sé que es pecado y maldad decir lo que no es cierto, y con todo mi corazón evitaré hacerlo en esta ocasión. Todo lo que sé lo diré, y ruego humildemente al caballero que transcribe esto que corrija mi modo de hablar y tenga en cuenta que no soy una persona instruida.

Este verano pasado me encontré sin trabajo (no por culpa mía), y supe de una vacante como cocinera sencilla en el número cinco de Forest Road, St. John's Wood. Acepté el puesto a prueba. Mi patrón se llamaba Fosco. Mi patrona era una dama inglesa. Él era conde y ella condesa. Había una muchacha para hacer tareas de doncella cuando llegué. No era muy limpia ni ordenada, pero no era mala persona. Éramos las únicas dos sirvientas en la casa.

Nuestros señores llegaron después de nosotras; y en cuanto lo hicieron, nos avisaron en la cocina de que esperaban visita del campo.

La visita era la sobrina de mi patrona, y se preparó para ella el dormitorio del fondo en el primer piso. Mi patrona me comentó que lady Glyde (ese era su nombre) estaba delicada de salud, y que debía tener especial cuidado al cocinar. Supuestamente llegaría ese mismo día, según recuerdo, pero por favor, no se fíen de mi memoria para fechas. Siento decir que no sirve de mucho preguntarme por días del mes o cosas así. Excepto los domingos, casi nunca les doy importancia, porque soy una mujer trabajadora y sin estudios. Lo único que sé es que lady Glyde llegó, y cuando lo hizo, nos dio un buen susto a todas, sin duda. No sé cómo la trajo mi patrón a la casa, ya que yo estaba muy ocupada en ese momento. Pero la trajo por la tarde, creo, y fue la doncella quien les abrió la puerta y los condujo al salón. Apenas había vuelto a la cocina cuando oímos un gran alboroto arriba, el timbre del salón sonando con furia, y la voz de mi patrona pidiendo ayuda.

Subimos corriendo, y allí vimos a la señora tumbada en el sofá, pálida como la cera, con las manos apretadas y la cabeza caída hacia un lado. Según mi patrona, había sufrido un susto repentino, y mi patrón nos dijo que estaba en un ataque de convulsiones. Yo salí corriendo, ya que conocía algo mejor el vecindario, a buscar al médico más cercano. El más próximo estaba en la consulta de Goodricke y Garth, que trabajaban juntos y tenían buena reputación, según me contaron, en todo St. John's Wood. El señor Goodricke estaba disponible y vino conmigo de inmediato.

Tardó un poco en poder hacer algo útil. La pobre señora pasaba de un ataque al siguiente, y siguió así hasta que quedó rendida, tan indefensa como una recién nacida. Entonces la llevamos a la cama. El señor Goodricke regresó a su casa a por medicamentos, y volvió en menos de un cuarto de hora. Además de las medicinas trajo una especie de tubo de madera de caoba, como una trompetilla, y al cabo de un rato colocó un extremo sobre el pecho de la señora y el otro en su oído, y escuchó atentamente.

Cuando terminó, le dijo a mi patrona, que estaba en la habitación:

—Es un caso muy grave. Le aconsejo que escriba de inmediato a los familiares de lady Glyde.

Mi patrona le preguntó:

—¿Es del corazón?

Y él respondió:

—Sí, una enfermedad cardíaca de tipo muy peligroso.

Le explicó con detalle lo que creía que tenía, cosa que yo no fui capaz de entender. Pero sí recuerdo que terminó diciendo que temía que ni su ayuda ni la de ningún otro médico pudieran ser de mucha utilidad.

Mi patrona recibió la mala noticia con más calma que mi patrón. Él era un hombre mayor, gordo, raro, que criaba pájaros y ratones blancos, y les hablaba como si fueran criaturas cristianas. Parecía profundamente afectado por lo sucedido.

—¡Ah, pobre lady Glyde! ¡Pobre y querida lady Glyde! —decía, paseándose por la casa y retorciéndose las manos gordas como un actor en vez de un caballero.

Por cada pregunta que mi patrona le hacía al médico sobre las posibilidades de que la señora se recuperara, él hacía por lo menos cincuenta. Nos tenía a todas atormentadas, y cuando por fin se calmó, salió al pequeño jardín trasero, recogiendo ridículos ramilletes de flores y pidiéndome que los llevara arriba para alegrar la habitación de la enferma. Como si eso sirviera de algo. Yo creo que, por momentos, no tenía la cabeza muy firme. Pero no era un mal patrón; tenía un hablar muy amable y una manera alegre y persuasiva. Me caía mucho mejor que mi patrona. Ella era dura, muy dura, si alguna vez existió una mujer dura.

Al anochecer, la señora se animó un poco. Estaba tan agotada por las convulsiones que hasta entonces no había movido ni un dedo ni había dicho una sola palabra. Ahora se movía en la cama y miraba a su alrededor, a la habitación y a nosotras. Debía de ser una señora muy guapa cuando estaba bien, con cabello claro, ojos azules y todo eso. Su descanso fue inquieto durante la noche, o al menos eso me dijo mi patrona, que se quedó con ella. Yo sólo entré una vez antes de acostarme, por si podía ser útil, y la encontré hablando sola de manera confusa, desvariando. Parecía desesperada por hablar con alguien ausente. No pude captar el nombre la primera vez, y la segunda, justo entonces, mi patrón llamó a la puerta con otra tanda de preguntas y uno más de sus ridículos ramos.

Cuando entré a la mañana siguiente, la señora estaba otra vez completamente agotada, en un tipo de sueño profundo. El señor

Goodricke trajo consigo a su socio, el señor Garth, para que opinara. Dijeron que no debía ser molestada en ninguna circunstancia. Le hicieron muchas preguntas a mi patrona, en el otro extremo de la habitación, sobre la salud anterior de la señora, quién la había atendido, y si había sufrido mucho tiempo por alguna angustia emocional. Recuerdo que mi patrona respondió que sí a esta última pregunta. El señor Goodricke miró al señor Garth y negó con la cabeza; el señor Garth hizo lo mismo. Parecían creer que esa angustia tenía algo que ver con los problemas de corazón. Era una criatura muy frágil a la vista, ¡pobre señora! Siempre debió de tener poca fuerza.

Más tarde, esa misma mañana, al despertar, la señora mejoró repentinamente, y mucho, al parecer. No se nos permitió volver a verla, ni a mí ni a la doncella, porque no debía ser molestada por personas ajenas. Lo que supe de su mejoría fue por boca de mi patrón. Estaba de excelente humor con el cambio, y se asomó a la ventana de la cocina desde el jardín, con su gran sombrero blanco de ala rizada, dispuesto a salir.

—Buena señora cocinera –me dijo–, Lady Glyde está mejor. Mi ánimo está más tranquilo que antes, y voy a estirar mis grandes piernas con un paseíto veraniego. ¿Le encargo algo, quiere que le compre algo, señora cocinera? ¿Qué está preparando? ¿Una rica tarta para la cena? Mucha masa, por favor, mucha masa crujiente, mi querida, de esa que se derrite y desmenuza en la boca.

Así era él. Pasaba de los sesenta y le encantaban los pasteles. ¡Imagínese!

El médico volvió por la mañana y vio por sí mismo que lady Glyde había despertado mejor. Nos prohibió hablarle o dejar que ella nos hablara, en caso de que lo intentara, diciendo que debía mantenerse en absoluto reposo y dormir todo lo posible. No parecía tener muchas ganas de hablar cuando yo la vi, salvo aquella noche, cuando no logré entender nada de lo que decía, estaba demasiado agotada. El señor Goodricke no estaba tan optimista como mi patrón. No dijo nada al bajar, salvo que regresaría a las cinco.

A esa hora (antes de que mi patrón regresara) sonó con fuerza el timbre del dormitorio y mi patrona salió al pasillo gritando que fuera por el doctor, que la señora se había desmayado. Me puse el sombrero y el chal, y por suerte el médico llegó en ese momento para su visita prometida.

Lo hice pasar y subí con él.

—Lady Glyde estaba como de costumbre –dijo mi patrona en la puerta–; estaba despierta, mirando a su alrededor con aire extraño y desamparado, cuando la oí dar una especie de medio grito y se desmayó de inmediato.

El médico se acercó a la cama y se inclinó sobre la enferma. De pronto su expresión se volvió muy grave, y le puso la mano en el pecho.

Mi patrona lo miró fijamente.

—¿No está muerta? –dijo, en un susurro, temblando de pies a cabeza.

—Sí –respondió el médico, muy tranquilo y serio–. Muerta. Temía que ocurriera de forma repentina cuando ayer examiné su corazón.

Mi patrona retrocedió del lecho mientras él hablaba y volvió a temblar.

—¡Muerta! –se decía–. ¡Muerta tan de repente! ¡Muerta tan pronto! ¿Qué dirá el conde?

El señor Goodricke le aconsejó bajar y calmarse un poco.

—Ha estado despierta toda la noche –le dijo– y sus nervios están alterados. Esta persona –dijo, refiriéndose a mí– se quedará en la habitación hasta que pueda enviar la ayuda necesaria.

Mi patrona hizo lo que se le indicó.

—Debo preparar al conde –dijo–. Debo prepararlo con cuidado.

Y se fue, temblando de pies a cabeza.

—Su patrón es extranjero –me dijo el doctor cuando nos quedamos solos–. ¿Sabe él cómo registrar una defunción?

—No podría decirlo con certeza, señor –le respondí–, pero diría que no.

El médico lo pensó un momento y luego dijo:

—No suelo ocuparme de estos trámites, pero tal vez en este caso pueda evitarle problemas a la familia si registro yo mismo la defunción. Pasaré cerca de la oficina del distrito en media hora y puedo hacerlo sin dificultad. Mencione, por favor, que lo haré.

—Sí, señor –dije–, y muchas gracias por su amabilidad al pensarlo.

—¿Le importa quedarse aquí hasta que pueda enviarle a la persona adecuada?

—No, señor –respondí–. Me quedaré con la pobre señora hasta entonces. Supongo que no se podía hacer nada más, ¿verdad, señor?

—No –dijo–. Nada. Debía de haber sufrido mucho antes de que yo la viera. El caso era irremediable cuando fui llamado.

—¡Ay, Dios mío! Todos llegamos a esto tarde o temprano, ¿verdad, señor?

No respondió a eso, parecía no tener ganas de hablar. Dijo:

—Buenos días.

Y se marchó.

Me quedé junto al lecho desde ese momento hasta que el señor Goodricke envió a la persona que había prometido. Su nombre era Jane Gould. Me pareció una mujer de aspecto respetable. No hizo ningún comentario, salvo decir que entendía lo que debía hacer y que había amortajado a muchos en su tiempo.

Cómo recibió la noticia mi patrón cuando se enteró por primera vez, no lo sé, ya que no estuve presente. Cuando lo vi, parecía profundamente afectado, eso sí. Estaba sentado en silencio en un rincón, con las manos gordas colgando sobre las rodillas anchas, la cabeza baja y la mirada perdida. No parecía tanto apenado como asustado y aturdido por lo ocurrido. Mi patrona se ocupó de todos los trámites del funeral. Debió de costar una fortuna: el ataúd, en particular, era bellísimo. El esposo de la difunta estaba, según nos dijeron, en el extranjero. Pero mi patrona (por ser su tía) arregló con la familia en el campo (en Cumberland, creo) que fuera enterrada allí, en la misma tumba que su madre. Todo se hizo con mucha dignidad, insisto, y mi patrón fue personalmente al entierro. Lucía imponente con su luto riguroso, su gran rostro solemne, su andar lento y su ancho brazalete de luto. ¡Eso sí!

Para terminar, debo responder a las preguntas que se me han hecho:

Ni yo ni mi compañera de servicio vimos jamás a mi patrón darle medicamentos a lady Glyde con sus propias manos.

Que yo sepa y crea, nunca estuvo sólo con lady Glyde en su habitación.

No puedo decir qué causó el repentino susto que, según mi patrona, sufrió la señora al llegar a la casa. Jamás se nos explicó a mí ni a mi compañera.

Esta declaración me ha sido leída en presencia. No tengo nada que añadir ni que quitar. Declaro, por mi fe cristiana, que todo es verdad.

(Firmado) HESTER PINHORN, su + marca.

DECLARACIÓN DEL DOCTOR

Al encargado del Registro Civil del Subdistrito donde ocurrió la muerte mencionada:

Certifico que atendí a lady Glyde, de veintiún años cumplidos; que la vi por última vez el jueves 25 de julio de 1850; que murió ese mismo día en el número 5 de Forest Road, St. John's Wood; y que la causa de su muerte fue un aneurisma. Duración de la enfermedad: desconocida.

(Firmado) Alfred Goodricke Títulos profesionales: M.R.C.S. Inglaterra, L.S.A. Dirección: 12 Croydon Gardens, St. John's Wood.

DECLARACIÓN DE JANE GOULD

Fui la persona enviada por el señor Goodricke para hacer lo que correspondía con los restos de una señora que falleció en la casa mencionada en el certificado anterior. Encontré el cuerpo bajo el cuidado de la sirvienta Hester Pinhorn. Me quedé con él y lo preparé a su debido tiempo para el entierro. Fue colocado en el ataúd en mi presencia, y luego vi cómo sellaban el ataúd antes de ser retirado. Sólo entonces, y no antes, recibí mi paga y me fui de la casa. Remito a quien desee indagar sobre mi conducta al señor Goodricke. Él puede dar fe de que se puede confiar en que digo la verdad.

(Firmado) JANE GOULD

INSCRIPCIÓN DE LA LÁPIDA

«Sagrada a la memoria de Laura, lady Glyde, esposa de sir Percival Glyde, Baronet, de Blackwater Park, Hampshire, e hija del difunto Philip Fairlie, Esq., de Limmeridge House, en esta parroquia. Nacida el 27 de marzo de 1829; casada el 22 de diciembre de 1849; fallecida el 25 de julio de 1850».

RELATO DE WALTER HARTRIGHT

A comienzos del verano de 1850, mis compañeros sobrevivientes y yo dejamos las selvas y bosques de América Central para regresar a casa. Al llegar a la costa, tomamos un barco hacia Inglaterra. El buque naufragó en el golfo de México. Yo estuve entre los pocos que se salvaron del mar. Fue mi tercer escape de la muerte: por enfermedad, por los indígenas y por ahogamiento —las tres me rozaron, y las tres pasaron de largo.

Los sobrevivientes fuimos rescatados por un barco estadounidense con destino a Liverpool. Llegamos a puerto el 13 de octubre de 1850. Desembarcamos por la tarde y esa misma noche llegué a Londres.

Estas páginas no son el relato de mis andanzas y peligros fuera de casa. Los motivos que me llevaron a dejar mi país y a mis amigos por un nuevo mundo de aventuras y riesgos son conocidos. De ese exilio autoimpuesto regresé como había esperado, rezado y creído que regresaría: un hombre cambiado. En las aguas de una vida nueva había templado de nuevo mi carácter. En la dura escuela del peligro y la adversidad, mi voluntad aprendió a ser fuerte, mi corazón a ser firme y mi mente a confiar en sí misma. Me marché huyendo de mi propio futuro. Volví para enfrentarlo, como debe hacerlo un hombre.

Para enfrentarlo con esa inevitable renuncia de mí mismo que sabía que me exigiría. Me había desprendido de lo más amargo del pasado, pero no del recuerdo de la tristeza y la ternura de aquel tiempo imborrable. No había dejado de sentir la única desilusión irreparable de mi vida, sólo había aprendido a sobrellevarla. Laura Fairlie estaba en todos mis pensamientos cuando el barco me llevó lejos, y la vi por última vez en Inglaterra. Laura Fairlie estaba en todos mis pensamientos cuando el barco me trajo de regreso y la luz de la mañana mostró la costa amiga.

Mi pluma traza las letras antiguas mientras mi corazón vuelve al viejo amor. Escribo sobre ella como Laura Fairlie todavía. Me cuesta pensar en ella, me cuesta hablar de ella, con el nombre de su esposo.

No hay más que explicar respecto a mi reaparición en estas páginas. Esta narración, si tengo la fuerza y el valor para escribirla, puede ahora continuar.

Mis primeras preocupaciones y esperanzas al llegar la mañana se centraban en mi madre y mi hermana. Sentí la necesidad de prepararlas para la alegría y sorpresa de mi regreso, tras una ausencia durante la cual les había sido imposible recibir noticias mías durante meses. Temprano por la mañana envié una carta a la casita de Hampstead, y fui allí una hora después.

Cuando pasó el primer encuentro, cuando empezamos a recuperar la serenidad de otros tiempos, vi algo en el rostro de mi madre que me reveló una pena oculta. Había más que amor, había dolor en esos ojos ansiosos que me miraban con ternura, había compasión en la mano cariñosa que apretaba la mía. Nunca hubo secretos entre nosotros. Ella sabía cómo el mayor anhelo de mi vida se había truncado, sabía por qué me había marchado. Estaba a punto de preguntar, con toda la compostura posible, si había llegado alguna carta de la señorita Halcombe, si había noticias de su hermana que pudiera saber. Pero al mirar el rostro de mi madre, perdí el valor para formular la pregunta, ni siquiera de manera indirecta. Sólo pude decir, con duda y contención:

—Tienes algo que contarme.

Mi hermana, que estaba sentada frente a nosotros, se levantó de golpe sin decir palabra y salió de la habitación.

Mi madre se acercó más a mí en el sofá y me rodeó el cuello con los brazos. Esos brazos tiernos temblaban, las lágrimas corrían por su rostro fiel y amoroso.

—¡Walter! –susurró–, ¡mi querido hijo! Mi corazón está triste por ti. Oh, hijo mío, hijo mío… trata de recordar que yo sigo aquí.

Apoyé la cabeza en su pecho. Lo había dicho todo con esas palabras.

Era la mañana del tercer día desde mi regreso, la mañana del dieciséis de octubre.

Me había quedado con ellas en la casita, había hecho grandes esfuerzos por no empañar la alegría de mi regreso para ellas, aunque para mí estuviera tan amargada. Había hecho todo lo que un hombre podía para levantarme tras el golpe y aceptar mi vida con resignación, para dejar que mi gran pena llegara a mi corazón en forma de ternura, no de desesperación. Fue inútil y en vano. Ninguna lágrima alivió mis ojos ardientes, ningún consuelo vino de la simpatía de mi hermana ni del amor de mi madre.

Aquella tercera mañana abrí mi corazón. Por fin salieron de mis labios las palabras que había deseado decir el mismo día en que mi madre me habló de su muerte.

—Dejadme ir sólo por un tiempo –dije–. Lo soportaré mejor cuando haya visto una vez más el lugar donde la vi por primera vez… cuando haya podido arrodillarme y rezar junto a la tumba donde la han dejado descansar.

Partí en mi viaje… mi viaje hacia la tumba de Laura Fairlie.

Era una tranquila tarde de otoño cuando bajé en la solitaria estación y emprendí solo a pie el camino tan conocido. El sol, ya declinante, brillaba débilmente entre nubes blancas y delgadas; el aire era cálido y quieto; la paz del campo desierto estaba teñida de melancolía por la huella del año que se apagaba.

Llegué al páramo, me detuve otra vez en la cima de la colina, miré hacia el sendero… y allí estaban los árboles familiares del jardín a lo lejos, el semicírculo limpio del camino, los altos muros blancos de Limmeridge House. Las peripecias y peligros, los cambios y azares de tantos meses se desvanecieron por completo en mi mente. Era como si hubiera sido ayer cuando mis pies pisaron por última vez aquella tierra de brezo fragante. Pensé que la vería venir a mi encuentro, con su sombrerito de paja sombreando el rostro, su sencillo vestido ondeando al viento, y su cuaderno de dibujos bien lleno, listo en la mano.

¡Oh muerte, tienes tu aguijón! ¡Oh tumba, tienes tu victoria!

Me desvié, y allí abajo, en el valle, estaba la solitaria iglesia gris, el pórtico donde esperé a la mujer de blanco, las colinas que rodeaban el apacible cementerio, el arroyo que burbujeaba frío entre piedras. Allí estaba la cruz de mármol, blanca y hermosa, a la cabecera de la tumba, la tumba que ahora albergaba tanto a madre como a hija.

Me acerqué a la sepultura. Crucé de nuevo el bajo portillo de piedra y me descubrí al tocar el suelo sagrado. Sagrado por su dulzura y bondad, sagrado por el respeto y el dolor.

Me detuve ante el pedestal donde se alzaba la cruz. En uno de sus lados, el más cercano a mí, se alzaba la inscripción recién grabada: las letras negras, claras y crueles, que narraban la historia de su vida y de su muerte. Traté de leerlas. Alcancé a leer hasta el nombre. «Sagrada a la memoria de Laura…». Los dulces ojos azules llenos de lágrimas, la cabeza pálida inclinada con cansancio, las palabras de despedida que me suplicaban que la dejara… ¡Oh, tener un último recuerdo más feliz que éste; el recuerdo que me llevé y el que traigo ahora de vuelta a su tumba!

Intenté una segunda vez leer la inscripción. Al final vi la fecha de su muerte, y sobre ella…

Sobre ella había líneas en el mármol, había un nombre entre ellas que perturbó mi recuerdo de ella. Me desplacé al otro lado de la tumba, donde no había nada que leer, nada terrenal ni vil que se interpusiera entre su espíritu y el mío.

Me arrodillé junto a la tumba. Puse mis manos, apoyé mi cabeza sobre la ancha piedra blanca, y cerré los ojos cansados a la tierra alrededor, a la luz de arriba. La dejé regresar a mí. ¡Oh, amor mío, amor mío! ¡Mi corazón puede hablarte AHORA! Es ayer otra vez desde que nos separamos, ayer desde que tu querida mano reposó en la mía, ayer desde que mis ojos te miraron por última vez. ¡Amor mío, amor mío!

El tiempo había pasado, y el silencio había caído espeso como la noche sobre su curso.

El primer sonido que lo rompió susurró débilmente como un aliento de aire al pasar sobre la hierba del cementerio. Lo oí acercarse despacio, hasta que cambió en mi oído –se convirtió en pasos que avanzaban–, luego se detuvieron.

Levanté la vista.

El atardecer estaba cerca. Las nubes se habían abierto, la luz oblicua caía suave sobre las colinas. El final del día era frío, claro y quieto en el tranquilo valle de los muertos.

Más allá de mí, en el cementerio, de pie juntas bajo la luz baja y clara, vi a dos mujeres. Miraban hacia la tumba, miraban hacia mí.

Dos

Avanzaron un poco y se detuvieron de nuevo. Llevaban los velos bajos, ocultándome el rostro. Cuando se detuvieron, una de ellas levantó su velo. A la luz tranquila del atardecer vi el rostro de Marian Halcombe.

¡Cambiado, cambiado como si hubieran pasado años sobre él! Los ojos grandes y desorbitados, mirándome con un terror extraño. El rostro demacrado y desgastado con compasión. El dolor, el miedo y el duelo marcados en ella como con un hierro candente.

Di un paso hacia ella, alejándome de la tumba. No se movió, no habló. La mujer velada que la acompañaba soltó un débil grito. Me detuve. Las fuentes de mi vida se secaron, y un escalofrío de un horror indescriptible me recorrió de pies a cabeza.

La mujer del rostro oculto se separó de su compañera y vino hacia mí lentamente. Marian Halcombe, quedando sola, habló. Fue la voz que recordaba, la voz no cambiada como los ojos asustados y el rostro consumido.

—¡Mi sueño! ¡mi sueño! —la oí decir, suavemente, en el silencio sobrecogedor. Cayó de rodillas y alzó las manos entrelazadas al cielo—. ¡Padre, fortalécelo! ¡Padre, ayúdalo en su hora de necesidad!

La mujer se acercaba, se acercaba lenta y silenciosamente. La miré a ella, sólo a ella, desde ese instante.

La voz que rezaba por mí vaciló y se apagó, luego se alzó de repente, y me llamó con angustia, desesperadamente, para que me alejara.

Pero la mujer velada se había adueñado de mí, cuerpo y alma. Se detuvo a un lado de la tumba. Nos enfrentamos con la lápida entre nosotros. Estaba junto a la inscripción en el pedestal. Su vestido rozaba las letras negras.

La voz se acercó más, y se alzó, más y más apasionadamente.

—¡Cúbrete el rostro! ¡No la mires! ¡Oh, por Dios, sálvalo…!

La mujer levantó el velo.

«Sagrada a la memoria de Laura, lady Glyde…».

Laura, lady Glyde, estaba junto a la inscripción, y me miraba por encima de la tumba.

[Con esto concluye la Segunda Época de la historia].

432

TERCERA ÉPOCA

LA HISTORIA CONTINUADA

POR WALTER HARTRIGHT

I

Abro una nueva página. Avanzo mi narración una semana.

La historia de ese intervalo que omito debe quedar sin registrar. Mi corazón se encoge, mi mente se hunde en oscuridad y confusión al pensar en ello. Pero no puede ser así, si yo, quien escribe, ha de guiarte, lector, como corresponde. No puede ser, si el hilo que conduce a través del laberinto de esta historia ha de mantenerse sin enredos, de principio a fin, en mis manos.

Una vida cambiada de golpe, con su propósito completamente rehecho, sus esperanzas y temores, sus luchas, intereses y sacrificios volcados de una vez y para siempre en una nueva dirección, ésta es la perspectiva que ahora se abre ante mí, como el horizonte que estalla desde la cima de una montaña. Dejé mi narración en la tranquila sombra de la iglesia de Limmeridge, la retomo, una semana más tarde, en el bullicio y agitación de una calle londinense.

La calle se halla en un barrio populoso y pobre. La planta baja de una de sus casas la ocupa una pequeña tienda de periódicos, y el primer y segundo piso están alquilados como habitaciones amuebladas del tipo más humilde.

He tomado esos dos pisos bajo un nombre falso. En el piso superior vivo yo, con una habitación para trabajar y otra para dormir. En el piso inferior, bajo el mismo nombre supuesto, viven dos mujeres que son descritas como mis hermanas. Me gano el pan dibujando y grabando en madera para publicaciones baratas. Se supone que mis hermanas me ayudan haciendo pequeños trabajos de costura. Nuestro lugar pobre de residencia, nuestro oficio humilde, nuestro parentesco fingido y nuestro nombre supuesto, todo sirve como medio para ocultarnos en el bosque de casas de Londres. Ya no estamos entre las personas cuyas vidas son abiertas y conocidas. Soy un hombre oscuro, inadvertido, sin mecenas ni amigo que me apoye. Marian Halcombe no es ahora más que mi hermana mayor, quien sostiene el hogar con el trabajo de sus manos. Nosotras dos, a ojos del mundo, somos al mismo tiempo las víctimas y las autoras de una osada impostura. Se cree que somos cómplices de la loca Anne Catherick, quien reclama el nombre, el lugar y la identidad de la difunta lady Glyde.

Ésa es nuestra situación. Ésa es la nueva apariencia bajo la que debemos presentarnos en esta narración, durante muchas, muchas páginas.

A ojos de la razón y de la ley, a juicio de parientes y amigos, conforme a toda formalidad reconocida por la sociedad civilizada, «Laura, lady Glyde», yace sepultada junto a su madre en el cementerio de Limmeridge. Arrancada de la lista de los vivos mientras aún respiraba, la hija de Philip Fairlie y esposa de Percival Glyde podía seguir existiendo para su hermana, podía seguir existiendo para mí, pero para todo el resto del mundo estaba muerta. Muerta para su tío, que la había repudiado; muerta para los sirvientes, que no la reconocieron; muerta para las autoridades, que traspasaron su herencia a su esposo y a su tía; muerta para mi madre y mi hermana, que creían que yo era víctima de una embaucadora y de un fraude; social, moral y legalmente: muerta.

Y, sin embargo, ¡viva! Viva en la pobreza y el ocultamiento. Viva, con el pobre maestro de dibujo luchando su batalla, para abrirle camino de regreso a su lugar entre los seres vivos.

¿No se cruzó por mi mente ninguna sospecha, suscitada por mi conocimiento del parecido entre Anne Catherick y ella, cuando vi por primera vez su rostro? Ni la sombra de una sospecha, desde el instante en que levantó su velo junto a la inscripción que registraba su muerte.

Antes de que se pusiera el sol de aquel día, antes de que desapareciera el último destello del hogar que se le cerraba, las palabras de despedida que le pronuncié cuando nos separamos en Limmeridge House habían sido recordadas por ambos, repetidas por mí, reconocidas por ella. «Si alguna vez llega el momento en que la entrega de todo mi corazón, alma y fuerza pueda darte un instante de felicidad, o ahorrarte un instante de dolor, ¿intentarás recordar al pobre maestro de dibujo que te enseñó?». Ella, que recordaba tan poco de los temores y angustias posteriores, recordaba esas palabras, y apoyó su pobre cabeza con inocencia y confianza en el pecho del hombre que las había dicho. En ese momento, cuando me llamó por mi nombre, cuando dijo: «Han intentado hacerme olvidar todo, Walter; pero recuerdo a Marian, y te recuerdo a TI», en ese momento, yo, que hacía tiempo le había dado mi amor, le di mi vida también, y agradecí a Dios que fuera mía para entregársela. ¡Sí! El momento había llegado. Desde miles y miles de kilómetros, a través de selvas y desiertos, donde cayeron compañeros más fuertes que yo, a través de la amenaza de la enfermedad, de los salvajes y del naufragio, la Mano que guía a los hombres por el oscuro sendero del porvenir me había conducido hasta ese instante. Desamparada y rechazada, duramente probada y tristemente transformada –su belleza marchita, su mente nublada– despojada de su posición en el mundo, de su lugar entre los vivos, la entrega que había prometido, la entrega de todo mi corazón, alma y fuerza, podía ahora depositarse sin culpa a sus queridos pies. Por derecho de su desgracia, por derecho de su abandono, era mía al fin. Mía para sostenerla, protegerla, cuidarla, restaurarla. Mía para amar y honrar como padre y hermano a la vez. Mía para reivindicarla ante cualquier riesgo y cualquier sacrificio, contra la lucha desesperada con el Rango y el Poder, contra el prolongado combate con el engaño armado y el éxito fortificado, a costa de mi reputación, de mis amistades, de mi vida.

II

Mi situación está definida, mis motivos, reconocidos. Ahora deben venir la historia de Marian y la historia de Laura.

Relataré ambas no con las palabras (frecuentemente interrumpidas, inevitablemente confusas) de quienes las contaron, sino con las palabras del resumen breve, claro, y deliberadamente sencillo que escribí para guiarme a mí mismo y a mi asesor legal. Así podrá desenrollarse la maraña con mayor rapidez y claridad.

La historia de Marian comienza donde concluyó el relato de la ama de llaves en Blackwater Park.

Al salir lady Glyde de la casa de su marido, el hecho de su partida y las circunstancias necesarias para explicarla fueron comunicadas a la señorita Halcombe por la ama de llaves. No fue hasta varios días después (cuántos exactamente, la señora Michelson no podía precisarlo por falta de anotaciones escritas) que llegó una carta de madame Fosco anunciando la repentina muerte de lady Glyde en casa del conde Fosco. La carta evitaba dar fechas, y dejaba a criterio de la señora Michelson comunicar la noticia de inmediato a la señorita Halcombe, o esperar a que su salud estuviera más firme.

Después de consultar al señor Dawson (quien también había demorado su regreso a Blackwater Park por problemas de salud), la señora Michelson, siguiendo el consejo del médico y en su presencia, dio la noticia el mismo día que llegó la carta, o al día siguiente. No es necesario detenernos aquí en el efecto que produjo en la hermana la noticia de la repentina muerte de lady Glyde. Basta con decir que no pudo viajar hasta pasadas más de tres semanas. Al cabo de ese tiempo, se dirigió a Londres, acompañada de la ama de llaves. Se separaron allí, la señora Michelson proporcionó previamente su dirección a la señorita Halcombe, por si deseaban comunicarse en el futuro.

Tras despedirse de la ama de llaves, la señorita Halcombe fue directamente a la oficina de Gilmore y Kyrle para consultar con el segundo, ante la ausencia del señor Gilmore. Le mencionó al señor Kyrle lo que había preferido ocultar a todos los demás (incluida la señora Michelson): su sospecha sobre las circunstancias en que se afirmaba que lady Glyde había muerto. El señor Kyrle, quien ya había demostrado su voluntad de ayudar a la señorita Halcombe, se comprometió de inmediato a hacer las averiguaciones que le permitiera la delicada y peligrosa naturaleza de la investigación propuesta.

Para agotar este asunto antes de continuar, cabe mencionar que el conde Fosco ofreció toda clase de facilidades al señor Kyrle, cuando éste le informó que iba en nombre de la señorita Halcombe a recabar detalles aún no conocidos sobre la muerte de lady Glyde. El señor Kyrle pudo así entrevistarse con el médico, señor Goodricke, y con las dos sirvientas. Al no poder precisar la fecha exacta de la partida de lady Glyde de Blackwater Park, los testimonios del doctor, de las criadas, y de los esposos Fosco, resultaron concluyentes para el señor Kyrle. Sólo pudo asumir que la intensidad del dolor de la señorita Halcombe ante la pérdida de su hermana había nublado su juicio de la forma más lamentable, y le escribió asegurándole que la espantosa sospecha que había compartido con él carecía, en su opinión, del más mínimo fundamento. Así comenzó y terminó la investigación por parte del socio del señor Gilmore.

Mientras tanto, la señorita Halcombe había regresado a Limmeridge House, y allí reunió toda la información adicional que pudo obtener.

El señor Fairlie recibió la primera noticia de la muerte de su sobrina a través de su hermana, madame Fosco, en una carta que, igualmente, no incluía fechas precisas. Aprobó la propuesta de su hermana de que la difunta fuera enterrada junto a su madre en el cementerio de Limmeridge. El conde Fosco acompañó los restos hasta Cumberland y asistió al funeral, que tuvo lugar el 30 de julio. Como muestra de respeto, fue seguido por todos los habitantes del pueblo y de los alrededores. Al día siguiente, la inscripción (al parecer redactada por la tía de la difunta y enviada a su hermano para aprobación) fue grabada en una cara del monumento sobre la tumba.

El día del funeral, y al siguiente, el conde Fosco fue recibido como huésped en Limmeridge House, pero no hubo entrevista entre él y el señor Fairlie, a solicitud de este último. Se comunicaron por escrito, y por ese medio el conde informó a su cuñado de los detalles de la última enfermedad y muerte de su sobrina. La carta no aportaba hechos nuevos, salvo un pasaje notable en el *post scriptum*: se refería a Anne Catherick.

El contenido de dicho pasaje era el siguiente:

Primero, informaba al señor Fairlie de que Anne Catherick (sobre quien podría obtener más detalles de la señorita Halcombe una vez en Limmeridge) había sido localizada y capturada nuevamente en las cercanías de Blackwater Park, y que había sido por segunda vez puesta bajo custodia del médico del cual se había escapado en la ocasión anterior.

Ésta fue la primera parte del posfacio. La segunda parte advertía al señor Fairlie que la enfermedad mental de Anne Catherick se había agravado debido a su prolongado tiempo de libertad sin supervisión, y que el odio y desconfianza enfermizos hacia sir Percival Glyde —una de sus más marcadas obsesiones en el pasado— seguían existiendo bajo una nueva forma. La última idea que la desdichada mujer había asociado con sir Percival era la de molestarlo y afligirlo, y la de elevarse a sí misma, según ella creía, en la estima de los otros pacientes y del personal médico, asumiendo el papel de su difunta esposa. El plan de esta suplantación, evidentemente, se le había ocurrido después de una entrevista clandestina que había logrado obtener con lady Glyde, durante la cual había notado el extraordinario parecido accidental entre la fallecida y ella misma. Era sumamente improbable que escapase por segunda vez del manicomio, pero no era del todo imposible que encontrase algún medio para incomodar a los parientes de la difunta lady Glyde con cartas, y en ese caso, el señor Fairlie estaba prevenido de antemano sobre cómo debía recibirlas.

Este posfacio, redactado en esos términos, fue mostrado a la señorita Halcombe cuando llegó a Limmeridge. También se le entregaron las ropas que lady Glyde había usado, y los demás efectos personales que había traído consigo a casa de su tía. Todo ello había sido cuidadosamente reunido y enviado a Cumberland por madame Fosco.

Tal era la situación cuando la señorita Halcombe llegó a Limmeridge a principios de septiembre.

Poco después, un retroceso en su salud la obligó a guardar cama, sus energías físicas debilitadas cediendo bajo el peso de la grave aflicción mental que sufría entonces. Al recuperar fuerzas, al cabo de un mes, su sospecha sobre las circunstancias descritas en torno a la muerte de su hermana seguía intacta. No había sabido nada, en ese intervalo, de sir Percival Glyde, pero había recibido cartas de madame Fosco, en las que ella y su marido hacían las más afectuosas preguntas. En lugar de responder a esas cartas, la señorita Halcombe hizo vigilar en secreto la casa de St. John's Wood y las actividades de sus ocupantes.

No se descubrió nada sospechoso. El mismo resultado se obtuvo de la investigación siguiente, llevada a cabo en secreto, sobre la señora Rubelle. Había llegado a Londres unos seis meses antes con su esposo. Venían de Lyon, y habían alquilado una casa cerca de Leicester Square, con la intención de establecer una pensión para extranjeros, ante la prevista afluencia de visitantes con motivo de la Exposición de 1851. No había nada en contra del marido o de la esposa en el vecindario. Eran gente tranquila y, hasta ese momento, habían pagado puntualmente sus cuentas. Las averiguaciones finales se referían a sir Percival Glyde. Estaba instalado en París, viviendo en calma dentro de un pequeño círculo de amigos ingleses y franceses.

Fracasada en todos los frentes pero aún sin poder hallar descanso, la señorita Halcombe decidió visitar el manicomio en el que entonces suponía que Anne Catherick se hallaba recluida por segunda vez. Siempre había sentido una fuerte curiosidad por esa mujer, y ahora su interés era doble: primero, averiguar si era cierta la historia de que Anne había intentado hacerse pasar por lady Glyde; y segundo (si se confirmaba tal cosa), descubrir por sí misma cuáles eran las verdaderas motivaciones de esa pobre criatura al intentar tal engaño.

Aunque la carta del conde Fosco dirigida al señor Fairlie no mencionaba la dirección del manicomio, esa importante omisión no representaba un obstáculo para la señorita Halcombe. Cuando el señor Hartright se había encontrado con Anne Catherick en Limmeridge, ella le había informado del lugar donde se encontraba la institución, y la señorita Halcombe había anotado esa dirección en su diario, junto con todos los demás detalles del encuentro, tal como se los había contado el propio Hartright. Así pues, consultó sus notas, extrajo la dirección, se proveyó de la carta del conde como una especie de credencial que podría resultarle útil, y partió sola hacia el manicomio el 11 de octubre.

Pasó la noche del día 11 en Londres. Su intención era dormir en la casa de la antigua institutriz de lady Glyde, pero la agitación de la señora Vesey al ver a la amiga más cercana de su antigua pupila fue tan intensa, que la señorita Halcombe consideró prudente no quedarse con ella, y se trasladó a una pensión respetable cercana, recomendada por la hermana casada de la señora Vesey. Al día siguiente, se dirigió al manicomio, que se hallaba no lejos de Londres, en el lado norte de la ciudad.

Fue admitida de inmediato para hablar con el director.

Al principio, él se mostró decididamente reacio a permitirle el acceso a la paciente. Pero, al mostrarle el posfacio de la carta del conde Fosco, al recordarle que ella era la «señorita Halcombe» a la que allí se hacía referencia, que era pariente cercana de la difunta lady Glyde, y que por razones familiares tenía natural interés en comprobar por sí misma el grado de delirio de Anne Catherick en relación con su hermana, el tono y la actitud del director cambiaron, y retiró sus objeciones. Probablemente comprendió que una negativa persistente, en esas circunstancias, no sólo sería una descortesía, sino que también daría a entender que los procedimientos en su establecimiento no resistían la inspección de personas respetables.

La impresión de la señorita Halcombe fue que el director del manicomio no estaba al tanto de las verdaderas intenciones de sir Percival y del conde. Que le permitiese la visita ya era una prueba de ello, y su disposición a hacer ciertas confesiones que difícilmente saldrían de boca de un cómplice confirmaba esa sospecha.

Por ejemplo, durante la conversación introductoria, informó a la señorita Halcombe de que Anne Catherick le había sido devuelta con las órdenes y certificados correspondientes por el conde Fosco el 27 de julio. El conde también presentó una carta con explicaciones e instrucciones firmada por sir Percival Glyde. Al recibir de nuevo a su paciente, el director del manicomio admitió haber notado ciertos cambios curiosos en ella. Tales cambios, sin duda, no eran inéditos en su experiencia con personas mentalmente trastornadas. Las personas con enfermedades mentales solían cambiar, tanto por dentro como por fuera, el paso de un estado mejor a uno peor, o viceversa, tenía una tendencia natural a reflejarse también en la apariencia externa. Él tuvo en cuenta esa posibilidad, y también el cambio en la forma del delirio de Anne Catherick, que se manifestaba, sin duda, en su conducta y expresión. Pero aun así, a veces se sentía desconcertado por ciertas diferencias entre su paciente antes de la fuga y su paciente desde que había sido devuelta. Esas diferencias eran demasiado sutiles para describirse. No podía decir, por supuesto, que hubiese cambiado en estatura, complexión, color de cabello u ojos, o en la forma general del rostro. el cambio era algo que sentía más que algo que veía. En resumen, el caso había sido un enigma desde el principio, y ahora se añadía un nuevo elemento de confusión.

No se puede decir que esta conversación preparara siquiera parcialmente el ánimo de la señorita Halcombe para lo que estaba por venir. Pero produjo, sin embargo, un efecto muy serio en ella. Se sintió tan alterada que pasó un buen rato antes de recobrar la compostura necesaria para acompañar al director del manicomio hasta la parte del edificio donde se encontraban los internos.

Al preguntar, se enteró de que la supuesta Anne Catherick estaba entonces tomando el aire en los terrenos de la institución. Una de las enfermeras se ofreció a acompañar a la señorita Halcombe hasta allí, mientras el director permanecía en la casa unos minutos para atender un caso urgente, y prometía reunirse luego con su visitante.

La enfermera condujo a la señorita Halcombe hasta una zona apartada del jardín, dispuesta con esmero, y después de observar un poco a su alrededor, se internó en un sendero de césped, sombreado a ambos lados por un bosquecillo. A mitad de ese camino, dos mujeres se acercaban lentamente. La enfermera las señaló y dijo: «Ahí está Anne Catherick, señora, con la asistente que la acompaña. Ella responderá a cualquier pregunta que desee hacerle». Con esas palabras, la enfermera se retiró para volver a sus deberes en la casa.

La señorita Halcombe avanzó por su lado, y las mujeres lo hicieron por el suyo. Cuando estuvieron a unos pocos pasos de distancia, una de las mujeres se detuvo un instante, miró con ansia a la dama desconocida, se soltó del brazo de la enfermera y, en el instante siguiente, corrió a refugiarse en los brazos de la señorita Halcombe. En ese momento, la señorita Halcombe reconoció a su hermana, reconoció a la muerta viva.

Afortunadamente para el éxito de las medidas que se tomarían más adelante, nadie más presenció ese momento salvo la enfermera. Era una joven, y quedó tan atónita que al principio fue incapaz de intervenir. Cuando pudo reaccionar, toda su atención fue requerida por la señorita Halcombe, que había caído en un estado de colapso total por el esfuerzo de mantener la razón ante la conmoción del descubrimiento. Tras unos minutos al aire libre, bajo la sombra fresca, su energía y valor naturales comenzaron a ayudarla, y logró dominarse lo suficiente como para darse cuenta de que debía recuperar la presencia de ánimo, por el bien de su desdichada hermana.

Obtuvo permiso para hablar a solas con la paciente, con la condición de que ambas permanecieran dentro del campo de visión de la enfermera. No había tiempo para preguntas: sólo el justo para que la señorita Halcombe le transmitiera a la desdichada mujer la necesidad de mantener la calma y para asegurarle que recibiría ayuda inmediata si lo hacía. La perspectiva de escapar del manicomio obedeciendo las indicaciones de su hermana bastó para calmar a lady Glyde y para hacerle comprender lo que se esperaba de ella. A continuación, la señorita Halcombe regresó junto a la enfermera, depositó en sus manos todo el oro que llevaba en el bolsillo (tres soberanos) y le preguntó cuándo y dónde podrían hablar a solas.

La mujer se mostró al principio sorprendida y recelosa. Pero al declararle la señorita Halcombe que sólo deseaba formular algunas preguntas que en ese momento se encontraba demasiado alterada para hacer, y que no tenía intención alguna de inducirla a incumplir su deber, la mujer aceptó el dinero y propuso como hora para el encuentro las tres de la tarde del día siguiente. Podría escabullirse durante media hora, después de la comida de los internos, y se encontraría con la dama en un lugar apartado, fuera del alto muro norte que rodeaba los terrenos del edificio. La señorita Halcombe sólo tuvo tiempo de aceptar y de susurrarle a su hermana que recibiría noticias suyas al día siguiente, cuando el director del manicomio se reunió con ellas.

Él notó la agitación de su visitante, y la señorita Halcombe le explicó que su encuentro con Anne Catherick la había impresionado un poco al principio. Se despidió lo antes posible, es decir, tan pronto como pudo reunir el valor necesario para separarse de su desgraciada hermana.

Un breve momento de reflexión, en cuanto fue capaz de pensar con claridad, le bastó para convencerse de que cualquier intento de identificar a lady Glyde y rescatarla por medios legales implicaría, aun en el mejor de los casos, una demora que podría resultar fatal para la mente de su hermana, ya profundamente alterada por el horror de la situación en la que se encontraba. Para cuando la señorita Halcombe llegó de vuelta a Londres, ya había resuelto facilitar la fuga de lady Glyde por medios privados, valiéndose de la ayuda de la enfermera.

Fue de inmediato a ver a su agente de bolsa y vendió todos los fondos que poseía, que ascendían a algo menos de setecientas libras. Dispuesta, si era necesario, a pagar la libertad de su hermana con hasta el último penique que tenía en el mundo, al día siguiente se dirigió con la suma entera en billetes de banco al lugar del encuentro, fuera del muro del manicomio.

La enfermera la esperaba. La señorita Halcombe abordó el asunto con cautela, mediante varias preguntas preliminares. Descubrió, entre otras cosas, que la enfermera que había atendido en el pasado a la verdadera Anne Catherick había sido considerada responsable (aunque no lo era) de la fuga de la paciente y, como consecuencia, había perdido su puesto. La misma sanción —añadió— se aplicaría a la persona que ahora hablaba con ella, si la supuesta Anne Catherick desaparecía una segunda vez; y, además, esta enfermera tenía un interés especial en conservar su empleo. Estaba comprometida, y ella y su prometido estaban ahorrando para reunir entre los dos una suma de entre doscientas y trescientas libras con la que iniciar un pequeño negocio. Su salario era bueno, y con mucha economía podía quizá reunir su parte en el plazo de dos años.

Con esa pista, la señorita Halcombe habló. Le explicó que la supuesta Anne Catherick era una pariente cercana suya, que había sido internada en el manicomio por un terrible error, y que la enfermera haría una obra buena y cristiana ayudando a reunirlas. Antes de que pudiera esgrimir una sola objeción, la señorita Halcombe sacó de su cartera cuatro billetes de banco de cien libras cada uno y se los ofreció como compensación por el riesgo que corría y por la pérdida de su puesto.

La enfermera dudó, más por incredulidad que por otra cosa. La señorita Halcombe insistió con firmeza:

—Estará usted haciendo una buena acción –repitió–; estará ayudando a la mujer más injustamente maltratada y desdichada que vive. Ése será su dote de boda. Tráigamela sana y salva hasta aquí, y le pondré estos cuatro billetes en la mano antes de llevármela.

—¿Me dará una carta donde diga eso mismo, para poder enseñársela a mi novio cuando me pregunte de dónde he sacado el dinero? –preguntó la mujer.

—Le traeré la carta, escrita y firmada –respondió la señorita Halcombe.

—Entonces, lo arriesgaré –dijo la enfermera.

—¿Cuándo?

—Mañana.

Se acordó rápidamente entre ambas que la señorita Halcombe regresaría temprano la mañana siguiente y esperaría oculta entre los árboles, aunque siempre cerca del lugar tranquilo al pie del muro norte. La enfermera no podía precisar a qué hora aparecería, pues la prudencia exigía que se guiara por las circunstancias del momento. Con ese entendimiento se separaron.

La señorita Halcombe estaba en su sitio, con la carta y los billetes prometidos, antes de las diez de la mañana siguiente. Esperó más de hora y media. Al cabo de ese tiempo, la enfermera apareció repentinamente por una esquina del muro, sujetando a lady Glyde del brazo. En cuanto se encontraron, la señorita Halcombe le entregó la carta y el dinero, y las hermanas quedaron por fin reunidas.

La enfermera había vestido a lady Glyde, con excelente previsión, con su propio sombrero, velo y chal. La señorita Halcombe sólo la retuvo para proponerle un método que sirviera para desviar la persecución una vez descubierta la fuga. Debía regresar a la casa, dejar oír a las otras enfermeras que Anne Catherick había estado preguntando últimamente sobre la distancia de Londres a Hampshire, esperar hasta el último momento antes de que se hiciera evidente la desaparición y entonces dar la alarma. Las supuestas preguntas sobre Hampshire, al llegar a oídos del director del manicomio, le harían pensar que su paciente había regresado a Blackwater Park, influida por el delirio que la hacía insistir en que era lady Glyde, y la primera búsqueda se dirigiría, con toda probabilidad, en esa dirección.

La enfermera aceptó la propuesta, con mayor facilidad aún al ver que le ofrecía un modo de protegerse de consecuencias más graves que la simple pérdida del empleo, quedándose en el manicomio y manteniendo al menos las apariencias de inocencia. Regresó enseguida a la casa, y la señorita Halcombe no perdió tiempo en llevarse consigo a su hermana de vuelta a Londres. Tomaron el tren de la tarde hacia Carlisle esa misma tarde, y llegaron a Limmeridge, sin accidente ni dificultad alguna, esa misma noche.

Durante el tramo final del viaje compartieron el vagón solas, y la señorita Halcombe pudo recoger los recuerdos del pasado que su hermana, en medio de su confusión y debilitamiento, lograba evocar. La terrible historia de la conspiración así obtenida se presentó en fragmentos, trágicamente inconexos entre sí y muy distantes unos de otros. Por incompleta que fuera la revelación, es necesario dejarla registrada aquí, antes de cerrar este relato explicativo con los sucesos del día siguiente en Limmeridge House.

El recuerdo que lady Glyde conservaba de los acontecimientos posteriores a su partida de Blackwater Park comenzaba con su llegada a la estación terminal de la línea del suroeste en Londres. Había olvidado anotar el día exacto del viaje. Toda esperanza de establecer esa fecha crucial por medio de su testimonio, o del de la señora Michelson, debía darse por perdida.

Al llegar el tren al andén, lady Glyde encontró allí al conde Fosco esperándola. Estaba en la puerta del vagón antes de que el mozo la abriera. El tren venía inusualmente lleno y hubo gran confusión para recoger el equipaje. Una persona que había ido con el conde se encargó de recoger el equipaje de lady Glyde, que estaba debidamente marcado con su nombre. Ella partió sola con el conde en un carruaje al que no prestó atención en aquel momento.

Su primera pregunta, al salir de la estación, fue sobre la señorita Halcombe. El conde le informó que su hermana no había viajado todavía a Cumberland, pues tras pensarlo mejor había decidido que no era prudente emprender tan largo trayecto sin descansar unos días antes.

Lady Glyde preguntó entonces si su hermana estaba alojada en casa del conde. Su recuerdo de la respuesta era confuso; su única impresión clara al respecto era que el conde le aseguró que la estaba llevando a verla. La experiencia de lady Glyde en Londres era tan limitada que no pudo identificar las calles por las que pasaron. Pero recordaba que no salieron en ningún momento del entramado urbano, ni cruzaron jardines ni vieron árboles. Cuando el carruaje se detuvo, fue en una calle estrecha, detrás de una plaza donde había tiendas, edificios públicos y mucha gente. A partir de estos recuerdos (de los cuales lady Glyde estaba segura), queda bastante claro que el conde Fosco no la llevó a su propia casa en el suburbio de St. John's Wood.

Entraron en la casa y subieron a una habitación trasera, en el primer o segundo piso. El equipaje fue cuidadosamente introducido. Una sirvienta abrió la puerta, y un hombre de barba oscura, aparentemente extranjero, los recibió en el vestíbulo y les indicó con mucha cortesía el camino a seguir. En respuesta a las preguntas de lady Glyde, el conde le aseguró que la señorita Halcombe se encontraba en la casa y que sería informada de inmediato de la llegada de su hermana. Luego él y el extranjero se marcharon y la dejaron sola en la habitación. Estaba pobremente amueblada como sala de estar y daba a la parte trasera de otros edificios.

El lugar era extraordinariamente silencioso: no se oían pasos en las escaleras; sólo se percibía, desde la habitación de abajo, un murmullo sordo de voces masculinas conversando. No había pasado mucho tiempo sola cuando el conde regresó para explicarle que la señorita Halcombe estaba descansando en ese momento y que no podía ser molestada por un tiempo. Lo acompañaba un caballero (inglés), a quien presentó como un amigo suyo.

Tras esta extraña presentación durante la cual, según recordaba lady Glyde, no se mencionaron nombres– la dejaron a solas con el desconocido. Éste fue perfectamente cortés, pero la desconcertó y asustó con algunas preguntas extrañas sobre sí misma, mirándola de un modo igualmente extraño al hacerlas. Tras permanecer un corto rato, se marchó, y un minuto después entró un segundo desconocido, también inglés. Éste se presentó como otro amigo del conde Fosco y, a su vez, la observó de forma insólita y le hizo preguntas peculiares, sin llamarla por su nombre, al menos hasta donde ella recordaba, y salió al poco tiempo, como el primero. A esas alturas, estaba tan alarmada por su situación y tan inquieta por su hermana que pensó en bajar y pedir ayuda y protección a la única mujer que había visto en la casa: la sirvienta que abrió la puerta.

Justo cuando se levantaba de su silla, el conde volvió a entrar en la habitación.

En cuanto apareció, lady Glyde le preguntó con ansiedad cuánto más iba a demorarse el encuentro con su hermana. Al principio, él respondió con evasivas, pero ante la insistencia, confesó –con aparente gran reticencia– que la señorita Halcombe no se encontraba tan bien como había dicho antes. El tono y el modo con que dijo esto alarmaron tanto a lady Glyde, o mejor dicho, intensificaron tan dolorosamente el malestar que ya sentía por la compañía de los dos desconocidos, que sufrió un mareo repentino y pidió un vaso de agua. El conde llamó desde la puerta, pidiendo agua y una botellita de sales. Ambos objetos fueron traídos por el hombre barbudo de aspecto extranjero. El agua, al intentar beberla, tenía un sabor tan extraño que aumentó su malestar, y rápidamente tomó las sales del conde y las aspiró. Al instante sintió vértigo. El conde atrapó la botella cuando se le cayó de la mano, y la última impresión que conservó fue que él volvió a acercársela a las narices.

Desde ese momento, sus recuerdos eran confusos, fragmentarios y difíciles de conciliar con cualquier posibilidad lógica.

Su impresión era que recobró la conciencia más tarde esa noche, que entonces salió de la casa y fue (según lo que había planeado antes, en Blackwater Park) a casa de la señora Vesey, que allí tomó el té y pasó la noche bajo ese techo. No podía decir cómo, ni cuándo, ni con quién salió de la casa a la que la había llevado el conde Fosco. Pero insistía en que había estado con la señora Vesey y, aún más extraordinario, que había sido ayudada a desvestirse y acostarse por la señora Rubelle. No recordaba qué conversación tuvo en casa de la señora Vesey, ni a quién más vio allí, ni por qué la señora Rubelle se encontraba presente para asistirla.

Su memoria sobre lo ocurrido la mañana siguiente era aún más vaga e incierta.

Tenía una idea difusa de haber salido en carruaje (sin poder precisar la hora) con el conde Fosco y, de nuevo, con la señora Rubelle como acompañante. Pero no podía decir cuándo ni por qué había dejado la casa de la señora Vesey; tampoco sabía hacia dónde se dirigió el carruaje, ni dónde la dejaron, ni si el conde y la señora Rubelle permanecieron o no con ella todo el tiempo. En este punto de su dolorosa narración, su mente se volvía completamente en blanco. No tenía ni la menor impresión, ni idea alguna de si había pasado un día o varios, hasta que recobró el conocimiento de golpe en un lugar extraño, rodeada por mujeres completamente desconocidas para ella.

Ese lugar era el manicomio. Allí fue donde oyó por primera vez que la llamaban por el nombre de Anne Catherick, y allí, como último hecho notable en esta historia de conspiración, fue cuando sus propios ojos le mostraron que llevaba puestos los vestidos de

Anne Catherick. La enfermera, la primera noche en el manicomio, le mostró las marcas en cada prenda interior mientras se las quitaban y le dijo, sin hostilidad ni rudeza: «Mire su propio nombre en su ropa y no nos fastidie más diciendo que es lady Glyde. Lady Glyde está muerta y enterrada, y usted está viva y bien. Mire sus ropas ahora. Ahí está el nombre, con tinta para marcar, y lo encontrará en todas sus cosas viejas, que hemos conservado en la casa: Anne Catherick, tan claro como impreso». Y efectivamente, así fue como la señorita Halcombe lo encontró, al examinar la ropa que llevaba su hermana la noche en que llegaron a Limmeridge House.

Éstos eran los únicos recuerdos –todos inciertos, algunos contradictorios– que pudieron extraerse de lady Glyde mediante cuidadoso interrogatorio durante el viaje a Cumberland. La señorita Halcombe evitó hacerle preguntas sobre lo ocurrido dentro del manicomio: su mente estaba evidentemente demasiado frágil aún como para soportar el esfuerzo de revivir esas escenas. Se sabía, por confesión voluntaria del propietario del manicomio, que había sido internada allí el veintisiete de julio. Desde esa fecha hasta el quince de octubre (día de su rescate), estuvo bajo encierro, identificada sistemáticamente como Anne Catherick y tratada desde el principio como una mujer mentalmente incapacitada. Hasta facultades menos delicadas y organismos menos frágiles que los suyos habrían sufrido bajo semejante prueba. Ningún hombre habría pasado por ello sin quedar marcado.

Al llegar a Limmeridge tarde en la noche del quince, la señorita Halcombe decidió sabiamente no intentar probar de inmediato la identidad de lady Glyde.

A la mañana siguiente fue al despacho del señor Fairlie y, con toda la prudencia y preparación posible, le contó al fin, en pocas palabras, lo ocurrido. Una vez superado su asombro inicial y su alarma, él declaró con indignación que la señorita Halcombe había sido engañada por Anne Catherick. Le recordó la carta del conde Fosco y lo que ella misma le había dicho sobre el parecido entre Anne y su sobrina fallecida, y se negó rotundamente a recibir siquiera un minuto a aquella mujer a la que consideraba loca, y cuya presencia en la casa consideraba un insulto y una atrocidad.

La señorita Halcombe salió de la habitación, esperó a que pasara el primer impulso de su indignación, y decidió –tras reflexionar– que el señor Fairlie debía ver a su sobrina, por humanidad, antes de rechazarla como a una extraña. Así pues, sin previo aviso, llevó a lady Glyde de la mano hasta su despacho. El criado apostado en la puerta intentó impedirles el paso, pero la señorita Halcombe insistió y entró con su hermana.

La escena que siguió, aunque breve, fue demasiado dolorosa para describirla. La propia señorita Halcombe se negó a hablar de ella. Basta decir que el señor Fairlie declaró de forma categórica que no reconocía a la mujer que tenía ante él, que no veía en su rostro ni en su modo nada que le hiciera dudar de que su sobrina yacía enterrada en el cementerio de Limmeridge, y que acudiría a la justicia para protegerse si aquella mujer no abandonaba su casa antes de que terminara el día.

Incluso adoptando la peor opinión posible sobre el egoísmo, la indolencia y la habitual insensibilidad del señor Fairlie, resultaba inconcebible pensar que fuera capaz de un acto tan vil como reconocer en secreto a la hija de su hermano y rechazarla públicamente. La señorita Halcombe, con humanidad y sentido común, atribuyó su reacción al efecto del miedo y los prejuicios, que le impedían juzgar con claridad. Pero cuando recurrió a los criados, y descubrió que todos ellos dudaban –al menos un poco– de si la mujer ante ellos era su antigua señora o Anne Catherick, de quien todos habían oído hablar por su parecido, la conclusión fue inevitable: el cambio producido en el rostro y el carácter de lady Glyde por su encierro era mucho más grave de lo que la señorita Halcombe había imaginado. La infame mentira que afirmaba su muerte resistía incluso ser desmentida en la casa donde había nacido y entre quienes la habían conocido.

En una situación menos crítica, quizá aún no habría sido necesario renunciar por completo.

Por ejemplo, la doncella Fanny, que en ese momento se encontraba ausente de Limmeridge, debía regresar en dos días, y podría haber constituido un primer paso firme: había estado en contacto constante con su señora y le profesaba un afecto mucho mayor que los demás sirvientes. Además, lady Glyde podría haber sido mantenida discretamente en la casa o en el pueblo, hasta que recuperara un poco la salud y la estabilidad mental. Cuando su memoria pudiera de nuevo servirle, aludirá naturalmente a personas y hechos del pasado con una seguridad y familiaridad que ninguna impostora podría imitar, y así, el hecho de su identidad –que su apariencia ya no lograba establecer– podría, con tiempo, quedar demostrado de manera más concluyente por sus propias palabras.

Pero las circunstancias en que había recuperado su libertad hacían completamente impracticable el recurso a esos medios. La persecución desde el manicomio, desviada hacia Hampshire sólo temporalmente, tomaría sin duda la dirección de Cumberland. Los encargados de buscar a la fugitiva podían llegar a Limmeridge House en pocas horas, y en el estado actual de ánimo del señor Fairlie, era de esperar que pusiera de inmediato su influencia y autoridad locales al servicio de sus propósitos. La consideración más elemental por la seguridad de lady Glyde forzaba a la señorita Halcombe a renunciar a la lucha por hacerle justicia y a sacarla cuanto antes del lugar que, de entre todos, se había vuelto más peligroso para ella: el entorno de su propio hogar.

Un regreso inmediato a Londres fue la primera y más sensata medida de seguridad que se le ocurrió. En la gran ciudad, todo rastro de ellas podía borrarse de forma más rápida y segura. No había que hacer preparativos, ni intercambiar palabras de despedida con nadie. En la tarde de aquel memorable día dieciséis, la señorita Halcombe animó a su hermana a un último esfuerzo de valentía y, sin un alma que les deseara suerte al partir, ambas se encaminaron solas hacia el mundo, dando la espalda para siempre a Limmeridge House.

Ya habían pasado la colina que domina el cementerio cuando lady Glyde insistió en volver atrás para mirar por última vez la tumba de su madre. La señorita Halcombe intentó hacerla desistir, pero esta vez fue en vano. Estaba decidida. Sus ojos velados se encendieron de pronto con un fuego inesperado que traspasaba el tul que los cubría; sus dedos, hasta entonces inertes, se aferraron con creciente fuerza al brazo que los sostenía. Creo de todo corazón que la mano de Dios les señalaba el camino de regreso, y que la más inocente y afligida de sus criaturas fue elegida, en ese instante terrible, para verlo.

Volvieron al camposanto, y con ese acto sellaron el destino de nuestras tres vidas.

III

Ésta era la historia del pasado, la historia tal como la conocíamos entonces.

Dos conclusiones evidentes se impusieron en mi mente al escucharla. En primer lugar, comprendí, aunque vagamente, la naturaleza de la conspiración: cómo se habían vigilado las oportunidades y manipulado las circunstancias para garantizar la impunidad de un crimen osado e intrincado. Aunque los detalles seguían siendo un misterio, la forma infame en que se había explotado el parecido físico entre la mujer de blanco y lady Glyde no dejaba lugar a dudas. Era evidente que Anne Catherick había sido introducida en la casa del conde Fosco como si fuera lady Glyde, y que esta última había ocupado el lugar de la mujer muerta en el manicomio. Todo había sido orquestado de tal manera que personas inocentes –el médico, los dos criados, y probablemente el dueño del asilo– se convirtieran, sin saberlo, en cómplices del crimen.

La segunda conclusión surgía como consecuencia inevitable de la primera: no podíamos esperar ninguna piedad por parte del conde Fosco y sir Percival Glyde. El éxito de la conspiración les había aportado una ganancia clara de treinta mil libras: veinte mil para uno, diez mil para el otro a través de su esposa. Tenían, además de ese interés económico, muchos otros motivos para asegurar su impunidad, y no escatimarían recursos, ni esfuerzos, ni traiciones para descubrir el lugar donde se ocultaba su víctima y separarla de los únicos amigos que le quedaban en el mundo: Marian Halcombe y yo.

La conciencia de ese peligro inminente –que cada día y cada hora podía acercarse más– fue la única guía que seguí al elegir el lugar de nuestro refugio. Lo escogí en el extremo este de Londres, donde menos personas ociosas había para curiosear en las calles. Lo escogí en un barrio pobre y populoso, porque cuanto más dura era la lucha por sobrevivir entre los hombres y mujeres que nos rodeaban, menor era el riesgo de que tuvieran tiempo o ganas de fijarse en forasteros que aparecieran por allí. Éstas eran las ventajas principales que buscaba, pero nuestra ubicación también nos beneficiaba en otro aspecto, casi tan importante: podíamos vivir con poco gracias al trabajo diario de mis manos, y ahorrar hasta el último penique para el propósito –justo y sagrado– de reparar una injusticia infame, que desde entonces mantuve como único norte.

En el plazo de una semana, Marian Halcombe y yo habíamos acordado cómo dirigiríamos el curso de nuestras nuevas vidas.

No había otros inquilinos en la casa, y disponíamos de un acceso independiente que nos permitía entrar y salir sin pasar por la tienda. Organicé, al menos por el momento, que ni Marian ni Laura salieran de casa sin que yo las acompañara, y que durante mi ausencia no permitieran que nadie entrara en sus habitaciones bajo ningún pretexto. Una vez establecida esta norma, acudí a un antiguo amigo, grabador en madera con amplio volumen de trabajo, para buscar empleo, informándole de paso que tenía motivos para querer permanecer en el anonimato.

Él asumió de inmediato que estaba endeudado, expresó su pesar en los términos habituales y prometió ayudarme en lo que pudiera. No corregí su falsa impresión y acepté el trabajo que me ofreció. Sabía que podía confiar en mi experiencia y mi constancia. Yo tenía lo que él necesitaba: regularidad y destreza. Aunque mis ingresos eran modestos, bastaban para nuestras necesidades. En cuanto tuvimos certeza de eso, Marian Halcombe y yo reunimos lo poco que poseíamos. Ella conservaba entre doscientas y trescientas libras de su patrimonio, y yo casi otro tanto de la suma obtenida al vender mi trabajo como profesor de dibujo antes de dejar Inglaterra. En conjunto reuníamos más de cuatrocientas libras. Deposité esta pequeña fortuna en un banco, reservándola exclusivamente para costear las investigaciones secretas que me proponía emprender, sólo si no encontraba ayuda. Calculamos hasta el último gasto semanal, y no tocamos aquel fondo más que para asuntos que concernieran a Laura y por el bien de Laura.

Las tareas domésticas, que habríamos confiado a una criada de haber podido arriesgarnos a tener una extraña cerca, fueron asumidas desde el primer día, como un derecho propio, por Marian Halcombe. «Para lo que sirven las manos de una mujer –dijo–, servirán las mías, desde el alba hasta la noche». Le temblaban al extenderlas. Sus brazos, demacrados, contaban su historia muda del pasado mientras se arremangaba el sencillo vestido que llevaba por seguridad. Pero el espíritu indomable de la mujer aún ardía con fuerza. Vi cómo se le llenaban los ojos de lágrimas, gruesas y lentas, que le caían por las mejillas. Las secó con un gesto que aún conservaba algo de su antigua energía, y me sonrió con un leve reflejo de su anterior buen humor. «No dudes de mi valor, Walter –suplicó–. Es mi debilidad la que llora, no yo. Las tareas del hogar la vencerán, si yo no puedo». Y cumplió su palabra: la victoria se logró al encontrarnos por la noche, cuando se sentó a descansar. Sus grandes ojos negros, firmes y serenos, me miraron con un destello de su antigua fuerza. «Aún no estoy del todo vencida –dijo–. Puedes confiarme mi parte del trabajo». Antes de que pudiera responder, añadió en un susurro: «Y mi parte del riesgo y del peligro también. Acuérdate de eso, si llega el momento».

Y me acordé, cuando el momento llegó.

Ya a fines de octubre, nuestra rutina diaria había adquirido su forma definitiva, y los tres estábamos tan completamente aislados en nuestro escondite como si la casa en que vivíamos fuera una isla desierta, y el enorme entramado de calles y la multitud que nos rodeaba, un mar sin orillas. Ya podía contar con algo de tiempo libre para pensar qué rumbo debía tomar, y cómo podía prepararme mejor desde el inicio para la lucha que se avecinaba contra sir Percival y el conde.

Renuncié a toda esperanza de apelar al reconocimiento de Laura, o al de Marian, como prueba de su identidad. Si la hubiéramos amado menos, si el instinto que ese amor despertaba no hubiera sido mucho más certero que cualquier razonamiento, más agudo que cualquier observación, hasta nosotros podríamos haber vacilado al verla por primera vez.

Los cambios exteriores provocados por el sufrimiento y el terror del pasado habían intensificado de manera espantosa, casi sin esperanza, la funesta semejanza entre Anne Catherick y ella. En mi relato de los acontecimientos durante mi estancia en Limmeridge House, había dejado constancia —basándome en mi propia observación— de que, aunque el parecido era notable a simple vista, fallaba en muchos aspectos importantes cuando se examinaba con detalle. En aquellos días, si se las hubiera visto juntas, nadie habría podido confundirlas ni por un momento —como sí ocurre, a veces, con los gemelos—. Ahora ya no podía decir lo mismo. El dolor y la aflicción que en otro tiempo me había reprochado siquiera imaginar en el porvenir de Laura Fairlie habían dejado sus huellas profanadoras en la juventud y la belleza de su rostro; y el parecido fatal que antaño sólo había entrevisto con estremecimiento se había convertido en una semejanza real y viva que se imponía ante mis propios ojos. Extraños, conocidos, incluso amigos que no pudieran mirarla con nuestra mirada, si la hubieran visto en los primeros días tras su rescate del manicomio, podrían haber dudado de que fuera la Laura Fairlie que una vez conocieron y lo habrían hecho sin culpa alguna.

La única posibilidad que creí al principio que podía ayudarnos —la de apelar a sus recuerdos de personas y hechos que ninguna impostora podría conocer— resultó ser, por la triste prueba de nuestra experiencia posterior, una esperanza vana. Cada pequeño cuidado que Marian y yo teníamos con ella, cada recurso que probábamos para reforzar y estabilizar lenta y cuidadosamente sus facultades debilitadas, era de por sí una protesta silenciosa contra el riesgo de hacerla volver mentalmente a su pasado turbado y terrible.

Los únicos recuerdos que nos atrevimos a animarla a evocar fueron los pequeños acontecimientos domésticos y triviales de aquel tiempo feliz en Limmeridge, cuando la conocí por primera vez y le enseñé a dibujar. El día en que avivé esos recuerdos mostrándole el boceto del cenador que me había regalado la mañana

457

de nuestra despedida –y que nunca se había separado de mí desde entonces– fue el nacimiento de nuestra primera esperanza. Con delicadeza y poco a poco, la memoria de los antiguos paseos y excursiones despertó en ella, y sus pobres ojos cansados y marchitos miraron a Marian y a mí con un nuevo interés, con una vacilante atención en la mirada que desde ese instante cuidamos y mantuvimos viva. Le compré una pequeña caja de acuarelas y un cuaderno como aquel antiguo cuaderno de dibujo que le había visto en las manos la mañana en que nos conocimos. Una vez más –¡ay, una vez más!– en las horas que me dejaba libres el trabajo, bajo la apagada luz londinense, en una humilde habitación de Londres, me senté a su lado para guiar su trazo vacilante, para ayudar a su mano débil. Día tras día avivé su nuevo interés hasta que encontró su lugar en el vacío de su existencia, hasta que pudo pensar en el dibujo, hablar de él y practicarlo con paciencia por sí misma, con un leve reflejo del inocente placer que encontraba en mi estímulo, del gozo creciente por sus propios progresos, que pertenecían a la vida perdida y a la felicidad desaparecida de días pasados.

Ayudamos así lentamente a su mente con este simple medio. La sacábamos a pasear entre los dos, en los días buenos, por una tranquila plaza antigua de la ciudad, donde nada podía alarmarla ni desconcertarla. Escatimábamos unas pocas libras de nuestro fondo en el banco para comprarle vino y alimentos delicados y nutritivos que requería. Por las noches la entreteníamos con juegos de cartas infantiles, con álbumes de estampas que me prestaba el grabador para quien trabajaba… Con estos cuidados y otros similares lográbamos calmarla, estabilizarla, y sostener la esperanza –en todo lo que el tiempo, el cariño y la dedicación constante podían lograr–, sin abandonarla jamás ni desesperar de ella–. Pero sacarla bruscamente de su retiro y su reposo; enfrentarla con extraños o con conocidos que no fueran mucho más que extraños; despertar las impresiones dolorosas de su vida pasada, que tanto habíamos procurado adormecer… eso, ni siquiera por su propio bien, nos atrevimos a hacerlo. Costara lo que costara, implicara los sacrificios o retrasos que implicara, la injusticia cometida contra ella –si estaba al alcance de medios humanos– debía ser reparada sin su conocimiento y sin su ayuda.

Una vez tomada esta resolución, lo siguiente era decidir cómo asumir el primer riesgo y qué pasos dar en primer lugar.

Tras consultarlo con Marian, resolví comenzar por reunir todos los datos posibles, para luego pedir consejo a Mr. Kyrle (en quien sabíamos que podíamos confiar) y averiguar con él, en primer término, si había un recurso legal verdaderamente a nuestro alcance. No debía comprometer todo el porvenir de Laura basándome únicamente en mis propios esfuerzos, mientras existiera la más mínima posibilidad de fortalecer nuestra posición con ayuda fiable, de cualquier tipo.

La primera fuente de información a la que acudí fue el diario que había llevado Marian Halcombe en Blackwater Park. Había en ese diario pasajes sobre mí que Marian consideró mejor no mostrarme. Por tanto, me leyó ella misma el manuscrito, mientras yo iba tomando las notas necesarias. Sólo podíamos dedicarnos a esta tarea quedándonos despiertos hasta tarde por la noche. Le dedicamos tres noches, suficientes para dejarme en posesión de todo lo que Marian podía contarme.

Mi siguiente paso fue obtener toda la información adicional que pudiera reunir de otras personas sin despertar sospechas. Yo mismo fui a ver a Mrs. Vesey, para comprobar si el recuerdo de Laura de haber dormido en su casa era exacto o no. En este caso –por consideración a la edad y fragilidad de Mrs. Vesey– y en todos los casos similares posteriores –por simple prudencia– mantuve en secreto nuestra situación real y siempre me referí a Laura como «la difunta lady Glyde».

La respuesta de Mrs. Vesey a mis preguntas no hizo más que confirmar los temores que ya tenía. Laura, en efecto, le había escrito diciendo que tal vez pasaría la noche bajo su techo. Pero nunca había estado allí.

Su mente, en este caso –y, como temía, en otros también–, le presentaba confusamente algo que sólo había pensado hacer como si realmente lo hubiera hecho. Esa contradicción involuntaria de sí misma era fácil de explicar así… pero podía tener consecuencias graves. Era un traspié desde el mismo umbral, una grieta en las pruebas que jugaba fatalmente en nuestra contra.

Cuando luego pedí la carta que Laura había enviado desde Blackwater Park, me la entregaron sin el sobre, que había sido arrojado a la papelera y hacía tiempo que se había destruido. La carta en sí no tenía fecha, ni siquiera día de la semana. Contenía solo estas líneas:

Queridísima Mrs. Vesey: Estoy en una gran angustia y ansiedad, y puede que mañana por la noche vaya a su casa y le pida una cama. No puedo contarle lo que sucede en esta carta: la escribo con tanto miedo de que me descubran, que no puedo concentrar la mente en nada. Por favor, esté en casa para recibirme. Le daré mil besos y le contaré todo. Su afectuosa Laura.

¿Qué ayuda podía ofrecernos esa carta? Ninguna.

Al regresar de casa de Mrs. Vesey, le indiqué a Marian que escribiera (guardando las mismas precauciones que yo había observado) a Mrs. Michelson. Podía expresar, si lo consideraba conveniente, alguna sospecha general sobre la conducta del conde Fosco y pedirle a la ama de llaves una exposición sencilla de los hechos, en interés de la verdad. Mientras esperábamos la respuesta, que nos llegó al cabo de una semana, fui a ver al médico de St. John's Wood, presentándome como enviado por miss Halcombe para recabar, si era posible, más detalles sobre la última enfermedad de su hermana de los que el señor Kyrle había tenido tiempo de conseguir. Con la ayuda del señor Goodricke, obtuve una copia del certificado de defunción y una entrevista con la mujer (Jane Gould) que se había encargado de preparar el cuerpo para el entierro. A través de ella, además, logré un medio para contactar con la sirvienta Hester Pinhorn. Recientemente había dejado su puesto por una disputa con su señora y se alojaba con unas personas del vecindario a quienes conocía Mrs. Gould. De este modo reuní los relatos de la ama de llaves, del médico, de Jane Gould y de Hester Pinhorn, exactamente como se presentan en estas páginas.

Con esas pruebas adicionales en mi poder, me consideré suficientemente preparado para una consulta con el señor Kyrle, y Marian le escribió en consecuencia, mencionando mi nombre y fijando el día y la hora en que deseaba verle por un asunto privado.

Por la mañana había tiempo suficiente para llevar a Laura a su paseo habitual y dejarla luego tranquilamente instalada con su dibujo. Me miró con una nueva inquietud en el rostro al levantarme para salir de la habitación, y sus dedos comenzaron a jugar con dudas, como antes, con los pinceles y lápices sobre la mesa.

—¿Aún no te has cansado de mí? —preguntó—. ¿No te vas porque te has cansado de mí? Trataré de hacerlo mejor… trataré de mejorar. ¿Me sigues queriendo, Walter, como antes, ahora que estoy tan pálida y delgada, y aprendo tan lentamente a dibujar?

Hablaba como una niña habría hablado; me mostraba sus pensamientos como una niña los habría mostrado. Me quedé unos minutos más, lo justo para decirle que me era más querida ahora que nunca en el pasado.

—Trata de ponerte bien —le dije, alentando esa nueva esperanza en el porvenir que veía nacer en su mente—, por Marian y por mí.

—Sí —murmuró, volviendo al dibujo—. Debo intentarlo, porque los dos me queréis mucho.

De pronto volvió a levantar la mirada.

—¡No tardes! No puedo avanzar con el dibujo si no estás aquí para ayudarme.

—Volveré pronto, querida… muy pronto para ver cómo vas.

Mi voz se quebró un poco, a pesar mío. Me obligué a salir de la habitación. No era momento para perder el dominio de mí mismo, que aún podía servirme antes de que terminara el día.

Al abrir la puerta, hice señas a Marian para que me siguiera hasta la escalera. Era necesario prepararla para un posible desenlace que tarde o temprano podía derivarse de mostrarme abiertamente en la calle.

—Es muy probable que esté de vuelta en unas horas —le dije—, y tú cuidarás, como siempre, de que nadie entre en casa en mi ausencia. Pero si sucede algo…

—¿Qué puede suceder? —interrumpió rápidamente—. Dímelo claramente, Walter. Si hay peligro, sabré cómo afrontarlo.

—El único peligro —respondí— es que sir Percival Glyde haya regresado a Londres al saber de la fuga de Laura. Sabes que me hizo vigilar antes de que dejara Inglaterra, y probablemente me conozca de vista, aunque yo no le conozca a él.

Me puso la mano en el hombro y me miró en silencio, con ansiedad. Vi que comprendía bien el serio riesgo que nos amenazaba.

—No es probable —dije— que me vean tan pronto en Londres, ni sir Percival en persona ni quienes trabajan para él. Pero es apenas posible que ocurra algún accidente. En ese caso, no te alarmes si no regreso esta noche, y tranquiliza a Laura con la mejor excusa que puedas encontrar. Si noto la más mínima señal de que me vigilan, me aseguraré de que ningún espía me siga hasta esta casa. No dudes de que volveré, Marian, aunque me retrase… y no temas nada.

—Nada —respondió con firmeza—. No te arrepentirás, Walter, de contar sólo con una mujer para ayudarte.

Se detuvo un momento más, presionándome la mano con ansiedad:

—Cuídate —dijo—. Cuídate mucho.

La dejé y salí a abrir camino hacia el descubrimiento… ese camino oscuro e incierto que comenzaba ante la puerta del abogado.

IV

No ocurrió el menor incidente importante en mi trayecto hasta la oficina de los señores Gilmore y Kyrle, en Chancery Lane.

Mientras llevaban mi tarjeta al señor Kyrle, me vino a la mente una reflexión que lamenté no haber hecho antes. La información del diario de Marian dejaba claro que el conde Fosco había abierto su primera carta desde Blackwater Park al señor Kyrle y que, por medio de su esposa, había interceptado la segunda. Por tanto, conocía bien la dirección de la oficina, y era natural suponer que, si

Marian necesitaba consejo y ayuda tras la huida de Laura del manicomio, volvería a acudir a la experiencia de Mr. Kyrle. En ese caso, la oficina de Chancery Lane sería el primer lugar que él y sir Percival mandarían vigilar, y si empleaban a las mismas personas que me habían seguido antes de salir de Inglaterra, era muy probable que mi regreso se descubriera ese mismo día.

Había pensado, en general, en el riesgo de ser reconocido por la calle, pero no en el riesgo específico que implicaba esa oficina. Ahora ya era tarde para corregir ese error de juicio; tarde para desear haber concertado una cita en un lugar privado previamente. Sólo podía ser cauteloso al salir de Chancery Lane y no volver directamente a casa en ninguna circunstancia.

Al poco rato me hicieron pasar al despacho privado del señor Kyrle. Era un hombre pálido, delgado, tranquilo, con mirada atenta, voz muy baja y modales muy contenidos. No parecía –según mi impresión– un hombre dado a mostrar simpatía hacia desconocidos, ni fácil de perturbar en su compostura profesional. Difícilmente podría haber encontrado alguien mejor para mis fines. Si se decidía a dar una opinión –y si ésta era favorable–, la solidez de nuestro caso quedaría prácticamente demostrada desde ese instante.

—Antes de entrar en el asunto que me trae aquí –dije–, debo advertirle, señor Kyrle, que la exposición más breve que puedo hacerle me llevará un poco de tiempo.

—Mi tiempo está a disposición de miss Halcombe –respondió–. Cuando hay intereses suyos en juego, represento personalmente a mi socio, además de profesionalmente. Fue deseo suyo que lo hiciera así al retirarse del ejercicio activo.

—¿Puedo preguntar si el señor Gilmore se encuentra en Inglaterra?

—No, está en Alemania con sus parientes. Su salud ha mejorado, pero aún no se sabe cuándo volverá.

Mientras intercambiábamos estas palabras preliminares, buscaba entre los papeles frente a él. Extrajo de ellos una carta sellada. Pensé que iba a entregármela, pero, al parecer, cambió de idea, la dejó aparte sobre la mesa, se acomodó en su asiento y esperó en silencio a que comenzara a hablar.

Sin perder tiempo en introducciones, expuse mi relato y lo puse al tanto de los hechos ya narrados en estas páginas.

Por abogado que fuese hasta la médula, logré sacudir su compostura profesional. Varias veces, antes de que concluyera, no pudo evitar interrumpirme con expresiones de incredulidad y asombro. Aun así, perseveré hasta el final, y, tan pronto terminé, le hice sin rodeos la única pregunta importante:

—¿Cuál es su opinión, señor Kyrle?

Fue lo bastante cauto como para no comprometerse sin tomarse un momento para recuperar su compostura.

—Antes de darle mi opinión –dijo–, debo pedirle permiso para despejar el terreno con algunas preguntas.

Me hizo preguntas –agudas, recelosas, incrédulas– que me dejaron en claro, a medida que avanzaban, que pensaba que yo era víctima de un engaño, y que, de no haber sido por la recomendación de miss Halcombe, quizá habría dudado incluso de si yo no estaba intentando perpetrar un fraude hábilmente planeado.

—¿Cree usted que he dicho la verdad, señor Kyrle? –le pregunté cuando terminó de interrogarme.

—En lo que respecta a sus propias convicciones, estoy seguro de que ha dicho la verdad –respondió–. Siento la mayor estima por miss Halcombe, y por ello tengo todo el motivo para respetar a un caballero en quien ella confía en un asunto como éste. Incluso iré más allá, si lo desea, y admitiré, por cortesía y a efectos de argumentación, que la identidad de lady Glyde como persona viva está probada para usted y para Miss Halcombe. Pero usted viene a mí en busca de una opinión legal. Y como abogado –sólo como abogado– es mi deber decirle, señor Hartright, que no tiene ni la sombra de un caso.

—Lo dice usted de manera tajante, señor Kyrle.

—Intentaré ser también claro. Las pruebas de la muerte de lady Glyde, en apariencia, son claras y satisfactorias. Está el testimonio de su tía para probar que llegó a casa del conde Fosco, que enfermó y que murió. Está el certificado médico de defunción, que demuestra que falleció por causas naturales. Está el hecho del entierro en Limmeridge y la afirmación inscrita en la lápida. Ése es el caso que usted pretende refutar. ¿Qué pruebas tiene usted para sostener su declaración de que la persona que murió y fue enterrada no era lady Glyde? Repasemos los puntos principales de su exposición y veamos qué valor tienen. Miss Halcombe va a cierto manicomio privado y allí ve a cierta paciente. Se sabe que una mujer llamada Anne Catherick, con un extraordinario parecido físico con lady Glyde, escapó del asilo; se sabe que la persona ingresada allí en julio fue aceptada como Anne Catherick regresada; se sabe que el caballero que la trajo de vuelta advirtió al señor Fairlie que uno de los síntomas de su locura era su empeño en hacerse pasar por su sobrina fallecida; y se sabe que declaró repetidas veces en el manicomio (donde nadie le creyó) que era lady Glyde. Todos ésos son hechos. ¿Qué tienen ustedes para oponer? El reconocimiento de miss Halcombe, que los acontecimientos posteriores contradicen o invalidan. ¿Miss Halcombe afirma la identidad de su supuesta hermana ante el propietario del asilo y toma medidas legales para rescatarla? No: soborna en secreto a una enfermera para que la deje escapar. Cuando la paciente ha sido liberada de ese modo tan dudoso y llevada ante el señor Fairlie, ¿la reconoce él? ¿Vacila siquiera un instante en su creencia de que su sobrina está muerta? No. ¿La reconocen los sirvientes? No. ¿Se la mantiene en el vecindario para que afirme su identidad y se someta a pruebas adicionales? No: se la lleva en secreto a Londres. Mientras tanto, usted también la ha reconocido, pero no es pariente, ni siquiera un viejo amigo de la familia. Los sirvientes lo contradicen, el señor Fairlie contradice a miss Halcombe, y la supuesta lady Glyde se contradice a sí misma. Asegura que pasó la noche en una casa de Londres. Su propia investigación demuestra que jamás estuvo allí, y usted mismo admite que su estado mental le impide presentarla en público para someterse a una investigación y hablar por sí misma. Paso por alto puntos secundarios de ambas partes para ahorrar tiempo, y le pregunto: si este caso llegara ahora ante un tribunal, si tuviera que comparecer ante un jurado obligado a juzgar según los hechos que razonablemente se presentan, ¿dónde están sus pruebas?

Tuve que esperar un momento y recobrarme antes de poder contestar. Era la primera vez que la historia de Laura y la de Marian se me presentaban desde el punto de vista de un extraño –la primera vez que los terribles obstáculos que teníamos ante nosotros se mostraban con su verdadero rostro.

—No cabe duda –dije– de que los hechos, tal como usted los ha expuesto, parecen estar en nuestra contra, pero…

—Pero usted cree que esos hechos pueden explicarse –interrumpió el señor Kyrle–. Permítame decirle lo que me ha enseñado mi experiencia al respecto. Cuando un jurado inglés tiene que elegir entre un hecho evidente en la superficie y una larga explicación en el fondo, siempre se queda con el hecho, y no con la explicación. Por ejemplo, lady Glyde (llamo así a la señora a quien usted representa, sólo por conveniencia) declara haber dormido en cierta casa, y se prueba que no lo hizo. Usted explica esta contradicción argumentando sobre su estado mental y deduciendo una conclusión metafísica. No digo que esa conclusión sea errónea, sólo digo que el jurado preferirá el hecho de su contradicción antes que cualquier motivo que usted pueda ofrecer para explicarla.

—Pero ¿no es posible –insistí– descubrir nuevas pruebas con paciencia y esfuerzo? Miss Halcombe y yo tenemos algunas pocas centenas de libras…

Me miró con una compasión apenas disimulada y negó con la cabeza.

—Considere el asunto, señor Hartright, desde su propio punto de vista –dijo–. Si tiene razón acerca de sir Percival Glyde y el conde Fosco (cosa que no admito, ojo), se interpondrán todas las dificultades imaginables para impedirle conseguir nuevas pruebas. Se plantearán todos los obstáculos legales, se discutirá sistemáticamente cada punto del caso, y cuando hayamos gastado miles en lugar de centenas, lo más probable es que el resultado final nos sea desfavorable. Las cuestiones de identidad, cuando hay semejanza física de por medio, son las más difíciles de resolver, aun sin las complicaciones que presenta el caso que estamos discutiendo. Sinceramente, no veo posibilidad alguna de arrojar luz sobre este asunto tan extraordinario. Incluso si la persona enterrada en el cementerio de Limmeridge no fuera Lady Glyde, en vida era, según usted mismo ha dicho, tan parecida a ella, que no ganaríamos nada aunque pidiéramos autorización para exhumar el cuerpo. En resumen, no hay caso, señor Hartright. Realmente, no hay caso.

Estaba decidido a creer que *sí* había un caso, y con esa determinación cambié de enfoque y apelé de nuevo a él.

—¿Acaso no hay otras pruebas que podamos presentar además de la prueba de identidad? –pregunté.

—No en la situación en la que usted se encuentra –respondió–. La prueba más simple y segura de todas, la comparación de fechas, según entiendo, está completamente fuera de su alcance. Si pudieran mostrar una discrepancia entre la fecha del certificado médico y la fecha del viaje de lady Glyde a Londres, la cuestión adquiriría un cariz totalmente distinto, y yo sería el primero en decir: sigamos adelante.

—Esa fecha aún puede recuperarse, señor Kyrle.

—El día que se recupere, señor Hartright, tendrán ustedes un caso. Si en este momento tiene alguna posibilidad de llegar a ella, dígamelo, y veremos si puedo ayudarle.

Reflexioné. La ama de llaves no podía ayudarnos, Laura no podía ayudarnos, Marian no podía ayudarnos. Con toda probabilidad, las únicas personas que conocían la fecha eran sir Percival y el conde.

—No puedo pensar en ningún medio de averiguar la fecha por el momento –dije–, porque no se me ocurre nadie que la sepa con certeza, salvo el conde Fosco y sir Percival Glyde.

El rostro habitualmente sereno de Kyrle se relajó por primera vez en una sonrisa.

—Con la opinión que usted tiene de la conducta de esos dos caballeros –dijo–, supongo que no espera ayuda de parte de ellos. Si han conspirado para obtener grandes sumas de dinero, no es probable que confiesen, al menos por voluntad propia.

—Pueden verse obligados a confesar, señor Kyrle.

—¿Por quién?

—Por mí.

Ambos nos levantamos. Me miró fijamente al rostro, con más interés del que había mostrado hasta entonces. Vi que lo había dejado perplejo.

—Está usted muy decidido –dijo–. Sin duda tiene un motivo personal para proceder así, en el cual no me corresponde a mí entrometerme. Si se puede presentar un caso en el futuro, sólo puedo decir que tendrá usted mi mejor colaboración. Pero, al mismo tiempo, debo advertirle –ya que el dinero siempre entra en juego en cuestiones legales– que veo pocas esperanzas, aun si logra probar que lady Glyde está viva, de recuperar su fortuna. El extranjero probablemente abandonaría el país antes de que se iniciaran los procedimientos, y las deudas de sir Percival son tan numerosas y urgentes que cualquier suma que posea pasaría de inmediato a sus acreedores. Por supuesto, usted sabe que…

Lo interrumpí en ese punto.

—Permítame pedirle que no hablemos de los asuntos financieros de lady Glyde –dije–. Nunca supe nada de ellos en el pasado y no sé nada ahora, salvo que su fortuna está perdida. Tiene razón al suponer que mis motivos para actuar son personales. Y quiero que esos motivos permanezcan siempre tan desinteresados como lo son en este momento…

Trató de interrumpirme para explicarse. Supongo que me había acalorado un poco al sentir que había dudado de mí, y seguí adelante bruscamente, sin esperar a oírlo.

—No habrá ningún interés monetario –dije–, ni idea alguna de provecho personal en el servicio que pienso prestarle a lady Glyde. Ha sido expulsada como una extraña de la casa donde nació, una mentira que registra su muerte ha sido escrita en la tumba de su madre y hay dos hombres, vivos y sin castigo, responsables de ello.

Esa casa volverá a abrirse para recibirla, en presencia de cada alma que asistió al falso funeral; esa mentira será borrada públicamente de la lápida por la autoridad del jefe de la familia, y esos dos hombres responderán por su crimen *ante mí*, aunque la justicia de los tribunales sea impotente para perseguirlos. He entregado mi vida a ese propósito y, aunque esté solo, si Dios me lo permite, lo cumpliré.

Se retiró hacia su escritorio y no dijo nada. Su rostro mostraba claramente que pensaba que mi obsesión había vencido a mi razón y que consideraba totalmente inútil seguir aconsejándome.

—Cada uno mantiene su opinión, señor Kyrle –dije–, y debemos esperar a que los hechos del futuro decidan entre nosotros. Mientras tanto, le agradezco mucho la atención que ha prestado a mi exposición. Usted me ha demostrado que el recurso legal está, en todos los sentidos, fuera de nuestro alcance. No podemos presentar pruebas jurídicas y no tenemos dinero para afrontar los costos judiciales. Saber eso ya es algo.

Hice una reverencia y me dirigí a la puerta. Me llamó y me entregó la carta que había visto colocar aparte al comienzo de nuestra entrevista.

—Esto llegó por correo hace unos días –dijo–. Tal vez no le importe entregarla. Dígale también a miss Halcombe que lamento sinceramente no haber podido ayudarla hasta ahora, salvo con consejos, que me temo que le serán tan poco gratos como a usted.

Miré la carta mientras hablaba. Estaba dirigida a:

«Miss Halcombe. Care of Messrs. Gilmore & Kyrle, Chancery Lane». La letra me era totalmente desconocida.

Al salir de la sala, hice una última pregunta.

—¿Sabe si sir Percival Glyde sigue en París?

—Ha regresado a Londres –respondió el señor Kyrle–. Al menos eso oí ayer de parte de su abogado.

Tras esa respuesta, salí.

Al dejar la oficina, la primera precaución era no llamar la atención deteniéndome a mirar a mi alrededor. Caminé hacia una de las plazas más tranquilas al norte de Holborn, y allí me detuve de golpe, girando sobre mis pasos para revisar el tramo largo de acera que había dejado atrás.

Había dos hombres en la esquina de la plaza que también se habían detenido y estaban charlando. Tras unos segundos de reflexión, volví sobre mis pasos para pasar junto a ellos. Uno se movió al acercarme y dobló la esquina que salía de la plaza hacia la calle. El otro permaneció quieto. Lo miré al pasar, y de inmediato reconocí a uno de los hombres que me habían vigilado antes de que saliera de Inglaterra.

Si hubiera podido seguir mi instinto, probablemente habría empezado por hablarle y terminado por derribarlo. Pero tenía que considerar las consecuencias. Si me ponía públicamente en falta, le daba inmediatamente a sir Percival la ventaja. No tenía otra opción que enfrentar la astucia con astucia. Me adentré en la calle por donde había desaparecido el segundo hombre y lo pasé, esperando en un portal. Era un desconocido para mí, y me alegré de poder memorizar su rostro en caso de futuras molestias. Hecho esto, caminé de nuevo hacia el norte hasta alcanzar el New Road. Allí giré hacia el oeste (con los hombres siempre detrás), y esperé en un punto alejado de cualquier parada de coches hasta que pasara un cabriolé de dos ruedas y marcha rápida. Pasó uno a los pocos minutos. Salté dentro y le pedí al cochero que condujera velozmente hacia Hyde Park. No había un segundo coche rápido para los espías. Los vi cruzar la calle corriendo, intentando seguirme hasta encontrar otro coche o una parada. Pero yo tenía ventaja, y cuando me detuve y descendí, no estaban ya a la vista. Crucé Hyde Park y me aseguré en terreno abierto de que estaba libre. No volví a casa hasta muchas horas más tarde, ya caída la noche.

Encontré a Marian esperándome sola en la pequeña sala. Había convencido a Laura de que se fuera a descansar, tras prometerle que me enseñaría su dibujo en cuanto yo llegara. El pobre y tenue bosquejo –tan insignificante en sí mismo, tan conmovedor por sus asociaciones– estaba cuidadosamente apoyado sobre la mesa con dos libros, colocado de modo que la débil luz de la única vela que nos permitíamos pudiera iluminarlo lo mejor posible. Me senté a contemplar el dibujo y a contarle a Marian, en susurros, lo que había ocurrido. El tabique que nos separaba del cuarto contiguo era tan delgado que casi podíamos oír la respiración de Laura, y podíamos molestarla si hablábamos en voz alta.

Marian mantuvo la compostura mientras le relataba mi entrevista con el señor Kyrle. Pero su rostro se ensombreció cuando le hablé de los hombres que me habían seguido desde la oficina del abogado, y aún más cuando le conté del descubrimiento del regreso de sir Percival.

—Malas noticias, Walter –dijo–, las peores que podrías haber traído. ¿No tienes nada más que contarme?

—Tengo algo que darte –respondí, entregándole la nota que el señor Kyrle me había confiado.

Miró la dirección y reconoció la caligrafía al instante.

—¿Conoces a tu corresponsal? –pregunté.

—Demasiado bien –respondió–. Mi corresponsal es el conde Fosco.

Con esa respuesta abrió la nota. Su rostro se tiñó de rojo mientras leía, sus ojos brillaron de rabia cuando me la tendió para que la leyera yo.

La nota contenía estas líneas:

Impulsado por una honorable admiración –honorable para mí, honorable para usted– le escribo, magnífica Marian, en interés de su tranquilidad, para decirle tres palabras consoladoras: No tema nada. Ejercite su fino sentido natural y permanezca retirada. Mujer admirable y querida, no se exponga a una publicidad peligrosa. La resignación es sublime, adóptela. El modesto reposo del hogar es eternamente fresco, disfrútelo. Las tormentas de la vida pasan inofensivas sobre el valle del Retiro, habite, querida señora, en el valle. Haga esto, y yo le autorizo a no temer nada. Nadie la molestará, la encantadora compañera de su retiro no será perseguida. Ha hallado un nuevo asilo en su corazón. ¡Asilo inestimable! La envidio y la dejo allí. Una última palabra de advertencia afectuosa, de cautela paternal, y me arranco del hechizo de dirigirle estas líneas fervientes. No avance más de lo que ha avanzado, no comprometa ningún interés grave, no amenace a nadie. No me obligue, se lo ruego, a actuar –A MÍ, el Hombre de Acción– cuando es mi ambición más querida permanecer pasivo, restringir el vasto alcance de mis energías y mis combinaciones por su bien. Si tiene amigos imprudentes, modere su deplorable ardor.

Si el señor Hartright regresa a Inglaterra, no mantenga comunicación con él. Yo sigo mi propio camino, y Percival pisa mis talones. El día en que el señor Hartright cruce ese camino, será un hombre perdido.

La única firma de estas líneas era la inicial F, rodeada de un círculo de florituras intrincadas. Arrojé la carta sobre la mesa con todo el desprecio que sentía por ella.

—Está tratando de asustarte –dije–. Una señal segura de que es él quien está asustado.

Ella era demasiado genuina como mujer para tratar la carta con la indiferencia con que yo lo hacía. La insolente familiaridad del lenguaje fue demasiado para su autocontrol. Al mirarme desde el otro lado de la mesa, sus manos se cerraron en el regazo, y el antiguo temperamento ardiente resplandeció de nuevo en sus mejillas y en sus ojos.

—¡Walter! –dijo–, si alguna vez esos dos hombres están a tu merced, y si te ves obligado a perdonar a uno de ellos, que no sea al conde.

—Conservaré esta carta, Marian, para ayudar a mi memoria cuando llegue el momento.

Ella me miró con atención mientras guardaba la carta en mi cartera.

—¿Cuando llegue el momento? –repitió–. ¿Puedes hablar del futuro como si estuvieras seguro de él? ¿Seguro después de lo que oíste en la oficina del señor Kyrle, después de lo que te ha pasado hoy?

—No cuento el tiempo desde hoy, Marian. Todo lo que he hecho hoy es pedir a otro hombre que actúe por mí. Cuento desde mañana…

—¿Por qué desde mañana?

—Porque mañana pienso actuar por mí mismo.

—¿Cómo?

—Iré a Blackwater en el primer tren, y espero volver por la noche.

—¿A Blackwater?

—Sí. He tenido tiempo de reflexionar desde que salí de la oficina del señor Kyrle. Su opinión sobre un punto confirma la mía. Debemos perseverar hasta el final en la búsqueda de la fecha del viaje de Laura. El único punto débil de la conspiración, y probablemente la única posibilidad de probar que está viva, reside en descubrir esa fecha.

—¿Te refieres –dijo Marian– a descubrir que Laura no dejó Blackwater Park hasta después de la fecha de su muerte, según el certificado médico?

—Exactamente.

—¿Qué te hace pensar que pudo haber sido después? Laura no puede decirnos nada sobre el tiempo que estuvo en Londres.

—Pero el director del manicomio te dijo que fue recibida allí el 27 de julio. Dudo que el conde Fosco pudiera retenerla en Londres, y mantenerla inconsciente de todo lo que la rodeaba, más de una noche. En ese caso, debe haber partido el 26, y habría llegado a Londres un día después de la fecha de su propia muerte, según el certificado. Si podemos probar esa fecha, probamos nuestro caso contra sir Percival y el conde.

—¡Sí, sí, lo veo! Pero ¿cómo se puede obtener la prueba?

—El relato de la señora Michelson me ha sugerido dos formas de intentarlo. Una es interrogar al doctor Dawson, que debe saber cuándo reanudó su atención médica en Blackwater Park tras la partida de Laura. La otra es hacer averiguaciones en la posada a la que sir Percival fue en coche aquella noche. Sabemos que su partida siguió a la de Laura tras unas horas, y podríamos llegar a la fecha por ese camino. El intento al menos vale la pena, y mañana estoy decidido a hacerlo.

—¿Y si falla? Estoy mirando el peor escenario ahora, Walter; pero miraré el mejor si las decepciones vienen a ponernos a prueba. ¿Y si nadie puede ayudarte en Blackwater?

—Hay dos hombres que pueden ayudarme, y me ayudarán en Londres: sir Percival y el conde. Las personas inocentes pueden muy bien olvidar la fecha, *ellos* son culpables, y *ellos* la conocen. Si fracaso en todo lo demás, pienso arrancarles una confesión, a uno o a ambos, en mis propios términos.

Todo el ser de mujer se encendió en el rostro de Marian al oírme.

—Empieza por el Conde –susurró con vehemencia–. Por mí, empieza por el Conde.

—Debemos empezar, por Laura, donde haya más posibilidades de éxito –respondí.

El color volvió a desvanecerse de su rostro y negó con la cabeza, con tristeza.

—Sí –dijo–, tienes razón. Fue mezquino y miserable por mi parte decir eso. Intento tener paciencia, Walter, y ahora lo consigo mejor que en tiempos más felices. Pero aún me queda un poco de mi antiguo temperamento, y se apodera de mí cuando pienso en el conde.

—Su momento llegará –le dije–. Pero recuerda que aún no conocemos ningún punto débil en su vida.

Esperé un poco para que recuperara el control de sí misma y luego pronuncié las palabras decisivas:

—¡Marian! Hay un punto débil en la vida de sir Percival que ambos conocemos...

—¿Te refieres al Secreto?

—Sí: al Secreto. Es nuestro único asidero seguro sobre él. No puedo arrancarlo de su posición de seguridad ni arrastrarlo, con su vileza, a la luz del día por ningún otro medio. Sea lo que sea que el conde haya hecho, sir Percival ha consentido en la conspiración contra Laura por un motivo adicional al del beneficio económico. ¿Lo oíste decir al conde que creía que su esposa sabía lo suficiente como para arruinarlo? ¿Lo oíste decir que estaba perdido si se conocía el secreto de Anne Catherick?

—¡Sí, sí, lo oí!

—Pues bien, Marian, cuando todos nuestros otros recursos hayan fracasado, estoy decidido a descubrir ese Secreto. Todavía me aferro a mi antigua superstición. Vuelvo a decirlo: la mujer de blanco es una influencia viva en nuestras tres vidas. El fin está señalado –el fin nos arrastra hacia él– y Anne Catherick, muerta en su tumba, sigue mostrándonos el camino.

V

La historia de mis primeras pesquisas en Hampshire se cuenta pronto.

Salí temprano de Londres, lo que me permitió llegar a la casa del señor Dawson por la mañana. Nuestra entrevista, en cuanto al objetivo de mi visita, no dio ningún resultado satisfactorio.

Los libros del señor Dawson sí indicaban cuándo había reanudado su atención médica a la señorita Halcombe en Blackwater Park, pero no era posible calcular retrospectivamente con precisión la fecha, sin la ayuda de la señora Michelson, que yo sabía que no podía proporcionarla. Ella no recordaba con claridad (¿quién lo haría en su lugar?) cuántos días habían transcurrido entre el reinicio de la atención del médico y la partida previa de lady Glyde. Estaba casi segura de haberle mencionado la partida a la señorita Halcombe al día siguiente de ocurrida, pero tampoco podía precisar con exactitud en qué fecha fue esa conversación, ni, por supuesto, la fecha exacta en que lady Glyde se fue a Londres. Tampoco pudo calcular con mayor exactitud cuánto tiempo transcurrió entre la partida de su señora y la llegada de la carta sin fecha de madame Fosco. Por último, para colmo de dificultades, el propio doctor, que había estado enfermo en ese tiempo, omitió anotar el día de la semana y del mes en que el jardinero de Blackwater Park fue a entregarle el mensaje de la señora Michelson.

Sin esperanza de obtener ayuda del señor Dawson, resolví intentar establecer la fecha de la llegada de sir Percival a Knowlesbury.

¡Parecía una fatalidad! Cuando llegué a Knowlesbury, la posada estaba cerrada y con carteles de venta en las paredes. Según me informaron, el negocio había sido malo desde la llegada del ferrocarril. El nuevo hotel junto a la estación había ido absorbiendo poco a poco la clientela, y la antigua posada (que sabíamos que era donde se había alojado sir Percival) había cerrado hacía unos dos meses. El propietario se había marchado del pueblo con todas sus pertenencias, y nadie podía decirme con certeza a dónde había ido.

Las cuatro personas a quienes pregunté me dieron cuatro versiones distintas de sus planes.

Aún me quedaban varias horas antes de la salida del último tren hacia Londres, y decidí regresar en coche desde la estación de Knowlesbury a Blackwater Park, con el propósito de interrogar al jardinero y a la persona que cuidaba la portería. Si tampoco podían ayudarme, se habrían agotado mis recursos por el momento y podría volver a la ciudad.

Pedí que me dejaran a un kilómetro del parque, y, tras recibir las indicaciones del cochero, seguí solo hasta la casa.

Al doblar desde la carretera hacia el camino, vi a un hombre, con una bolsa de viaje, que caminaba apresuradamente hacia la portería. Era un hombre pequeño, vestido de negro raído y con un sombrero notablemente grande. Supuse (en la medida de lo posible) que sería un escribiente de abogado, y me detuve de inmediato para aumentar la distancia entre nosotros. No me había oído, y siguió su camino sin mirar atrás. Cuando pasé por las puertas un poco después, ya no se veía; evidentemente, había seguido hacia la casa.

En la portería había dos mujeres. Una era anciana; la otra, según la descripción de Marian, era claramente Margaret Porcher.

Pregunté primero si sir Percival estaba en el parque, y al recibir una respuesta negativa, pregunté cuándo se había marchado. Ninguna de las dos mujeres pudo decirme más que se había ido «en verano». De Margaret Porcher no pude sacar nada salvo sonrisas vacías y sacudidas de cabeza. La mujer mayor era algo más lúcida, y logré hacerla hablar sobre la forma en que sir Percival se había marchado y el susto que le había causado. Recordaba que su amo la había despertado y asustado con sus gritos, pero –como reconoció con honestidad–, «ni idea de cuándo fue».

Al salir de la portería, vi al jardinero trabajando no muy lejos. Al principio me miró con cierta desconfianza, pero al mencionar el nombre de la señora Michelson y hablarle con cortesía, me respondió con buena disposición. No es necesario detallar la conversación: terminó, como todas mis otras indagaciones, sin éxito. El jardinero sabía que su amo se había marchado de noche «en algún momento de julio, durante la última quincena o los últimos diez días del mes», y nada más.

Mientras hablábamos, vi salir de la casa al hombre del sombrero grande, que se detuvo a observarnos desde cierta distancia.

Ya sospechaba sus intenciones en Blackwater Park. Mis sospechas aumentaron al ver que el jardinero no supo –o no quiso– decirme quién era, así que decidí despejar el terreno hablando con él directamente. La forma más directa de acercarme, como extraño, era preguntar si la casa se permitía ser visitada. Me acerqué sin dudarlo y le planteé la pregunta.

Su mirada y su actitud delataron sin duda que sabía quién era yo, y que quería provocarme para que discutiera con él. Su respuesta fue lo bastante insolente como para lograrlo, si no hubiera estado yo resuelto a controlarme. Respondí con la más firme cortesía, me disculpé por mi intrusión involuntaria (que él llamó «allanamiento»), y me marché.

Era tal como sospechaba. Mi identificación al salir de la oficina del señor Kyrle había sido evidentemente comunicada a sir Percival Glyde, y el hombre de negro había sido enviado al parque anticipándose a que yo hiciera preguntas en la casa o por los alrededores. Si le hubiese dado la menor oportunidad de levantarme algún tipo de denuncia legal, la intervención del juez local sin duda se habría utilizado para entorpecer mis acciones y separarme de Marian y Laura al menos por algunos días.

Estaba preparado para ser seguido desde Blackwater Park a la estación, igual que me habían seguido en Londres el día anterior. Pero no pude descubrir si realmente me seguían en esta ocasión. Puede que el hombre de negro contara con medios para rastrearme que yo desconocía, pero en lo que a mí respecta, no lo volví a ver en persona ni de camino a la estación ni a mi llegada a la terminal de Londres esa noche. Regresé a pie, tomando la precaución, antes de acercarme a nuestra casa, de dar un rodeo por la calle más solitaria del barrio, deteniéndome más de una vez a mirar hacia atrás. Había aprendido esta estratagema contra posibles traiciones en las selvas de América Central, ¡y ahora la practicaba, con mayor cautela aún, en pleno centro de la civilizada Londres!

Nada había sucedido para alarmar a Marian durante mi ausencia. Me preguntó con impaciencia qué éxito había tenido. Al contarle, no pudo ocultar su sorpresa por la indiferencia con que le hablé del fracaso de mis averiguaciones hasta el momento.

La verdad es que el mal resultado de mis pesquisas no me había desalentado en lo más mínimo. Las había llevado a cabo como un deber, y no esperaba nada de ellas. En el estado mental en que me encontraba, casi me resultaba un alivio saber que la lucha se reducía ahora a una prueba de fuerza entre sir Percival Glyde y yo. El motivo vengativo se había mezclado todo el tiempo con mis otros motivos, más nobles, y confieso que me complacía pensar que la forma más segura –la única que quedaba– de defender la causa de Laura era aferrarme con fuerza al villano que la había desposado.

Y aunque admito que no fui lo bastante fuerte como para mantener mis motivos por encima de ese instinto de venganza, también puedo decir algo en mi defensa: nunca, ni por un momento, me dejé llevar por bajas especulaciones sobre el futuro entre Laura y el mío, ni sobre las concesiones personales que podría arrancar a sir Percival si llegaba a tenerlo a mi merced. Jamás me dije: «Si tengo éxito, será para impedirle que pueda arrebatármela de nuevo». No podía mirarla y pensar en el futuro con tales pensamientos.

El triste espectáculo del cambio en ella, de lo que había sido, hacía que el único interés de mi amor se tornara en ternura y compasión, como la que podría sentir su padre o su hermano, y que yo sentía, ¡Dios lo sabe!, en lo más profundo de mi alma. Toda mi esperanza no miraba más allá del día en que se recuperara. Hasta allí –hasta que recobrara la fuerza, hasta que pudiera mirarme como antes, hablarme como antes– llegaban los pensamientos más felices y los deseos más sinceros de mi corazón.

Estas palabras no nacen de una vana contemplación de mí mismo. Pronto llegarán pasajes en esta narración que pondrán mi conducta bajo el juicio de otros. Es justo que se mida lo mejor y lo peor de mí antes de que llegue ese momento.

La mañana siguiente a mi regreso de Hampshire llevé a Marian a mi estudio, y allí le expuse el plan que había elaborado hasta ese momento para dominar el único punto vulnerable en la vida de sir Percival Glyde.

El camino hacia el Secreto pasaba por el misterio –hasta entonces impenetrable para todos nosotros– de la mujer de blanco. El acceso a ese misterio, a su vez, tal vez podía alcanzarse si conseguíamos la ayuda de la madre de Anne Catherick. Y el único medio concreto para lograr que la señora Catherick actuara o hablara en este asunto dependía de la posibilidad de obtener, primero, información local y familiar a través de la señora Clements. Tras reflexionar cuidadosamente, me convencí de que sólo podía comenzar estas nuevas pesquisas poniéndome en contacto con la fiel amiga y protectora de Anne Catherick.

La primera dificultad, entonces, era encontrar a la señora Clements.

Le debía a la rápida intuición de Marian haber resuelto esta necesidad de inmediato y por el camino más sencillo. Propuso escribir a la granja cerca de Limmeridge (Todd's Corner), para averiguar si la señora Clements se había comunicado con la señora Todd en los últimos meses. Era imposible para nosotros saber cómo se había separado de Anne, pero una vez producida esa separación, era lógico pensar que la señora Clements buscaría noticias de la mujer desaparecida en el entorno al que más apego le tenía: la región de Limmeridge. Vi enseguida que la propuesta de Marian ofrecía una buena posibilidad de éxito, y ella escribió a la señora Todd esa misma tarde.

Mientras esperábamos la respuesta, me empapé de toda la información que Marian podía ofrecerme sobre la familia de sir Percival y su juventud. Sólo podía hablar de oídas, pero tenía razones suficientes para confiar en la veracidad de lo poco que sabía.

Sir Percival era hijo único. Su padre, sir Felix Glyde, había sufrido desde su nacimiento una dolorosa e incurable deformidad, y había evitado toda vida social desde su juventud. Su única fuente de alegría era la música, y se había casado con una dama de gustos semejantes, que, según se decía, era una música muy destacada. Heredó la propiedad de Blackwater siendo aún joven. Ni él ni su esposa, después de instalarse allí, buscaron ningún tipo de relación con la sociedad del lugar, y nadie se atrevió a hacerlos salir de su aislamiento, salvo un caso desastroso: el del rector de la parroquia.

El rector era el peor de todos los entrometidos bienintencionados: un hombre excesivamente celoso. Había oído que sir Felix había salido de la universidad con fama de revolucionario en política y de incrédulo en religión, y llegó a la conclusión, con toda su conciencia, de que su deber era invitar al señor del lugar a escuchar sermones de sana doctrina en la iglesia parroquial. Sir Felix se ofendió ferozmente por la bienintencionada pero torpe intromisión del clérigo, lo insultó de manera tan grosera y pública que las familias del vecindario enviaron cartas de protesta al parque, y hasta los arrendatarios de Blackwater expresaron su parecer con tanta franqueza como se atrevieron. El baronet, que no tenía inclinación alguna por la vida en el campo ni afecto por la propiedad ni por nadie que viviera en ella, declaró que la sociedad de Blackwater no tendría una segunda oportunidad de molestarlo, y abandonó el lugar de inmediato.

Tras una breve estancia en Londres, él y su esposa partieron al continente y nunca regresaron a Inglaterra. Vivieron parte del tiempo en Francia y parte en Alemania, siempre recluidos, como la enfermedad de sir Felix le había impuesto como necesidad. Su hijo, Percival, nació en el extranjero y fue educado allí por tutores privados. Su madre fue la primera en morir. Su padre falleció unos años después, en 1825 o 1826. Sir Percival había estado en Inglaterra, como joven, una o dos veces antes de esa fecha, pero su relación con el difunto señor Fairlie no comenzó hasta después de la muerte de su padre. Rápidamente se hicieron muy íntimos, aunque sir Percival rara vez, o nunca, iba a Limmeridge House en aquella época. El señor Frederick Fairlie pudo haberlo visto una o dos veces en compañía de su hermano Philip, pero apenas lo conoció entonces ni en ningún otro momento. El único verdadero amigo de sir Percival dentro de la familia Fairlie había sido el padre de Laura.

Ésos eran todos los detalles que pude obtener de Marian. No ofrecían ninguna utilidad inmediata para mi propósito, pero los anoté con cuidado, por si más adelante cobraban alguna importancia.

La respuesta de la señora Todd (dirigida, como le habíamos indicado, a una oficina postal alejada de nuestra casa) llegó cuando fui a recogerla. La suerte, que hasta entonces nos había sido adversa, comenzó en ese momento a volverse a nuestro favor. La carta de la señora Todd contenía el primer dato que necesitábamos.

La señora Clements, como habíamos supuesto, había escrito a Todd's Corner, pidiendo disculpas por la manera brusca en que ella y Anne habían abandonado a sus amigos de la granja (la mañana siguiente al día en que me encontré con la mujer de blanco en el cementerio de Limmeridge), e informando luego de la desaparición de Anne, suplicando a la señora Todd que hiciera averiguaciones en la región, por si la mujer perdida hubiera regresado por su cuenta a Limmeridge. Al hacer esta solicitud, la señora Clements tuvo el cuidado de añadir la dirección donde siempre podía ser localizada, y esa dirección fue la que ahora la señora Todd transmitía a Marian. Estaba en Londres, a tan solo media hora a pie de nuestro alojamiento.

Como dice el refrán, no quise dejar que la hierba creciera bajo mis pies. A la mañana siguiente salí en busca de una entrevista con la señora Clements. Éste fue mi primer paso hacia delante en la investigación. Aquí comienza la historia del intento desesperado en el que estaba ahora comprometido.

VI

La dirección proporcionada por la señora Todd me llevó a una pensión situada en una calle respetable cerca de Gray's Inn Road.

Cuando llamé, fue la propia señora Clements quien abrió la puerta. No pareció reconocerme y me preguntó qué deseaba. Le recordé nuestro encuentro en el cementerio de Limmeridge, al final de mi entrevista allí con la mujer de blanco, cuidando especialmente de hacerle notar que yo era la persona que ayudó a Anne Catherick (según ella misma lo había declarado) a escapar de sus perseguidores del manicomio. Ésa era mi única credencial ante la señora Clements. Recordó el hecho en cuanto lo mencioné, y me invitó a pasar al salón, muy ansiosa por saber si traía noticias de Anne.

Me fue imposible contarle toda la verdad sin entrar al mismo tiempo en detalles sobre la conspiración que sería peligroso confiar a una desconocida. Sólo pude abstenerme cuidadosamente de generar falsas esperanzas, y luego explicarle que el objeto de mi visita era identificar a las personas realmente responsables de la desaparición de Anne. Incluso añadí, para exonerarme ante mi propia conciencia de cualquier reproche posterior, que no abrigaba la menor esperanza de poder encontrarla; que creía que nunca volveríamos a verla con vida, y que mi interés principal en el asunto era llevar ante la justicia a dos hombres que sospechaba implicados en su desaparición, y de cuya mano yo y algunos amigos queridos habíamos sufrido un agravio terrible. Con esa explicación, dejé en manos de la señora Clements decidir si nuestro interés en el asunto –por diferentes que fueran nuestros motivos– no era el mismo, y si sentía alguna objeción en colaborar con mi propósito proporcionándome toda la información que pudiera poseer sobre el tema de mi investigación.

La pobre mujer, al principio, estaba demasiado confundida y agitada para comprender del todo lo que le decía. Sólo pudo responder que yo era bienvenido a todo lo que pudiera contarme en agradecimiento por la amabilidad que había mostrado hacia Anne; pero como no era especialmente rápida ni elocuente, ni siquiera en el mejor de los casos, al hablar con desconocidos, me rogaba que la orientara y le dijera por dónde quería que empezara.

Sabiendo por experiencia que el relato más claro que puede obtenerse de personas no acostumbradas a organizar sus ideas es aquel que comienza lo bastante atrás como para evitar tropiezos de retrospección durante su desarrollo, le pedí a la señora Clements que empezara por contarme lo que ocurrió después de haber dejado Limmeridge, y así, mediante preguntas atentas, la fui guiando de punto en punto hasta llegar al momento de la desaparición de Anne.

Lo esencial de la información que así obtuve fue lo siguiente:

Después de abandonar la granja de Todd's Corner, la señora Clements y Anne viajaron ese mismo día hasta Derby y permanecieron allí una semana por causa de Anne. Luego prosiguieron hasta Londres, y vivieron en la pensión que ocupaba entonces la señora Clements durante un mes o más, hasta que ciertas circunstancias relacionadas con la casa y el propietario las obligaron a cambiar de alojamiento. El terror constante de Anne ante la posibilidad de ser descubierta en Londres o en sus alrededores, cada vez que salían a la calle, acabó por contagiar a la señora Clements, quien decidió trasladarse a uno de los lugares más apartados de Inglaterra: la ciudad de Grimsby, en Lincolnshire, donde su difunto esposo había pasado toda su juventud. Sus parientes, personas respetables establecidas allí, siempre la habían tratado con gran amabilidad, y pensó que no podía hacer nada mejor que ir allí y dejarse aconsejar por los amigos de su marido. Anne se negaba en redondo a volver con su madre a Welmingham, porque desde allí la habían internado en el manicomio, y porque estaba convencida de que sir Percival volvería a ese lugar y la encontraría de nuevo. Esta objeción era muy razonable, y la señora Clements comprendió que no sería fácil hacerle cambiar de opinión.

En Grimsby comenzaron a manifestarse los primeros síntomas serios de enfermedad en Anne. Aparecieron poco después de que se hiciera pública en los periódicos la noticia del matrimonio de lady Glyde, la cual llegó a conocimiento de Anne por esa vía.

El médico que fue llamado para atender a la enferma descubrió enseguida que sufría una grave afección cardíaca. La enfermedad fue prolongada, la dejó muy debilitada y volvió a presentarse intermitentemente, aunque con menor intensidad, una y otra vez. Por ello permanecieron en Grimsby durante la primera mitad del nuevo año, y probablemente habrían seguido allí mucho más tiempo de no ser por la repentina decisión de Anne de regresar a Hampshire con el propósito de obtener una entrevista privada con lady Glyde.

La señora Clements hizo todo lo posible por oponerse a la ejecución de ese proyecto temerario e inexplicable. Anne no dio ninguna explicación de sus motivos, salvo que creía que el día de su muerte no estaba lejos, y que tenía algo en la conciencia que debía comunicar a lady Glyde en secreto, a toda costa. Su resolución era tan firme que declaró que, si la señora Clements se negaba a acompañarla, iría sola a Hampshire. El médico, al ser consultado, opinó que una oposición seria a sus deseos probablemente desencadenaría otro episodio de enfermedad, quizás fatal, y la señora Clements, siguiendo ese consejo, cedió ante la necesidad, y una vez más –con tristes presentimientos de problemas y peligros por venir– permitió a Anne Catherick salirse con la suya.

Durante el viaje de Londres a Hampshire, la señora Clements descubrió que uno de los pasajeros conocía bien los alrededores de Blackwater, y pudo proporcionarle toda la información necesaria sobre la zona. Así supo que el único lugar al que podían ir sin acercarse peligrosamente a la residencia de sir Percival era un gran pueblo llamado Sandon. La distancia entre allí y Blackwater Park era de entre tres y cuatro millas, y esa distancia, ida y vuelta, fue la que Anne recorrió a pie cada vez que apareció por los alrededores del lago.

Durante los pocos días que pasaron en Sandon sin ser descubiertas, vivieron algo apartadas del pueblo, en la casa de una viuda decente que alquilaba una habitación, y cuya discreción la señora Clements se esforzó por asegurar, al menos durante la primera semana. También trató de convencer a Anne de que lo mejor sería escribir primero a lady Glyde, pero el fracaso de la advertencia enviada a Limmeridge en forma de carta anónima había hecho que Anne se mostrara inflexible: esta vez hablaría, y lo haría en persona.

No obstante, la señora Clements la siguió en secreto cada vez que fue al lago, aunque sin atreverse a acercarse lo suficiente al cobertizo de las barcas como para presenciar lo que ocurría allí. Cuando Anne regresó por última vez de aquella zona peligrosa, la fatiga acumulada de caminar día tras día distancias que excedían con mucho sus fuerzas, sumada al agotamiento emocional que sufría, produjo exactamente el resultado que la señora Clements había temido todo el tiempo. El antiguo dolor en el pecho y los demás síntomas de la enfermedad de Grimsby reaparecieron, y Anne quedó postrada en cama en la casa de la viuda.

En esta emergencia, lo primero –como sabía la señora Clements por experiencia– era calmar la ansiedad de Anne, y con ese propósito, la buena mujer se dirigió ella misma al lago al día siguiente, para intentar encontrar a lady Glyde (quien, según decía Anne, no faltaba nunca a su paseo diario hasta el cobertizo) y convencerla de que regresara discretamente a la casa cercana a Sandon. Al llegar a los límites del bosque, la señora Clements se encontró, no con lady Glyde, sino con un caballero alto, corpulento y entrado en años, con un libro en la mano, en otras palabras, el conde Fosco.

El conde, tras observarla atentamente durante un momento, le preguntó si esperaba encontrarse con alguien en ese lugar, y añadió, antes de que ella pudiera responder, que estaba allí con un mensaje de parte de lady Glyde, aunque no estaba del todo seguro de si la persona que tenía delante coincidía con la descripción de la persona con la que debía comunicarse.

Ante esto, la señora Clements le confió su propósito de inmediato, y le rogó que ayudara a aliviar la ansiedad de Anne confiándole el mensaje. El conde accedió de inmediato y con suma amabilidad. El mensaje, dijo, era muy importante. Lady Glyde rogaba a Anne y a su buena amiga que regresaran de inmediato a Londres, pues estaba convencida de que sir Percival las descubriría si permanecían por más tiempo en las cercanías de Blackwater. Ella misma viajaría a Londres dentro de poco, y si la señora Clements y Anne se adelantaban y le hacían saber su dirección, tendrían noticias suyas y la verían en quince días o menos. El conde añadió que ya había intentado previamente dar una advertencia amistosa a la propia Anne, pero que ella se había asustado tanto al ver que era un desconocido que no le permitió acercarse ni hablarle.

—Hasta ahora –continuó la señora Clements con aire abatido–, no he tenido más idea de lo que fue de ella que el primer día en que la perdí.

Hasta este punto, la información que había recibido de la señora Clements, aunque establecía hechos que antes desconocía, era sólo de carácter preliminar.

Era evidente que toda la cadena de engaños que condujo a Anne Catherick a Londres y la separó de la señora Clements había sido urdida únicamente por el conde Fosco y la condesa, y que la cuestión de si alguna de sus acciones podía ponerles al alcance de la ley merecía tal vez ser considerada en el futuro. Pero el propósito que ahora me guiaba me llevaba por otro camino. El objetivo inmediato de mi visita a la señora Clements era avanzar, aunque fuera mínimamente, hacia el descubrimiento del secreto de sir Percival, y ella aún no había dicho nada que me acercara a esa meta. Sentí entonces la necesidad de intentar despertar en ella recuerdos de tiempos, personas y hechos distintos de los que hasta ahora ocupaban su memoria, y cuando hablé de nuevo, lo hice con ese objetivo, aunque de forma indirecta.

—Ojalá pudiera ayudarle en esta desgracia –le dije–. Lo único que puedo hacer es compadecerme sinceramente de su pena. Si Anne hubiera sido su propia hija, señora Clements, no habría podido demostrarle mayor afecto ni hacer mayores sacrificios por ella.

—No tiene mucho mérito eso, señor –respondió con sencillez–. Para mí, la pobrecita era como una hija. La crie desde bebé, con mis propias manos, y fue un trabajo duro sacarla adelante. No me dolería tanto perderla si no hubiera sido yo quien le hiciera sus primeros vestiditos y le enseñara a andar. Siempre dije que me la habían enviado para consolarme por no haber tenido hijos propios. Y ahora que se ha perdido, los tiempos antiguos me vuelven a la cabeza, y, aun a mi edad, no puedo evitar llorar por ella… no puedo, señor, de verdad.

Esperé un poco para darle tiempo a recomponerse. ¿Sería esa luz que tanto tiempo llevaba buscando la que ahora empezaba a brillar –aunque lejana aún– en los recuerdos de la buena mujer sobre la infancia de Anne?

—¿Conocía usted a la señora Catherick antes de que naciera Anne? –pregunté.

—No desde mucho antes, señor. No más de cuatro meses. Nos veíamos mucho en ese tiempo, pero nunca fuimos muy amigas.

Su voz se había vuelto más firme al responder. Por dolorosos que fueran algunos de sus recuerdos, noté que, inconscientemente, su mente encontraba alivio al volver a las penas borrosas del pasado, después de haber permanecido tanto tiempo fija en los dolores vívidos del presente.

—¿Usted y la señora Catherick eran vecinas? –le pregunté, tratando de guiar su memoria de la manera más amable posible.

—Sí, señor. Vecinas en Old Welmingham.

—¿Old Welmingham? ¿Hay entonces dos lugares con ese nombre en Hampshire?

—Pues sí, señor. En aquellos días, hace ya más de veintitrés años, era así. Construyeron un nuevo pueblo como a dos millas de distancia, cerca del río, y Old Welmingham, que nunca fue más que una aldea, se fue quedando vacío con el tiempo. El nuevo pueblo es el que ahora llaman Welmingham, pero la iglesia parroquial es todavía la misma. Está allí sola, con las casas derrumbadas o en ruinas a su alrededor. He vivido lo suficiente para ver muchos cambios tristes. Era un lugar bonito y agradable en mis tiempos.

—¿Vivía usted allí antes de casarse, señora Clements?

—No, señor. Soy de Norfolk. Tampoco era el lugar de donde era mi marido. Él era de Grimsby, como ya le dije, y allí hizo su aprendizaje. Pero tenía amigos en el sur, y al oír hablar de una oportunidad, consiguió establecerse en Southampton. Era un negocio modesto, pero ganó lo suficiente para retirarse con tranquilidad, y se instaló en Old Welmingham. Fui allí con él cuando nos casamos. Ninguno de los dos era joven, pero fuimos muy felices juntos… más felices de lo que fue nuestro vecino, el señor Catherick, con su mujer, cuando vinieron a vivir a Old Welmingham un año o dos después.

—¿Conocía su marido al matrimonio antes de eso?

—Al señor Catherick, sí, señor. A su mujer, no. Ella era una desconocida para los dos. Unos caballeros intercedieron por Ca-

487

therick y él consiguió el puesto de sacristán en la iglesia de Welmingham. Por eso se instalaron en nuestro barrio. Trajo consigo a su recién casada, y con el tiempo supimos que había sido doncella en una familia que vivía en Varneck Hall, cerca de Southampton. A Catherick le costó bastante conseguir que ella se casara con él, porque se daba muchos aires. Le pidió y le pidió que se casara, y al final renunció, viendo que era tan contraria. Pero cuando lo dejó por imposible, ella cambió de idea, y volvió a él por su cuenta, sin motivo aparente. Mi pobre esposo siempre dijo que ése era el momento de haberle dado una lección. Pero Catherick la quería demasiado para hacer algo así: nunca la corrigió, ni antes ni después de casarse. Era un hombre de sentimientos rápidos, que lo llevaban demasiado lejos, unas veces en una dirección y otras en la contraria, y habría estropeado a una mujer mejor que la señora Catherick, si una mejor se hubiera casado con él. No me gusta hablar mal de nadie, señor, pero ella era una mujer sin corazón, con una voluntad terrible, aficionada a las adulaciones tontas y a los vestidos caros, y sin el menor interés por mostrar un respeto siquiera aparente hacia Catherick, por muy bien que él la tratara. Mi marido dijo que todo acabaría mal desde el principio, y no se equivocó. No habían pasado ni cuatro meses desde que se instalaron en nuestro barrio cuando ocurrió un escándalo espantoso y su hogar se deshizo. Ambos tuvieron la culpa… me temo que los dos fueron igual de responsables.

—¿Se refiere al marido y a la mujer?

—¡Oh, no, señor! No me refiero a Catherick –él sólo merece compasión–. Me refería a su esposa y a la persona…

—¿Y a la persona que causó el escándalo?

—Sí, señor. Un caballero de nacimiento, que debía haber dado mejor ejemplo. Usted lo conoce, señor… y mi pobre Anne también lo conocía demasiado bien.

—¿Sir Percival Glyde?

—Sí, sir Percival Glyde.

Mi corazón se aceleró, creí tener al fin entre manos la clave. ¡Cuán poco sabía entonces de los vericuetos del laberinto que aún habrían de engañarme!

—¿Vivía sir Percival en su vecindario en aquella época? –pregunté.

—No, señor. Vino entre nosotros como un forastero. Su padre había muerto poco antes en el extranjero. Recuerdo que vestía de luto. Se hospedó en una pequeña posada junto al río (que ya no existe), donde solían quedarse los señores que venían a pescar. Al principio no llamó la atención, era bastante común que vinieran caballeros de toda Inglaterra a pescar en nuestro río.

—¿Apareció en el pueblo antes del nacimiento de Anne?

—Sí, señor. Anne nació en junio de 1827, y creo que él llegó a finales de abril o principios de mayo.

—¿Llegó como un desconocido para todos? ¿También para la señora Catherick?

—Eso creíamos al principio, señor. Pero cuando estalló el escándalo, nadie creyó que fueran desconocidos. Recuerdo cómo ocurrió como si fuera ayer. Catherick entró una noche en nuestro jardín y nos despertó arrojando un puñado de grava a la ventana. Le oí rogarle a mi marido, por el amor de Dios, que bajara a hablar con él. Estuvieron mucho rato hablando en el porche. Cuando mi marido volvió a subir estaba temblando. Se sentó en el borde de la cama y me dijo: «¡Lizzie! Siempre te dije que esa mujer no era buena, siempre dije que acabaría mal, y me temo que ese momento ha llegado. Catherick ha encontrado un montón de pañuelos de encaje, dos anillos finos y un reloj de oro con su cadena escondidos en el cajón de su mujer –cosas que sólo una dama de cuna debería tener–, y ella no quiere decir de dónde los ha sacado». «¿Cree que los ha robado?», le pregunté. «No –dijo él–, robar ya sería grave. Pero es peor: no ha tenido ocasión de robar cosas así, y no es mujer de hacerlo si la tuviera. Son regalos, Lizzie, tienen grabadas sus iniciales dentro del reloj y Catherick la ha visto hablando en secreto y comportándose como ninguna mujer casada debería, con ese caballero de luto, sir Percival Glyde. No digas nada, he calmado a Catherick por esta noche. Le he dicho que guarde silencio, que mantenga los ojos y los oídos abiertos, y que espere un par de días hasta estar seguro». «Creo que los dos estáis equivocados –le dije–. No es natural, por muy cómoda y respetable que esté aquí, que la señora Catherick se enrede con un desconocido como sir Percival Glyde». «Sí, pero, ¿es realmente un desconocido para ella? –dijo mi marido–. ¿Olvidas cómo fue que la esposa de Catherick se casó con él? Acudió a él por su cuenta, después de rechazarlo varias veces. Ha habido mujeres malas antes que ella, Lizzie, que han usado a hombres honestos que las querían para salvar su reputación, y me temo mucho que esta señora Catherick es de las peores. Ya veremos –dijo mi marido–, ya lo veremos pronto». Y sólo dos días después, lo vimos.

La señora Clements se detuvo un momento antes de continuar. Incluso en ese instante, empecé a dudar si la pista que creía haber encontrado realmente me llevaría al misterio central del laberinto. ¿Era esta historia vulgar, demasiado común, de una traición y una debilidad femenina, la clave de un secreto que había sido el terror de toda la vida de sir Percival Glyde?

—Pues bien, señor, Catherick siguió el consejo de mi esposo y esperó –prosiguió la señora Clements–. Y como le dije, no tardó mucho. Al segundo día sorprendió a su mujer y a sir Percival hablando en voz baja, con mucha familiaridad, justo al lado de la sacristía de la iglesia. Supongo que pensaron que ése era el último lugar del mundo donde alguien se pondría a espiarlos, pero, fuera como fuese, allí estaban. Sir Percival, que parecía sorprendido y desconcertado, se defendió de una manera tan culpable que el pobre Catherick (con ese genio suyo del que ya le hablé) cayó en una especie de frenesí por su desgracia y golpeó a sir Percival. No era rival para él (y me duele decirlo) y fue apaleado de la manera más cruel, hasta que los vecinos, que acudieron al oír el alboroto, llegaron para separarlos. Todo esto sucedió al anochecer, y antes de que acabara el día, cuando mi esposo fue a la casa de Catherick, él ya se había marchado, nadie sabía adónde. Nadie en el pueblo volvió a verlo jamás. Ya sabía bien, para entonces, cuál había sido la infame razón de su esposa para casarse con él, y sintió su miseria y su deshonra –especialmente después de lo que le ocurrió con sir Percival– demasiado intensamente. El párroco del pueblo puso un anuncio en el periódico pidiéndole que volviera, diciendo que no perdería su empleo ni a sus amigos. Pero Catherick tenía demasiado orgullo, o demasiado corazón, como digo yo, para enfrentarse a sus vecinos y tratar de sobreponerse a su desgracia. Mi esposo recibió noticias suyas cuando se marchó de Inglaterra, y otra carta después, cuando ya estaba establecido y prosperando en América. Hasta donde sé, todavía vive allí, pero ninguno de nosotros en el viejo país –y menos que nadie su esposa– volverá a verlo jamás.

—¿Qué fue de sir Percival? –pregunté–. ¿Se quedó en el vecindario?

—Él, no, señor. El lugar se volvió demasiado «caliente» para él. Se oyó que tuvo una fuerte discusión con la señora Catherick esa misma noche en que estalló el escándalo, y a la mañana siguiente se marchó.

—¿Y la señora Catherick? ¿No se marchó del pueblo, entre las personas que sabían de su desgracia?

—Se quedó, señor. Tenía el temple y la frialdad necesarios para desafiar abiertamente la opinión de todos sus vecinos. Afirmó ante todos, desde el párroco para abajo, que era víctima de un terrible error, y que ningún chismoso del lugar la expulsaría como si fuera una mujer culpable. Durante mi tiempo vivió en Old Welmingham, y después, cuando empezaron a construir el nuevo pueblo y los vecinos respetables comenzaron a mudarse, ella se mudó también, como si estuviera decidida a vivir entre ellos y escandalizarlos hasta el último día. Allí sigue, y allí seguirá, desafiando a todos, hasta su muerte.

—¿Pero cómo ha vivido todos estos años? –pregunté–. ¿Su esposo podía y quería ayudarla?

—Ambas cosas, señor –dijo la señora Clements–. En la segunda carta que escribió a mi buen esposo, decía que ella había llevado su apellido y vivido en su casa, y que, por muy mala que fuera, no debía acabar pidiendo limosna en la calle. Podía permitirse enviarle una pequeña pensión, y ella podía retirarla cada trimestre en un lugar de Londres.

—¿Y la aceptó?

—Ni un penique, señor. Dijo que jamás dependería de Catherick para un solo bocado ni una gota, aunque viviera cien años. Y desde entonces ha mantenido su palabra. Cuando mi pobre esposo murió y me dejó todo, la carta de Catherick quedó en mi poder con las demás cosas, y le dije que me avisara si alguna vez necesitaba algo. «Le haré saber a toda Inglaterra que estoy en la miseria –me dijo–, antes que decírselo a Catherick o a cualquier amigo suyo. Tome esa respuesta, y désela a ÉL si vuelve a escribir».

—¿Cree usted que tenía dinero propio?

—Muy poco, si acaso algo, señor. Se decía –y me temo que con razón– que sus medios de vida le llegaban en secreto de parte de sir Percival Glyde.

Tras esta última respuesta, esperé un momento para reconsiderar lo que había oído. Si aceptaba sin reservas la historia, estaba claro que aún no se me había revelado ninguna pista, directa o indirecta, del Secreto, y que mi búsqueda había terminado una vez más en el fracaso más evidente y desalentador.

Pero había un punto en el relato que me hacía dudar de la conveniencia de aceptarlo todo sin reservas, y sugería que podía haber algo oculto bajo la superficie.

No lograba explicarme cómo una esposa culpable había decidido, por voluntad propia, vivir el resto de su vida en el escenario mismo de su deshonra. La declaración que se le atribuía, según la cual tomaba esa extraña decisión como una afirmación práctica de su inocencia, no me convencía. Me parecía más natural y probable pensar que no era del todo libre para elegir. En ese caso, ¿quién era la persona más probable con poder para obligarla a permanecer en Welmingham? Sin duda, la misma de la que obtenía los medios para vivir. Había rechazado la ayuda de su esposo, no tenía recursos propios, era una mujer deshonrada y sin amistades. ¿De qué fuente iba a depender si no era de la que señalaban los rumores? Sir Percival Glyde.

Razonando bajo estas suposiciones, y recordando siempre el único hecho cierto que tenía para guiarme –que la señora Catherick conocía el Secreto– comprendía con facilidad que era del interés de sir Percival mantenerla en Welmingham, ya que su reputación en ese lugar la aislaba completamente de toda comunicación con otras mujeres, y no le daba ocasión alguna de hablar con descuido en momentos de intimidad con alguna amiga curiosa. Pero

¿cuál era el misterio a ocultar? No podía ser la conexión infame de sir Percival con la deshonra de la señora Catherick, pues los vecinos eran precisamente quienes lo sabían. Tampoco podía ser la sospecha de que él era el padre de Anne, pues Welmingham era el lugar donde esa sospecha debía necesariamente surgir. Si aceptaba las apariencias culpables tal como me habían sido descritas, del mismo modo que las aceptaron el señor Catherick y todos los vecinos, ¿dónde estaba la sugerencia, en todo lo que había oído, de un secreto peligroso entre sir Percival y la señora Catherick, que se hubiera guardado desde entonces hasta hoy?

Y sin embargo, en aquellas reuniones furtivas, en aquellos susurros familiares entre la esposa del sacristán y «el caballero de luto», existía sin duda la clave del descubrimiento.

¿Era posible que las apariencias en este caso apuntaran en una dirección mientras la verdad había estado todo el tiempo en otra? ¿Podía ser cierta, por remota que pareciera, la afirmación de la señora Catherick de que fue víctima de un error espantoso? O si aceptábamos que era falsa, ¿era posible que la conclusión que asociaba a sir Percival con su culpa se hubiera fundado en un error inconcebible? ¿Había fingido sir Percival una culpa equivocada para desviar de sí una sospecha verdadera? Allí –si lograba encontrarla– estaba la vía hacia el Secreto, oculta bajo la superficie de una historia en apariencia poco prometedora.

Mis siguientes preguntas se centraron exclusivamente en averiguar si el señor Catherick había llegado realmente a la convicción del mal comportamiento de su esposa. Las respuestas de la señora Clements no me dejaron ninguna duda. La señora Catherick, según pruebas claras, había comprometido su reputación siendo aún soltera, con un hombre desconocido, y se había casado sólo para salvar las apariencias. Se había demostrado, por cálculos de fechas y lugares que no hace falta detallar, que la hija que llevaba el apellido de su esposo no era hija de su esposo.

La siguiente cuestión –si era igual de cierto que sir Percival era el padre de Anne– presentaba muchas más dificultades. No estaba en condiciones de analizar las probabilidades sino por un único medio: la semejanza física.

—Supongo que vio usted con frecuencia a sir Percival cuando estaba en su pueblo –dije.

—Sí, señor, muy a menudo –respondió la señora Clements.

—¿Notó alguna vez que Anne se pareciera a él?

—No se parecía en nada, señor.

—¿Y a su madre?

—Tampoco, señor. La señora Catherick era morena, y tenía la cara redonda y llena.

Ni parecida a su madre ni a su supuesto padre. Sabía que la semejanza física no era una prueba concluyente, pero tampoco debía descartarse del todo. ¿Podía reforzarse esa impresión descubriendo algún hecho concluyente sobre la vida de la señora Catherick y de sir Percival antes de que aparecieran en Old Welmingham? Mis siguientes preguntas iban encaminadas a ese propósito.

—Cuando sir Percival llegó por primera vez a su vecindario –pregunté–, ¿se sabía de dónde venía?

—No, señor. Unos decían que de Blackwater Park, otros que de Escocia... pero nadie lo sabía con certeza.

—¿La señora Catherick trabajaba en Varneck Hall justo antes de casarse?

—Sí, señor.

—¿Y llevaba mucho tiempo en ese empleo?

—Tres o cuatro años, señor; no sabría decirle con exactitud.

—¿Oyó alguna vez el nombre del caballero dueño de Varneck Hall en esa época?

—Sí, señor. Se llamaba el Mayor Donthorne.

—¿El señor Catherick, o alguien más que usted conociera, sabía si sir Percival era amigo del Mayor Donthorne o si alguna vez se le había visto por los alrededores de Varneck Hall?

—El señor Catherick no lo sabía, que yo recuerde... ni tampoco nadie más, que yo sepa.

Anoté el nombre y dirección del Mayor Donthorne, por si aún vivía y en el futuro podía ser útil dirigirme a él. Entretanto, la impresión en mi mente era ahora claramente contraria a la opinión de que sir Percival fuera el padre de Anne, y decididamente favorable a la conclusión de que el secreto de sus entrevistas con la señora Catherick no tenía relación alguna con la deshonra que aquella mujer había infligido al buen nombre de su esposo. No se me ocurría ya ninguna otra pregunta útil para reforzar esta impresión. Sólo podía alentar a la señora Clements a que me hablara de los primeros años de Anne, y estar atento a cualquier posible sugerencia que pudiera surgir de su relato.

—Aún no me ha contado –dije– cómo fue que la pobre criatura, nacida en medio de todo ese pecado y miseria, llegó a quedar al cuidado de usted, señora Clements.

—No había nadie más, señor, que pudiera hacerse cargo de la pequeña criatura indefensa –respondió la señora Clements–. La madre, tan perversa, parecía odiarla, ¡como si la pobre niña tuviera la culpa! Desde el día en que nació. A mí me partía el alma, y me ofrecí a criarla con tanto amor como si fuera hija mía.

—¿Anne permaneció todo el tiempo bajo su cuidado desde entonces?

—No exactamente todo el tiempo, señor. La señora Catherick tenía sus manías y caprichos, y a veces reclamaba a la niña, como si quisiera molestarme por haberme encargado de ella. Pero esas rachas no duraban mucho. La pobre Anne siempre volvía a mí, y siempre estaba contenta de regresar, aunque en mi casa llevaba una vida muy triste, sin compañeritos de juego, como los demás niños, que la alegraran. Nuestra separación más larga fue cuando su madre se la llevó a Limmeridge. Justo en ese tiempo murió mi esposo, y pensé que era mejor, en medio de esa desgracia, que Anne no estuviera en casa. Tenía entonces entre diez y once años, era lenta para aprender, pobrecita, y no tan alegre como otros niños, pero era una de las niñas más bonitas que se pudieran ver. Me quedé en casa hasta que su madre la trajo de vuelta, y entonces le propuse llevarla conmigo a Londres; la verdad, señor, es que no podía seguir en Old Welmingham después de la muerte de mi marido, el lugar se me había vuelto triste y ajeno.

—¿Y la señora Catherick aceptó su propuesta?

—No, señor. Volvió del norte más dura y amarga que nunca. La gente decía que al principio había tenido que pedirle permiso a sir Percival para irse, y que sólo fue a cuidar de su hermana moribunda en Limmeridge porque se decía que la pobre mujer había ahorrado dinero, aunque al final apenas dejó lo justo para el entierro. Quizás esas cosas amargaron a la señora Catherick, pero, fuera como fuera, no quiso ni oír hablar de que yo me llevara a la niña. Parecía disfrutar separándonos. Lo único que pude hacer fue darle a Anne mi dirección y decirle en secreto que, si alguna vez estaba en apuros, viniera a verme. Pero pasaron años antes de que pudiera venir. No la volví a ver, pobrecita, hasta la noche en que escapó del manicomio.

—¿Sabe usted, señora Clements, por qué sir Percival Glyde la encerró?

—Sólo sé lo que me contó la misma Anne, señor. La pobrecita hablaba de ello con mucha confusión y angustia. Decía que su madre tenía un secreto de sir Percival que debía guardar, y que se lo había revelado a ella mucho tiempo después de que yo dejara Hampshire… y que, cuando él descubrió que ella lo sabía, la encerró. Pero nunca fue capaz de decirme cuál era ese secreto. Todo lo que repetía era que su madre podría arruinar y destruir a sir Percival si quería. Tal vez la señora Catherick dejó escapar sólo eso, y nada más. Estoy casi segura de que habría sabido toda la verdad por boca de Anne, si ella realmente la hubiera sabido como fingía, o como muy posiblemente creía saberla, pobrecita.

Esa idea ya me había cruzado por la mente. Ya le había dicho a Marian que dudaba de que Laura estuviera a punto de hacer algún descubrimiento importante cuando ella y Anne Catherick fueron interrumpidas por el conde Fosco en la casa del lago. Era perfectamente coherente con el trastorno mental de Anne que creyera conocer por completo el secreto, basándose sólo en vagas sospechas nacidas de insinuaciones imprudentes que su madre pudo haber dejado escapar en su presencia. La culpable desconfianza de sir Percival, en ese caso, habría inspirado en él la falsa idea de que Anne lo sabía todo por boca de su madre, del mismo modo que más tarde lo llevó a sospechar, también erróneamente, que su esposa lo sabía todo por boca de Anne.

El tiempo pasaba, la mañana avanzaba. Dudaba que, quedándome más tiempo, pudiera obtener de la señora Clements algo útil para mi propósito. Ya había descubierto los datos locales y familiares que buscaba sobre la señora Catherick, y había llegado a conclusiones totalmente nuevas para mí, que podrían ayudarme enormemente a orientar mis siguientes pasos. Me levanté para despedirme y dar las gracias a la señora Clements por la amabilidad con que me había proporcionado la información.

—Me temo que me habrá considerado usted muy entrometido –dije–. Le he hecho muchas más preguntas de las que muchos estarían dispuestos a contestar.

—Está usted muy bienvenido, señor, a todo lo que pueda decirle –respondió la señora Clements. Se detuvo un instante y me miró con tristeza–. Pero me habría gustado, señor –dijo con tono afligido–, que me hubiese contado un poco más sobre Anne. Creí ver algo en su cara cuando entró, como si pudiera hacerlo. No se imagina cuánto duele no saber siquiera si está viva o muerta. Lo soportaría mejor si al menos lo supiera con certeza. Usted dijo que no esperaba volver a verla con vida. ¿Lo sabe usted, señor… lo sabe con certeza… que Dios se la ha llevado?

No podía resistirme a ese ruego; habría sido una crueldad mezquina y cobarde de mi parte.

—Me temo que no hay duda –respondí con suavidad–; tengo la certeza en mi corazón de que sus sufrimientos en este mundo han terminado.

La pobre mujer se dejó caer en su silla y escondió el rostro.

—Oh, señor –dijo–, ¿cómo lo sabe? ¿Quién se lo ha dicho?

—Nadie me lo ha dicho, señora Clements. Pero tengo razones para estar seguro… razones que le prometo que conocerá en cuanto sea seguro explicárselas. Estoy convencido de que no fue descuidada en sus últimos momentos. Estoy convencido de que fue su dolencia del corazón, la que tanto la hacía sufrir, la verdadera causa de su muerte. Pronto lo sabrá con la misma certeza que yo. Sabrá que está enterrada en un cementerio campestre, tranquilo, en un lugar bonito y apacible, que usted misma habría escogido para ella.

—¿Muerta? –dijo la señora Clements–. ¿Muerta tan joven, y yo aquí para enterarme? Le hice sus primeros vestiditos. Le enseñé a caminar. La primera vez que dijo «mamá», me lo dijo a mí… ¡y ahora yo quedo, y Anne se ha ido! ¿Dijo usted, señor –dijo, quitándose el pañuelo de la cara y mirándome por primera vez–, que había sido bien enterrada? ¿Fue el tipo de entierro que habría tenido si de verdad hubiera sido hija mía?

Le aseguré que sí. Parecía encontrar un orgullo inexplicable en mi respuesta, un consuelo que ninguna consideración más elevada podía brindarle.

—Me habría partido el corazón –dijo simplemente– si Anne no hubiera sido bien enterrada. Pero, ¿cómo lo sabe, señor? ¿Quién se lo dijo?

Volví a suplicarle que esperara hasta que pudiera hablarle sin reservas.

—Volverá a verme pronto –le dije–, porque tengo un favor que pedirle cuando esté usted un poco más tranquila, tal vez dentro de uno o dos días.

—No lo retrase por mí, señor –dijo la señora Clements–. No se preocupe por mis lágrimas si puedo servirle. Si tiene algo en mente, por favor, dígamelo ahora.

—Sólo quiero hacerle una última pregunta –dije–. Sólo quiero saber la dirección de la señora Catherick en Welmingham.

Mi petición sorprendió tanto a la señora Clements, que incluso la noticia de la muerte de Anne pareció desvanecerse de su mente. Las lágrimas cesaron de repente y se quedó mirándome con asombro.

—¡Por el amor de Dios, señor! –exclamó–. ¿Qué quiere usted con la señora Catherick?

—Esto, señora Clements –respondí–: quiero descubrir el secreto de esas reuniones privadas entre ella y sir Percival Glyde. Hay algo más en la conducta pasada de esa mujer, y en la relación que tuvo con ese hombre, de lo que usted o cualquier vecino haya jamás sospechado. Hay un secreto que ninguno de nosotros conoce entre esos dos, y voy a ver a la señora Catherick decidido a descubrirlo.

—¡Piénselo bien, señor! –dijo la señora Clements, levantándose con vehemencia y apoyando la mano en mi brazo–. Es una mujer terrible… Usted no la conoce como yo. ¡Piénselo bien!

—Estoy seguro de que su advertencia es bienintencionada, señora Clements. Pero estoy decidido a ver a esa mujer, pase lo que pase.

La señora Clements me miró con ansiedad.

—Veo que ya lo ha decidido, señor –dijo–. Le daré la dirección.

La anoté en mi libreta y luego le tomé la mano para despedirme.

—Volverá a tener noticias mías –le dije–. Sabrá todo lo que le he prometido contarle.

La señora Clements suspiró y negó con la cabeza, dudosa.

—A veces vale la pena escuchar el consejo de una vieja, señor –dijo–. Piénselo bien antes de ir a Welmingham.

VIII

Cuando regresé a casa después de mi entrevista con la señora Clements, me sorprendió notar un cambio en Laura.

La dulzura y paciencia inalterables que la desgracia prolongada había puesto a prueba tan cruelmente y que jamás habían sido vencidas, parecían ahora haberla abandonado de repente. Insensible a todos los intentos de Marian por consolarla y distraerla, permanecía sentada, con el dibujo abandonado sobre la mesa, los ojos firmemente bajos, y los dedos entrelazándose y desenlazándose nerviosamente sobre el regazo. Marian se levantó al verme entrar, con una angustia silenciosa en el rostro, esperó un instante para ver si Laura levantaba la vista al acercarme, me susurró: «Intenta animarla» y salió de la habitación.

Me senté en la silla vacía, le solté con suavidad los dedos tensos, desgastados, y tomé sus manos entre las mías.

—¿En qué piensas, Laura? Dímelo, querida mía, intenta decirme qué es lo que te preocupa.

Luchó consigo misma, y alzó los ojos hacia los míos.

—No puedo sentirme feliz –dijo–, no puedo dejar de pensar…

Se detuvo, se inclinó un poco y apoyó la cabeza en mi hombro, con una terrible y muda desesperanza que me traspasó el corazón.

—Intenta decírmelo –repetí con dulzura–. Intenta decirme por qué no eres feliz.

—No sirvo para nada… soy una carga para los dos –respondió con un suspiro fatigado y desesperanzado–. Tú trabajas y ganas dinero, Walter, y Marian te ayuda. ¿Por qué no hay nada que yo pueda hacer? Terminarás queriendo más a Marian que a mí… lo harás, porque yo soy tan inútil. ¡Oh, no me trates como a una niña, por favor!

Le levanté la cabeza, le aparté el cabello enredado del rostro y la besé. ¡Mi pobre flor marchita! ¡Mi hermana perdida y afligida!

—Vas a ayudarnos, Laura –le dije–, vas a empezar hoy mismo, querida mía.

Me miró con una ansiedad febril, con un interés tan intenso que me hizo temblar por la nueva esperanza que aquellas pocas palabras habían despertado.

Me levanté, ordené su material de dibujo y lo coloqué de nuevo cerca de ella.

—Sabes que yo trabajo y gano dinero dibujando –le dije–. Ahora que tú te has esforzado tanto, ahora que has mejorado tanto, tú también vas a empezar a trabajar y ganar dinero. Intenta terminar este pequeño dibujo tan bien y bonito como puedas. Cuando lo termines, me lo llevaré, y la misma persona que compra los míos comprará el tuyo. Guardarás lo que ganes en tu propio monedero, y Marian vendrá a ti a ayudarte tantas veces como viene a mí. Piensa lo útil que vas a ser para los dos, y pronto serás tan feliz, Laura, como largo es el día.

Su rostro se iluminó con entusiasmo, y esbozó una sonrisa. En ese breve momento, en ese instante en que volvió a tomar los lápices que había dejado de lado, casi parecía la Laura de antes.

Había interpretado correctamente los primeros signos de una nueva fuerza que brotaba en su mente, expresándose inconscientemente en la atención que prestaba a las ocupaciones que llenaban la vida de su hermana y la mía. Marian (cuando le conté lo que había ocurrido) vio lo mismo que yo: que Laura anhelaba asumir su pequeño papel de importancia, elevarse en su propia estima y en la nuestra. Y desde ese día, ayudamos con cariño a esa nueva ambición que prometía un futuro más esperanzador y feliz, quizás ya cercano. Sus dibujos, a medida que los terminaba o intentaba terminar, pasaban a mis manos. Marian los tomaba de mí y los guardaba con cuidado, y yo apartaba una pequeña parte de mis ingresos semanales para ofrecérsela como el pago hecho por extraños por aquellos bocetos débiles y sin valor, de los que yo era el único comprador. A veces era difícil sostener nuestra inocente ficción, cuando ella sacaba con orgullo su monedero para aportar su parte a los gastos y se preguntaba, con seriedad, quién había ganado más esa semana, si ella o yo. Conservo todos esos dibujos escondidos todavía. Son mis tesoros sin precio, los recuerdos queridos que deseo mantener vivos, los amigos de la adversidad pasada de los que mi corazón nunca se separará ni mi ternura olvidará.

¿Estoy divagando aquí, dejando de lado la necesidad de mi relato? ¿Estoy anticipando el tiempo más feliz al que aún no he llegado? Sí. Volvamos atrás, a los días de duda y de miedo, cuando el espíritu dentro de mí luchaba por mantenerse vivo en la helada quietud de la espera constante. Me he detenido y descansado un momento en mi camino. Tal vez no sea tiempo perdido, si los amigos que leen estas páginas han hecho una pausa y descansado también.

Busqué la primera oportunidad de hablar en privado con Marian y contarle los resultados de las averiguaciones que había hecho aquella mañana. Parecía compartir la opinión de la señora Clements sobre mi proyectado viaje a Welmingham.

—Walter –dijo–, ¿estás seguro de saber lo suficiente como para tener alguna esperanza de ganarte la confianza de la señora Catherick? ¿Es prudente llegar a estos extremos antes de agotar medios más seguros y sencillos para alcanzar tu objetivo? Cuando me dijiste que sir Percival y el conde eran las únicas personas en el mundo que conocían con certeza la fecha del viaje de Laura, tú olvidaste, y yo también, que había una tercera persona que sin duda debe saberlo: me refiero a la señora Rubelle. ¿No sería más fácil, y mucho menos arriesgado, obligarla a confesar que forzar a sir Percival?

—Podría ser más fácil –respondí–, pero no conocemos el grado exacto de implicación y complicidad de la señora Rubelle en la conspiración, y por tanto no estamos seguros de que esa fecha esté grabada en su memoria, como sin duda lo está en la de sir Percival y el conde. Ya es tarde para perder el tiempo con la señora Rubelle, cuando puede ser crucial descubrir el único punto vulnerable en la vida de sir Percival. ¿Estás pensando demasiado en el riesgo que corro al volver a Hampshire? ¿Empiezas a temer que sir Percival Glyde pueda, al final, vencerme?

—No podrá vencerte –respondió decidida–, porque no contará con la ayuda de la impenetrable maldad del conde.

—¿Qué te hace pensar eso? –pregunté, algo sorprendido.

—Mi propio conocimiento de la obstinación de sir Percival y de lo impaciente que está del control del conde –respondió–. Creo que insistirá en enfrentarse a ti solo, igual que insistió al principio en actuar por su cuenta en Blackwater Park. El momento de temer la intervención del conde será cuando tengas a sir Percival en tus manos. Entonces, sus propios intereses estarán en peligro directo, y actuará, Walter, con un propósito terrible, para defenderse.

—Podemos desarmarlo de antemano –dije–. Algunos de los datos que me dio la señora Clements pueden servirnos para atacarlo, y puede que tengamos otros medios para reforzar el caso. Hay pasajes en el relato de la señora Michelson que indican que el conde necesitó ponerse en contacto con el señor Fairlie, y puede que haya circunstancias comprometedoras en ese hecho. Mientras yo esté fuera, Marian, escríbele al señor Fairlie y dile que necesitas una respuesta detallando exactamente lo que ocurrió entre él y el conde, e infórmate también de cualquier dato que haya llegado a su conocimiento en ese momento en relación con su sobrina. Dile que esa declaración que pides será exigida tarde o temprano, si se muestra reacio a proporcionártela por voluntad propia.

—La carta será escrita, Walter. Pero ¿estás realmente decidido a ir a Welmingham?

—Absolutamente decidido. Dedicaré los próximos dos días a ganar lo que necesitamos para la semana que viene, y al tercer día iré a Hampshire.

Cuando llegó ese tercer día, ya estaba preparado para mi viaje.

Como era posible que estuviera fuera algún tiempo, acordé con Marian que nos escribiríamos todos los días –por supuesto, usando nombres ficticios, por seguridad–. Mientras recibiera noticias suyas con regularidad, asumiría que todo estaba bien. Pero si llegaba una mañana sin carta, regresaría a Londres en el primer tren. Conseguí tranquilizar a Laura diciéndole que iba al campo a buscar nuevos compradores para sus dibujos y los míos, y la dejé ocupada y contenta. Marian me acompañó hasta la puerta.

—Recuerda los corazones angustiados que dejas aquí –susurró mientras estábamos juntos en el pasillo–. Recuerda todas las esperanzas que dependen de tu regreso a salvo. Si suceden cosas extrañas en este viaje… si tú y sir Percival os encontráis…

—¿Por qué piensas que nos encontraremos? –pregunté.

—No lo sé… tengo temores e intuiciones que no puedo explicar. Ríete de ellas, Walter, si quieres… pero, por Dios, ¡mantén la calma si llegas a enfrentarte con ese hombre!

—No temas, Marian. Responderé por el dominio de mí mismo.

Con esas palabras nos despedimos.

Caminé a paso ligero hasta la estación. Me animaba una esperanza renovada. Sentía crecer en mí la convicción de que este viaje no sería en vano. Era una mañana despejada, fría y luminosa. Tenía los nervios firmes y notaba que toda la fuerza de mi resolución me recorría el cuerpo con vigor.

Al cruzar el andén y mirar a ambos lados entre la multitud, buscando algún rostro conocido, me asaltó la duda de si no habría sido mejor salir disfrazado hacia Hampshire.

Pero había algo tan repulsivo para mí en la idea –algo tan mezquino, tan propio del vulgo de espías y soplones– en el mero hecho de adoptar un disfraz, que descarté de inmediato esa posibilidad casi tan pronto como apareció en mi mente. Incluso como simple cuestión de conveniencia, el proceder era extremadamente dudoso. Si probaba el experimento en casa, el propietario del edificio acabaría por descubrirme tarde o temprano y comenzaría a sospechar enseguida. Si lo intentaba lejos de casa, las mismas personas podrían verme por la más común de las casualidades con el disfraz y sin él, y así estaría invitando precisamente a la atención y desconfianza que más necesitaba evitar. Había actuado hasta ese momento bajo mi propia identidad, y así estaba decidido a continuar hasta el final.

El tren me dejó en Welmingham a primera hora de la tarde.

¿Existe algún desierto de arena en Arabia, alguna visión de desolación entre las ruinas de Palestina, que pueda igualar el efecto repulsivo para la vista y la influencia deprimente para el ánimo de un pueblo inglés en los primeros estadios de su existencia, en plena transición hacia una supuesta prosperidad? Me hice esa pregunta mientras recorría la desolación pulcra, la fealdad ordenada, la modorra formal de las calles de Welmingham. Y los tenderos que me miraban desde sus tiendas solitarias, los árboles que se doblaban sin fuerzas en su exilio árido de plazas inacabadas, los cadáveres de casas esperando en vano el aliento humano que las animara... todo ser que vi, todo objeto que pasé, parecía responder al unísono: los desiertos de Arabia son inocentes de nuestra desolación civilizada; las ruinas de Palestina no pueden compararse con nuestra melancolía moderna.

Pregunté cómo llegar al barrio donde vivía la señora Catherick, y al llegar me encontré en una plaza de casas bajas, de una sola planta. En el centro había un pequeño prado pelado, protegido por una cerca barata de alambre. Una niñera mayor y dos niños estaban de pie en un rincón del cercado, mirando a una cabra flaca atada a la hierba. Dos transeúntes charlaban en un lado de la acera, frente a las casas, y un niño ocioso paseaba a un perro ocioso con una cuerda por el otro lado. Oí a lo lejos el apagado tintinear de un piano, acompañado por los golpes intermitentes de un martillo más cercano. Éstas eran todas las señales de vida que me rodeaban al entrar en la plaza.

Fui directamente a la puerta del número trece —la casa de la señora Catherick— y llamé, sin pararme a considerar de antemano cuál sería la mejor forma de presentarme. Lo primero era verla; luego, podría juzgar por mí mismo cuál sería la manera más segura y sencilla de abordar el propósito de mi visita.

Abrió la puerta una sirvienta melancólica, de mediana edad. Le entregué mi tarjeta y le pregunté si podía ver a la señora Catherick. La tarjeta fue llevada al salón del frente, y la sirvienta regresó con un recado pidiéndome que indicara cuál era el motivo de mi visita.

—Dígale, por favor, que se trata de un asunto relacionado con la hija de la señora Catherick —respondí—. Era el mejor pretexto que se me ocurrió en ese momento para justificar mi presencia.

La sirvienta volvió al salón, regresó otra vez, y esta vez me rogó, con una mirada de asombro sombrío, que pasara.

Entré en una salita con papel de pared chillón y de gran tamaño. Las sillas, mesas, aparador y sofá brillaban con el lustre pegajoso de los tapizados baratos. Sobre la mesa más grande, en el centro de la sala, había una Biblia elegante, colocada justo en el medio sobre un tapete de lana rojo y amarillo. En el lado más cercano a la ventana, con una pequeña cesta de labores en el regazo y un viejo spaniel lagrimoso y jadeante acurrucado a sus pies, estaba sentada una mujer mayor, vestida con cofia negra de red, vestido de seda negro y mitones gris pizarra. Su pelo canoso caía en gruesas bandas a los lados del rostro, y sus ojos oscuros miraban al frente con una dureza desafiante e implacable. Tenía mejillas anchas y firmes, un mentón largo y duro, y unos labios gruesos, sensuales, sin color. Su figura era robusta y fornida, y su actitud, de una seguridad en sí misma casi agresiva. Ésta era la señora Catherick.

—Ha venido a hablarme de mi hija —dijo, antes de que pudiera pronunciar una palabra—. Tenga la bondad de decir lo que tiene que decir.

El tono de su voz era tan duro, tan desafiante e implacable como la expresión de sus ojos. Señaló una silla y me examinó de arriba abajo con detenimiento mientras me sentaba. Comprendí que mi única posibilidad con esta mujer era hablarle en su mismo tono y enfrentarla, desde el primer momento, en su propio terreno.

—Sabe usted —dije— que su hija está desaparecida.

—Soy perfectamente consciente de ello.

—¿Ha temido alguna vez que la desgracia de su desaparición se viera seguida por la desgracia de su muerte?

—Sí. ¿Ha venido usted a decirme que está muerta?

—Así es.

—¿Por qué?

Hizo esa extraordinaria pregunta sin la menor alteración en la voz, el rostro o los modales. No habría parecido más indiferente si le hubiera anunciado la muerte de la cabra del prado.

—¿Por qué? –repetí–. ¿Me pregunta por qué vengo a decirle que su hija ha muerto?

—Sí. ¿Qué interés tiene usted en mí o en ella? ¿Cómo sabe algo sobre mi hija?

—De esta manera: la conocí la noche en que escapó del manicomio, y la ayudé a llegar a un lugar seguro.

—Obró usted muy mal.

—Lamento oír eso de labios de su madre.

—Su madre lo dice. ¿Cómo sabe usted que está muerta?

—No estoy autorizado a decir cómo lo sé… pero lo sé.

—¿Está autorizado a decir cómo consiguió mi dirección?

—Por supuesto. La obtuve de la señora Clements.

—La señora Clements es una mujer tonta. ¿Le dijo que viniera aquí?

—No me lo dijo.

—Entonces, le pregunto otra vez: ¿por qué ha venido?

Como estaba decidida a obtener una respuesta, se la di de la forma más clara posible.

—He venido –dije– porque pensé que la madre de Anne Catherick podría tener un interés natural en saber si su hija estaba viva o muerta.

—Justamente –dijo la señora Catherick, con aún más aplomo–. ¿No tenía usted ningún otro motivo?

Dudé. No era fácil encontrar en ese instante la respuesta adecuada a esa pregunta.

—Si no tiene otro motivo –continuó ella, quitándose deliberadamente los mitones color pizarra y enrollándolos–, no me queda más que agradecerle su visita y decirle que no lo retendré aquí por más tiempo. Su información sería más satisfactoria si quisiera explicar cómo ha llegado a conocerla. En cualquier caso, supongo que me justifica para guardar luto. No se requiere mucha modificación en mi atuendo, como puede ver. Cuando me haya cambiado los mitones, estaré toda vestida de negro.

Buscó en el bolsillo de su vestido, sacó un par de mitones de encaje negro, se los puso con una compostura pétrea e imperturbable, y cruzó tranquilamente las manos sobre el regazo.

—Le deseo buenos días –dijo.

El frío desdén de su actitud me irritó lo suficiente como para declarar directamente que el propósito de mi visita aún no se había cumplido.

—Tengo otro motivo para venir aquí –dije.

—Ah, ya me lo imaginaba –respondió la señora Catherick.

—La muerte de su hija…

—¿De qué murió?

—De una enfermedad del corazón.

—Ya. Continúe.

—La muerte de su hija ha sido utilizada como pretexto para infligir un daño grave a una persona que me es muy querida. Dos hombres han estado implicados, según mi certeza, en ese atropello. Uno de ellos es sir Percival Glyde.

—¿De veras?

La observé atentamente para ver si reaccionaba ante la mención repentina de ese nombre. No se le movió ni un músculo: la dura, desafiante e implacable mirada de sus ojos no vaciló ni un instante.

—Puede que se pregunte –proseguí– cómo el hecho de la muerte de su hija ha podido convertirse en un medio para perjudicar a otra persona.

—No –dijo la señora Catherick–. No me lo pregunto en absoluto. Ese parece ser su asunto. Usted se interesa por mis asuntos. Yo no me intereso por los suyos.

—Entonces, puede que se pregunte –insistí– por qué le menciono el asunto a usted.

—Sí, eso sí me lo pregunto.

—Se lo menciono porque estoy decidido a que sir Percival Glyde rinda cuentas por la vileza que ha cometido.

—¿Y qué tengo que ver yo con su determinación?

—Ahora lo sabrá. Hay ciertos acontecimientos en la vida pasada de sir Percival que necesito conocer con exactitud para lograr mi propósito. Usted los conoce. Y por eso he venido a hablar con usted.

—¿A qué acontecimientos se refiere?

—Acontecimientos que ocurrieron en Old Welmingham cuando su esposo era sacristán de ese lugar, y antes de que naciera su hija.

Por fin había alcanzado a la mujer a través de la barrera de reserva impenetrable que había intentado erigir entre nosotros. Vi su temperamento arderle en los ojos, tan claramente como vi sus manos inquietarse, luego soltarse y empezar a alisar mecánicamente su vestido sobre las rodillas.

—¿Qué sabe usted de esos acontecimientos? –preguntó.

—Todo lo que la señora Clements pudo contarme –respondí.

Se le tiñó el rostro cuadrado con un leve rubor momentáneo, y sus manos inquietas se detuvieron brevemente, lo que parecía anunciar un estallido de ira que tal vez la haría perder el control. Pero no; dominó la irritación incipiente, se recostó en su silla, cruzó los brazos sobre su robusto pecho y, con una sonrisa de sarcástica dureza en los labios gruesos, me miró con la misma firmeza de antes.

—¡Ah! Ahora empiezo a entenderlo todo –dijo, dejando que su ira, domesticada y disciplinada, se expresara sólo a través de la burla elaborada de su tono y sus gestos–. Usted tiene una espina clavada con sir Percival Glyde, y yo debo ayudarle a sacársela. ¿Debo contarle esto, aquello y lo de más allá sobre sir Percival y sobre mí, verdad? Claro. Ha estado husmeando en mis asuntos privados. Cree que ha encontrado a una mujer perdida, que vive aquí de prestado, y que hará cualquier cosa que se le pida por temor a que la comprometan ante la buena gente del pueblo. Le veo a usted y su preciosa especulación muy claramente. ¡Y me divierte! ¡Ja, ja!

Se detuvo un instante, se apretó los brazos contra el pecho, y soltó una risa para sí misma, dura, áspera, colérica.

—Usted no sabe cómo he vivido en este lugar, ni lo que he hecho aquí, señor Cómo-se-llame –continuó–. Se lo voy a decir antes de tocar el timbre y hacer que lo acompañen a la puerta. Llegué aquí como una mujer ultrajada, robada de su honor y decidida a recuperarlo. He tardado años y años en ello, pero lo he recuperado. Me he medido con los respetables en su propio terreno, de manera abierta y justa. Si dicen algo contra mí, ahora tienen que decirlo en secreto: no pueden, no se atreven a decirlo abiertamente. Estoy lo bastante alto en este pueblo como para que usted no me alcance. El clérigo me saluda con una reverencia. ¡Ah! Eso no se lo esperaba cuando vino aquí. Vaya a la iglesia y pregunte por mí: verá que la señora Catherick tiene su asiento como los demás y paga el alquiler el día que toca. Vaya al ayuntamiento: hay una petición firmada por los vecinos respetables para no permitir que un circo venga a corromper nuestra moral… ¡nuestra moral! Firmé esa petición esta mañana. Vaya a la librería: las conferencias del miércoles por la tarde del reverendo sobre la justificación por la fe se publican por suscripción. Mi nombre figura en la lista. La esposa del médico sólo puso un chelín en la bandeja en nuestro último sermón benéfico. Yo puse media corona. El señor síndico Soward sostenía la bandeja, e hizo una reverencia al verme. Hace diez años le dijo a Pigrum, el boticario, que habría que sacarme de este pueblo a latigazos. ¿Su madre vive? ¿Tiene una Biblia mejor en su mesa que la que yo tengo en la mía? ¿Tiene mejor trato con sus comerciantes que el que yo tengo con los míos? ¿Ha vivido siempre dentro de sus medios? Yo sí. ¡Ah! Ahí viene el reverendo cruzando la plaza. Mire, señor Cómo-se-llame, mire si le parece.

Se levantó con la agilidad de una joven, fue hasta la ventana, esperó a que pasara el clérigo y le hizo una reverencia solemne. El reverendo levantó ceremoniosamente su sombrero y siguió su camino. La señora Catherick volvió a su silla y me miró con una mueca aún más sarcástica.

—¡Ahí lo tiene! ¿Qué le parece eso en una mujer con la reputación perdida? ¿Cómo queda ahora su pequeña especulación?

La forma singular en que había elegido afirmarse, la extraordinaria reivindicación práctica de su posición en el pueblo que acababa de ofrecerme, me dejó tan desconcertado que la escuché en un silencio sorprendido. Sin embargo, no por eso estaba menos resuelto a intentar otra vez hacerla perder la compostura. Si el temperamento feroz de esa mujer escapaba alguna vez a su control y estallaba contra mí, tal vez pronunciaría las palabras que pondrían la clave en mis manos.

—¿Cómo queda ahora su especulación? –repitió.

—Exactamente como estaba cuando entré por esa puerta –respondí–. No dudo de la posición que ha ganado en este pueblo, y no pretendo atacarla, aunque pudiera. Vine aquí porque sir Percival Glyde es, según mi certeza, su enemigo tanto como lo es mío. Si yo tengo una cuenta pendiente con él, usted también. Puede negarlo si quiere, puede desconfiar de mí cuanto guste, puede enojarse todo lo que le plazca… pero, de todas las mujeres de Inglaterra, usted, si siente alguna herida, es la que debería ayudarme a destruir a ese hombre.

—Destrúyalo usted –dijo–, y luego vuelva aquí y verá lo que le digo.

Pronunció esas palabras como no había hablado hasta entonces: con rapidez, fiereza y rencor. Había agitado en su guarida el odio reptante de muchos años, pero sólo por un instante. Como una víbora al acecho, se alzó de un salto cuando se inclinó hacia donde yo estaba sentado. Como una víbora al acecho, volvió a ocultarse enseguida al retomar su postura anterior en la silla.

—¿No va a confiar en mí? –dije.

—No.

—¿Tiene miedo?

—¿Acaso parezco tenerlo?

—¿Tiene miedo de sir Percival Glyde?

—¿Yo?

Se le encendieron las mejillas, y sus manos empezaron de nuevo a alisar su vestido. Insistí, llevando el tema cada vez más a fondo, sin darle ni un segundo de tregua.

—Sir Percival tiene una posición importante en el mundo –dije–; no sería extraño que le tuviera miedo. Sir Percival es un hombre poderoso, un baronet, dueño de una gran finca, descendiente de una familia ilustre...

Me dejó completamente desconcertado al echarse a reír de repente.

—Sí —repitió con el tono más amargo y firme de desprecio—. Un baronet, dueño de una gran finca, descendiente de una gran familia. Sí, por supuesto. Una gran familia... especialmente por parte de madre.

No hubo tiempo de detenerme a reflexionar sobre esas palabras que acababan de escapársele; sólo pude sentir que merecían ser meditadas apenas saliera de aquella casa.

—No he venido a discutir sobre cuestiones de linaje —dije—. No sé nada de la madre de sir Percival...

—Y tampoco sabe nada de sir Percival —interrumpió bruscamente.

—No le aconsejo que esté tan segura de eso —repuse—. Sé algunas cosas sobre él, y sospecho muchas más.

—¿Qué sospecha?

—Le diré lo que no sospecho. No sospecho que él sea el padre de Anne.

Se levantó de un salto y se acercó furiosa a mí.

—¡Cómo se atreve a hablarme del padre de Anne! ¡Cómo se atreve a decir quién fue o quién no fue su padre! —gritó, con el rostro crispado y la voz temblando de ira.

—El secreto entre usted y sir Percival no es ése —insistí—. El misterio que oscurece la vida de sir Percival no nació con su hija, ni ha muerto con ella.

Retrocedió un paso.

—Váyase —dijo, y señaló severamente la puerta.

—No había ningún pensamiento por la niña en el corazón de ninguno de los dos —continué, decidido a llevarla hasta su última defensa—. No hubo ningún lazo de amor culpable entre usted y él cuando celebraban aquellas citas secretas, cuando su marido les descubrió susurrando bajo la sacristía de la iglesia.

Su mano, que apuntaba hacia la puerta, cayó inmediatamente a su costado, y el profundo rubor de ira desapareció de su rostro mientras yo hablaba. Vi el cambio que se produjo en ella, vi cómo aquella mujer dura, firme, segura de sí misma, se encogía ante un terror que ni toda su resolución era capaz de resistir, cuando pronuncié aquellas últimas palabras: «la sacristía de la iglesia».

Durante más de un minuto nos quedamos mirándonos en silencio. Hablé yo primero.

—¿Aún se niega a confiar en mí?

No logró devolver el color a su rostro, pero sí había recuperado la firmeza de la voz y la seguridad desafiante de su actitud cuando respondió:

—Sí, me niego.

—¿Aún me dice que me vaya?

—Sí. Váyase… y no vuelva nunca.

Me dirigí a la puerta, esperé un instante antes de abrirla, y me volví a mirarla una vez más.

—Podría traerle noticias sobre sir Percival que no espera –dije–, y en ese caso volveré.

—No hay ninguna noticia sobre sir Percival que no espere… salvo…

Se detuvo, el rostro pálido se le oscureció, y volvió sigilosamente con pasos suaves, felinos, a su silla.

—… salvo la noticia de su muerte –dijo, sentándose de nuevo, con la mueca de una sonrisa asomando apenas en sus labios crueles, y un destello furtivo de odio brillando en lo más profundo de sus ojos imperturbables.

Cuando abrí la puerta para salir, me miró rápidamente. La sonrisa cruel se ensanchó lentamente, me observó de pies a cabeza con un extraño interés sigiloso: en todo su rostro apareció una expectativa maliciosa. ¿Estaba calculando, en secreto, mi juventud y mi fuerza, el peso de mi sentido de injusticia, los límites de mi autocontrol… y se preguntaba hasta dónde podría llegar si alguna vez me encontraba cara a cara con sir Percival? La sola duda de que fuera así me impulsó a abandonar su presencia sin siquiera despedirme. Sin más palabras por parte de ninguno, salí de la habitación.

Al abrir la puerta exterior, vi que el mismo reverendo que había pasado antes por la casa estaba a punto de pasar de nuevo, regresando por la plaza. Me quedé en el umbral para dejarlo pasar y miré, al hacerlo, hacia la ventana del salón.

La señora Catherick había oído sus pasos aproximándose, en el silencio de aquel lugar solitario, y ya estaba de nuevo de pie junto a la ventana, esperándolo. Ni la fuerza de todas las terribles pasiones que había despertado en su corazón pudo hacerle soltar el único fragmento de respetabilidad social que tantos años de esfuerzo resuelto le habían permitido alcanzar. Ahí estaba de nuevo, no un minuto después de que yo saliera, colocada intencionalmente en una posición que obligaba al reverendo, por mera cortesía, a inclinarse ante ella una vez más. Él alzó el sombrero otra vez. Vi el rostro duro y macilento tras la ventana suavizarse y brillar de orgullo satisfecho. Vi cómo la cabeza, con su severo gorro negro, se inclinaba ceremoniosamente en respuesta. ¡El reverendo le había hecho una reverencia, y dos veces en un solo día, ante mis propios ojos!

IX

Abandoné la casa convencido de que, pese a sí misma, la señora Catherick me había ayudado a avanzar un paso más. Aún no había alcanzado el recodo que sacaba de la plaza, cuando el sonido de una puerta cerrándose detrás de mí atrajo de golpe mi atención.

Me volví y vi a un hombrecillo vestido de negro en el umbral de una casa que, por lo que pude juzgar, era la que estaba justo al lado de la de la señora Catherick, la más cercana a mí. No dudó un instante sobre la dirección que debía tomar. Avanzó rápidamente hacia la esquina en la que yo me había detenido. Lo reconocí: era el ayudante del abogado que me había precedido en la visita a Blackwater Park, y que había intentado provocarme cuando le pregunté si podía ver la casa.

Me quedé donde estaba para ver si esta vez se acercaba a hablarme. Para mi sorpresa, pasó de largo sin decir palabra y sin mirarme siquiera. Aquello era lo contrario exacto de lo que cabía esperar de su parte, así que la curiosidad –o más bien la sospecha– se me encendió, y decidí seguirlo con precaución para averiguar en qué andaba ahora.

Sin importarme si me veía o no, eché a andar tras él. No se volvió en ningún momento, y me condujo directamente por las calles hasta la estación del tren.

El tren estaba a punto de salir, y dos o tres pasajeros que llegaban tarde se agolpaban frente a la ventanilla de billetes. Me uní a ellos, y oí con claridad cómo el ayudante pedía un billete para la estación de Blackwater. Me aseguré de que efectivamente hubiera subido al tren antes de marcharme.

Sólo cabía una interpretación posible de lo que acababa de ver y oír. Había observado, sin lugar a duda, a aquel hombre salir de una casa contigua a la residencia de la señora Catherick. Probablemente, sir Percival lo había instalado allí como inquilino, anticipando que mis indagaciones acabarían llevándome, tarde o temprano, a comunicarme con la señora Catherick. Sin duda, me había visto entrar y salir, y se había apresurado a tomar el primer tren para informar en Blackwater Park –adonde, evidentemente, sir Percival se dirigiría, sabiendo como sabía de mis movimientos–, para estar presente en caso de que yo regresara a Hampshire. Todo indicaba que, en pocos días, él y yo podríamos encontrarnos cara a cara.

Fuera cual fuera el desenlace de los acontecimientos, decidí seguir adelante con mi propósito hasta el final, sin detenerme ni desviarme por sir Percival ni por nadie. La gran responsabilidad que pesaba sobre mí en Londres –la de conducir hasta el mínimo de mis actos con el máximo cuidado para no descubrir accidentalmente el paradero de Laura– ya no se aplicaba ahora que me hallaba en Hampshire. Podía moverme libremente por Welmingham, y si por casualidad descuidaba alguna precaución, al menos las consecuencias inmediatas sólo recaerían sobre mí.

Cuando salí de la estación, la tarde invernal ya comenzaba a caer. Poco podía esperar de continuar mis indagaciones después del anochecer en un vecindario que me era totalmente desconocido. Así pues, me dirigí al hotel más cercano y pedí cena y alojamiento. Hecho esto, escribí a Marian para informarle que estaba bien y a salvo, y que tenía buenas perspectivas de éxito. Al salir de casa, le había indicado que enviara su primera carta (la que esperaba recibir a la mañana siguiente) a Correos de Welmingham, y ahora le rogaba que enviara la segunda también a esa dirección.

Podría recibirla fácilmente escribiendo al jefe de correos si me encontraba fuera del pueblo en el momento de su llegada.

A medida que avanzaba la noche, el salón del hotel quedó completamente desierto. Se me dejó en absoluta soledad para reflexionar sobre lo sucedido esa tarde, como si estuviera en mi propia casa. Antes de retirarme a descansar, repasé atentamente, de principio a fin, mi extraordinaria entrevista con la señora Catherick, y verifiqué con calma las conclusiones que durante el día había formulado apresuradamente.

La sacristía de la iglesia de Old Welmingham fue el punto de partida desde el cual mi mente retrocedió pacientemente por todo lo que había oído decir a la señora Catherick y por todo lo que la había visto hacer.

Cuando la señora Clements mencionó por primera vez la cercanía de la sacristía en mi presencia, me pareció el lugar más extraño e inexplicable que sir Percival podría haber elegido para una cita clandestina con la esposa del sacristán. Impulsado por esa impresión y por ninguna otra, había mencionado yo mismo «la sacristía de la iglesia» ante la señora Catherick como una mera conjetura –una de esas peculiaridades menores de la historia que se me ocurrió mientras hablaba–. Estaba preparado para que ella me respondiera confusa o airadamente, pero el pánico absoluto que la invadió al oír esas palabras me dejó totalmente sorprendido. Ya hacía tiempo que asociaba el secreto de sir Percival con la ocultación de un crimen serio que la señora Catherick conocía, pero no había llegado más allá. Ahora, el paroxismo de terror que sufrió al mencionar la sacristía me convenció de que ella había sido más que testigo del crimen: sin duda había sido su cómplice.

¿Qué tipo de crimen había sido? Seguramente tenía un aspecto despreciable además de peligroso, o ella no habría repetido mis palabras sobre la posición de sir Percival con tanto desprecio. Se trataba, pues, de un crimen despreciable y peligroso, en el cual ella había participado, y que estaba ligado a la sacristía de la iglesia.

La siguiente cuestión me llevó un paso más allá.

El desprecio no disimulado de la señora Catherick hacia sir Percival se extendía claramente a su madre. Había hecho referencia con el sarcasmo más amargo a la «gran familia» de la que descendía él, «especialmente por parte de madre». ¿Qué quería decir con eso?

Sólo cabían dos explicaciones: o la madre de sir Percival tenía un origen humilde, o su reputación estaba manchada por algún defecto oculto que ambos –la señora Catherick y él– conocían en secreto. Sólo podía comprobar la primera explicación consultando el registro de matrimonio, con el fin de conocer su apellido de soltera y su ascendencia, como paso previo a una investigación más amplia.

En cuanto a la segunda posibilidad, si ésa era la verdadera, ¿cuál habría sido la mancha en su reputación? Recordando lo que Marian me había contado del padre y la madre de sir Percival, y de la vida sospechosamente solitaria y retraída que ambos habían llevado, me pregunté si acaso era posible que su madre nunca hubiese estado casada. También aquí, el registro, si ofrecía una prueba escrita del matrimonio, me permitiría descartar por completo esa hipótesis. Pero ¿dónde se encontraba ese registro? En ese punto retomé las conclusiones anteriores, y el mismo proceso mental que me había llevado al lugar del crimen ahora situaba también el registro en la sacristía de la iglesia de Old Welmingham.

Ésos fueron los frutos de mi encuentro con la señora Catherick, esas las diversas reflexiones, todas confluyendo hacia un solo punto, que determinaron el curso de mis acciones al día siguiente.

La mañana era gris y encapotada, pero no llovía. Dejé mi bolsa en el hotel, con la indicación de recogerla más tarde, y, tras preguntar por el camino, partí a pie hacia la iglesia de Old Welmingham.

Era una caminata de algo más de tres kilómetros, con el terreno elevándose lentamente todo el tiempo.

En lo alto se alzaba la iglesia, un edificio antiguo, desgastado por el tiempo, con contrafuertes pesados en los laterales y una tosca torre cuadrada al frente. La sacristía, adosada en la parte trasera, parecía de la misma época. En los alrededores se veían los restos del antiguo poblado que la señora Clements había descrito como la residencia de su esposo en tiempos pasados, cuyos principales habitantes se habían mudado hacía tiempo al nuevo pueblo. Algunas casas estaban reducidas a sus muros exteriores, otras abandonadas a la ruina del tiempo, y unas pocas aún ocupadas por gente evidentemente muy pobre. Era un paisaje desolador, y sin embargo, incluso en su peor aspecto, menos deprimente que el del moderno Welmingham. Aquí, los campos marrones y ondulados ofrecían algo en lo que descansar la vista. Aquí, los árboles –aunque sin hojas– rompían la monotonía del panorama y permitían imaginar la llegada del verano y de la sombra.

Al alejarme de la parte trasera de la iglesia y pasar junto a algunas cabañas medio derruidas buscando a alguien que me indicara dónde encontrar al sacristán, vi a dos hombres que salían detrás de un muro y empezaban a seguirme. El más alto, un hombre robusto vestido como guardabosques, me era desconocido. El otro era uno de los que me había seguido en Londres el día que salí del despacho del señor Kyrle. Me había fijado especialmente en él, y estaba seguro de no equivocarme al reconocerlo.

Ni él ni su compañero intentaron hablar conmigo, y ambos se mantuvieron a una distancia prudente, pero su presencia en las inmediaciones de la iglesia tenía un propósito evidente. Todo era tal como había supuesto: sir Percival ya estaba preparado. Mi visita a la señora Catherick había sido reportada la noche anterior, y aquellos dos hombres habían sido situados como centinelas cerca de la iglesia previendo mi llegada a Old Welmingham. Si hubiera necesitado más pruebas de que mis investigaciones seguían al fin el rumbo correcto, la vigilancia de aquellos hombres me las habría dado.

Seguí caminando, alejándome de la iglesia, hasta que llegué a una de las casas habitadas, con un pequeño huerto en el que un campesino trabajaba. Me indicó dónde vivía el sacristán: una cabaña algo apartada en las afueras del viejo pueblo abandonado. El sacristán estaba en casa, justo poniéndose el abrigo. Era un anciano alegre, locuaz, familiar, con una opinión muy pobre (como pronto descubriría) del lugar donde vivía, y un claro sentido de superioridad frente a sus vecinos, por el gran mérito personal de haber estado una vez en Londres.

—Ha sido una suerte que llegara usted tan temprano, señor –dijo el viejo, cuando le expliqué el motivo de mi visita–. En diez minutos más habría salido. Asuntos de la parroquia, señor, y un buen trecho por delante, sobre todo para un hombre de mi edad. ¡Pero bendito sea, aún estoy fuerte de piernas! Mientras a uno no le fallen las piernas, todavía puede rendir mucho. ¿No le parece, señor?

Mientras hablaba, sacó sus llaves de un gancho detrás de la chimenea y cerró con llave la puerta de su casa al salir.

—Nadie que me cuide la casa, señor –dijo el sacristán, con una alegre sensación de libertad absoluta de cargas familiares–. Mi mujer está en el cementerio de ahí al lado, y mis hijos están todos casados. Un sitio miserable éste, ¿verdad, señor? Pero la parroquia es grande, no todos los hombres podrían encargarse de ella como yo. Es la educación lo que hace la diferencia, y yo he tenido mi parte, y un poco más. Sé hablar el inglés de la Reina (¡Dios la bendiga!), y eso ya es más de lo que puede decir la mayoría por aquí. Usted viene de Londres, ¿verdad, señor? Yo estuve en Londres hace unos veinticinco años. ¿Qué noticias hay por allá ahora, si me permite?

Charlando así, me condujo de nuevo a la sacristía. Miré a mi alrededor por si los dos espías seguían a la vista. No los vi por ninguna parte. Tras haber averiguado que yo me dirigía al sacristán, probablemente se habían escondido en algún sitio desde donde podían observar tranquilamente mis próximos movimientos.

La puerta de la sacristía era de viejo y sólido roble, claveteada con gruesos clavos, y el sacristán introdujo su gran y pesada llave en la cerradura con el aire de quien sabe que va a enfrentarse a una dificultad y no está del todo seguro de poder superarla con decoro.

—No me queda más remedio que traerle por aquí, señor –dijo–, porque la puerta que comunica la sacristía con la iglesia está echada desde este lado. Si no, podríamos haber entrado por la iglesia. Ésta es una cerradura de lo más testaruda, si es que alguna lo fue. Es lo bastante grande como para una prisión, la han forzado varias veces y ya debería haberse cambiado. Le he mencionado eso al mayordomo de la iglesia al menos unas cincuenta veces y siempre me dice: «Lo miraré», y nunca lo mira. Ah, esto es un rincón perdido, este sitio. No es como Londres, ¿verdad, señor? ¡Aquí estamos todos dormidos! No marchamos al compás de los tiempos.

Tras girar y retorcer la llave un poco, la pesada cerradura cedió y abrió la puerta.

La sacristía era más grande de lo que había supuesto desde el exterior. Era una sala sombría, mohosa y melancólica, con un techo bajo y vigas de madera. A lo largo de dos de sus lados –los más cercanos al interior de la iglesia– había pesados armarios de madera, carcomidos y resquebrajados por la edad. Colgados en la esquina interior de uno de estos armarios había varios sobrepellices, todos abultados en sus extremos inferiores como un desaliñado fardo de telas lacias. Debajo, en el suelo, se apilaban tres cajas de embalaje, con las tapas a medio cerrar y la paja desbordando por todas sus ranuras. Detrás de ellas, en una esquina, había un revoltijo de papeles polvorientos, algunos grandes y enrollados como planos de arquitecto, otros amarrados con cuerdas, como facturas o cartas. La sala había tenido en su día una ventana lateral, pero ésta había sido tapiada, y en su lugar se había instalado una claraboya con linterna. El ambiente del lugar era denso y enmohecido, y se hacía aún más opresivo por estar cerrada la puerta que comunicaba con la iglesia. Esta puerta también era de roble macizo y estaba atrancada arriba y abajo del lado de la sacristía.

—Podríamos estar más ordenados, ¿no le parece, señor? –dijo el alegre sacristán–. Pero cuando uno está en un rincón perdido como éste, ¿qué puede hacer? Mire, mire estas cajas. Ahí llevan más de un año, listas para ir a Londres y ahí seguirán mientras los clavos aguanten. Se lo digo, señor, esto no es Londres. ¡Aquí estamos todos dormidos! ¡No marchamos al compás de los tiempos!

—¿Qué hay dentro de las cajas? –pregunté.

—Trozos de viejas tallas de madera del púlpito, paneles del presbiterio y figuras del órgano –respondió el sacristán–. Retratos de los doce apóstoles en madera, ¡y ni una nariz entera entre todos! Todos rotos, carcomidos y desmoronándose por los bordes. Tan frágiles como porcelana, señor, y tan antiguos como la iglesia, si no más.

—¿Y por qué iban a Londres? ¿Para restaurarlos?

—Eso mismo, señor, para restaurarlos, y, cuando no se pudieran restaurar, para hacer copias en madera sana. Pero, ¡ay!, el dinero se acabó, y ahí están, esperando nuevas donaciones, y nadie que done. Todo se organizó hace un año. Seis caballeros cenaron juntos por el asunto, en el hotel del pueblo nuevo. Hicieron discursos, aprobaron resoluciones, pusieron sus nombres y mandaron imprimir miles de prospectos. Unos prospectos preciosos, señor, con adornos góticos en tinta roja, diciendo que era una vergüenza no restaurar la iglesia ni reparar las famosas tallas, y cosas así. Ahí están los prospectos que no se distribuyeron, los planos y presupuestos del arquitecto, y toda la correspondencia que acabó en bronca, todo tirado en ese rincón, detrás de las cajas. Al principio entró algo de dinero, pero ¿qué puede esperarse fuera de Londres? Lo justo para embalar las tallas rotas, conseguir los presupuestos y pagar la imprenta. Y después de eso, ni un penique. Ahí están, como le digo. No tenemos dónde más ponerlos, nadie en el pueblo nuevo quiere ayudarnos, estamos en un rincón perdido. Esta sacristía es un desorden ¿y quién va a remediarlo? Eso es lo que quiero saber.

Mi impaciencia por examinar el registro no me inclinaba a alentar demasiado la charla del anciano. Coincidí con él en que nadie podía remediar el desorden de la sacristía, y le propuse que pasáramos sin más demora a lo que nos ocupaba.

—Ay, ay, el registro de matrimonios, claro –dijo el sacristán, sacando un pequeño manojo de llaves del bolsillo. ¿Hasta qué año quiere usted mirar?

Marian me había dicho cuántos años tenía sir Percival cuando hablamos de su compromiso con Laura. En aquel momento lo describió como de cuarenta y cinco años. Calculando desde entonces, y sumando el año que había pasado desde que obtuve esa información, deduje que debía de haber nacido en 1804, y que podía comenzar mi búsqueda a partir de esa fecha.

—Quiero empezar con el año 1804 –dije.

—¿Y después en qué dirección, señor? ¿Hacia delante hasta hoy, o hacia atrás?

—Hacia atrás desde 1804.

Abrió la puerta de uno de los armarios –el del que colgaban los sobrepellices– y sacó un gran volumen encuadernado en cuero marrón grasiento. Me llamó la atención lo inseguro del sitio en el que se guardaba el registro. La puerta del armario estaba combada y agrietada por la edad, y la cerradura era de las más pequeñas y comunes. Podría haberla forzado fácilmente con el bastón que llevaba.

—¿Se considera seguro este lugar para guardar el registro? –pregunté–. Un libro tan importante como éste debería estar mejor protegido, con una cerradura más firme y guardado en una caja fuerte de hierro.

—¡Ah, qué curioso! –dijo el sacristán, cerrando de nuevo el libro justo después de abrirlo, y dando una alegre palmada en la tapa–. ¡Ésas eran las mismas palabras que solía repetir mi viejo patrón años y años atrás, cuando yo era muchacho! «¿Por qué no se guarda el registro» (refiriéndose a éste que tengo ahora bajo la mano), «por qué no se guarda en una caja fuerte de hierro?». Si se lo oí decir una vez, se lo oí cien. Era el abogado en aquel entonces, señor, el que tenía el cargo de sacristán de esta iglesia. Un caballero estupendo, y el hombre más meticuloso que ha existido. Mientras vivió, mantenía una copia de este libro en su oficina en Knowlesbury, y la actualizaba periódicamente para que coincidiera con las nuevas entradas de aquí. No se lo imaginaría usted, pero tenía días fijos, una o dos veces por trimestre, en los que venía hasta esta iglesia montado en su vieja yegua blanca, para revisar la copia con el original, con sus propios ojos y manos. «¿Cómo puedo saber yo –solía decir–, que este registro en la sacristía no será robado o destruido? ¿Por qué no se guarda en una caja fuerte? ¿Por qué no logro que los demás sean tan cuidadosos como yo? Un día pasará algo, se perderá el registro, ¡y entonces la parroquia sabrá lo que valía mi copia!». Luego se tomaba un pellizco de rapé y miraba a su alrededor como un lord. ¡Ah! Como él para hacer las cosas bien, ya no hay. Puede usted ir a Londres y no encontrar uno igual, ni siquiera allá. ¿Qué año me dijo, señor? ¿Mil ochocientos qué...?

—Mil ochocientos cuatro —respondí, resolviendo mentalmente no darle más oportunidades de charla al viejo hasta que terminara de examinar el registro.

El sacristán se puso las gafas y empezó a pasar las páginas del registro, humedeciéndose el pulgar cada tres hojas con todo cuidado.

—Aquí lo tiene, señor —dijo, dando otra alegre palmada sobre el volumen abierto—. Aquí está el año que usted busca.

Como no sabía en qué mes había nacido sir Percival, comencé mi búsqueda hacia atrás desde el principio del año. El libro del registro era del tipo antiguo: todas las entradas estaban manuscritas en páginas en blanco, y las divisiones entre ellas se marcaban con líneas de tinta trazadas al final de cada anotación.

Llegué al comienzo de 1804 sin encontrar el matrimonio, y retrocedí a través de diciembre de 1803... luego noviembre... octubre...

No, no también septiembre. Bajo el encabezado de ese mes encontré la partida de matrimonio.

Examiné la entrada con atención. Estaba al final de la página, y por falta de espacio estaba comprimida en un hueco más estrecho que el ocupado por los matrimonios anteriores. El matrimonio inmediatamente anterior me llamó la atención porque el nombre de pila del novio era el mismo que el mío. La entrada inmediatamente siguiente (en la parte superior de la página siguiente) destacaba por otro motivo: ocupaba mucho espacio, ya que registraba el matrimonio de dos hermanos al mismo tiempo.

El registro del matrimonio de sir Felix Glyde no tenía nada particular salvo la estrechez del espacio en que estaba escrito. La información sobre su esposa era la usual en estos casos. Se la describía como *Cecilia Jane Elster, de Park-View Cottages, Knowles-*

bury, hija única del difunto Patrick Elster, Esq., anteriormente de Bath.

Anoté estos datos en mi libreta de bolsillo, sintiéndome al hacerlo tanto inseguro como desanimado respecto a mis siguientes pasos. El secreto que hasta ese momento había creído tener al alcance de la mano parecía ahora más lejos que nunca.

¿Qué indicios de algún misterio no resuelto había surgido de mi visita a la sacristía? No vi ninguno. ¿Qué progreso había hecho en descubrir la sospechosa mancha sobre la reputación de la madre de sir Percival? El único hecho que había averiguado la defendía. Nuevas dudas, nuevas dificultades, nuevos retrasos empezaban a abrirse ante mí como una perspectiva interminable. ¿Qué debía hacer ahora?

La única vía inmediata parecía ser ésta: podría comenzar a indagar sobre la señorita Elster de Knowlesbury, con la esperanza de avanzar hacia el objetivo principal de mi investigación descubriendo antes el origen del desprecio de la señora Catherick hacia la madre de sir Percival.

—¿Ha encontrado lo que buscaba, señor? –preguntó el sacristán cuando cerré el libro del registro.

—Sí respondí–, pero aún tengo algunas preguntas. Supongo que el párroco que oficiaba aquí en el año 1803 ya no estará vivo.

—No, no, señor, murió tres o cuatro años antes de que yo llegara, y eso fue ya en el año veintisiete. Yo conseguí este puesto, señor –insistió mi locuaz amigo–, porque el sacristán anterior lo dejó. Dicen que su mujer lo echó de casa y ella aún vive allá abajo, en el pueblo nuevo. Yo no conozco los detalles del asunto, todo lo que sé es que yo conseguí el puesto. El señor Wansborough me lo consiguió –el hijo de mi viejo patrón, del que le hablaba antes–. Es un caballero libre y amable como pocos, sale con los sabuesos, tiene sus perros y todo eso. Ahora él es el sacristán legal, como lo fue su padre antes.

—¿No me dijo que su antiguo patrón vivía en Knowlesbury? –pregunté, recordando la larga historia del caballero preciso de la vieja escuela con la que el viejo me había aburrido antes de abrir el libro.

—Sí, claro que sí, señor —respondió el sacristán—. El viejo señor Wansborough vivía en Knowlesbury, y el joven señor Wansborough vive allí también.

—Acaba de decir que él es el sacristán legal, como lo fue su padre. No estoy del todo seguro de saber qué es un sacristán legal.

—¿De veras no lo sabe, señor? ¡Y eso que viene de Londres! Toda iglesia parroquial tiene un sacristán legal y un sacristán parroquial. El sacristán parroquial es un hombre como yo (aunque yo tengo bastante más educación que la mayoría de ellos, no lo digo por presumir). El sacristán legal es un cargo que suelen tener los abogados, y si hay algún asunto que atender de parte del consejo parroquial, ahí están ellos para encargarse. Es igual en Londres. Cada iglesia parroquial allí tiene su sacristán legal y créame que seguro es un abogado.

—Entonces el joven señor Wansborough es abogado, supongo.

—¡Claro que lo es, señor! Abogado en la calle Mayor de Knowlesbury, en las mismas oficinas que tenía su padre. La de veces que he barrido yo esas oficinas, y he visto al viejo caballero entrar trotando en su yegua blanca, mirando a un lado y otro de la calle y saludando a todo el mundo… ¡Ah, era muy popular! ¡Hubiera triunfado en Londres!

—¿Qué tan lejos está Knowlesbury de aquí?

—Una buena caminata, señor —dijo el sacristán, con esa idea exagerada de las distancias y esa vívida percepción de las dificultades para ir de un sitio a otro que tienen todos los campesinos—. ¡Casi cinco millas, le digo!

Aún era temprano por la mañana. Tenía tiempo de sobra para ir a pie a Knowlesbury y volver a Welmingham, y no debía de haber nadie en el pueblo más apto para ayudarme a averiguar el carácter y la posición de la madre de sir Percival antes de su matrimonio que el abogado local. Decidido a ir de inmediato a Knowlesbury caminando, me adelanté hacia la salida de la sacristía.

—Muchas gracias, señor —dijo el sacristán mientras dejaba discretamente en su mano un pequeño obsequio—. ¿Va a caminar todo el trayecto hasta Knowlesbury y de vuelta? ¡Vaya! También tiene usted buenas piernas y qué bendición es eso, ¿no le parece? Ése es el camino, no puede perderse. Ojalá fuera yo también por ahí, siempre es un gusto encontrarse con caballeros de Londres en un rincón perdido como éste. Así se entera uno de las noticias. Le deseo buenos días, señor, y muchas gracias otra vez.

Nos despedimos. Al dejar atrás la iglesia, volví la vista, y allí estaban otra vez los dos hombres al borde del camino, ahora con un tercero, que resultó ser el hombre bajo vestido de negro a quien había seguido la noche anterior hasta la estación.

Los tres estuvieron conversando un momento y luego se separaron. El hombre de negro se dirigió solo hacia Welmingham, los otros dos se quedaron juntos, evidentemente esperando para seguirme en cuanto yo emprendiera la marcha.

Proseguí mi camino sin dejar que aquellos tipos notaran que les prestaba especial atención. En ese momento, no me causaban irritación consciente, al contrario, reavivaban mis esperanzas decaídas. En la sorpresa de descubrir la prueba del matrimonio, había olvidado la deducción que había hecho al ver por primera vez a los hombres merodeando por la iglesia de Old Welmingham. Su reaparición me recordó que sir Percival había anticipado mi visita como consecuencia de mi entrevista con la señora Catherick; de lo contrario, nunca habría colocado allí a sus espías para esperarme. Por muy correctas y limpias que parecieran las apariencias en la sacristía, algo andaba mal debajo de ellas, había algo en el libro de registros, por lo que yo sabía, que aún no había descubierto.

X

Una vez fuera del alcance visual de la iglesia, apuré el paso hacia Knowlesbury.

El camino era, en su mayor parte, recto y llano. Siempre que miraba hacia atrás, veía a los dos espías siguiéndome con constancia. Durante buena parte del trayecto se mantuvieron a una distancia prudente. Pero una o dos veces aceleraron el paso como si intentaran alcanzarme, luego se detenían, consultaban entre ellos y volvían a su posición anterior. Tenían claramente un propósito concreto en mente, aunque parecían dudar o discrepar sobre la mejor manera de lograrlo. No podía adivinar exactamente cuál sería su plan, pero empecé a tener serias dudas sobre si lograría llegar a Knowlesbury sin que me ocurriera algún contratiempo. Esas dudas se confirmaron.

Había llegado a un tramo solitario del camino, con una curva cerrada más adelante, y acababa de concluir (calculando por el tiempo transcurrido) que debía de estar cerca del pueblo, cuando de pronto oí los pasos de los hombres justo detrás de mí.

Antes de que pudiera darme vuelta, uno de ellos (el mismo que me había seguido en Londres) pasó rápidamente por mi izquierda y me empujó con el hombro. Me había irritado más de lo que pensaba la manera en que él y su compañero me habían estado siguiendo desde Old Welmingham, y por desgracia lo aparté con firmeza con la mano abierta. De inmediato, gritó pidiendo ayuda. Su compañero, el hombre alto vestido como guardabosques, saltó a mi lado derecho, y en el instante siguiente los dos canallas me sujetaban entre ellos en medio del camino.

La convicción de que me habían tendido una trampa, y la frustración de saber que había caído en ella, por suerte me contuvieron de empeorar aún más mi situación resistiéndome inútilmente contra dos hombres, uno de los cuales, por sí solo, probablemente ya me habría superado en fuerza. Reprimí el impulso natural de sacudírmelos de encima y miré alrededor en busca de alguien a quien pudiera pedir ayuda.

Un jornalero trabajaba en un campo contiguo y debió de ver todo lo ocurrido. Le pedí que nos siguiera hasta el pueblo. Movió la cabeza con tozuda indiferencia y se marchó en dirección a una cabaña alejada del camino principal. Al mismo tiempo, los hombres que me sujetaban declararon que pensaban acusarme de agresión. Yo ya estaba lo bastante sereno y prudente como para no resistirme.

—Suelten mis brazos –dije–, e iré con ustedes al pueblo.

El del atuendo de guardabosques se negó bruscamente. Pero el más bajo fue más astuto: pensó en las consecuencias y no quiso que su compañero se comprometiera con violencia innecesaria. Le hizo una señal al otro, y así caminé entre ambos con los brazos libres.

Llegamos a la curva del camino y, justo delante, aparecieron los suburbios de Knowlesbury. Un policía local caminaba por el borde del sendero. Los hombres acudieron de inmediato a él. El agente les indicó que el magistrado se encontraba en ese momento en el ayuntamiento y que lo mejor era comparecer de inmediato ante él.

Fuimos al ayuntamiento. El escribano redactó una citación formal, y la denuncia se presentó contra mí, con la exageración y tergiversación habituales en estos casos. El magistrado (un hombre malhumorado que parecía disfrutar con el ejercicio de su autoridad) preguntó si había algún testigo del incidente en la carretera. Para mi sorpresa, el denunciante admitió la presencia del trabajador del campo. Pronto comprendí por qué: el magistrado ordenó mi detención provisional hasta que se pudiera presentar al testigo, pero declaró que aceptaría una fianza responsable para garantizar mi reaparición. Como era un completo desconocido en el pueblo, no bastaba con mi palabra.

Ahora se revelaba todo el propósito del plan. Lo habían montado de forma que mi detención fuera inevitable en un lugar donde yo no tenía a nadie que pudiera salir en mi defensa. La detención era sólo por tres días, hasta la próxima sesión del magistrado. Pero en ese tiempo, mientras yo estuviera encerrado, sir Percival podía emplear cualquier medio para complicar mis futuros movimientos, o incluso para borrar por completo sus huellas sin temer ningún estorbo por mi parte. Al final de los tres días, seguramente retirarían los cargos y la presencia del testigo ya no tendría ningún valor.

Mi indignación —casi podría decir mi desesperación— por esta miserable interrupción a todo progreso ulterior —tan vil y trivial en sí misma, pero tan desmoralizante y seria en sus consecuencias— me impidió al principio pensar con claridad en el mejor modo de salir del aprieto. Cometí la tontería de pedir papel y tinta para intentar explicar mi situación al magistrado por escrito. La inutilidad y la imprudencia de esa acción no se me hicieron evidentes hasta que ya había redactado las primeras líneas. No fue sino hasta que aparté el papel —y, lo confieso con vergüenza, casi cedí a la impotencia de mi situación— que una solución repentina me vino a la mente: una que probablemente sir Percival no había anticipado, y que podía devolverme la libertad en pocas horas.

Decidí ponerme en contacto con el señor Dawson, de Oak Lodge.

Había visitado su casa, si se recuerda, durante mis primeras investigaciones en los alrededores de Blackwater Park, y le había presentado una carta de recomendación de la señorita Halcombe, en la que hablaba de mí con el mayor aprecio. Le escribí entonces, mencionando dicha carta y lo que ya le había explicado en su momento sobre la naturaleza delicada y peligrosa de mis pesquisas. No le había revelado la verdad sobre Laura, sino que había descrito mi misión como de suma importancia para unos intereses familiares privados ligados a la señorita Halcombe. Con la misma discreción, le expliqué ahora el motivo de mi presencia en Knowlesbury, y le pedí que juzgara si la confianza depositada en mí por una dama a la que conocía bien, y la hospitalidad que yo mismo había recibido en su casa, justificaban o no que le pidiera ayuda en un lugar donde yo estaba completamente solo.

Obtuve permiso para contratar un mensajero que partiera de inmediato con mi carta en un vehículo que pudiera traer de vuelta al doctor cuanto antes. Oak Lodge estaba del lado de Knowlesbury respecto a Blackwater. El mensajero aseguró que podía llegar allí en cuarenta minutos y regresar con el doctor en otros tantos. Le ordené que lo siguiera a donde hiciera falta si no lo encontraba en casa, y me senté a esperar el resultado con toda la paciencia y esperanza que fui capaz de reunir.

No eran aún las una y media cuando el mensajero partió. Antes de las tres y media regresó, trayendo consigo al doctor. La amabilidad del señor Dawson y la delicadeza con la que consideró su pronta ayuda como algo completamente natural casi me desbordaron. La fianza requerida fue ofrecida y aceptada de inmediato. Antes de las cuatro de la tarde de ese mismo día, le estrechaba calurosamente la mano al buen doctor —libre otra vez— en las calles de Knowlesbury.

El señor Dawson me invitó hospitalariamente a acompañarlo a Oak Lodge y quedarme allí esa noche. Sólo pude responder que no disponía de mi tiempo, y le pedí que me permitiera visitarlo dentro de unos días, cuando pudiera reiterarle mi agradecimiento y ofrecerle las explicaciones que, aunque bien merecidas, aún no estaba en posición de dar. Nos despedimos con afectuosas palabras, y me dirigí sin perder tiempo a la oficina del señor Wansborough en la calle principal.

El tiempo era ahora absolutamente crucial.

La noticia de que había quedado libre bajo fianza llegaría sin duda a oídos de sir Percival antes del anochecer. Si en las horas siguientes no conseguía justificar sus peores temores y tenerlo completamente a mi merced, podría perder todo lo que había logrado hasta entonces, sin posibilidad de recuperarlo. La naturaleza inescrupulosa de ese hombre, su influencia local, el peligro mortal que para él suponía cualquier revelación de mis averiguaciones, todo me advertía que debía avanzar hasta una prueba positiva, sin desperdiciar ni un minuto.

Había tenido tiempo para pensar mientras esperaba la llegada del doctor Dawson, y lo había aprovechado bien. Ciertas partes de la charla del viejo secretario parlanchín, que en su momento me aburrieron, reaparecieron en mi memoria con un nuevo sentido, y una sospecha me cruzó la mente con oscuridad: una que no se me había ocurrido mientras estaba en la sacristía. En mi camino hacia Knowlesbury, sólo pensaba consultar al señor Wansborough sobre la madre de sir Percival. Ahora, mi propósito era examinar la copia del registro parroquial de Old Welmingham.

El señor Wansborough se encontraba en su despacho cuando pregunté por él.

Era un hombre jovial, de rostro rubicundo y aspecto campechano —más parecido a un hacendado rural que a un abogado— y pareció tanto sorprendido como divertido por mi solicitud. Había oído hablar de la copia del registro que hizo su padre, pero ni siquiera la había visto él mismo. Nunca nadie la había pedido, y seguramente estaría en la cámara acorazada entre otros papeles que no se habían tocado desde la muerte del viejo. Era una lástima —dijo el señor Wansborough— que su padre no viviera para ver que, al fin, alguien se interesaba por su preciada copia. ¡Se habría montado en su caballo favorito con más entusiasmo que nunca! ¿Cómo me había enterado de la existencia de esa copia?, ¿acaso alguien del pueblo me lo había contado?

Eludí la pregunta lo mejor que pude. En ese punto de la investigación, no podía ser demasiado cauto, y lo mejor era no revelar que ya había examinado el registro original. Me describí, entonces, como alguien ocupado en una indagación genealógica, para la cual cada ahorro de tiempo resultaba crucial. Deseaba enviar ciertos datos a Londres en el correo de ese mismo día, y una mirada a la copia (pagando, por supuesto, las tasas correspondientes) podía proporcionarme lo necesario y ahorrarme un nuevo viaje a Old Welmingham. Añadí que, si después necesitaba una copia del registro original, solicitaría el documento directamente a su despacho.

Después de esta explicación, no se opuso a mostrarme la copia. Mandó a un empleado a la cámara acorazada y, tras cierto retraso, éste regresó con el volumen. Era exactamente del mismo tamaño que el libro de la sacristía, sólo que estaba encuadernado con más esmero. Me lo llevé a un escritorio libre. Tenía las manos temblorosas, la cabeza me ardía, y supe que debía disimular mi agitación frente a los presentes antes de atreverme a abrir el libro.

En la página en blanco del comienzo, a la que dirigí primero mi vista, había unas líneas trazadas con tinta desvaída. Decían así:

«Copia del Registro de Matrimonios de la Iglesia Parroquial de Welmingham. Realizada bajo mis órdenes, y comparada después, entrada por entrada, con el original, por mí mismo. (Firmado) Robert Wansborough, secretario de la sacristía».

Bajo esta nota, en otra caligrafía, se añadía una línea más:

«Desde el primero de enero de 1800 hasta el treinta de junio de 1815».

Me dirigí al mes de septiembre de mil ochocientos tres. Encontré el matrimonio del hombre cuyo nombre de pila coincidía con el mío. Encontré el registro doble de los dos hermanos. ¿Y entre esas entradas, al final de la página?

¡Nada! Ni rastro de la inscripción que registraba el matrimonio de sir Felix Glyde y Cecilia Jane Elster en el registro de la iglesia.

Mi corazón dio un vuelco y palpitó como si fuera a ahogarme. Volví a mirar, temía confiar en lo que veían mis ojos. ¡No, ni la más mínima duda! El matrimonio no estaba ahí. Las entradas en la copia ocupaban exactamente los mismos lugares en la página que en el original. La última inscripción de una página registraba el matrimonio del hombre con mi nombre de pila. Debajo quedaba un espacio vacío, evidentemente dejado porque era demasiado estrecho para contener el registro del matrimonio doble, que tanto en la copia como en el original ocupaba el comienzo de la página siguiente. ¡Ese espacio lo decía todo! Allí debió de haber permanecido en el libro de la iglesia desde 1803 (cuando se celebraron los matrimonios y se hizo la copia) hasta 1827, cuando apareció sir Percival en Old Welmingham. Aquí, en Knowlesbury, estaba la prueba de la oportunidad para falsificar, y allí, en Old Welmingham, la falsificación consumada.

Me mareé; tuve que sostenerme del escritorio para no caer. De todas las sospechas que había concebido sobre aquel hombre desesperado, ni una sola había rozado la verdad.

La idea de que no era sir Percival Glyde en absoluto, de que no tenía más derecho al título ni a Blackwater Park que el jornalero más humilde de la finca, jamás se me había ocurrido. En un momento pensé que podría ser el padre de Anne Catherick; en otro, que podría haber sido su esposo, pero el delito del que realmente era culpable había estado, desde el principio, más allá del alcance de mi imaginación.

Los medios mezquinos mediante los cuales se había ejecutado el fraude, la magnitud y audacia del crimen que representaban, el horror de las consecuencias que conllevaba su revelación, me abrumaron. ¿Quién podía ya extrañarse de la inquietud brutal de su vida, de sus alternancias desesperadas entre la más vil duplicidad y la violencia más temeraria, de la locura de culpa y sospecha que lo había llevado a encerrar a Anne Catherick en un manicomio, y a urdir una vil conspiración contra su esposa sólo por temer que una u otra conocieran su secreto? La revelación de ese secreto podría, años atrás, haberlo llevado al patíbulo, podría ahora condenarlo a cadena perpetua. Incluso si las víctimas de su engaño le perdonaban ante la ley, perdería de un solo golpe el nombre, el rango, la propiedad, toda la existencia social que había usurpado. Ése era el secreto, ¡y ahora me pertenecía! Una sola palabra mía, y casa, tierras, baronetazgo desaparecían de sus manos para siempre, una sola palabra, y quedaba arrojado al mundo como un paria, sin nombre, sin dinero, sin amigos. El porvenir del hombre entero colgaba de mis labios, ¡y él lo sabía ya con la misma certeza que yo!

Ese último pensamiento me serenó. Intereses mucho más valiosos que los míos dependían ahora de la cautela con la que debía guiar hasta el más leve de mis actos. No había traición posible que sir Percival no se atreviera a intentar contra mí. En el peligro y la desesperación de su situación, no se detendría ante ningún riesgo, no retrocedería ante ningún crimen, literalmente no vacilaría ante nada para salvarse.

Reflexioné un momento. Mi primera necesidad era asegurar una prueba escrita de lo que acababa de descubrir y, en caso de que me ocurriera algo, poner esa prueba fuera del alcance de sir Percival. La copia del registro estaba seguramente a salvo en la cámara acorazada del señor Wansborough. Pero la situación del original en la sacristía era, como había visto con mis propios ojos, de todo menos segura.

En esta situación de emergencia, resolví volver a la iglesia, acudir de nuevo al sacristán y copiar el extracto necesario del registro antes de dormir aquella noche. En ese momento no sabía que era imprescindible contar con una copia certificada legalmente, y que ningún documento redactado por mí mismo podía tener la debida validez como prueba.

Ignoraba esto, y mi decisión de mantener en secreto mis acciones presentes me impidió hacer preguntas que me habrían proporcionado esa información esencial. Mi única preocupación era regresar cuanto antes a Old Welmingham. Disimulé como pude la agitación que ya había advertido el señor Wansborough en mi rostro y en mi conducta, dejé la tasa correspondiente sobre su mesa, acordé escribirle en unos días y salí de la oficina con la cabeza hecha un torbellino y la sangre latiéndome en las sienes como si tuviera fiebre.

Ya empezaba a oscurecer. Se me ocurrió que tal vez me seguirían otra vez y me atacarían en la carretera.

Mi bastón era ligero, inútil como defensa. Antes de abandonar Knowlesbury me detuve y compré un garrote de labriego, corto y con la cabeza pesada. Con esa arma rústica, podría enfrentarme a un solo agresor; si eran varios, confiaría en mis piernas. En mis años de colegio fui un corredor destacado, y en tiempos más recientes había tenido bastante práctica durante mi experiencia en Centroamérica.

Salí del pueblo a paso enérgico y me mantuve en el centro del camino.

Caía una llovizna tenue y neblinosa, y durante la primera mitad del trayecto era imposible distinguir si me seguían o no. Pero en la segunda mitad del camino, cuando calculaba que me hallaba a unas dos millas de la iglesia, vi a un hombre correr bajo la lluvia y luego oí que se cerraba con fuerza la verja de un campo junto a la carretera. Seguí adelante con el garrote preparado en la mano, el oído atento y la vista esforzándose por penetrar la bruma y la oscuridad. No había avanzado cien yardas cuando algo crujió en el seto a mi derecha, y tres hombres saltaron a la calzada.

Me aparté al instante hacia la cuneta. Los dos primeros me pasaron de largo antes de poder detenerse. El tercero fue tan rápido como un rayo. Se detuvo, medio se volvió y me golpeó con su bastón. El golpe fue al azar y no muy fuerte. Me alcanzó en el hombro izquierdo. Yo le respondí con fuerza en la cabeza. Tambaleó hacia atrás y chocó con sus dos compañeros justo cuando se lanzaban contra mí. Esa circunstancia me dio unos segundos de ventaja. Me deslicé entre ellos y tomé de nuevo el centro del camino a toda velocidad.

Los dos que no estaban heridos me persiguieron. Ambos eran buenos corredores –la calzada era lisa y llana– y durante los primeros cinco minutos noté que no les sacaba ventaja. Correr en la oscuridad era una empresa arriesgada. Apenas distinguía la silueta negra de los setos a ambos lados, y cualquier obstáculo imprevisto me haría caer con seguridad. Pronto sentí que el terreno cambiaba, descendía en una curva y luego volvía a subir. Bajando ellos ganaban terreno, pero subiendo yo empezaba a dejarles atrás. El golpeteo de sus pasos se fue apagando poco a poco, y calculé por el sonido que estaba lo bastante lejos como para salirme del camino y tomar los campos sin que pudieran verme. Me desvié hacia la cuneta y busqué el primer hueco que intuí –más que vi– en el seto. Resultó ser una verja cerrada. La salté, y al encontrarme en un campo, avancé con paso firme dándole la espalda a la carretera. Oí cómo pasaban de largo corriendo, luego, al cabo de un minuto, uno llamó al otro para que regresara. Ya no importaba lo que hicieran, yo estaba fuera de su vista y de su alcance. Crucé el campo en línea recta, y al llegar al extremo opuesto, me detuve un momento para recuperar el aliento.

No podía volver a la carretera, pero aun así estaba decidido a llegar a Old Welmingham esa misma noche.

Ni luna ni estrellas brillaban para orientarme. Sólo sabía que había mantenido el viento y la lluvia a mi espalda al salir de Knowlesbury, y si seguía llevándolos en la misma dirección, al menos no me alejaría por completo del rumbo correcto.

Guiado por ese principio, crucé el campo –enfrentándome solo con setos, zanjas y matorrales que a ratos me obligaban a desviar mi curso– hasta que me hallé en una ladera, con el terreno descendiendo abruptamente ante mí. Bajé hasta el fondo de la hondonada, me abrí paso por otro seto y salí a un camino estrecho. Como al salir de la carretera había girado a la derecha, ahora giré a la izquierda, con la esperanza de recuperar el rumbo perdido. Tras seguir durante diez minutos o más los lodazales del camino, vi una cabaña con luz en una ventana. La verja del jardín estaba abierta, y entré sin dudar para preguntar el camino.

Antes de que pudiera llamar a la puerta, ésta se abrió de golpe y un hombre salió corriendo con un farol encendido en la mano. Se detuvo y lo alzó al verme. Ambos nos sobresaltamos al reconocernos.

Mis rodeos me habían llevado por las afueras del pueblo y había salido por el extremo más bajo. Estaba de regreso en Old Welmingham, y el hombre del farol no era otro que mi conocido de aquella mañana: el sacristán.

Su actitud parecía haber cambiado por completo desde la última vez que lo vi. Se mostraba receloso y turbado –sus mejillas, normalmente sonrosadas, estaban encendidas– y sus primeras palabras fueron totalmente ininteligibles para mí.

—¿Dónde están las llaves? –preguntó–. ¿Se las ha llevado?

—¿Qué llaves? –repetí–. Acabo de llegar de Knowlesbury. ¿De qué llaves habla?

—¡Las de la sacristía! ¡Dios nos ayude! ¡¿Qué voy a hacer?! ¡Han desaparecido las llaves! ¡Lo oye? –gritó el viejo, agitándome el farol con desesperación–. ¡Han desaparecido!

—¿Cómo? ¿Cuándo? ¿Quién podría habérselas llevado?

—No lo sé –dijo el sacristán, mirando alrededor con ojos desorbitados en la oscuridad–. Acabo de regresar. Ya le dije que hoy tenía un día de trabajo largo, cerré la puerta y la ventana, ¡pero ahora está abierta, la ventana está abierta! ¡Mire! Alguien ha entrado por ahí y se ha llevado las llaves.

Se volvió hacia la ventana para mostrarme que estaba completamente abierta. La puertecilla del farol se soltó por el movimiento y el viento apagó la vela al instante.

—Vaya a buscar otra luz –le dije–, y vayamos juntos a la sacristía. ¡Rápido, rápido!

Lo apuré a entrar en la casa. La traición que tanto temía, la traición que podía arrebatarme todas las ventajas obtenidas, tal vez se estuviera consumando en ese preciso instante. La impaciencia por llegar a la iglesia era tan grande que no podía quedarme quieto en la cabaña mientras el sacristán volvía a encender el farol. Salí al jardín y bajé por el sendero hacia el camino.

No había avanzado ni diez pasos cuando un hombre se me acercó desde la dirección que llevaba a la iglesia. Me habló con respeto al cruzarse conmigo. No pude verle la cara, pero por la voz supe que era un completo desconocido.

—Perdóneme, sir Percival… –comenzó.

Lo detuve antes de que pudiera decir más.

—La oscuridad lo confunde –dije–. No soy sir Percival.

El hombre se apartó de inmediato.

—Pensé que era mi amo –murmuró, confuso y dudoso.

—¿Esperaba encontrar a su amo aquí?

—Me dijeron que lo esperara en este camino.

Con esa respuesta se dio la vuelta. Miré hacia la cabaña y vi al sacristán saliendo de nuevo, con el farol ya encendido. Le tomé del brazo para que avanzara más deprisa. Aceleramos el paso por el camino, pasando junto al hombre que me había confundido. A la luz del farol, vi que era un criado sin librea.

—¿Quién es ese? –susurró el sacristán–. ¿Sabe algo sobre las llaves?

—No vamos a perder tiempo preguntándole –respondí–. Iremos primero a la sacristía.

La iglesia no era visible, ni siquiera de día, hasta que se alcanzaba el final del sendero. Al subir la cuesta que conducía al edificio desde ese punto, uno de los niños del pueblo –un muchacho– se nos acercó al ver la luz que llevábamos y reconoció al sacristán.

—Digo, *measter* –dijo el niño, tirando con insistencia del abrigo del sacristán–, que hay alguien allá arriba en la iglesia. Lo oí echar la llave desde dentro... lo oí encender un fósforo.

El sacristán se estremeció y se apoyó pesadamente en mí.

—¡Vamos, vamos! –le dije para animarlo–. No llegamos demasiado tarde. Vamos a atrapar al hombre, sea quien sea. Lleve usted el farol y sígame lo más rápido que pueda.

Subí la colina con rapidez. La masa oscura de la torre de la iglesia fue el primer objeto que distinguí vagamente contra el cielo nocturno. Al rodear el edificio para dirigirme a la sacristía, oí pasos pesados muy cerca. El criado había subido tras nosotros.

—No quiero hacer daño –dijo al verme girar hacia él–. Sólo busco a mi amo.

El tono en que habló delataba un miedo evidente. No le respondí y seguí adelante.

En cuanto doblé la esquina y tuve a la vista la sacristía, vi que la linterna del tragaluz en el techo brillaba con una intensa luz desde dentro. Resplandecía contra el cielo oscuro, sin estrellas, con un fulgor deslumbrante.

Crucé a toda prisa el cementerio hasta la puerta.

Al acercarme, un olor extraño se filtraba en el aire húmedo de la noche. Oí un chasquido dentro, la luz aumentó aún más, uno de los cristales del tragaluz se agrietó. Corrí hacia la puerta y posé la mano sobre ella. ¡La sacristía estaba en llamas!

Antes de poder moverme, antes siquiera de tomar aliento tras el descubrimiento, un golpe sordo retumbó desde dentro contra la puerta. Oí cómo se forzaba la llave con violencia en la cerradura, oí una voz detrás de la puerta, aguda y desesperada, gritando auxilio.

El criado que me había seguido retrocedió temblando y cayó de rodillas.

—¡Dios mío! –dijo–. ¡Es sir Percival!

Apenas pronunció esas palabras, el sacristán se unió a nosotros, y al mismo tiempo se oyó otro y último giro áspero de la llave.

—¡Dios tenga piedad de su alma! –dijo el anciano–. Está perdido y muerto. Ha trabado la cerradura.

Corrí a la puerta. El propósito absorbente que había llenado mis pensamientos y guiado mis actos durante semanas enteras desapareció de mi mente en un instante. Todo recuerdo del daño despiadado que sus crímenes habían causado –del amor, de la inocencia, de la felicidad que había destruido sin piedad, del juramento que me había hecho a mí mismo de llevarlo ante la justicia que merecía–, todo se desvaneció como un sueño. Sólo recordaba el horror de su situación. Sólo sentía el impulso humano natural de salvarlo de una muerte atroz.

—¡Prueben con la otra puerta! –grité–. ¡La que da a la iglesia! ¡La cerradura está atascada! ¡Está perdido si pierde otro segundo!

No hubo más gritos de auxilio tras el último giro de la llave. No se oía ya ningún sonido que indicara que seguía con vida. Sólo escuchaba el chisporroteo creciente de las llamas y el estallido seco del cristal en el tragaluz.

Miré a mis dos compañeros. El criado se había puesto de pie, sostenía el farol ante la puerta, sin comprender, como si la mente se le hubiera vaciado por completo, me seguía como un perro. El sacristán estaba encogido sobre una lápida, temblando y gimiendo. Bastó un segundo para saber que ambos eran inútiles.

Sin saber casi lo que hacía, actuando con desesperación, tomé al criado y lo empujé contra el muro de la sacristía.

—¡Agáchate! –le dije–. ¡Aférrate a las piedras! Voy a subir por ti al techo… ¡voy a romper el tragaluz para que entre aire!

El hombre temblaba de pies a cabeza, pero se sostuvo firme. Me subí a su espalda con el garrote en la boca, me aferré al pretil con ambas manos y en un instante estuve en el techo. En la prisa frenética del momento, ni pensé que al abrir el tragaluz podía alimentar el fuego en lugar de sofocarlo. Golpeé el vidrio agrietado y flojo, y lo hice añicos de un golpe. Las llamas brotaron como una fiera liberada de su guarida. Si el viento no hubiera soplado justo en sentido contrario a mi posición, todo habría acabado ahí para mí. Me agaché en el tejado mientras el humo y el fuego salían disparados hacia el cielo. El resplandor iluminaba los rostros del criado, del sacristán sobre la lápida, y de la escasa población del pueblo, hombres demacrados y mujeres aterradas reunidos al fondo del cementerio, apareciendo y desapareciendo entre el rojo fulgor del fuego y la negrura del humo asfixiante. Y el hombre bajo mis pies… ¡ahogándose, ardiendo, muriendo tan cerca de todos nosotros y tan fuera de nuestro alcance!

La idea me volvió medio loco. Me descolgué del tejado y salté al suelo.

—¡La llave de la iglesia! –grité al sacristán–. ¡Hay que intentarlo por allí! ¡Tal vez podamos forzar la puerta interior!

—¡No, no, no! –clamó el viejo–. ¡No hay esperanza! ¡La llave de la iglesia y la de la sacristía están en el mismo llavero, ambas ahí dentro! ¡Oh, señor, ya no hay nada que hacer! ¡Ya debe de ser ceniza!

—Verán el fuego desde el pueblo –dijo una voz entre los hombres–. Hay una bomba allí. ¡Salvarán la iglesia!

Llamé a ese hombre –ese tenía aún la cabeza en su sitio–, le pedí que hablara conmigo. Faltaba por lo menos un cuarto de hora para que llegara la bomba del pueblo. La idea de quedarme de brazos cruzados todo ese tiempo me resultaba insoportable. Contra toda lógica, me convencí de que el condenado y perdido desgraciado en la sacristía podía seguir tendido en el suelo, inconsciente, aún con vida. Si rompíamos la puerta, ¿quizá podríamos salvarlo? Conocía la resistencia de la cerradura, el grosor del roble clavado, sabía que era inútil intentar forzarla por medios ordinarios. Pero ¿y si quedaban vigas en las casas derruidas cerca de la iglesia? ¿Y si usábamos una como ariete contra la puerta?

La idea me atravesó como el fuego saliendo del tragaluz. Me dirigí al hombre que había hablado del carro de bomberos.

—¿Tienen picos a mano?

—Sí, sí los tenemos.

—¿Y hachas, sierras, una cuerda?

—¡Sí! ¡Sí! ¡Sí!

Corrí entre los aldeanos con el farol en la mano.

—¡Cinco chelines para cada uno que me ayude!

Eso los despertó de golpe. Ese segundo hambre feroz de la pobreza –el hambre de dinero– los agitó como una tormenta.

—¡Dos por más faroles, si los tienen! ¡Dos por las herramientas! ¡El resto conmigo a por la viga!

Gritaron de júbilo, con esas voces agudas de famélicos, gritaron. Las mujeres y los niños se apartaron a ambos lados. Corrimos en grupo por el sendero del cementerio hasta la primera cabaña vacía. Sólo quedó atrás el sacristán –el pobre anciano sobre la lápida, sollozando y lamentándose por la iglesia–. El criado seguía a mi lado, su rostro pálido, paralizado por el pánico, pegado a mi hombro cuando entramos a la casa. Había travesaños del piso arrancado tirados en el suelo, pero eran demasiado livianos. Sobre nuestras cabezas cruzaba una viga, no fuera del alcance de nuestros brazos y picos –una viga firmemente encajada en cada extremo del muro arruinado, con techo y suelo arrancados, y un gran boquete abierto al cielo–. Atacamos ambos extremos a la vez. ¡Dios mío, cómo resistía! ¡Cómo aguantaban los ladrillos y el mortero! Golpeamos, tiramos, desgarramos. La viga cedió de un lado, cayó con un bloque de ladrillo. Las mujeres, apiñadas en la entrada, chillaron, los hombres gritaron, dos cayeron, pero sin hacerse daño. Otro tirón conjunto y la viga quedó suelta en ambos extremos. La alzamos y dimos la orden de despejar la entrada. ¡Ahora a la puerta! ¡Ahora, todos juntos! ¡Ahí está el fuego elevándose hacia el cielo, más brillante que nunca para iluminarnos! Marcha firme por el sendero, con paso firme con la viga para embestir la puerta. ¡Una, dos, tres… y allá vamos! Vuelven a gritar, irresistiblemente. Ya tiembla la puerta, las bisagras deben ceder si la cerradura no lo hace. ¡Otra embestida! ¡Una, dos, tres… y adelante! ¡Ya está floja! El fuego se escapa por las rendijas. ¡Una última carga! ¡La puerta cae con estrépito! Un gran silencio reverente, una expectativa contenida, embarga a todos. Buscamos el cuerpo. El calor abrasador nos obliga a retroceder: no vemos nada –arriba, abajo, por todo el recinto, no hay más que una plancha de fuego vivo.

—¿Dónde está? –susurró el criado, mirando sin ver las llamas.

—Es ceniza –dijo el sacristán–. Y los libros son ceniza… y, oh, señores, la iglesia pronto será ceniza también.

Fueron los únicos que hablaron. Y cuando callaron, nada se movió en el silencio, salvo el burbujeo y el crujido de las llamas.

¡Escuchad!

Un estruendo seco y lejano, luego el golpe hueco de cascos de caballos al galope, y después, el rugido sordo, el tumulto dominante de cientos de voces humanas clamando y gritando al unísono. La bomba, al fin.

Las personas a mi alrededor se apartaron del fuego y corrieron con ansias hacia la cima de la colina. El viejo sacristán intentó seguirlos, pero ya no tenía fuerzas. Lo vi sujetarse de una lápida.

—¡Salvad la iglesia! –gritó débilmente, como si los bomberos pudieran oírlo ya–. ¡Salvad la iglesia!

El único que no se movió fue el criado. Ahí seguía, con los ojos fijos en las llamas, en una mirada vacía y sin cambio. Le hablé, lo sacudí por el brazo. Estaba más allá de todo estímulo. Sólo susurró una vez más:

—¿Dónde está?

Diez minutos más tarde, la bomba estaba ya en posición, el pozo detrás de la iglesia la alimentaba, y la manguera había sido llevada hasta la puerta de la sacristía. Si hubieran necesitado ayuda de mi parte, ya no podría haberla ofrecido. Mi energía de voluntad

540

había desaparecido —mi fuerza estaba agotada–, el torbellino de mis pensamientos se había apaciguado de forma terrible y repentina: ahora sabía que estaba muerto.

Me quedé inútil e impotente, mirando, mirando, mirando dentro de la sala en llamas.

Vi al fuego ser lentamente dominado. El resplandor fue apagándose, el vapor se alzó en nubes blancas, y los montones humeantes de brasas se revelaron en rojo y negro sobre el suelo. Hubo una pausa, luego un avance en conjunto de bomberos y policías que bloqueó la entrada, una consulta en voz baja, y luego dos hombres se separaron del grupo y salieron del cementerio entre la multitud. Ésta se apartó en silencio para dejarles paso.

Al poco tiempo un estremecimiento recorrió a la gente, y la línea viva se abrió lentamente. Los hombres regresaron con una puerta arrancada de una de las casas vacías. La llevaron hasta la sacristía y entraron. Los policías cerraron el paso de nuevo, y hombres surgieron de entre la multitud de a pares o de a tres, colocándose detrás de ellos para ser los primeros en ver. Otros esperaban cerca para ser los primeros en oír. Mujeres y niños estaban entre éstos últimos.

Las noticias de la sacristía comenzaron a extenderse entre la gente, se transmitían lentamente de boca en boca hasta que llegaron a donde yo estaba. Oía las preguntas y respuestas repetirse una y otra vez en tonos bajos y ansiosos a mi alrededor:

—¿Lo han encontrado?

—Sí.

—¿Dónde?

—Contra la puerta, boca abajo.

—¿Qué puerta?

—La que da a la iglesia. Tenía la cabeza apoyada contra ella, estaba de bruces.

—¿Tiene la cara quemada?

—No.

—Sí que la tiene.

—No, chamuscada, no quemada, te digo que estaba boca abajo.

—¿Quién era? Dicen que un lord.

—No, no un lord. Un sir Algo; «Sir» significa caballero.

—Y baronet también.

—No.

—Sí, también.

—¿Qué hacía ahí dentro?

—Nada bueno, seguro.

—¿Lo hizo a propósito?

—¿Quemarse a propósito?

—No digo él, digo la sacristía.

—¿Es espantoso de ver?

—¡Espantoso!

—¿Pero no de la cara, no?

—No, no tanto en la cara. ¿Nadie lo reconoce?

—Hay un hombre que dice que sí.

—¿Quién?

—Un criado, dicen. Pero está como atontado, y la policía no le cree.

—¿Nadie más sabe quién es?

—Silencio…

La voz alta y clara de un hombre con autoridad acalló al instante el murmullo general.

—¿Dónde está el caballero que intentó salvarlo? –dijo la voz.

—¡Aquí, señor, aquí está!

Docenas de rostros ansiosos se giraron hacia mí, docenas de brazos impacientes abrieron la multitud. El hombre con autoridad se acercó a mí con un farol en la mano.

—Por aquí, señor, si es tan amable –dijo con calma.

No podía hablarle, no podía resistirme cuando me tomó del brazo. Intenté decirle que nunca había visto al muerto en vida, que no había esperanza de identificarlo por medio de un desconocido como yo. Pero las palabras se ahogaron en mis labios. Estaba débil, en silencio, impotente.

—¿Lo reconoce, señor?

Estaba dentro de un círculo de hombres. Tres de ellos, frente a mí, sostenían faroles bajos, casi a ras del suelo. Sus ojos, y los de todos los demás, estaban fijos, en silencio y expectantes, en mi

542

rostro. Sabía lo que yacía a mis pies, sabía por qué sostenían los faroles tan bajos.

—¿Puede identificarlo, señor?

Mis ojos bajaron lentamente. Al principio no vi nada bajo ellos salvo una tosca lona. El golpeteo de la lluvia sobre ella era audible en el silencio espantoso. Miré más allá, a lo largo de la lona, y allí, al final, rígido, lúgubre y ennegrecido bajo la luz amarilla estaba su rostro muerto.

Así, por primera y última vez, lo vi. Así quiso la Visitación de Dios que él y yo nos encontráramos.

XI

La investigación judicial fue acelerada por ciertas razones locales que pesaban sobre el forense y las autoridades del pueblo. Se celebró en la tarde del día siguiente. Por necesidad, fui uno de los testigos citados para colaborar con los fines de la investigación.

Lo primero que hice por la mañana fue dirigirme a la oficina de correos para preguntar por la carta que esperaba de Marian. Ningún cambio de circunstancias, por extraordinario que fuese, podía afectar a la gran ansiedad que me oprimía mientras estaba lejos de Londres. La carta matutina, que era la única garantía de que no había ocurrido ninguna desgracia durante mi ausencia, seguía siendo el interés absoluto con el que comenzaba mi día.

Para mi alivio, la carta de Marian me estaba esperando en la oficina.

No había sucedido nada —ambas estaban tan seguras y bien como cuando me había marchado—. Laura enviaba su cariño y rogaba que le avisara con un día de antelación sobre mi regreso. Su hermana añadía, en explicación de ese mensaje, que había ahorrado «casi una libra» de su propio bolsillo privado y que había reclamado el privilegio de encargar la cena y ofrecerla como celebración del día de mi regreso. Leí estas pequeñas confidencias domésticas en plena mañana luminosa, con el terrible recuerdo de lo ocurrido la noche anterior vívido en mi memoria. La necesidad de evitar que Laura supiera de forma repentina la verdad fue la primera consideración que me sugirió la carta. Escribí de inmediato a Marian para contarle lo que aquí he relatado, presentando las noticias de la forma más gradual y delicada posible, y advirtiéndole que no dejara caer ningún periódico en manos de Laura mientras yo estuviera ausente. En el caso de cualquier otra mujer, menos valiente y confiable, tal vez habría dudado antes de atreverme a revelar sin reservas toda la verdad. Pero a Marian le debía ser fiel a la experiencia pasada, y confiar en ella como confiaba en mí mismo.

Mi carta fue, por necesidad, extensa. Me ocupó hasta que llegó el momento de asistir a la investigación judicial.

Los objetivos del proceso legal estaban naturalmente rodeados de complicaciones y dificultades particulares. Además de la investigación sobre la forma en que el difunto había encontrado la muerte, había que resolver cuestiones serias relacionadas con la causa del incendio, con la sustracción de las llaves, y con la presencia de un desconocido en la sacristía en el momento en que estallaron las llamas. Incluso la identificación del cadáver aún no había sido completada. El estado de confusión mental del criado había hecho que la policía desconfiara de su afirmación de haber reconocido a su amo. Habían enviado gente a Knowlesbury durante la noche para asegurar la presencia de testigos que conocieran bien el aspecto de sir Percival Glyde, y habían contactado, a primera hora de la mañana, con Blackwater Park. Estas precauciones permitieron al forense y al jurado zanjar la cuestión de identidad y confirmar la veracidad de la afirmación del criado; las pruebas ofrecidas por testigos competentes y el hallazgo de ciertos indicios fueron reforzados posteriormente con el examen del reloj del difunto. El escudo y el nombre de sir Percival Glyde estaban grabados en su interior.

Las siguientes preguntas se referían al incendio.

El criado, el muchacho que oyó encender la luz en la sacristía y yo fuimos los primeros testigos llamados. El muchacho declaró con claridad, pero la mente del criado aún no se había repuesto del trauma sufrido, claramente era incapaz de colaborar con los fines de la investigación, y se le pidió que se retirara.

Para mi alivio, mi interrogatorio no fue largo. No conocía al difunto —nunca lo había visto—, no sabía de su presencia en Old Welmingham, y no había estado en la sacristía cuando se encontró el cadáver. Todo lo que podía testificar era que me había detenido en la casa del sacristán para preguntar el camino, que él me habló de la pérdida de las llaves, que lo acompañé a la iglesia para ayudar en lo que pudiera, que vi el fuego, que escuché a alguien desde el interior de la sacristía intentar en vano abrir la puerta y que actué por motivos humanitarios al tratar de salvar al hombre. A otros testigos que conocían al difunto se les preguntó si podían explicar el misterio de la presunta sustracción de las llaves y su presencia en la sala en llamas. Pero el forense pareció dar por sentado, con razón, que yo, como extraño tanto en el vecindario como en la vida de sir Percival Glyde, no estaba en posición de aportar pruebas sobre esos dos puntos.

El curso que yo mismo debía seguir, una vez terminado mi interrogatorio formal, me parecía claro. No me sentía obligado a ofrecer declaración alguna sobre mis convicciones personales; en primer lugar, porque hacerlo no podía cumplir ningún propósito práctico, ahora que todas las pruebas para apoyar mis conjeturas habían sido consumidas con el registro quemado; en segundo lugar, porque no habría podido expresar inteligiblemente mi opinión —mi opinión no respaldada— sin revelar toda la historia de la conspiración, y sin producir, sin duda, el mismo efecto insatisfactorio en la mente del forense y el jurado que ya había producido antes en la mente del señor Kyrle.

Sin embargo, en estas páginas, y pasado ya el tiempo, no hay necesidad de restricciones o precauciones que limiten la libre expresión de mi opinión. Expondré brevemente, antes de que mi pluma se ocupe de otros acontecimientos, cómo mis propias convicciones me llevan a explicar la sustracción de las llaves, el origen del incendio y la muerte del hombre.

La noticia de que había obtenido la libertad bajo fianza empujó a sir Percival, según creo, a agotar sus últimos recursos. El intento de ataque en el camino fue uno de esos recursos, y la destrucción de toda prueba concreta de su crimen, eliminando la página del registro donde se había cometido la falsificación, fue el otro, y el más seguro de ambos. Si yo no podía presentar ningún extracto del libro original que sirviera para comparar con la copia certificada de Knowlesbury, no podía presentar prueba alguna, ni amenazarlo con ninguna exposición fatal. Todo lo que necesitaba para lograr su fin era entrar en la sacristía sin ser visto, arrancar la página del registro y salir de nuevo tan discretamente como había entrado.

Según esta suposición, se entiende fácilmente por qué esperó al anochecer para hacer el intento, y por qué aprovechó la ausencia del sacristán para apoderarse de las llaves. La necesidad le obligaría a encender una luz para encontrar el registro correcto, y la prudencia común le sugeriría cerrar la puerta por dentro en caso de que algún curioso, o yo mismo, pasara por la zona en ese momento.

No puedo creer que tuviera intención alguna de hacer parecer que la destrucción del registro fue producto de un accidente, provocando deliberadamente un incendio en la sacristía. La mera posibilidad de que llegara ayuda con rapidez, y de que los libros pudieran, en la más remota hipótesis, salvarse, habría bastado, con un instante de reflexión, para disuadirle de tal idea. Recordando la cantidad de materiales combustibles que había en la sacristía –la paja, los papeles, los embalajes, la madera seca, los viejos armarios carcomidos–, todas las probabilidades, a mi entender, apuntan a que el fuego fue resultado de un accidente con las cerillas o con la luz.

Su primer impulso, dadas las circunstancias, fue sin duda intentar apagar las llamas, y al fracasar en ello, su segundo impulso (ignorante como era del estado de la cerradura) fue probablemente intentar escapar por la misma puerta por la que había entrado. Cuando le grité, las llamas debían de haber alcanzado ya la puerta que conducía a la iglesia, a cuyos lados se extendían los armarios y cerca de la cual se hallaban los demás objetos combustibles. Con toda probabilidad, el humo y el fuego (concentrados como estaban en la sala) lo habrían vencido cuando trató de huir por la puerta interior. Debió de caer, desfallecido por la muerte, debió de desplomarse en el lugar donde fue hallado –justo cuando yo subía al tejado para romper la claraboya–. Incluso si hubiéramos podido entrar después a la iglesia y forzar la puerta desde ese lado, el retraso habría sido fatal. Para entonces ya no habría salvación posible. Sólo habríamos abierto el paso a las llamas hacia la iglesia –la iglesia que ahora se había salvado, pero que, en tal caso, habría compartido el destino de la sacristía–. No tengo la menor duda –ni la puede tener nadie– de que ya estaba muerto mucho antes de que llegáramos a la casa vacía y lucháramos con todas nuestras fuerzas por arrancar la viga.

Ésta es la explicación más aproximada que cualquier teoría mía puede ofrecer para justificar un hecho visible y comprobado. Tal como los he descrito, así ocurrieron los acontecimientos para nosotros desde fuera. Tal como lo he relatado, así fue hallado su cadáver.

La investigación fue aplazada un día más, no se había descubierto, hasta ese momento, ninguna explicación que la ley pudiera reconocer para dar cuenta de las misteriosas circunstancias del caso.

Se dispuso que se convocaran más testigos y que se invitara al abogado londinense del difunto a asistir. También se encargó a un médico que examinara el estado mental del criado, que por el momento parecía incapacitarlo para aportar ningún testimonio de importancia. Sólo podía declarar, con tono aturdido, que le habían ordenado, la noche del incendio, esperar en el sendero, y que no sabía nada más, excepto que el difunto era ciertamente su amo.

Mi impresión personal era que había sido utilizado inicialmente (sin conocimiento culpable por su parte) para averiguar si el sacristán estaba ausente de casa el día anterior, y que luego se le había ordenado esperar cerca de la iglesia (pero fuera del alcance visual de la sacristía) para asistir a su amo, en caso de que yo lograra escapar al ataque en el camino y se produjera un enfrentamiento entre sir Percival y yo. Cabe añadir que nunca se obtuvo testimonio del propio hombre que confirmara esta hipótesis. El informe médico afirmaba que la escasa facultad mental que poseía estaba gravemente afectada; no se extrajo nada satisfactorio de él en la investigación aplazada, y, hasta donde sé, puede que jamás haya recuperado la razón.

Regresé al hotel de Welmingham tan exhausto física y mentalmente, tan debilitado y abatido por todo lo que había vivido, que me sentía absolutamente incapaz de soportar las habladurías locales sobre la investigación y de responder a las preguntas triviales que los habladores me dirigían en la sala común. Me retiré de mi escasa cena a mi modesta habitación en el desván para procurarme un poco de tranquilidad y pensar sin interrupciones en Laura y Marian.

Si hubiera sido un hombre con más recursos, habría regresado a Londres y me habría consolado esa misma noche con la vista de sus dos rostros queridos. Pero estaba obligado a comparecer, si era llamado, en la investigación aplazada, y doblemente obligado a presentarme ante el magistrado en Knowlesbury como garante. Nuestros limitados recursos ya habían sufrido bastante, y el incierto porvenir –más incierto que nunca– me hacía temer reducirlos innecesariamente permitiéndome una indulgencia, incluso al coste reducido de un viaje ferroviario de ida y vuelta en segunda clase.

El día siguiente –el día inmediatamente posterior a la investigación– quedó a mi entera disposición. Comencé la mañana acudiendo de nuevo a la oficina de correos por mi habitual informe de Marian. Me estaba esperando, como antes, y estaba escrito íntegramente con buen ánimo. Leí la carta con gratitud, y luego salí, con la mente en paz por ese día, para dirigirme a Old Welmingham y observar a la luz de la mañana el lugar del incendio.

¡Qué cambios me esperaban allí!

A través de todos los caminos de nuestro mundo incomprensible, lo trivial y lo terrible caminan siempre de la mano. La ironía de las circunstancias no respeta ninguna catástrofe mortal. Cuando llegué a la iglesia, el único rastro serio que quedaba del fuego y de la muerte era el estado pisoteado del cementerio. Se había levantado un cercado tosco de tablas ante la puerta de la sacristía. Ya había caricaturas burdas garabateadas en él, y los niños del pueblo peleaban y gritaban por conseguir el mejor agujero desde el cual mirar. En el lugar donde había oído el grito de auxilio desde la sala en llamas, en el lugar donde el criado, presa del pánico, se había arrodillado, ahora una escandalosa bandada de gallinas escarbaba por el primer gusano tras la lluvia; y en el suelo a mis pies, donde se había colocado la puerta con su espantosa carga, esperaba la comida de un obrero, atada dentro de un cuenco amarillo, y su perro fiel montaba guardia ladrándome por acercarme. El viejo sacristán, observando ociosamente el lento inicio de las reparaciones, sólo tenía ya un interés del que hablar —el de librarse de toda culpa por su papel en el accidente—. Una de las mujeres del pueblo, cuyo rostro blanco y desencajado recordaba como imagen del terror cuando derribamos la viga, reía a carcajadas junto a otra mujer, imagen del sinsentido, mientras bromeaban junto a una vieja artesa. ¡No hay nada serio en la condición mortal! Salomón, en todo su esplendor, era Salomón con elementos de lo ridículo al acecho en cada pliegue de sus vestiduras y en cada rincón de su palacio.

Al abandonar el lugar, mis pensamientos se volvieron, no por primera vez, hacia el derrumbe completo de toda esperanza presente de establecer la identidad de Laura, ahora perdido con la muerte de sir Percival. Se había ido y con él, se había desvanecido la única oportunidad que había sido el objetivo de todos mis esfuerzos y esperanzas.

¿Podía considerar mi fracaso desde una perspectiva más justa que ésa? Supongamos que hubiera vivido, ¿habría cambiado esa circunstancia el resultado? ¿Habría podido convertir mi descubrimiento en una mercancía negociable, incluso por el bien de Laura, una vez sabido que el núcleo del crimen de sir Percival era el robo de los derechos ajenos? ¿Habría podido ofrecer el precio de mi silencio a cambio de su confesión de la conspiración, sabiendo que el efecto de ese silencio sería mantener al verdadero heredero alejado de los bienes, y al legítimo propietario fuera del nombre? ¡Imposible! Si sir Percival hubiera vivido, el descubrimiento, del que tanto había esperado (por ignorar entonces la verdadera naturaleza del secreto), no habría sido mío para suprimirlo o revelarlo según creyera conveniente, en aras de reivindicar los derechos de Laura. Por simple honestidad y por elemental honor, habría debido acudir de inmediato al desconocido cuyo derecho de nacimiento había sido usurpado, habría tenido que renunciar a la victoria en el mismo instante en que me pertenecía, colocando mi hallazgo sin reservas en manos de ese extraño, y habría tenido que enfrentar, otra vez, todas las dificultades que se interponían entre mí y el único objetivo de mi vida, exactamente como estaba resuelto en lo más profundo de mi corazón a enfrentarlas ahora.

Volví a Welmingham con el ánimo sereno, más seguro de mí mismo y de mi resolución que en ningún otro momento hasta entonces.

De camino al hotel pasé junto al extremo de la plaza donde vivía la señora Catherick. ¿Debería volver a la casa e intentar de nuevo verla? No. Esa noticia de la muerte de sir Percival, la única que jamás esperaba oír, debía de haberle llegado hacía ya horas. Todos los detalles del proceso judicial aparecían ya en el periódico local de esa mañana, no había nada que pudiera decirle que no supiera ya. Mi interés en hacerla hablar se había enfriado. Recordaba el odio furtivo en su rostro cuando dijo: «No hay noticia de sir Percival que yo no espere, excepto la noticia de su muerte».

Lo recordaba: el interés furtivo en sus ojos al despedirse, después de haber pronunciado aquellas palabras. Algún instinto profundo en mi corazón –y que sentía como verdadero– hacía que la sola idea de volver a presentarme ante ella me resultara repulsiva. Me alejé de la plaza y regresé directamente al hotel.

Varias horas después, mientras descansaba en la sala del café, el camarero me entregó una carta. Estaba dirigida a mi nombre, y, al preguntar, supe que la había dejado una mujer justo al anochecer, poco antes de encender el gas. No dijo nada y se marchó antes de que hubiera tiempo siquiera de hablarle o de observar quién era.

Abrí la carta. No tenía fecha ni firma, y la letra estaba evidentemente disfrazada. Sin embargo, antes de leer la primera frase, ya sabía quién era mi corresponsal: la señora Catherick.

La carta decía lo siguiente, la transcribo exactamente, palabra por palabra:

LA HISTORIA CONTINUADA
POR LA SEÑORA CATHERICK

SEÑOR: No ha vuelto, como dijo que haría. No importa, ya conozco la noticia, y le escribo para decírselo. ¿Vio usted algo particular en mi rostro cuando se marchó? Me preguntaba, en mi interior, si habría llegado por fin el día de su caída, y si usted era el instrumento elegido para ejecutarla. Lo era, y lo ha hecho.

Fue lo bastante débil, según he oído, como para intentar salvarle la vida. Si lo hubiera logrado, yo le habría considerado mi enemigo. Ahora que ha fracasado, le tengo por amigo. Sus indagaciones lo asustaron hasta llevarlo a la sacristía por la noche. Sus indagaciones, sin que usted lo supiera y contra su voluntad, han servido al odio y han cumplido la venganza de veintitrés años. Gracias, señor, a pesar de usted mismo.

Le debo algo al hombre que ha hecho esto. ¿Cómo puedo saldar mi deuda? Si aún fuera una mujer joven, podría decirle: «Venga, póngame el brazo en la cintura y bésame, si quiere». Le habría tenido bastante cariño incluso para llegar a tanto, y usted habría aceptado mi invitación. ¡Sí lo habría hecho, señor, hace veinte años! Pero ahora soy una anciana. ¡Bah! Puedo satisfacer su curiosidad, y así pagarle mi deuda. Tenía usted mucha curiosidad por conocer ciertos asuntos privados míos cuando vino a verme –asuntos privados que, por muy agudo que fuera, no podía descubrir sin mi ayuda, asuntos privados que ni siquiera ahora ha descubierto–. Los descubrirá, su curiosidad será satisfecha. Estoy dispuesta a hacer cualquier esfuerzo por complacerle, mi estimable joven amigo.

Supongo que usted era un niño pequeño en el año veintisiete. Yo era entonces una joven hermosa, que vivía en Old Welmingham. Tenía un marido despreciable y estúpido. También tenía el honor de conocer (no importa cómo) a cierto caballero (tampoco importa quién). No lo llamaré por su nombre. ¿Para qué? No era su verdadero nombre. Nunca tuvo uno. A estas alturas, ya lo sabe tan bien como yo.

Será más útil contarle cómo se ganó mis favores. Yo nací con gustos de dama, y él los satisfizo –en otras palabras, me admiraba y me hacía regalos–. Ninguna mujer resiste la admiración y los regalos –especialmente los regalos, si son exactamente lo que desea–. Él fue lo bastante listo para saberlo –como la mayoría de los hombres–. Naturalmente, quería algo a cambio –todos los hombres lo quieren–. ¿Y qué cree que era? Un nimio detalle. Nada más que la llave de la sacristía y la llave del armario que había dentro, cuando mi marido no estuviera presente. Por supuesto, mintió cuando le pregunté por qué quería que le consiguiera las llaves de ese modo. Podría haberse ahorrado el esfuerzo, no le creí. Pero me gustaban sus regalos, y quería más. Así que le conseguí las llaves sin que mi marido lo supiera, y lo espié sin que él lo supiera. Una vez, dos veces, cuatro veces lo observé, y la cuarta vez lo descubrí.

Nunca fui demasiado escrupulosa con los asuntos ajenos, y no lo fui con respecto a que él añadiera un matrimonio al registro por su cuenta.

Por supuesto que sabía que estaba mal, pero no me afectaba a mí, lo cual era una buena razón para no armar un escándalo. Y aún no tenía el reloj de oro con su cadena, lo cual era otra razón aún mejor –y él me había prometido uno de Londres el día anterior, lo cual era la mejor de todas–. Si hubiera sabido lo que la ley consideraba ese crimen, y cómo lo castigaba, habría tenido cuidado y lo habría delatado en ese momento. Pero no sabía nada y deseaba ese reloj. La única condición que le impuse fue que confiara en mí y me lo contara todo. Estaba tan interesada en sus asuntos como usted lo está ahora en los míos. Aceptó mis condiciones, ya verá por qué.

Esto, en resumen, es lo que supe por él. No me lo contó todo voluntariamente. Parte lo obtuve con persuasión, parte con preguntas. Estaba decidida a conocer toda la verdad, y creo que la obtuve.

No supo nada, como nadie más, sobre la verdadera situación entre su padre y su madre hasta después de la muerte de ella. Entonces su padre lo confesó y prometió hacer algo por su hijo. Murió sin haber hecho nada –ni siquiera dejó testamento–. El hijo (¿quién puede culparlo?) obró sabiamente por sí mismo. Vino a Inglaterra de inmediato y tomó posesión de la propiedad. Nadie lo sospechó, nadie le dijo que no. Su padre y su madre siempre habían vivido como marido y mujer –las pocas personas que los conocían nunca pensaron otra cosa–. El legítimo heredero (si se hubiera sabido la verdad) era un pariente lejano, que no tenía ni idea de que le correspondiera algo, y que estaba en el mar cuando murió el padre. No tuvo dificultades hasta ahí, tomó posesión como si nada. Pero no podía pedir dinero prestado sobre la propiedad así como así. Para eso necesitaba dos documentos: un certificado de nacimiento y uno de matrimonio de sus padres. El certificado de nacimiento fue fácil –había nacido en el extranjero y el documento existía–. El otro fue el problema, y ese problema lo trajo a Old Welmingham.

Pudo haber ido a Knowlesbury, de no haber sido por una razón.

Su madre había vivido allí justo antes de conocer a su padre, usando su apellido de soltera, aunque en realidad estaba casada en Irlanda con un hombre que la maltrató y luego la abandonó. Esto se lo doy como un hecho. Sir Felix se lo mencionó a su hijo como la razón por la que nunca se casó. Tal vez se pregunte por qué el hijo, sabiendo que sus padres se conocieron en Knowlesbury, no manipuló directamente el registro de esa iglesia. La razón fue que el clérigo que oficiaba en Knowlesbury en 1803 (cuando, según su certificado de nacimiento, sus padres deberían haberse casado) aún vivía cuando él tomó posesión en 1827. Este detalle incómodo lo obligó a extender sus pesquisas hasta nuestro pueblo. Allí no había tal peligro: el antiguo clérigo de nuestra iglesia llevaba años muerto.

Old Welmingham le servía tan bien como Knowlesbury. Su padre había sacado a su madre de Knowlesbury y vivido con ella en una casa junto al río, cerca de nuestra aldea. La gente, que ya conocía sus costumbres solitarias antes, no se sorprendió de su vida apartada ahora que supuestamente estaba casado. Si no hubiera sido un monstruo de fealdad, tal vez habría habido sospechas; pero tal como eran las cosas, nadie se extrañó de que ocultara su deformidad con el mayor sigilo. Vivió en nuestra zona hasta que heredó el parque. Tras veintitantos años, ¿quién iba a decir (ya muerto el clérigo) que su matrimonio no había sido tan privado como su vida, ni que no había tenido lugar en nuestra iglesia?

Así que, como le decía, el hijo halló aquí el lugar más seguro para arreglarlo todo en su propio beneficio. Le sorprenderá saber que lo que hizo con el registro del matrimonio lo hizo en el momento, como una segunda idea.

Su primera intención era arrancar la hoja correspondiente al año y mes correctos, destruirla en privado, volver a Londres y decir a los abogados que obtuvieran el certificado del matrimonio de su padre, remitiéndolos inocentemente a la fecha de la hoja que faltaba. Nadie podría decir entonces que sus padres no se habían casado, y si los abogados le daban el dinero (creía que sí), tendría su respuesta lista si se cuestionaba su derecho al nombre y la propiedad.

Pero al revisar el registro en privado, encontró al final de una página de 1803 un espacio en blanco, aparentemente por falta de sitio para una entrada larga que se había hecho al principio de la siguiente página. Esta oportunidad cambió todos sus planes. Era una ocasión que no había esperado ni imaginado —y la aprovechó—, usted ya sabe cómo. Para coincidir exactamente con su certificado de nacimiento, ese espacio debía haber estado en julio, pero estaba en septiembre. Sin embargo, si surgían sospechas, la excusa era simple: bastaba con decir que había sido un niño prematuro de siete meses.

Fui lo bastante tonta, cuando me contó su historia, como para sentir cierto interés y compasión por él —justamente lo que él esperaba—, como verá. Me pareció injustamente tratado. No era culpa suya que sus padres no estuvieran casados, ni lo era de ellos. Una mujer más escrupulosa que yo –una mujer que no hubiera codiciado un reloj de oro– habría encontrado excusas para él. En todo caso, yo guardé silencio y ayudé a encubrir lo que hacía.

Tardó un tiempo en conseguir que la tinta tuviera el color correcto (mezclándola una y otra vez en botes y frascos míos), y otro tanto en practicar la caligrafía. Pero al final tuvo éxito, y convirtió a su madre en una mujer honrada... después de muerta y enterrada. Hasta ahí, no niego que se portó con cierta honradez conmigo. Me dio mi reloj y mi cadena, y no escatimó gastos al comprarlos; ambos eran de excelente factura y muy caros. Todavía los tengo, el reloj funciona a la perfección.

El otro día dijo usted que la señora Clements le había contado todo lo que sabía. En ese caso, no hay necesidad de que le escriba sobre el escandalito por el que yo fui víctima –víctima inocente–, lo afirmo rotundamente. Usted debe saber tan bien como yo cuál fue la idea que se metió en la cabeza de mi marido cuando nos sorprendió a mí y a mi elegante conocido viéndonos en secreto y susurrando confidencias. Pero lo que no sabe es cómo acabó todo entre ese caballero y yo. Lo va a leer, y verá cómo se portó conmigo.

Lo primero que le dije, cuando vi por dónde iban los tiros, fue: «Hazme justicia, limpia mi nombre de la mancha que tú sabes que no merezco. No quiero que confieses todo a mi marido, sólo dile, por tu honor de caballero, que está equivocado y que yo no tengo culpa de lo que imagina. Hazme esa justicia, al menos, después de todo lo que he hecho por ti». Me lo negó de plano, con todas las letras. Me dijo con total claridad que le convenía dejar que mi marido y todos mis vecinos creyeran la mentira porque, mientras lo hicieran, nunca sospecharían la verdad. Yo tenía carácter, y le dije que sabrían la verdad de mis propios labios. Su respuesta fue corta y tajante: si hablaba, estaba perdida, tan seguro como él lo estaría si lo descubrían.

¡Sí! Habíamos llegado a eso. Me había engañado respecto al peligro que corría por ayudarle. Se había aprovechado de mi ignorancia, me había tentado con sus regalos, me había envuelto con su historia y el resultado fue que me convirtió en su cómplice. Lo reconoció con toda frialdad, y terminó contándome, por primera vez, cuál era el castigo espantoso que recaía sobre su delito y sobre quien le ayudara a cometerlo. En aquellos tiempos la ley no era tan compasiva como dicen que lo es ahora. Los asesinos no eran los únicos a los que colgaban, y las mujeres convictas no eran tratadas como damas en apuros. Reconozco que me asustó, ¡el mezquino impostor!, ¡el cobarde sinvergüenza! ¿Entiende ahora por qué lo odiaba? ¿Entiende por qué me tomo todo este trabajo—y lo hago con gusto– para satisfacer la curiosidad del joven caballero meritorio que lo acorraló?

Bien, sigamos. No fue tan tonto como para empujarme del todo a la desesperación. Yo no era de las que se dejan acorralar sin pelear, lo sabía bien, y tuvo el buen juicio de calmarme con propuestas para el futuro.

Según él, yo merecía una recompensa (qué amable) por el servicio que le había prestado, y una compensación (muy considerado) por lo que había sufrido. Estaba dispuesto –¡el generoso canalla!– a darme una buena asignación anual, pagadera trimestralmente, con dos condiciones. La primera: debía guardar silencio –por mi bien tanto como por el suyo–. La segunda: no debía ausentarme de Welmingham sin avisarle primero y esperar su autorización. En mi propio vecindario, ninguna «amiga virtuosa» me arrastraría a chismes peligrosos en la mesa del té. En mi propio vecindario, él siempre sabría dónde encontrarme.

Una condición dura, esa segunda, pero la acepté.

¿Qué otra cosa podía hacer? Me encontraba desamparada, con la perspectiva de una carga venidera en forma de un hijo. ¿Qué otra cosa podía hacer? ¿Echarme en brazos del idiota de mi marido fugitivo, que había sido quien levantó el escándalo contra mí? Antes muerta. Además, la asignación era generosa. Tenía mejores ingresos, mejor casa sobre mi cabeza, mejores alfombras en el suelo, que la mitad de las mujeres que ponían los ojos en blanco al verme. La vestimenta de la Virtud, en nuestras tierras, era de algodón estampado. Yo llevaba seda.

Así que acepté las condiciones que me ofreció, les saqué el mayor provecho posible, y luché mi batalla con mis respetables vecinas en su propio terreno, y la gané con el tiempo –como usted mismo pudo ver–. Cómo guardé su secreto (y el mío) durante todos los años que han pasado desde entonces hasta hoy, y si mi difunta hija Anne logró realmente meterse en mi confianza y quedarse también con el secreto, son preguntas, supongo, que usted está muy interesado en ver respondidas. ¡Pues bien! Mi gratitud no le niega nada. Pasaré a una página nueva y le daré la respuesta enseguida. Pero debe perdonarme una cosa, debe perdonarme, señor Hartright, que empiece con una expresión de sorpresa por el interés que parece haber sentido usted por mi difunta hija. Me resulta completamente inexplicable. Si ese interés le lleva a desear detalles sobre su infancia, debo remitirle a la señora Clements, que sabe más del asunto que yo. Le ruego entienda que no pretendo haber sido en absoluto muy cariñosa con mi difunta hija. Fue una molestia para mí de principio a fin, con la desventaja añadida de ser siempre débil de juicio. Usted aprecia la franqueza, y espero que esto le satisfaga.

No hace falta agobiarlo con demasiados detalles personales de aquellos tiempos pasados. Bastará con decir que cumplí los términos del acuerdo por mi parte, y que disfruté de mi cómoda renta a cambio, pagada puntualmente cada trimestre.

De vez en cuando me iba a cambiar de aires por un tiempo, pidiéndole permiso primero a mi señor y amo, y normalmente lo obtenía. No era, como ya le he dicho, tan necio como para apretarme demasiado, y podía confiar razonablemente en que guardaría silencio por mi propio interés, si no por el suyo. Uno de mis viajes más largos fuera de casa fue el que hice a Limmeridge para cuidar a una media hermana que se estaba muriendo allí. Se decía que había ahorrado dinero, y pensé que no estaba de más (por si algún accidente interrumpía mi asignación) ocuparme de mis propios intereses en esa dirección. Sin embargo, resultó que todos mis desvelos fueron en vano, y no obtuve nada, porque no había nada que obtener.

Me llevé a Anne al norte conmigo, por capricho, como a veces me pasaba con la niña, y porque me ponía celosa, de vez en cuando, de la influencia que la señora Clements ejercía sobre ella. Nunca me gustó la señora Clements. Era una mujer simple, sin carácter, lo que usted llamaría una esclava nata, y no me desagradaba, de cuando en cuando, fastidiarla llevándome a Anne. Como no sabía qué hacer con mi hija mientras cuidaba enfermos en Cumberland, la puse en una escuela en Limmeridge. La señora del lugar, la señora Fairlie (una mujer extraordinariamente fea, que había logrado atrapar a uno de los hombres más guapos de Inglaterra para casarse con ella), me divertía enormemente con su repentino capricho por mi hija. El resultado fue que no aprendió nada en la escuela, y fue mimada y malcriada en la Casa Limmeridge. Entre otros caprichos que le inculcaron allí, le metieron en la cabeza la tontería de vestir siempre de blanco. Como yo detesto el blanco y me gustan los colores, decidí sacarle la tontería de la cabeza en cuanto volviéramos a casa.

Cosa curiosa, mi hija se resistió con firmeza. Cuando se le metía algo en la cabeza, era, como otros medio trastornados, tan terca como una mula para mantenerlo. Discutimos a fondo, y la señora Clements, que no debía de soportar verlo, supongo, se ofreció a llevarse a Anne a vivir con ella a Londres. Habría dicho que sí, si la señora Clements no se hubiera puesto de parte de mi hija sobre eso de vestirse de blanco. Pero como estaba decidida a que no se vistiera de blanco, y me disgustaba más que nunca la señora Clements por ponerse en mi contra, dije no, y lo mantuve, y me aferré al no. La consecuencia fue que mi hija se quedó conmigo, y la consecuencia de eso, a su vez, fue la primera disputa seria que tuvimos sobre el secreto.

El hecho ocurrió mucho después del tiempo que acabo de relatar. Hacía años que me había instalado en el nuevo pueblo, y poco a poco estaba dejando atrás mi mala reputación y ganando terreno entre los habitantes respetables. Tener a mi hija conmigo me ayudó mucho en este propósito. Su inocencia y su manía de vestirse de blanco despertaban cierta simpatía. Dejé de oponerme a ese capricho suyo por esa razón, porque parte de esa simpatía acababa, con el tiempo, por caer sobre mí. Y así fue. Desde entonces datan mis asientos preferentes en la iglesia, y desde entonces también el primer saludo del reverendo.

Pues bien, estando ya así instalada, recibí una carta una mañana de aquel caballero tan bien nacido (hoy difunto) en respuesta a una mía, en la que, según lo acordado, le advertía de que pensaba salir del pueblo por un tiempo, para cambiar de aire y de escena.

El lado más rufián de su carácter debió de salir a flote, supongo, cuando recibió mi carta, porque me respondió negándome el permiso con un lenguaje tan insultante, que perdí todo control y lo llamé, delante de mi hija, «un vil impostor al que podía arruinar de por vida si abría la boca y revelaba su secreto». No dije más sobre él, porque en cuanto salieron esas palabras de mi boca, la expresión ansiosa y curiosa del rostro de mi hija me devolvió el juicio. Le ordené inmediatamente que saliera de la habitación hasta que pudiera calmarme.

No fueron agradables, se lo aseguro, las sensaciones que tuve al reflexionar sobre mi propia estupidez. Anne había estado más inestable y rara que de costumbre ese año, y al pensar en la posibilidad de que repitiera mis palabras por el pueblo, y mencionara su nombre en relación con ellas si alguien curioso la sonsacaba, me sentí aterrorizada ante las posibles consecuencias. Mis peores temores por mí misma, mi mayor miedo de lo que él pudiera hacerme, no llegaban más allá de eso. No estaba en absoluto preparada para lo que realmente ocurrió al día siguiente.

Sin previo aviso, al día siguiente vino a la casa.

Sus primeras palabras, y el tono con que las pronunció, aunque hosco, me demostraron claramente que ya se había arrepentido de su insolente respuesta a mi solicitud, y que venía de muy mal humor a tratar de arreglar las cosas antes de que fuera demasiado tarde. Al ver a mi hija en la habitación conmigo (había tenido miedo de dejarla fuera de mi vista después de lo ocurrido el día anterior), la echó de malos modos. Nunca se habían soportado, y descargó el mal genio con ella porque no se atrevía a hacerlo conmigo.

—Sal de aquí –dijo, mirándola por encima del hombro. Ella le devolvió la mirada, también por encima del hombro, y se quedó como si no le importara obedecer. —¿No oyes? –rugió–. ¡Sal de la habitación! —Háblame con respeto –le contestó ella, enrojecida.

—Echa a la idiota –dijo él, mirándome.

Siempre había tenido ideas disparatadas sobre su dignidad, y esa palabra «idiota» la desquició al instante. Antes de que pudiera intervenir, se plantó frente a él, furiosa:

—Pídeme perdón ahora mismo –le dijo–, o haré que te arrepientas. Revelaré tu secreto. Puedo arruinarte la vida si abro la boca.

¡Mis propias palabras! Repetidas al pie de la letra, igual que las había dicho yo el día anterior, repetidas en su presencia, como si hubieran salido de ella. Se quedó mudo, blanco como esta hoja en la que escribo, mientras yo la sacaba a empujones de la habitación. Cuando recobró el habla…

¡No! Soy una mujer respetable y no puedo escribir lo que dijo al recobrarse. Mi pluma es la pluma de una feligresa del rector, y suscriptora de las «Conferencias de los miércoles sobre la Justificación por la Fe». ¿Cómo espera que la use para escribir palabrotas? Imagínese usted la furia de un rufián de la peor calaña de Inglaterra, echando espuma por la boca, y pasemos cuanto antes al desenlace de todo aquello.

Y terminó, como ya habrá adivinado a estas alturas, en que insistió en asegurar su propia seguridad encerrándola.

Traté de arreglar las cosas. Le expliqué que ella no había hecho más que repetir, como un loro, las palabras que me había oído a mí, y que no sabía absolutamente nada, porque yo no le había dicho nada. Le aseguré que todo había sido una ocurrencia loca de despecho contra él, que fingía saber lo que en realidad ignoraba por completo, que sólo quería amenazarlo y hacerlo rabiar por cómo le había hablado, y que mis palabras, imprudentes, le habían dado la ocasión para causar un daño que ella estaba deseando. Le recordé sus rarezas y su experiencia con los desvaríos de los medio tontos. Todo fue inútil. No me creyó ni bajo juramento. Estaba absolutamente convencido de que yo le había revelado el secreto entero. En resumen: no quería oír hablar de otra cosa que no fuera encerrarla.

Dadas las circunstancias, hice lo que correspondía como madre:

—A un manicomio de beneficencia, no –le dije–. No permitiré que la metan en un asilo de pobres. Un establecimiento privado, si le parece. Tengo sentimientos de madre, y una reputación que mantener en el pueblo, y no aceptaré nada que no sea un establecimiento privado, del tipo que mis distinguidas vecinas elegirían para sus propios familiares afectados.

Ésas fueron mis palabras. Me gratifica pensar que cumplí con mi deber. Aunque nunca fui muy afectuosa con mi difunta hija, sentía el orgullo que toda madre decente debe tener. Ninguna mancha de caridad pública, gracias a mi firmeza y resolución, ensució jamás a mi hija.

Una vez logrado mi propósito (cosa que no me costó mucho, gracias a las facilidades que ofrecen los asilos privados), no pude dejar de admitir que había ciertas ventajas en encerrarla. En primer lugar, fue bien cuidada–tratada (como me aseguré de comentar en el pueblo) como una dama–. En segundo lugar, se la mantenía alejada de Welmingham, donde podría haber hecho que la gente sospechara y empezara a hacer preguntas, repitiendo mis palabras imprudentes.

El único inconveniente de someterla a encierro fue muy leve. Simplemente convertimos su jactancia vacía sobre conocer el secreto en una ilusión fija. Habiendo hablado por despecho contra el hombre que la había ofendido, fue lo bastante astuta para ver que lo había asustado de verdad, y lo bastante perspicaz para darse cuenta de que él estaba implicado en su encierro. El resultado fue que estalló en una furia total contra él, camino del asilo, y las primeras palabras que le dijo a las enfermeras, cuando lograron calmarla, fueron que la habían encerrado por conocer su secreto, y que pensaba abrir la boca y arruinarlo cuando llegara el momento oportuno.

Puede que le haya dicho lo mismo a usted cuando, imprudentemente, la ayudó a escapar. Seguro que se lo dijo (según supe el verano pasado) a la pobre mujer que se casó con nuestro dulce y anónimo caballero, hoy fallecido. Si usted o esa pobre señora hubieran interrogado a mi hija con insistencia, y le hubieran exigido que explicara realmente qué quería decir, habrían visto cómo perdía toda su importancia de golpe, cómo se ponía inquieta, vacilante, confusa–habrían descubierto que lo que yo escribo aquí no es más que la pura verdad–. Sabía que había un secreto, sabía quién estaba implicado, sabía quién sufriría si se conocía, y más allá de eso, por muy importante que se hiciera ante extraños, por muchas locuras que dijera, jamás en su vida supo nada más.

¿He satisfecho su curiosidad? He hecho suficientes esfuerzos para lograrlo, en cualquier caso. No tengo realmente nada más que contarle sobre mí ni sobre mi hija. Mis peores responsabilidades, en lo que a ella se refiere, terminaron el día en que fue recluida en el asilo. Me dieron un modelo de carta para responder a cierta señorita Halcombe, que se interesó por el caso y que, sin duda, habrá oído bastantes mentiras sobre mí de cierta lengua bien entrenada en mentir. Y después hice lo que pude para rastrear a mi hija prófuga y evitar que causara problemas, haciendo averiguaciones yo misma en el vecindario donde falsamente se dijo que la habían visto. Pero todo eso, y otras minucias parecidas, no le interesan después de lo que ya ha leído.

Hasta aquí, he escrito con el espíritu más amistoso posible. Pero no puedo terminar esta carta sin añadir una palabra de seria amonestación y reproche, dirigida a usted mismo.

Durante el curso de nuestra entrevista personal, usted se atrevió a referirse a la paternidad de mi difunta hija por parte de padre, como si se tratara de un asunto dudoso. ¡Eso fue altamente impropio y del todo indigno de un caballero! Si volvemos a vernos, recuerde, por favor, que no toleraré que se tome ninguna libertad con mi reputación, y que la atmósfera moral de Welmingham (por usar una expresión favorita de mi amigo el rector) no debe contaminarse con conversaciones frívolas de ninguna clase. Si usted se permite dudar de que mi esposo fue el padre de Anne, me insulta personalmente en el sentido más vulgar del término. Si ha sentido, y si continúa sintiendo, una curiosidad impía sobre ese asunto, le recomiendo, por su propio bien, que la reprima de una vez y para siempre. En este lado de la tumba, señor Hartright –sea lo que fuere que ocurra en el otro–, esa curiosidad jamás será satisfecha.

Quizá, después de lo que acabo de decir, vea usted la necesidad de escribirme una disculpa. Hágalo, y la recibiré de buena gana. Luego, si desea un segundo encuentro conmigo, estoy dispuesta a dar un paso más y recibirlo. Mis circunstancias sólo me permiten invitarle a tomar el té–lo cual no significa que hayan empeorado por lo sucedido–. Siempre he vivido, como creo haberle dicho, dentro de mis medios, y he ahorrado lo suficiente, en los últimos veinte años, como para vivir tranquila el resto de mis días. No tengo intención de abandonar Welmingham. Todavía hay un par de pequeños logros sociales que quiero alcanzar en el pueblo. El reverendo me saluda, como usted ha visto. Está casado, y su esposa no es tan amable. Pienso unirme a la Sociedad Dorcas, y tengo la intención de hacer que la esposa del reverendo me devuelva el saludo, tarde o temprano.

Si me honra con su visita, comprenda que la conversación deberá ceñirse a temas generales. Cualquier intento de hacer referencia a esta carta será completamente inútil –estoy decidida a no reconocer jamás haberla escrito–. Sé que las pruebas ardieron en el incendio, pero aun así, creo conveniente pecar por exceso de cautela.

Por ello, no se mencionan aquí nombres, ni se adjunta ninguna firma: la caligrafía está disimulada a lo largo de todo el escrito, y pienso entregar esta carta yo misma, en circunstancias que impedirán todo temor de que pueda ser rastreada hasta mi casa. No tiene usted razón alguna para quejarse de estas precauciones, ya que no afectan la información que le comunico, en atención al trato especial que se ha ganado de mi parte. Mi hora del té es a las cinco y media, y mis tostadas con mantequilla no esperan a nadie.

LA HISTORIA CONTINUADA
POR WALTER HARTRIGHT

I

Mi primer impulso, tras leer el extraordinario relato de la señora Catherick, fue destruirlo. La desvergüenza endurecida y depravada del texto de principio a fin —la atroz perversión mental que me asociaba sin cesar a una desgracia por la cual no era en absoluto responsable, y a una muerte que había intentado evitar aun a costa de mi propia vida— me repugnó tanto que estuve a punto de romper la carta en pedazos, cuando una reflexión me obligó a esperar un poco antes de destruirla.

Esa reflexión no tenía nada que ver con sir Percival. La información que contenía, en lo relativo a él, no hacía más que confirmar las conclusiones a las que ya había llegado.

Había cometido su delito, tal como yo había supuesto, y la ausencia de toda referencia por parte de la señora Catherick al registro duplicado en Knowlesbury reforzaba mi convicción previa de que la existencia de ese libro, y el riesgo de ser descubierto que implicaba, debían serle completamente desconocidos. Mi interés por la cuestión de la falsificación había terminado, y mi único propósito en conservar la carta era que tal vez pudiera serme útil más adelante para esclarecer el último misterio que aún me desafiaba: la paternidad de Anne Catherick por parte de padre. Había una o dos frases en el relato de su madre a las que podía convenirme volver cuando los asuntos más urgentes me permitieran tiempo para buscar la prueba que faltaba. No había perdido la esperanza de encontrar esa prueba, ni mi ansiedad por descubrirla, porque no había perdido en absoluto el interés por rastrear al padre de la pobre criatura que ahora descansaba en la tumba de la señora Fairlie.

En consecuencia, sellé la carta y la guardé cuidadosamente en mi cartera, para consultarla cuando llegara el momento.

El día siguiente era mi último día en Hampshire. Tras presentarme ante el juez en Knowlesbury, y asistir a la continuación del infortunado juicio, quedaría libre para volver a Londres en el tren de la tarde o de la noche.

Mi primer encargo aquella mañana fue, como de costumbre, ir a la oficina de correos. La carta de Marian estaba allí, pero al recibirla noté que pesaba menos de lo habitual. La abrí ansiosamente. No había más que una pequeña tira de papel doblada en dos. Las pocas líneas, escritas con prisa y manchadas, decían lo siguiente:

Vuelve lo antes posible. Me he visto obligada a mudarme. Ven a Gower's Walk, Fulham (número cinco). Estaré pendiente de tu llegada. No te alarmes por nosotras, estamos bien y a salvo. Pero vuelve. Marian.

La noticia contenida en esas líneas –que asocié de inmediato con alguna traición planeada por el conde Fosco– me dejó completamente anonadado. Me quedé sin aliento, con el papel arrugado en la mano. ¿Qué había pasado? ¿Qué sutil maldad había planeado y ejecutado el conde en mi ausencia? Había transcurrido una noche desde que Marian escribió su nota –aún debían pasar horas antes de que pudiera reunirme con ellas–, ya podía haberse producido un nuevo desastre del que yo no tenía idea. Y aquí estaba yo, a millas de distancia, atado –doblemente atado– a disposición de la ley.

No sé hasta qué punto la ansiedad y el temor podrían haberme empujado a olvidar mis obligaciones, de no ser por la calma que me inspiraba mi fe en Marian. Mi absoluta confianza en ella era la única razón en este mundo que me ayudaba a contenerme y me daba valor para esperar. La investigación del forense era el primer obstáculo en el camino de mi libertad de acción. Asistí a la hora señalada; las formalidades legales requerían mi presencia en la sala, pero, como resultó, no fue necesario que repitiera mi testimonio. Esa espera inútil fue una dura prueba, aunque hice lo posible por calmar mi impaciencia siguiendo lo más atentamente que pude el curso de las actuaciones.

El abogado londinense del difunto (el señor Merriman) se hallaba entre los presentes. Pero no pudo aportar nada útil a la investigación. Sólo pudo decir que estaba profundamente consternado y asombrado, y que no podía arrojar ninguna luz sobre las circunstancias misteriosas del caso. A intervalos, durante la sesión, propuso algunas preguntas que el forense formuló, pero que no condujeron a nada. Tras una investigación meticulosa, que duró casi tres horas y agotó todas las fuentes disponibles de información, el jurado emitió el veredicto habitual en los casos de muerte súbita por accidente. Añadieron a la decisión formal una declaración de que no había pruebas de cómo se habían sustraído las llaves, cómo se había provocado el incendio, ni cuál era el propósito del fallecido al entrar en la sacristía. Con eso concluyeron los procedimientos. El representante legal del difunto se encargó de los trámites del entierro, y los testigos quedaron en libertad.

Decidido a no perder ni un minuto para llegar a Knowlesbury, pagué la cuenta en el hotel y alquilé un coche para ir al pueblo. Un caballero que me oyó dar la orden, y vio que iba solo, me informó que vivía cerca de Knowlesbury y me preguntó si tendría inconveniente en que compartiera el coche conmigo para volver a su casa. Acepté su propuesta naturalmente.

Durante el trayecto, la conversación giró, como era de esperar, en torno al único asunto que interesaba a todo el condado.

Mi nuevo conocido tenía cierta relación con el abogado del difunto sir Percival, y él y el señor Merriman habían estado hablando sobre el estado de los asuntos del fallecido y la sucesión de sus bienes. Las deudas de sir Percival eran tan conocidas en toda la región que su abogado no podía hacer otra cosa que reconocerlas abiertamente. Había muerto sin dejar testamento, y no poseía bienes personales que legar, aunque los hubiese querido dejar: toda la fortuna que había recibido de su esposa había sido absorbida por sus acreedores. El heredero de la propiedad (sir Percival no dejó descendencia) era un hijo de un primo hermano de sir Felix Glyde, un oficial al mando de un barco mercante de la Compañía de las

Indias Orientales. Heredaría inesperadamente una finca muy endeudada, pero con el tiempo podría recuperarse, y si «el capitán» era prudente, aún podría llegar a ser un hombre rico antes de morir.

Absorbido como estaba en la única idea de llegar a Londres, esta información (que los hechos probaron ser perfectamente correcta) me atrajo por su interés propio. Pensé que me justificaba para mantener en secreto el descubrimiento del fraude de sir Percival. El heredero, a quien había usurpado sus derechos, era ahora quien recibiría la propiedad. Los ingresos de los últimos veintitrés años, que le hubieran correspondido legítimamente y que el difunto había dilapidado hasta el último penique, ya no podían recuperarse. Si hablaba, mi testimonio no beneficiaría a nadie. Si callaba, ocultaba el carácter del hombre que había engañado a Laura para casarse con ella. Por ella, quería que ese carácter siguiera oculto —por ella, también, es que cuento esta historia bajo nombres falsos.

Me separé de mi compañero de viaje en Knowlesbury y fui directamente al ayuntamiento. Como había anticipado, no había nadie que quisiera continuar el caso en mi contra, se cumplieron las formalidades necesarias y fui absuelto. Al salir del tribunal, me entregaron una carta del señor Dawson. Me informaba que estaba ausente por deberes profesionales y reiteraba la oferta que ya me había hecho de cualquier ayuda que pudiera necesitar. Le respondí de inmediato, agradeciendo con calidez su amabilidad y disculpándome por no poder hacerlo personalmente, debido a un asunto urgente que me obligaba a regresar a Londres sin demora.

Media hora después, iba de camino a Londres en el tren expreso.

II

Eran entre las nueve y las diez de la noche cuando llegué a Fulham y encontré el camino a Gower's Walk.

Tanto Laura como Marian salieron a abrirme. Creo que no habíamos comprendido cuán fuerte era el lazo que nos unía hasta aquella noche en que volvimos a estar juntos. Nos encontramos como si hubiéramos estado separados durante meses, y no sólo unos pocos días. El rostro de Marian estaba visiblemente más delgado y ansioso. En cuanto la vi supe que había sido ella quien había conocido todo el peligro y cargado con toda la responsabilidad en mi ausencia. El semblante más alegre y animado de Laura me mostró que había sido protegida de todo conocimiento de la terrible muerte en Welmingham, y del verdadero motivo de nuestro cambio de residencia.

La actividad de la mudanza parecía haberla animado e interesado. Sólo hablaba de ella como una feliz ocurrencia de Marian para sorprenderme a mi regreso, cambiando la calle estrecha y ruidosa por un entorno de árboles, campos y el río. Estaba llena de planes para el futuro–de los dibujos que tenía que terminar–, de los compradores que había encontrado yo en el campo para venderlos, de los chelines y peniques que había ahorrado, hasta que su monedero pesaba tanto que me pidió con orgullo que lo sostuviera yo mismo. El cambio favorable que se había operado en ella durante mis pocos días de ausencia fue una sorpresa para la cual no estaba preparado, y toda esa felicidad indecible se la debía al valor y al amor de Marian.

Cuando Laura se retiró, y pudimos hablar sin reservas, traté de expresar la gratitud y admiración que llenaban mi corazón. Pero aquella criatura generosa no me dejó continuar. Esa sublime abnegación de las mujeres, que da tanto y pide tan poco, desvió todos sus pensamientos de sí misma hacia mí.

—Sólo me quedaba un instante antes del cierre del correo –dijo–, de lo contrario, te habría escrito con menos brusquedad. Pareces agotado y demacrado, Walter. ¿Mi carta te asustó mucho?

—Solo al principio –respondí–. Mi confianza en ti me devolvió la calma, Marian. ¿Acerté al pensar que este cambio repentino de lugar se debía a alguna amenaza por parte del conde Fosco?

—Acierto completo –dijo–. Lo vi ayer, y algo peor aún, Walter, hablé con él.

—¿Hablaste con él? ¿Sabía dónde vivíamos? ¿Fue a la casa?

—Sí. A la casa, pero no subió. Laura nunca lo vio. Laura no sospecha nada. Te contaré cómo ocurrió todo: creo –espero– que el peligro ya haya pasado. Ayer, estaba en el salón de nuestro antiguo alojamiento. Laura dibujaba en la mesa, y yo caminaba, ordenando algunas cosas. Pasé junto a la ventana y, al mirar afuera, vi al conde, del otro lado de la calle, hablando con un hombre.

—¿Te vio en la ventana?

—No, al menos, creo que no. Me sobresalté tanto que no podría asegurarlo.

—¿Quién era el otro hombre? ¿Un desconocido?

—No, Walter. En cuanto pude recobrar el aliento, lo reconocí. Era el dueño del manicomio.

—¿El conde le estaba señalando la casa?

—No, hablaban como si se hubieran encontrado por casualidad en la calle. Me quedé tras la cortina, mirándolos. Si me hubiese girado, y Laura hubiera visto mi cara en ese momento… Gracias a Dios, estaba absorta en su dibujo. Pronto se separaron. El hombre del manicomio fue por un lado y el conde por otro. Empecé a pensar que había sido una coincidencia… hasta que vi al conde volver, detenerse frente a nosotros otra vez, sacar su tarjetero y un lápiz, escribir algo, y cruzar la calle hacia la tienda de abajo. Pasé corriendo delante de Laura, antes de que pudiera verme, y le dije que había olvidado algo arriba. Tan pronto salí de la habitación, bajé al primer rellano y esperé —estaba decidida a detenerlo si intentaba subir—. No lo hizo. La chica de la tienda apareció por la puerta del pasillo con su tarjeta en la mano —una tarjeta grande y dorada, con su nombre y una corona encima, y estas líneas escritas en lápiz: «Querida señora' (¡sí! aún podía dirigirse a mí así, el canalla), una palabra, se lo ruego, sobre un asunto serio para ambos». Cuando una tiene que pensar en dificultades serias, piensa rápido. Sentí al instante que podía ser un error fatal quedarme a oscuras, y dejarte a ti también, con un hombre como el conde implicado. Comprendí que la incertidumbre sobre lo que podía hacer en tu ausencia sería diez veces más insoportable si rehusaba verlo que si accedía. «Pídale al caballero que espere en la tienda —dije—. Bajaré en un momento». Subí corriendo a por mi sombrero, decidida a no dejar que me hablara dentro de casa. Conocía su voz profunda y resonante, y temía que Laura pudiera oírlo, incluso desde la tienda. En menos de un minuto estaba de nuevo en la calle. Él vino a mi encuentro desde la tienda. Ahí estaba, vestido de luto riguroso, con su reverencia suave, su sonrisa mortal, y unos chicos y mujeres alrededor mirándolo, asombrados por su tamaño, su ropa elegante y su bastón con pomo de oro. Todo el horror de Blackwater volvió a mí apenas lo vi. Todo el viejo asco me recorrió por dentro cuando se quitó el sombrero con una floritura y me habló como si no hubieran pasado ni veinticuatro horas desde que nos habíamos despedido en los términos más amistosos.

—¿Recuerdas lo que dijo?

—No puedo repetirlo, Walter. Ya sabrás lo que dijo de ti..., pero no puedo repetir lo que me dijo a mí. Fue peor que la cortesía insolente de su carta. ¡Me ardían las manos por abofetearlo, como si fuera yo un hombre! Sólo pude contenerlas desgarrando su tarjeta en pedazos, bajo mi chal. Sin decir ni una palabra, me alejé de la casa (por temor a que Laura nos viera), y él me siguió, protestando en voz baja todo el camino. En la primera callejuela que doblé, me detuve y le pregunté qué quería de mí. Quería dos cosas. Primero, si no tenía inconveniente, expresar sus sentimientos. Me negué a escucharlos. Segundo, repetir la advertencia de su carta. Le pregunté por qué era necesario repetirla. Hizo una reverencia, sonrió y dijo que lo explicaría. La explicación confirmó exactamente los temores que te expresé antes de que te marcharas. Te dije, si lo recuerdas, que sir Percival sería demasiado testarudo como para seguir el consejo de su amigo en lo que respecta a ti, y que no habría peligro por parte del conde hasta que sus propios intereses estuvieran amenazados y se viera obligado a actuar por sí mismo.

—Lo recuerdo, Marian.

—Pues bien, así es como realmente sucedió. El conde ofreció su consejo, pero fue rechazado. Sir Percival sólo quería guiarse por su propia violencia, su propia obstinación y su odio hacia ti. El conde lo dejó actuar a su antojo, no sin antes asegurarse, en privado, de averiguar dónde vivíamos, por si sus propios intereses se veían amenazados después. Fuiste seguido, Walter, cuando regresaste aquí tras tu primer viaje a Hampshire: primero por los hombres del abogado durante un tramo desde la estación, y luego por el propio conde hasta la puerta de la casa. Cómo logró evitar que lo vieras no me lo dijo, pero fue entonces, y de ese modo, como nos descubrió. Después de haber hecho ese descubrimiento, no lo aprovechó hasta que le llegó la noticia de la muerte de sir Percival y entonces, como te conté, actuó por su cuenta, porque creyó que tú irías contra el socio del muerto en la conspiración. De inmediato, organizó su encuentro con el director del manicomio en Londres y lo llevó al lugar donde se ocultaba su paciente fugada, convencido de que el resultado, fuera cual fuera, te implicaría en interminables disputas y problemas legales, y te ataría las manos para cualquier acción futura contra él. Ése fue su propósito, según su propia confesión. La única consideración que lo hizo dudar en el último momento.

—¿Sí?

—Me cuesta admitirlo, Walter, y sin embargo debo hacerlo. Esa consideración era yo. No hay palabras para expresar cuán degradada me siento cuando pienso en ello, pero el único punto débil en el carácter de hierro de ese hombre es la horrible admiración que siente por mí. He intentado, por mi propio respeto, no creerlo durante el mayor tiempo posible; pero sus miradas, sus actos, me han obligado a aceptar la vergonzosa verdad. ¡Los ojos de ese monstruo de maldad se humedecieron mientras me hablaba –sí, Walter!–. Declaró que, en el momento de señalar la casa al doctor, pensó en mi desgracia si me separaban de Laura, en mi responsabilidad si tenía que rendir cuentas por haber facilitado su fuga, y arriesgó lo peor que tú pudieras hacerle por mi causa. Lo único que pidió fue que recordara ese sacrificio y contuviera tu temeridad, por mi propio interés –interés que, según él, quizás nunca más podría volver a proteger–. No hice ningún pacto con él, habría muerto antes. Pero, créaselo o no, sea verdad o no que envió al doctor lejos con una excusa, una cosa es cierta: vi con mis propios ojos cómo aquel hombre se alejaba de él sin siquiera mirar hacia nuestra ventana, ni siquiera hacia nuestro lado de la calle.

—Te creo, Marian. Los mejores hombres no son coherentes en el bien, ¿por qué habrían de serlo los peores en el mal? Pero al mismo tiempo, sospecho que sólo intentaba asustarte, amenazando con algo que en realidad no puede hacer. Dudo que tenga poder alguno para molestarnos ahora mediante el dueño del manicomio, muerto ya sir Percival y libre la señora Catherick de todo control. Pero dime más. ¿Qué dijo el conde sobre mí?

—Habló de ti al final. Sus ojos se iluminaron y endurecieron, y su actitud cambió a la que le recuerdo de tiempos pasados–esa mezcla de resolución implacable y burlesca teatralidad que hace imposible sondear su mente–. «¡Adviértale al señor Hartright! –dijo con su tono más altivo–. Tiene enfrente a un hombre con cerebro, un hombre que se burla de las leyes y convenciones sociales cuando se mide conmigo. Si mi lamentado amigo me hubiera hecho caso, el cadáver del juicio habría sido el del señor Hartright. Pero mi lamentado amigo fue obstinado. ¡Míreme! Lamento su pérdida –en el alma y en el sombrero–. Este crespón trivial expresa sentimientos que exijo al señor Hartright que respete. Si se atreve a perturbarlos, pueden convertirse en enemistades inconmensurables. Que se contente con lo que ya tiene, con lo que yo, por su bien y el suyo, dejo sin tocar. Dígale de mi parte, con mis saludos: si me provoca, tendrá que vérselas con Fosco. Y, en buen inglés popular, le informo: Fosco no se detiene ante nada. Querida señora, buenos días». Sus fríos ojos grises se fijaron en mi rostro, se quitó el sombrero solemnemente, se inclinó, con la cabeza descubierta y se marchó.

—¿Sin volver? ¿Sin una última palabra más?

Se giró en la esquina de la calle, saludó con la mano, y luego se la llevó al pecho con un ademán teatral. Lo perdí de vista después de eso. Se marchó en dirección opuesta a la de nuestra casa, y yo corrí de vuelta junto a Laura. Antes de volver a entrar, ya había decidido que debíamos irnos. Aquella casa (especialmente en tu ausencia) era un lugar de peligro en lugar de seguridad, ahora que el conde la había descubierto. Si hubiera tenido la certeza de que volverías pronto, habría esperado. Pero no estaba segura de nada, y actué por impulso. Hablaste, antes de irte, de mudarnos a un barrio más tranquilo y con aire más puro, por la salud de Laura. Sólo tuve que recordarle eso y sugerirle sorprenderte y ahorrarte molestias gestionando la mudanza por mi cuenta, para que ella estuviera tan entusiasmada con el cambio como yo. Me ayudó a empacar tus cosas, y las ha ordenado todas en tu nuevo estudio aquí.

—¿Qué te hizo pensar en este lugar?

—Mi ignorancia sobre otras zonas cercanas a Londres. Sentía la necesidad de alejarnos lo más posible del antiguo alojamiento, y sabía algo de Fulham, porque una vez estudié en un colegio de allí. Mandé un recado con una nota, por si acaso el colegio seguía existiendo. Y sí, existía, las hijas de mi antigua directora lo continuaban, y alquilaron esta casa siguiendo las instrucciones que les di. Fue justo a tiempo para el correo cuando el mensajero volvió con la dirección. Nos mudamos ya de noche, llegamos aquí sin que nadie nos viera. ¿He hecho lo correcto, Walter? ¿He justificado tu confianza en mí?

Le respondí con toda la calidez y gratitud que realmente sentía. Pero la expresión de preocupación seguía en su rostro mientras hablaba, y la primera pregunta que me hizo al terminar fue sobre el conde Fosco.

Vi que ahora pensaba en él de otro modo. No mostró nueva rabia contra él, ni apeló a mí para acelerar el día del ajuste de cuentas. Su convicción de que la odiosa admiración del conde hacia ella era sincera había multiplicado por cien su desconfianza hacia su astucia insondable, su temor innato a la energía malvada y la vigilancia despiadada de todas sus facultades. Su voz bajó, su actitud se volvió titubeante, y sus ojos buscaban los míos con un temor ansioso cuando me preguntó qué pensaba del mensaje del conde y qué planeaba hacer ahora que lo había escuchado.

—No han pasado muchas semanas, Marian —le respondí—, desde mi entrevista con el señor Kyrle. Cuando nos separamos, las últimas palabras que le dije sobre Laura fueron éstas: «La casa de su tío se abrirá para recibirla, ante cada alma que siguió el falso funeral hasta la tumba; la mentira que registra su muerte será borrada públicamente de la lápida por la autoridad del jefe de la familia, y los dos hombres que la han agravado responderán ante mí por su crimen, aunque la justicia de los tribunales no pueda perseguirlos». Uno de esos hombres ya está fuera del alcance humano. El otro sigue, y mi resolución sigue en pie.

Sus ojos se iluminaron, el color volvió a sus mejillas. No dijo nada, pero vi en su rostro que todas sus simpatías estaban con las mías.

—No me engaño, ni a mí ni a ti –continué– al pensar que el futuro que se abre ante nosotros es incierto. Los riesgos que ya hemos corrido quizás sean insignificantes comparados con los que nos esperan, pero aun así emprenderemos la empresa, Marian. No soy tan imprudente como para enfrentarme con un hombre como el conde sin estar bien preparado. He aprendido a tener paciencia, esperaré mi momento. Que crea que su mensaje ha surtido efecto, que no sepa nada de nosotros ni escuche nada de nosotros, démosle todo el tiempo para que se sienta seguro, su propia naturaleza jactanciosa, a menos que me equivoque gravemente, lo llevará a confiarse. Ésa es una razón para esperar, pero hay otra más importante. Mi situación, Marian, contigo y con Laura, debe ser más fuerte de lo que es ahora antes de que juguemos nuestra última carta.

Se inclinó hacia mí, con gesto de sorpresa.

—¿Cómo podría ser más fuerte? –preguntó.

—Te lo diré –respondí– cuando llegue el momento. Aún no ha llegado –puede que nunca llegue–. Tal vez deba callarlo para siempre ante Laura, ahora debo callarlo incluso ante ti, hasta que vea por mí mismo que puedo hablar sin daño y con honor. Dejemos ese asunto. Hay otro que reclama nuestra atención con más urgencia. Has mantenido a Laura, misericordiosamente, sin saber nada de la muerte de su esposo.

—Oh, Walter, ¿no crees que aún debe pasar mucho tiempo antes de que se lo digamos?

—No, Marian. Es mejor que se lo digas tú ahora, que permitir que lo descubra por accidente, cosa que nadie puede prever. Evítale los detalles, díselo con toda la ternura posible, pero dile que ha muerto.

—Tienes una razón, Walter, para querer que sepa de la muerte de su marido, además de la que acabas de mencionar, ¿verdad?

—La tengo.

—¿Una razón relacionada con ese otro asunto que aún no puede mencionarse entre nosotros y que quizá nunca deba mencionarse ante Laura?

Puso énfasis en esas últimas palabras. Y cuando le respondí afirmativamente, yo también lo hice.

Su rostro palideció. Durante un rato me miró con un interés triste y vacilante. Una ternura poco habitual temblaba en sus ojos oscuros y suavizaba sus labios firmes, mientras dirigía una mirada al sillón vacío donde solía sentarse la querida compañera de todas nuestras alegrías y penas.

—Creo que lo comprendo –dijo–. Creo que le debo a ella y a ti, Walter, contarle que su marido ha muerto.

Suspiró, me apretó la mano un momento, luego la soltó bruscamente y salió de la habitación. Al día siguiente, Laura supo que su muerte la había liberado, y que el error y la calamidad de su vida quedaban sepultados con él en su tumba.

Su nombre no volvió a pronunciarse entre nosotros. Desde entonces evitamos cualquier mención al tema de su muerte, y de igual modo, Marian y yo evitamos toda referencia a ese otro asunto que, por acuerdo mutuo, aún no debía hablarse entre nosotros. No por eso estaba menos presente en nuestros pensamientos –de hecho, la contención lo mantenía vivo–. Observábamos a Laura con más atención que nunca, a veces con esperanza, a veces con temor, esperando a que llegara el momento.

Poco a poco volvimos a nuestra vida habitual. Retomé el trabajo diario, suspendido durante mi ausencia en Hampshire. Nuestro nuevo alojamiento nos costaba más que las habitaciones pequeñas e incómodas que habíamos dejado, y esa carga económica, unida a la incertidumbre de nuestro futuro, reforzaba la necesidad de mayores esfuerzos por mi parte. Podían surgir imprevistos que agotaran nuestro pequeño fondo en el banco, y el trabajo de mis manos podría acabar siendo nuestro único sustento. Un empleo más estable y mejor remunerado que los que había conseguido hasta ahora era una necesidad en nuestra situación, y me propuse conseguirlo con empeño.

No debe pensarse que este período de reposo y retiro suspendiera del todo, por mi parte, la única meta que absorbía mis pensamientos y acciones en estas páginas. Esa meta, durante muchos meses, no dejó de reclamarme. Su lenta maduración aún requería tomar ciertas precauciones, cumplir con una obligación de gratitud y resolver una cuestión aún dudosa.

La precaución se refería, necesariamente, al conde. Era de vital importancia saber si sus planes lo retenían en Inglaterra, es decir, si seguía dentro de mi alcance. Lo averigüé por medios muy simples. Conociendo su dirección en St. John's Wood, hice indagaciones en el barrio y descubrí quién gestionaba el alquiler de la casa amueblada donde vivía. Pregunté si el número cinco de Forest Road estaría libre en breve. La respuesta fue negativa. Me informaron de que el caballero extranjero que residía allí había renovado su contrato por otros seis meses, hasta finales de junio del año siguiente. Estábamos sólo a principios de diciembre. Salí de allí tranquilo, al menos por el momento, de que el conde no escaparía de mí.

La obligación de gratitud me llevó de nuevo ante la señora Clements. Le había prometido volver y confiarle los detalles sobre la muerte y entierro de Anne Catherick que no pude contarle en nuestra primera entrevista. Ahora que las circunstancias habían cambiado, nada impedía que contara a esa buena mujer tanto de la historia de la conspiración como fuera necesario. Tenía todos los motivos de simpatía y gratitud para cumplir mi promesa, y lo hice con cuidado y honestidad. No hay necesidad de llenar estas páginas con lo ocurrido en aquel encuentro. Es más útil decir que me hizo pensar en la única cuestión aún sin resolver: la paternidad de Anne Catherick.

Una multitud de detalles pequeños relacionados con ese tema –insignificantes por separado, pero muy reveladores en conjunto–me habían llevado últimamente a una conclusión que decidí verificar. Con el permiso de Marian, escribí al mayor Donthorne, de Varneck Hall (donde la señora Catherick había trabajado antes de casarse), para hacerle ciertas preguntas. Las formulé en nombre de Marian, describiéndolas como temas de historia personal familiar que justificaban mi solicitud. Cuando escribí la carta, no sabía si el mayor seguía con vida, la envié con la esperanza de que viviera y quisiera ayudarnos.

Dos días después, llegó la prueba: una carta del propio mayor, confirmando que estaba vivo y dispuesto a ayudarnos.

La idea que tenía al escribirle, y la naturaleza de mis preguntas, pueden deducirse fácilmente de su respuesta. Su carta respondía así:

En primer lugar, «el difunto sir Percival Glyde, de Blackwater Park», jamás había puesto un pie en Varneck Hall. Era un completo desconocido para el mayor Donthorne y toda su familia.

En segundo lugar, «el difunto señor Philip Fairlie, de Limmeridge House», había sido en su juventud íntimo amigo e invitado habitual del mayor. Tras consultar antiguas cartas y papeles, el mayor podía afirmar con seguridad que el señor Fairlie se alojó en Varneck Hall en agosto de 1826, y que permaneció allí durante la temporada de caza en septiembre y parte de octubre. Luego marchó, según creía el mayor, a Escocia, y no volvió a Varneck Hall hasta un tiempo después, ya como hombre casado.

Tomado por sí solo, este dato tenía poco valor concluyente, pero unido a ciertos hechos que Marian y yo sabíamos ciertos, apuntaba a una conclusión evidente que no podíamos rechazar.

Sabíamos ahora que el señor Fairlie había estado en Varneck Hall en otoño de 1826, y que la señora Catherick había estado en servicio allí al mismo tiempo. Sabíamos también, primero, que Anne nació en junio de 1827; segundo, que siempre mostró un parecido físico extraordinario con Laura; y tercero, que Laura era muy parecida a su padre. El señor Fairlie fue uno de los hombres más apuestos de su época. En carácter, completamente distinto de su hermano Frederick, era el niño mimado de la alta sociedad, especialmente entre las mujeres –alegre, impulsivo, afectuoso, generoso hasta la imprudencia–, con una moral laxa y notoriamente despreocupado de las obligaciones morales en asuntos de mujeres. Éstos eran los hechos que conocíamos, éste era el carácter del hombre. ¿Acaso hacía falta señalar la conclusión?

Leída a la luz de esta revelación, incluso la carta de la señora Catherick, a pesar suyo, aportaba una ayuda menor pero significativa a nuestra convicción. Había descrito a la señora Fairlie (al escribirme) como «poco agraciada», y había afirmado que «atrapó en matrimonio al hombre más guapo de Inglaterra». Ambas afirmaciones eran gratuitas, y ambas eran falsas. A mi parecer, esa insolencia peculiar sólo podía explicarse por celos y resentimiento, expresados, como en una mujer como la señora Catherick, con mezquina malicia, aunque no hubiera motivo real para hablar de la esposa legítima en absoluto.

La mención del nombre de la señora Fairlie sugiere naturalmente otra pregunta: ¿llegó alguna vez a sospechar de quién era hija la niña que le llevaron a Limmeridge?

El testimonio de Marian fue categórico al respecto. La carta de la señora Fairlie a su esposo, que me habían leído tiempo atrás –esa en la que describía el parecido de Anne con Laura y expresaba su afectuosa simpatía por la pequeña desconocida– había sido escrita, sin duda alguna, con total inocencia de corazón. Incluso parecía dudoso, al pensarlo bien, que el propio Philip Fairlie hubiese estado más cerca que su esposa de sospechar la verdad. Las vergonzosas circunstancias engañosas bajo las cuales la señora Catherick se había casado, y el propósito de ocultamiento que aquel matrimonio pretendía cumplir, bastaban para explicar su silencio –por precaución, quizás también por orgullo–, incluso suponiendo que tuviera medios, en ausencia del padre de su hija por nacer, para ponerse en contacto con él.

Mientras esta conjetura flotaba en mi mente, surgió en mi memoria el recuerdo de aquella frase bíblica que todos hemos contemplado alguna vez con asombro y temor: «Los pecados de los padres recaerán sobre los hijos». Si no hubiera sido por el parecido fatal entre las dos hijas de un mismo padre, la conspiración en la que Anne fue instrumento inocente y Laura víctima inocente jamás habría podido concebirse. ¡Con qué precisión y con qué espantosa lógica descendía la larga cadena de circunstancias desde el daño irreflexivo cometido por el padre hasta la cruel injusticia sufrida por la hija!

Estos pensamientos me llevaron, junto con otros, al pequeño cementerio de Cumberland donde yacía ahora Anne Catherick. Pensé en los días pasados, cuando me encontré con ella junto a la tumba de la señora Fairlie, y cuando me encontré con ella por última vez. Pensé en sus pobres manos indefensas golpeando la lápida, y en sus palabras fatigadas y anhelantes, murmuradas a los restos de su protectora y amiga: «Oh, si pudiera morir y descansar contigo...». Había pasado poco más de un año desde que expresó ese deseo; ¡y cuán insondablemente, cuán terriblemente, se había cumplido! Las palabras que le dijo a Laura junto al lago –esas mismas palabras– se habían vuelto realidad: «¡Oh, si al menos pudiera estar enterrada con su madre! ¡Si al menos pudiera despertar a su lado cuando suene la trompeta del ángel y los muertos resuciten!». A través de qué crimen mortal y horror, a través de qué oscuras sendas hacia la muerte había vagado aquella criatura perdida, guiada por Dios, hasta alcanzar, por fin, el último hogar que jamás esperó alcanzar en vida. En ese descanso sagrado la dejo, en esa temible compañía que no debe ser perturbada.

Así pues, la figura fantasmal que ha rondado estas páginas, como rondó mi vida, se adentra en la oscuridad impenetrable. Como una sombra llegó a mí en la soledad de la noche. Como una sombra desaparece, en la soledad de la muerte.

III

Pasaron cuatro meses. Llegó abril (el mes de la primavera), el mes del cambio.

El curso del tiempo había transcurrido, desde el invierno, en calma y felicidad en nuestro nuevo hogar. Había aprovechado el largo tiempo libre, había aumentado considerablemente mis fuentes de trabajo, y había asegurado con mayor firmeza nuestros medios de subsistencia. Liberada al fin de la tensión y la angustia que tanto la habían hecho sufrir, y que durante tanto tiempo habían pesado sobre ella, el ánimo de Marian se recuperó, y su natural energía empezó a resurgir, con algo –si no todo– de la libertad y el vigor de antaño.

Más flexible al cambio que su hermana, Laura mostraba más claramente los progresos alcanzados bajo la influencia sanadora de su nueva vida. El aspecto agotado y envejecido que había marcado prematuramente su rostro desaparecía poco a poco, y la expresión que había sido su primer encanto en el pasado fue también el primer rasgo de belleza que volvió a ella. Mi observación más atenta no detectaba más que una sola secuela grave de la conspiración que casi destruyó su razón y su vida: su memoria de los acontecimientos, desde que dejó Blackwater Park hasta el momento en que nos reencontramos en el cementerio de Limmeridge, estaba irremediablemente perdida. A la menor alusión a ese período, se turbaba y temblaba aún, sus palabras se volvían confusas, su mente divagaba y se perdía sin remedio. Sólo ahí, y sólo ahí, las huellas del pasado estaban demasiado hondas para borrarse.

En todo lo demás, se hallaba ya tan encaminada hacia la recuperación, que, en sus mejores y más luminosos días, hablaba y parecía la Laura de antaño. Y ese cambio feliz produjo en ambos su efecto natural. De su largo letargo, en ella y en mí, despertaron poco a poco aquellos recuerdos imperecederos de nuestra vida en Cumberland –recuerdos que, todos por igual, eran recuerdos de amor.

Gradualmente, y sin que nos diéramos cuenta, nuestra relación cotidiana comenzó a tornarse incómoda. Las palabras afectuosas que le había dicho con tanta naturalidad durante su pena y su sufrimiento, se detenían ahora con torpeza en mis labios. En los días en que más temía perderla, solía besarla cada noche al despedirnos y cada mañana al encontrarnos. Ese beso, ahora, parecía haberse extraviado entre nosotros, desaparecido de nuestras vidas. Nuestras manos temblaban cuando se encontraban. Casi nunca nos sosteníamos la mirada por mucho tiempo si Marian estaba presente. A solas, nuestras conversaciones se interrumpían con frecuencia. Cuando la rozaba por accidente, sentía cómo me latía el corazón como cuando estábamos en Limmeridge; y veía en sus mejillas el mismo rubor que en los días lejanos en que éramos maestro y alumna entre las colinas de Cumberland. Tenía largos momentos de silencio y reflexión, y siempre negaba que estuviera pensando en algo cuando Marian se lo preguntaba. Un día me descubrí a mí mismo dejando de trabajar, absorto ante el pequeño retrato a la acuarela que le había hecho en el cenador donde nos conocimos, exactamente como solía dejar de lado los dibujos del señor Fairlie para soñar con aquel retrato cuando acababa de terminarlo, en aquellos tiempos ya lejanos. A pesar de todo lo que había cambiado, nuestra posición mutua en los dorados días de nuestra primera cercanía parecía revivirse al renacer nuestro amor. ¡Era como si el tiempo nos hubiese devuelto, a la deriva, sobre los restos de nuestras primeras esperanzas, a aquella orilla tan familiar!

A cualquier otra mujer le habría dicho las palabras decisivas que aún vacilaba en decirle a ella. Su absoluta indefensión –su total dependencia de la delicadeza con que yo la tratara–, mi temor de herir demasiado pronto alguna sensibilidad secreta que mi instinto de hombre no supiera detectar… esas y otras consideraciones semejantes me mantenían en un silencio lleno de dudas. Y sin embargo, sabía que aquella contención debía terminar, que la relación entre nosotros debía definirse de una vez por todas para el futuro, y que era a mí, en primer lugar, a quien correspondía reconocer la necesidad del cambio.

Cuanto más pensaba en nuestra situación, más difícil me parecía intentar alterarla mientras las condiciones domésticas bajo las que los tres vivíamos desde el invierno siguieran sin cambios. No puedo explicar el caprichoso estado mental del que surgía esta sensación, pero la idea se apoderó de mí: que algún cambio previo de lugar y circunstancias, alguna ruptura repentina de la tranquila monotonía de nuestras vidas –organizada de tal modo que variase el marco doméstico en que estábamos acostumbrados a vernos– podía allanar el camino para que yo hablara, y hacer que para Laura y Marian fuera más fácil y menos incómodo oírme.

Con ese propósito en mente, dije una mañana que creía que todos nos habíamos ganado unas pequeñas vacaciones y un cambio de aires. Tras algunas consideraciones, se decidió que pasaríamos una quincena junto al mar.

Al día siguiente dejamos Fulham rumbo a una tranquila localidad en la costa sur. En aquella época temprana del año, éramos los únicos visitantes del lugar. Los acantilados, la playa y los caminos del interior estaban en el estado de soledad más grato para nosotros. El aire era templado, los paisajes sobre colinas, bosques y praderas se veían hermosamente cambiantes bajo la luz y la sombra del abril, y el mar inquieto saltaba bajo nuestras ventanas como si, al igual que la tierra, sintiera el brillo y la frescura de la primavera.

Le debía a Marian consultarle antes de hablar con Laura, y dejarme guiar luego por su consejo.

Al tercer día de nuestra llegada, encontré un momento oportuno para hablar a solas con ella. En cuanto nos miramos, su instinto rápido detectó el pensamiento en mi mente antes de que yo pudiera expresarlo. Con su energía y franqueza habituales, habló de inmediato, y habló primero.

—Estás pensando en aquel tema que mencionamos la noche de tu regreso de Hampshire –dijo–. Hace tiempo que esperaba que lo sacaras. Tiene que haber un cambio en nuestro pequeño hogar, Walter, no podemos seguir mucho más tiempo como estamos ahora. Lo veo tan claro como tú –tan claro como lo ve Laura, aunque no diga nada–. ¡Qué extraño es cómo parece que han vuelto los viejos tiempos de Cumberland! Tú y yo estamos juntos otra vez, y el único asunto que nos interesa es, una vez más, Laura. Casi podría imaginar que esta habitación es el cenador de Limmeridge, y que esas olas allá fuera golpean nuestra antigua costa.

—En aquellos días pasados me guie por tu consejo –dije–, y ahora, Marian, con una confianza diez veces mayor, volveré a dejarme guiar por él.

Me respondió apretando mi mano. Vi que mi referencia al pasado la había conmovido profundamente. Nos sentamos junto a la ventana, y mientras yo hablaba y ella escuchaba, contemplábamos la gloria del sol brillando sobre la majestad del mar.

—Sea lo que sea lo que resulte de esta confidencia entre nosotros –dije–, termine bien o mal para mí, los intereses de Laura seguirán siendo los intereses de mi vida. Cuando dejemos este lugar, sea cual sea la situación en que lo dejemos, mi decisión de arrancarle a Fosco la confesión que no logré obtener de su cómplice volverá conmigo a Londres tan segura como que yo mismo volveré. Ni tú ni yo podemos saber cómo ese hombre podría reaccionar si lo acorralo; sólo sabemos, por sus propias palabras y acciones, que es capaz de atacar a Laura para alcanzarme, sin dudar ni un segundo. En nuestra situación actual no tengo ningún derecho sobre ella que la sociedad sancione, que la ley reconozca, que me fortalezca para resistirlo y protegerla. Eso me deja en grave desventaja. Si he de luchar contra el conde, con la certeza de que Laura está a salvo, debo hacerlo por mi esposa. ¿Estás de acuerdo hasta aquí, Marian?

—Con cada palabra –respondió.

—No apelaré al amor que me sobrevive tras todos los cambios y todos los golpes –continué–, no invocaré los sentimientos de mi corazón. Me limitaré a justificarme, por pensar en ella y hablar de ella como mi esposa, sobre la base de lo que acabo de decir. Si la posibilidad de obtener una confesión del conde es, como creo, la última oportunidad de establecer públicamente el hecho de que Laura vive, entonces la razón menos egoísta para nuestro matrimonio queda reconocida por los dos. Pero tal vez me equivoque en mi convicción, tal vez haya otros medios a nuestro alcance, menos inciertos y menos peligrosos, para lograr nuestro propósito. He buscado con ansiedad en mi mente esos otros medios, y no los he encontrado. ¿Tú sí?

—No. También lo he pensado, y en vano.

—Es probable –proseguí– que se te hayan ocurrido las mismas preguntas que a mí, al reflexionar sobre este asunto tan difícil. ¿Deberíamos volver con ella a Limmeridge, ahora que vuelve a parecerse a sí misma, y confiar en que la reconozcan los vecinos del pueblo o los niños de la escuela? ¿Deberíamos apelar a la prueba práctica de su escritura? Supongamos que lo hacemos. Supongamos que logramos el reconocimiento y que se verifica la identidad de la caligrafía. ¿Haría eso algo más que ofrecernos una excelente base para iniciar un juicio? ¿Probaría el reconocimiento y la escritura su identidad ante el señor Fairlie? ¿Bastaría para devolverla a

Limmeridge House, frente al testimonio de su tía, frente al certificado médico, frente al hecho del funeral y a la inscripción en la tumba? ¡No! Sólo podríamos aspirar a sembrar una duda seria sobre la afirmación de su muerte, una duda que nada menos que una investigación judicial podría resolver. Supongamos que tenemos (lo cual no tenemos) dinero suficiente para llevar a cabo ese proceso en todas sus fases. Supongamos que podríamos convencer al señor Fairlie y refutar el falso testimonio del conde, de su esposa y de todos los demás. Supongamos que nadie pudiera confundir a Laura con Anne Catherick, ni declarar que la escritura es una falsificación hábil: todas estas suposiciones desafían abiertamente las probabilidades. Pero aceptémoslas, y preguntémonos: ¿cuál sería la primera consecuencia? ¿Qué sería lo primero que se le preguntaría a Laura sobre la conspiración? Sabemos demasiado bien cuál sería el resultado, porque sabemos que aún no ha recuperado la memoria de lo ocurrido en Londres. Interrógala en privado o públicamente: es absolutamente incapaz de defender su propio caso. Si no ves esto, Marian, tan claramente como yo lo veo, iremos a Limmeridge y haremos la prueba mañana mismo.

—Lo veo, Walter. Incluso si tuviéramos el dinero para todos los gastos legales, incluso si al final triunfáramos, las demoras serían insoportables, la incertidumbre perpetua, después de todo lo que ya hemos sufrido, nos partiría el alma. Tienes razón: es inútil ir a Limmeridge. Ojalá pudiera estar igual de segura de que también aciertas al decidir jugar esa última carta con el conde. ¿Es siquiera una oportunidad?

—Sin duda lo es. Es la oportunidad de recuperar la fecha perdida del viaje de Laura a Londres. Sin volver ahora a los motivos que te expuse hace un tiempo, sigo convencido de que hay una discrepancia entre la fecha de ese viaje y la fecha del certificado de defunción. Ahí está el punto débil de toda la conspiración, se desmorona si lo atacamos por ahí, y los medios para hacerlo los tiene el conde. Si logro arrebatárselos, el objetivo de tu vida y la mía estará cumplido. Si fracaso, el daño que ha sufrido Laura jamás será reparado en este mundo.

—¿Temes fracasar, Walter?

—No me atrevo a anticipar el éxito, y por eso mismo, Marian, hablo con franqueza. En mi corazón y en mi conciencia puedo decirlo: las esperanzas de Laura están en su punto más bajo. Sé que ha perdido su fortuna, sé que la última posibilidad de devolverle su lugar en el mundo depende de su peor enemigo, de un hombre que ahora es absolutamente inalcanzable, y que puede seguir siéndolo hasta el fin. Sin ninguna ventaja material, sin perspectiva de recuperar su rango ni su nombre, sin otro futuro más claro que el que yo pueda ofrecerle como esposo, este pobre maestro de dibujo puede, por fin, abrirle su corazón sin peligro. En los días de su prosperidad, Marian, yo no era más que el guía de su mano, ahora, en su adversidad, le pido esa mano como la de mi esposa.

Los ojos de Marian se encontraron con los míos, llenos de afecto, no pude decir más. Tenía el corazón rebosante, los labios me temblaban. Pese a mí mismo, estaba a punto de apelar a su compasión. Me levanté para salir de la habitación. Ella también se levantó en ese instante, puso con suavidad su mano sobre mi hombro y me detuvo.

—¡Walter! –dijo–. Una vez os separé a ambos, por tu bien y por el de ella. ¡Espera aquí, hermano mío! –espera, mi querido, mi mejor amigo, hasta que Laura venga y te diga lo que acabo de hacer.

Por primera vez desde la mañana de la despedida en Limmeridge, sus labios tocaron mi frente. Una lágrima cayó sobre mi rostro mientras me besaba. Se volvió rápidamente, señaló la silla de la que me había levantado y salió de la habitación.

Me senté solo junto a la ventana para esperar el desenlace de mi vida. Mi mente, en ese intervalo sin aliento, parecía completamente en blanco. No era consciente de nada salvo de una intensidad dolorosa en todas las percepciones conocidas. El sol se volvió cegadoramente brillante, las aves marinas blancas que se perseguían entre sí muy lejos parecían revolotear ante mi cara, el murmullo suave de las olas en la playa retumbaba como trueno en mis oídos.

La puerta se abrió y Laura entró sola. Así había entrado en la sala del desayuno de Limmeridge House la mañana en que nos separamos. En aquella ocasión, se me había acercado lentamente, vacilante, con tristeza y titubeo. Ahora venía con la prisa de la felicidad en los pies, con la luz de la felicidad resplandeciendo en el rostro. Por sí solas, aquellas queridas manos se cerraron alrededor de mí, por sí solos aquellos dulces labios buscaron los míos.

—Amor mío –susurró–, ¿ya podemos confesar que nos amamos?

Su cabeza se acomodó con tierno contento sobre mi pecho.

—Oh –dijo con inocencia–, ¡al fin soy feliz!

Diez días después, éramos aún más felices. Nos casamos.

IV

El curso de este relato, avanzando con paso constante, me lleva lejos del tiempo de aurora de nuestra vida matrimonial y me arrastra hacia el final.

Dos semanas más tarde, los tres regresamos a Londres, y la sombra de la lucha que se avecinaba empezó a extenderse sobre nosotros.

Marian y yo fuimos cuidadosos de mantener a Laura en la ignorancia del motivo que nos había hecho volver con tanta urgencia: la necesidad de asegurarnos de atrapar al conde. Era ya comienzos de mayo, y el contrato de alquiler de su casa en Forest Road expiraba en junio. Si lo renovaba (y yo tenía razones –que pronto mencionaré– para anticipar que así lo haría), podía estar seguro de que no escaparía de mí. Pero si por alguna razón contrariaba mis expectativas y abandonaba el país, entonces no tenía tiempo que perder: debía armarme lo mejor posible para enfrentarlo.

En los primeros momentos de mi nueva felicidad, hubo ocasiones en que mi resolución flaqueó, momentos en los que estuve tentado a conformarme tranquilamente, ahora que el anhelo más profundo de mi vida se había cumplido con el amor de Laura. Por primera vez, sentí cobardemente el peso del riesgo, de las probabilidades en contra, de la promesa luminosa de nuestra nueva vida, y del peligro en que podría poner la dicha que tanto nos había costado alcanzar. ¡Sí! Lo admito con franqueza. Por un breve tiempo me desvié, guiado dulcemente por el amor, lejos del propósito al que había sido fiel bajo disciplina más severa y en días más oscuros. Laura, sin saberlo, me había tentado fuera del camino arduo e, inocente también, estaba destinada a guiarme de regreso.

A veces, sueños del pasado terrible regresaban desordenadamente a su mente en el misterio del sueño, trayendo los hechos que su memoria despierta no podía alcanzar. Una noche (apenas dos semanas después de casarnos), mientras la observaba dormir, vi cómo las lágrimas le fluían lentamente por debajo de los párpados cerrados; oí las palabras apenas murmuradas que me indicaron que su espíritu había regresado, inconscientemente, a aquel fatídico viaje desde Blackwater Park. Ese llamado involuntario, tan conmovedor y terrible en la santidad del sueño, me atravesó como fuego. Al día siguiente regresamos a Londres –el día en que mi resolución volvió a mí con una fuerza diez veces mayor.

Lo primero era conocer algo del hombre. Hasta entonces, la verdadera historia de su vida era un misterio impenetrable para mí.

Comencé con las pocas fuentes de información que tenía a mi alcance. El importante escrito del señor Frederick Fairlie (que Marian había conseguido siguiendo las instrucciones que le di en invierno) resultó inútil para el propósito especial con que ahora lo leía. Mientras lo repasaba, volví a considerar la revelación que me había hecho la señora Clements sobre la serie de engaños que llevaron a Anne Catherick a Londres y que allí la pusieron al servicio de la conspiración. También en este punto, el conde no se había comprometido abiertamente, también aquí, quedaba, en términos prácticos, fuera de mi alcance.

Volví entonces al diario de Marian en Blackwater Park. A petición mía, volvió a leerme un pasaje donde hablaba de su antigua curiosidad por el conde y los pocos detalles que había descubierto sobre él.

El pasaje en cuestión se encuentra en la parte del diario que describe su carácter y apariencia personal. Lo retrata como «no habiendo cruzado las fronteras de su país natal en años», como «interesado en saber si había caballeros italianos viviendo en el pueblo más cercano a Blackwater Park», como «recibiendo cartas con toda clase de sellos raros, y una con un gran sello de aspecto oficial». Marian tendía a pensar que su larga ausencia de su país podía explicarse suponiendo que era un exiliado político. Pero, por otro lado, no lograba reconciliar esa idea con la carta del extranjero con el «gran sello oficial», pues las cartas dirigidas a exiliados políticos desde el continente solían evitar, precisamente, atraer la atención de las oficinas postales.

Estas observaciones del diario, unidas a ciertas conjeturas mías que surgieron de ellas, me sugirieron una conclusión que me sorprendía no haber alcanzado antes. Me dije entonces lo que Laura había dicho en otra ocasión a Marian en Blackwater Park, lo que madame Fosco había escuchado espiando detrás de la puerta: ¡el conde es un espía!

Laura había pronunciado esa palabra al azar, irritada naturalmente por el comportamiento de él hacia ella. Yo la usaba ahora con la convicción deliberada de que su vocación en la vida era la del espionaje. Suponiendo eso, la razón de su extraordinaria permanencia en Inglaterra, aun después de haber alcanzado los objetivos de la conspiración, se hacía del todo comprensible para mí.

El año del que ahora hablo fue el año de la famosa Exposición del Palacio de Cristal en Hyde Park. Un número inusualmente alto de extranjeros había llegado ya, y seguía llegando a Inglaterra. Había entre nosotros cientos de hombres a los que la desconfianza constante de sus gobiernos había seguido, en secreto, mediante agentes designados, hasta nuestras costas. Ni por un momento incluí al conde, con sus habilidades y su posición social, entre los espías ordinarios. Sospechaba que ocupaba un puesto de autoridad, que había sido encargado por el gobierno al que servía en secreto de organizar y dirigir agentes especialmente empleados en este país –hombres y mujeres– y creía que la señora Rubelle, que fue encontrada tan oportunamente para actuar como enfermera en Blackwater Park, era, con toda probabilidad, una de ellos.

Asumiendo que esta idea mía tenía algún fundamento real, la posición del conde podía resultar más vulnerable de lo que hasta entonces me había atrevido a esperar. ¿A quién podía recurrir para conocer más sobre la historia de ese hombre y sobre el propio individuo?

En esa urgencia, lo más natural fue pensar que un compatriota suyo en quien pudiera confiar sería la persona más adecuada para ayudarme. El primer hombre que se me ocurrió en esas circunstancias era también el único italiano con quien tenía una amistad íntima: mi singular y pequeño amigo, el profesor Pesca.

El profesor ha estado ausente de estas páginas tanto tiempo que corre el riesgo de haber sido olvidado por completo.

La lógica de un relato como el mío impone que los personajes aparezcan sólo cuando los hechos los reclaman. Vienen y van, no por favoritismo mío, sino por derecho propio según su implicación directa en los acontecimientos que narro. Por ese motivo, no sólo Pesca, sino también mi madre y mi hermana, han permanecido al margen de la narración. Mis visitas a la casita de Hampstead, la creencia de mi madre en la falsa identidad de Laura impuesta por la conspiración, mis esfuerzos inútiles por vencer el prejuicio que tanto ella como mi hermana mantenían —motivadas por su afecto celoso hacia mí— y la dolorosa necesidad de ocultarles mi matrimonio hasta que aprendieran a hacer justicia a mi esposa… todos esos episodios domésticos han quedado fuera del relato porque no eran esenciales para el eje central de la historia. No importa que aumentaran mis preocupaciones o amargaran mis decepciones: el avance firme de los acontecimientos los ha dejado atrás sin contemplaciones.

Por la misma razón no he mencionado aquí el consuelo que encontré en el afecto fraternal de Pesca cuando lo vi de nuevo tras mi abrupta salida de Limmeridge House. No he contado la fidelidad con la que mi buen amigo me acompañó hasta el punto de embarque cuando partí hacia América Central, ni el estallido de júbilo con que me recibió cuando volvimos a encontrarnos en Londres. Si hubiera considerado apropiado aceptar las ofertas de ayuda que me hizo al volver, ya habría reaparecido en estas páginas mucho antes. Pero, aunque sabía que su honor y su valentía eran completamente fiables, no tenía la misma certeza respecto a su discreción, y sólo por eso seguí todas mis investigaciones en solitario. Ahora bastará con decir que Pesca nunca dejó de estar vinculado a mí ni a mis intereses, aunque hasta ahora haya estado separado del curso de este relato. Seguía siendo, como siempre, un amigo fiel y dispuesto.

Antes de recurrir a Pesca, era necesario que yo mismo viera con qué tipo de hombre estaba tratando. Hasta ese momento, no había visto nunca al conde Fosco.

Tres días después de regresar con Laura y Marian a Londres, salí solo hacia Forest Road, en St. John's Wood, entre las diez y las once de la mañana. Era un día espléndido, tenía varias horas libres, y pensé que, con algo de paciencia, el conde podría verse tentado a salir. No tenía muchos motivos para temer que me reconociera de día, pues la única vez que me había visto había sido la noche en que me siguió hasta casa.

No se veía a nadie en las ventanas del frente de la casa. Caminé por una calle lateral que pasaba junto a ella y miré por encima del muro bajo del jardín. Una de las ventanas traseras de la planta baja estaba abierta y tenía una red puesta. No vi a nadie, pero dentro de la habitación escuché primero un agudo silbido y luego canto de pájaros, seguido de una voz grave y sonora que la descripción de Marian me había vuelto familiar:

—¡Vamos, subid a mi dedito, mis lindos, lindos preciosos! –gritó la voz–. ¡Subid las escaleras! ¡Uno, dos, tres, arriba! ¡Tres, dos, uno, abajo! ¡Uno, dos, tres, piu-piu-piu-piuit!…

El conde estaba ejercitando a sus canarios como solía hacerlo en los días de Blackwater Park.

Esperé un poco y cesaron los cantos y silbidos.

—¡Venid a besarme, mis lindos! –dijo la voz profunda.

Siguió un trinar de respuesta, unos chillidos alegres, una risa aceitosa y grave, un minuto de silencio… y luego oí abrirse la puerta de la casa. Me di la vuelta y volví sobre mis pasos. La majestuosa melodía de la oración del *Moisés* de Rossini, entonada con una voz de bajo sonora, se elevó con grandeza en el silencio suburbano. La verja del jardín se abrió y se cerró. El conde había salido.

Cruzó la calle caminando hacia el límite occidental de Regent's Park. Yo seguí por la acera opuesta, unos pasos detrás de él, caminando en la misma dirección.

Marian me había preparado para su elevada estatura, su monstruosa corpulencia y sus ostentosas ropas de luto, pero no para el espantoso frescor, la jovialidad y la vitalidad del hombre. Llevaba sus sesenta años como si fueran menos de cuarenta. Paseaba despreocupadamente, con el sombrero ligeramente ladeado, un paso ágil y ligero, balanceando su gran bastón, tarareando para sí, mirando de vez en cuando las casas y jardines a ambos lados con aire de señorío y sonrisa condescendiente. Si a un desconocido le hubieran dicho que el vecindario entero le pertenecía, no se habría sorprendido. No miró hacia atrás, no prestó aparente atención a mí ni a nadie que se cruzara en su acera, salvo alguna que otra vez, cuando sonreía y saludaba con humor paternal a las niñeras y a los niños que encontraba. Así me fue guiando hasta que llegamos a un grupo de tiendas en las afueras de las terrazas occidentales del parque.

Se detuvo frente a una pastelería, entró (probablemente a hacer un encargo), y salió de inmediato con una tarta en la mano. Un italiano tocaba un organillo frente al escaparate, y un monito miserable, arrugado, estaba sentado sobre el instrumento. El conde se detuvo, mordió un trozo de la tarta y ofreció el resto al mono con gesto solemne.

—¡Pobrecito mío!—dijo con grotesca ternura—. Tienes cara de hambre. ¡En el sagrado nombre de la humanidad, te ofrezco algo de almuerzo!

El organillero se atrevió a extender la mano reclamando una moneda del generoso caballero. El conde se encogió de hombros con desprecio y siguió su camino.

Llegamos a las calles y tiendas de mayor categoría entre New Road y Oxford Street. El conde se detuvo de nuevo y entró en una óptica con un cartel que anunciaba reparaciones cuidadosas. Salió con un anteojo de teatro en la mano, caminó unos pasos y se detuvo ante un cartel de ópera en el escaparate de una tienda de música. Lo leyó con atención, reflexionó un momento y luego detuvo un coche de caballos vacío que pasaba.

—A la taquilla de la ópera –dijo al cochero, y se alejó.

Crucé la calle y leí el cartel. El espectáculo anunciado era *Lucrezia Borgia*. El anteojo en la mano del conde, su lectura cuidadosa del cartel y la orden al cochero sugerían que tenía intención de asistir. Tenía forma de conseguir entradas a través de un viejo conocido, un pintor de escenografías del teatro. Al menos había una posibilidad de que el conde fuera visible esa noche entre el público, y, en ese caso, podría averiguar si Pesca lo conocía o no.

Esta consideración decidió mi plan para esa noche. Conseguí las entradas y, de camino, dejé una nota en la pensión de Pesca. A las ocho menos cuarto pasé a buscarlo para ir al teatro.

Mi pequeño amigo estaba en un estado de entusiasmo desbordante, con una flor festiva en el ojal y los prismáticos más grandes que jamás he visto abrazados bajo el brazo.

—¿Estás listo? –le pregunté.

—¡Right-all-right! –respondió Pesca.

Y nos encaminamos hacia el teatro.

Había suficiente espacio en el pasillo que rodeaba el patio de butacas –justamente la posición mejor calculada para el propósito con el que asistía a la función–. Me acerqué primero a la barrera que nos separaba del patio de butacas y busqué al conde en esa zona del teatro. No estaba allí. Volviendo por el pasillo, en el lado izquierdo respecto al escenario, y mirando con atención a mi alrededor, lo descubrí en el patio. Ocupaba un excelente sitio, a unas doce o catorce butacas del extremo de un banco, dentro de las tres primeras filas. Me coloqué justo en línea con él; Pesca se situó a mi lado. El profesor aún no sabía para qué lo había llevado al teatro, y se mostró un tanto sorprendido de que no nos acercáramos más al escenario.

Subió el telón y comenzó la ópera.

Durante todo el primer acto permanecimos en nuestra posición –el conde, absorto en la orquesta y el escenario, no lanzó ni una mirada ocasional hacia nosotros–. No se perdía una nota de la deliciosa música de Donizetti. Allí estaba, elevado sobre sus vecinos, sonriendo y asintiendo con su enorme cabeza de vez en cuando. Cuando el público cercano a él aplaudía el final de un aria (como siempre hace el público inglés en tales circunstancias), sin prestar atención al movimiento orquestal que seguía de inmediato, él los miraba con expresión de compasiva advertencia y levantaba una mano en gesto de educada súplica. En los pasajes más refinados del canto, en las fases más delicadas de la música, que pasaban desapercibidas para los demás, sus manos gordas, enguantadas de negro, se aplaudían suavemente entre sí, en señal del aprecio cultivado de un verdadero melómano. En esos momentos, su murmullo aceitoso de aprobación, «¡Bravo! Bra-a-a-a…», zumbaba en el silencio como el ronroneo de un gato enorme. Sus vecinos más cercanos –personas robustas y sonrosadas del campo, deslumbradas por el brillo de Londres– al verlo y oírlo, empezaban a imitarlo. Muchos de los estallidos de aplausos que aquella noche surgieron del patio nacieron de las suaves y cómodas palmadas de aquellas manos enguantadas. La voraz vanidad del hombre devoraba aquel homenaje implícito a su supremacía local y crítica con el mayor deleite. Su rostro gordo no dejaba de sonreír. En las pausas de la música miraba a su alrededor, serenamente satisfecho consigo mismo y con sus semejantes. «¡Sí, sí! Estos bárbaros ingleses están aprendiendo algo de mí. Aquí, allá y en todas partes, yo –Fosco– soy una influencia que se siente, un hombre que reina supremo». Si alguna vez un rostro habló, el suyo hablaba entonces, y ése era su lenguaje.

Bajó el telón tras el primer acto y el público se levantó para mirar a su alrededor. Éste era el momento que había esperado: el instante de averiguar si Pesca lo conocía.

El conde se levantó con los demás y examinó con su gemelo de teatro a los ocupantes de los palcos. Primero nos dio la espalda, pero se giró a tiempo hacia nuestro lado del teatro y dirigió el anteojo hacia los palcos sobre nosotros, usándolo unos minutos, y luego lo bajó, pero siguió mirando hacia arriba. Éste fue el instante que aproveché, cuando su rostro estaba plenamente visible, para dirigir la atención de Pesca hacia él.

—¿Conoces a ese hombre? –pregunté.

—¿Qué hombre, amigo mío?

—El alto, gordo, que está ahí, mirándonos de frente.

Pesca se puso de puntillas y miró al conde.

—No –dijo el profesor–. Ese hombre grande y gordo me es desconocido. ¿Es famoso? ¿Por qué me lo señalas?

—Porque tengo razones particulares para querer saber algo de él. Es compatriota tuyo –se llama conde Fosco. ¿Te suena ese nombre?

—Ni el nombre ni el hombre, Walter.

—¿Estás completamente seguro de que no lo reconoces? Míralo otra vez, con atención. Te diré por qué me importa tanto cuando salgamos del teatro. ¡Espera! Déjame ayudarte a subir aquí, para que lo veas mejor.

Ayudé al pequeño hombre a subirse al borde de la plataforma elevada donde estaban colocadas las butacas del patio. Su baja estatura no era un obstáculo –desde allí podía ver por encima de las cabezas de las damas sentadas en el extremo del banco.

Un hombre delgado, de cabello claro, que tenía una cicatriz en la mejilla izquierda –y a quien no había notado antes– nos observó atentamente mientras yo ayudaba a Pesca a subir, y luego siguió con la vista la dirección que señalaban los ojos del profesor hacia el conde. Tal vez nuestra conversación le había llegado a los oídos, y, según me pareció, había despertado su curiosidad.

Mientras tanto, Pesca fijó sus ojos con intensidad en el rostro ancho, redondo y sonriente, ligeramente alzado, justo frente a él.

—No –dijo–, jamás en mi vida he visto a ese hombre grande y gordo.

En ese momento, el conde miró hacia abajo, hacia los palcos tras nosotros, en el nivel del patio.

Los ojos de los dos italianos se encontraron.

Un instante antes, estaba perfectamente convencido, por su reiterada declaración, de que Pesca no conocía al conde. Un instante después, estaba igualmente seguro de que el conde sí conocía a Pesca.

¡Lo conocía, y —más sorprendente aún— le *temía*! No había duda posible sobre el cambio en el rostro del villano. El tono plomizo que de pronto invadió su amarilla complexión, la rigidez repentina de sus facciones, el escrutinio furtivo de sus ojos grises, la inmovilidad absoluta de su cuerpo, todo hablaba por sí solo. Un terror mortal se había apoderado de él y lo había hecho el reconocimiento de Pesca.

El hombre delgado con la cicatriz seguía junto a nosotros. Al parecer, había sacado la misma conclusión que yo al ver el efecto que la presencia de Pesca causaba en el conde. Era un caballero afable, de aspecto extranjero, y su interés no se expresó de modo ofensivo.

Por mi parte, me quedé tan estupefacto por el cambio en el rostro del conde, tan asombrado por el giro inesperado de los acontecimientos, que no sabía ni qué decir ni qué hacer. Fue Pesca quien me sacó de mi estupor volviendo a su lugar a mi lado y hablando primero.

—¡Cómo me mira ese hombre gordo! —exclamó—. ¿Es a mí? ¿Soy famoso? ¿Cómo puede conocerme si yo no lo conozco?

Seguí observando al conde. Lo vi moverse por primera vez cuando Pesca se movió, como para no perder de vista al pequeño desde su nueva posición. Tenía curiosidad por ver qué pasaría si desviaba la atención de Pesca, y por eso le pregunté al profesor si reconocía entre las damas de los palcos a alguna de sus alumnas. Pesca levantó de inmediato su enorme gemelo de teatro y lo movió lentamente por la parte alta del teatro, buscando con la más escrupulosa concentración.

En cuanto se vio que su atención estaba ocupada, el conde se volvió, pasó por delante de los ocupantes del extremo de su fila y desapareció por el pasillo central del patio. Agarré a Pesca del brazo y, para su indescriptible asombro, lo arrastré conmigo hacia la parte trasera del patio para interceptar al conde antes de que llegara a la puerta. Para mi sorpresa, el hombre delgado con la cicatriz salió antes que nosotros, evitando un atasco causado por gente que se retiraba de nuestra zona, lo que nos hizo perder tiempo a Pesca y a mí. Cuando llegamos al vestíbulo, el conde ya había desaparecido. Y el extranjero con la cicatriz también.

—Vámonos –le dije–. Vámonos a tu casa, Pesca. Tengo que hablar contigo en privado, tengo que hablar ahora mismo.

—¡Santo cielo! gritó el profesor, completamente desorientado–. ¿Qué demonios pasa?

Caminé rápidamente sin responder. Las circunstancias en las que el conde había abandonado el teatro me sugerían que su extrema ansiedad por escapar de Pesca podía llevarlo aún más lejos. Podía también escapar de mí, marchándose de Londres. Dudaba del futuro si le concedía siquiera un día de libertad para actuar. Y desconfiaba de ese extranjero que se nos había adelantado, y a quien sospechaba de seguirlo intencionadamente.

Con esa doble sospecha en mente, no tardé en hacer que Pesca entendiera lo que quería. Tan pronto como estuvimos a solas en su habitación, aumenté su confusión y asombro al contarle, con toda claridad y franqueza, lo que pretendía, tal como lo he contado aquí.

—¿Qué puedo hacer, amigo mío? –exclamó el profesor, apelando a mí con ambas manos, en tono lastimero–. ¡Caracoles! ¿Cómo puedo ayudarte, Walter, si no conozco a ese hombre?

—Él te conoce a ti, te teme, ha salido del teatro para huir de ti. ¡Pesca! Debe haber una razón para esto. Piensa en tu pasado, antes de venir a Inglaterra. Te marchaste de Italia, como tú mismo me has dicho, por razones políticas. Nunca me has hablado de ellas, y no te las pregunto ahora. Sólo te pido que consultes tus recuerdos y me digas si no te sugieren alguna causa antigua para el terror que provocó en ese hombre el verte por primera vez.

Para mi asombro absoluto, esas palabras –que a mí me parecían inocuas– produjeron en Pesca el mismo efecto asombroso que la aparición de Pesca había causado en el conde. El rostro rosado de mi pequeño amigo palideció en un instante, y se apartó de mí lentamente, temblando de pies a cabeza.

—¡Walter! –dijo–. No sabes lo que me estás pidiendo.

Hablaba en un susurro; me miraba como si acabara de revelarle de golpe algún peligro oculto que nos amenazara a los dos. En menos de un minuto se había transformado por completo; ya no era el hombre jovial, curioso y vivaz que yo conocía, y si me lo hubiera cruzado en la calle con aquel nuevo semblante, estoy seguro de que no lo habría reconocido.

—Perdóname si te he herido o perturbado sin querer —le respondí—. Recuerda la cruel injusticia que ha sufrido mi esposa por culpa del conde Fosco. Recuerda que esa injusticia no podrá repararse jamás, a menos que yo tenga el modo de obligarlo a hacerle justicia. Hablé por ella, Pesca. Vuelvo a pedirte perdón. No puedo decir más.

Me levanté para marcharme. Me detuvo antes de que llegara a la puerta.

—Espera —dijo—. Me has sacudido hasta el fondo. No sabes cómo ni por qué dejé mi país. Déjame serenarme, déjame pensar, si puedo…

Volví a sentarme. Pesca comenzó a caminar por la habitación, hablando solo incoherentemente en su lengua natal. Después de varias idas y venidas, se acercó de pronto a mí y apoyó sus pequeñas manos sobre mi pecho con una extraña mezcla de ternura y solemnidad.

—Por tu alma y por tu corazón, Walter —dijo—, ¿no hay otra forma de llegar a ese hombre más que a través de mí?

—No hay otra forma —respondí.

Se alejó de nuevo, abrió la puerta de la habitación y miró con cautela hacia el pasillo, la cerró otra vez y regresó.

—Ganaste tu derecho sobre mí, Walter —dijo—, el día que me salvaste la vida. Desde entonces fue tuyo, cuando quisieras reclamarlo. Reclámalo ahora. ¡Sí! Digo lo que digo. Mis próximas palabras, tan ciertas como que Dios está sobre nosotros, pondrán mi vida en tus manos.

La conmoción temblorosa con la que pronunció esa advertencia extraordinaria me convenció de que hablaba con toda verdad.

—¡Escucha bien esto! —continuó, agitando las manos con vehemencia—. Yo, en mi propia mente, no veo ningún hilo que conecte a ese hombre, Fosco, con aquel pasado que intento recobrar por ti. Si tú encuentras ese hilo, guárdalo para ti, no me digas nada, te lo ruego de rodillas: déjame ignorante, déjame inocente, déjame ciego al futuro como lo estoy ahora.

Dijo unas palabras más, titubeantes y entrecortadas, y volvió a callar.

Vi que el esfuerzo de expresarse en inglés, en una ocasión demasiado grave como para permitirse sus habituales giros y frases peculiares, estaba haciéndole aún más difícil lo que desde el principio ya le costaba: hablar conmigo. Como había aprendido a leer y comprender su idioma (aunque no a hablarlo) en los días tempranos de nuestra amistad íntima, le propuse ahora que se expresara en italiano, mientras yo seguiría usando el inglés para hacerle las preguntas necesarias. Aceptó la propuesta. En su lengua fluida, pronunciada con una agitación vehemente que se manifestaba en los movimientos perpetuos de su rostro, en la intensidad súbita de sus gestos extranjeros –pero nunca en el volumen de su voz– oí entonces las palabras que me armaron para enfrentar el último combate que esta historia está a punto de narrar.

(Nota: Me veo obligado a declarar que repito las palabras de Pesca con las supresiones y modificaciones necesarias que el carácter delicado del tema y mi deber hacia mi amigo me imponen. Éstas son mis primeras y últimas omisiones en este relato, justificadas por una necesidad absoluta de precaución).

—No sabes nada de mi verdadero motivo para dejar Italia –empezó–, salvo que fue por razones políticas. Si hubiese sido perseguido por el gobierno, no habría guardado secreto alguno, ni contigo ni con nadie. He ocultado esas razones porque ningún tribunal oficial dictó mi exilio. Has oído hablar, Walter, de las sociedades políticas secretas que existen en toda gran ciudad de Europa. A una de esas sociedades pertenecí en Italia, y todavía pertenezco en Inglaterra. Vine a este país por orden de mi jefe. Fui demasiado entusiasta en mi juventud, corrí el riesgo de comprometerme y de comprometer a otros. Por esas razones, se me ordenó emigrar a Inglaterra y esperar. Emigré. He esperado. Sigo esperando. Tal vez mañana me llamen. Tal vez dentro de diez años. Todo me da igual. Estoy aquí, me mantengo dando clases y espero. No violo ningún juramento –ya verás por qué en un momento– al confiarte ahora el nombre de la sociedad a la que pertenezco. Lo único que hago es ponerte mi vida en las manos. Si alguna vez se supiera que lo que te digo salió de mis labios, tan cierto como que estamos aquí sentados los dos, yo estoy muerto.

Susurró las siguientes palabras en mi oído. Conservo el secreto que me confió. Bastará con referirme a dicha organización, en las pocas ocasiones que sea necesario en este relato, como La Hermandad.

—El propósito de la Hermandad –continuó Pesca– es, en resumidas cuentas, el mismo que el de otras sociedades políticas semejantes: destruir la tiranía y reivindicar los derechos del pueblo. Sus principios son dos. Mientras la vida de un hombre sea útil, o siquiera inofensiva, tiene derecho a conservarla. Pero si su existencia inflige daño al bienestar de otros, desde ese momento pierde tal derecho, y privarlo de ella no es sólo un acto legítimo, sino un mérito positivo. No me corresponde a mí explicar bajo qué circunstancias horrendas de opresión y sufrimiento nació esta sociedad. Tampoco a ti, inglés, que conquistaste tu libertad hace tanto que ya has olvidado la sangre que derramaste y los extremos a los que llegaste para lograrla. No puedes saber hasta qué punto puede enloquecer la humillación a los hombres de una nación esclavizada. El hierro que se nos ha clavado en el alma está demasiado profundo para que puedas verlo. ¡Dejad al refugiado en paz! ¡Reíd de él, desconfiad de él, abrid los ojos con asombro ante ese yo secreto que arde en su interior, a veces bajo la respetabilidad y la tranquilidad diaria de un hombre como yo, a veces bajo la miseria feroz de hombres menos afortunados, menos flexibles, menos pacientes… pero no nos juzguéis! En tiempos de vuestro primer Carlos, quizás habríais sabido comprendernos, pero el largo lujo de vuestra libertad os ha vuelto incapaces de hacerlo ahora.

Todas las emociones más hondas de su alma parecían haberse volcado en aquellas palabras; me abrió su corazón por primera vez desde que lo conocía. Pero incluso entonces, su voz nunca se alzó. El temor por la terrible revelación que acababa de hacer jamás lo abandonó.

—Hasta ahora –prosiguió– piensas que esta sociedad es como las demás. Su objetivo (según tu opinión inglesa) es la anarquía y la revolución. Elimina a un mal rey o a un mal ministro como si fueran fieras peligrosas que hay que abatir en cuanto se presente la ocasión. Te concedo eso. Pero las leyes de la Hermandad no son las de ninguna otra sociedad política sobre la faz de la tierra. Sus miembros no se conocen entre sí. Hay un presidente en Italia; hay presidentes en el extranjero. Cada uno tiene su secretario. Los presidentes y los secretarios conocen a los miembros, pero los miembros, entre ellos, son todos desconocidos, hasta que los jefes consideran oportuno, por necesidad política o por necesidades internas de la Hermandad, que se conozcan. Con semejante medida de seguridad, no hay juramento al ingresar. Se nos identifica con una marca secreta que todos llevamos y que dura tanto como nuestra vida. Se nos dice que sigamos con nuestra vida normal y que nos presentemos ante el presidente o el secretario cuatro veces al año, en caso de que se nos requiera. Se nos advierte que, si traicionamos a la Hermandad o la perjudicamos sirviendo a otros intereses, moriremos por los principios de la Hermandad; moriremos a manos de un desconocido que puede haber sido enviado desde el otro extremo del mundo, o por la mano de nuestro mejor amigo, que puede haber sido miembro sin que jamás lo supiéramos. A veces la ejecución se retrasa… a veces ocurre enseguida tras la traición. Nuestra primera obligación es saber esperar; la segunda, obedecer cuando se pronuncie la palabra. Algunos pueden esperar toda la vida sin ser llamados. Otros pueden ser convocados el mismo día que ingresan. Yo mismo –el pequeño hombre alegre y tranquilo que tú conoces, que por iniciativa propia apenas levantaría su pañuelo para espantar una mosca– yo, en mi juventud, bajo una provocación tan terrible que no quiero contártela, ingresé en la Hermandad por impulso, como podría haberme quitado la vida por impulso. Ahora debo permanecer en ella, me tiene atrapado, me guste o no, hasta el día en que muera. Mientras estaba aún en Italia, fui elegido secretario, y todos los miembros de aquella época que se presentaban ante mi presidente, también se presentaban ante mí.

Empecé a comprender. Vi hacia dónde se encaminaba aquella revelación extraordinaria. Esperó un momento, observándome con atención, esperando hasta haber adivinado lo que pasaba por mi mente, antes de continuar.

—Ya has sacado tus propias conclusiones –dijo–. Lo veo en tu rostro. No me digas nada. Déjame fuera del secreto de tus pensamientos. Déjame hacer este último sacrificio por ti, y acabemos con este tema para no volver jamás a él.

Me hizo un gesto para que no respondiera, se levantó, se quitó la chaqueta y se remangó la camisa del brazo izquierdo.

—Te prometí una confianza total –susurró, hablándome al oído, con los ojos fijos y vigilantes en la puerta–. Pase lo que pase, no podrás reprocharme haber ocultado nada que fuera necesario para tus intereses. He dicho que la Hermandad identifica a sus miembros con una marca que dura toda la vida. Mira por ti mismo el lugar, y la marca.

Levantó el brazo desnudo y me mostró, en la parte superior interna, una marca grabada a fuego profundamente en la carne, de un rojo intenso, como sangre viva. Me abstendré de describir el símbolo representado. Basta con decir que era de forma circular y tan pequeño que podría haber sido cubierto por una moneda de un chelín.

—Un hombre que lleva esta marca, en este lugar –dijo mientras se cubría de nuevo el brazo–, es miembro de la Hermandad. Un hombre que ha sido falso a la Hermandad es descubierto tarde o temprano por los jefes que lo conocen –presidentes o secretarios, según el caso–. Y un hombre descubierto por los jefes está muerto. Ninguna ley humana puede protegerlo. Recuerda lo que has visto y oído, saca las conclusiones que quieras, actúa como mejor te parezca. Pero, en nombre de Dios, descubras lo que descubras, hagas lo que hagas, ¡no me digas nada! Déjame libre de una responsabilidad que me horroriza pensar –una responsabilidad que, lo sé en conciencia, no me pertenece–. Por última vez te lo repito –por mi honor como caballero, por mi juramento como cristiano–: si el hombre que me señalaste en la Ópera me conoce, está tan cambiado, o tan disfrazado, que yo no lo reconozco. Ignoro por completo sus actos o sus propósitos en Inglaterra. Nunca lo vi, nunca oí el nombre que usa, que yo sepa, hasta esta noche. No diré más. Déjame solo un rato, Walter. Estoy abrumado por lo ocurrido, sacudido por lo que he dicho. Déjame intentar volver a ser yo mismo cuando nos veamos de nuevo.

Se dejó caer en una silla y, dándome la espalda, se cubrió el rostro con las manos. Abrí suavemente la puerta para no perturbarlo y pronuncié mis pocas palabras de despedida en voz baja, lo bastante para que las oyera, si así lo deseaba.

—Guardaré en lo más hondo de mi memoria lo ocurrido esta noche –dije–. Jamás te arrepentirás de la confianza que has depositado en mí. ¿Puedo venir mañana? ¿Tan pronto como a las nueve?

—Sí, Walter –respondió, mirándome con afecto y hablando de nuevo en inglés, como si su único deseo fuese recuperar cuanto antes nuestra relación habitual–. Ven a tomar un poco de desayuno conmigo, antes de que salga a ver a mis alumnos.

—Buenas noches, Pesca.

—Buenas noches, mi amigo.

VI

Mi primera convicción, apenas me encontré fuera de la casa, fue que no me quedaba alternativa alguna: debía actuar de inmediato con la información que acababa de recibir. O me aseguraba al conde esa misma noche, o corría el riesgo de perder, por una simple demora hasta la mañana, la última posibilidad de Laura. Miré el reloj: eran las diez en punto.

Ni una sombra de duda cruzó por mi mente sobre el motivo por el cual el conde había abandonado el teatro. Su huida no era más que el primer paso de una fuga definitiva de Londres. Tenía la marca de la Hermandad en el brazo –me sentía tan seguro de ello como si él mismo me hubiera mostrado el sello–, y la traición a la Hermandad le pesaba en la conciencia, lo había visto en el modo en que reconoció a Pesca.

Era fácil comprender por qué ese reconocimiento no había sido mutuo. Un hombre como el conde nunca se arriesgaría a las consecuencias de convertirse en espía sin proteger antes su seguridad personal con tanto celo como perseguía su recompensa. El rostro afeitado que señalé en la ópera pudo estar cubierto de barba en la época en que Pesca lo conoció; su cabello oscuro podía ser una peluca; su nombre era, evidentemente, falso. El tiempo podía haberle favorecido también —su descomunal corpulencia podía haber llegado con los años—. Todo jugaba a favor de que Pesca no lo reconociera… y también de que el conde sí reconociera a Pesca, cuya estampa singular lo convertía en un hombre imposible de olvidar, fuera donde fuera.

He dicho que estaba convencido del propósito del conde al huir del teatro. ¿Cómo podía dudarlo, si lo vi con mis propios ojos convencido de que Pesca lo había reconocido a pesar de su cambio de aspecto, y por tanto en peligro de muerte? Si lograba hablar con él esa misma noche, si podía demostrarle que yo también conocía el peligro mortal que pendía sobre él, ¿qué resultado cabía esperar? Uno solo: que entre él y yo, uno debía dominar la situación… y el otro estaría inevitablemente a su merced.

Tenía el deber de considerar los riesgos antes de afrontarlos. Y tenía el deber, por mi esposa, de hacer todo cuanto estuviera en mi poder para reducir el peligro.

Los riesgos no necesitaban enumerarse: todos se reducían a uno solo. Si el conde descubría, por mi confesión, que su única vía de salvación pasaba por mi muerte, era probablemente el último hombre sobre la tierra que vacilaría en engañarme y tomar ese camino, si me encontraba a solas y a su alcance. El único medio de defensa en el que podía confiar para mitigar el riesgo se me presentó, tras una breve reflexión, con toda claridad. Antes de confesarle lo que sabía, debía dejar esa revelación en un lugar donde estuviera lista para usarse contra él de inmediato, y a salvo de cualquier intento suyo de suprimirla. Si colocaba la mina bajo sus pies antes de presentarme, y dejaba instrucciones a una tercera persona para que la activara tras un plazo determinado, a menos que recibiera de mí nuevas órdenes por escrito o de palabra… en tal caso, la seguridad del conde dependería enteramente de la mía, y yo podría conservar la ventaja, incluso dentro de su propia casa.

Esta idea se me ocurrió cuando ya estaba cerca del nuevo alojamiento que habíamos tomado al regresar del litoral. Entré sin despertar a nadie, usando mi llave. Había una luz en el vestíbulo, y subí con ella a mi estudio para prepararme y comprometerme por completo con la entrevista que pensaba tener con el conde, sin que ni Laura ni Marian pudieran sospechar lo más mínimo de mis intenciones.

Una carta dirigida a Pesca era la precaución más segura que podía tomar. Escribí lo siguiente:

> El hombre que te señalé en la ópera es miembro de la Hermandad y ha traicionado su juramento. Verifica ambas afirmaciones de inmediato. Conoces el nombre con que se presenta en Inglaterra. Su dirección es Forest Road número 5, St. John's Wood. Por el afecto que una vez me tuviste, usa el poder que se te ha confiado sin piedad y sin demora contra ese hombre. Lo he arriesgado todo y lo he perdido todo, y el precio de mi fracaso ha sido mi vida.

Firmé y feché estas líneas, las metí en un sobre y lo sellé. En el exterior escribí esta indicación: «No abrir hasta las nueve en punto de la mañana. Si no tienes noticias mías, ni me has visto antes de esa hora, rompe el sello cuando el reloj marque la hora y lee el contenido». Añadí mis iniciales, y protegí todo ello colocándolo dentro de un segundo sobre cerrado, dirigido a Pesca en su alojamiento.

No quedaba nada más por hacer, salvo encontrar el modo de hacer llegar esa carta a su destino de inmediato. Entonces habría hecho cuanto estaba en mi mano. Si algo me ocurría en casa del conde, él debía responder con su vida.

No dudaba ni por un momento de que Pesca tenía a su disposición los medios para impedir la huida del conde, ocurriera lo que ocurriera, si decidía usarlos. La extraordinaria ansiedad que había mostrado por no saber la verdadera identidad del Conde –o dicho de otro modo, por conservar suficiente ignorancia como para justificarse ante su propia conciencia permaneciendo pasivo– revelaba claramente que tenía a mano los medios para aplicar la justicia terrible de la Hermandad, aunque, como hombre naturalmente bondadoso, se hubiese abstenido de decirlo abiertamente. La certeza con que las sociedades políticas extranjeras vengaban la traición, por escondido que estuviera el culpable, estaba demasiado bien documentada, incluso en mi experiencia superficial, como para que pudiera dudarlo. Como simple lector de periódicos, recordaba casos tanto en Londres como en París: extranjeros hallados apuñalados en las calles, cuyos asesinos jamás fueron encontrados; cadáveres o partes de cuerpos arrojados al Támesis o al Sena, por manos que nunca se descubrieron; muertes por violencia secreta que sólo podían explicarse de un modo. No he disfrazado nada en estas páginas que me concierna, y no disimulo tampoco aquí que creía haber firmado la sentencia de muerte del conde Fosco, si se presentaba la emergencia fatal que autorizaba a Pesca a abrir mi carta.

Bajé a la planta baja para hablar con el casero sobre la necesidad de un mensajero. Él estaba subiendo las escaleras en ese momento, y nos encontramos en el rellano. Al contarle lo que necesitaba, me ofreció a su hijo, un muchacho despierto. Lo hicimos subir, y le di sus instrucciones. Debía llevar la carta en un coche de alquiler, ponerla en manos del profesor Pesca personalmente y traerme una nota de acuse de recibo. Luego debía regresar en el coche, dejándolo esperándome en la puerta. Eran cerca de las diez y media. Calculé que el muchacho volvería en veinte minutos, y que en veinte minutos más podría llegar yo mismo a St. John's Wood.

Cuando el muchacho partió con el encargo, regresé por un momento a mi habitación para ordenar ciertos papeles, de modo que pudieran ser fácilmente hallados en caso de lo peor. La llave del secreter antiguo donde estaban guardados la sellé y la dejé sobre mi mesa, con el nombre de Marian escrito en el exterior del pequeño paquete. Hecho esto, bajé al salón, donde esperaba encontrar a Laura y a Marian aguardando mi regreso de la ópera.

Sentí por primera vez que me temblaba la mano al posar los dedos en la cerradura.

No había nadie en la habitación salvo Marian. Estaba leyendo y, al verme entrar, miró su reloj con sorpresa.

—¡Qué pronto has vuelto! –dijo–. Debiste de marcharte antes de que terminara la ópera.

—Sí –respondí–. Ni Pesca ni yo nos quedamos hasta el final. ¿Dónde está Laura?

—Esta noche le ha dado uno de sus fuertes dolores de cabeza, y le aconsejé que se acostara después del té.

Salí de nuevo con el pretexto de ir a ver si Laura dormía. Los ojos de Marian, siempre tan agudos, ya comenzaban a escrutar mi rostro; su instinto también empezaba a detectar que algo pesaba sobre mí.

Entré en el dormitorio y me acerqué en silencio al lecho, a la tenue luz de la lámpara de noche. Mi esposa dormía.

No llevábamos ni un mes de casados. Si el corazón me pesaba, si por un momento flaqueaba mi resolución al ver su rostro vuelto hacia mi almohada incluso en el sueño, al ver su mano reposando abierta sobre la colcha, como si aguardara inconscientemente la mía… ¿no era acaso comprensible? Me permití apenas unos minutos para arrodillarme junto a la cama y mirarla de cerca –tan cerca que el vaivén de su aliento se sentía en mi rostro–. Al despedirme, sólo rocé con los labios su mano y su mejilla. Se movió ligeramente en sueños y murmuró mi nombre, pero no despertó. Me detuve un instante más en la puerta para mirarla. «Que Dios te bendiga y te guarde, amor mío», susurré, y la dejé.

Marian me esperaba en lo alto de las escaleras. Tenía en la mano un papel doblado.

—El hijo del casero ha traído esto para ti –dijo–. Tiene un coche esperando en la puerta. Dice que le ordenaste permanecer a tu disposición.

—Está bien, Marian. Necesito ese coche. Voy a salir otra vez.

Bajé las escaleras mientras hablaba y me detuve en el salón para leer el papel a la luz de la mesa. Contenía dos frases escritas por

Pesca: «He recibido tu carta. Si no te veo antes de la hora que mencionas, romperé el sello cuando el reloj marque la hora».

Guardé el papel en la cartera y me dirigí hacia la puerta. Marian me interceptó en el umbral y me empujó de nuevo al salón, donde la luz de la vela iluminó de lleno mi rostro. Me tomó de ambas manos, y sus ojos se clavaron en los míos, escudriñándome.

—¡Ya lo veo! –dijo, en un susurro impetuoso–. Esta noche estás intentando la última oportunidad.

—Sí, la última y la mejor –respondí en voz baja.

—¡No vayas solo! ¡Walter, por Dios, no vayas solo! Déjame ir contigo. No me rechaces sólo porque soy una mujer. ¡Debo ir! ¡Voy a ir! ¡Esperaré fuera, en el coche!

Entonces fue mi turno de retenerla. Intentó soltarse y bajar antes que yo a la puerta.

—Si quieres ayudarme –dije–, quédate aquí y duerme en la habitación de mi esposa esta noche. Sólo déjame irme tranquilo respecto a Laura, y yo me encargo de todo lo demás. Vamos, Marian, dame un beso y demuéstrame que tienes el valor de esperar hasta que vuelva.

No me atreví a dejarle tiempo para responder. Trató de retenerme otra vez. Le solté las manos y salí de la habitación en un instante. El muchacho abajo me oyó en la escalera y abrió la puerta. Salté al coche antes de que el cochero pudiera bajar del pescante.

—Forest Road, St. John's Wood –le grité por la ventanilla delantera–. Le pagaré doble si llega en un cuarto de hora.

—Lo haré, señor.

Miré el reloj. Las once en punto. Ni un minuto que perder.

El traqueteo rápido del coche, la sensación de que cada instante me acercaba al conde, la certeza de estar embarcado al fin, sin obstáculos, en mi empresa peligrosa, me exaltaron tanto que comencé a gritarle al cochero que fuese más rápido aún. Al dejar atrás las calles y cruzar St. John's Wood Road, mi impaciencia me dominó de tal forma que me puse de pie en el coche y saqué la cabeza por la ventanilla para ver el final del trayecto antes de llegar. Justo cuando oí una iglesia dar el cuarto, giramos hacia Forest

Road. Detuve al cochero antes de llegar a la casa del conde, le pagué, lo despedí y seguí andando hasta la puerta.

Al acercarme a la verja del jardín, vi a otra persona llegar también desde la dirección contraria. Nos encontramos bajo la farola y nos miramos. Al instante reconocí al extranjero rubio con la cicatriz en la mejilla, y me pareció que él también me reconoció. No dijo nada y, en vez de detenerse frente a la casa, como yo, siguió caminando lentamente. ¿Estaba allí por casualidad? ¿O había seguido al conde desde la ópera?

No me detuve a responder esas preguntas. Esperé un poco, hasta que el extranjero desapareció de vista, y entonces toqué el timbre de la verja. Eran ya las once y veinte, hora lo bastante tardía como para que el conde pudiera librarse de mí con la excusa de estar ya acostado.

La única forma de evitar esa contingencia era enviar mi nombre sin hacer preguntas preliminares, y hacerle saber al mismo tiempo que tenía un motivo serio para visitarlo a esa hora. Mientras esperaba, saqué una tarjeta y escribí debajo de mi nombre: «Asunto importante». La sirvienta abrió justo cuando acababa de escribir las últimas palabras a lápiz.

—¿Qué desea, señor? –preguntó con desconfianza.

—Hágame el favor de llevar esto a su señor –respondí, entregándole la tarjeta.

Vi, por la vacilación en su actitud, que si le hubiera preguntado directamente por el conde, se habría limitado a seguir instrucciones y decirme que no estaba. Pero la seguridad con que le entregué la tarjeta la desconcertó. Me miró con gran inquietud, luego se internó en la casa con mi mensaje, cerrando la puerta tras ella y dejándome esperando en el jardín.

Al cabo de un minuto volvió a salir.

—Mi señor le manda sus cumplidos, y pregunta si podría indicarle cuál es el asunto.

—Devuélvale mis cumplidos –le respondí– y dígale que el asunto no puede tratarse con nadie más que con él.

Volvió a entrar, y regresó poco después.

—Mi señor le ruega que pase.

Lo seguí de inmediato. Un momento después, ya estaba dentro de la casa del conde.

VII

No había lámpara en el vestíbulo, pero a la tenue luz del candil de cocina que la criada había traído consigo, vi a una dama mayor salir sigilosamente de una habitación trasera en la planta baja. Me lanzó una mirada ponzoñosa al entrar, pero no dijo nada y subió las escaleras lentamente, sin devolver mi saludo. Mi familiaridad con el diario de Marian me permitió reconocer sin duda que aquella mujer era madame Fosco.

La criada me condujo a la habitación que la condesa acababa de abandonar. Entré y me encontré cara a cara con el conde.

Todavía llevaba el traje de noche, salvo la chaqueta, que había dejado sobre una silla. Las mangas de la camisa estaban remangadas hasta las muñecas, pero no más arriba. A un lado de él había una bolsa de viaje, y al otro, una caja. Libros, papeles y prendas de vestir estaban esparcidos por la estancia. Sobre una mesa junto a la puerta se encontraba la jaula, bien conocida por mí por las descripciones, que contenía sus ratones blancos. Los canarios y la cacatúa estarían seguramente en otra sala. Estaba sentado frente a la caja, empacándola, cuando entré. Se levantó con unos papeles en la mano para recibirme. Su rostro aún mostraba rastros claros del impacto sufrido en la ópera. Las mejillas colgaban flácidas, sus fríos ojos grises estaban furtivamente alerta, su voz, su mirada, su actitud entera eran marcadamente recelosas mientras daba un paso hacia mí y, con distante cortesía, me pidió que tomara asiento.

—¿Viene usted por negocios, señor? –dijo–. Me cuesta entender cuál podría ser ese negocio.

La curiosidad no disimulada con que me miraba fijamente mientras hablaba me convenció de que no me había notado en la ópera. Había visto a Pesca primero, y desde ese momento, hasta que abandonó el teatro, evidentemente no había visto nada más. Mi nombre debía bastarle para entender que no iba a su casa con

609

fines amistosos, pero parecía completamente ignorante de la verdadera naturaleza de mi visita.

—Me siento afortunado de encontrarlo aquí esta noche –dije–. Parece que está a punto de emprender un viaje.

—¿Su asunto está relacionado con mi viaje?

—En cierta medida.

—¿En qué medida? ¿Sabe usted adónde voy?

—No. Sólo sé por qué se marcha de Londres.

Pasó rápidamente a mi lado, como un rayo, cerró la puerta con llave y guardó la llave en su bolsillo.

—Usted y yo, señor Hartright, estamos muy bien familiarizados el uno con el otro por reputación –dijo–. ¿Se le ocurrió acaso, al venir a esta casa, que no soy el tipo de hombre con quien se puede jugar?

—Sí se me ocurrió –respondí–. Y no he venido a jugar. Estoy aquí por un asunto de vida o muerte, y si esa puerta que ha cerrado estuviera abierta en este momento, nada de lo que dijera o hiciera me induciría a atravesarla.

Avancé más hacia la habitación y me detuve frente a él, sobre la alfombra delante de la chimenea. Él arrastró una silla hasta colocarla frente a la puerta y se sentó en ella, con el brazo izquierdo apoyado en la mesa. La jaula con los ratones blancos estaba cerca, y las pequeñas criaturas salieron corriendo de su escondite al sentir el temblor que su pesado brazo provocaba en la mesa, y lo miraron a través de los barrotes pintados de colores vivos.

—Por un asunto de vida o muerte –repitió para sí–. Esas palabras son más graves de lo que usted cree. ¿A qué se refiere?

—A lo que digo.

El sudor le perló la ancha frente. Su mano izquierda se deslizó por el borde de la mesa. Había un cajón con cerradura, y la llave estaba en ella. Sus dedos se cerraron sobre la llave, pero no la giró.

—Así que sabe por qué me voy de Londres –continuó–. Dígame la razón, por favor.

Giró la llave y abrió el cajón mientras hablaba.

—Puedo hacer algo mejor que eso –respondí–. Puedo mostrarle la razón, si lo desea.

—¿Cómo puede mostrarla?

—Se ha quitado la chaqueta –dije–. Súbase la manga de la camisa en el brazo izquierdo y la verá allí.

El mismo cambio lívido y plomizo cruzó su rostro, el mismo que había visto en la ópera. El brillo mortal en sus ojos se mantuvo firme y directo sobre los míos. No dijo nada. Pero su mano izquierda se deslizó lentamente dentro del cajón. Un ruido áspero, como el roce de algo pesado que se movía sin que yo pudiera verlo, sonó por un momento y luego cesó. El silencio que siguió fue tan intenso que el leve roer de los ratones en las rejas se oía claramente desde donde yo estaba.

Mi vida pendía de un hilo, y lo sabía. En ese momento final, pensé con su mente, sentí con sus dedos –estaba tan seguro como si lo hubiera visto, de lo que ocultaba dentro del cajón.

—Espere un momento –dije–. Ha cerrado la puerta; ve que no me muevo; ve que mis manos están vacías. Espere un poco. Aún tengo algo más que decir.

—Ya ha dicho suficiente –respondió, con una calma repentina tan antinatural y tan espantosa que me alteró los nervios más de lo que lo habría hecho un arrebato de violencia–. Quiero un momento para mis propios pensamientos, si me lo permite. ¿Adivina en qué estoy pensando?

—Tal vez.

—Estoy pensando –dijo tranquilamente– si debería contribuir al desorden de esta habitación esparciendo sus sesos por la chimenea.

Si me hubiese movido en ese instante, vi en su rostro que lo habría hecho.

—Le aconsejo leer dos líneas que llevo conmigo –respondí– antes de decidir eso definitivamente.

La propuesta pareció despertar su curiosidad. Asintió con la cabeza. Saqué el acuse de recibo de Pesca de mi cartera, se lo tendí a distancia, y volví a colocarme frente a la chimenea.

Leyó en voz alta: «He recibido tu carta. Si no te veo antes de la hora que mencionas, romperé el sello cuando el reloj marque».

Cualquier otro en su situación habría necesitado una explicación. El conde no. Una sola lectura le bastó para comprender la precaución que había tomado, como si hubiera estado presente cuando la tomé. La expresión de su rostro cambió de inmediato, y su mano salió del cajón vacía.

—No cierro el cajón con llave, señor Hartright –dijo–, y no le aseguro que no termine esparciendo sus sesos por la chimenea. Pero soy un hombre justo, incluso con mi enemigo, y debo admitir de antemano que su cerebro es más astuto de lo que pensaba. Vayamos al grano, señor. ¿Quiere algo de mí?

—Sí, y pienso obtenerlo.

—¿Bajo condiciones?

—Sin condiciones.

Su mano volvió a hundirse en el cajón.

—¡Bah! Estamos dando vueltas en círculo –dijo–, y ese ingenioso cerebro suyo vuelve a estar en peligro. Su tono es lamentablemente imprudente, señor… ¡modérelo de inmediato! El riesgo de matarlo ahora mismo, aquí donde está, es menor para mí que el riesgo de dejarlo salir de esta casa, salvo bajo condiciones que yo dicte y apruebe. No está usted tratando con mi llorado amigo… está cara a cara con Fosco. Si las vidas de veinte señor Hartright fueran las piedras necesarias para asegurar mi salvación, caminaría sobre todas ellas, sostenido por mi sublime indiferencia, equilibrado por mi impenetrable calma. ¡Respéteme, si aprecia su vida! Le exijo que responda a tres preguntas antes de volver a abrir la boca. Escúchelas, son necesarias para esta entrevista. Respóndalas, son necesarias para mí. –Levantó un dedo de la mano derecha–. ¡Primera pregunta! Usted viene aquí con una información que puede ser verdadera o falsa… ¿de dónde la obtuvo?

—Me niego a decírselo.

—No importa… lo averiguaré. Si esa información es cierta –observe que lo digo con toda la fuerza de mi resolución: sí–, usted la está usando en su propio beneficio por medio de su traición, o por la de otro hombre. Anoto ese detalle en mi memoria, que no olvida nada, para uso futuro, y continúo. –Levantó otro dedo–.

¡Segunda pregunta! Esas líneas que me invitó a leer no tienen firma. ¿Quién las escribió?

—Un hombre en quien puedo confiar absolutamente… y a quien usted tiene buenas razones para temer.

Mi respuesta lo afectó visiblemente. Su mano izquierda tembló de forma audible dentro del cajón.

—¿Cuánto tiempo me da –preguntó con un tono más tranquilo, formulando la tercera pregunta– antes de que el reloj suene y el sello se rompa?

—Tiempo suficiente para que acepte mis condiciones –respondí.

—Una respuesta más concreta, señor Hartright. ¿A qué hora va a sonar el reloj?

—A las nueve, mañana por la mañana.

—¿A las nueve, mañana por la mañana? Sí, sí… su trampa está dispuesta para atraparme antes de que pueda tramitar mi pasaporte y salir de Londres. No es antes, supongo… Eso lo veremos. Puedo retenerlo aquí como rehén y negociar el envío de su carta antes de dejarlo marchar. Mientras tanto, tenga la bondad de mencionar sus condiciones.

—Lo escuchará ahora. Son simples y se dicen pronto. Usted sabe a quién represento al venir aquí.

Sonrió con la más suprema tranquilidad y agitó despreocupadamente la mano derecha.

—Puedo arriesgarme a una suposición –dijo con tono burlón–. ¡Intereses de una dama, por supuesto!

—Los intereses de mi esposa.

Me miró con la primera expresión genuina que había cruzado su rostro en mi presencia: una expresión de asombro absoluto. Pude ver que, desde ese instante, caí en su estima como adversario peligroso. Cerró el cajón de inmediato, cruzó los brazos sobre el pecho y me escuchó con una sonrisa de atención sarcástica.

—Usted sabe perfectamente –continué– cuál ha sido el curso de mis investigaciones durante estos últimos meses, como para saber que cualquier intento de negar hechos evidentes será completamente inútil ante mí. Usted es culpable de una conspiración infame, y la ganancia de una fortuna de diez mil libras fue su motivo.

No dijo nada, pero su rostro se oscureció repentinamente con una ansiedad sombría.

—Quédese con su ganancia –dije.

Su rostro se iluminó de inmediato, y sus ojos se abrieron con asombro creciente.

—No estoy aquí para rebajarme negociando por dinero que ha pasado por sus manos y que ha sido el precio de un crimen vil...

—Con calma, señor Hartright. Sus moralinas tienen un excelente efecto en Inglaterra... guárdelas para usted y sus compatriotas, por favor. Las diez mil libras fueron una herencia dejada a mi excelente esposa por el difunto señor Fairlie. Si lo plantea así, estoy dispuesto a discutirlo, si lo desea. Sin embargo, para un hombre de mis sentimientos, el tema es deplorablemente sórdido. Prefiero dejarlo de lado. Lo invito a reanudar la exposición de sus condiciones. ¿Qué exige?

—En primer lugar, exijo una confesión completa de la conspiración, escrita y firmada por usted en mi presencia.

Levantó un dedo de nuevo.

—¡Una! –dijo, contándome con la atención meticulosa de un hombre práctico.

—En segundo lugar, exijo una prueba concreta, que no dependa de su palabra, de la fecha en que mi esposa dejó Blackwater Park y viajó a Londres.

—¡Ah! ¡Ah! Puede ver dónde está el punto débil –comentó con calma–. ¿Algo más?

—Por el momento, nada más.

—Bien. Usted ha mencionado sus condiciones, ahora escuche las mías. La responsabilidad que implicaría para mí admitir lo que usted llama «la conspiración» es quizá menor, en el conjunto, que la de dejarlo muerto sobre esa alfombra. Digamos que acepto su propuesta... bajo mis propias condiciones. La declaración que me exige será escrita, y la prueba concreta será presentada. ¿Considera usted como prueba una carta de mi difunto amigo informándome del día y la hora de llegada de su esposa a Londres, escrita, firmada y fechada por él? Puedo darle eso. También puedo enviarlo con el hombre al que contraté el coche para recoger a mi visitante en la estación, el día en que llegó. Su libro de pedidos podría ayudarlo con la fecha, incluso si el cochero que me llevó no sirve de nada. Eso lo puedo hacer, y lo haré, con condiciones. Las enuncio. Primera condición: madame Fosco y yo dejamos esta casa cuando y como nos plazca, sin interferencia alguna de su parte. Segunda condición: usted se queda aquí conmigo, para ver a mi agente, que vendrá a las siete de la mañana a regular mis asuntos. Usted entrega a mi agente una orden escrita para que el hombre que tiene su carta sellada la devuelva. Usted permanece aquí hasta que mi agente coloque esa carta, sin abrir, en mis manos, y luego me concede media hora libre para dejar la casa, tras lo cual recupera su libertad de acción y se va donde quiera. Tercera condición: me otorga la satisfacción de un caballero por su intromisión en mis asuntos privados y por el lenguaje que se ha permitido usar en esta entrevista. La hora y el lugar, en el extranjero, serán fijados en una carta de mi puño y letra una vez que esté seguro en el continente, y esa carta contendrá una tira de papel que mida exactamente la longitud de mi espada. Ésas son mis condiciones. Infórmeme si las acepta: sí o no.

La mezcla extraordinaria de decisión inmediata, astucia premeditada y fanfarronería teatral en ese discurso me desconcertó por un momento… y sólo por un momento. La única cuestión era si estaba justificado o no en obtener los medios para establecer la identidad de Laura al precio de dejar escapar impune al canalla que se la había robado. Sabía que el motivo de asegurar el reconocimiento legítimo de mi esposa en el lugar donde había sido expulsada como impostora, y de borrar públicamente la mentira que aún profanaba la tumba de su madre, era mucho más puro –libre de toda pasión malsana– que el motivo de venganza que, desde el principio, también me había movido. Y, sin embargo, no puedo decir con honestidad que mis convicciones morales fueran lo bastante fuertes por sí solas para resolver la lucha interna. Fueron ayudadas por el recuerdo de la muerte de sir Percival. ¡Cuán terriblemente, en el último momento, se me había arrebatado la ejecución de la justicia! ¿Qué derecho tenía yo, con mi pobre ignorancia mortal del porvenir, a decidir que este hombre también debía escapar impune sólo porque escapaba de mí? Pensé en estas cosas –quizá con la superstición inherente a mi carácter, quizá con una dignidad más digna de mí que cualquier superstición–. Era duro, habiéndolo atrapado por fin, soltarlo por mi propia voluntad… pero me obligué a hacer el sacrificio. En pocas palabras: decidí guiarme por el único motivo superior del que estaba seguro: servir a la causa de Laura y a la causa de la Verdad.

—Acepto sus condiciones –dije–. Con una reserva de mi parte.

—¿Qué reserva es esa? –preguntó.

—Se refiere a la carta sellada –respondí–. Le exijo que la destruya sin abrirla, en mi presencia, en cuanto esté en sus manos.

Mi propósito al hacer esta estipulación era simplemente evitar que se llevara una prueba escrita de la naturaleza de mi comunicación con Pesca. El hecho de que me había comunicado con él lo descubriría necesariamente al darle la dirección a su agente por la mañana. Pero no podría hacer uso alguno de esa información sólo con su testimonio –aunque realmente se atreviera a intentarlo– y eso no debía generarme la más mínima inquietud respecto a Pesca.

—Acepto su reserva –respondió, tras considerar el asunto con seriedad durante un minuto o dos–. No vale la pena discutirlo: la carta será destruida cuando esté en mis manos.

Se levantó al decir esto de la silla donde había estado sentado frente a mí todo este tiempo. Con un solo gesto pareció liberarse de toda la presión que había recaído sobre él durante nuestra entrevista.

—¡Uf! –exclamó, estirando los brazos con deleite–. El escarceo fue intenso mientras duró. Tome asiento, señor Hartright. En adelante seremos enemigos mortales… comportémonos, mientras tanto, como caballeros elegantes y corteses. Permítame tener la deferencia de llamar a mi esposa.

Desbloqueó y abrió la puerta.

—¡Eleanor! –llamó con su voz profunda.

Entró la dama de rostro ponzoñoso.

—Madame Fosco –señaló el conde–, el señor Hartright. –Y añadió, dirigiéndose a su esposa–: Mi ángel, ¿te permitirán tus tareas de embalaje prepararme un café fuerte y delicioso? Tengo asuntos de escritura que atender con el señor Hartright, y necesito toda la lucidez de mi inteligencia para estar a la altura de mí mismo.

Madame Fosco inclinó la cabeza dos veces: una con severidad hacia mí, otra con sumisión hacia su esposo, y se deslizó fuera de la habitación.

El conde se dirigió a una mesa de trabajo cerca de la ventana, abrió su escritorio y sacó varios pliegos de papel y un manojo de plumas de ave. Esparció las plumas sobre la mesa, para tenerlas a mano en cualquier dirección, y luego cortó el papel en montones de tiras estrechas, del tipo que usan los escritores de prensa profesionales.

—Voy a hacer de esto un documento notable —dijo, mirándome por encima del hombro—. Tengo hábitos de redacción perfectamente adquiridos. Una de las facultades intelectuales más raras es la gran capacidad de organizar ideas. ¡Privilegio inmenso! Yo lo poseo. ¿Usted?

Caminó de un lado a otro por la habitación, tarareando para sí mismo y marcando con palmadas en la frente los puntos donde encontraba obstáculos en la organización de sus ideas. La audacia colosal con que tomaba posesión de la situación en la que yo lo había colocado, y la convertía en pedestal para exhibirse con su vanidad, anulaba mi asombro por pura fuerza bruta. Por más que lo despreciara, la prodigiosa fuerza de su carácter, incluso en sus aspectos más triviales, me impresionaba a pesar mío.

El café fue traído por madame Fosco. Él le besó la mano en señal de agradecimiento, la acompañó hasta la puerta, volvió, se sirvió una taza y la llevó a la mesa.

—¿Puedo ofrecerle café, señor Hartright? —preguntó antes de sentarse.

Rehusé.

—¡¿Qué?! ¿Cree que lo voy a envenenar? —dijo alegremente—. El intelecto inglés es sólido, hasta donde llega —continuó, sentándose—, pero tiene un grave defecto: siempre es cauto en el lugar equivocado.

Mojó la pluma en la tinta, colocó la primera tira de papel frente a él con un golpe seco sobre el escritorio, carraspeó y empezó a escribir. Lo hacía con gran ruido y velocidad, con una letra grande y firme, dejando amplios espacios entre líneas, de modo que no tardaba más de dos minutos en llenar cada tira. Cada una, al terminarla, era numerada y arrojada por encima del hombro al suelo. Cuando se gastaba una pluma, la tiraba también y tomaba otra del montón. Una tras otra, decenas, cincuenta, cientos de tiras volaban por el aire hasta que terminó por rodearse de una nevada de papel en torno a la silla. Pasaban las horas –y allí estaba yo, observándolo; allí estaba él, escribiendo–. Sólo se detenía para sorber café o golpearse la frente de vez en cuando. Dieron la una, las dos, las tres, las cuatro –y las tiras seguían volando; la pluma seguía raspando incesante de arriba a abajo; el caos blanco de papel crecía a su alrededor.

A las cuatro en punto escuché el repentino chirrido de la pluma, señal de la rúbrica final.

—¡Bravo! –exclamó, poniéndose de pie con la agilidad de un joven y mirándome de frente con una sonrisa de triunfo soberbio–. ¡Hecho, señor Hartright! –anunció, golpeándose el pecho–. Hecho, para mi profunda satisfacción… y para su profundo asombro, cuando lea lo que he escrito. El tema está agotado; Fosco, no. Procedo a ordenar mis tiras, a revisarlas, a leerlas, dirigidas exclusivamente a su oído. Acaban de dar las cuatro. ¡Perfecto! Orden, revisión, lectura: de cuatro a cinco. Breve siesta reparadora: de cinco a seis. Preparativos finales: de seis a siete. Agente y carta sellada: de siete a ocho. A las ocho, en marcha. ¡He aquí el programa!

Se sentó con las piernas cruzadas entre el papel caído, lo hilvanó todo con un punzón y un cordel, lo revisó, escribió todos los títulos y honores que lo distinguían en la cabecera de la primera página, y luego me leyó el manuscrito en voz alta, con énfasis teatral y una profusión de gestos digna de un escenario. El lector tendrá ocasión pronto de juzgar por sí mismo el contenido del documento. Basta con decir aquí que cumplía su propósito.

A continuación, me escribió la dirección de la persona a quien había alquilado el coche y me entregó la carta de sir Percival. Estaba fechada en Hampshire, el 25 de julio, y anunciaba el viaje de «lady Glyde» a Londres el día 26. Así pues, el mismo día (25) en que el certificado médico afirmaba que había muerto en St. John's Wood, según el propio sir Percival, estaba viva en Blackwater y al día siguiente iba a viajar. Una vez obtenida del cochero la prueba de ese viaje, las evidencias estarían completas.

—Las cinco y cuarto –dijo el conde, mirando su reloj–. Hora de mi siesta restauradora. Me parezco personalmente a Napoleón el Grande, como habrá notado, señor Hartright, también me parezco a ese inmortal en mi poder de dormir a voluntad. Permítame un momento. Llamaré a madame Fosco para que no se aburra usted.

Sabiendo tan bien como él que llamaba a madame Fosco para asegurarse de que no saldría de la casa mientras dormía, no respondí, y me dediqué a atar los papeles que había puesto en mis manos.

La dama entró, fría, pálida y ponzoñosa como siempre.

—Distráelo, mi ángel –dijo el conde, colocándole una silla, besándole la mano por segunda vez, y retirándose luego a un sofá, donde, en tres minutos, dormía tan plácida y felizmente como el hombre más virtuoso del universo.

Madame Fosco tomó un libro de la mesa, se sentó y me miró con la malicia implacable de una mujer que nunca olvida ni perdona.

—He estado escuchando su conversación con mi esposo –dijo–. Si yo hubiera estado en su lugar, lo habría dejado muerto sobre la alfombra.

Con esas palabras, abrió el libro y no volvió a mirarme ni a hablarme desde entonces hasta que su esposo despertó.

Él abrió los ojos y se levantó del sofá exactamente una hora después de haberse dormido.

—Me siento infinitamente renovado –comentó–. Eleanor, mi buena esposa, ¿estás ya lista arriba? Perfecto. Lo poco que queda por empacar aquí lo termino en diez minutos, y en otros diez estaré vestido para el viaje. ¿Qué falta antes de que llegue el agente?

Miró a su alrededor y notó la jaula con sus ratones blancos.

—¡Ah! —exclamó con tono lastimero—, queda aún un último desgarro para mis simpatías. ¡Mis inocentes mascotas! ¡Mis pequeños y preciados hijos! ¿Qué haré con ellos? Por ahora no tenemos un lugar fijo; viajamos sin cesar… cuanto menos equipaje llevemos, mejor. Mi cacatúa, mis canarios, mis ratoncitos… ¿quién los cuidará cuando su buen papá ya no esté?

Paseaba por la habitación, sumido en pensamientos. No le había costado nada escribir su confesión, pero la cuestión mucho más importante del destino de sus mascotas sí lo inquietaba visiblemente. Tras una larga reflexión, se sentó de nuevo en la mesa de trabajo.

—¡Una idea! —exclamó—. Ofreceré mis canarios y mi cacatúa a esta vasta metrópoli. Mi agente los entregará, en mi nombre, al Zoológico de Londres. El documento de presentación lo redacto ahora mismo.

Empezó a escribir, repitiendo en voz alta lo que plasmaba con la pluma:

—Número uno. Cacatúa de plumaje trascendente: atracción, por sí solo, para todo visitante con gusto. Número dos. Canarios de vivacidad e inteligencia inigualables: dignos del Jardín del Edén, dignos también del jardín en Regent's Park. Homenaje a la Zoología Británica. Ofrecido por Fosco.

La pluma chirrió otra vez, y añadió el gran adorno de su firma.

—¡Conde, no ha incluido a los ratones! —dijo madame Fosco.

Él se alejó de la mesa, le tomó la mano y la colocó sobre su corazón.

—Toda resolución humana, Eleanor —dijo solemnemente—, tiene sus límites. Mis límites están inscritos en ese documento. No puedo separarme de mis ratones blancos. Ten paciencia, mi ángel, y llévalos a su jaula de viaje arriba.

—¡Admirable ternura! —dijo madame Fosco, contemplando a su marido con un último vistazo ponzoñoso en mi dirección. Tomó la jaula con cuidado y salió de la habitación.

El conde consultó su reloj. A pesar de su resuelto aire de calma, se le notaba impaciente por la llegada del agente. Las velas hacía tiempo que se habían apagado, y la luz del nuevo día inundaba la habitación. No fue hasta las siete y cinco que sonó el timbre del portón y apareció el agente. Era un extranjero de barba oscura.

—Señor Hartright, monsieur Rubelle —dijo el conde, presentándonos.

Llevó al agente (un espía extranjero de pies a cabeza, si alguna vez ha existido uno) a un rincón, le susurró unas instrucciones y luego nos dejó solos. «Monsieur Rubelle», en cuanto estuvimos a solas, me pidió con suma cortesía que le entregara mis instrucciones. Escribí dos líneas para Pesca, autorizándolo a entregar mi carta sellada «al portador», dirigí la nota y se la di a monsieur Rubelle.

El agente esperó conmigo hasta que su empleador volvió ya vestido para viajar. El Conde examinó la dirección de mi carta antes de despedir al agente.

—¡Lo imaginaba! —dijo, volviéndose hacia mí con una mirada sombría, y desde ese instante su actitud cambió de nuevo.

Terminó de empacar, se sentó a consultar un mapa de viaje, hizo anotaciones en su libreta y miró impaciente el reloj de vez en cuando. No volvió a dirigirme una palabra. La inminencia de su partida y la prueba de que yo había establecido contacto con Pesca concentraban toda su atención en las medidas necesarias para asegurar su huida.

Poco antes de las ocho, monsieur Rubelle regresó con mi carta intacta. El conde examinó cuidadosamente la dirección y el sello, encendió una vela y la quemó.

—Cumplo mi promesa —dijo—, pero este asunto, señor Hartright, no termina aquí.

El agente había dejado el coche en la puerta. Él y la sirvienta se ocuparon de cargar el equipaje. Madame Fosco bajó con un velo espeso y la jaula de viaje con los ratones blancos en la mano. No me dirigió la palabra ni me miró. Su esposo la acompañó hasta el coche.

—Sígame hasta el pasillo —susurró en mi oído—. Puede que quiera hablar con usted en el último momento.

Salí hasta la puerta. El agente estaba abajo, en el jardín. El conde regresó solo y me llevó unos pasos adentro.

—Recuerde la tercera condición –dijo en voz baja–. Oirá de mí, señor Hartright. Tal vez reclame de usted la satisfacción de un caballero antes de lo que imagina.

Me atrapó la mano antes de que pudiera reaccionar, la apretó con fuerza, luego se dirigió a la puerta, pero se detuvo y volvió hacia mí una vez más.

—Una palabra más –dijo en tono confidencial–. Cuando vi por última vez a la señorita Halcombe, estaba delgada y enferma. Me preocupa esa admirable mujer. ¡Cuide de ella, señor! Con la mano en el corazón, se lo imploro solemnemente: cuide de la señorita Halcombe.

Fueron sus últimas palabras antes de encajar su enorme cuerpo en el coche y alejarse.

El agente y yo esperamos un momento en la puerta, observando cómo se marchaban. Mientras estábamos allí parados, apareció otro coche desde una calle lateral. Siguió la misma dirección del conde, y al pasar por la casa y la verja abierta, una persona en su interior nos miró por la ventanilla. ¡El desconocido del teatro otra vez! –el extranjero con una cicatriz en la mejilla izquierda.

—Espere aquí conmigo media hora más, señor –dijo monsieur Rubelle.

—Lo haré.

Volvimos a la sala. No estaba de humor para hablar con el agente, ni para dejar que él me hablara. Saqué los papeles que el conde había puesto en mis manos y leí la historia terrible de la conspiración contada por el hombre que la había planeado y ejecutado.

LA HISTORIA CONTINUADA

POR ISIDOR, OTTAVIO, BALDASSARE FOSCO

*(Conde del Sacro Imperio Romano, Caballero Gran Cruz
de la Orden de la Corona de Bronce, Archimaestre Perpetuo de
los Masones Rosacruces de Mesopotamia; adscrito —en calidad
honoraria— a sociedades musicales, sociedades médicas,
sociedades filosóficas y sociedades benéficas generales
por toda Europa; etc. etc. etc.).*

RELATO DEL CONDE

En el verano de mil ochocientos cincuenta llegué a Inglaterra, encargado de una delicada misión política desde el extranjero. Personas de confianza estaban vinculadas semioficialmente a mí, y tenía autorización para dirigir sus esfuerzos: entre ellas se contaban monsieur y madame Rubelle. Disponía de algunas semanas libres antes de entrar en funciones estableciéndome en los suburbios de Londres. La curiosidad podrá detenerse aquí para solicitar alguna explicación sobre esas funciones. Simpatizo plenamente con tal solicitud. Lamento también que la reserva diplomática me impida satisfacerla.

Dispuse pasar este período preliminar de reposo en la soberbia mansión de mi difunto y llorado amigo, sir Percival Glyde. Él llegó del continente con su esposa. Yo llegué del continente con la mía. Inglaterra es la tierra de la dicha doméstica; ¡con cuánta propiedad la pisamos bajo estas circunstancias domésticas!

El vínculo de amistad que nos unía a Percival y a mí se vio reforzado, en esta ocasión, por una conmovedora similitud en nuestra situación pecuniaria. Ambos necesitábamos dinero. ¡Necesidad inmensa! ¡Deseo universal! ¿Existe acaso ser humano civilizado que no sienta compasión por nosotros? ¡Qué insensible debe de ser ese hombre! ¡O cuán rico!

No entro en detalles sórdidos al tratar esta parte del tema. Mi mente retrocede ante ellos. Con austeridad romana, muestro mi bolsa vacía y la de Percival al público, que tiembla ante semejante visión. Dejemos que el hecho deplorable se afirme por sí solo de una vez por todas, y pasemos página.

Fuimos recibidos en la mansión por la magnífica criatura que está inscrita en mi corazón como «Marian», y que es conocida en la atmósfera más fría de la sociedad como «Miss Halcombe».

¡Cielos justos! Con qué inconcebible rapidez aprendí a adorar a esa mujer. A los sesenta años, la veneraba con el ardor volcánico de los dieciocho. Todo el oro de mi rica naturaleza fue vertido, sin esperanza, a sus pies. Mi esposa –¡pobre ángel!–, mi esposa, que me adora, no recibió más que chelines y peniques. Así es el mundo, así el hombre, así el amor. ¿Qué somos (me pregunto) sino marionetas en una caja de feria? ¡Oh, omnipotente Destino, tira de nuestros hilos con gentileza! ¡Haznos danzar compasivamente fuera de este miserable escenario!

Las líneas precedentes, bien comprendidas, expresan todo un sistema filosófico. Es el mío.

Prosigo.

La situación doméstica al comienzo de nuestra estancia en Blackwater Park ha sido descrita con asombrosa precisión y profunda percepción mental por la mano de la propia Marian (permítaseme la embriagadora familiaridad de mencionar a esta sublime criatura por su nombre de pila). El conocimiento exacto del contenido de su diario –al que accedí por medios clandestinos, inefablemente preciosos para mí en el recuerdo– advierte a mi pluma ansiosa de abordar temas que esta mujer, esencialmente exhaustiva, ya ha hecho suyos.

Los intereses –intereses inmensos, de aliento contenido– que me conciernen aquí, comienzan con la deplorable calamidad de la enfermedad de Marian.

La situación en ese momento era, enfáticamente, grave. Percival necesitaba con urgencia grandes sumas de dinero (nada digo del modesto monto igualmente necesario para mí), y la única fuente a la que recurrir era la fortuna de su esposa, de la cual no podía disponer ni de un solo penique en vida de ella. Mala cosa, y peor aún por venir. Mi llorado amigo tenía problemas personales que la delicadeza de mi apego desinteresado me impedía investigar demasiado. Sólo sabía que una mujer, llamada Anne Catherick, se escondía en los alrededores, que mantenía comunicación con lady Glyde, y que la revelación de un secreto que significaría la ruina segura de Percival podía ser el resultado. Él mismo me había dicho que estaba perdido si su esposa no era silenciada y si no encontraban a Anne Catherick. Si él estaba perdido, ¿qué sería de nuestros intereses financieros? ¡Valiente como soy por naturaleza, temblé ante esa idea!

Volqué toda la fuerza de mi inteligencia en encontrar a Anne Catherick. Nuestros asuntos monetarios, por importantes que fueran, admitían demora; la necesidad de hallar a esa mujer, no. Sólo la conocía por su descripción, que indicaba un extraordinario parecido físico con lady Glyde. La declaración de este hecho curioso –destinada únicamente a ayudarme a identificar a la persona buscada–, al combinarse con la información adicional de que Anne Catherick había escapado de un manicomio, fue lo que hizo brotar la primera inmensa concepción en mi mente, que acabaría produciendo resultados asombrosos. Dicha concepción no implicaba menos que la transformación completa de dos identidades distintas. Lady Glyde y Anne Catherick iban a intercambiar nombres, lugares y destinos una con otra. Las consecuencias prodigiosas contempladas por tal intercambio eran: la ganancia de treinta mil libras y la preservación eterna del secreto de sir Percival.

Mis instintos (que rara vez se equivocan) me sugirieron, al revisar las circunstancias, que nuestra invisible Anne volvería, tarde o temprano, a la caseta del lago en Blackwater. Allí me aposté, mencionando previamente a la señora Michelson, el ama de llaves, que podía hallárseme, si se me necesitaba, sumido en estudios en aquel lugar solitario. Es una regla mía no crear misterios innecesarios, ni despertar sospechas por falta de una pizca de candor en el momento oportuno. La señora Michelson confió en mí de principio a fin. Esta mujer tan distinguida (viuda de un sacerdote protestante) rebosaba fe. Conmovido por semejante exceso de simple confianza en una dama de su edad, abrí los vastos depósitos de mi naturaleza y los absorbí todos.

Fui recompensado por haberme colocado como centinela en el lago con la aparición –no de Anne Catherick en persona–, sino de quien la cuidaba. Ésta también rebosaba de simple fe, que absorbí como en el caso anterior. La dejo a ella para que describa las circunstancias (si no lo ha hecho ya) en las que me presentó al objeto de sus desvelos maternales. Cuando vi por primera vez a Anne Catherick, dormía. Quedé electrizado por el parecido entre esa desgraciada y lady Glyde. Los detalles del gran plan que hasta entonces sólo se me habían esbozado en la mente, surgieron ante mí, en toda su combinación magistral, al ver ese rostro dormido. Al mismo tiempo, mi corazón –siempre accesible a influencias tierna–– se deshizo en lágrimas ante el espectáculo de sufrimiento que tenía delante. De inmediato me dediqué a aliviarla. En otras palabras, le administré el estimulante necesario para fortalecer a Anne Catherick y permitirle realizar el viaje a Londres.

Los mejores años de mi vida los he pasado en el estudio ardiente de la ciencia médica y química. La química, sobre todo, siempre me ha atraído irresistiblemente por el poder enorme, ilimitado, que confiere su conocimiento. Los químicos –lo afirmo enfáticamente–– podrían, si quisieran, dominar los destinos de la humanidad. Permítanme explicar esto antes de continuar.

La mente, dicen, gobierna el mundo. Pero ¿qué gobierna la mente? El cuerpo (síganme atentamente aquí) está a merced del más omnipotente de todos los soberanos: el Químico. Dadme a mí –a Fosco– la química, y cuando Shakespeare conciba a Hamlet y se siente a escribirlo, con unas pocas partículas de polvo vertidas en su comida diaria, reduciré su mente mediante el efecto sobre su cuerpo, hasta que su pluma derrame la más abyecta estupidez jamás escrita sobre papel. En circunstancias similares, revivid al ilustre Newton. Garantizo que cuando vea caer la manzana… se la comerá, en vez de descubrir la ley de la gravitación. La cena de Nerón lo transformará en el más dulce de los hombres antes de que termine de digerirla, y la pócima matutina de Alejandro Magno hará que Alejandro salga corriendo del campo al primer vistazo del enemigo esa misma tarde. Por mi sagrada palabra de honor, es afortunado para la sociedad que los químicos modernos sean, por alguna incomprensible buena fortuna, los más inofensivos de los mortales. La mayoría son padres de familia respetables que tienen tiendas. Los pocos restantes son filósofos embobados con el sonido de sus propias conferencias, visionarios que malgastan su vida en imposibilidades fantásticas, o charlatanes cuya ambición no va más allá de curarnos los callos. Así se salva la sociedad, y el poder ilimitado de la química queda esclavizado a los fines más superficiales y triviales.

¿Por qué este estallido? ¿Por qué esta elocuencia abrasadora?

Porque se ha tergiversado mi conducta, porque se han malinterpretado mis motivos. Se ha asumido que utilicé mis vastos recursos químicos contra Anne Catherick, y que lo habría hecho también contra la magnífica Marian, si hubiera podido. ¡Insinuaciones odiosas ambas! Todos mis intereses estaban —como se verá en breve— comprometidos en la conservación de la vida de Anne Catherick. Toda mi ansiedad se concentraba en el rescate de Marian de manos del imbécil autorizado que la atendía, y cuyas decisiones fueron confirmadas de principio a fin por el médico de Londres. Sólo en dos ocasiones —ambas igual de inocuas para la persona en quien las practiqué— invoqué la ayuda de mis conocimientos químicos. En la primera, tras seguir a Marian hasta la posada de Blackwater (estudiando, oculto tras un carro conveniente, la poesía del movimiento encarnada en su andar), me valí de los servicios de mi invaluable esposa para copiar una carta e interceptar otra que mi adorada enemiga había confiado a una criada despedida. En ese caso, estando las cartas en el pecho de la joven, madame Fosco sólo pudo abrirlas, leerlas, cumplir con sus instrucciones, sellarlas y devolverlas gracias a la asistencia científica —que proporcioné en un frasco de media onza—. La segunda ocasión en que usé el mismo método fue con la llegada de lady Glyde a Londres (a la cual me referiré pronto). Nunca en otro momento me valí de mi Arte, en su distinción de mí mismo. Ante todas las demás emergencias y complicaciones, mi capacidad natural para enfrentar las circunstancias, sin ayuda alguna, fue siempre suficiente. Afirmo la inteligencia omnipresente de dicha capacidad. A expensas del Químico, reivindico al Hombre.

Respetad este estallido de justa indignación. Me ha aliviado de forma inefable.

En route! Continuemos.

Habiendo sugerido a la señora Clements (o Clement, no estoy seguro de cuál es el nombre correcto) que el mejor modo de mantener a Anne fuera del alcance de Percival era trasladarla a Londres —habiendo comprobado que mi propuesta era recibida con entusiasmo y fijado el día para encontrarme con las viajeras en la estación y verlas partir—, quedé en libertad para regresar a la casa y enfrentar las dificultades que aún quedaban por resolver.

Mi primer paso fue servirme de la sublime devoción de mi esposa. Ya había acordado con la señora Clements que comunicaría su dirección en Londres a lady Glyde, en interés de Anne. Pero eso no bastaba. En mi ausencia, personas malintencionadas podían minar la simple confianza de la señora Clements, y era posible que no escribiera. ¿Quién podría entonces viajar a Londres en su mismo tren y observar en secreto adónde se dirigía? Me hice esta pregunta. Y la parte conyugal de mí respondió de inmediato: madame Fosco.

Tras decidir el viaje de mi esposa a Londres, dispuse que tuviera un doble propósito. En mi situación, resultaba indispensable contar con una enfermera para la sufriente Marian, alguien tan devota de la paciente como de mí. Por fortuna, tenía a mi disposición a una de las mujeres más discretas y competentes que existen: me refiero a la respetable matrona madame Rubelle, a quien envié una carta a su domicilio en Londres por mediación de mi esposa.

En el día acordado, la señora Clements y Anne Catherick se reunieron conmigo en la estación. Las despedí cortésmente; de igual modo, despedí a madame Fosco en el mismo tren. Mi esposa regresó a Blackwater por la noche, habiendo cumplido sus instrucciones con una exactitud irreprochable. Venía acompañada por madame Rubelle y me trajo la dirección londinense de la señora Clements. Los acontecimientos posteriores demostraron que esa última precaución había sido innecesaria. La señora Clements informó puntualmente a lady Glyde del lugar donde se alojaba. Con mirada previsora hacia futuras emergencias, conservé la carta.

Ese mismo día tuve una breve entrevista con el médico, en la cual protesté, en los sagrados intereses de la humanidad, contra el tratamiento que daba al caso de Marian. Fue insolente, como todos los ignorantes. No mostré resentimiento; postergué la disputa hasta que fuera necesario pelear por un propósito. Mi siguiente paso fue abandonar Blackwater. Tenía que asegurar mi residencia en Londres en previsión de los acontecimientos por venir. También tenía ciertos asuntos domésticos que tratar con el señor Frederick Fairlie. Encontré la casa que deseaba en St. John's Wood. Encontré al señor Fairlie en Limmeridge, Cumberland.

Mi familiaridad privada con la correspondencia de Marian me había informado de antemano que ella había escrito al señor Fairlie, proponiéndole, como solución a las dificultades matrimoniales de lady Glyde, llevarla a visitarlo en Cumberland. Permití sabiamente que esa carta llegara a su destino, pues en su momento consideré que no podía hacer daño y tal vez sería útil. Me presenté ahora ante el señor Fairlie para apoyar la propuesta de Marian, con ciertas modificaciones que, felizmente para el éxito de mis planes, se volvían inevitables a causa de su enfermedad. Era necesario que lady Glyde dejara Blackwater sola, por invitación de su tío, y que descansara una noche en el trayecto en casa de su tía (la casa que yo tenía en St. John's Wood), según consejo expreso de dicho tío. Lograr ese resultado y conseguir una nota de invitación que pudiera mostrarse a lady Glyde eran los objetivos de mi visita al señor Fairlie. Basta decir que este caballero era tan débil de cuerpo como de mente, y que desaté sobre él toda la fuerza de mi carácter. Vine, vi y conquisté a Fairlie.

Al volver a Blackwater Park (con la carta de invitación) descubrí que el tratamiento imbécil del médico había provocado los resultados más alarmantes. La fiebre había derivado en tifus. Lady

Glyde, el mismo día de mi regreso, intentó entrar por la fuerza en la habitación para cuidar a su hermana. Ella y yo no compartíamos simpatías; había cometido el imperdonable ultraje a mis sensibilidades de llamarme espía; era un obstáculo para mí y para Percival. Pero, aun así, mi magnanimidad me impidió ponerla en riesgo de contagio con mis propias manos. Al mismo tiempo, no hice nada por impedir que se pusiera en riesgo por sí sola. Si lo hubiera conseguido, el complicado nudo que yo operaba lenta y pacientemente quizá habría sido cortado por las circunstancias. Pero el médico intervino y no se le permitió entrar en la habitación.

Yo mismo había recomendado previamente que se consultara con un especialista de Londres. Se siguió este consejo. El médico, al llegar, confirmó mi diagnóstico. La crisis era grave, pero al quinto día desde la aparición del tifus teníamos esperanza para nuestra encantadora paciente. Sólo estuve una vez ausente de Blackwater en ese período: fui a Londres en el tren de la mañana para hacer los arreglos finales en mi casa de St. John's Wood, asegurarme mediante indagaciones privadas de que la señora Clements no se había mudado y resolver uno o dos asuntos preliminares con el esposo de madame Rubelle. Regresé por la noche. Cinco días después, el médico declaró que nuestra interesante Marian estaba fuera de peligro y sólo necesitaba cuidados atentos. Éste era el momento que había esperado. Ahora que la asistencia médica ya no era indispensable, jugué el primer movimiento del juego afirmándome contra el médico. Era uno entre muchos testigos que debía eliminar. Una altercación vivaz entre nosotros (en la que Percival, debidamente instruido, se negó a intervenir) sirvió para lograr el propósito. Caí sobre el miserable hombre como una avalancha de indignación irresistible y lo barrí fuera de la casa.

Los sirvientes fueron los siguientes estorbos a eliminar. Nuevamente instruí a Percival (cuya valentía moral requería estímulo constante), y la señora Michelson se quedó atónita al oír de su patrón que el servicio iba a disolverse. Vaciamos la casa de todos los criados salvo una, que fue retenida para tareas domésticas y cuya estúpida pesadez nos aseguraba que no haría descubrimientos embarazosos. Una vez que se fueron, sólo quedaba librarnos de la señora Michelson, lo que conseguimos fácilmente enviando a esta amable dama a buscar alojamiento para su señora en la costa.

Las circunstancias estaban ahora exactamente como debían. Lady Glyde estaba confinada en su habitación por una afección nerviosa, y la torpe doncella (cuyo nombre he olvidado) se quedaba encerrada allí con ella por las noches. Marian, aunque en franca recuperación, seguía en cama, con madame Rubelle como enfermera. Ninguna otra criatura viviente, aparte de mi esposa, Percival y yo, habitaba en la casa. Con todas las probabilidades a nuestro favor, encaré la siguiente emergencia y jugué el segundo movimiento del juego.

El objetivo de este segundo movimiento era inducir a lady Glyde a abandonar Blackwater sin su hermana. A menos que pudiéramos convencerla de que Marian se había adelantado a Cumberland, no había esperanza de que saliera voluntariamente de la casa. Para implantar esa idea necesaria en su mente, ocultamos a nuestra interesante inválida en una de las habitaciones deshabitadas de Blackwater. A altas horas de la noche, madame Fosco, madame Rubelle y yo (Percival no era lo bastante frío como para confiar en él) llevamos a cabo el ocultamiento. La escena fue pintoresca, misteriosa, dramática en el más alto grado. Por mis indicaciones, la cama había sido preparada esa mañana sobre una estructura de madera móvil. Sólo teníamos que alzarla suavemente por los extremos y transportar a nuestra paciente sin perturbarla. En este caso no fue necesario ni se utilizó ningún recurso químico. Nuestra interesante Marian yacía en el profundo reposo de la convalecencia. Las velas estaban encendidas y las puertas abiertas de antemano. Yo, gracias a mi gran fuerza física, tomé la cabecera; mi esposa y madame Rubelle, los pies. Cargué con mi parte de ese inestimable tesoro con ternura varonil, con cuidado paternal. ¿Dónde está el Rembrandt moderno que pueda retratar nuestra procesión nocturna? ¡Ay de las Artes! ¡Ay de este asunto tan pictórico! El Rembrandt moderno no aparece por ninguna parte.

A la mañana siguiente, mi esposa y yo partimos hacia Londres, dejando a Marian recluida en la zona deshabitada de la casa, bajo el cuidado de madame Rubelle, quien amablemente accedió a encerrarse con su paciente durante dos o tres días. Antes de nuestra partida, entregué a Percival la carta del señor Fairlie dirigida a su sobrina (con la instrucción de que descansara en casa de su tía durante el viaje a Cumberland) y le indiqué que se la mostrara a lady Glyde al recibir noticias mías. También obtuve de él la dirección del manicomio en que había estado recluida Anne Catherick, junto con una carta dirigida al director del mismo, informándole del regreso de su paciente fugada al cuidado médico.

En mi última visita a la metrópoli había dispuesto que nuestro modesto establecimiento doméstico estuviera listo para recibirnos al llegar en el tren de la mañana. Gracias a esa sabia previsión, pudimos ese mismo día realizar el tercer movimiento del juego: hacernos con Anne Catherick.

Las fechas son importantes aquí. Reúno en mí las características opuestas de Hombre de Sentimiento y Hombre de Negocios. Conozco todas las fechas al dedillo.

El miércoles 24 de julio de 1850 envié a mi esposa en un coche de punto para apartar a la señora Clements del camino, como primer paso. Un supuesto mensaje de lady Glyde desde Londres bastó para conseguir ese resultado. La señora Clements fue llevada en el coche y dejada en él, mientras mi esposa —con el pretexto de hacer una compra en una tienda— le dio esquinazo y regresó para recibir a su visitante esperada en nuestra casa de St. John's Wood. Apenas hace falta añadir que a los sirvientes se les había descrito a dicha visitante como «lady Glyde».

Mientras tanto, yo había seguido en otro coche de caballos, con una nota para Anne Catherick, que simplemente decía que lady Glyde pensaba retener a la señora Clements con ella todo el día, y que debía reunirse con ellas bajo el cuidado del buen caballero que la esperaba afuera, quien ya la había salvado de ser descubierta en Hampshire por sir Percival. El «buen caballero» envió esta nota mediante un chico de la calle y esperó el resultado unas puertas más allá. En el momento en que Anne apareció en la puerta de la casa y la cerró, ese excelente hombre ya tenía abierta la portezuela del coche, la absorbió dentro del vehículo y se marchó.

(¡Permítaseme aquí una exclamación entre paréntesis! ¡Qué interesante es esto!).

Durante el trayecto a Forest Road mi acompañante no mostró temor alguno. Puedo ser paternal –ningún hombre más que yo– cuando quiero, y en esta ocasión fui intensamente paternal. ¡Qué títulos tenía para su confianza! Yo había preparado el medicamento que la había mejorado, yo la había advertido del peligro de sir Percival. Tal vez confié demasiado en esos títulos, tal vez subestimé la agudeza de los instintos más bajos en personas de intelecto débil, es cierto que no la preparé lo suficiente para una decepción al entrar en mi casa. Cuando la llevé al salón –cuando vio que no había nadie más que madame Fosco, una desconocida para ella– mostró la más violenta agitación; si hubiera olido el peligro en el aire, como un perro huele la presencia de algo invisible, su alarma no podría haberse manifestado de forma más repentina ni con menos causa aparente. Intervine en vano. El miedo que padecía, tal vez, habría podido calmarlo, pero la grave afección cardíaca que sufría estaba más allá de todo paliativo moral. Para mi horror indescriptible fue presa de convulsiones, una sacudida al sistema que, en su estado, pudo haberla matado en el acto a nuestros pies.

Se llamó al médico más cercano y se le dijo que «lady Glyde» necesitaba sus servicios inmediatos. Para mi infinito alivio, resultó ser un hombre competente. Le presenté a mi visitante como una persona de intelecto débil, propensa a delirios, y dispuse que ninguna enfermera excepto mi esposa velara en la habitación de la enferma. La desdichada mujer estaba demasiado grave, sin embargo, como para que nos preocupáramos por lo que pudiera decir. El único temor que me oprimía ahora era que la falsa lady Glyde muriera antes de que la verdadera lady Glyde llegara a Londres.

Había escrito una nota por la mañana a madame Rubelle, diciéndole que me esperara en casa de su marido la noche del viernes 26, junto con otra nota para Percival, advirtiéndole que mostrara a su esposa la carta de su tío, que afirmara que Marian se había adelantado, y que la enviara a Londres en el tren del mediodía, también el 26. Tras reflexionar, había sentido la necesidad, dado el estado de salud de Anne Catherick, de precipitar los acontecimientos y disponer antes de la llegada de lady Glyde. ¿Qué nuevas instrucciones podía dar ahora, en medio de la terrible incertidumbre de mi situación? Nada podía hacer salvo confiar en el azar y en el médico. Mis emociones se expresaban en apóstrofes patéticos, que fui lo bastante dueño de mí mismo como para asociar, ante testigos, con el nombre de «lady Glyde». Por lo demás, Fosco, en ese día memorable, era Fosco cubierto por un eclipse total.

Pasó una mala noche, despertó exhausta, pero más tarde mejoró de forma asombrosa. Mis espíritus elásticos resucitaron con ella. No podía recibir respuesta alguna de Percival ni de madame Rubelle hasta la mañana del día siguiente, el 26. Previendo que seguirían mis instrucciones (salvo accidente, sabía que lo harían), fui a contratar un coche para recoger a lady Glyde en la estación, ordenando que estuviera en mi casa el 26 a las dos en punto. Una vez registrado el encargo, fui a resolver los preparativos con monsieur Rubelle. También contraté los servicios de dos caballeros que podían proporcionarme los certificados necesarios de demencia. Conocía personalmente a uno de ellos; al otro lo conocía monsieur Rubelle. Ambos eran hombres de mente vigorosa, por encima de escrúpulos estrechos; ambos sufrían apuros económicos temporales; ambos creían en mí.

Pasaban las cinco de la tarde cuando regresé del cumplimiento de estos deberes. Al volver, Anne Catherick estaba muerta. Muerta el día 25, y Lady Glyde no debía llegar a Londres hasta el 26.

Me quedé pasmado. Fosco, pasmado.

Era demasiado tarde para retroceder. Antes de mi regreso, el médico, con molesta iniciativa, había registrado por su cuenta la defunción en la fecha real en que ocurrió. Mi gran plan, hasta entonces inexpugnable, tenía ahora un punto débil −ningún esfuerzo mío podía alterar el fatídico hecho del 25−. Me volví virilmente hacia el futuro. Los intereses de Percival y los míos seguían en juego; no quedaba más que jugar la partida hasta el final. Recuperé mi impenetrable calma y seguí adelante.

La mañana del 26 me llegó la carta de Percival anunciando la llegada de su esposa en el tren del mediodía. Madame Rubelle también escribió diciendo que llegaría por la noche. Salí en el coche, dejando a la falsa lady Glyde muerta en casa, para recibir a la verdadera lady Glyde a su llegada a las tres. Ocultos bajo el asiento del coche, llevaba todas las ropas que Anne Catherick vestía al entrar en mi casa —estaban destinadas a asistir a la resurrección de la mujer que estaba muerta en la persona de la mujer que seguía viva—. Qué situación. La ofrezco a los escritores de novelas emergentes de Inglaterra. La presento, como completamente nueva, a los dramaturgos gastados de Francia.

Lady Glyde estaba en la estación. Había gran tumulto y confusión, y más demora de la que me gustaba (por si acaso alguno de sus conocidos estaba allí) en recuperar su equipaje. Sus primeras preguntas, al partir, me imploraban noticias de su hermana. Inventé noticias del tipo más tranquilizador, asegurándole que estaba a punto de ver a su hermana en mi casa. Mi casa, en esta ocasión, estaba en las cercanías de Leicester Square, y estaba ocupada por monsieur Rubelle, que nos recibió en el vestíbulo.

Llevé a mi visitante al piso superior, a una habitación interior; dos médicos aguardaban en el piso de abajo para ver a la paciente y darme sus certificados. Tras tranquilizar a lady Glyde con las necesarias promesas sobre su hermana, presenté a mis amigos uno por uno. Cumplieron los trámites de la ocasión con brevedad, inteligencia y conciencia. Entré de nuevo en la habitación en cuanto se fueron, y precipité los acontecimientos con una alusión alarmante al estado de salud de «la señorita Halcombe».

Los resultados fueron los esperados. Lady Glyde se asustó y se desvaneció. Por segunda y última vez, recurrí a la ciencia. Un vaso de agua medicada y un frasco de sales también medicadas la libraron de todo nuevo sobresalto y alarma. Aplicaciones adicionales más tarde esa misma noche le procuraron la bendición inestimable de un buen descanso. Madame Rubelle llegó a tiempo para presidir el tocador de lady Glyde. Sus propias ropas fueron retiradas por la noche, y las de Anne Catherick le fueron puestas por la mañana, con el mayor decoro, por las matronales manos de la buena Rubelle. Durante el día mantuve a nuestra paciente en un estado de conciencia parcialmente suspendida, hasta que la ayuda diestra de mis amigos médicos me permitió obtener la orden necesaria antes de lo que esperaba. Esa noche, la del 27, madame Rubelle y yo llevamos a nuestra «Anne Catherick» resucitada al manicomio. Fue recibida con gran sorpresa, pero sin sospechas, gracias a la orden y a los certificados, a la carta de Percival, al parecer, a las ropas y al estado mental confuso de la paciente. Volví de inmediato para ayudar a madame Fosco en los preparativos del entierro de la Falsa «lady Glyde», llevando en mi poder las ropas y equipaje de la verdadera «lady Glyde». Luego se enviaron a Cumberland por el mismo medio que se utilizó para el funeral. Asistí al funeral con la dignidad apropiada, vestido de riguroso luto.

Mi relato de estos extraordinarios acontecimientos, escrito en circunstancias igualmente extraordinarias, concluye aquí. Las precauciones menores que tomé al comunicarme con Limmeridge House son ya conocidas, como también lo es el esplendoroso éxito de mi empresa, y como también lo son los sólidos resultados pecuniarios que le siguieron. Debo afirmar, con toda convicción, que el único punto débil de mi plan jamás habría sido descubierto si antes no se hubiera descubierto el único punto débil de mi corazón. Nada salvo mi fatal admiración por Marian me impidió intervenir para salvarme a mí mismo cuando ella logró la fuga de su hermana. Corrí el riesgo y confié en la total destrucción de la identidad de lady Glyde.

Si Marian o el señor Hartright intentaban reivindicar esa identidad, se expondrían públicamente a la imputación de sostener un burdo engaño, serían por ello objeto de desconfianza y descrédito, y quedarían así incapacitados para poner en peligro mis intereses o el secreto de Percival. Cometí un error al confiarme a un cálculo tan ciego de probabilidades como éste. Cometí otro cuando, después de que Percival pagara la pena de su propia obstinación y violencia, le concedí a lady Glyde un segundo indulto del manicomio y permití al señor Hartright una segunda oportunidad de escapar de mí. En resumen, Fosco, en este momento crítico, fue infiel a sí mismo. ¡Falta deplorable e impropia de su carácter! He aquí la causa, en mi corazón; he aquí, en la imagen de Marian Halcombe, la primera y última debilidad de la vida de Fosco.

A la madura edad de sesenta años hago esta confesión sin parangón. ¡Jóvenes, apelo a vuestra simpatía! ¡Doncellas, invoco vuestras lágrimas!

Una palabra más, y la atención del lector (concentrada sin descanso en mi persona) será liberada.

Mi propio discernimiento mental me informa de que, en este punto, las mentes más inquisitivas se harán inevitablemente tres preguntas. Bien pues, serán formuladas y respondidas.

Primera pregunta. ¿Cuál es el secreto de la inquebrantable devoción de madame Fosco por el cumplimiento de mis deseos más audaces, por el fomento de mis planes más profundos? Podría responder simplemente remitiéndome a mi propio carácter y preguntando, también: ¿dónde, en la historia del mundo, se ha encontrado jamás a un hombre de mi calado sin una mujer detrás, inmolada en el altar de la vida de él? Recuerdo que escribo esto en Inglaterra, que me casé en Inglaterra, y por ello pregunto: ¿acaso las obligaciones matrimoniales de una mujer en este país le permiten tener una opinión privada sobre los principios de su marido? ¡No! Se le exige amar, honrar y obedecer incondicionalmente. Eso es exactamente lo que ha hecho mi esposa. Me sitúo aquí en una elevación moral suprema y ratifico, con toda nobleza, el cumplimiento preciso de sus deberes conyugales. ¡Silencio, calumnia! ¡Apelo a la simpatía, esposas de Inglaterra, para madame Fosco!

Segunda pregunta. Si Anne Catherick no hubiera muerto cuando murió, ¿qué habría hecho yo? En ese caso, habría ayudado a la exhausta Naturaleza a encontrar para mí reposo permanente. Habría abierto las puertas de la Prisión de la Vida y ofrecido a la cautiva –incurablemente afligida en mente y cuerpo– una liberación feliz.

Tercera pregunta. Tras revisar pormenorizadamente todas las circunstancias, ¿es mi conducta digna de algún reproche serio? ¡De manera tajante, digo que no! ¿Acaso no he evitado cuidadosamente exponerme al oprobio de cometer crímenes innecesarios? Con mis vastos recursos en química, podría haberle quitado la vida a lady Glyde. Con un sacrificio personal inmenso, seguí los dictados de mi propia inventiva, de mi propia humanidad, de mi propia cautela, y tomé su identidad en lugar de su vida. Júzguenme por lo que podría haber hecho. ¡Qué relativamente inocente, qué indirectamente virtuoso aparezco con respecto a lo que realmente llevé a cabo!

Anuncié al inicio que este relato sería un documento extraordinario. Ha cumplido plenamente mis expectativas. Reciban estas fervorosas líneas: mi último legado para el país que abandono para siempre. Son dignas de la ocasión y dignas de Fosco.

LA HISTORIA CONCLUIDA
POR WALTER HARTRIGHT

I

Cuando cerré la última página del manuscrito del conde, ya había expirado la media hora durante la cual me había comprometido a permanecer en Forest Road. Monsieur Rubelle miró su reloj e hizo una reverencia. Me levanté inmediatamente y dejé al agente en posesión de la casa vacía. Nunca volví a verlo; nunca supe más de él ni de su esposa. Habían emergido de las oscuras sendas de la villanía y el engaño, se habían cruzado en nuestro camino, y por esas mismas sendas se deslizaron de nuevo, en secreto, desapareciendo para siempre.

En un cuarto de hora después de salir de Forest Road ya estaba de nuevo en casa.

Bastaron pocas palabras para contarle a Laura y a Marian cómo había terminado mi desesperada empresa y cuál sería probablemente el próximo acontecimiento en nuestras vidas. Dejé todos los detalles para contarlos más tarde ese mismo día, y me apresuré a volver a St. John's Wood, para ver a la persona a quien el conde Fosco había encargado el coche cuando fue a recoger a Laura a la estación.

La dirección que tenía me condujo a unos «establos de alquiler» a unos cuatrocientos metros de Forest Road. El propietario resultó ser un hombre educado y respetable. Cuando le expliqué que un importante asunto familiar me obligaba a pedirle que consultara sus libros para verificar una fecha que podría constar en sus registros comerciales, no puso ninguna objeción. Se trajo el libro, y allí, bajo la fecha del «26 de julio de 185», constaba la orden escrita en estos términos:

«Brougham para el conde Fosco, 5 Forest Road. Dos en punto. (John Owen)».

Averigüé que el nombre John Owen, que aparecía en la anotación, se refería al hombre que había sido empleado como cochero. En ese momento estaba trabajando en el patio, y lo llamaron para que hablara conmigo a mi petición.

—¿Recuerda haber llevado en coche, el pasado mes de julio, a un caballero desde el número cinco de Forest Road hasta la estación de Waterloo Bridge? –pregunté.

—Pues mire, señor –dijo el hombre–, no puedo decir que lo recuerde exactamente.

–¿Quizás recuerda al caballero en sí? ¿Puede acordarse de haber llevado a un extranjero el verano pasado, un hombre alto y notablemente gordo?

El rostro del hombre se iluminó de inmediato.

—¡Lo recuerdo, señor! El caballero más gordo que he visto jamás, y el cliente más pesado que he conducido. Sí, sí, ahora lo recuerdo, señor. Fuimos a la estación, y sí, fue desde Forest Road. Había un loro, o algo parecido, chillando en la ventana. El caballero tenía muchísima prisa por el equipaje de la dama, y me dio una buena propina por darme prisa y recoger las maletas.

¡Recoger las maletas! Recordé de inmediato que en el relato de Laura sobre su llegada a Londres, mencionaba que su equipaje lo había recogido una persona que el conde Fosco llevó con él a la estación. Ése era el hombre.

—¿Vio a la dama? –pregunté–. ¿Cómo era? ¿Era joven o mayor?

—Pues, señor, con la prisa y la multitud de gente empujando, no podría decirle cómo era la dama. No recuerdo nada de ella, salvo su nombre.

—¿Recuerda su nombre? –le pregunté.

—Sí, señor. Su nombre era lady Glyde –contestó.

—¿Cómo es que recuerda eso, si no recuerda cómo era?

El hombre sonrió y se movió un poco incómodo.

—Pues verá, señor –dijo–, yo me había casado hacía poco por entonces, y el nombre de mi mujer, antes de tomar el mío, era igual que el de la dama –quiero decir, Glyde, señor–. La dama lo mencionó ella misma. «¿Está su nombre en su equipaje, señora?», le pregunté. «Sí –dijo ella–, mi nombre está en mi equipaje, es lady Glyde». «¡Vaya! –me dije–, soy malo para recordar nombres de personas distinguidas en general, pero ¡éste me suena como un viejo amigo, por lo menos!». No puedo decirle la fecha exacta, señor, pudo ser hace un año o tal vez no, pero puedo jurar por el caballero gordo y por el nombre de la dama.

No hacía falta que recordara la fecha –la anotación del libro del dueño la establecía con precisión–. Sentí al instante que ahora tenía en mis manos el medio para derribar toda la conspiración de un golpe, con el arma irresistible del hecho evidente. Sin vacilar un segundo, aparté al dueño de los establos y le conté la verdadera importancia de la anotación de su libro y del testimonio de su cochero. Fue fácil llegar a un acuerdo para compensarlo por la pérdida temporal del servicio del hombre, y copié la entrada del libro con mi propia mano, certificada como auténtica con la firma del propietario. Salí de los establos, habiendo acordado que John Owen debía estar a mi disposición durante los tres días siguientes, o por más tiempo si fuera necesario.

Ahora tenía en mi poder todos los documentos que necesitaba: la copia del certificado de defunción emitida por el registrador del distrito y la carta con fecha de sir Percival dirigida al conde, guardadas con seguridad en mi cartera.

Con esta prueba escrita en mi poder y con las respuestas del cochero frescas en mi memoria, me dirigí por primera vez desde el comienzo de toda la investigación a la oficina del señor Kyrle. Uno de mis objetivos al hacerle esta segunda visita era, necesariamente, contarle lo que había hecho. El otro era advertirle de mi decisión de llevar a mi esposa a Limmeridge a la mañana siguiente, para que fuera recibida y reconocida públicamente en la casa de su tío. Dejé al señor Kyrle la decisión, dadas esas circunstancias y la ausencia del señor Gilmore, sobre si debía o no, como abogado de la familia, estar presente en esa ocasión en nombre de los intereses familiares.

No diré nada sobre el asombro del señor Kyrle ni sobre los términos en que expresó su opinión sobre mi conducta desde el inicio de la investigación hasta su conclusión. Basta con mencionar que decidió de inmediato acompañarnos a Cumberland.

Salimos a la mañana siguiente en el primer tren. Laura, Marian, el señor Kyrle y yo íbamos en un vagón, y John Owen, con un empleado de la oficina del señor Kyrle, ocupaban asientos en otro. Al llegar a la estación de Limmeridge fuimos primero a la granja de Todd's Corner. Estaba firmemente decidido a que Laura no entrara en casa de su tío hasta que apareciera allí reconocida públicamente como su sobrina. Dejé a Marian que resolviera el asunto del alojamiento con la señora Todd, en cuanto la buena mujer se recuperara del asombro al oír cuál era nuestra misión en Cumberland, y acordé con su marido que John Owen sería acogido con la habitual hospitalidad de los sirvientes de la granja. Terminados estos preparativos, el señor Kyrle y yo partimos juntos hacia la casa de Limmeridge.

No puedo escribir en detalle sobre nuestra entrevista con el señor Fairlie, pues no puedo recordarla sin sentir una mezcla de impaciencia y desprecio que hace la escena, incluso en el recuerdo, totalmente repulsiva para mí. Prefiero limitarme a decir que logré mi objetivo. El señor Fairlie intentó tratarnos con su habitual estilo. Ignoramos su cortesía insolente al comienzo de la entrevista. Escuchamos sin conmovernos las protestas con las que intentó convencernos después de que la revelación de la conspiración lo había abrumado.

Terminó quejándose y gimiendo como un niño malhumorado. «¿Cómo iba él a saber que su sobrina estaba viva si le dijeron que estaba muerta? Recibiría con gusto a la querida Laura, si tan sólo le diéramos tiempo para recuperarse. ¿Acaso creíamos que tenía aspecto de alguien con prisa por irse a la tumba? No. Entonces, ¿por qué apresurarlo?». Repetía estas protestas en cada oportunidad hasta que lo interrumpí de una vez por todas, colocándolo firmemente ante dos alternativas inevitables. Le di a elegir entre hacer justicia a su sobrina en los términos que yo establecía, o enfrentarse a las consecuencias de una afirmación pública de su existencia ante un tribunal. El señor Kyrle, a quien recurrió en busca de apoyo, le dijo claramente que debía decidir en ese mismo momento. Característicamente, eligió la alternativa que prometía librarlo más pronto de toda inquietud personal, y anunció, con un repentino estallido de energía, que no era lo bastante fuerte para soportar más presiones, y que hiciéramos lo que nos diera la gana.

El señor Kyrle y yo bajamos de inmediato y acordamos un modelo de carta que se enviaría a los arrendatarios que habían asistido al falso funeral, convocándolos, en nombre del señor Fairlie, a reunirse en Limmeridge House al día siguiente. También se redactó una orden, con referencia a esa misma fecha, dirigida a un marmolista de Carlisle, para que enviara a un operario al cementerio de Limmeridge con el fin de borrar una inscripción; el señor Kyrle, que se había propuesto dormir en la casa, se comprometió a que el señor Fairlie escuchara la lectura de estas cartas y las firmara con su propia mano.

Pasé el día intermedio en la granja escribiendo una exposición sencilla de la conspiración, y agregándole una declaración sobre la contradicción práctica que los hechos presentaban frente a la afirmación de la muerte de Laura. Presenté ese escrito al señor Kyrle antes de leerlo, al día siguiente, ante los arrendatarios reunidos. También acordamos la forma en que se presentaría la prueba al final de la lectura.

Una vez resueltos estos asuntos, el señor Kyrle intentó cambiar la conversación hacia los asuntos personales de Laura. Como los ignoraba y deseaba seguir ignorándolos, y dudaba que él aprobara, como hombre de negocios, mi proceder respecto al derecho vitalicio de mi esposa sobre el legado dejado a madame Fosco, le rogué al señor Kyrle que me excusara de tratar ese tema. Estaba relacionado, como podía decirle con sinceridad, con esas penas y tribulaciones del pasado que jamás evocábamos entre nosotros, y que instintivamente evitábamos comentar con los demás.

Mi última tarea, al llegar la tarde, fue obtener «la narración de la lápida», copiando la falsa inscripción sobre la tumba antes de que fuera borrada.

Llegó el día: el día en que Laura volvió a entrar en el familiar comedor de Limmeridge House. Todos los presentes se levantaron de sus asientos cuando Marian y yo la condujimos. Un visible sobresalto de sorpresa, un murmullo audible de interés recorrió la sala al ver su rostro. El señor Fairlie estaba presente (a petición mía), con el señor Kyrle a su lado. Su ayuda de cámara se hallaba detrás de él, con un frasco de sales en una mano y un pañuelo blanco empapado en agua de colonia en la otra.

Abrí la sesión apelando públicamente al señor Fairlie para que dijera si me hallaba allí con su autoridad y bajo su consentimiento expreso. Extendió un brazo hacia cada lado, apoyándose en el señor Kyrle y en su ayuda de cámara, que lo ayudaron a ponerse de pie, y entonces se expresó en estos términos: «Permítanme presentar al señor Hartright. Sigo tan inválido como siempre, y él tiene la amabilidad de hablar por mí. El tema es horriblemente embarazoso. Por favor, escúchenlo, y no hagan ruido». Con esas palabras se dejó caer lentamente en la silla otra vez, y se refugió en su perfumado pañuelo.

La revelación de la conspiración siguió, después de que ofrecí mi explicación preliminar, ante todo, con las palabras más simples y concisas. Estaba presente (informé a los oyentes) para declarar, primero, que mi esposa, sentada entonces a mi lado, era hija del difunto señor Philip Fairlie; segundo, para probar con hechos positivos que el funeral al que habían asistido en el cementerio de Limmeridge había sido el de otra mujer; tercero, para darles una narración clara de cómo había sucedido todo. Sin más preámbulo, leí la narración de la conspiración, describiéndola en líneas generales, y deteniéndome sólo en el móvil económico, para evitar complicar mi declaración con referencias innecesarias al secreto de sir Percival. Terminada esa parte, recordé a los presentes la fecha de la inscripción en el cementerio (el 25), y confirmé su exactitud mostrando el certificado de defunción. Luego les leí la carta de sir Percival del día 25, anunciando el viaje previsto de su esposa de

Hampshire a Londres el día 26. A continuación, demostré que había realizado ese viaje mediante el testimonio personal del cochero del coche, y probé que lo había hecho el día señalado con el registro del libro de pedidos de los establos. Marian añadió entonces su propio testimonio sobre el encuentro con Laura en el manicomio y la huida de su hermana. Después de lo cual, concluí la presentación informando a los presentes de la muerte de sir Percival y de mi matrimonio.

El señor Kyrle se levantó cuando me senté, y declaró, como abogado de la familia, que mi caso estaba probado por las pruebas más claras que había escuchado en su vida. Al pronunciar esas palabras, rodeé con el brazo a Laura y la levanté para que todos en la sala pudieran verla claramente. «¿Están todos de acuerdo?», pregunté, avanzando unos pasos hacia ellos y señalando a mi esposa.

El efecto de la pregunta fue fulminante. En el extremo más alejado de la sala, uno de los arrendatarios más antiguos de la finca se levantó de un salto y arrastró al resto con él al instante. Lo veo aún, con su honesto rostro curtido y su cabello gris acerado, subido al alféizar de la ventana, agitando su pesado látigo por encima de la cabeza y liderando los vítores. «¡Ahí está, viva y sana—¡Dios la bendiga! ¡Alzad la voz, muchachos! ¡Que se oiga bien!». El clamor que respondió, repetido una y otra vez, fue la música más dulce que jamás escuché. Los campesinos del pueblo y los niños de la escuela, reunidos en el césped, recogieron el júbilo y lo devolvieron hacia nosotros. Las esposas de los granjeros rodearon a Laura y competían por ser las primeras en estrecharle la mano, y en suplicarle, con lágrimas desbordando sus mejillas, que se mantuviera fuerte y no llorara. Estaba tan completamente abrumada que me vi obligado a separarla de ellas y llevarla hasta la puerta. Allí la dejé al cuidado de Marian –Marian, que nunca nos había fallado, y cuyo valiente autocontrol no nos falló ahora–. Quedándome solo en la puerta, invité a todos los presentes (tras agradecerles en nombre de Laura y en el mío) a acompañarme al cementerio y ver con sus propios ojos cómo se borraba la falsa inscripción de la lápida.

Todos salieron de la casa y se unieron a la multitud de aldeanos reunidos junto a la tumba, donde ya nos esperaba el operario del marmolista. En un silencio absoluto sonó el primer golpe de acero sobre el mármol. No se oyó una voz, no se movió un alma, hasta que desaparecieron de la vista esas tres palabras: «Laura, lady Glyde. Entonces se oyó un gran suspiro de alivio entre la multitud, como si sintieran que se habían roto los últimos grilletes de la conspiración que aprisionaban a Laura, y la asamblea se dispersó lentamente. Ya era tarde cuando se terminó de borrar toda la inscripción. Sólo se grabó una línea en su lugar: «Anne Catherick, 25 de julio de 1850».

Regresé a Limmeridge House lo bastante temprano por la tarde para despedirme del señor Kyrle. Él, su escribiente y el cochero del coche regresaron a Londres en el tren nocturno. A su partida, se me entregó un insolente mensaje de parte del señor Fairlie —quien había sido retirado de la sala en estado de descomposición nerviosa, cuando estallaron los vítores tras mi llamamiento a los arrendatarios—. El mensaje nos transmitía «las más sinceras felicitaciones del señor Fairlie» y preguntaba si «contemplábamos quedarnos en la casa». Respondí que el único propósito por el que habíamos cruzado su umbral estaba cumplido, que no contemplaba quedarme en casa de ningún hombre que no fuera la mía, y que el señor Fairlie no tenía por qué albergar la menor inquietud de volver a vernos o saber de nosotros. Volvimos con nuestros amigos a la granja para descansar esa noche, y a la mañana siguiente —escoltados hasta la estación con el más entusiasta afecto y buena voluntad por todo el pueblo y todos los granjeros de la zona—regresamos a Londres.

Mientras las colinas de Cumberland se desvanecían en la distancia, pensé en las circunstancias tan desalentadoras bajo las cuales se había iniciado y llevado adelante la larga lucha que ahora quedaba atrás. Era extraño mirar atrás y ver, ahora, que la pobreza que nos había negado toda esperanza de ayuda había sido, indirectamente, la causa de nuestro éxito, al obligarme a actuar por mi cuenta. Si hubiésemos sido lo bastante ricos para recurrir a ayuda legal, ¿cuál habría sido el resultado? La ganancia (según el propio señor Kyrle) habría sido más que dudosa, la pérdida, a juzgar por los hechos tal como sucedieron realmente, habría sido segura. La ley jamás me habría conseguido una entrevista con la señora Catherick. La ley jamás habría convertido a Pesca en el medio para arrancarle una confesión al conde.

II

Dos acontecimientos más restan por añadirse a la cadena antes de que se cierre del todo la historia desde su inicio hasta su desenlace.

Mientras aún nos resultaba extraño ese nuevo sentimiento de libertad tras la larga opresión del pasado, fui llamado por el amigo que me había dado mi primer empleo en grabado sobre madera, para recibir de él una nueva muestra de su aprecio por mi bienestar. Sus empleadores lo habían comisionado para ir a París y examinar para ellos un nuevo descubrimiento en la aplicación práctica de su arte, cuyos méritos deseaban comprobar. Sus propios compromisos no le permitían disponer del tiempo necesario para realizar la tarea, y había tenido la amabilidad de proponer que la asumiera yo. No tuve la menor duda en aceptar con gratitud, pues si cumplía con éxito la comisión, el resultado sería un empleo permanente en el periódico ilustrado al que hasta entonces sólo estaba vinculado ocasionalmente.

Recibí mis instrucciones y preparé mi equipaje para el viaje al día siguiente. Al dejar a Laura nuevamente (¡en circunstancias tan cambiadas!) al cuidado de su hermana, volvió a mí una seria reflexión que ya había cruzado tanto su mente como la mía en más de una ocasión: me refiero a la consideración del futuro de Marian. ¿Teníamos derecho a permitir que nuestro afecto egoísta aceptara la entrega de toda aquella vida generosa? ¿No era nuestro deber, nuestra mejor muestra de gratitud, olvidarnos de nosotros mismos y pensar sólo en ella? Traté de expresarlo cuando estuvimos a solas un momento, antes de mi partida. Ella me tomó la mano y me hizo callar en cuanto empecé a hablar.

—Después de todo lo que hemos sufrido los tres juntos –dijo–, no puede haber separación entre nosotros hasta la última separación de todas. Mi corazón y mi felicidad, Walter, están con Laura y contigo. Espera un poco, hasta que se oigan voces de niños junto a vuestro fuego. Yo les enseñaré a hablar por mí en su idioma, y la primera lección que le dirán a su padre y madre será: No podemos prescindir de nuestra tía.

Mi viaje a París no lo emprendí solo. A último momento, Pesca decidió que me acompañaría. No había recuperado su alegría habitual desde aquella noche en la ópera, y resolvió probar qué efecto tendría sobre su ánimo una semana de vacaciones.

Cumplí la tarea que se me había encomendado y redacté el informe necesario al cuarto día de nuestra llegada a París. El quinto día lo reservé para hacer turismo y divertirnos en compañía de Pesca.

Nuestro hotel estaba demasiado lleno para alojarnos en el mismo piso. Mi habitación estaba en el segundo piso, y la de Pesca en el tercero, justo encima. La mañana del quinto día subí a verlo para saber si estaba listo para salir. Justo antes de alcanzar el rellano vi que su puerta se abría desde dentro –una mano larga, delicada y nerviosa (desde luego no era la de mi amigo) la entreabrió–. Al mismo tiempo oí la voz de Pesca que decía con urgencia, en voz baja y en su propio idioma:

—Recuerdo el nombre, pero no conozco al hombre. Lo viste en la ópera; estaba tan cambiado que no pude reconocerlo. Haré llegar el informe, no puedo hacer más.

—No es necesario hacer más –respondió la segunda voz.

La puerta se abrió del todo, y el hombre de cabello claro con la cicatriz en la mejilla –el mismo que había visto seguir el coche de Fosco una semana antes– salió. Se inclinó al pasar junto a mí, mientras yo me hacía a un lado para dejarlo pasar. Su rostro estaba pálido como la muerte y se aferraba con fuerza a la barandilla mientras bajaba la escalera.

Empujé la puerta y entré en la habitación de Pesca. Estaba encogido, de una manera extrañísima, en un rincón del sofá. Parecía encogerse aún más cuando me acerqué a él.

—¿Te estoy interrumpiendo? –pregunté–. No sabía que tenías a un amigo contigo hasta que lo vi salir.

—Ningún amigo –dijo Pesca con ansiedad–. Lo he visto hoy por primera y última vez.

—¿Temo que te ha traído malas noticias?

—¡Noticias horribles, Walter! Volvamos a Londres, no quiero quedarme aquí, lamento haber venido. Las desgracias de mi juventud son muy duras conmigo –dijo, volviendo el rostro hacia la pared–, muy duras conmigo en esta etapa de mi vida. Trato de olvidarlas ¡y ellas no me olvidan!

—Me temo que no podemos volver antes de la tarde –respondí–. ¿Quieres salir conmigo mientras tanto?

—No, amigo mío, esperaré aquí. Pero volvamos hoy, por favor, volvamos.

Lo dejé con la promesa de que saldríamos de París esa misma tarde. La noche anterior habíamos acordado subir a la catedral de Notre Dame, guiados por la noble novela de Victor Hugo. No había nada en la capital francesa que tuviera más interés para mí, así que me dirigí solo hacia la iglesia.

Aproximándome a Notre Dame por la orilla del río, pasé por el terrible depósito de cadáveres de París, la Morgue. Una gran multitud se agitaba y empujaba alrededor de la puerta. Evidentemente, había algo dentro que despertaba la curiosidad popular y alimentaba el apetito del pueblo por el horror.

Habría seguido mi camino hacia la iglesia si no fuera porque la conversación de dos hombres y una mujer en la periferia de la multitud atrajo mi atención. Acababan de salir de ver el espectáculo en la Morgue, y su relato sobre el cadáver describía el cuerpo de un hombre, un hombre de enorme tamaño, con una marca extraña en el brazo izquierdo.

En cuanto escuché esas palabras, me detuve y tomé mi lugar entre la multitud que entraba. Una vaga premonición de la verdad había cruzado por mi mente cuando escuché la voz de Pesca a través de la puerta abierta, y cuando vi el rostro del desconocido al pasar junto a mí en las escaleras del hotel. Ahora la verdad misma se me revelaba en las palabras fortuitas que acababan de llegar a mis oídos. Otra venganza que no era la mía había seguido a aquel hombre condenado desde el teatro hasta su propia puerta y de su propia puerta hasta su refugio en París. Otra venganza que no era la mía lo había llamado al día del juicio, y le había cobrado el precio de su vida. El momento en que lo señalé a Pesca en el teatro, al alcance del oído de aquel desconocido a nuestro lado, que también lo buscaba fue el momento que selló su destino. Recordé la lucha en mi interior, cuando él y yo estuvimos cara a cara, la lucha antes de permitirle escapar y me estremecí al recordarla.

Lentamente, palmo a palmo, avancé con la multitud, acercándome más y más a la gran mampara de vidrio que separa a los muertos de los vivos en la Morgue, más y más cerca, hasta que estuve justo detrás de la primera fila de espectadores, y pude mirar.

Allí yacía, sin nombre, desconocido, expuesto a la curiosidad frívola de una muchedumbre francesa. Allí estaba el espantoso final de esa larga vida de talento degradado y crimen sin corazón. Silencioso en el sublime reposo de la muerte, el rostro y la cabeza anchos, firmes y macizos nos enfrentaban con tal grandeza que las charlatanas francesas a mi alrededor levantaron las manos admiradas y gritaron en agudo coro:

—¡Ah, qué hombre tan guapo!

La herida que lo había matado había sido asestada con un cuchillo o daga justo sobre el corazón. No se veían otros signos de violencia en el cuerpo, salvo en el brazo izquierdo, y allí, exactamente en el lugar donde había visto la marca en el brazo de Pesca, había dos cortes profundos en forma de la letra T, que borraban por completo la marca de la Hermandad. Su ropa, colgada sobre él, mostraba que había sido consciente del peligro, era ropa que lo disfrazaba como un artesano francés. Por unos momentos, pero no más, me obligué a ver esas cosas a través del vidrio. No puedo escribir más extensamente sobre ello, pues no vi nada más.

Los pocos hechos relacionados con su muerte que posteriormente averigüé (en parte por Pesca y en parte por otras fuentes) pueden exponerse aquí antes de despedir este asunto de estas páginas.

Su cuerpo fue sacado del Sena disfrazado como he descrito, sin que se encontrara en él nada que revelara su nombre, su rango ni su residencia. La mano que lo hirió nunca fue identificada, y las

650

circunstancias de su asesinato nunca se descubrieron. Dejo a otros sacar sus propias conclusiones respecto al secreto del asesinato, como yo saqué las mías. Cuando he indicado que el extranjero con la cicatriz era miembro de la Hermandad (admitido en Italia después de la salida de Pesca de su país natal), y cuando he añadido además que los dos cortes en forma de T en el brazo izquierdo del muerto significaban la palabra italiana «Traditore», y mostraban que la justicia había sido aplicada por la Hermandad sobre un traidor, he contribuido con todo lo que sé para esclarecer el misterio de la muerte del conde Fosco.

El cuerpo fue identificado al día siguiente por medio de una carta anónima enviada a su esposa. Fue enterrado por madame Fosco en el cementerio de Père-Lachaise. Hasta el día de hoy, ramos funerarios nuevos continúan colgando en las ornamentadas rejas de bronce que rodean la tumba, colocados por la propia mano de la condesa. Ella vive en el más estricto retiro en Versalles. No hace mucho publicó una biografía de su difunto esposo. La obra no arroja ninguna luz sobre el nombre que verdaderamente llevaba ni sobre la historia secreta de su vida, está casi enteramente dedicada a elogiar sus virtudes domésticas, afirmar sus raras habilidades y enumerar los honores que se le confirieron. Las circunstancias de su muerte se mencionan muy brevemente, y se resumen en la última página con esta frase: «Su vida fue una continua afirmación de los derechos de la aristocracia y de los sagrados principios del Orden, y murió mártir de su causa».

III

El verano y el otoño pasaron después de mi regreso de París, y no trajeron consigo cambios que merezcan ser mencionados aquí. Vivíamos con tanta sencillez y tranquilidad, que los ingresos que ganaba de forma constante bastaban para cubrir todas nuestras necesidades.

En febrero del nuevo año nació nuestro primer hijo, un varón. Mi madre, mi hermana y la señora Vesey fueron nuestras invitadas en la pequeña celebración del bautizo, y la señora Clements también estuvo presente para asistir a mi esposa en esa ocasión. Marian fue la madrina de nuestro hijo, y Pesca y el señor Gilmore (este último actuando por poder) fueron los padrinos. Puedo añadir aquí que, cuando el señor Gilmore volvió con nosotros un año después, colaboró en la realización de estas páginas, a mi solicitud, escribiendo el Relato que aparece al principio de la historia bajo su nombre y que, aunque figura primero en orden, fue en realidad el último que recibí.

El único acontecimiento en nuestras vidas que queda por relatar sucedió cuando nuestro pequeño Walter tenía seis meses.

En ese momento me enviaron a Irlanda para hacer bocetos para unas ilustraciones que iban a publicarse en el periódico al que estaba vinculado. Estuve fuera casi dos semanas, escribiendo regularmente a mi esposa y a Marian, salvo durante los últimos tres días de mi ausencia, cuando mis movimientos eran demasiado inciertos para poder recibir cartas. La última parte del viaje de regreso la hice de noche, y cuando llegué a casa por la mañana, para mi absoluta sorpresa no había nadie para recibirme. Laura, Marian y el niño habían salido de la casa el día anterior a mi regreso.

Una nota de mi esposa, que me entregó el criado, no hizo más que aumentar mi sorpresa, informándome de que habían ido a Limmeridge House. Marian había prohibido todo intento de explicación por escrito —se me suplicaba que las siguiera en cuanto regresara— la completa aclaración me esperaba en Cumberland y se me prohibía sentir la menor ansiedad mientras tanto. Ahí terminaba la nota. Aún era temprano para alcanzar el tren de la mañana. Llegué a Limmeridge House esa misma tarde.

Mi esposa y Marian estaban arriba. Se habían instalado (para aumentar aún más mi asombro) en el pequeño cuarto que una vez se me asignó como estudio, cuando trabajaba en los dibujos del señor Fairlie. En la misma silla que yo solía ocupar mientras trabajaba estaba ahora sentada Marian, con el niño chupando diligentemente su coral sobre su regazo, mientras Laura estaba de pie junto a la mesa de dibujo que tan bien recordaba, con el pequeño álbum que en tiempos pasados había llenado para ella abierto bajo su mano.

—¿Qué en nombre del cielo os ha traído aquí? –pregunté–. ¿Sabe el señor Fairlie…?

Marian suspendió la pregunta en mis labios al decirme que el señor Fairlie había muerto. Había sufrido una parálisis, y no se recuperó del golpe. El señor Kyrle les había informado de su muerte, y les había aconsejado que se dirigieran inmediatamente a Limmeridge House.

Alguna vaga percepción de un gran cambio comenzó a aflorar en mi mente. Laura habló antes de que pudiera comprenderlo del todo. Se acercó sigilosamente a mí para disfrutar de la sorpresa que aún se reflejaba en mi rostro.

—Mi querido Walter –dijo–, ¿tenemos realmente que justificar nuestra osadía al venir aquí? Me temo, amor, que sólo puedo explicarlo rompiendo nuestra regla y refiriéndome al pasado.

—No hay la menor necesidad de hacer algo así –dijo Marian–. Podemos ser igual de explícitas, y mucho más interesantes, si nos referimos al futuro. –Se levantó y alzó al niño que pataleaba y gorjeaba en sus brazos–. ¿Sabes quién es éste, Walter? –preguntó, con lágrimas brillantes de felicidad en los ojos.

—Hasta mi desconcierto tiene sus límites –respondí–. Creo que todavía puedo reconocer a mi propio hijo.

—¡Hijo! –exclamó, con toda la alegre ligereza de los viejos tiempos–. ¿Hablas en ese tono tan familiar de uno de los terratenientes de Inglaterra? ¿Eres consciente, cuando presento a este ilustre bebé a tu atención, de ante quién estás? ¡Evidentemente no! Permíteme presentar a dos eminentes personajes: el señor Walter Hartright, EL HEREDERO DE LIMMERIDGE.

Así habló. Al escribir esas últimas palabras, lo he escrito todo. La pluma vacila en mi mano. El largo y feliz esfuerzo de muchos meses ha terminado. Marian fue el ángel bueno de nuestras vidas, que Marian ponga fin a nuestra historia.

ÍNDICE